DAS KULTURELLE GEDÄCHTNIS • VERLAG •
ASTV NON VI

ALFRED NEUMANN

ES WAREN IHRER SECHS

HRSG. VON PETER GRAF

VERLAG DAS KULTURELLE GEDÄCHTNIS

EDITORISCHE NOTIZ

Mit der Niederschrift des vorliegenden Romans begann Alfred Neumann, der im Jahr 1941 in die USA emigriert war, am 20. September 1943. Er beendete die Arbeit an dem Buch am 25. Mai 1944, danach wurde das auf Deutsch verfasste Manuskript von Anatol Murad ins Englische übertragen und erschien 1945 beim Verlag „Macmillan Publishers" in New York. 1946 folgten Übersetzungen in sieben weitere Sprachen.

Die erste deutschsprachige Ausgabe wurde 1945 im „Neuen Verlag Stockholm" publiziert, aber zunächst nicht ausgeliefert. Im Jahr darauf erhielten zudem der aus der „Carl Habel Verlagsbuchhandlung Berlin" hervorgegangene „Carl-Habel-Verlag" – zu dem auch die „Deutsche-Buchgemeinschaft" gehörte – und in der ebenfalls eine Ausgabe des Romans erschien, eine Lizenz, das Buch in deutscher Sprache zu veröffentlichen und zu vertreiben. Ausgeliefert und im Buchhandel erhältlich waren diese deutschsprachigen Buchausgaben aber offensichtlich erst ab 1947.

Dennoch sorgte das Buch schon vor seinem Erscheinen für Diskussionen, denn ein Vorabdruck eines Romanausschnittes, der am 7. Dezember 1945 in der „Neuen Zeitung", der damals bedeutendsten Tageszeitung der amerikanischen Besatzungszone, erschien, veranlasste Hans Werner Richter dazu, Alfred Neumann vorzuwerfen, die Fakten in seinem „Weiße-Rose-Roman" falsch wiederzugeben. In einem offenen Brief, der am 1. Februar 1946 in der „Süddeutschen Zeitung" erschien, wehrte sich Neumann gegen diese Vorwürfe.

Sie spielten aber auch in der weiteren Rezeption des Romans in Deutschland eine nicht unbedeutende Rolle und auch Inge Scholl, die Schwester von Hans und Sophie Scholl, probierte, die Presse gegen den Roman zu mobilisieren. Das führte dazu, dass Alfred Neumann sich 1949 dazu entschloss, der Neuauflage seines Buches ein kurzes Vorwort voranzustellen, in dem er erläuterte, auf welchen Quellen sein Roman beruhte und dass er die Idee, ein Buch über den deutschen Widerstand zu schreiben, schon seit Mitte der 1930er Jahre im Sinn gehabt hatte.

Alfred Neumanns Vorwort und der offene Brief sind dem Buch vorangestellt. Im Anhang finden sich neben einem kurzen Nachwort weitere Besprechungen und Materialien sowie eine Biografie Alfred Neumanns.

Peter Graf, Februar 2018

Eine Feststellung.

Hier ist, zur Aufklärung der öffentlichen Meinung in Deutschland, die "Quelle zu meinem Roman: "Es waren ihrer sechs", den ich vom 20. Juni 1943 bis zum 2. Juni 1944, also während des Krieges, in Südkalifornien schrieb.

/ TIME Magazine vom 14. Juni 1943, Seite 29 /
(Ins Deutsche übersetzt von mir)

Nicht vergeblich.

Es war nicht viel, was die Studenten taten. Die meisten von ihnen waren unter Hitlers Nationalsozialismus aufgewachsen, in seinen Ritualien gedrillt, mutmasslich mit seinen Doktrinen durchtränkt. Doch etwas ging schief. Da war Unruhe in den Gängen der einstmals berühmten, einstmals liberalen Münchener Universität und böses Gewisper in den nahegelegenen Bierhallen. Als ein hoher Nazibeamter eine Rede an die Studenten hielt, scharrten sie mit den Füssen im Chor der Missbilligung. Schliesslich schrien sie: "Genug!" und verliessen in Massen den Saal.

Münchens Gauleiter, Herr Giesler, setzte seine Spione ans Werk und verhaftete drei "Rädelsführer", Hans und Maria Scholl und Adrian Probst. Sie wurden als "typische Einzelgänger" beschrieben, vor einen Nazi-Volksgerichtshof gestellt und schuldig befunden, defaitistische Propaganda verbreitet und "Sabotage an unsrer Kriegsführung mittels Flugblätter ermutigt" zu haben ...

Alles was die Aussenwelt am 22. Februar erfuhr, war die Hinrichtun von Hans und Maria Scholl und Adrian Probst durch das Beil. Seitdem hatten noch andre Münchener Bürger ihre Köpfe auf den Block vor dem weissbehandschuhten Mann mit der Axt zu legen: Kurt Huber, seit 17 Jahren ein Psychologieprofessor; ein Junge, der zu Stalingrad sein Bein für das E.K.I. eintauschte; mindestens noch neun andre Studenten. In letzter Woche wurde es offenbar, dass die Nazis besorgt wurden. Da waren mehr Verhaftungen in München und eine genaue Überwachung von Studenten und Gymnasiasten der Oberklassen. Niemand ausserhalb Deutschlands kann beurteilen, wie weit die Opposition gediehen ist. Aber Hans und Maria Scholl und Adrian Probst sind nicht vergeblich gestorben. London gelangte in den Besitz des Flugblattes, das ihnen das Leben kostete, und verbreitete es über B.B.C.:

> "Selbst dem dümmsten aller Deutschen müssen die Augen aufgegangen sein durch dieses entsetzliche Blutbad, in das Hitler und seine Komplizen ganz Europa im Namen der Freiheit und der deutschen Nation gerissen haben. Deutschlands Name wird für immer entehrt sein, wenn nicht Deutschlands Jugend sich endlich erhebt, um seine Zerstörer zu vernichten und am Wiederaufbau eines neuen Europas mitzuhelfen. Studentinnen und Studenten, das deutsche Volk blickt

> auf uns! Es erwartet von uns, dass wir 1943 den Nationalizmus brechen ... so wie 1814 Napoleons Terror gebrochen worden ist. Die Toten von Stalingrad beschwören uns! Steh auf, mein Volk, die Zeit ist gekommen!"

Dieser Artikel also ist die einzige "Quelle" meines Romans, die Anregung, besser gesagt: die Auslösung eines epischen Unternehmens, das ich schon seit der Mitte der dreissiger Jahre geplant und in Schicksalen wie das des Professorpaares oder des Vaters Möller oder der Familie Sauer bereits konzipiert hatte. Über London bekam ich noch den vollständigen Text des Flugblattes und die genauen Namen der fünf Hauptbeteiligten. Ich benutzte sie als Namenspatrone für meine Helden: ich gab ihnen ihre Vornamen.

Mehr "Material" hatte ich nihht und konnte ich nicht haben, in Kriegszeiten. Vor allem aber: mehr wollte ich nicht haben. Denn meine Aufgabe ist ja nicht Forschung, sondern Dichtung. Und ich hatte mich nun um das zeitlose Thema zu bemühen, dass eine Handvoll mutiger und nobler Menschen, hier Studenten und ihr Professor, für Freiheit und Menschenwürde und gegen Tyrannei und Barbarei kämpfen und im ungleichen Kampf zugrunde gehen. Es geht nicht um die Geschwister Scholl. Es geht nihht einmal um die von mir geschaffenen Geschwister Möller, deren Name und Sprache und Nationalität getrost ausgewechselt werden können. Es geht nur um die Gestaltung einer ewigen Idee.

Mit denen aber, die die dichteris che Freiheit in der Gestaltung faktischer Schicksale in Frage stellen, bra uche ich nicht zu rechten. Denn da gibt es gar große Fürsprecher in der Geschichte der Literaturen: von Dante und Shakespeare bis zu Schiller und Tolstoi und Thomas Mann.

Fiesole-Florenz, März 1949

Alfred Neumann

Freitag, 1. Februar 1946

„Es waren ihrer sechs"

Der unter obigem Titel mit großem Erfolg in Amerika erschienene Roman von Alfred Neumann, dem das Naziregime seine deutsche Heimat nahm, hat die bekannte Münchner Studentenrevolte zum Vorwurf und ist in Deutschland im allgemeinen nur durch kurze Inhaltsangaben bekanntgeworden. Da der Roman sich von der Wirklichkeit weit entfernt, hat es Proteste von seiten unmittelbar Beteiligter gegeben, auf die Neumann aus Los Angeles in einem Schreiben erwidert, das uns für die Oeffentlichkeit zur Verfügung gestellt wird.

„Lieber Herr Richter,

ich danke Ihnen sehr für Ihren Brief vom 16. November. Und ich weiß nicht, soll ich lachen oder weinen über die ‚heftigen Diskussionen', von denen Sie sprechen. Da schreibt ein deutscher exilierter Dichter, ein Naziopfer, gegen den Zorn und den Haß der ganzen Welt eine Dichtung über ‚das andere' Deutschland, die so überzeugende Dichtung einer menschlichen und nationalen Tragödie, daß es keine Kritik gibt, weder hier noch in den europäischen Ausgaben des Buches, die nicht Zorn und Haß vergißt und nicht ihre Erschütterung verrät: aber in Deutschland, im armen, nachtblinden Deutschland zetert es — ahnungslos, kenntnislos, auf gut Glück, auf gut Unglück von ‚misrepresentation of facts'.

Ich hätte gewünscht, Sie hätten wenigstens den Umschlagtext der amerikanischen Ausgabe gelesen: dann hätten Sie nämlich jede Diskussion sehr leicht beenden können. Es ist eine reine Erfindung und freies Spiel der Phantasie, von Anfang bis zu Ende. Es beschäftigte mich in der Anlage als dichterische Auseinandersetzung mit dem deutschen Problem schon seit 1939. Es wurde nur ausgelöst durch jene kurze Mitteilung des ‚Time Magazine' über die Münchner Studentenrevolte und übernahm — als einziges, damals sogar dubioses Faktum — den von BBC. übermittelten Text des Flugblattes. Mehr ‚Material' hatte ich nicht und brauchte ich nicht. Und es geht auch nicht um den Professor Huber, sondern um den Kriminalpsychologen Karl von Hennings und seine Frau Dora, Phantasiegeschöpfe wie die Studenten auch. Nein, ich habe nicht mit Tücke und ‚misrepresentation' Frau Huber aufs Schafott gebracht, sondern eine wunderbare Frau und Kameradin namens Dora, eine möglicherweise von keinem Leser zu vergessende Frau. An Frau Huber dachte ich nicht, aus dem einfachen Grund, weil mir ihre Existenz unbekannt war, und weil sie mich auch nicht interessieren konnte; denn ich schrieb ja keine Huber-Reportage oder -Biographie. Aber jetzt erlaube ich mir, mich für die Dame und ihre ‚ziemliche Empörung' zu schämen.

Das einzige Mittel, solche Vorurteile und gar die Verlagsängste des unsterblichen Herrn Cotta zu beseitigen, ist natürlich die Verbreitung der deutschen Ausgabe in Deutschland. Leider aber scheinen die Verhandlungen der AMG. mit meinem schwedischen Verleger — dem Neuen Verlag — Vasagaten 18, Stockholm, der, wie ich Ihnen schon früher schrieb, die deutsche Ausgabe schon seit dem Frühling fertig hat, nicht von der Stelle zu kommen.

Und was meinen Gruß an das deutsche Volk betrifft: nun, ich glaube, ich habe ihn mit diesem Buch ‚Es waren ihrer sechs' geschrieben. . . . . .

Alles Gute von Ihrem Alfred Neumann."

*

Geschrieben vom
Spätsommer 1943
bis zum
Frühsommer 1944

1

VON JETZT AB

1

Ein Traum, ein solcher Traum! Doch Sophia ist zwanzig Jahre alt und darf es träumen, an der Schwelle selbst dieses Tages. Es waren kleine wirre zusammenhanglose Bilder, aber in Sonne getaucht, in eine Glückssonne, die das Mädchen nicht kannte. Die Welt war anders unter der neuen Sonne, obgleich es München war, die vertraute Stadt, durch die die Träumende schritt, Arm in Arm mit Christoph. Sie kamen von der Universität, gingen die Ludwigstraße hinunter und wunderten sich nicht, daß sie keinen Menschen sahen. „Jetzt sind wir allein auf der Welt", stellte Christoph fest, mit seiner lieben bündigen Stimme, die keinen Widerspruch duldet. Es war das höchste Glück, spürte das Mädchen, allein mit Christoph auf der Welt zu sein. Vielleicht sprach sie es auch aus; denn Christoph küßte sie im Gehen auf die Schulter, und sie spürte es auf der Haut, so als trüge sie kein Kleid. Als sie über den Odeonsplatz schritten, stand Sophias Bruder Hans vor der Feldherrnhalle – dort, wo sonst zwei SS-Wachen im Stahlhelm vor dem Mahnmal der Anno 23 beim Hitlerputsch gefallenen fünfzehn Ur-Nazis standen und den wenigen Passanten, die den üblichen Umweg durch die im Rücken der Feldherrnhalle gelegene Preysinggasse übersehen oder verschmäht hatten, den Deutschen Gruß abzwangen. Bruder Hans kam auf Sophia und Christoph zu. Er war in Zivil und hatte seine beiden Beine; aber er warf sie beim Gehen, als seien beides künstliche Beine. Sein Gesicht war hölzern, er ging steif und mit abgezirkelten Bewegungen, wie eine große Kleiderpuppe, die ein Uhrwerk antreibt. Er ging mitten durch die Schwester und den Freund hindurch, so als seien die Zwei nicht da. „Er weiß nicht, daß er tot ist!", lachte Christoph. Sophia lachte mit, wie über einen guten Witz, und sie drehten sich nach ihm nicht um. Sie schritten durch das Hofgartentor; doch statt des Hofgartens war es eine Bergwiese, übersät mit dunkelblauem Enzian – ja, es war die Wiese am Schliersee, wo ihr Christoph vor fast zwei Jahren, im Sommer 1941, mit bündiger Stimme, keinen Widerspruch duldend, erklärt hatte, daß er sie liebe. Jetzt sagte er es nicht, sondern lachte nur, und sie lachte auch, es war ein törichtes, sonnentrunkenes und vollkommen zufriedenstellendes Lachen, und der Enzian roch betäubend nach Flieder – schon das war erheiternd genug. „Von jetzt ab riecht Enzian nach Flieder!“, bestimmte Christoph lachend. – „Von jetzt ab! Von jetzt ab!“, lachte Sophia, und es ging ihr schon nicht mehr um den Enzian, der wie Flieder duftet, sondern um diese Worte: „Von jetzt ab!“, die sie nicht genug wiederholen konnte, so voller fröhlicher Wunder waren sie. Es gab sich von selbst, bei solcher kindlich guten Laune des Universums, daß sich der Wiesenabhang senkte und die beiden jauchzenden jungen Menschen ins Rutschen kamen und auf dem Rücken wie auf Schlittenkufen über den dicken glatten Teppich aus Halm und Blume bergab schossen. „Der See! Der See!“, lachten sie, sich an den Händen haltend. Aber sie fielen nicht in den Schliersee, sondern standen plötzlich auf den Füßen. Sie standen in der Feldherrnhalle, dort, wo sonst die Lorbeerkränze liegen, dort, wo sonst, gekrönt von Hakenkreuz und Adler, die eherne Mahntafel steht, die mit den Wortlettern beginnt: „AM 9. NOVEMBER 1923 FIELEN VOR DER FELDHERRNHALLE“. Sophia und Christoph standen dort und waren gleichsam Mahntafel und Lorbeerkranz. Denn vor der Feldherrnhalle defilierte eine dichte, wenn auch schattenhafte und stumme Menge und gab den beiden den Deutschen Gruß. „Warum nur? Warum nur?“, fragte Sophia in brennender Verlegenheit den Freund. – „Offenbar halten sie uns für Juden“, flüsterte Christoph lächelnd zurück und hob den hübschen Kopf, wie bereit, die Huldigung entgegenzunehmen.

Da war es, wo die Sonne klein, gelb und scharf wurde und wie Säure den Traum zersetzte.

Sophia zuckt zusammen und erwacht.

2

Durch das vergitterte Guckfenster in der Eisentür der Einzelzelle schlägt das Licht einer elektrischen Blendlaterne. Sophia schließt rasch die Augen und liegt unbeweglich auf der Pritsche. Der Lichtstrahl zieht sich aus dem Raum zurück, Sophia sieht es durch die geschlossenen Lider hindurch. Sie liegt in einer eisigen Angst.

Während des langen Verhörs gestern – oder besser gesagt: während der Verhöre – kam sie nicht dazu, Angst zu haben; und als man sie endlich in Ruhe ließ, irgendwann in der Nacht, fiel sie in Schlaf, dumpf und gefühllos; wenn nicht alles täuscht, schlief sie auch schon vorher, im Sitzen noch, unter der Jupiterlampe, zwischen Frage und Antwort oder während Frage und Antwort. Sie erinnert sich nicht mehr recht an das Ende des Verhörs; aber sie weiß noch dies: wie ihr dichtes Haargelock sie vor der Grausamkeit des Lichtes schützte und ihr über die Augen fiel, gehorsam jedem Ruck des Kopfes, wie sie ihr das Haar mit einem Bindfaden zusammenbinden wollten und wie es sich nicht fangen ließ, gehorsam jedem Zucken der Kopfhaut. Sie erinnerte sich an eine Stimme, die sagte: „Man hätte ihr den blonden Heiligenschein abrasieren sollen", und an eine andere Stimme: „Die Rasur kommt sowieso und radikal."

Jetzt ist sie aus dem guten Traum gefallen und gerinnt vor Angst. Es ist Angst an sich, ein körperlicher Zustand, ein Weh, das im Augenblick kein Nachdenken erlaubt. Die Zelle ist eiskalt, und die Eiseskälte ist die Angst, die von außen kommt und sich an dem Körper vergreift, der von innen her aus Angst vereist. Wenn das so weitergeht, dieser Einbruch und Ausbruch von Angst, und wenn sich die beiden Gewalten zusammenfinden, jedenfalls doch beim Herzen, dann gibt es keine Rettung mehr – Rettung wovor? Das Mädchen strengt sich an, der namenlosen Angst einen Namen zu geben. Sie hat im Kopf oder in den Ohren nur noch die beiden Stimmen, die sie mit der radikalen Rasur bedrohen. Sie legt schützend die Hände auf die Haare, die sie vor dem Inquisitionslicht geschützt hatten, und drückt sie sich vor das Gesicht. Siehe, es gibt auch Wärme, das liebe Haar. Dann weint sie mit stoßendem Körper ins Haar hinein. Und dann wird sie ruhiger.

Ob auch Christoph verhaftet ist?, fragt sie sich, so wie sie es sich gestern den ganzen Tag gefragt hatte. Es war eine endlose Litanei von einer Frage gewesen, sie summte im Hirn während der Vernehmung, rannte widerspenstig und erfolglos gegen die glatte Verschlossenheit und dialektische Überlegenheit des Inquisitors, klingelte ruhelos in den Ohren, auch wenn das Mädchen nicht im Feuer der Vernehmung stand, und führte schließlich, unbeantwortet und unbefriedigt, in die Gaukelei und das Truggold des Traumes. Es ist bei alledem eine unvollkommene und ungehörige Frage; denn sie müßte auch die andern einbeschließen, die zur „Gruppe" gehören und deren Schicksal unbekannt ist: Bruder Hans und Alexander Welte, den Professor und seine Frau. Und wenn es wenigstens nur Liebe wäre, die verzeihliche und rücksichtslose Angst um den Geliebten! Aber als der Blitz einschlug und als mit dem Stoß des Herzens die Frage auffuhr, die Frage nach Christoph, war es die Fiebergrimasse eines Gedankens oder eine Schreckpsychose oder einfach Hysterie. – Ich sollte mich schämen!, hatte sich Sophia in der gleichen Sekunde getadelt und tapfer versucht, das niederträchtige Blitzbild zu vergessen. Aber es kam wieder.

3

In diesem Land hockt das Verhängnis in der Wohnungsglocke. Die Angstzeit läuft von elf Uhr abends bis acht Uhr morgens. Wenn es gegen Mitternacht läutet, mag es ein Freund sein, der gute Gründe hat, um Nachtquartier zu bitten. Wenn es zwischen sieben und acht Uhr morgens läutet, mag es der Telegrammbote sein, der Kolporteur des Heldentodes, von Gatten, Brüdern, Söhnen. Doch wehe der Wohnung, an der es in der grauen Frühe läutet, der grauenhaften Stunde zwischen Fünf und Sechs.

In diesem Land gibt es kein gutes Gewissen vor dem Schrill der Glocke zwischen Fünf und Sechs. Jeder ist schuldig vor dem lauten Fingerzeig der Allgewalt, in dieser Fangstunde. Vielen Schuldigen wird die Schuld erst genannt werden müssen, manchen nicht – Sophia nicht.

Als es gestern früh zwischen Fünf und Sechs an der Wohnungstür von Witwe Brenners kleiner Mansardenwohnung in der Martiusstraße läutete, einer besseren Wohngegend im nördlichen München, fuhr die Untermieterin Sophia aus dem Schlaf, mit einem ganz klaren und gleichsam vernünftigen Gedankenausruf: Das ist schnell gegangen! Frau Brenners alte, verfettete, in den Hinterbeinen schwache Dackelhündin Lumpi bellte wütend. Lumpi spielte eine große Rolle in Frau Brenners Leben, eine so große Rolle, daß die füllige und dynamische Fünfzigerin bei Fliegeralarm niemals und unter keinen Umständen in den Luftschutzkeller ging, aus Protest gegen das Verbot, Haustiere mitzunehmen.

Es läutete ununterbrochen. Sophia sprang aus dem Bett, warf sich den Bademantel über und lief auf den kleinen Korridor. An der Wohnungstür stand Frau Brenner in einem Kimono aus verblichener roter Seide, zwischen ihren Beinen bellte Lumpi. Sie sah Sophia mit einem sonderbar stillen und vergessenen Lächeln an. Dann drückte sie auf den elektrischen Haustüröffner. Das Läuten brach ab, Lumpi beruhigte sich. Im Stiegenhaus flammte Licht auf.

„Jetzt hat's geschnappt", sagte Frau Brenner mit etwas flatternder Stimme und dem stehengebliebenen Lächeln auf ihrem vollen, immer noch hübschen Gesicht, „jetzt holen s' mich. Mein Schwiegersohn wird im englischen Radio der Saubande die Wahrheit gesagt haben."

Der jüdische Schwiegersohn, ein nicht unbekannter Historiker, spielte in Frau Brenners Leben eine noch größere Rolle als Lumpi, obgleich er schon seit zehn Jahren im Exil lebte. Ihm zuliebe haßte sie die Nazis. Ihm zuliebe lebte sie nach drei strengen Prinzipien: niemals „Heil Hitler" zu sagen, niemals eine Hakenkreuzfahne aufzuhängen und nicht einen Pfennig für die Winterhilfe zu spenden. Sie vermietet das einstige Mädchenzimmer ihrer Tochter, einer auffallend hübschen dunkelhaarigen Frau, deren Photographien das Wohnzimmer schmückten, die aber weniger oft erwähnt wurde als der Schwiegersohn, obgleich sie sein Exil teilte. Frau Brenner nahm nur Studentinnen oder Sekretärinnen als Mieterin an; und bevor sie der Bewerberin das freundliche Zimmer mit den weißen Möbeln zeigte, bemerkte sie angriffslustig: „Ich habe einen jüdischen Schwiegersohn, jetzt in England." Sophia hatte vor zwei Jahren auf die Prüfungsfrage erwidert: „Ich wünschte, Sie hätten ihn wieder in Deutschland." Sie bekam das Zimmer der Tochter und wurde wie eine Tochter behandelt.

Es braucht seine Zeit, vier Stockwerke emporzusteigen. Die Schritte, die herauf kamen, hatten es nicht eilig. Es waren schwere Sohlen, offenbar mit Nägeln beschlagen – sie krachten das Stiegenhaus herauf. Es klang wie Hammerschläge, das Herz der Frauen hämmerte mit.

„Jetzt holen s' mich", flüsterte Frau Brenner wieder und starrte auf das blanke braune Holz der Wohnungstür. Ihr Kinn blieb lose, so als spräche sie noch lautlos weiter.

Sophia ist zwanzig Jahre alt, Frau Brenner ist für sie Mutter Brenner, eine Autorität, gewiß anders als der Professor, doch nicht weniger überzeugend in ihrer unverrückbaren Treue zu sich selbst und zu der klaren Einteilung der Gefühle in Liebe und Haß. Mutter Brenner hatte gesagt, daß sie es sei, die geholt wird, und wartete mit dem letzten Rest ihres Mutlächelns auf das Schicksal, das nun einmal die Folge solcher treuen Liebe und solchen treuen Hasses ist. Sophia wollte ihr glauben und gab dem Schicksal der Mutter Brenner den Vortritt, schon aus Respekt; denn es wäre naseweis gewesen, den Kopf zu schütteln und zu sagen: Nein, sie holen mich. Das Mädchen versteckte sich hinter dem breiten mütterlichen Rücken und wollte glauben, daß man nicht sie holte, sondern die andere, wenigstens für die lange bange Zeit des eingeläuteten Anstiegs zum vierten Stockwerk und im Takt des immer lauteren Schritthammers und Herzhammers.

Jetzt schnaufte es draußen vor der Wohnungstür mit „Puh!" und „Sakra!", als Tribut zu den vier steilen Treppen. Lumpi knurrte bedrohlich. Frau Brenner nahm die Hündin auf den Arm und gab ihr damit das Gefühl der Sicherheit. Lumpi bellt nicht und knurrt nicht im Arm der Herrin. Es pochte an der Tür – nur ein Schlag. „Aufmachen!", hieß es, „Geheime Staatspolizei."

„Das kann jeder sagen!", rief Frau Brenner aus blankem Trotz. „Das haben auch schon ganz gewöhnliche Einbrecher gesagt!"

„Hier wohnt stud. jur. Sophia Moeller", hieß es, und es war so, als habe Mutter Brenner ihren dreisten Zweifel gar nicht geäußert. Es war so, als sei sie nicht mehr da, nicht mehr ihre Autorität und nicht mehr ihr Schutz.

4

Sophia lief in ihr Zimmer zurück, so als sei sie dort sicherer. Sie hörte noch Frau Brenner mit ganz enger Stimme fragen: „Ja, was wollen S' denn von meinem Fräulein?" Sophia schloß schnell und lautlos die Tür und lehnte sich gegen sie mit steifem Körper, steifen Armen, steif ausgestreckten Fingern. Wie konnte es so schnell gehen? Gestern abend erst war Christoph hier gewesen, saß hier am weißen Tisch, mit weißem Gesicht, ja, mit weißem Gesicht, und mußte flüstern, weil Mutter Brenner den Anthrazit-Rollofen vom Wohnzimmer in die offene Tür von Sophias Zimmer gerollt hatte, den Rollofen, dessen

Haupttugend nicht darin bestand, daß er Wärme spendete, sondern daß er ein Geschenk des jüdischen Schwiegersohns war. – Bisher ginge alles gut, hatte Christoph geflüstert, das erste Hundert sei schon verteilt gewesen, als er Hans und Alexander zuletzt gesprochen hätte, kurz vor sieben Uhr – es ginge zu gut, als daß es gut ausgehen könne ... Ja, das hatte er gesagt und war doch gleich wieder ins Schwärmen gekommen, wie üblich, und hatte seine wilden Augen bekommen, und der Haarschopf fiel ihm in die Stirn und wurde zurückgeschleudert, immer wieder. Und dann war er schon wieder in den Regenmantel gefahren, seinen einzigen Mantel, einen lächerlich dünnen Mantel für den Münchner Februar, und einen Hut besitzt er überhaupt nicht – und war schon aus dem Zimmer, um nochmals zur Universität zu laufen und die beiden zu fragen, wie es stünde – und kam noch einmal zurück, bis zum Rollofen in der Tür, und zog das Mädchen an sich, nahm ihren Kopf zwischen seine Hände, hatte wilde Augen, irre große schwarze Augen im weißen Gesicht, und hatte dies gesagt, seine Lippen auf ihrem Mund – hatte dies gesagt: „Vielleicht ist's unverzeihlich ..."

So fuhr ihr Herz auf mit der Frage nach Christoph, als zwei Beamte in Zivil die Zimmertür öffneten und mit der Tür das rückwärtstaumelnde Mädchen in den Händen hatten, und so traf es der Blitz des niederträchtigen Gedankens. – Ich sollte mich schämen!, dachte sie dann sofort.

Vielleicht war es die Scham, die sie ruhig machte, oder die Wortkargheit der amtlichen Handlung. Der eine Beamte sprach im ganzen drei Sätze: „Sind Sie die Rechtsstudentin Sophia Moeller?" Sie nickte. Er wies ihr einen vorgedruckten und mit sauberer Schreibmaschinenschrift ausgefüllten Haftbefehl vor und sagte den zweiten Satz: „Ziehen Sie sich an." Der andere Beamte sprach gar nichts und machte sich im Zimmer zu schaffen, Sophia zog sich hinter dem Paravent an, der vor dem Waschtisch stand. Es ging ihr rasch und mechanisch von der Hand, die Gegenwart der Männer störte nicht; sie wußte nicht einmal, was für Gesichter sie hatten – sie sah sie nicht an.

Mutter Brenner hatte das Zimmer nicht betreten dürfen und sprach draußen auf dem Korridor, ununterbrochen. Es war eine Art Selbstgespräch, für die Ohren der Beamten bestimmt, eine mit Ausrufen moderierter Entrüstung und rhetorischen Fragen durchsetzte Preisrede auf Sophias nationalsozialistische Tugenden. Es fiel ihr schwer, die verhaßten Worte zu gebrauchen; man merkte es ihrer Stimme an und ihrem gequälten Hochdeutsch.

Es kümmerte sich doch niemand um ihren braven Fürspruch, nicht einmal Sophia selbst. Sie kam hinter dem Paravent hervor und trug das alte dunkelblaue Strickkleid, noch aus Friedenswolle, das sie voller machte. Sie sah, daß alle Schubladen aufgezogen waren; auf dem Tisch lagen, sauber geschichtet, Kolleghefte, Briefschaften, je ein Stoß ungebrauchten Schreibmaschinen- und Kohlepapiers und die alte tragbare Remington-Schreibmaschine. Der zweite Beamte, der gänzlich stumme, stand an ihrem Bett und riß die Bettdecke auf. Es war eine rohe und schamlose Bewegung, das Mädchen drehte ihm den Rücken. Der erste Beamte stand am Bücherregal, ging mit dem Finger über die Bücherrücken, so als habe er es in den Fingerspitzen, welches Buch zu beschlagnahmen sei und welches nicht, und wandte sich um, ohne ein Buch herauszuziehen. Er sprach seinen dritten Satz: „Sie können notwendigste Toilettengegenstände und etwas Leibwäsche mit sich nehmen."

Als sie das Zimmer verließ, hätte sie sich gerne noch einmal umgeschaut; denn sie hing an dem Raum und seinen weißen Mädchenmöbeln. Doch hinter ihr waren die beiden Beamten; so unterließ sie es. An der Wohnungstür stand Mutter Brenner, den Hund im Arm.

„Ein ausgemachter Irrtum, Sopherl!", sprach sie kehlig. „Sie san bald wieder da, Sopherl." Sie vermied, auf das Handkofferchen zu schauen, das Sophia in der Hand trug, und hatte wieder ihr halbes Lächeln im Gesicht, den Scherben von einem Lächeln.

„Adieu, Mutter Brenner, adieu, Lumpi", sagte Sophia.

5

Auf der Straße herrschte noch Nacht, die Kriegsnacht ohne Licht und ohne Leben. Sophia bestieg eine geräumige Limousine, die vor dem Hause stand, und wurde angewiesen, auf dem Klappsitz Platz zu nehmen. Hinter ihr im Fond saßen die beiden Beamten, neben ihr, auf dem andern Klappsitz, lagen ihre Schreibmaschine und die beschlagnahmten Papiere, um die ein Lederriemen gebunden war. An den seitlichen Wagenfenstern waren die Vorhänge heruntergelassen, eine überflüssige Maßnahme, da das Auge in der Dunkelheit nichts erkennen konnte. Vor sich, abgetrennt von der Scheibe, sah das Mädchen die Umrisse zweier uniformierter Männer, des Chauffeurs und eines Polizeibeamten, die sich um die Fahrgäste nicht kümmerten. Der Wagen fuhr sehr schnell, obgleich die blauen Lichter der Scheinwerfer die Straße nur auf kurze Sicht beleuchteten. An der scharfen Linkskurve merkte Sophia, daß sie von der Martiusstraße stadteinwärts in die Leopoldstraße einbogen.

– Ob sie mich ins Gestapohaus bringen?, fragte sie sich.

Der Wagen rauschte durch den mächtigen Mittelbogen des Siegestors, durch den für gewöhnlich keine Autos fahren durften, und jagte die schwarze leere Ludwigstraße hinunter. Rechts im Nichts lag die Universität. Sophia dachte in der Sekunde des Vorbeifahrens an den Kollegsaal Nummer 77 und den kleinen Seminarraum schräg gegenüber; sie dachte an Professor von Hennings' schmalen, haarlosen Habichtkopf und Dora von Hennings' Madonnenscheitel und Alexander Weltes schwäbischen Rundschädel und Bruder Hansens ernstes, dünnlippiges, gleichsam bedächtig kühnes Hanseatengesicht und Christophs schwarzäugige Hübschheit eines bajuvarischen Wilderers. Sie dachte an alle, in der gehörigen Reihenfolge, sie ließ Christoph in der Reihe und zog ihn nicht vor. Doch die Schau der Gesichter dauerte nur die kleine Sekunde des Vorbeiflitzens, und Sophia hatte keine Zeit, sie auf die schwarze Fahrt mitzunehmen.

Denn bald, sehr bald kam die Entscheidung, welchen Weg sie zu gehen haben würde – sie war doch ganz allein und in rasender Fahrt, sie hatte nicht sich und nicht die Schreibmaschine, die gefährliche Nachbarin, sondern nur den Gedanken an die Kameraden aus dem Wagen geworfen, und der Gedanke lag nun hinter ihr in der Nacht. Sie selber aber, schon auf der Höhe der Ludwigskirche, kroch fröstelnd in ihren weichen Kamelhaarmantel hinein und erwartete die nahe und immer nähere Entscheidung des Odeonsplatzes. Würde dort der Wagen nach rechts abbiegen, in die Brienner Straße, dann führte er zum Gestapohaus, halbwegs zwischen Odeonsplatz und Karolinenplatz, zur schauderhaften Backsteingotik des Wittelsbacher Palastes, dem

Alptraum der Stadt. Sophia zupfte sich mit den Zähnen kleine Hautfetzen von der aufgesprungenen Unterlippe. – Bin ich so feige, dachte sie und wollte sich wieder schämen, bin ich so feige, weil ich so allein, so allein ...

Der Wagen bremste am Odeonsplatz nicht ab, sondern fuhr geradeswegs in den engen schwarzen Schlund der Theatinerstraße hinein. „Gott sei Dank!", atmete das Mädchen auf. Die Gottesdankbarkeit galt der Münchner Polizeidirektion, dem nun erkannten Ziel.

6

Die Vernehmung begann erst gegen zehn Uhr vormittags. Die Registrierungen, so umständlich sie waren, die Bekanntschaft mit der Einzelzelle und die Verabfolgung des Frühstücks, das aus einer Blechtasse mit immerhin heißem Kaffee-Ersatz und einem Stück Brot bestand, nahmen nur eine von den vier Stunden in Anspruch, die sie zu warten hatte. Sie hatte Zeit genug, um nachzudenken, sich zu fragen und sich zu prüfen. Sie glaubte nicht mehr, daß sie allein verhaftet worden sei. Vielleicht war Bruder Hans oder Alexander Welte, vielleicht waren alle beide gestern Abend beim Verteilen der Flugblätter aufgegriffen worden, trotz aller Vorsicht, trotz der ausgeklügelten Verteilungstechnik, trotz Uniform, Kriegsauszeichnung und Kriegsverstümmelung. Daß sie Hansens Schwester sei, mochte Grund genug für ihre Verhaftung sein. Doch warum dann gleich Verhaftung und Einsperrung und der bedeutsame Griff nach der Schreibmaschine, warum nicht zunächst eine einfache Einvernahme – Hans und Alexander gaben sie doch nicht preis?

Über das Vielleicht und das Warum stülpte sich wie ein Glassturz die Frage nach Christoph. Ob auch er verhaftet ist? Wollte sie wieder hysterisch oder niederträchtig werden? Was wollte sie denn? Was wünschte sie denn? Antwort! – „Ja, ja", wimmerte sie, auf der Pritsche hockend, den Kopf zwischen den Fäusten, „ich wünschte, daß er auch verhaftet ist ..."

Sie stand auf und ging hin und her, mit aufgeschlagenem Mantelkragen, die Hände in den Taschen. Der Atem kam aus der Nase, sichtbar wie Zigarettenrauch. Eine Zigarette täte gut, dachte sie. Zwischen der Pritsche, dem Blechgestell mit Krug und Waschschüssel und dem Notdurftkübel an der einen Wand und Klapptisch und Hocker an der anderen Wand waren es drei Schritte. In der Längsrichtung waren es vier Schritte. Sie klappte den Tisch auf und zu. Er hatte ungefähr den gleichen Mechanismus wie die Klapptische an den Fenstersitzen der D-Zugabteile. – Sie hatten Fensterplätze, Sophia und Christoph, als sie vor einem Jahr nach Salzburg fuhren. O die schöne Fahrt in die Zauberwelt jener Ferienwoche ohne Krieg und Uniform und Hakenkreuz! Sophia ging auf und ab in der Längsrichtung. Ihr Absatz klopfte auf den Steinboden, und der Rhythmus von rollenden Eisenbahnrädern klopfte in den Ohren. Fahren, Fahren, über Grenzen, ohne Grenzen ... – Sie blieb stehen, ein wenig schwindlig, und die Ohren sausten. – Ich werde aus ihnen herausbekommen, wer alles verhaftet ist, rief sie sich zu, und sie werden von mir nichts herausbekommen!

Sie fühlte sich plötzlich unternehmungslustig. Sie war so etwas wie in Reisestimmung.

Die beiden Beamten, die sie eingeliefert hatten und seitdem nicht mehr zu sehen waren, tauchten gegen zehn Uhr wieder auf, hinter dem alten schnauzbärtigen Polizeiwachtmeister, der die Zeile aufschloß, und winkten dem Mädchen, ihnen zu folgen. Da sie nachgerade schon alte Bekannte waren und da Sophia schließlich ein junges hübsches Mädchen war, wagte sie ein kleines Lächeln und fragte: „Was habt ihr beide es eigentlich so wichtig mit mir?“ Und dabei sah sie sie an, zum erstenmal. Es waren verriegelte Gesichter, sozusagen aus dem gleichen Holz geschnitzt, das eine mit einem blonden, das andere mit einem dunklen Bärtchen, das eine runder, das andere ovaler; man hätte Augen, Nase, Mund und das grobe Kinn zwischen ihnen austauschen können, und es wäre ungefähr das gleiche herausgekommen. Sie antworteten nicht. Sophia wandte den Blick ab und hatte sie vergessen. Sie gingen Treppen hinauf und einen langen Gang entlang. Sie begegneten einigen schwarzen SS-Uniformen, die keinen Blick für sie hatten. Sie hielten vor einer Tür, deren gerillte Milchglasscheibe in schwarzen Lettern die Aufschrift trug: GEHEIME STAATSPOLIZEI – KOMMISSAR NEGELE.

7

In dem ziemlich großen Raum, in dem kein Fenster zu sehen war, brannte künstliches Licht, ein starkes, hartes, sehr weißes Licht von der kugelrunden Deckenbeleuchtung. An dem Doppelschreibtisch saßen ein älterer Mann in Zivil und ein junger Gestapobeamter in schwarzer Uniform. Vor dem Schreibtisch standen ein Stuhl und ein kleines Tischchen mit Sophias tragbarer Remington und dem beschlagnahmten Maschinenpapier. Der Mann in Zivil, offenbar Kommissar Negele, hob den Kopf und sagte, den Rotstift in der Hand zu einer Art Gruß hebend: „Nehmen Sie Platz." Er hatte ein pausbäckiges farbloses Gesicht, einen geschorenen Kopf, der in der Mitte über der Stirn ein paar Zentimeter klebrig gescheitelten farblosen Haares tolerierte, farblose Brauen, ein farbloses Hitlerbärtchen und farblose, sonderbar belustigte Schweinsäuglein. Die beiden Beamten, die alten Bekannten, standen rechts und links von der Tür an der Wand, Karyatiden der Verschlossenheit. Der junge SS-Mann sah nicht auf und ordnete wohlgespitzte Bleistifte neben einem Stenogrammblock. Er sah aus, wie alle SS-Männer aussehen: hübsch, straff, mager, das kurze, blonde Haar links gescheitelt, die professionelle Entschlossenheit in der herausgearbeiteten Kinnpartie – dem „gezüchteten" Kinn, wie der Professor zu sagen pflegt – und in den Augen die eingedrillte, die entsetzliche Kälte. Der Professor nannte es: das künstliche Seeleneis. – So hat auch Bruder Hans ausgesehen, früher, in der Zeit vor der Prothese, dachte Sophia.

„Da san ma also beieinand", begann der Kommissar herzlich und drehte den Rotstift zwischen den Fingern. „Sie wisse wohl warum – oder wissen Sie's nicht, Fräulein Moeller?" Der Kommissar hatte die überraschende Gabe, sowohl bayrisch als auch schwäbisch als auch hochdeutsch zu sprechen. Er mischte die Mundarten nach Laune oder nach Plan. Der protokollführende SS-Mann wischte die ersten Kurzzeichen über den Block und sah frostigen Gesichts auf seine Fingernägel.

„Ich weiß es nicht", antwortete Sophia.

„Gengan S!", bezweifelte Negele freundlich, „beginne mer andersch – beginnen wir besser hiermit, Fräulein Moeller." Er kreiste mit der Hand langsam über die Papiere auf der Schreibtischplatte, so als sei die Auswahl dessen, womit zu beginnen, beträchtlich. Dann hob er mit gleichsam angewiderten Fingern ein seidendünnes, vielgefaltetes Blatt Papier empor und stand auf. Er war im Stehen nicht viel größer als im Sitzen, so kurz waren seine Beine. Er ging zum Tischchen, an dem das Mädchen saß und nicht wußte, ob ihr Gesicht Farbe bekam oder noch blasser wurde, als es war. Der Kommissar hielt beinahe waagerechten Arms das Seidenpapier an der äußersten Ecke, wie man eine vergiftete Ratte am Schwanzende trägt, um sie auf den Kehrichthaufen zu werfen.

„Kennen Sie das ?", fragte er und hielt ihr das sich entfaltende enggetippte Flugblatt vor die Augen. Sophia erkannte mit einem Blick, daß es zu den Hundert gehörte, welche sie geschrieben hatte, nicht zu dem anderen von Dora Hennings verfertigten Hundert.

„Nein", antwortete sie, „was ist das?" – Wenn ich nur wüßte, wie meine Stimme klingt, dachte sie und hustete vor Erregung.

Der Kommissar blinzelte sie belustigt an und zeigte auf die Remington. „Kennen S' dann die Maschin a net?"

„Gewiß, das ist meine Schreibmaschine."

„Und das Papier?"

„Das ist mein Papier."

Negele nahm einen reinen Bogen vom Tisch und hielt ihn neben das Flugblatt. „Na?", fragte er.

„Ich verstehe nicht."

„Glaube Sie net, daß die Papierle Brüderle sind oder Schwesterle?"

„Aber ich bitte Sie, Durchschlagpapier ist genormt! Es gibt bekanntlich nur zwei Qualitäten, eine dickere und diese dünne. Die können Sie in jedem Papiergeschäft und neben jeder Schreibmaschine finden!" – Das war gut, lobte sie sich.

„Fressen S' mi nur net", sagte der Kommissar und fuhr ohne Pause in Hochdeutsch fort: „Wieviel leserliche Durchschläge machen Sie mit Ihrer Maschine?"

„Vier", log Sophia.

„Falsch, sechs", sagte Herr Negele, „legen Sie bitte sieben Blätter mit sechs Kohlepapieren ein."

Sophia gehorchte; da sie ihrer Hände nicht sicher war und keine Nervosität zeigen wollte, tat sie es sehr bedächtig. Der Kommissar zeigte keine Ungeduld, der SS-Mann blickte gleichgültig wartend auf seinen Protokollblock, die beiden an der Wand standen teilnahmslos und ohne Zeitgefühl.

„So", sagte der Kommissar, als das Mädchen endlich die Blätter in die Maschine gespannt hatte, „jetzt schreiben Sie ..." Er hielt das Flugblatt mit beiden Händen, spannte es leicht, um die Falzfalten zu glätten, und schien den Ekel vor der Ratte verloren zu haben. Er diktierte: *„Studenten! Freiheit und Ehre! Zehn Jahre lang sind diese beiden schönen deutschen Worte mißbraucht und von Hitler und seiner Clique erniedrigt und verdreht worden ..."*

Er stockte, sie schrieb nicht. Er stand in ihrem Rücken und sah den blonden Schwall des Haares über ihrem gebeugten Nacken. „Na?", fragte er.

„Warum soll ich das schreiben?", fragte sie leise zurück, und ihre schmalen Schultern gingen auf und ab, „ich meine, warum diktieren Sie mir nicht etwas anderes, wenn Sie nur wissen wollen –" Ihre Stimme erstarb.

„Weigern Sie sich, das zu schreiben?", fragte der Kommissar.

„Ja", nickte sie.

„Auch wenn Ihre Weigerung für uns der Beweis wäre, daß Sie das Flugblatt geschrieben haben?"

Ihre Schultern bewegten sich. „Also bitte ...", flüsterte sie nach der langen Stille.

„Also bitte", sagte Negele, „schreiben Sie das, was ich diktiert habe."

Sophia begann zu schreiben. Erst nach den ersten vier Worten zuckte die Warnung durchs Hirn: nicht zeigen, daß du den Text kennst! Sie hörte zu tippen auf und sah in die Luft: „Wie geht es weiter, bitte? – Und ist das erste richtig? Man kann sich ja das alles nicht gleich merken ..."

Negele blinzelte belustigt auf ihren Rücken und wiederholte die Worte. Sie schrieb mit stockendem Anschlag. Er beugte sich über ihre Schulter und sagte: „Sie schlagen absichtlich zu leicht auf und vertippen sich absichtlich. Warum wollen Sie sich absichtlich belasten? Geben Sie zwei Zeilen Zwischenraum und fangen Sie nochmals an."

Sie gehorchte und schrieb flüssig die tief vertrauten Worte, aus der zweiten Hälfte des Manifestes, die großen, die mutigen, die fackelschwingenden Worte; und über des Kommissars farbloser Froststimme kam des Professors leidenschaftliches Flüstern, wie er den Text des Flugblattes diktierte ...

Kommissar Negele stockte und beugte sich rasch über ihre Schulter: „Da schaugst!", staunte er, „da schreibe mer ja rascher, als mer diktiere! Da stehen ja schon Worte da, die ich noch gar nicht ausgesprochen habe – und zwar die richtigen Worte! Wie erklären wir uns das, meine Dame?"

Sophia schluckte und schluckte, sie hatte plötzlich Wasser im Mund. „Das ergibt sich aus dem Satz", schluckte sie.

„Erlauben S', meine Dame. Ich habe diktiert: *‚Sie tun es noch immer, Tag für Tag, und haben'* ... Das war alles, was ich sagte. Und hier steht schon das, was ich noch nicht sagte. Hier steht: *‚ ... Schande und Unehre.'* Warum ergibt es sich aus dem Satz, bitte?"

„Es ergibt sich aus dem Vorhergeschriebenen und dem ganzen Inhalt ...", schluckte Sophia.

„Warum?", schrie der Kommissar plötzlich, und es war erstaunlich, wie seine wäßrige Stimme schreien konnte. „Der vorhergehende Satz lautete: *‚Selbst dem dümmsten aller Deutschen müssen die Augen aufgegangen sein durch dieses entsetzliche Blutbad, in das sie ganz Europa im Namen von »Freiheit und Ehre« gerissen haben.'* Warum ergibt sich daraus: *‚Schande und Unehre'* – so wie es in dem Schandblatt steht?"

Sophia antwortete nicht. Sie sah aus den Augenwinkeln nach rechts: der junge SS-Mann war bereits mit dem Stenogramm der geschrienen Worte fertig und trommelte mit den Fingern der linken Hand leicht auf die Tischplatte, die Augen gleichgültig wartend auf dem Protokollblock. Das Mädchen blickte schnell nach links: die beiden an der Wand sahen aus, als schliefen sie im Stehen und mit offenen Augen.

„Ich stelle fest", sprach der Kommissar mit seiner gewöhnlichen Stimme, „daß Sie mir auf meine Frage keine Antwort gegeben haben. Besagt das, daß Sie die richtigen Worte vorzeitig hingeschrieben haben, weil Ihnen der Text bekannt ist?"

„Nein", antwortete Sophia.

Der Kommissar ging zu seinem Schreibtisch zurück. „Das genügt fürs erste", sprach er und winkte mit dem Kopf zur Tür hin. „Sie werden wieder gerufen werden."

Sophia stand auf, die beiden an der Wand erwachten zum Leben, führten sie hinaus und in stummem Marsch zur Zelle zurück.

Sophia hockte auf der Pritsche und versuchte, ihre Gedanken zu sammeln. Hatte sie sich bisher gut oder schlecht gehalten?

Der Professor hatte gesagt: „Jeder von uns ist für den anderen verantwortlich. Wir alle sind für unser Tun verantwortlich. Unser Tun ist revolutionär, also der Zukunft verantwortlich. Wird einer von uns verhaftet, so hat er in einer Weise zu handeln, daß die andern fünf weiterarbeiten können. Werden fünf von uns verhaftet, so haben sie in einer Weise zu handeln, daß der sechste weiterarbeiten kann. Werden wir alle sechs verhaftet, so haben wir zu handeln, als wären wir nicht sechs, sondern sechzig oder sechzigtausend oder sechs Millionen – so haben wir als die Sprecher einer Macht zu handeln, die uns in die Gegenwart vorausgeschickt hat und mit uns nur sechs Stimmen verliert, sechs von sechs Millionen ..."

Es waren Worte von solcher Leuchtkraft, daß man sie gleichsam sieht, wenn man an sie denkt. Sophia dachte an sie und sah sie; aber sie standen in keinem Verhältnis zu ihrer Vernehmung, sie waren zu groß und zu schön und zu bedeutend für das Geschacher um Durchschläge und für Negeles Geschrei um „Schande und Unehre". Aber diese Worte, die sie hingeschrieben hatte, weil sie sie kannte wie die Worte des Vaterunsers, diese Worte der Sendung, um die es geht und die den Negele zum Schreien brachten wie das Kreuz den Teufel – diese Worte hatte sie verleugnet, mit dem nächsten Wort, das sie sprach. War es richtig oder war es falsch? Bedeutet die Verantwortung, die ihr oblag, daß sie gestehe oder daß sie leugne? – „Wird einer von uns verhaftet ...", flüsterte sie ratlos für sich, „einer von uns, ich, die eine, ganz allein ich ... und was ist mit Christoph ..."

Sie wußte nicht, wieviel Zeit vergangen war, als die beiden Beamten wieder erschienen und sie aufs neue dem Kommissar vorführten. Der kleine Tisch mit Sophias Schreibmaschine und Maschinenpapier war verschwunden, der Stuhl stand jetzt nicht mehr quer, sondern frontal zum Doppelschreibtisch. Der Kommissar wies sie mit dem Rotstift an, Platz zu nehmen, und sagte ohne mundartliches Präludieren: „Unser Schreibmaschinensachverständiger hat mit absoluter Sicherheit zweierlei festgestellt: erstens, daß das Flugblatt hier auf Ihrer Schreibmaschine geschrieben wurde, und zweitens, daß das Flugblatt von der gleichen Hand getippt wurde, die den von mir diktierten Absatz aus dem Flugblatt getippt hat – also von Ihnen." Er zeigte mit dem Rotstift auf das Mädchen.

„Maschinenschrift ist doch keine Handschrift", meinte Sophia und freute sich, daß sie ruhig blieb.

„Fräulein Moeller", sagte der Kommissar und hielt den Kopf ein wenig schief, „es gibt Täter, denen man Achtung nicht versagen kann. Sie aber beginnen, sich verächtlich zu machen." „Warum?", fragte Sophia und bekam eine rote Stirn, „weil ich nicht begreifen kann, daß aus der Maschinenschrift die Identität des Maschinenschreibers hervorgeht?"

„Weil Sie mir weismachen wollen, daß jemand anders auf Ihrer Maschine das Pamphlet geschrieben hat."

„Aber ich denke ja gar nicht daran!", rief sie.

„Jemand anders ...", nahm es Negele auf und spitzte genüssig den Mund. „Wenn wir das Verächtliche einmal beiseite lassen, so ergäben sich daraus ganz interessante und sogar klar begrenzte Perspektiven."

„Ich begreife gar nicht, was Sie meinen ..."

„Sie werden gleich begreifen", sagte der Kommissar. „Da haben Sie zum Beispiel einen Blutsverwandten hier, in der Münchner Stadt, den als Kriegsinvaliden entlassenen Vizefeldwebel und cand. jur. Hans Moeller – stimmt das?"

„Ja – aber mein Bruder hat nichts zu tun damit, gar nichts!"

„Aber Sie belasten ihn doch!"

„Nein!", schrie Sophia und preßte die Fingernägel in die Handballen.

„Also?", fragte Negele, den Rotstift drehend.

Sie blickte wie hilfesuchend zu dem jungen SS-Mann hinüber, dessen Eisaugen auf dem Protokollblock festgefroren waren und dessen Bleistift lässig eilige Zeichen auf das Papier warf. Sie blickte auf den Protokollblock, sie sah, daß weit über die Hälfte des dicken Heftes beschrieben und nach hinten umgelegt war. Als sie nach der ersten Vernehmung aus dem Zimmer geschickt wurde, waren nur wenige Blätter des Blocks umgelegt – sie erinnerte sich genau. Die neue Vernehmung konnte bisher nicht viele Blätter verbraucht haben. Der SS-Mann hatte also in der Zwischenzeit ein anderes Protokoll geführt –, vielleicht über die Schreibmaschinenexpertise, vielleicht auch über die Vernehmung eines anderen Verhafteten. Vielleicht hatte inzwischen Bruder Hans auf diesem Stuhl gesessen und den Kommissar mit seinen bedächtig mutigen Augen angesehen und mit seiner genauen, knappen Stimme ausgesagt, was er zu verantworten hatte, im Namen der Sechs und der sechs Millionen.

„Es gibt Täter, denen man Achtung nicht versagen kann", hatte der Inquisitor gesagt.

„Also?", fragte Negele zum zweitenmal.

„Ich schrieb das Flugblatt", sagte Sophia.

„Na, da hammers ja", meinte der Kommissar in gemütlichem Münchnerisch und lehnte sich zurück, für ein paar Sekunden die Augen schließend. „Und wie lange haben Sie für die Niederschrift der Seite gebraucht?", fragte er unerwartet.

„Ich weiß es nicht so genau", antwortete sie, um Zeit zu gewinnen; denn sie begriff noch nicht, was hinter der neuen Frage steckte.

„Sehen wir mal zu", sprach Negele, geduldig wie ein Erwachsener, der einem Kind bei den Schulaufgaben hilft. „Das Flugblatt hat, wie ich bereits ausgerechnet habe, rund 670 Worte und ist einzeilig, absatzlos und fast ohne Seitenrand auf sechzig Zeilen geschrieben, eine sehr ökonomische Ausnützung des verfügbaren Blattraums. Bei Ihrer mittelmäßigen Schreibfertigkeit ohne Zehnfingertechnik, hinzugerechnet die notwendige Verzögerung durch das Ablesen von der Vorlage ... – Sie hatten doch fraglos eine Vorlage, ein Konzept?", unterbrach er sich.

– Vielleicht fragt er mich das alles wegen dieser Zwischenfrage, dachte sie in fiebriger Anstrengung; aber wie kann ich sagen, ich hätte kein Konzept gehabt ... „Ja", nickte sie.

„Und Sie hatten fraglos keine Hilfe – ich meine: niemanden, der Ihnen diktierte?"

Sie schüttelte heftig den Kopf: „Nein!"

„Unter Berücksichtigung aller dieser verzögernden Umstände", fuhr Negele besinnlich fort, „müssen Sie nach meiner Berechnung für die Seite mindestens zwanzig Minuten, vielleicht sogar fünfundzwanzig Minuten benötigt haben. Kann das ungefähr stimmen?"

„Ja", nickte Sophia.

„Sehen Sie", freute sich Negele. „Und wann haben Sie das Flugblatt geschrieben?"

– Wann ... dachte Sophia, darauf will er hinaus: wann ... Aber wenn ich nicht weiß, ob die Wahrheit oder die Lüge die andern schützt, sage ich die Wahrheit ... – „Vorgestern", sagte sie.

„Wann vorgestern?"

„Vorgestern Abend."

„Wann vorgestern Abend?"

„Ab neun Uhr." – O dieser Abend vorgestern! Sie räumten das Abendbrot vom Tisch, Sophia und Christoph, und es war ein köstliches Abendbrot gewesen, ein würdiges Abendbrot für die Arbeit – Hartwurst und Geräuchertes, unrationierte Gaben von Christophs Mutter aus dem Oberland. In der offenen Tür stand der Rollofen und spendete Wärme. Gegen die geschlossenen Jalousien des Fensters graupelte ein Gemisch von Regen und Schnee. „Von der respektablen RAF ist heute nacht keine Störung zu befürchten", hatte Christoph gesagt und sich nahe neben sie gesetzt. Die Weckeruhr auf dem Nachttisch zeigte fünf Minuten vor Neun, als er mit dem Diktat begann. Er diktierte flüsternd, weil die Tür offen stand; doch Mutter Brenner, an und für sich nicht neugierig, war bereits in ihrem Schlafzimmer und erfreute sich wohl schon des ersten Schlafes, dessen gesundheitsfördernde Bedeutung und Festigkeit sie zu rühmen pflegte. Christoph diktierte flüsternd, nahe Sophias Ohr, und kam flüsternd in Pathos, entflammt von der Fackel der Worte. Er diktierte das Manifest fünfzehnmal und geriet fünfzehnmal in Feuer an den immer gleichen Worten. Wenn sie die beschriebene Seite aus der Maschine gezogen und frische Blätter eingelegt hatte, sah sie ihn an, und sein hitziges Wilderergesicht kam lautlos lachend nahe, mit weißen Blitzzähnen und schwarzen Blitzaugen. Er gab ihr jeweils einen Kuß zur Belohnung, fünfzehnmal. –

„Ab neun Uhr", nahm es der Kommissar auf, „und wann waren Sie fertig?"

„Gegen zwei Uhr nachts", antwortete Sophia und sah den Wilderer fortschlüpfen, mit der Beute der hundert Blätter unter dem Regenmantel, und sie hatte dann noch die gebrauchten Kohlepapiere im Rollofen zu verbrennen.

„Von neun bis zwei", wiederholte der Kommissar langsam. „Und wieviel hatten Sie im ganzen geschrieben?"

„Wieviel?", fragte Sophia zurück und fühlte die Schlagader klopfen.

„Insgesamt wieviel Exemplare der Flugblätter haben Sie verfertigt?"

– Eine Falle!, dachte sie verzweifelt, er kann nachrechnen, daß es hundert waren – aber Frau Dora schrieb die anderen hundert, und vielleicht weiß er, daß es mehr sind als hundert, und ich gefährde Dora ... „Sagte ich: bis zwei Uhr ?", flüsterte sie gehetzt, „das ist ein Irrtum, ich arbeitete viel länger ..." „Insgesamt wieviel Exemplare?"

„Ich arbeitete mindestens bis vier, fünf ..."

„Ich frage Sie zum drittenmal: wieviel Exemplare haben Sie verfertigt?"

„Rund zweihundert."

„Hm", machte Negele und faltete nachrechnend die Stirn, „eine Seite plus sechs Durchschläge oder sieben Exemplare in zwanzig Minuten, 105 Exemplare in 300 Minuten oder fünf Stunden, das war zwei Uhr morgens. Sie müssen also für 210 Exemplare bis sieben Uhr morgens gearbeitet haben. Von neun Uhr abends bis sieben Uhr morgens, allerlei für ein Mädchen von augenscheinlich nicht robuster Konstitution."

„Oh, so lange dauerte es bestimmt nicht!", rief sie kehlig, und ihre Hände flatterten vom Schoße auf, „bestimmt nicht länger als fünf – es ging ja immer schneller mit dem Tippen, verstehen Sie – ich wußte es ja schließlich auswendig ..."

Der Kommissar betrachtete sie mit belustigten Augen, seine Linke kreiste suchend über die Tischplatte, griff zu und hatte ein seidendünnes, engbeschriebenes Blatt zwischen den Fingern, „übrigens", sagte er, „da haben wir noch ein zweites Exemplar der Flugschrift in unserem Besitz, doch überraschenderweise ein auf einer anderen Schreibmaschine und von einer anderen Hand verfertigtes Exemplar, nämlich auf einer Continental-Büromaschine und von einer der Zehnfingertechnik kundigen Hand. Können Sie es sich erklären?"

„Nein", sagte sie und schüttelte den Kopf.

„Nein?"

„Es ist mir unerklärlich", flüsterte sie fast unhörbar.

„Das wäre im Augenblick alles, Sie werden wieder gerufen werden", sprach der Kommissar und wies mit dem Rotstift zur Tür.

8

Während des Rückweges zur Zelle sagte Sophia: „Ich habe Hunger." Die beiden Beamten überhörten die Worte, sie nahmen die Worte nicht an, sie hatten eine karge Beziehung zum Menschlichen.

Sophia sagte zu dem Polizeiwachtmeister, der so etwas wie einen Sonderdienst an ihrer Zellentür versah – aufschließend, zuschließend, aufschließend, zuschließend –: „Ich habe Hunger." Der Schnauzbärtige hob die Schulter, selbst der Schnauzbart ging auf und ab, in seinen gutmütigen braunen Augen war Verlegenheit. Doch er sprach nichts und brachte nichts zu essen.

Vielleicht war es dann der Hunger, der eine gewisse geistige Unordnung über das Mädchen brachte – der Hunger zusammen mit dem diabolischen Rhythmus der intermittierenden Vernehmungen. Zurück zu Negele, zurück zur Zelle, zurück zu Negele: aus den inquisitorischen Fragmenten wurde nur der Kommissar klug, der das Spiel erdachte und das Mosaik zusammensetzte. Er setzte es aus Vernehmungsstücken zusammen, die ihm von verschiedenen Seiten geliefert wurden – darüber schien kein Zweifel mehr. Aber wer außer Sophia trug seinen Teil bei, wer anders saß vorher und nachher auf dem Stuhl, der von einer bestimmten Sitzung ab unter dem Lichtsturz der Jupiterlampe stand? Sie erfuhr es nicht, und die Antworten, die sie sich gab, waren widerspruchsvoll und hoben sich selber auf. – Ja, sie haben Hans!, konnte plötzlich das Herz aufhämmern, Hans und Welte! Dora – sie haben Dora! – Und manchmal war sie von der Erkenntnis überflutet wie von flüssigem Feuer: sie haben uns alle, auch Christoph! – Und manchmal tickte hinter der Stirn doch wieder der alte Kehrreim: ich allein, ganz allein ich ...

Sie geriet in Unordnung. Sie war zerschnitten, durcheinandergeworfen und zur Rede gestellt, immer wieder zur Rede gestellt. Sie vergaß von einem zum anderen Male, was sie ausgesagt hatte und was alles in dem Schnitzelwerk von Frage und Antwort zu Haufen lag. Der Kommissar spießte die Widersprüche mit dem irritierenden Rotstift auf oder ließ sie belustigt laufen, je nachdem es in seine Spielregel paßte.

Sie konnte die komplizierte Rechnerei von 105 Exemplaren in 300 Minuten und das Kreisen der Zeit um die kritische Zwei-Uhr-Stunde nicht mehr fassen. Der Kommissar legte großen Wert auf diese Arithmetik und kam immer wieder darauf zurück, immer wieder.

Der Wecker auf dem Nachttisch tickte hinter der Stirn und das „Ich allein, ganz allein ich" – und Christoph war viel zu nahe der Rechnerei, gefährlich nahe – und das Licht über dem Kopfe war wie eine Dusche aus brennendem Benzin – ja, es roch nach versengtem Haar – mein Haar!, dachte sie und legte die Hände aufs Haar.

Es konnte sein, daß sie dann die 300 Minuten und die 105 Exemplare zugab – „Ja! Ja! 105 Exemplare!"

Doch als dann der Turnus kam – zurück zur Zelle, eine unbestimmte Zeit, Dämmerzeit, mit wütendem Hunger und wütendem Kopfweh, zurück zum lodernden Stuhl –, da wußte sie nicht mehr, ob sie es zugegeben oder nur in Gedanken geschrien habe: Ja! Ja! 105 Exemplare!

Es war auch nicht mehr die Rede davon. Es war die Rede von der Vorlage, vom Konzept. Eine harmlose Frage, wieder einmal eine technische Frage: ob die Vorlage ebenfalls mit der Maschine oder mit der Hand geschrieben war. – Als Stenogramm, war die Antwort. Es folgte ein kleines Examen in Stenographie, das Sophia mühelos bestand. Dann kam die Frage nach der Autorschaft. Sophia hatte sie schon lange erwartet und sagte aus, daß sie die Verfasserin des Manifestes sei. Der Kommissar machte von dem Geständnis kein Aufhebens, sondern bemerkte mit wäßriger Stimme, daß für gewöhnlich ein Stenogramm nicht der Niederschlag eigener Gedanken, sondern fremden Diktates sei. Sophia bestritt es. Der Kommissar wies sie darauf hin, daß keines ihrer Kolleghefte und kein Konzept ihrer Arbeiten für das Seminar in Kurzschrift geschrieben sei. Sophia entgegnete, daß sie das Manifest in Kurzschrift konzipierte, um es vor unberufenen Augen zu schützen. Der Kommissar machte auf den Widerspruch zwischen dieser und ihrer letzten Antwort aufmerksam und interessierte sich für die unberufenen Augen und für Ort und Zeit der Konzeption. Er begann sie wieder einzuspinnen mit den Webeschiffchen seiner Kreuzundquerfragen und mit der Lohe des Lichts. Sie schwieg schließlich in großer Erschöpfung und hatte Tränen in den Augen, zum erstenmal.

Der Kommissar sah sie an, stand auf und drehte die Jupiterlampe ab. „Fräulein Moeller", fragte er, neben ihr stehenbleibend, „können Sie mit dem Begriff des Volksmeldedienstes etwas anfangen?"

Sophia hob schnell den Kopf, hatte Erschöpfung und Tränen vergessen und spürte nicht mehr die Wohltat, von der Lichtflut befreit zu sein. Jedermann in Deutschland wußte mit dem Begriff des Volksmeldedienstes etwas anzufangen –, denn es war das bestürzende Unternehmen des Regimes, jedermann zum Judas jedermanns zu machen. „Ich weiß Bescheid", sagte Sophia und behielt den Kommissar im Blick.

„Der Volksmeldedienst", sagte Negele, „ist der Ehrendienst der Volksgemeinschaft. Es ist für Sie noch nicht zu spät, sich an Ihre Ehrenpflicht zu erinnern."

Sophia sah zu ihm auf und sagte nichts.

„Wir sind im Punkte der Ehre empfindlich", sprach Negele mit belustigten Augen, „und könnten es verstehen, daß Sie, bei dem vorgeschrittenen Stadium Ihres Falles, es als unehrenhaft und unanständig ansehen würden, beispielsweise Ihre Komplizen zu melden, falls Sie Komplizen haben sollten – wobei es, rein theoretisch, durchaus möglich sein würde, daß dieser oder jener Ihrer potentiellen Komplizen dem Volksmeldedienst angehört, ohne daß Sie auch nur eine blasse Ahnung davon haben ..."

Er machte eine Pause und spitzte genüssig den Mund. Sophia sah zu ihm auf und sagte nichts.

„Wir nehmen es also", fuhr Negele fort, „schon als Erfüllung des Volksmeldedienstes an, wenn Sie uns über Stimmungen und Meinungen innerhalb der Studentenschaft informieren und in Zukunft informieren würden. Wir könnten dann sogar das inkriminierte Flugblatt sozusagen rückwirkend als technisches Hilfsmittel ihres Dienstes betrachten, so daß also Ihre nächste Aufgabe darin bestehen würde, die Reaktion der Studentenschaft auf das Flugblatt zu beobachten."

Sophia sah zu ihm auf und sagte nichts.

„Die unmittelbare Wirkung Ihrer – sagen wir – Reaktivierung würde sein, daß Ihr Akt nicht der Reichsanwaltschaft für das Volksgericht zur Anklageerhebung wegen Hochverrats übergeben würde. Die mittelbare Wirkung könnte sein, daß Personen, die allein schon durch ihr nahes Verhältnis zu Ihnen belastet werden – ich denke da an Ihren Bruder –, unangetastet bleiben."

Sophia sah zu ihm auf und sagte nichts.

„Sie wollen sich äußern, Fräulein Moeller."

„Sie können ruhig wieder das Licht anmachen, Herr Kommissar."

Der Kommissar drehte das Jupiterlicht an, kehrte zum Schreibtisch zurück und nahm wieder den Rotstift in die Hand. Der protokollführende SS-Mann sah zum erstenmal auf; doch er blickte nicht das Mädchen an, sondern den Kommissar, und seine jungen Augen blieben künstlich vereist.

9

So ging es weiter, hin und her zwischen dem Feuer des Inquisitionsstuhles und der gefrierenden Sumpfluft der Zelle, ein Wechselbad von unausstehlicher Pein. Doch die Fermaten in der Zelle waren jetzt von einem Gedanken ausgefüllt, der weher tat als der Hunger. Es war ein Widerhaken von einem Gedanken, und er wurde, gleichsam vom Ohr aus, von zwei klingelnden Zitaten hin und her gezerrt, von dem Wort „Volksmeldedienst", in Negeles pausbackiger Aussprache, und von Christophs bleichem letztem Lippengeflüster: „Vielleicht ist es unverzeihlich ..."

Der Riß ging hin und her, nach oben und nach unten, in immer neuen Verzweigungen, wie bei einem verletzten Sicherheitsglas, das nicht in Splitter zerfällt, sondern sich in einem Spinngewebe von Sprüngen zusammenhält. Risse gingen kreuz und quer über Christophs liebes Gesicht oder über die zwei Jahre ihrer Liebe zu ihm – es war ja dasselbe; und wo ein Riß war, war Zweifel, Frage und Nachprüfung; und wo ein Zweifel war, schürfte es sich weiter auf, trieb neues Bruchgeäder in die Erinnerung und drückte schließlich die Zeit ein, in der sie ihn noch nicht gekannt hatte und von der er ihr nur erzählt hatte, Abwegiges, Unheimliches, Ungeheuerliches: seine Zeit in der Psychiatrischen Klinik, seine irre Zeit, die doch kein Irrsinn war, sondern ein unglaubhafter Kampf um die Freiheit. Unglaubhaft – das dachte sie jetzt; denn früher war es glaubhaft, weil er es sagte, glaubhaft und bewunderungswürdig. Jetzt plötzlich, im Aufriß des Gedankens, war es eine anrüchige und tief verdächtige Zeit, ein schwarzer Vorhang, hinter dem es zugleich wild und geheimnisvoll zuging, der sich plötzlich öffnete und einen freien Christoph entließ, einen unangetasteten ...

„Unangetastet“ war wieder ein Zitat und in Anführungsstriche zu setzen, ein Wort neuer Bedeutung, verruchtes Wort, im Munde Negeles geboren. Der unangetastete Christoph hatte plötzlich Negeles Teufelskrallen auf den Schultern wie Anführungsstriche und war ein Negele-Zitat.

Da lachte Sophia auf, aus Ekel vor dem Gleichnis von den Teufelskrallen, und sie schüttelte sich, aus Ekel vor ihren spinnenfingrigen Gedanken, sie schüttelte Kopf und Schultern und den ganzen Körper, die Galle pumpte bittres Wasser hoch, und sie erbrach sich.

Wenn nicht alles täuschte, war es schon Nacht. Den Pendelweg zwischen Zelle und Vernehmung kreuzte keine Seele mehr. Sophia war leer und stumpf, ausgebrannt von der Lichtlohe, durchlöchert von der Mitrailleuse der Fragen.

Nun waren auch die anderen Namen in der Debatte – Bruder Hans und der Professor und Dora und Alexander Welte, sie waren dem Kommissar wie von ungefähr und nebenbei von den Lippen geschlüpft und regten das Mädchen nicht mehr auf. Es konnte sein, daß auch Christoph genannt wurde; aber vielleicht war er nur in ihrem Gedenken dabei und wurde von Negele nicht zitiert, weil er bereits als Negele-Zitat gebrandmarkt war, der Unangetastete. Sophia verkroch sich in sich selber und schloß die Augen, und sie schlief wohl wieder ein.

„Bindet ihr die Mähne zusammen“, sagte der Kommissar zur Tür hin.

Sie erwachte von dem Griff in ihr Haar und schrie auf, weil sie glaubte, ein Messer sei an ihrem Genick – so kalt war die Hand, die nicht derb, aber ohne Erfolg versuchte, das widerspenstige Gelock mit einem Bindfaden zu fesseln. „Was wollt ihr denn!“, wimmerte sie mit ganz hoher Stimme, beugte sich vor und schützte ihr Gesicht mit den Händen.

„Meine letzte Frage war“, sagte der Kommissar, „wer am 18. Januar in der Aula der Universität während der Reichsgründungsfeier neben Ihnen saß.“

„Mein Bruder.“

„Und auf der anderen Seite?“

Auf der anderen Seite war Christoph gesessen. Wie konnte sie seinen Namen nennen, wenn sie nicht sicher war, ob sein Name schon genannt wurde? –

Christoph sitzt neben ihr in der Aula, metzelt mit den wilden Blicken gegen den käsegesichtigen Gauleiter, der vorne auf dem Katheder spricht, zischt durch die entblößten Zähne: „Der Schweinehund! Der Viechskerl! Der Hurenmensch!“ Er gibt einen Blick, einen Signalblick, zu Hans hinüber, der vor Wut eine spitze Nase bekommen hat und mit den Augenlidern sein Einverständnis winkt. Ja, Christoph ist der erste, der scharrt, der erste, der zischt, der erste, der „Genug!“ ruft, der Chorführer des „Genug!“ – und dann beginnt der Tumult, der beglückende Tumult ... –

Sophia saß gebückt, die Hände im Nacken, die Ellenbogen auf den Knien, das Haar gehorchte dem Zucken der Kopfhaut und fiel wieder über die Augen. Sie schwebte lächelnd mit dem Tumult aus der Aula in den Schlaf oder, wenn es kein Schlaf war, in ein leises, brausendes und brauendes Verdämmern.

Sie fuhr auf, weil man sie an den Schultern rüttelte. Jener der beiden Beamten, der in Mutter Brenners Wohnung drei Sätze gesprochen hatte, beugte sich in den Lichtsturz der Jupiterlampe und sagte seinen vierten Satz: „Sie sind fertig.“ Sophia stand auf. Kommissar Negele räkelte sich in seinem Schreibtischstuhl und riß gähnend den Mund auf. Dies war das letzte Bild von ihm, das sie mitnahm, doch nicht sein letztes Wort. Denn als sie zur Tür schritt, die der andere, der vollkommen stumme Beamte schon offen hielt, sagte Negele, immer noch gähnend: „Man hätte ihr den blonden Heiligenschein abrasieren sollen.“

Der protokollführende SS-Mann sagte in scharfem norddeutschen Tonfall: „Die Rasur kommt sowieso und radikal.“ Dies waren seine ersten Worte. Sophia wollte sich noch in der Tür umsehen, nur um zu erfahren, ob der Junge sie dabei ansah, wenigstens ansah. Doch sie war zu müde.

In der Zelle wollte sie die Schuhe abstreifen; aber sie hatte nur noch Kraft für einen Schuh und fiel mit dem Gesicht auf das harte Kapokkissen, das nicht unangenehm nach einem Desinfektionsmittel roch.

Der Polizeiwachtmeister kam mit einem großen Topf heißer Gemüsesuppe und drei Stück Brot. Es war nicht leicht gewesen, zu dieser Stunde aus der Gefängnisküche eine warme Suppe zu erhalten, und es bedurfte eines kräftigen Donnerwetters. Der Schnauzbärtige neigte an diesem Tag zu Donnerwettern. Er sah durch das Gitterfenster in der Eisentür die Schlafende. Sein Schnauzbart ging auf und nieder, er drehte das Zellenlicht ab und kehrte wieder um, den dampfenden Suppentopf in der einen Hand und den Blechteller mit den Brotstücken in der anderen.

Gegen Morgen streifte Sophia den anderen Schuh ab, nicht mehr tief im Schlaf, aber noch nicht an der Oberfläche des Bewußtseins. Mit dem gelösten Druck kam Wohligkeit über sie und dann der Traum, ein solcher Traum ...

2

DIE PROTHESE

1

Der Lichtschein der Blendlaterne fällt durch die Fensterklappe der Eisentür in die Doppelzelle. Hans Moeller liegt auf seiner linken Seite, wie er es sich seit der Amputation des rechten Beines angewöhnt hat. Denn selbst als der Schenkelstummel nicht mehr druckempfindlich war, vermied es Hans, auf der rechten Seite zu liegen und das linke Bein auf dem leeren Raum lasten zu lassen, wo früher das rechte Bein war. Es ist eine sonderbare Abart von Druckempfindlichkeit oder eine Nichtanerkennung und Nichthinnahme des leeren Beinraumes. Es geht so weit, daß Hans, linksseitig liegend, in glücklicheren Minuten wie jener des Einschlafens das Gefühl hat, als ruhe auf dem linken Bein wie einst das rechte, Haut an Haut in warmer Körperlichkeit und heilig natürlicher Zweiheit der Gliedmaßen.

Hans hat die Augen offen, schon lange, dreht den Kopf nicht zur Tür und läßt sich von dem Lichtstrahl abtasten, der dann zur anderen Pritsche an der Gegenwand hinübergleitet. Dort liegt Alexander Welte friedlich auf dem Rücken, mit offenem Mund, und schnarcht nicht eben laut. Jetzt schließt er den Mund, oder das Licht schließt seinen Mund, und der Atem des Schläfers geht leiser. Der Lichtstrahl wandert zurück und stockt, wie erschrocken, vor Hansens Bettstatt. Hier, am Fußende, lehnt das künstliche Bein.

Hans hat es im Blick, von seiner linksseitigen Lage aus, und freut sich, es im verblüfften Lichtkegel zu sehen. Da steht es in seiner Pracht. Es ist keine Bitternis bei diesem Ausdruck, es ist Hansens ehrliches Gefühl der Bewunderung. Er ist es, der das Wort gebraucht, er denkt: da steht es in seiner Pracht, in seiner schlanken Vollendung, in seiner untadligen Schönheit der Form – mein Bein.

Das Licht zieht sich aus der Zelle zurück, verengt sich und schlüpft durch das Guckfenster davon.

Hans lächelt im Dunkeln der Prothese zu, er liebt sie zärtlich. Er besitzt sie erst seit sechs Wochen, die Amputation geschah vor fünf

Monaten. Dazwischen war die furchtbar leere Zeit, die Zeit des abgeschnittenen und aufgesteckten Hosenbeins, die Krüppelzeit auf den ersten Blick, die Krückenzeit im Spießrutengehumpel zwischen den Kondolationsblicken. O diese trauervollen Respektblicke, die zwischen dem Nichts unter der aufgesteckten Hose und dem E. K. 1 auf dem Waffenrock hin und her wanderten – diese Jammerphrasen von Blicken und keine Wut dahinter!

Die Prothese war früher geliefert worden, als er sie anlegen durfte. Er ging täglich in die Chirurgische Klinik, um sein neues Bein zu besuchen, den sinnreichen Mechanismus der auf Kugellager laufenden Knie- und Fußgelenke zu studieren, es heimlich anzulegen, unter Schmerzen zu probieren und zugleich doch das Glück zu genießen, wieder auf zwei Beinen zu stehen. Als die Ärzte endlich den Stumpf für ausgeheilt und tragfähig erklärten, ihm das Kunstbein anlegten und mit dem Gehunterricht beginnen wollten, stand er auf und ging, in richtiger Haltung und Gleichgewichtsverteilung, mit richtigem Schwung der Hüfte, ein Prothesenvirtuose – und der Gummischwammpolster des Hackens dämpfte das metallische Geräusch des Schrittes zu einem silbrig feinen und gewissermaßen ritterlichen Geklingel wie von Sporen herab.

Hans richtet sich auf, beugt sich vor, tastet nach dem Kunstbein und nimmt es zu sich auf die Pritsche. Das Bein ist nicht schwer, es mag sogar erstaunlich leicht sein, hätte man ein Vergleichsmoment. – Aber weiß ich denn, wie schwer mein Bein ist?, fragt sich Hans lächelnd; wenn ich müde bin oder verkatert, ist es schwer wie Blei; wenn ich frisch bin und fröhlich, ist es aus leichtestem Fiber ...

Das ist wieder ein Kompliment für das Kunstbein, das aus Fiber ist, hier und da weiches Gummifleisch oder feine Lederhaut ansetzt, Fuß und Wade schelmisch ehrsam bestrumpft – und wenn es dir Spaß macht, kannst du sogar einen Sockenhalter verwenden wie am linken Bein.

Hans bewegt mit der Hand das Fußgelenk, dessen lederumkleidete Öldruckfeder die weiche und beinahe geräuschlose Aktionsfreiheit gibt, die das Gehen elastisch und fast natürlich macht. Er denkt an die Nacht, die er schlecht bestand, schlaflos und jämmerlich beinlos, selbst in linksseitiger Lage – aus Angst, natürlich aus Angst. Er schämt sich der Angst nicht. Daß Angst eine Schande sei, gehörte zu den vielen Dummheiten, die er früher gelernt hatte. An der Front erfuhr er, daß Angst zum

Handwerk gehört und ein Kampfelement ist. Jene, die lernen, mit der Angst umzugehen wie der Segler mit dem Wind, werden vorwärtsgetrieben statt rückwärts und verdienen sich ihre Tapferkeitsmedaille ehrlich.

– Vielleicht, denkt Hans, war ich ein Angstvirtuose, wie ich jetzt ein Prothesenvirtuose bin; und vielleicht ist Angst, die Soldatenangst, so etwas wie eine Prothese der Tapferkeit.

Jetzt, mit dem Gedanken an die Nacht und an die Angst und mit dem Kunstbein zwischen den Händen, kommt er zu einem logischen Schluß, der ihn selber überrascht. Wenn er sich darüber klar ist, daß die Nacht schlecht war, schlaflos und angstvoll, weil er hilflos und jämmerlich als Einbein auf der Pritsche lag, so wie er in der bösen Krückenzeit als Einbein herumhumpelte, dann ist es unabweisbar, daß die Prothese nicht nur zum Stehen und Gehen da ist, sondern auch zum Liegen. Welch ein großartiger Gedanke: mit zwei Beinen zu schlafen! Warum hat er es niemals versucht? Warum versucht er es nicht jetzt?

Er hakt den Schenkelschaft aus dem Kunstbein und legt ihn an, den sinnreich konstruierten Stumpfsockel aus weichstem, gummigepolstertem Leder, der zu schnüren ist wie ein Korsett. Er legt das Fiberbein an, stülpt es über den Sockelträger und befestigt es mit geübten Griffen. Er streift den ledernen Traggurt um die Hüften, schlägt wieder Wolldecke und Mantel über sich, legt sich, ein klein wenig übermütig, auf die rechte Seite und fühlt Bein auf Bein.

2

„Was treibst du da eigentlich?“, fragt Alexander Welte mit wacher Stimme aus dem Dunkel.

„Ich kopuliere mich mit meinem neuen Bein“, antwortet Hans, „es ist eine Art Nottrauung.“

„Was heißt das? Willst du schon aufstehen?“

„Im Gegenteil, ich will schlafen. Ich will mit zwei Beinen schlafen, weil es mit einem nicht ging.“

„Schmerzen?“

„Nein.“ Hans dreht sich auf den Rücken und verschränkt die Hände im Nacken. „Alex, du bist doch der Wunderknabe mit dem Zeitgefühl. Wieviel Uhr mag es sein?“

„Viertel vor Fünf", kommt die prompte Antwort.

„Dann ist es wohl besser, wir schlafen nicht, sondern nützen ein bißchen die Gelegenheit aus, die erste Gelegenheit, vielleicht die letzte ..."

„Nett von unseren Gastgebern, daß sie uns für diese Nacht zusammenlegten." Alexander pfeift durch die Zähne und fügt hinzu: „Sie wissen schon, warum ..."

„Wir wissen auch, warum", meint Hans.

„Das walte Gott", sagt Alexander.

Hier ist entweder ein Detektor oder ein Schalltrichter zur Nebenzelle, denken beide.

„Also", beginnt Hans, „behalten wir gewissermaßen Tuchfühlung. Begriffen?"

„Ja", antwortet Alexander, „schieß los."

„Also die Mensa", spricht Hans bedächtig. „Wir sitzen am Tisch, Alexander, wir sitzen am Tisch. Die Mensa ist der Ausgangspunkt – oder der Tisch ist's. Vielleicht müssen unsre Gedanken oder unser abschließender Gedanke zur Mensa zurückkehren – oder zum Tisch. Sind wir zusammen?"

„Ja", entgegnet Alexander gedehnt, und seine sonore Stimme wird noch dunkler, „allerdings, denn zum Tisch gehört das Tischtuch."

„Ausgezeichnet, mein Telepathetiker!", freut sich Hans.

Alexander Welte und Hans Moeller saßen in der Mensa, der Studentenkantine. Es war gegen zehn Uhr abends und auch das zweite Hundert verteilt. Die Verteilungstechnik war einfach, wenn auch wohlüberlegt, und exponierte die beiden so wenig wie möglich. Das Flugblatt war den Studenten zugedacht, die am Januartumult in der Aula teilgenommen hatten – Medizinern vor allem, Juristen, einigen Chemikern und Philologen. Die beiden Verteiler waren eine Woche lang wie Detektive oder Taschendiebe hinter ihnen her gewesen, kannten ihren Stundenplan, ihre Hörsäle, ihre Banksitze, ihre Garderobenhaken und applizierten nun die fingerbreit zusammengefalteten Seidenpapiere in ihre Manteltaschen, Arbeitspulte, Kolleghefte, Lehrbücher. Ein kleiner Teil der Flugblätter wurde in einen zweiseitig gedruckten Aufruf der Partei (für die Unterbringung von Ausgebombten aus dem Rheinland) eingelegt und dem Schicksal zur Verteilung überlassen. Alexander hatte die Drucksachen aus dem Pedellzimmer entwendet und wieder zurückgeschmuggelt. Das ganze Geschäft ging reibungslos und ohne dramatische Momente vonstatten.

Die Freunde stellten es fest, als sie sich in der Mensa trafen. Sie aßen die Standard-Kartoffelsuppe, auf der geröstete Brotbrocken schwammen. Dann erschien Christoph, wie verabredet, und setzte sich zu ihnen an den Tisch, ohne den nassen Regenmantel abzulegen. Er war barhaupt wie immer, sein triefendes Haar lockte sich zu blechsteifen, jettschwarzen Kringeln. Es war das zweitemal, daß er sich mit ihnen an diesem Abend traf. Die Freunde meldeten die glatte Verteilung auch des zweiten Hunderts.

„Jetzt kommt es darauf an", meinte Hans, „ob die Medizin geschluckt oder ausgespien wird."

Christoph starrte abwesend auf den Tisch, sehr wortkarg. Alexander musterte ihn und scherzte: „O Christi, du bajuvarisches Preisprodukt aus Blut und Boden, selbst du bist weiß wie das Tischtuch, das der Sage nach vor unvordenklichen Zeiten hier einmal aufgelegen sein soll!"

„Ich bin noch immer in der Mensa", meldet Hans zur anderen Pritsche hinüber, „das Tischtuch ist des Verweilens wert."

„Gehört es wirklich schon in die schmutzige Wäsche?", knurrt Alexander zurück; „wir müssen doch sparsam sein ..."

„Sehr sparsam", betont Hans.

Christoph war auffallend weiß für einen Menschen von so dunklem Typus und so bräunlicher Haut, daß der Professor ihn den „Wildschütz" nannte. Es war ein guter Name für ihn und sprach nicht nur für sein verwegenes Äußeres, sondern auch für sein Inneres, das reizbar war, undiszipliniert, zugleich sehr begeisterungsfähig und sehr verriegelt, liebenswert und nicht geheuer – kurz: verteufelt, recht im Sinne der Folklore. Er behauptete ja auch gelegentlich von sich, das Zweite Gesicht zu haben.

Er sagte, als er aufstand, mit seinem schwarzen Blick: „Es geht nicht gut aus."

„Ist das heute Abend dein gesamter Beitrag?", fragte Alexander aufgebracht. Christoph sah ihn an und hob stumm die Achseln.

„Gehst du jetzt nach Hause, Christoph?", fragte Hans.

„Ja. Warum?"

„Ich dachte, du siehst noch Sophia."

„Ich komme gerade von ihr."

„Ist sie so nervös wie du?"

Christoph hob wieder die Schultern. „Wenn sie nervös ist, so ist es deinethalben. Wenn ich nervös bin, so ist es ihrethalben. Doch wenn ich von Sophia absehe, so bin ich glücklich. Denn selbst wenn es für uns schlecht ausgehen sollte, so wird es für die andern noch viel schlechter ausgehen. Servus!"

Er warf mit einem Ruck des Kopfes den Haarschopf aus der Stirn, stellte den Mantelkragen auf und ging.

„Zweites Gesicht", sagt Hans zum Zellengefährten hinüber.

„Oder zwei Gesichter, das ist die Frage", gibt Alexander zurück und setzt brummend hinzu: „Aber wo die Liebe hinfällt ..."

– Er denkt an Sophia, lächelt Hans für sich, es ist die alte Eifersucht, selbst hier noch. Er sagt schnell: „Also raus aus der Mensa, Alex!" Welte murmelt etwas Unverständliches.

3

Sie hatten dann die Kantine verlassen und waren auf dem Weg zum Professorenzimmer, wohin Professor von Hennings sie für zehn Uhr fünfzehn bestellt hatte. Sie fühlten einige Zweifel, ob es ratsam wäre, die Verabredung einzuhalten; denn morgen Vormittag ergäbe sich eine zwanglose und unauffällige Gelegenheit, den Professor im Seminar zu sehen und zu sprechen. Vielleicht wirkte in ihnen Christophs Schwarzseherei nach und vielleicht wäre es besser gewesen, wenn sie die Universität zusammen mit Christoph verlassen hätten.

„Ich bin immer noch unterwegs", meldet Hans dem Zellengenossen, „und frage mich nachträglich zweierlei: erstens, ob das Zweite Gesicht uns absichtlich nicht aufgefordert hat, mit ihm zu gehen; zweitens, ob es überhaupt weggegangen ist."

„Wir haben eben nicht das Zweite Gesicht", sagt Alexander.

Im Gang vor dem Professorenzimmer hatten sie eine Gruppe von Medizin-Praktikanten getroffen, Alexanders nähere Kommilitonen, die vom Abendkolleg kamen und schon ihre Mäntel angezogen hatten. Das Flugblatt müßte in ihrer Hand sein, die in der Manteltasche stak – wenn sie es nicht schon auf ihren Plätzen im Kollegsaal hatten finden können. Sie sagten ihr „Servus“ zu Alexander und gingen schweigsam ihres Weges, ja, sie sprachen kein Wort miteinander. Ein junger Mann in der Uniform eines Feldunterarztes war der letzte. Alexander erinnerte sich an den langen zweireihigen Militärmantel sehr gut und wußte, in welcher Tasche das Flugblatt war – und er sah auf die Tasche. Der Feldunterarzt folgte seinem Blick, bewegte die Hand in der Tasche und sagte im Vorübergehen: „Geraten!“

Alexander drückte Hansens Arm vor Freude. Christophs Schwarzseherei war vergessen. Sie standen vor dem Professorenzimmer und klopften. Sollte Hennings nicht allein sein, sondern zusammen mit dem alten Geheimrat Seitz, Dekan der Fakultät und kreuzbraven Mann, im Grunde unglücklich (weniger über das Dritte Reich als über die Vernachlässigung des römischen Rechts, seines Spezialgebietes), im übrigen kurz vor der Emeritierung, dann war es nicht schwer, in ein harmloses Gespräch über Seminarangelegenheiten einfließen zu lassen, was zu melden war. Sollte aber der junge Strafrechtler Vierck anwesend sein, der SS-Professor, wie ihn Hennings nannte, weil er in schwarzer Uniform dozierte und nicht einmal verheimlichte, daß er die Gestapo innerhalb der Rechtsfakultät vertrat, so war an Hennings nur die Frage zu stellen: „Haben Sie noch Wünsche, Herr Professor?“ Das bedeutete, daß die Verteilung gelungen sei. (Wäre sie nicht oder nur teilweise gelungen, so hätte die Frage zu lauten: „Haben Sie keine Wünsche mehr, Herr Professor?“)

Professor von Hennings war allein. Er saß auf dem Ledersofa, hatte die langen Beine übereinandergeschlagen und las den „Völkischen Beobachter“. Er schien so ruhig zu sein, wie er aussah; denn die Zeitung zitterte nicht zwischen seinen Händen. Er las so lange, bis die beiden die Tür geschlossen hatten, schob die randlose Brille, die er nur zum Lesen und Schreiben brauchte, in die Stirn und sah auf, gleichsam auf gut Glück, wie um festzustellen, ob ihm die Störung gelte. Hans lächelte über die hübsche Schaustellung der Ahnungslosigkeit, eine der mimischen Spöttereien, die der Professor liebte.

„Es geht in Ordnung, Herr Professor“, meldete Alexander.

„Bislang wenigstens“, schränkte Hans ein.

„Bitte sehr, die Ware ist an den Mann gebracht“, betonte Alexander und schien große Lust zu haben, in Einzelheiten zu gehen. Das Erlebnis mit dem Feldunterarzt brannte ihm auf der Zunge. Professor von Hennings sah mit seinen eisengrauen Augen, die tief unter grauen buschigen Brauen saßen, von einem zum andern; und das war zum mindesten nicht das Verbot, mehr zu sagen.

„Geraten!“, brach Alexander fröhlich los und erzählte die Begegnung mit dem Feldunterarzt, ohne ihn allerdings zu identifizieren. Er sprach von einem Praktikanten. Er sprach auch von der vollkommenen Absorption der Blätter.

„Bislang wenigstens“, bemerkte Hans wieder.

„Dir liegt wohl noch der Wildschütz im Magen!“, meinte Alexander.

Professor von Hennings nahm die Brille ab. „Was ist mit ihm?“, fragte er.

„Er spielte zur Abwechslung die Kassandra“, antwortete Alexander.

„Er mag seinen depressiven Tag haben“, beschwichtigte Hans.

„Ich werde morgen mit ihm sprechen“, sagte der Professor, „und wir warten die Reaktion ab, besser gesagt: die Absorption. In zwei bis drei Tagen veranstalten wir eine neue und verbesserte Auflage. Dann kommt die Individualtherapie an die Reihe, so Gott will.“

„Haben Sie noch Wünsche, Herr Professor?“, kicherte Alexander aus reinem Übermut den chiffrierten Satz. Hennings drehte den schmalen nackten Kopf mit der scharfgebogenen Nase dem Schreibtisch des abwesenden SS-Professors zu. „Ich glaube, wir sind wunschlos, Herr Kollege Vierck“, näselte er ins Leere, ganz so wie der Strafrechtler zu näseln pflegt.

„Nachträglich“, sagt Hans zur anderen Pritsche hinüber, „kommt mir der Vierck-Witz wie eine Herausforderung des Schicksals vor.“

„Nachträglich ist man immer klüger“, gibt Alexander zurück.

„Ich nicht“, seufzt Hans, „ich will ja jetzt erst klüger werden, mit deiner Hilfe.“

„Gehn wir weiter“, murmelt Alexander.

„Einen Moment, Alex – weil wir gerade dort sind, wo wir sind, und weil wir ja nichts mehr wissen von dem, was dort geschah, nachdem es so witzig zuging: sag mir, Alex, wurdest du auch so gequält ... mit so persistenter Neugier gefragt, wo wir zwischen der Mensa und der Verhaftung gewesen seien?“

„Ja“, entgegnete Alexander, „und dabei sagte ich von Anfang an, wo ich gewesen bin, notwendigerweise allein, nämlich auf dem Abort. Und du?“

„Ich sagte gar nichts.“

„Wie taktvoll!“

„Ich sagte sehr oft gar nichts.“

„Gehen wir weiter“, spricht Alexander nach einer kleinen Pause.

4

Die Freunde pflegten die Universität durch den rückwärtigen Ausgang zur Amalienstraße zu verlassen, weil sie von dort aus nur schräg über die Straße zu gehen brauchten, um ihre gemeinsame „Bude“ in einem Hause nahe der Akademiestraße zu erreichen. Doch der Ausgang zur Amalienstraße war geschlossen. Das war ungewöhnlich. Die beiden sahen sich an, Alexander pfiff durch die Zähne.

Sie machten kehrt und gingen zum Hauptausgang zur Ludwigstraße. In der Eingangshalle zwischen Treppenhaus und Portal standen Studenten und schauten still ins Leere, als die Freunde an ihnen vorbeischritten. Auch das Hauptportal war geschlossen. Der Oberpedell lehnte gegen die schwere Eichentür und sagte unwirsch: „Warten S’ da, bittschön.“

„Was ist denn los?“, fragte Hans.

Der Oberpedell führte ein blaues Sacktuch an seinen grauen Seehundbart, blinzelte aus verschnupften Augen über Hansens Uniform und knurrte: „Fragen S’ mi net, Herr: denn i weiß nix, i weiß nie nix. Warten S’ halt ab.“ Er schnaubte sich laut und unwirsch ins blaue Sacktuch.

Es mochten etwa fünfzig Studenten sein, die in der Eingangshalle standen, fast ausnahmslos Mediziner, unter ihnen die Praktikanten vom Abendkolleg. Alexander ging zu dem Feldunterarzt, der an einer Säule lehnte und in die Luft starrte. „Was ist eigentlich los, Doktor?“

„Geraten!“, antwortete der Feldunterarzt, ohne ihn anzusehen, die Schultern etwas angehoben, die Hände in den Manteltaschen.

Alexander lehnte neben ihm an der Säule, Hans lehnte neben Alexander an der Säule. Jeder schaute in eine andere Richtung, obgleich sich ihre Schultern fast berührten. Keiner der wartenden Studenten sprach mit dem andern, keiner schaute den andern an, jeder war für sich mit den eingemauerten Gedanken hinter den teilnahmslosen Gesichtern.

– Das ist das neue akademische Silentium, dachte Hans.

„Die neue deutsche Stille", spricht Hans ins Zellendunkel, um den Gefährten wissen zu lassen, wo er mit den Gedanken stünde.

„Kommt noch was dahinter?", erkundigt sich Alexander.

„Was?"

„Nichts. Ich dachte nur an die alte deutsche Redensart von der Stille vor dem Sturm."

„Silentium!", befiehlt Hans, über des Freundes Kühnheit erschrocken.

Die Studenten hatten nicht lange in der Halle zu warten. Drei SS-Uniformen federten die Haupttreppe herab, ein Offizier des sogenannten Sicherheitsdienstes mit zwei Beamten. Alle drei trugen das berüchtigte SD in Silberstickerei auf dem Ärmel. Hans sah das SD und Alexander sah es, gewiß auch der Feldunterarzt und jeder der anderen; doch man sah es keinem an, daß er den Auftritt der SDs vermerkte.

Der Offizier, ein eleganter Mann mit unwahrscheinlich dünner Taille und so verliebt in die eigene Elastizität, daß er zu wippen und federn nicht aufhörte, auch als er jetzt auf der letzten Treppenstufe stehenblieb, sah mit ruckartiger Bewegung des Kopfes über die zerstreute Gruppe der Wartenden und schnarrte: „Mal herhören, bitte!" Da die Studenten nicht zeigten, daß sie hinhörten, kam er ihnen noch einige Schritte entgegen und schnarrte wippend und mit der weißbehandschuhten Hand einen Halbkreis beschreibend: „Mal näherkommen, bitte!"

Die Studenten kamen langsam näher. Hans, Alexander und der Feldunterarzt standen zuhinterst im Haufen, weil sie die langsamsten waren.

„Meine Herren", sprach der Offizier, das gezüchtete Kinn vorstreckend, die Hände in die Seiten stemmend und auf den Fußballen federnd, „Ursache der kleinen Unannehmlichkeit: Verteilung von Feindpropaganda in Flugblattform unter der Studentenschaft. Falls Ihnen nichts Neues, meine Herren, erbitte Ihre Mitarbeit. Das ist: Mitteilung Ihrer Wahrnehmungen, das Flugblatt betreffend, und Ablieferung desselben, falls in Ihrem Besitz." Er schwieg, sah mit ruckendem Kopf die Gesichter entlang und wippte. Die Gesichter blieben vermauert. Niemand meldete sich. „Verstehe völlig", nickte der Offizier, „peinliche Sache, mir selber zum Kotzen. Mal herhören, die Herren. Jeder geht jetzt hübsch einzeln rüber ins Pedellzimmer, das leer ist, ladet ab, wenn was abzuladen ist, kommt erleichtert wieder zum Vorschein. Diskret, was? Also bitte, Einerreihe formieren und Abmarsch!"

Hans war der letzte in der Reihe, vor ihm ging Alexander, vor Alexander der Feldunterarzt. Sie kamen schrittweise dem Pedellzimmer näher. Die Tür ging immerfort auf und zu und nach kurzer Zeit wieder auf. Die Studenten, die aus dem Zimmer herauskamen – mit dem gleichen abgeschirmten Gesicht, mit dem sie in der Reihe gestanden und zum Zimmer vorgerückt waren –, stellten sich von selber in einer Reihe wieder auf, und zwar so, daß der Mann, der den Marsch zum Pedellraum angeführt hatte, zunächst der Tür Posten faßte und jeder nachfolgende rechts von seinem früheren Vordermann zu stehen kam.

– Was ist nun stärker bei uns, dachte Hans staunend, wie er als letzter der Einzelkette an der immer längeren Frontreihe vorbei zur Tür vorrückte, – was wird stärker sein: unsre zehn Jahre, unsre Lebenshälfte in Reih und Glied, oder unser neues Silentium, das doch der stillschweigende Bruch ist mit dem Jahrzehnt? ...

Alexander sah dem Feldunterarzt, der größer war als er, von hinten auf die linke Manteltasche, in der die Hand stak, und war sehr neugierig. Der Feldunterarzt stand jetzt unmittelbar vor der Tür, sein straffer Rücken rührte sich nicht. Sein Vordermann kam aus dem Zimmer und schloß die Tür hinter sich, in die Luft blickend. Der Feldunterarzt trat ein und schloß die Tür. Alexander hatte zwei Atemzüge getan, als die Tür wieder aufging und der Feldunterarzt herauskam, die Linke in der Manteltasche.

Alexander betrat das Zimmer, sah einen leeren Tisch, zwei leere Stühle, eine leere Holzbank und lächelte zwei Atemzüge lang. Dann ging er aus dem Zimmer, schloß die Tür hinter sich und sah Hans nicht an; aber seine Hand lag noch auf dem Türdrücker, wie Hansens Hand schon zugriff, die Tür zu öffnen – und so konnte er dem Freund noch schnell in den Handballen kneifen, als Zeichen des Triumphes. Als Hans aus dem Zimmer herauskam, stand der SD-Offizier schon federnd vor der Tür.

Hans ließ sie auf und schritt mit schwingendem und leicht klingendem Kunstbein und mit dem Gefühl, daß ihm der Offizier einen Augenblick lang nachschaute, zu seinem Platz am Ende der Reihe.

„Alex“, spricht Hans zur Pritsche hinüber, „als ich als letzter aus dem Pedellzimmer kam, stand der charmante SD-Herr schon vor der Tür – du erinnerst dich?“

„Ja.“

„Hat er mir dann nachgeschaut, als ich ans Ende der Reihe schritt? Denk mal nach.“

„Ja, er hat.“

„Warum wohl?“

„Weil ihm dein Gang auffiel, aus keinem andern Grund. Er schaute dir auf die Beine oder aufs Bein.“

„Haha!“, lacht Hans böse, „der mildernde Umstand!“

Der Offizier hatte einen Blick in den Raum geworfen, ohne ihn zu betreten, und sich umgewandt. „Erfreulich“, schnarrte er, „sehr erfreulich, daß keiner der Herren sich diskret zu entlausen brauchte. Folgt noch kleine Schlußprozedur, Blick in den Personalausweis, eventuell mit paar Fragen gespickt. Tiefere Stichprobe natürlich vorbehalten. Oder will einer der Herren schnell noch mal in der Klausur verschwinden? Wir sehen alle fort, und ich für meinen Teil spaziere verständnisinnig bis zur Treppe und zurück.“ Er federte mit knarrendem Lederzeug davon. Die Studenten sahen ihm nicht nach und rührten sich nicht. Er kam zurück und ging mit den beiden SD-Beamten ins Pedellzimmer. Einer der Beamten erschien gleich wieder an der Tür und sagte: „Bitte einzeln eintreten. Wer sich ausgewiesen hat, kann nach Hause gehen.“ Er blieb vor der Tür stehn.

Der erste der Reihe verschwand im Zimmer, kam nach kurzer Zeit wieder heraus und schritt mit zugeknöpftem Gesicht dem Ausgang zu. Niemand wandte den Kopf nach ihm, jeder hörte, wie sich die schwere Portaltür mit dumpfem Schlag hinter ihm schloß. Die Studenten tropften ein und aus, der Portalschlag war dann die Quittung, daß sie in Freiheit waren. Hans rechnete für sich aus, daß jeder durchschnittlich eine Minute im Pedellzimmer war, also nicht körperlich untersucht wurde. Der Zehnte blieb länger aus, ebenfalls der Siebzehnte und der Dreiundzwanzigste. Vielleicht waren das die Stichproben. Sie kamen mit Gesichtern heraus, die nichts aussagten, und konnten nach Hause gehen wie ihre Vorgänger.

Alexander beobachtete aus den Augenwinkeln seinen linken Nebenmann, den Feldunterarzt, der gleichgültig dastand, die Hände in den Manteltaschen, und durchschnittlich jede Minute, wenn der jeweilig Erste der Reihe das Zimmer betrat, einen Schritt nach links machte, mit der zusammenschmelzenden Reihe zur Tür aufrückend. Er hatte ein hübsches glattes Profil, und die blondwimprigen Lider glitten in regelmäßigen Abständen über die wasserblauen Augen, die zugleich geduldig und gelangweilt blickten. – Ob er wirklich das Blatt noch in der linken Tasche hat?, zerbrach sich Alexander den Kopf und war sehr neugierig.

Jetzt standen die letzten Drei vor der Tür, der Feldunterarzt, Alexander und Hans, und sahen an dem SD-Mann, der gegenüber stand und in die Luft schaute, vorbei in die Luft. Der Viertletzte verließ das Zimmer, blies den Atem aus der Nase und ging seines Weges. Der Feldunterarzt trat ein, die Linke in der Manteltasche. Alexander starrte auf das braune Holz der Tür. Hans zählte in Gedanken bis sechzig. Er war noch nicht bei vierzig, als die Tür wieder aufging; der Feldunterarzt erschien, die Linke in der Manteltasche, den Blick schon beim Ausgangsportal, und ging seines Weges.

Alexander wollte dem Freund einen Triumphblick zuwerfen; aber er unterließ es, im Hinblick auf den SD-Mann gegenüber. Er betrat das Zimmer und dachte: auch wir können nach Haus gehen.

– Auch wir können nach Haus gehen, dachte Hans und rückte an die Tür vor.

Der Offizier saß an dem leeren Tisch, sein SD-Mann stand neben ihm. – Sie notieren nicht einmal die Namen, dachte Alexander.

„Haben Sie das Flugblatt zu Gesicht bekommen?“, fragte der Offizier.

„Nein“, antwortete Alexander.

„Haben Sie jemanden gesehen oder von jemandem gehört, der es zu Gesicht bekommen hat?“

„Nein.“

„Sie wissen, daß Sie sich strafbar machen, wenn Sie ein Erzeugnis der Feindpropaganda behalten?“

„Ja!“

„Ihren Ausweis, bitte."

Alexander überreichte seine Studentenkarte. Der Offizier las sie und sagte: „Welte, Alexander." Alexander glaubte, daß der Offizier mit der Nennung des Namens von ihm noch eine Bestätigung erwarte, und sagte höflich: „Jawohl." Doch die Bestätigung wurde nicht von ihm, sondern von dem SD-Mann verlangt, der eine rote durchlöcherte Kartothekkarte aus der äußeren Brusttasche seiner Uniform zog, ebenfalls „Jawohl!" sagte und die Karte auf den Tisch legte. Der Offizier sah mit ruckartigen Bewegungen des Kopfes von einer Karte zur anderen und gab Alexanders Ausweis seinem Untergebenen. „Folgen Sie dem Beamten", sagte er zu Alexander.

„Warum, bitte?", fragte Alexander.

Der Offizier sah ihn an. – Du sollst mir nichts ansehen, du nicht!, dachte Alexander, und eine jähzornige Ader trat ihm unter der Mütze aus der Stirn.

Hans stand vor der Tür, sah auf das braune Holz und zählte für sich. Er kam bis sechzig und dachte: vielleicht machen sie eine Stichprobe bei ihm – mögen sie! Die Tür wurde geöffnet, der Offizier stand auf der Schwelle – der Offizier, nicht Alexander.

„Zum Schluß das E. K. 1", sagte er und lächelte einladend.

Hans trat ein und fühlte, wie ihm das Blut aus dem Gesicht wich. Alexander war nicht mehr im Zimmer. Hans sah zur Tür zurück, in der törichten Hoffnung, daß der Freund vielleicht aus dem Nebenraum entlassen sei und daß er ihn noch draußen sehen könnte, wie er dem Ausgang zustrebte. Er sah, daß der SD-Mann, der bisher vor der Tür gewartet hatte, nach ihm eingetreten war und die Tür schloß.

Hans machte eine hastige und ungeschickte Bewegung, so, als wollte er zur Tür zurück. Es war auch eine balancemäßig falsche Bewegung, und die Prothese grätschte zur Seite. Er mußte das Schwergewicht auf das gesunde Bein verlegen, um die Prothese heranziehen zu können.

Der Offizier lehnte gegen den Tisch, auf dem eine rote durchlöcherte Karte lag, und sah ihm aufs rechte Bein.

„Bedauerliches Pech gehabt, Kamerad", schnarrte er, „Ostfront?"

Hans bekam eine spitze Nase, schob mit der Rechten das Kunstbein noch enger an das andere und sagte scharf: „Ich bitte um Auskunft, wo mein Freund ist."

„Welcher Freund?“, fragte der Offizier langsam und stieß sich vom Tisch ab.

„Der Sanitätsunteroffizier, der vor mir hier im Zimmer war.“

„Ach so, der Herr Welte, Alexander Welte?“

„Ja.“

Der Offizier nahm die rote Karte zur Hand. „Ihren Ausweis bitte.“

„Ich heiße Hans Moeller.“

„Moeller, Hans“, las der Offizier aus der roten Karte, „geboren am 14. Juli 1920 zu Bremen?“

„Ja.“

„Ihren Ausweis, bitte.“

Hans gab seine Studentenkarte. Der Offizier verglich sie sorgfältig mit der roten Karte und reichte sie dem SD-Mann. „Vielleicht Prothese mildernder Umstand, zusammen mit E. K. 1“, schnarrte er, auf den Fußballen wippend.

5

„Alex“, fragt Hans den Freund auf der anderen Pritsche, „wo stand der Wagen, in dem du weggeschafft wurdest?“

„Vorne in der Rondellschleife, vor dem südlichen Quertrakt – der erste von fünf Wagen, die dort parkten.“

„Meiner stand rückwärts in der Amalienstraße – welch ein Verteilungsschlüssel!“, wundert sich Hans; „und als ich einstieg, fuhr gerade ein Wagen ab, der Wagen vor uns ...“

„Ich aber“, sagte Alexander, „fuhr die Ludwigstraße hinunter und war sehr neugierig, ob es am Odeonsplatz nach rechts gehen würde oder geradeaus. Bei dir mag es sich schon bei der Theresienstraße entschieden haben. Warst du auch neugierig?“ „Neugierig ...“, nimmt es Hans etwas abwesend auf; denn er denkt an den Wagen, der vor ihm abfuhr und nicht Alexanders Wagen war. „Nein, nicht in dieser Hinsicht, Alex, ich dachte offen gesagt gar nicht an die Wegteilung. Ich dachte an dich.“

„Nett von dir, Hans, zumal ich dich natürlich vollkommen vergessen hatte ...“

„Sei nicht albern, Kerl, ich hatte doch damit gerechnet, daß wir zusammen abtransportiert würden.“

„Was hättest du davon gehabt, Knabe, neben uns die lieben Chaperons mit dem SD am Ärmel und der Mauserpistole im Gürtel?"

„Ich hätte beim Aussteigen ein Wort gesagt, Alex, nur ein Wort – und dafür könnten sie mich beim besten Willen nicht totschießen. Ich hätte zu dir gesagt: halbpart." Alexander schweigt. „Lange Leitung", höhnt Hans, „und der Candidatus steht kurz vorm Physikum ..."

„Halbpart", spricht Alexander langsam, „bedeutet die ehrliche Aufteilung einer Summe oder einer Arbeit oder einer Verantwortung zwischen zwei Personen."

„Genau das", bestätigt Hans.

„Die Voraussetzung dazu ist, daß ein Partner mit dem anderen rechnen kann."

„Allerdings."

„Du konntest mit mir rechnen, Hans, aber ich nicht mit dir ..."

„Hast du einen Rückfall in den Flecktyphus, mein Lieber?" „Nein, aber ich konnte nicht wissen, ob auch du verhaftet worden bist."

„Armer Irrer ..."

„Nicht mit absoluter Gewißheit, Hans! Der Verdacht oder die Anzeige – oder was es war – konnte mich allein betreffen – und wenn nicht, so war sogar eine unterschiedliche Behandlung im Bereich der Möglichkeit ..."

„O du mildernder Umstand!", stöhnt Hans. „Also weiter! Wo hinaus humpelst du mit deiner Prothese?"

„Du weißt es ja schon selber, Hans, ich hatte deinen Part mit zu übernehmen."

„Um Gott, mein Lieber, hast du nicht gespürt, wie entsetzlich unglaubhaft das ist?"

„Gewiß, Hans, ich schien den Herrn, der sich hier mit mir abgab, ganz außerordentlich zu belustigen."

„Herrn Negele – wir können hier den Namen ruhig nennen." „Ja, Herr Negele. Er sprach deutsch in dreifacher Ausführung, vor lauter Vergnügen."

„Wann wurdest du das erstemal vernommen, Alex?" „Unmittelbar nach meiner Einlieferung. Ich kam erst nach dem ersten Verhör in die Zelle."

„Wie lange dauerte das erste Verhör?"

„Vielleicht eine halbe Stunde."

„Ja", sagte Hans, „ich kam zum erstenmal lange nach Mitternacht dran." Er denkt nach. „Alex", fragt er, „wann hast du die Sache zugegeben?"

„Selbstverständlich sofort, auf die erste Frage, ob ich etwas mit dem Flugblatt zu tun habe."

„Warum so eilig, warum sofort? Warum Herrn Negele das Handwerk noch leichter machen?"

„Der Einwand ist töricht, Hans. Ich bin weder Scheckfälscher noch Schwarzschlächter."

„Ich auch nicht", sagt Hans, „und ich habe dennoch geschwiegen, für ziemlich lange Zeit."

„Ich aber habe gesprochen", entgegnete Alexander heftig, „weil es mein fester Vorsatz war, die Sache auf mich zu nehmen, schon im Augenblick der Verhaftung. Weil es mein Part war. Weil es meine Nerven verlangten. Weil ich anders den Boden unter den Füßen verloren hätte und in den Sumpf geraten wäre und abgesackt aus der Verantwortung und eine Einbruchstelle weiß Gott für wen!"

„Schon gut, altes Haus", beschwichtigte Hans, „und wie lange amüsiertest du Herrn Negele mit deiner Solonummer?"

„Bis er mir sagte, daß auch du verhaftet seist."

„Wann war das?"

„Schon sehr spät, Hans, bei der dritten Sitzung. Ich war schon hundemüde. Und meine Kopfhaut, ohnehin kitzlig seit dem Fleckfieber und dem Haarausfall, juckte unter Jupiter, daß Gott erbarm."

„Hättest du dich in Gottes Namen gekratzt, nichts als gekratzt und den Mund gehalten", sagt Hans und denkt daran, daß niemals über ihm die Jupiterlampe brannte. „Aber du hast nicht den Mund gehalten, Alex. Du hast sogar geschrien, Alex. Du hast Herrn Negele zu seiner grenzenlosen Freude angeschrien, daß ich zu Unrecht verhaftet sei, weil ich mit der ganzen Flugblattangelegenheit auch nicht das geringste zu tun habe."

Alexander pfeift durch die Zähne. „Woher weißt du das?", fragt er etwas gepreßt.

„Herr Negele hat es mir zu Anfang meiner dritten Sitzung aus dem Protokoll vorgelesen und dich dabei recht gut imitiert. Und er hat seine helle Freude gehabt, nicht nur an dir, sondern auch an mir."

„Warum auch an dir, Hans?"

„Weil er mich damit zum Reden brachte, ganz ohne Jupiterlampe. Weil ich dich Lügen strafen und die Wahrheit bekennen mußte – nämlich, daß ich der Spiritus rector bin und daß du in meinem Auftrag gehandelt hast."

Alexander schweigt eine Weile. Dann fragt er: „Hat Herr Negele auch an dir seine helle Freude gehabt, weil er dich zum Geständnis brachte oder weil er dein Geständnis nicht höher einschätzte als meines?"

„Nur seine Augen sind amüsiert", sinnt Hans, „und vielleicht ist wenig dahinter. Aber mir schien, als belustige ihn mein Geständnis nur als Kontrapunkt zu deinem."

„Hat er etwa deine geistige Fähigkeit zur Abfassung des Flugblattes angezweifelt, Hans?"

„Der Herr hat eine vertrackte Art, mit Geständnissen umzugehen. Er begrüßte es mit einem herzhaften bayrischen Ausruf, legte es sozusagen ad acta und entließ mich für die Nacht aus dem Verhör."

„Auch ich wurde nach meiner zitierten Schreierei, also nach meinem dritten Verhör, nicht mehr in der Nacht gerufen", sagt Alexander.

„Du dreimal, ich dreimal", murmelt Hans, „dazwischen ist keine Zeitlücke, und es mag so gegen halb zwei gewesen sein, als ich entlassen wurde – keine späte Stunde für Herrn Negele ..." Er denkt an den Wagen, der vor ihm abfuhr und nicht Alexanders Wagen war. Er denkt an Negeles beharrliche Fragen nach der Zeit zwischen Mensa und Pedellzimmer und an sein beharrliches Schweigen, das keine Heldentat war, weil die Prothese ihn vor peinlicheren Graden des Verhörs schützte, selbst schon vor der Jupiterlampe, und das nicht einmal seinen Zweck erfüllte, den Inquisitor im unklaren zu lassen; denn die belustigten Augen schienen durch das Schweigen zu schauen wie durch ein Fenster. – Warum hat er mich nicht gefangen, wie er Alexander gefangen hat – warum hat er mir nicht gesagt, daß auch der Professor verhaftet sei?, denkt Hans und stöhnt.

„Sei kein Pelikan und zerfleisch dir nicht die Brust", tröstet Alexander; „denn auch Herr Negele hat seine schwachen Stellen, und auch ich habe dabei mit Vergnügen geschwiegen oder geantwortet, je nach der Stelle, jawohl; und da er immer noch nicht weiß, was er so gerne wissen möchte, hat er uns für die Nacht zusammengelegt und hier irgendwo seine Ohren aufgeklappt ..."

„Alex, sei so gut ...", warnt Hans.

„Nur keine Scheu vor der schwachen Stelle und den Finger drauf, Hans! Daß ich Flugblätter verteilt habe – zugegeben. Aber wie ich sie verteilt habe – das bleibt Amtsgeheimnis!"

„Warum?", fragt Hans und lacht ein wenig, „ich habe gesagt, daß sie mir aus der Hand gerissen wurden, vorne am Rondell beim Brunnen, wenn auch in der Dunkelheit ..."

„Gut!", lacht Alexander, „das kannst du als verantwortlicher Redakteur sagen. Mich als Beauftragten bindet das Amtsgeheimnis."

„Und er gab sich damit zufrieden?"

„Keineswegs! Da war es, wo Jupiter in Aktion trat. Außerdem drohte er mit noch anderen Mitteln, aber wandte sie nicht an – jetzt weiß ich, warum."

„Warum?"

„Weil ich präsentabel zu bleiben habe, für den Prozeß."

„Es werden ganz gewiß keine Pressephotographen dabei sein", meint Hans. „Aber wann wurde dir die Prozessierung eröffnet?" „Gestern Nacht zum Abschluß. Aber zurück zur schwachen Stelle. Ich sagte Herrn Negele schließlich, so höflich, wie man unter Jupiter sein kann, daß mich keine Illumination und selbst kein anderes Mittel bewegen könne zu sprechen, wenn ich nicht sprechen will. Er sah es ein, intelligent wie er ist, wechselte das Thema und kam zu seinem schwächsten Punkt, zum kitzligsten Punkt ..."

„Wieviel Exemplare", sagt Hans.

„Ja, nach dem Wie das Wieviel. Ich sagte, daß ich fünfhundert Flugblätter verteilt habe."

Hans lachte leise. „Es geht nichts über die Wahrheit, Alex! Ich sagte es auch."

„Warum ihn die Zahl nur so böse machte!", heuchelt Alexander ein Staunen; „vermutlich, weil nur an die vierhundert Exemplare den Herren vom SD ausgeliefert worden sind ..." „Nicht übermütig werden!", warnt Hans. „Herrn Negele, intelligent wie er ist, interessiert nicht nur, wieviel Exemplare verteilt, sondern auch, wieviel geschrieben worden sind, und er konstruiert daraus recht witzige Kausalzusammenhänge ..." „Wenn ich fünfhundert verteilt habe, so habe ich auch fünfhundert geschrieben", erklärt Alexander mit Bestimmtheit. „Ach Gott, Alex ..."

„Stöhne nicht! Ich hatte sie vierzehn Tage oder Nächte lang vorbereitet!"

„Und was sagte Herr Negele dazu?"

„Soviel ich mich erinnere, nicht viel."

„Und wann kamst du am nächsten Tag wieder zum Verhör?"

„Erst wieder gestern Nachmittag. Meine Bedeutung ist offenbar eingeschrumpft, seitdem du dein geistiges Kommando aufgerichtet hast, Hans."

„Ich aber", spricht Hans langsam, „kam schon gestern Vormittag wieder an die Reihe, so um halb elf – und da war ein Tischchen vor dem Doppelschreibtisch, und auf dem Tischchen stand die Schreibmaschine ..."

„Welche Schreibmaschine?", ruft Alexander etwas heiser.

„Die kleine Remington."

Alexander ist so still, als sei er nicht mehr da. – Jetzt endlich denkt er wieder an Sophia, sagt sich Hans.

6

Da war ein Tischchen vor dem Doppelschreibtisch, und auf dem Tischchen stand die Schreibmaschine. „Guten Morgen, Herr Moeller", begrüßte der Kommissar mit betonter Freundlichkeit den Vorgeführten und fing sofort seinen Blick ab; doch Hansens Augen blieben nicht an der Schreibmaschine haften, schon weil er sie auf den ersten Blick erkannt hatte und sich vorsah. Der junge Protokollführer in SS-Uniform, der niemals aufsah – aus Scham, nahm Hans zu seinen Gunsten an –, las ein „Guten Morgen!" sozusagen vom Stenogrammblock ab – ja, auch er sagte guten Morgen. Hans nickte stumm; er schenkte ihnen den Gruß, der abgefeimt das böse Faktum der Schreibmaschine überspielte.

„Bitte, nehmen Sie Platz", sagte Herr Negele und wies mit dem Rotstift auf den Stuhl, der quer zum Schreibtisch vor dem Schreibmaschinentischchen stand. Hans hob den Stuhl vom Tischchen fort und stellte ihn in Front zum Inquisitor.

Es ist schwieriger, sich mit einer Prothese zu setzen, als zu gehen oder zu stehen; denn sie bleibt zunächst steif ausgestreckt wie ein Holzbein, und man muß entweder ganz vorne auf der Stuhlkante sitzen, damit sich der Hacken auf den Fußboden stützen kann, oder man muß die Füße kreuzen und mit dem gesunden Bein das Kunstbein herabdrücken, so daß es sich im Kugellager des Knies abknickt. Da Herr Negele sehr genau zusah, tat Hans beides und, aus Nervosität, beides schlecht.

„Haben Sie noch Schmerzen, zum Beispiel jetzt, beim Hinsetzen?“, erkundigte sich der Kommissar.

„Nein.“

„Können Sie das Ding denn überhaupt ohne Hilfe an- und ablegen?“

„Ja.“

„Ich könnte mir denken, Herr Moeller, daß es so etwas wie eine Prothesenpsychose gibt, mit dem Resultat eines mechanischen Ressentiments gegen alles Bestehende, gegen alles kreatürlich Stehende ...“

„Bitte zur Sache, Herr Kommissar.“

„Zur Sache“, wiederholte Negele, ohne eine Spur von Verärgerung zu zeigen, „hier ist die Sache.“ Er wies mit dem Rotstift auf die Remington. Hans zuckte mit den Achseln. „Ist das die Maschine, Herr Moeller, auf der Sie die Flugblätter geschrieben haben wollen?“

„Möglich.“

„Ich kann Sie versichern, daß es die Maschine ist, nach Sachverständigenaussage. Und Sie bleiben dabei, daß Sie sie von einer Firma gemietet haben, deren Namen zu nennen Sie sich weigern?“

„Ja.“

„Sagen Sie sich nicht, daß es für mich ein leichtes ist, bei sämtlichen Münchner Schreibmaschinenverleihfirmen zu recherchieren und das Unzutreffende Ihrer Behauptung zu erfahren?“ Hans schwieg. „Ich verstehe durchaus nicht, Herr Moeller, warum Sie nicht sagten, daß Sie die Maschine von Ihrer Schwester geliehen haben, ohne ihr zu verraten, zu welchem Zweck! Das wäre doch völlig glaubhaft!“ Hans schwieg. „Gut, Herr Moeller, Sie wollten den Namen Ihrer Schwester überhaupt nicht in die Debatte werfen. Aber wie die Dinge nunmehr liegen ... – Sehen Sie, ich kann Sie jetzt ganz nach Belieben in die Enge treiben, ich könnte Sie fragen und prüfen, ob Sie überhaupt maschinenschreiben können, und ich könnte Ihnen, wiederum an Hand eines Fachexperts, nachweisen ...“

„Also?“, unterbrach Hans.

„Also werfe ich den Namen Ihrer Schwester in die Debatte.“

„Erklären Sie sich bitte deutlicher, Herr Kommissar."

„Noch deutlicher? Gut, ganz deutlich. Ich lege das Schicksal Ihrer Schwester in Ihre Hand."

„Also Erpressung", sagte Hans, und seine Nase war spitz und weiß.

„Herr Moeller", lächelte der Kommissar, „jetzt verletzen Sie auch noch das Gesetz der Kausalität. Wir haben nämlich im Namen des Reichs alles Recht, Sie zu erpressen, weil Sie unter dem Verdacht und bald auch unter der Anklage stehen, die Reichssicherheit zu gefährden. Dies nur nebenbei."

„Gut", sagte Hans, „ich ziehe das Wort ‚Erpressung' zurück und warte auf Ihre Offerte."

„Hier ist sie. Ihre Schwester bleibt außerhalb der Gefahrzone, wenn Sie uns erstens den – sagen wir – infizierten Teil der Studentenschaft lokalisieren helfen, und zweitens die wahrheitsgetreue Umlaufziffer des Flugblattes angeben."

„Ich bin bereit zu antworten", sagt Hans sofort. „Ad eins: da das Flugblatt nicht individuell, sondern kollektiv verteilt wurde, ist es vollkommen unmöglich, die Empfänger zu identifizieren. Doch infizierbar – um Ihren Ausdruck zu gebrauchen –, infizierbar ist mehr oder weniger die ganze Studentenschaft. Ad zwei: die verteilte Auflage beträgt, wie ich schon sagte, fünfhundert Flugblätter, kann sich aber nach dem Schneeballsystem, also aus sich selbst heraus, ins Unkontrollierbare erhöhen."

Herr Negele sah ihn an und sagte nichts, und nicht nur die Äuglein blinzelten belustigt, sondern auch sein sehr häßlicher, weichlappiger Mund tat, was er nicht tun sollte: er lächelte. Selbst der junge Protokollführer sah auf und blickte Hans gefroren an, gefroren verdutzt – und Hans haßte ihn mit dem Haß des Frontsoldaten gegen die Unabkömmlichen der Gestapo, der schimpflichsten und beschimpftesten Spezies von Drückebergern, er haßte ihn doch auch mit dem Bruderhaß, dem Zwillingshaß, der umgestülpte Zuneigung ist und die Ähnlichkeit lästert, weil er ihr nicht entrinnen kann. So dachte Hans zwei Gedanken auf einmal, als er den Jungen anstarrte. Er dachte: du wirst totgeschlagen: und er dachte: infizierbar. Der andere senkte schnell die Augen.

Herr Negele nahm schließlich wieder das Wort: „Auf einen Schelm anderthalbe, Herr Moeller. Ich erweitere die Offerte wie folgt: Eins: Sie und Ihr Adjutant Welte werden sofort entlassen. Zwei: Ihre

Akten werden nicht der Reichsanwaltschaft für das Volksgericht zur Anklageerhebung wegen Hochverrats übergeben. Drei: Ihre Schwester und etwa noch andere in den Fall verwickelte Personen gehen frei aus. Vier: die Flugschrift geht in den Vertrieb des Sicherheitsdienstes über. Ihre Gegenleistung: Sie fahren mit Ihrer Tätigkeit fort und ermöglichen dem Sicherheitsdienst die Kontrolle über die Reaktionen der Studentenschaft auf dieses Flugblatt im besonderen und auf subversive Einflüsterungen im allgemeinen."

„Meine Gegenleistung wird sein", antwortete Hans im gleichen nüchternen Tonfall und ohne Zögern, „daß ich die beiden Versionen der Offerte in der Hauptverhandlung zum besten geben werde."

„Das ist nicht nötig, Herr Moeller", klärte ihn der Kommissar freundlich auf, „weil jeder der fünf Richter des Volksgerichtes das Protokoll der Voruntersuchung gelesen haben wird. Doch wenn Sie an der Vollständigkeit des Protokolls zweifeln, so tun Sie's immerhin." Er schaute sinnend auf den Rotstift in seiner Hand. „Interessant!", fuhr er fort, „sowohl Ihr mangelnder Familiensinn als auch die Gefühlsverhärtung Ihrem Nebenmann gegenüber sind typisch nationalsozialistisch. Sie opfern Ihre Schwester. Sie opfern Ihren Freund oder Ihre Freunde, aber nicht das dreckige Flugblatt von einer Idee. Sie können also gar nicht beleidigt sein, wenn ich Sie wieder für die Idee anheuern wollte, in der Sie aufgewachsen sind und die Sie geformt hat."

Hans fühlte, wie er rot wurde, vor Wut, vor Verwirrung, vor einer Stauung in der Kehle, so als könnten ihm Tränen kommen.

Der Kommissar sah ihn aufmerksam an. „Aber lassen wir das", sprach er leichthin, „die Sache ist erledigt. Doch bevor ich Sie für dieses Mal entlasse, möchte ich Sie noch auf Ihre Ignoranz aufmerksam machen, Herr Moeller. Das sei keine Kritik Ihrer Intelligenz, ganz gewiß nicht, sondern nur ein nüchterner Hinweis auf all das, was Sie einfach nicht wissen können und was Ihnen fraglos schon zugesetzt hat, beginnend mit Ihrer Verhaftung. Sie können nun einmal nicht wissen, was wir wissen und woher wir es wissen. Woher, Herr Moeller! Mein Satz von der Wiederanheuerung für die Idee ist vielleicht ein vernichtender Satz, wenn Sie darüber nachdenken wollen. Denn Sie sind nicht der erste, bei dem es versucht wurde, sondern vielleicht nur der erste, bei dem es mißlang. Sein S' net bös, wenn ich so schlecht von den Menschen spreche, gar von Ihren Freunden; aber Sie behandeln sie ja im Grund nicht besser, Sie opfern sie, ich verleumde sie nur – und möglicherweise ist es nur Gift in Ihren Becher. Jetzt können S' gehn."

7

Alexander ist so still, als sei er nicht mehr da.

„Alex", spricht Hans hinüber.

„Ja", meldet sich Alexander mit kleiner enger Stimme.

„Hat man auch dich wieder anheuern wollen?"

„Wiederanheuern? – Was heißt das?"

„Wenn es nicht so etwas wie ein Stichwort für dich ist, so hat man es nicht versucht. Laß es gut sein ..."

„Wir sind bei der kleinen Remington", mahnt Alexander bedrückt.

„Ja, mein Guter, es ist schon so. Nimm das Schlimmste an. Wie heißt es am Schluß des ‚Fiesco'? ‚Wenn der Purpur fällt, muß auch der Herzog nach.'"

„Du meinst damit", flüstert Alexander, „wenn die Schreibmaschine hier ist, dann ist auch ..."

„Ja, das meine ich", unterbricht Hans.

Alexander räuspert sich; aber er bekommt die Kehle nicht frei, er spricht mit belegter Stimme: „Sieh mal, Hans, es spielt da bei mir noch ganz Persönliches mit ... Jetzt kann ich es dir ja sagen, ich habe vielleicht keine Gelegenheit mehr.

„Ach, Alex, in solchen Fällen glaubt man immer, man sitze brunnentief mit seinen Gefühlen – und dabei haben es die andern schon lange bemerkt."

„Wer hat es bemerkt?"

„Ich zum Beispiel, jedenfalls sie selber auch."

„Sie auch?", staunt Alexander, „und nichts war ihr anzumerken, daß sie weiß, was los ist mit mir? Wie kann man das? – Gewiß kann man das!", antwortet er sich selber mit Bitterkeit, „ich bin ja nicht weiter anziehend, ein vierschrötiger Klotz mit einem Pfannkuchengesicht, ich weiß schon, und seit dem Flecktyphus hat das Haar verdammt wenig Lust, ordentlich nachzuwachsen, und tut es nur büschelweise, und der Skalp sieht aus wie von einer räudigen Katz ..."

„Auch das ist keine Neuigkeit, mein armer Kater", unterbricht Hans lächelnd.

„Gewiß nicht – aber man legt sich's doch zurecht und macht sich's klar und ruft sich zur Ordnung. Man ist eben keine Konkurrenz für hübsche Naturburschen mit hysterischem Einschlag ... allerhand Mischung das!" Er bricht ab, als lausche er auf etwas. Hans ist still. „Wiederanheuern?", fragt Alexander flüsternd hinüber, „dich doch nicht ..."

„Ich sei nicht der erste, bei dem es versucht wurde", antwortet Hans, „sondern vielleicht nur der erste, bei dem es mißlang. Das riecht natürlich nach einem Negeleschen Zersetzungsexperiment, was er verblümt zugab."

„Aber es riecht", knurrt Alexander, „und ich roch es nicht umsonst gerade bei der erwähnten Mischung."

„Aber das ist es, was mich stört", wendet Hans ein, „Eifersucht macht keine gute Nase, und ich habe eine schreckliche Angst vor der Ungerechtigkeit, Alex, zu allen anderen Ängsten ... "

„Ich liebe sie auch nicht und bekomme schon die Nase wieder frei", brummte Alexander. „Und was wurde ich nicht alles gefragt, ab gestern Nachmittag – warum ich als Mediziner bei einem Kriminalpsychologen höre, eine äußerst dumme Frage, gerichtet an einen angehenden Psychiater und Gerichtsmediziner! – ob ich weiß, wem eine gewisse Continental-Büromaschine gehöre – neben wem ich am 18. Januar in der Aula saß – wie ich zu dem und dem stünde – kurz und gut, es fiel jeder Name, außer einem, Hans, außer einem!"

„Ja", sagt Hans, sonst nichts.

„Dabei fällt mir ein – wurdest du gefragt, Hans, ob wir in der Mensa mit Kommilitonen gesprochen haben?"

„Nein."

„Ich auch nicht", sagt Alexander. „Und jetzt sind wir wieder in der Mensa ..."

Doch das Gespräch hört auf – und die Freunde wissen doch nicht oder haben ihre Zweifel, ob sie je wieder miteinander sprechen können. Das Gespräch hört auf, weil ihre Gedanken nicht in der Mensa bleiben.

Alexander sieht Christophs verstörtes Gesicht, das weiß ist wie ein Tischtuch; aber jetzt sieht er Christophs braunes Gericht mit den Blitzaugen und den Blitzzähnen und dem schwarzen Gelock, das Kitschbild vom Wilderer, und daneben ist Sophia, wie es sich gehört; denn er hat die beiden Gesichter fast immer zusammen gesehen. Sie sind gleich groß und bilden ein hübsches Paar, die Blonde und der Schwarze. Er hat sie von Anfang an zusammen gesehen ...

Der Zug fährt in den Münchner Ostbahnhof ein, es ist grauer November, und die Menschen sind grau, die Kleider sind geflickt, die Häuser an der Einfahrt und das Stationsgebäude tragen die vielsagenden Bretterzäune. Alexander kennt alles dies und viel Schlimmeres noch, er schaut kaum hin, er ist darüber hinaus, ein doppelt Entlassener, aus dem Linzer Seuchenlazarett entlassen, aus dem Militärdienst zur Fortsetzung des Studiums zeitweilig entlassen – und hier erwartet ihn der Freund. Aber es erwarten ihn auch die beiden, die nicht grau sind, sondern besonnt von ihrer Hübschheit und ihrer Zusammengehörigkeit: die Blonde und der Schwarze, Arm in Arm. Daneben hängt Hans in der Krücke. – „Ja“, sagt Hans und lächelt stolz, „das ist meine kleine Schwester.“ Alexander kennt schon ihr Gesicht; denn Hans hat ihm im Feldlazarett ihre Photographie gezeigt, die einzige, die er bei sich trug, und Alexander war bereits ein bißchen verliebt gewesen; draußen verliebt man sich in Bilder. Und er hatte aus einer Kiste ein Nachtkästchen für den Freund gemacht, damit er das Photo aufstelle, und Hans tat es auch und merkte nicht die kleine Hinterlist. Wenn er nicht zu große Schmerzen von der Amputationswunde hatte, sprach er auch von der Schwester, niemals doch von anderen Mädchen. „Wir stehen uns nicht einmal gut“, bekannte er zärtlich, „das heißt, wir lieben uns innig, aber waren immer verschiedener Meinung. Sie ist die Intelligentere von uns, oder besser gesagt: sie hat mehr Herz oder mehr Mut oder mehr Charakter und hat nicht mitgemacht von Anfang an – ja, und ich habe sie geschlagen, ich war vierzehn und sie elf, weil sie von einem Judenmädchen aus der Nachbarschaft nicht lassen wollte“

Wenn Hans von der Schwester erzählte, hatte Alexander das Bild angeschaut. Jetzt sieht er sie, und sie gefällt ihm noch viel besser als in der abscheulichen BDM-Uniform der Photographie. Sie trägt einen hellen gegürteten Regenmantel und ein rotes Halstuch und etwas Rot auf den Lippen, was sehr verpönt ist, und den Schwall der blonden Haare trägt sie frei – ja, die Stirn und die schmale Nase und das eigensinnige Kinn sind Hansens Abbild, doch die Augen sind nicht blau wie beim Bruder, sondern grünlich braun und weiter auseinander, länglicher geschnitten, die sehr langen dunklen Wimpern beschatten sie lieblich, und ihr Lächeln, ihr Lächeln zum Empfang, muldet süß und fraulich die Wangen ein. – „Hier ist mein Freund Christoph Sauer", sagt sie für Hans, der die Vorstellung offenbar vergessen hat. Der Schwarze blitzt Alexander mit Augen und Zähnen an: „Sie müssen mit unserem bescheidenen Ostbahnhof vorlieb nehmen, Herr Welte, aber der Hauptbahnhof ist im Augenblick infolge gewisser Elementärereignisse nicht ganz empfangsfähig." – „Von mir aus!", lacht Alexander und sieht Sophia an. Doch sie lacht nicht ihn an, sondern den dunklen Jungen an ihrem Arm. „Von uns aus!", sagt sie zu Christoph, nicht zu Alexander, der doch das Stichwort gegeben hat. – Er ist hübsch, denkt Alexander, er ist frisch, geht aufs Ganze und scheint seine Zeit genutzt zu haben. „Auch auf Studienurlaub?", fragt er Christoph. – „Nix Urlaub, Herr, ich bin ein echter, professioneller, durch und durch zivilistischer Studikus." – „Nanu!", staunt Alexander und mißt den kräftigen Körper des Jungen mit seinem Sanitäterblick, „das sieht mir doch sehr nach k. v. aus – oder ist's gar ein Athletenherz?" – „Ich kann Ihnen nur mit einem ganz normalen Herzen dienen, Herr Welte", sagt Christoph und streift Sophia mit einem vergnügten Blick, „mit einem simplen Herzen." – „Sagen Sie ernsthaft, Herr Sauer, warum wurden Sie nicht eingezogen?" – „Ich sage Ihnen ernsthaft, Herr Welte, ich wollte nicht." – „Aber das gibt's doch nicht!" – „Richtig!", lacht Christoph, „das ist nicht normal, das ist unnormal!" – Er wollte nicht, denkt Alexander, wollten wir denn? Ja, wir wollten! Und Sophia gehört dem Kerl, der nicht in den Krieg wollte.

Doch wie ist es nun! Haßt Alexander den Drückeberger oder den Rivalen? Hassen? Das ist es ja, er hat ihn gern, er kann nicht anders – alle haben ihn gern, Hans, der Professor, Frau Dora; denn er ist hübsch und frisch und geht aufs Ganze, ja, er ist das Temperament der „Gruppe", der Tumultuant, der Chorführer des „Genug!" am 18. Januar. Wer mißtraute ihm und fragte nach seiner Vergangenheit, nach dem Rätsel seiner durch und durch zivilistischen Existenz? Denn das gibt es doch nicht: nicht Soldat sein zu wollen und deshalb nicht Soldat zu werden, mit zweiundzwanzig Jahren und gewachsen wie ein Baum! Das gibt es nirgends, und am wenigsten im Dritten Reich.

Aber nur im Dritten Reich gibt es gewisse Seelenverschreibungen und Wechselgeschäfte höchst mephistophelischer Natur, Wunderrettungen aus dem Konzentrationslager und Wiederauferstehungen in der subtilsten Form des Judas Ischarioth. Das gibt es, und dieser oberbayrische Teufelsjünger kann so ein Wiedererstandener sein, es ist etwas von Hexensabbath um ihn und von schwarzer Magie – es ist schon möglich, daß wir alle rettungslos in seiner Schwarzen Messe sitzen.

„Als der Professor den beiden Frauen das Manifest diktierte, da hob Sophia nach jedem Satz das liebe Gesicht, das geliebte Gesicht, und sah nicht den Diktierenden an und nicht den Bruder und nicht mich, schon gar nicht mich, sondern ihren dunklen Bezauberer, und ihre Augen waren ganz grün und groß und der Mund ein wenig offen und heiß die Backen – sie sah aus, als empfinge sie nicht des Professors Worte, sondern Christophs Liebe, und das war das letztemal, daß ich sie sah ... "

Hans auf der anderen Pritsche erinnert sich: er hat einmal seine Schwester gefragt, ob sie wisse, warum Christoph nicht eingezogen sei. Sie wisse es, hat sie geantwortet, aber sie sei nicht ermächtigt, darüber zu sprechen; Christoph habe so etwas wie einen Jagdschein erhalten und sei vollständig frei. Ein „Jagdschein" ist der Ausdruck für die zumal in Kriegszeiten vielbegehrte Attestierung einer geistigen Erkrankung. Die Antwort genügte; denn die Frage war aus Neugierde gestellt und zugleich schon als ungehörig empfunden – Hans ist kein neugieriger Mensch.

Jeder Verdacht lag fern, jeder Verdacht wäre eine Beleidigung des Professors gewesen; denn wenn es eine Art von Anciennität innerhalb des Henningsschen Seminars gab, so nahm Christoph die erste Stelle ein, Sophia die zweite, Hans die dritte und Alexander als letzter Ankömmling die vierte. Der Verdacht ist erst im Gefängnis entstanden und muß nach rückwärts abgespult werden, eine böse Arbeit, ein Schind- und Schandwerk.

Hier auf der Pritsche kommt es auf, daß man mit einem „Jagdschein" schwerlich zur Universität zugelassen wird. Hier auf der Pritsche wird das Leben eines Kameraden aufgerollt, und alles Weiß ist Schwarz, alles Einfache wird zweideutig; denn die Spule ist von Herrn Negele gestellt. „Wiederanheuern" und „Woher wir es wissen"! Damit wird jeder Gedanke zur Giftspritze. Christoph spricht, und es ist Lüge. Christoph lacht, und es ist Verrat. Christoph drückt deine Hand, und es ist Mord.

So geht es nicht, so darf nicht gedacht werden. Hans ist nicht angeheuert, er ist nicht die Jupiterlampe über Christoph! Er sitzt wieder in der Mensa, und Christoph geht davon, weiß wie ein Tuch, verdächtig weiß. Aber was sagte er denn zum Schluß? Daß es für die anderen noch viel schlechter ausgehen werde ...

Halt, hier ist der Gedanke anzusetzen, hier ist gut und scharf nachzudenken: nehmen wir an, Christoph ist angeheuert, als Provokateur und Verräter: warum hat er die Freunde dann nicht früher verraten, warum nicht vierundzwanzig Stunden früher, warum nicht eine Stunde vor Verteilung der Flugblätter?

Denn es ist doch die Verteilung, die unter allen Umständen hätte verhindert werden müssen Hans richtet sich auf. Er will den Gedanken aussprechen und Alexander mitteilen. Doch wie formuliert man ihn, daß ihn der Freund versteht, aber nicht die Lauscher an der Wand? Und Alexander ist so still, als sei er nicht da. Er denkt gewiß an Sophia, man lasse ihn in Ruhe.

Hans legt sich auf die rechte Seite und fühlt Bein auf Bein. – Nehmen wir also an, denkt er, auch Christoph ist verhaftet. Nehmen wir an, in dem Wagen, der vor uns abfuhr und in dem nicht Alexander saß, ist der Professor gesessen. Sehen wir die kleine Remington so fatal für Sophia wie die große Continental für Frau Dora. So sind alle Glieder beisammen, alle Glieder. Und ich werde von jetzt ab mit der Prothese schlafen, denkt er und muß ganz für sich lächeln, von jetzt ab!

3

OHNE ABSCHIED

1

Die Einzelzellen 17 und 24 liegen einander schräg gegenüber. Gesetzt den Fall, die Türfensterklappen beider Zellen stünden offen, so könnten sich die Insassen sehen, wenn sowohl Nummer 17 als auch Nummer 24 die Gesichter an die linke Kante ihres Guckfensters drückten. Der Fall tritt begreiflicherweise niemals ein. Immerhin, der Abstand zwischen beiden Zellentüren ist so gering, daß die elektrische Blendlaterne nicht abgestellt zu werden braucht, auch bei sorgsamster Befolgung der Notvorschriften zur Streckung der Batteriebrenndauer, sondern die Kontrolle beider Zellen in einem Leuchtzuge versieht. Karl von Hennings auf Nummer 17 und Dora von Hennings auf Nummer 24 schützen ihre Augen gegen den Einschlag des Lichtes auf die gleiche Weise: sie heben die Hand vor die Augen, die Handfläche nach außen.

Sie sind bald neunzehn Jahre verheiratet, und viele ihrer Bewegungen, Worte und Gedanken haben sich einander angeglichen. Der Fünfundfünfzigjährige ist fünfzehn Jahre älter als sie; aber der Altersunterschied ist gemach zusammengeschrumpft, er verlor sich beim Zusammenwachsen ihres Lebens; und bei ihrem letzten Hochzeitstag, dem achtzehnten, hatte er ihr lächelnd gesagt: „Jetzt bist du schon drei Jahre älter als ich, junge Frau." Sie waren nie getrennt. Jetzt sind sie getrennt. Nur ihre Gesten und Gedanken hängen noch zusammen. Und das ist schon das Rinnen der Sanduhr zwischen Leben und Erinnerung.

Denn innigste Kenntnis voneinander bei einer jäh zerschnittenen Einheit von Mann und Frau erzeugt einen Zustand, so tragisch wie plötzliche Erblindung. Es ist die Erblindung der Gegenwart und zugleich ihre Agonie. Denn das gemeinsame Leben ist Gegenwart, die doppelte Gegenwart der Zeit und des Gefährten. Der Schnitt aber zwischen Mann und Frau ist der Bruch der Gegenwart mit dem Gefährten, und die innigste Kenntnis voneinander, die tragisch rückwärts läuft mit gleichen Gesten und Gedanken, im Ohr den Tonfall von des andern Sprache, läuft in die Vergangenheit. Und das ist schon wie ein Stehen am Grabe.

Der Mann in Zelle 17 und die Frau in Zelle 24 wissen alles voneinander, nur nicht ihre Gegenwart. Doch die Masse der gemeinsamen Erfahrung ist so gewaltig und die Trennung so unglaubhaft, daß noch Sinnestäuschungen geschehen können, zumal in der Nacht. So haben sich beide atmen gehört, wenn auch nur für Sekunden, vielleicht in den paar Sekunden des Halbschlafs. Dann schreckten sie auf, und jeder wußte nur noch von dem anderen, daß er nicht schlafen könne, wo er auch sei. Und dann begann wieder die Suche nach dem andern, durch das Labyrinth ihrer Vertrautheit.

Es ist doch nicht so, daß die Trennung aus heiterem Himmel kam. Karl und Dora gingen nicht blind in das Unternehmen; sie wußten, was sie riskierten. Weil sie es wußten, sich und die Auflehnung kannten, die in ihnen nistete und groß wurde, seit zehn Jahren gehegt, gepflegt und besprochen, und einmal zutage treten mußte, im Zwange des Wachstums und der Ausstoßung, war es nicht notwendig, viel über das Risiko zu reden. War es nicht notwendig? Bevor Karl das Manifest diktierte, gab er die Richtlinien des Verhaltens für den Fall der teilweisen oder vollständigen Aufdeckung des Komplotts. Die Richtlinien galten für die sechs Beteiligten. Dora war eine der Sechs, eine besondere Aussprache zwischen den Ehegatten erübrigte sich. Erübrigte sie sich?

Als Karl an jenem Abend aus der Universität nach Hause kam, in ihr liebes Gartenhäuschen in der Georgenstraße, das ursprünglich ein Bildhaueratelier war, arbeitete Dora noch an ihrem Hundert. Damit es schneller ginge, diktierte er ihr den Text in die Maschine; es war nicht viel anders wie das gewohnte Diktieren eines Beitrags für eine fachwissenschaftliche Zeitschrift. Er schichtete dann die hundert Blätter sorgfältig zusammen, tat sie in einen Umschlag und den Umschlag in seine Aktenmappe. Sie gingen zu Bett, dies und das sprechend, und Karl schlief bald ein. Er gehört zu den Menschen, die in der ersten Viertelstunde einschlafen oder überhaupt nicht. Er wachte in der Nacht auf, weil er im Schlaf gespürt hatte, daß Dora nicht schlief. Dieser sonderbare Spürsinn, der wie ein Periskop aus dem Unterbewußten ragte, war beiden gegeben.

„Do?“, fragte er vorsichtig hinüber. „Ja“, machte sie, und er wußte, daß ihre verschlafene Stimme verstellt war. „Hast du geschlafen?“ – „Wunderbar ...“ – „Dann verzeih mir, Do ... – „Ich schlafe ja schon weiter ...“, murmelte sie undeutlich und produzierte vernehmliche regelmäßige Atemzüge. Er ließ es dabei bewenden. Und es war die letzte Nacht der Gemeinsamkeit.

Worin liegt die Unterlassung? Denn etwas wie Versäumnis sticht ihn, neben der reißenden Qual, nicht zu wissen, was mit ihr geschehen ist. Ist es dies, daß sie nicht der Gefahr bis auf den Grund gingen, im nächtlichen Dialog, und daß sie nicht voneinander Abschied genommen haben, für jeden Fall? Aber wie kann man gleichsam prophylaktisch Abschied nehmen – wie könnten es sie beide, Karl und Dora, mit ihrer gleichen Abneigung gegen Melodramen? Wie wäre nicht dabei die Ironie aufgehißt worden, in gleichen Wendungen der Rede?

Abschiednehmen ist der Selbstmord der Gemeinsamkeit und zugleich die furchtbar gebieterische Forderung der Liebe, die ihre Ordnung will, vom ersten Ja bis zum letzten Adieu. Karl klammert sich verzweifelt an den äußersten Rand des Zusammenlebens, dort, wo er schon weiß, daß es zu Ende ist – sie aber weiß es noch nicht und wartet auf ihn, und seine innigste Kenntnis von ihrem Warten ist für ihn die letzte Gewißheit ihrer Gegenwart.

Denn an jenem Abend seiner Verhaftung ist der Tag noch ihr gemeinsamer Besitz; sie weiß, wo er ist, und er weiß, wo sie ist. Wenn er Abendkolleg hat, ist er spätestens um halb elf zu Hause; der Weg von der Universität am Siegestor vorbei zur Georgenstraße beträgt fünf Minuten. Er weiß, in der Speisezimmerecke des Atelierraumes – denn der große Raum hat viele „Ecken" und vereinigt eine ganze Zimmerflucht: Speisezimmer, Doras Wohnzimmer, Karls Arbeitszimmer und die fünftausend Bände der Bibliothek –, auf dem Eßtisch, weiß er, steht der kalte Imbiß für ihn bereit, und Dora sitzt in ihrem Lesesessel und liest Thomas Manns „Lotte in Weimar", die letzte Lieferungsheldentat jenes erstaunlichen Buchhändlers in einem Ort am Bodensee, der seit zehn Jahren die Bücher der Exilierten aus der Schweiz einschmuggelt und immer noch am Leben ist.

Bis elf Uhr ist Dora nicht nervös; denn sie gibt ihm heute, gerade heute, dreißig Minuten Verspätung zu. Bis elf Uhr liest sie, weiß er, in dem siebenten Kapitel, das den Artikel führt – „Das Siebente Kapitel" – als Zeichen seiner Einzigartigkeit in der Resurrektion des siebenundsechzigjährigen Goethe. Seit acht Tagen liest sie das siebente Kapitel, und wenn sie es beendet hat, beginnt sie wieder von vorne; denn es ist die Wiedergeburt des Weltdeutschen, hat sie gesagt, der Welt im Deutschen, des Deutschen für die Welt, und das ist die glorreiche Antihymne zu „Deutschland über alles“. Sie prägt solche etwas emphatischen Sentenzen nicht oft, nur im Zustand geistiger Ergriffenheit, und dann kann ihr stilles Wesen ganz fanatisch ausbrechen; und ihr sanftes Gesicht, welches so regelmäßig ist, daß kein Unterschied der Profile besteht, verfärbt sich auf das hübscheste vor Überzeugungsmut und Kampflust. „Jetzt brennt dein Haar, Do“, pflegt Karl in solchen Momenten zu sagen und meint damit, daß selbst das Kastaniengold ihres Haares sich metallisch erhitze.

Bis elf Uhr liest sie, und dann fällt der Schlagbaum der Stunde zwischen das Buch und ihre Augen. Sie versteht plötzlich nicht mehr, was sie liest, sie schaut auf und sieht die Uhr auf Karls Schreibtisch, sie legt das Buch weg – das weiß Karl; doch er wird nicht mehr wissen, niemals mehr, ob sie es je wieder in die Hand nimmt. Sie sitzt ganz still im Lesesessel und schaut auf die Uhr. Dann kommt der Augenblick, weiß Karl, wo die Uhr zu weit entfernt ist von ihr; sie steht auf und setzt sich an seinen Schreibtisch, sie schaut auf ihr Bild, das neben der Uhr steht, eine Photographie aus dem Jahre 1924, dem Hochzeitsjahr. – „Du hast dich gar nicht verändert“, pflegt Karl zu sagen, „man sieht es dir nicht an, daß du mich inzwischen an Jahren überflügelt hast ...“ – „Das einzige, was sich nicht verändert hat, ist die Frisur“, stellt sie richtig; denn sie trägt noch immer den Scheitel in der Mitte und den Knoten im Nacken.

Sie sitzt und wartet, und die beiden Zeiger der Uhr treffen sich zur Mitternacht, von der Ludwigskirche läutet es leise und leiser noch von der Schwabinger Kirche im Norden an der Ungererstraße. Dann wird die Welt so still, daß das Ticken der Schreibtischuhr im Kopf zu dröhnen beginnt. Und Karl weiß, daß Dora nun verfällt. Zuerst sind es Augenringe, dann Augensäcke, die Haut zerknittert an den Augenwinkeln, die Linien graben sich quer durch die Stirn und senkrecht zwischen die Augen und von den Nasenflügeln bis zum Kinn, an den Mundwinkeln vorbei, und eine Furche schleicht sich den Kiefer entlang und beutelt das untere Wangenfleisch auf, und der Hals, der schöne Hals, verwelkt.

Sie steht auf; denn es kommt der Moment, wo die Beine abzusterben drohen. Sie geht hin und her; aber die Füße bleiben eiskalt und wattig gefühllos. Er weiß, sie sieht das tote Telephon auf dem Tischchen in der Wohnnische an, verzweifelt und erbittert, aber sie ruft nicht die Universität an. Er weiß, sie begeht nicht die Dummheit, zu Hans Moeller zu gehen oder zu seiner Schwester oder zu Christoph Sauer. Aber sie geht in die Nacht hinaus, so um drei Uhr herum, weil sie etwas tun muß, wenn nicht das Dumme, so das Sinnlose. Sie geht in die blinde nasse Kriegsnacht hinaus, weiß er, weil der Augenblick gekommen ist, wo sie im Hause nicht mehr atmen kann. Sie tappt zur nahen Leopoldstraße, biegt ein und geht dem Siegestor zu, geht immer schneller, läuft bis zur Universität oder bis dorthin, wo sie weiß, daß die Schattenwand hinter dem Rondell die Universität ist. Es brennt kein Licht und es verrät sich kein Leben. Sie kann dort stehen; denn die Nacht ist die Tarnkappe auch für sie. Sie steht nur so lange, bis sie fühlt, daß ihr Gesicht nicht nur vom Sprühnebel naß ist – ja, sie hat in dieser Nacht nur vor der Universität ein bißchen geweint. Sie geht zurück. Jetzt erst ist das Atelierhaus von Grund aus verändert, fremd, leer und gleichgültig bis zur Erbarmungslosigkeit. Sie sitzt im Lesesessel wie ausgeblutet.

Und hier ist die äußerste Grenze des gemeinsamen Lebens erreicht. Karl weiß nicht mehr weiter mit ihr.

2

Als Hans Moeller und Alexander Welte das Professorenzimmer verlassen hatten, sah Karl auf die Uhr. Es war fünfundzwanzig Minuten vor elf. – Ich werde Dora sagen, daß ich jetzt komme, dachte er und trat zum altmodischen Wandapparat. Er nahm den Hörer ab, es dauerte einige Zeit, bis sich die Hauszentrale meldete. „Hier ist Hennings", sagte Karl, „bitte geben Sie mir Vierunddreißig Null Achtundvierzig." – „Leider unmöglich, Herr Professor", hieß es, „wir sind gesperrt." – „Habt ihr eure Telephonrechnung nicht bezahlt?", scherzte Karl – es sah ja keiner, daß er es mit blassen Lippen sagte. – „Wir sind polizeilich gesperrt, Herr Professor." – „Das ist etwas anderes", sagte Karl und hängte ab. Er behielt die Hand am Hörrohr und schloß für ein paar Sekunden die Augen.

– Ich hätte noch fragen sollen, was los ist, dachte er. Dann ging er zum Garderobenständer neben der Tür, zog langsam seinen Mantel an und setzte den Hut auf.

Das Telephon läutete. Er zögerte einen Augenblick, trat zum Apparat und meldete sich. – „Das Haus ist bis auf weiteres nicht zu verlassen", hieß es; „die Geheime Staatspolizei wünscht, daß die im Gange befindliche Aktion ohne jedes Aufsehen vonstatten gehe." – „Was für eine Aktion?", fragte Karl. – Die Stimme der Zentrale antwortete darauf nicht, sondern fuhr fort: „Die im Hause anwesenden Herren Professoren werden gebeten zu bleiben, wo sie sind, bis neue Weisungen erfolgen." – „Ausgezeichnet", sagte Karl, „ich habe sowieso noch zu arbeiten."

Er hängte ab, ging zum Garderobenständer und entledigte sich seines Mantels und seines Hutes. Er setzte sich aufs Ledersofa, schlug die langen Beine übereinander und nahm wieder den „Völkischen Beobachter" zur Hand. Er lauschte hinter der Zeitung. Auf dem Gang draußen war es still. In der Ferne klappten ein paar Türen.

Jetzt kam ein kräftiger Schritt den Korridor entlang, die Tür wurde aufgestoßen, Karl ließ die Zeitung sinken. Auf der Schwelle stand Dr. Vierck, der SS-Professor in schwarzer Uniform, sah ihn kurz an, ohne einen Gruß, ohne ein Wort, und ging wieder, die Tür hinter sich zufallen lassend. Karl zuckte zusammen und verzog das Gesicht; er haßt es, wenn Türen zugeworfen werden. „Flegel!", sagte er; doch der Schritt entfernte sich wieder.

– Wie ein Kinderschreck von einem schwarzen Mann, dachte Karl, genauer gesagt: wie ein SS-Mann und kein Professor, der Herr ist in seinem Element ... Er hob die Zeitung, blätterte in den Seiten und zwang sich, die Todesanzeigen zu lesen. „Für Führer und Reich fiel unser dritter Sohn ..." – „Für unsern Führer fielen ..." – „Für das Deutschland des Führers fielen ..."

Draußen trippelte ein Schritt heran. – Der Alte, dachte Karl und sah auf. Die Tür öffnete sich, und Geheimrat Seitz trat ein, Bücher unter beiden Armen, die Tür mit dem Rücken sanft zudrückend. Der Dekan trug einen braunen pelzverbrämten Havelock recht romantisch über den Schultern und auf den weißen Locken einen außerordentlich sonderbaren schwarzen hochwandigen Hut, ein Mittelding zwischen Zylinderhut und Derby, einen seit vierzig Jahren an der Universität berühmten Hut.

„Salve, Collega!", sprach er, setzte sich aufs Ledersofa und deponierte zwischen sich und Karl die Bücher und den berühmten Hut.

„Guten Abend, Herr Geheimrat", sagte Karl und sah ihm ins kluge, rosig ehrwürdige Gesicht.

Der alte Herr schlug die Augen auf, schelmisch frömmelnd, und schaute zur Zimmerdecke: „Flugblätter", sprach er.

„So", machte Karl.

„Ältere deutsche Professoren, moribundi sowieso, besitzen bekanntlich einen Regenschirm", redete der Dekan zur Zimmerdecke, „es kann herunterregnen, was will."

„Herunterfliegen", verbesserte Karl.

„Herunterflattern", verbesserte Seitz, „und man soll bleiben, wo man ist, lautet die Order. Unsereiner, in Ehren harthörig geworden, sieht nicht ein, warum er nicht gehen sollte, wohin er will. Sieh da, das Tor ist gesperrt, und unsereiner lernt noch vor Toresschluß, vor der geschlossenen Alma mater zu stehn, aber innen."

„Sind Verhaftungen vorgenommen?", fragte Karl.

„Ich habe meinen Regenschirm", skandierte der Alte und blickte hartnäckig in die Höhe.

„Ich nicht", sagte Karl.

Der Dekan blickte ihn schnell an. „Suum cuique, ich verleih ihn nicht, Collega, ich stehe an der Altersgrenze, Emeritus, Emeritus ..."

Die Tür wurde aufgestoßen. Auf der Schwelle stand Professor Vierck, der schwarze Mann. „Auf ein Wort, Herr Geheimrat", sagte er zu Seitz und winkte ihn heraus, ohne einen Blick für Karl. Der alte Herr schnellte gehorsam auf und trippelte zur Tür.

„Herr Vierck", sagte Karl, „selbst wenn Sie jetzt die Tür nicht zuschlagen sollten, bleibt Ihr Benehmen flegelhaft."

Der SS-Professor zuckte auf; aber er bezwang sich und wandte ihm das Gesicht nicht zu. Geheimrat Seitz stolperte über Karls Einwurf, als sei ihm ein Knüppel zwischen die Beine geworfen. Aber er zog nur den abrutschenden Havelock zurecht und war schon in der Tür, die Professor Vierck offen hielt und hinter ihm manierlich schloß. Die ungleichen Schritte entfernten sich, es gab kein Stehenbleiben und kein Geflüster hinter der Tür.

– Er hat ein Pfand zurückgelassen, dachte Karl und sah auf den besonderen Hut neben sich. Er wollte mit den Gedanken bei dem Hut bleiben und bei seinem Besitzer und sich ein wenig boshaft den Trennungsschmerz vorstellen und die Wiedersehensfreude. Aber die Gedanken sprangen ab und waren bei Dora – auch die Zeit tat einen Sprung. Als er wieder auf die Uhr sah, war es elf. Karl stand auf; denn jetzt wurde Dora nervös. – Mit Recht, sagte sich Karl und sah auf den besonderen Hut, der offenbar nicht vergessen war, sondern geopfert wurde, wenigstens für die Zeit, wo der unbeschirmte Kollege nebenan auf dem Ledersofa saß.

– Emeritus scheint zu wissen, daß die Zeit begrenzt ist, dachte Karl, ging zur Tür und öffnete sie. Nun, da stand kein schwarzer Mann. Er trat auf den Gang. Links, vom Treppenhaus her, kamen unbestimmte Geräusche, wie von Stimmen oder wie von einer Stimme; zur Rechten lief der breite Gang, notdürftig beleuchtet und ohne eine Menschenseele, zwischen geschlossenen Türen. Nur am Ende des Korridors, wo er nach links in den südlichen Quertrakt einbog, fiel Licht ein wie von einer offenen Tür.

Dort aber, gegenüber vom Hörsaal 77, lag das Henningssche Seminarzimmer, zu dem nur Karl selber und sein Assistent Christoph Sauer die Schlüssel besaßen. Karl schritt den Gang hinunter, bis er mit Sicherheit wußte, daß das Licht aus seinem Seminar kam. Er zögerte einen Augenblick; denn selbst ein mutiger Mensch zögert an der Schwelle des Unheils. Karl hatte noch die Freiheit, ins Professorenzimmer zurückzugehen und dort die begrenzte Zeit der Ungewißheit zu verleben. Er kehrte nicht um, weniger aus Verlangen nach Gewißheit als aus dem Gefühl, daß er erscheinen müsse, um Christoph zu schützen, falls der Junge gezwungen worden sei, das Seminar zu öffnen.

Die Tür stand halb offen, im Türschloß, sah Karl, steckte kein Schlüssel; aber es war unbeschädigt. Karl trat ein. Ein Mann in Zivil saß an dem großen Tisch, an dem die Mitglieder des Seminars zu arbeiten und zu debattieren pflegten, und sichtete flüchtig Bücher, Druckschriften, sauber geheftete Manuskripte von Seminararbeiten, den Inhalt von Zettelkästen – alles, was ein anderer Mann in Zivil aus dem offenen Bücherschrank, dem offenen Manuskriptkasten, den Registraturen und Tischschubläden ausräumte und auf dem Tisch ablud. Beide Männer trugen die Hüte auf dem Kopf, und zwar die gleichen grünen Jägerhüte mit dem aufrecht stehenden Gamsbart hinten im Hutband.

„Was wollen Sie hier?“, fragte der Mann am Tisch.

„Was wollen Sie hier?“, fragte Karl gereizt; denn er hatte eine tiefe Abneigung gegen Gamsbarthüte.

„Wir obliegen einer Amtshandlung“, entgegnete der Mann und machte jene äußerst widerwärtige Bewegung, mit der der Geheimagent sein Wahrzeichen enthüllt: das Blechschild unter dem Rockaufschlag.

„Ach so“, sagte Karl und sah mit zusammengekniffenen Augen von einem Gamsbart zum andern, „und dazu müssen Sie den Hut auf dem Kopf behalten?“

Der Beamte machte eine etwas verlegene Geste zum Hut hinauf und erklärte leicht gekränkt: „Jawohl, zum Unterschied von einer Privathandlung. Ich weiß schon, was sich gehört. Ich bin nämlich Inspektor erster Klasse. Und wer sind Sie überhaupt?“

Karl mußte lächeln. „Wenn die Herren barhaupt wären“, sagte er, „könnte ich Sie als meine Gäste begrüßen. Ich bin nämlich in diesem Raum der Hausherr und darf wohl fragen ...“

„Also Sie sind Professor von Hennings?“, unterbrach der Inspektor und stand auf.

„Jawohl“, antwortete Karl, „und es wäre richtiger gewesen, zuerst mich zu benachrichtigen, mir die Gründe für Ihren Auftrag zu nennen und mich zu Ihrer Amtshandlung beizuziehen. Wie sind Sie überhaupt hier hereingekommen?“

„Durch die Tür.“

„Ich meine, wer hat Ihnen den Schlüssel gegeben?“

„Herr Professor“, sagte der Inspektor, „ich habe Sie nicht zu vernehmen, aber Sie mich noch weniger. Ich habe die Weisung, Ihr Seminar, Ihren Kollegsaal und Ihren Schreibtisch im Professorenzimmer, Raum Nummer 61, zu untersuchen und Sie dann meiner vorgesetzten Behörde vorzuführen.“

„Hängt meine Vorführung von dem Resultat Ihrer Haussuchung ab?“

„Nein, so ist nur die Reihenfolge.“

„Und ich habe jetzt die Reihenfolge gestört“, meinte Karl; „aber ich kann ja ins Professorenzimmer zurückgehen und dort auf mein Stündlein warten ...“

„Das können Sie nicht mehr, Herr Professor.“

Karl schwieg eine Weile. Dann fragte er: „Haben Sie denn überhaupt einen Vorführungsbefehl gegen mich?“

„Ich habe sogar einen Verhaftungsbefehl gegen Sie, Herr Professor“, sagte der Inspektor und zog, mit einem Griff in die innere Brusttasche seines Rockes, das Formular heraus.

Karl sah, daß sein Name nicht mit der Schreibmaschine, sondern mit Tinte hineingeschrieben war – und die Tinte war frisch. „Also lassen Sie sich nicht stören“, sagte er und setzte sich an den Tisch, dort, wo er während der Seminarübungen zu sitzen pflegte. Und hier saß sonst

Hans Moeller, hier Welte, dort Sophia, und dort, wo jetzt der Gemsbart wippte, dort saß sonst Christoph ... Und Karl begann, sich mit Christoph zu beschäftigen; er dachte mehr an ihn als an Dora.

Die Arbeit des Inspektors bestand im Durchblättern. Er durchblätterte alles – Bücher, Zeitschriften, Manuskripte. Das meiste trug der Gehilfe an Ort und Stelle zurück, einige Schriftstücke blieben auf dem Tisch und wurden mit Lederriemen umwickelt. Nach welchen Gesichtspunkten die Auswahl des zu beschlagnahmenden Materials getroffen wurde, war schwer zu erkennen. Dann fragte der Inspektor, sich im Zimmer umsehend: „Ist hier keine Schreibmaschine, Herr Professor?" Karl fuhr aus seinen Gedanken auf und antwortete unnötig scharf: „Nein. Das Seminar hat keine Schreibmaschine."

Sie schritten über den Gang in den Kollegsaal. Karl wurde angewiesen, sich auf eine Bank an der Fensterseite zu setzen. Die beiden Beamten gingen gebückt durch die Bankreihen und fuhren mit der Hand durch die offenen Pultfächer, so als wischten sie Staub. Dann betrat der Inspektor das Katheder. Der Gamsbart auf dem akademischen Stuhl bewirkte eine Art Kurzschluß in Karls geladenem Hirn. Er sprang mit Wucht auf und streckte den rechten Arm in die Luft.

„Was soll das heißen?", fragte der Inspektor verdutzt.

„Es ist akademische Vorschrift", sagte Karl erhobenen Armes, „daß bei Betreten des Katheders dem Führer die Ehre des Deutschen Grußes erwiesen wird. Ich bestehe darauf!"

Der Inspektor hob zögernd den Arm. „Heil Hitler!", sagte er. „Aber ich werde den Vorfall meiner vorgesetzten Stelle melden, zwecks Untersuchung, ob er als Verächtlichmachung unter das Heimtückegesetz fällt."

„Heil Hitler!", rief Karl und setzte sich. Der Inspektor hielt sich nur kurze Zeit auf dem Katheder auf und verließ es ohne Beute.

Als sie ins Professorenzimmer kamen, lag Seitzens berühmter Hut immer noch auf dem Ledersofa. – Mein Exodus steht unter dem Zeichen besonderer Hüte, dachte Karl und zog sich den Mantel an.

„Einen Augenblick", sagte der Inspektor, „eine kurze körperliche Untersuchung ist leider notwendig."

„Auf Waffen?", fragte Karl und zog den Mantel wieder aus.

„Bitte auch Rock und Weste", bat der Inspektor.

„Und die Hose?", fragte Karl, Rock und Weste ablegend.

„Sie brauchen nur die Hosen- und Gesäßtaschen zu leeren und das Taschenfutter nach außen zu kehren, Herr Professor."

— Und der Seitzhut sieht mir zu, dachte Karl, der Aufforderung folgend. Die beiden Beamten suchten die Taschen der abgelegten Kleidungsstücke ab, der Inspektor prüfte mit gleichsam diskreten Fingern den Inhalt von Karls Brieftasche. „Schon fertig, Herr Professor", sagte er und half Karl in Weste und Rock. Der andere Beamte hielt den Mantel. Karl ließ sich helfen.

„Und jetzt noch schnell einen Blick in den Schreibtisch", sprach der Inspektor, „welches ist Ihr Schreibtisch, Herr Professor?"

Karl konnte nicht anders: er zeigte mit flüchtiger Hand auf den Schreibtisch des SS-Professors. Der Beamte machte sich über ihn her und rüttelte an der Schublade. „Geschlossen, Herr Professor, bitte den Schlüssel!"

„Um Gott!", schrie Karl auf, „das ist Professor Viercks Schreibtisch — nicht anrühren! Selbstschuß! Und das ist Geheimrat Seitzens Schreibtisch — und das ist sein Hut — nicht anrühren! Es wäre sein Tod! Und hier ist mein Schreibtisch, so offen wie leer ..."

Vor Viercks Schreibtisch schauderte der Inspektor zurück, doch siehe, er griff nach dem besonderen Hut, hob ihn mit diskreten Fingern vom Sofa, sah hinein, griff hinein und förderte etwas Erstaunliches zutage: ein winziges flaches Bürstchen, das in einem zierlich gefalteten Behälter des Hutfutters steckte.

Da war es, wo Karl lachte, zum letztenmal. Sein Leben hatte viel Sinn für das Lachen gehabt: „Emeritus! Emeritus!", lachte er, „das nenne ich ein Finale!"

Bevor sie gingen, sah Karl auf die Uhr. Es war halb zwölf vorbei. Er dachte: jetzt sieht auch Dora auf die Uhr und ahnt nicht, daß es noch Hohn und Spott ist ...

Am Ausgang zur Amalienstraße stand ein SS-Mann und schloß das Tor auf. Auf der Straße warteten drei schwere Limousinen, gegen die Fahrtrichtung parkend. Die beiden Beamten und Karl gingen zum ersten Wagen, dessen Fahrer den Motor anlaufen ließ. Karl kletterte in den Fond und sah durch das Rückfenster, daß sich das Universitätsportal wieder öffnete. Der Inspektor zog rasch den Vorhang vor die Scheibe und nahm neben ihm Platz. Der Wagen fuhr sehr schnell, und Karl achtete nicht auf den Weg. Als sie zehn Minuten später in einen von Gebäuden umschlossenen rechteckigen Hof einbogen, sah Karl sich um und sagte: „Aber das ist doch nicht euer Wittelsbacher Palais?“ – „Nein, Herr Professor, das ist unsere Polizeidirektion.“ – „Ein Unternehmen ohne Wohnungsnot“, meinte Karl und fühlte Erleichterung.

3

Von der benachbarten Frauenkirche schlug es Mitternacht, als Karl, nach einer beschleunigten Aufnahmeprozedur vor übernächtigten, aber die akademischen Titel respektvoll registrierenden Beamten, dem Kommissar Negele vorgeführt wurde. Die bronzenen Glockentöne hallten so stark, als läuteten sie im Haus. – Jetzt hört es Dora von der Ludwigskirche her, aber nicht so laut, dachte Karl.

Der Kommissar schaute ihn sehr genau an, den Arm auf die Tischplatte gestützt, den Daumen unter dem weichen Kinn, Zeigefinger und Mittelfinger an der Schläfe, wortlos. Karl, ein Meter fünfundachtzig groß, blickte auf den farblosen Mann herab, und seine Augen verengten sich vor Abneigung.

Herr Negele sah schließlich, ohne die Hand vom Gesicht zu nehmen, auf den Akt, der vor ihm lag, und las: „Dr. juris, Dr. medicinae honoris causa Karl von Hennings, ordentlicher Professor für Kriminalpsychologie an der Universität München.“ Er las es mit besonderer Betonung des „honoris causa“.

„Honoris causa“, bemerkte Karl, „heißt: ehrenhalber.“

„Danke, Herr Professor, ich ahnte es.“

„Ich nahm bei Ihrer gedehnten Aussprache an“, sagte Karl, „daß die beiden Fremdwörter Ihnen Schwierigkeiten bereiteten.“

Der Kommissar sah ihn wieder stumm an, die Äuglein sonderbar belustigt, doch den Daumen noch etwas tiefer im Fett des Kinns, „übrigens vergaß auch ich den Deutschen Gruß“, sprach er dann; „oder legen Sie hier keinen Wert darauf, Herr Professor?“

„Ich lege Wert darauf bei Menschen, die in einem akademischen Lehrraum den Hut auf dem Kopf behalten“, antwortete Karl nicht unverbindlich. „Dies ist zwar kein Hörsaal, und Sie sind barhaupt – aber hier und von Ihnen hätte ich es dennoch erwartet.“

„Ham S' dös?", wandte sich Negele in unerwartetem Münchnerisch an den jungen SS-Mann, der auf der anderen Seite des Doppelschreibtisches saß und Protokoll führte. Der junge Mann bejahte, ohne von seiner Arbeit aufzusehen. „Dann lesen S' gleich noch mal vor", befahl der Kommissar, „das Satzerl hat mir zu gut gefallen." Der Protokollführer las Karls Antwort in scharfer norddeutscher Mundart vor. Negele hörte mit genüssig gespitzten Lippen zu. „Das nenne ich Heimtücke!", bewunderte er.

„Heimtücke", dozierte Karl, „ist ein sogenannter Pleonasmus – das bedeutet eine Häufung von Ausdrücken, die dasselbe bedeuten, falls Sie es nicht wissen sollten. Denn Tücke ist geheim oder heimlich an sich, Heimtücke ist wie weißer Schimmel, wenn auch durchaus im Sprachgebrauch. Meine Antwort aber ist nicht heimtückisch, sondern im Gegenteil offenkundig zurechtweisend."

Am Signalschalter des Telephonapparates, der neben dem Kommissar auf dem Schreibtisch stand, leuchtete ein rotes Licht auf. „Dank auch für den Pleonasmus, Herr Professor", sagte Negele, „und damit schließe ich das erste Kolleg mit dem Gefühl, in Kriminalpsychologie weitergekommen zu sein. – Bringen Sie den Herrn in den Wartesaal erster Klasse", sagte er zur Tür hin, wo der Inspektor und sein Begleiter standen; und wieder zu Karl gewandt, fuhr er fort: „Man pflegt in Wartesälen einzuschlafen, Herr Professor, doch ich empfehle Ihnen, in unser beider Interesse, so wach zu bleiben wie nur möglich. Denn wir müssen uns bedauerlicherweise heute Nacht noch einmal sehen."

– Jetzt läßt er mich prügeln, honoris causa und für den Pleonasmus, dachte Karl, als er aus dem Büro geführt wurde. Sie gingen nur wenige Schritte den Gang entlang und hielten vor der übernächsten Tür, die weder eine Nummer noch eine Aufschrift zeigte und keine Klinke hatte. Der Inspektor schloß sie mit einem Passepartout auf und ließ Karl eintreten. Der schmale Raum sah tatsächlich wie ein Wartezimmer aus, mit Holzbänken an den Wänden und einem leeren Tisch vor den geschlossenen Holzläden des Fensters. Der Inspektor forderte Karl auf, sich auf eine Bank zu setzen, und nahm mit seinem Begleiter ihm gegenüber Platz. Es wurde nicht gesprochen. Der Inspektor gähnte und legte nachträglich, mit einem schnellen Blick zum Professor hinüber, die Hand an den Mund; er erinnerte sich offenbar an seine Behauptung, zu wissen, was sich gehöre. Doch Karl, den Kopf an der Banklehne, sah in die Luft, um nicht die beiden Gamsbärte zu sehen. Er sah hoch an der graugelben Wand eine kreisrunde, mit feinmaschigem Drahtgitter geschützte Öffnung und fragte sich, wozu sie dienen möge. Er schloß die Augen, weil es ihm töricht erschien, in diesem phantasielosen und gewissermaßen vor Langeweile verblödeten Raum nach Marterwerkzeugen zu suchen.

„Bitte nicht einschlafen", ersuchte der Inspektor mit schläfriger Stimme.

– Ist es dies?, fragte sich Karl, statt Prügel Schlafentzug? „Das ist nämlich so", meinte er belehrend und hielt die Augen boshaft geschlossen, „ich pflege hemmungslos einzuschlafen, wenn mich der Barbier einseift. So kommt es, daß mich der Rasierpinsel auf Ihrem Hut gefährlich einschläfert ..." Er hörte eine kleine Bewegung und machte die Augen auf. Beide Beamte hatten ihren kurzgeschorenen Kopf entblößt – der Inspektor war schon reichlich kahl – und die Jägerhüte unter der Bank versteckt. Es konnte ein Sieg genannt werden. „Vielen Dank", sagte Karl höflich.

Dies war der Augenblick, wo er aufzuckend erfuhr, zu was die kreisrunde vergitterte Öffnung in der Wand diente. Es war ein Lautsprecher, und aus ihm kam Alexander Weltes Stimme, ein wenig verschleiert und entrückt hallend, wie es der Fall ist, wenn das Mikrophon in größerer Entfernung von dem Sprechenden steht.

„Ich wiederhole mit allem Nachdruck, daß ich nicht nur etwas mit dem Flugblatt zu tun habe, sondern daß ich ganz allein und aus eigener Initiative das Flugblatt verfaßt und verteilt habe ..."

Die Übertragung brach mit einem kleinen Knacken ab und kam nach kurzer Zeit zurück, wieder mit Alexanders Stimme, wieder mit seinem sonoren und etwas gereizten Anspruch auf die ungeteilte Tatverantwortung, dahinter ein Knacken und tote Stille. So ging es eine Zeitlang weiter; es waren immer nur Bruchstücke von Alexanders aggressiver Selbstbezichtigung zu hören, niemals aber die Stimme des Inquisitors. Dann schwieg die Wand für eine lange Zeit.

Karl saß unbeweglich, mit vollkommen ruhigem Gesicht; denn der Inspektor beobachtete ihn sehr genau. – Was ist jetzt, fragte sich Karl, was tun sie mit ihm? Und was ist mit Moeller? Sie können ihn nicht haben, wenn Welte sich so wacker zur Zielscheibe macht ... Er sah auf die Uhr, die zwölf Uhr fünfzig zeigte. – Arme Do, dachte er.

Es war zehn Minuten später, als ob der schütternde Glockenschlag der Frauenkirche durch den Lautsprecher tönte wie die mächtige Ansage, daß nun wieder gesprochen würde. Denn unmittelbar dahinter kam Alexanders Stimme, verändert, gepreßt, mit lautem Atem zwischen den Worten und wie aus einem Alptraum schreiend: „Das ist ein Irrtum, sage ich Ihnen! Das ist ein Unrecht! Das ist ... ich habe keine Ausdrücke ... das ist eine schändliche Respektlosigkeit gegenüber einem Kriegsinvaliden! Nur weil Herr Moeller mein Freund ist, mein Frontkamerad? Aber ich sage Ihnen nochmals: er hat mit dem Flugblatt auch nicht das geringste zu tun ... “ Die taube Stille knackte ein.

Karl preßte die Hände zusammen, so daß die Fingergelenke knackten. Er sah unverwandt auf den Lautsprecher. Er rüttelte mit den Augen an ihm, daß er wieder spreche. – Hans muß sprechen! Hans muß sprechen!, schrie er ihm mit den Augen zu. Es dauerte eine kleine Ewigkeit; doch dann sprach Hans aus der Wand mit seiner gemessenen, genauen, bedächtig mutigen Stimme: „... eine Erklärung abzugeben. Herrn Weltes Aussage entspricht dem Gebot des Kameradschaftsgeistes, aber nicht den Tatsachen. Der Autor des Flugblattes und Organisator der Verteilung bin ich. Herr Welte hat in meinem Auftrag gehandelt und arbeitete nur bei der Verteilung mit.“ Dann wurde der Lautsprecher wieder abgeschaltet.

Karl kreuzte die Arme und schlug die Beine übereinander. – Wenn jetzt noch Christoph spräche ..., dachte er und sah wie ein Dompteur auf den vergitterten Kreis. Nach einigen Minuten kam die Stimme des Kommissars aus der Wand: „Führen Sie Professor von Hennings vor.“ Seine Stimme klang näher und deutlicher als die anderen.

„Geschlafen?“, fragte Herr Negele, als Karl vor ihm stand.

„Nein.“

„Stimmen gehört?“

„Haben Sie die Stimmen erkannt?“

„Ja.“

„Können oder wollen Sie mir sagen, wem die Stimmen gehören?“

„Meinen Schülern Welte und Moeller.“

„Das geht ja ausgezeichnet, Herr Professor“, freute sich Negele und lehnte sich zurück. „Also, Sie haben, wenn auch fragmentarisch, dem edlen Wettstreit der beiden Jünglinge beigewohnt. Darf ich um eine Äußerung bitten, wie Sie sich dazu stellen?“

„Ich trage selbstverständlich die Verantwortung“, sagte Karl.

„Sie meinen, Sie tragen sozusagen die geistige Verantwortung, als akademischer Lehrer der beiden Studenten, für ihren sogenannten Kameradschaftsgeist?“

„Machen Sie mich und sich nicht lächerlich“, sagte Karl grob. „Ich trage die geistige und materielle Verantwortung für das Flugblatt und logischerweise die strafrechtliche Verantwortung für die technischen Handlangerdienste der beiden Studenten.“

„Danke“, sagte der Kommissar, „und dies genügt mir für heute.“

4

Dora saß im Lesesessel wie ausgeblutet. Ihre Nacht war verlaufen, wie Karl es im Geiste gesehen hatte; aber sie hatte anders begonnen, es hatte kein friedliches Warten gegeben, das ihr erlaubte, bis elf Uhr „Lotte in Weimar“ zu lesen. Sie hatte nur bis gegen zehn Uhr gelesen. Dann war Christoph gekommen, auf einen Sprung.

Dies war nicht ungewöhnlich; denn Christoph gehörte zu den Intimen des Hauses und war Frau Doras Protektionskind von jeher – schon in der ersten Zeit, als sie des Professors Bedenken gegen den neuen Hörer zerstreute; und Christoph dankte es ihr mit tiefer Anhänglichkeit. Nicht sein Kommen war ungewöhnlich gewesen, sondern seine Blässe; und so war Dora bei seinem Anblick aufgesprungen und hatte geflüstert: „Um Gottes willen ... – Nein, nein!, hatte er abgewehrt, sie sachte auf den Sessel zurückdrängend, es ginge ja bisher alles gut, auch das zweite Hundert sei anstandslos verteilt und geschluckt, er komme gerade von der Mensa, wo Hans und Alexander säßen, letzterer wie ein Triumphator und empfindlich wie eine Primadonna, und jetzt seien sie wohl schon beim Professor, zum Rapport. – „Aber warum sind Sie so blaß, Christoph?“ – „Weil es schlecht ausgehen wird, Frau Dora.“ – „Ich finde es gar nicht recht, lieber Freund, daß Sie hierherkommen, nur um mich nervös zu machen. Denn die Geschichte von dem zweiten Hundert hätte mir Hennings in einer halben Stunde auch erzählt.“ – „Ich wollte auch gar nicht zu Ihnen kommen, Frau Dora, ich wollte nach Hause gehen. Aber ich war vorhin bei Sophia ... – ich finde es schrecklich, daß Frauen im Spiel sind, und hatte ihr noch etwas sagen wollen und es ihr nicht gesagt, weil sie es doch nicht beherzigt hätte – und mit einemmal bin ich hier, um es Ihnen zu sagen ...“ – „Glauben Sie denn, ich würde es beherzigen, Christoph?“ – „Nein, Frau Dora, und nichts für ungut und gute Nacht!“

Er war zur Türe gegangen, er war zurückgekommen, irre große schwarze Augen im weißen Gesicht, und hatte dies gesagt: „Wenn Sie irgendeinen anderen Platz wüßten, wo Sie heute nacht unterschlüpfen könnten, Frau Dora ...“

„Sind Sie krank, Christoph?“

„Ja“, hatte er genickt und war gegangen.

Nein, man kann nicht mehr lesen, mit solchem Präludium der Angst, und die Wartezeit schlägt andere Töne an, sie gellt vor Angst. Und dann saß noch der dumpfe Zorn gegen Christoph im Herzen, der dumpfe Zorn, der zu Kopf stieg und in die Beine stieg wie gemeiner Fusel. Schon um elf Uhr hatte sie die Vernunft verloren oder den inneren Zusammenhang mit Karl und das getan, was er nicht für möglich hielt: sie rief die Universität an. Die Nummer war immer besetzt, und das tückische Stakkato des Belegtzeichens reizte sie maßlos. Sie rief die Auskunft an, und eine kühle Stimme teilte ihr, wie auf die Frage vorbereitet, im gleichen Atemzuge mit, daß sie keine Auskunft geben könne. Die Stimme hatte sie ernüchtert und ihr das Vergehen ins Bewußtsein gerufen. Sie glaubte zu sehen, wie Karls dünner Nasenrücken noch schärfer wurde vor stummem Tadel. Erst gegen drei Uhr morgens, als sie im Haus zu ersticken meinte, hatte sie die zweite Dummheit begangen, die für möglich gehaltene, und war bis zur Universität gelaufen, sie war mit dem Kopf gegen die Wand der Nacht gerannt und hatte auch ein wenig weinen müssen.

Nach der Rückkehr kam die große Apathie. Sie hatte den dicken Flauschmantel nicht ausgezogen und saß im Lesesessel wie in einem Schlafsack, mit angezogenen Beinen, die darum nicht wärmer wurden. Ja es war kalt im Haus, so kalt wie draußen, oder die Nacht hatte die Hauswände eingerannt, und sie saß im Freien, ausgeliefert, greifbar von allen Seiten, und wartete – oh, nicht mehr auf ihn. Das Warten war nicht mehr schlimm: denn sie fühlte nicht mehr viel von sich. Im Kopf, der so wattig war wie die Füße, nistete nur noch eine Unruhe: wenn ich auch darauf vergeblich warte, was dann? was dann?

Zwischen dem Vorderhaus im Stil einer Florentiner Villa, einst die Residenz eines jener Münchner Künstlergranden der Jahrhundertwende, jetzt ein Dreifamilienhaus, und dem Atelierhäuschen des Professors lief ein breiter Kiesweg. Kies knirscht, wenn beschritten. In dreizehn Jahren lernt das Ohr, zwischen dem Knirschen vertrauten und fremden Schrittes zu unterscheiden, selbst zwischen den Graden der Vertrautheit: ob es der vertrauteste ist, der Riesenschritt des langbeinigen Hausherrn, oder etwa Christophs schnellfüßiges Nahen. Man kann Dora nicht überrumpeln, dank des Kieses.

Der Kies knirschte fremd in der schwarzen Frühe, unter fremdem Doppelschritt. Dora stand sofort auf und ging mit eiligen Schritten durch das Atelier in den Vorraum zur Haustür. Sie konnte rasch aufstehen und rasch gehen, weil plötzlich ihr Blut rascher zirkulierte, der eben noch benommene Kopf zur Klarheit kam und selbst die Füße warm wurden im Nu.

Die beiden Fahndungsbeamten hatten ein Erlebnis, das sie von nun an am Biertisch zu erzählen pflegten. Denn ihr Häscherdasein, ans Grauen der Fangstunde gebunden, war von grauenhafter Monotonie: Häuser, die sich töricht sperren und blind und taubstumm stellen und sich beim Schrill der Türglocke doch öffnen müssen, und dann die laute oder leise Verzweiflung der Menschen, die es trifft. Hier aber – und dies war das Erlebnis, die erzählenswerte Abwechslung – war keine Glocke zu läuten, um fünf Uhr fünfzehn morgens; denn die Haustür stand offen, und in der Haustür stand, sozusagen reisefertig, die Frau, die es traf.

Dora saß zwischen den beiden Beamten im Fond der Limousine. Vor ihnen, auf dem Wagenboden, stand die Continental-Schreibmaschine in ihrem Holzgehäuse inmitten eines ziemlich wahllos von Karls Schreibtisch und Doras Wohnecke beschlagnahmten Haufens von Papieren, Schriftstücken, Zeitschriften und Büchern. Unter den Büchern war „Lotte in Weimar". Die Bibliothek selber, die eine Menge verbotener Literatur enthielt, war nicht untersucht worden, wohl weil es zuviel Zeit in Anspruch genommen hätte. Dies aber konnte noch kommen; denn über dem Schloß der Haustür klebte nun das berüchtigte Siegel der Geheimen Staatspolizei.

Der Wagen fuhr schnell, und Dora machte sich sehr schmal, um möglichst wenig ihre schweigsamen Nachbarn zu berühren. Es war ihr gleichgültig, ob das Auto an einer bestimmten Stelle nach rechts abbog oder geradeaus fuhr. Sie glaubte mit Recht oder Unrecht, daß der Wagen dorthin fuhr, wo Karl war – und das wollte sie ja.

– Ich werde meinem Manne nachfahren! Es war ein wohltuender und auch kein unbescheidener Gedanke; denn sie dachte ja nicht: ich komme zu meinem Mann. Ihre Vernunft beobachtete den bedeutsamen Unterschied. Und doch, worauf begründete sich die Wohltat, der sie entgegensah: nur auf der Gleichheit des Schicksals? Oder erwartete sie mehr von der Macht des gemeinsamen Lebens, ein neues Voneinanderwissen und Einanderfühlen durch die trennenden Wände hindurch?

Es geschah doch dies. Dora kam in die Zelle 24 und sie schritt an der Zelle 17 vorbei und wartete drei Sprungschritte weit von Zelle 17, daß der Schließer sie einlasse in Zelle 24: doch nichts in ihrem Herzen, nichts in ihren Gedanken, keine Zelle des Körpers, in neunzehn von ihren vierzig Jahren angeglichen und zugewachsen dem Leben des Mannes, verriet ihr seine atemnahe Nähe. Und Karl in Zelle 17? Er schlief nicht, er dachte an sie, er quälte sich ab an der äußersten Grenze des gemeinsamen Lebens, seine Gedanken umkreisten die Abgestorbene im Lesesessel und wußten nicht weiter. Er spürte nicht ihr Vorbeigehen, er hörte sie nicht und hörte doch draußen Schritte. Denn so dick die Mauern waren, so schalldicht die Eisentür, so abdämpfend der Linoleumbelag auf dem Korridor draußen: die Zellenstille war stärker und fing die Ganggeräusche ab. Karl aber erkannte nicht Doras Schritt.

5

„Es ist ein angenehmes Arbeiten mit Ihnen, Frau von Hennings“, sagte Kommissar Negele am nächsten Vormittag während der ersten Vernehmung, „Sie machen keine Flausen, sagen, was zu sagen ist, und vermeiden das Unglaubhafte.“

„Ich vermeide gar nichts“, sagte Dora.

„Bitte sehr, meine Dame, wenn Sie zum Beispiel behauptet hätten – etwa um Ihren Mann zu entlasten –, daß Sie das sogenannte Manifest nicht nur vervielfältigt, sondern auch abgefaßt haben, so wäre es unglaubhaft.“

„So wäre es unwahr“, sagte Dora.

„Gewiß; denn was uns unglaubhaft erscheint, ist in neunundneunzig von hundert Fällen unwahr. Also bitte weiter mit der Wahrheit. Wieviel Exemplare der Flugschrift haben Sie verfertigt?“

„Das ist schwer zu sagen, weil ich sie nicht gezählt habe."

„Dann schätzen Sie bitte."

„Ich schätze auf tausend", sagte Dora mit ihrer ruhigen, dunklen, wahrhaftigen Stimme.

„Was?", fuhr Negele auf, „tausend? Sie meinen wohl hundert ...?"

„Ich meine tausend."

„Das ist nicht nur unglaubhaft, sondern auch unmöglich, Frau von Hennings, an tausend Exemplaren müssen Sie mindestens fünfzig Stunden gearbeitet haben."

„Es mögen schon so viele Stunden gewesen sein."

„Der Tag hat nur vierundzwanzig Stunden, Gnädigste!"

„Ich habe pro Tag höchstens vier Stunden daran gearbeitet." „Ach so", sagte Negele gedehnt, „und wieviel Tage vorher wollen Sie mit der Schreiberei begonnen haben?"

„Am 18. Januar", antwortete Dora ohne Zögern.

„Warum wissen Sie den Tag so genau?"

„Weil es ein besonderer Tag war."

„Wegen der Vorfälle während der Reichsgründungsfeier in der Aula?"

„Ja."

„Sehr interessant", sprach der Kommissar und beugte sich etwas vor, „das würde also besagen, daß Ihr Mann schon am 18. Januar ein Hochverräter war." Dora schwieg und zuckte leicht mit den Achseln. „Sind Sie sich völlig im klaren", fuhr er fort, „wie sehr, wie geradezu erschreckend Sie Ihren Mann mit diesem Datum und vor allem mit der exorbitanten Auflagenzahl belasten?"

„Nein", antwortete Dora, „ich bin mir gar nicht klar darüber. An der Verantwortung meines Mannes für das Manifest kann weder das Datum noch die Auflage etwas ändern."

„Sie sind doch eine Juristenfrau, Frau von Hennings, und dürften den Unterschied zwischen – sagen wir – einem Affektmord und einem vorsätzlichen Mord kennen. Aber lassen wir das Datum und bleiben wir bei Ihrem Tausend. Die Zahl mag für das Schicksal Ihres Mannes von vitaler Bedeutung sein. Mit hundert oder zweihundert an den Beinen mag er den Kopf noch über Wasser halten. Mit tausend geht er rettungslos unter. Ist das ein klares Bild?"

„Es ist ein unglaubhaftes Bild", erwiderte Dora.

„Es wäre besser für Ihren Mann, Sie glauben meinem Bild", sagte Negele drohend. „Es wäre besser für Ihren Mann, Sie revidierten Ihre Zahl wahrheitsgemäß. Ich gebe Ihnen eine letzte Chance und wiederhole meine Frage: wie hoch schätzen Sie die von Ihnen verfertigte Auflage des Flugblatts?"

„Auf tausend", antwortete Dora und sah ihn mit ihren wahrhaftigen Augen an.

Als Anno 1914 der junge Doktor Karl von Hennings, unmittelbar vor seiner Habilitation, als Reserveleutnant mit dem Zweiten Garderegiment ins Feld zog, hatte er noch dünnes blondes Haar. Als 1919 der Hauptmann von Hennings die Reste seiner Maschinengewehrabteilung aus Mesopotamien in die Heimat zurückbrachte, war er kahl, bis auf einen Kranz schütterer Haare tief am Hinterkopf von Ohr zu Ohr. Da diese biedermeierischen Reliquien zu seinem hageren Holzschnittgesicht übel paßten, entschloß er sich zur völligen Kahlheit, und von da an ließ er täglich den Kopf zusammen mit dem Gesicht rasieren. Jetzt wuchsen ihm graue Stoppeln auf Racke, Kinn und Hinterkopf – aber die Jupiterlampe brannte furchtbar auf den nackten Schädel.

„Es ist kein angenehmes Arbeiten mit Ihnen, Herr Professor", meinte Kommissar Negele genüssig, „und das rührt wohl wieder von der Profession her, die selber nun einmal mehr zum Inquirieren als zum Respondieren neigt – gesetzt, ich habe die Fremdwörter richtig verwandt und ausgesprochen."

Karl hatte die dünnen Lippen zusammengepreßt, so daß sie nichts waren als ein blasser Strich, und er blähte sonderbar die Nasenflügel, wie um die Rinnsale des Schweißes aufzuhalten, der an den Nasenwänden herunterlief. Herr Negele lehnte sich im Schreibtischstuhl zurück und verschränkte die Hände im Nacken, ganz wie ein Mann, dem angenehm zumute ist und der Zeit hat. Er sah dem Professor nicht in die Augen, sondern ein wenig höher auf den krebsroten Kopf und dehnte sich und dehnte die Pause zwischen den Worten. Plötzlich ließ er die Hände auf den Tisch fallen und sagte mit scharfer Stimme: „Wer also in Gottes Namen schrieb auf Ihrer Continental-Maschine, wenn die beiden Studenten ausschalten und Sie selber nicht in Frage kommen, da Sie erwiesenermaßen nicht maschinenschreiben können?"

„Darauf kommt es in des Teufels Namen nicht an!“, knurrte Karl erschöpft und öffnete kaum die Zähne. „Dem Gesetz gegenüber ist der Redakteur verantwortlich für das, was er schreibt, nicht seine Sekretärin.“

„Dann sagen Sie doch in Gottes und des Teufels Namen, daß Ihre Sekretärin an der Continental saß!“

„Ich habe keine Sekretärin.“

„Mit Verlaub, Herr Professor, Fräulein Sophia Moeller ist Ihre Sekretärin.“

„Wie kommen Sie zu der Behauptung!“, rief Karl und wischte mit dem Handrücken über die Stirn, „Fräulein Moeller ist meine Hörerin und Mitglied meines Seminars!“

„Das entlastet die junge Dame so lange nicht, als Sie sich zu sagen weigern, wer für Sie auf der Continental geschrieben hat, Herr Professor.“

„Nun, ich habe hundert Studenten im Kolleg und ein gutes Dutzend im Seminar ...“

„Das stimmt, Herr Professor, und das sollte Ihnen zu denken geben.“

„Warum?“

Herr Negele legte Daumen und Zeigefinger an die Winkel des lappigen Mundes und sah auf Karls glimmenden Schädel. „Bei aller meiner Unsicherheit Fremdwörtern gegenüber, und ob heimtückisch oder tückisch“, meinte er besinnlich, „ich bin hier nun einmal die Katz und Sie die Maus. Das heißt, ich spiele manchmal mit Ihnen, bei allem Respekt. Das heißt, ich frage Sie des öfteren Sachen, die ich selber so gut weiß wie Sie oder besser als Sie. Ich will damit keineswegs nur Ihre Ehrlichkeit prüfen, sondern Sie in Not bringen, in menschliche Not, in Gefühlsnot, in Luftnot, in welche Not nur immer. Da sind also Ihre Studenten vom Seminar lauter Partisanen, ein jeder geeignet und fähig, den Geheimsekretär an der Continental-Maschine zu machen – mein Gott, ‚Geheimsekretär‘“, unterbrach er sich, „ist das nicht auch ein Pleonasmus, Herr Professor?“

„Sollten Sie meine Frau verhaftet haben“, sagte Karl, plötzlich ganz ruhig, „so demoralisieren Sie nicht mich damit und nicht sie, sondern die Sache, der Sie dienen und die Sie durch Ihre Methode schon genügend pervertieren.“

„Aber wer spricht denn von Ihrer Frau!“, rief der Kommissar und lächelte (was er nicht tun sollte). „Wir sprachen von Ihren Seminaristen und davon, daß es Ihnen zu denken geben sollte. Oder gab es Ihnen nicht zu denken, daß Sie Knall und Fall verhaftet worden sind, gerade Sie, der Richtige, und nicht Professor X oder Professor Y? Wäre ich ein so studierter Logiker wie Sie, so könnte ich nur den folgenden Schluß ziehen: da muß ein Judas unter den Jüngern gewesen sein. Ich drücke es natürlich anders aus, etwa so: da muß unser Sicherheitsdienst auch im Seminar vertreten sein."

Karl legte die Hand auf den glühenden Kopf und sagte: „Dann gehen Sie mit Ihrer oder meiner Logik noch einen Schritt weiter und machen Sie endlich die Lampe aus."

„Zu Diensten", sagte Negele, erhob sich und drehte die Jupiterlampe ab. Karl atmete auf und behielt noch für ein paar Sekunden die Hand auf dem Kopf. Der Kommissar blieb neben ihm stehen. „Wann konzipierten Sie den Text des Flugblattes?", fragte er.

Karl hielt die Augen geschlossen und genoß die Kühle – und er sah sich und Dora von der verunglückten Reichsgründungsfeier nach Haus gehen, Arm in Arm wie ein Liebespaar, und Dora reckte sich, so hoch sie konnte, die zierliche Frau, er bückte sich ein wenig, so vermochte sie ihn aufs Ohr zu küssen, und dabei flüsterte sie: „Jetzt ist der Augenblick gekommen ..." Karl blickte zu dem Kommissar auf und sprach: „Am 18. Januar."

Herr Negele schwieg eine Weile, die Hände in den Rocktaschen, und blickte zu dem Protokollführer hinüber, doch der junge Mann hob nicht den Kopf. Dann fragte der Kommissar ohne Stimmaufwand: „Und wieviel Exemplare wurden auf der Continental geschrieben, schätzungsweise?"

Karl genoß die Ruhe, die über ihn gekommen war, vielleicht weil er seine letzte Antwort von Dora entlieh. Er dachte nach – nicht ob er auf die bedeutsame Frage antworten oder schweigen sollte; er dachte an Doras Worte, als er den schmalen Stoß der Flugblätter in seine Aktenmappe tat. „Hundert sind gar nichts", hatte sie gesagt; „hätten wir einen Abzugsapparat, so wären es tausend!"

„Wollen Sie wieder einmal nicht antworten?", fragte Negele und langte zum Lichtschalter, „wie hoch schätzen Sie die auf der Continental verfertigte Auflage der Flugblätter?"

„Auf tausend", antwortete Karl und sah ihm gerade ins Gesicht.

6

– Warum war ich zornig auf Christoph?, fragte sich Dora in der langen Zellennacht. Weil er mich ängstigte. Aber als es sich so bald erwies, daß er mich nicht grundlos ängstigte, war es dann noch Zorn? Dann war es noch der Zorn über sein Ansinnen, daß ich mich aus dem Staube machen sollte. Und wann hörte der Zorn auf und begann der Verdacht? Der Zorn hörte niemals so recht auf; denn es war ja mit einemmal der Zorn auf den Verdacht und ist es noch ...

Dora wünschte sich, daß Karl bei dem unerwarteten letzten Besuch seines Assistenten dabeigewesen wäre oder daß sie ihm davon erzählen könnte. Sie wünschte sein Urteil, im Grunde genommen seine Verurteilung des Verdachtes. Aber würde er denn gerecht sein?

War er nicht voreingenommen gewesen, als sich der Junge zum Wintersemester 1940 bei ihm einschrieb, mit Hilfe der etwas fragwürdigen Empfehlung eines mit Karl befreundeten Chefarztes der Psychiatrischen Klinik, der den Studenten als einen „tollen Burschen" bezeichnete? „Der tolle Bursche ist mir nicht recht geheuer", hatte Karl damals seiner Frau gesagt, „schon deshalb, weil er sich selber nicht recht geheuer ist." – „Dann schick ihn mir mal her", hatte sie ihn aufgefordert.

Und Christoph war an einem Sonnabendnachmittag bei Dora zum Tee erschienen – Karl hatte Fakultätssitzung –, war an der Tür zum Atelierraum stehengeblieben, hatte den hübschen Kopf nach rechts und links, nach oben und unten gewandt und sich mit einem sonderbaren – nein, mit einem unvergeßlichen Wort eingeführt: „Denken Sie, Frau von Hennings, es riecht hier nach Glück." – „Wie riecht denn Glück?", hatte sie lachend zurückgefragt. – „Nach einem völlig undefinierbaren Parfüm, dem ich hiermit den Namen gebe: ‚Hier ist gut sein'." – „Ein schöner Name", nickte sie ihm zu, „auf italienisch ‚Bencistà', und das ist der Name der Villa von Florentiner Freunden." – „Bencistà", wiederholte Christoph und sah sie ernst an. – „Das ist bescheidener als Glück, ein furchtbar anspruchsvolles Wort: Glück", sprach sie und sah ihn ernst an, „wie könnten wir denn sagen, wir seien glücklich ..."– „über ‚Bencistà' hinaus, meinen Sie, Frau von Hennings – außerhalb dieses Hauses, meinen Sie ..." – Und damit schon war er ihr Freund geworden und ihr Schützling. –

„Ich habe es noch nie erzählt", hatte er später dann gesagt, ziemlich unvermittelt, und seine Pupillen wurden plötzlich unbeweglich, „aber soll ich Ihnen erzählen, gnädige Frau, wie es geschehen ist, daß ich hier sitze und nicht mit irgendeiner bayrischen Gebirgstruppe in Norwegen?" – „Nein, Sauer, das brauchen Sie mir nicht zu erzählen." – „Aber wie soll ich denn das Vertrauen des Professors gewinnen?" – „Welche Art von Vertrauen verlangen Sie denn von meinem Mann, Sauer?" – „Genau die Art von Vertrauen, die Sie mir hier in ‚Bencistà' schenken, Frau von Hennings ..."

– Ich bin kein Detektiv, dachte Karl in der langen Zellennacht, und beginne nicht, eingedenk jener notorischen Gesichtsblässe in der Mensa, mit dem Schlüssel zum Seminarraum, wenngleich meine Wissenschaft die kombinierende und spekulierende Spürnase zugegebenermaßen ausbildet. Aber selbst ein verschlossenes Zimmer ohne Schlüssel ist kein Problem für einen Inspektor erster Klasse, und blaß darf jeder sein, der sich in die Feuerlinie begibt. Und wenn es einen Judas unter meinen Jüngern gibt, so ist es ein armer Teufel von einem Judas, ein zwischen den beiden Polen des Verrats hin und her gezerrter Verräter, ein SD-Sklave in allerletzter Minute und schon zu spät, ein Mann der Fünften Kolonne von miserabler Qualität: denn er verriet nicht die Tat, sondern nur den Täter – und das ist nicht mehr so wichtig nach der Tat ...

Nun, gerade diese Überlegung brachte ihn zu Christoph zurück. Denn der Junge war nicht Lug und Trug, er lebte nicht verstellt und verlogen zweieinhalb Jahre lang in geistiger und körperlicher Nachbarschaft, er wartete nicht auf seine Judas-Stunde – es wäre ein Warten von wahrhaft infernalischer Geduld gewesen. Aber vielleicht war er eine verkaufte Seele, vielleicht zitterte sein anständiges Herz vor dem Augenblick, wo er würde zahlen müssen, vor dem Augenblick, den er selber mit dem Feuer seiner Jugend vorbereitete und herankommen ließ, zugleich begeistert und entsetzt – was müssen das für Höllenqualen gewesen sein! Und schließlich zahlte er und rettete seine Haut, wie er sie wohl schon einmal gerettet hatte: durch Vergewaltigung seiner selbst.

Was spricht dagegen? Alles, was gegen eine kombinative und spekulative Idee spricht: die Unbeweisbarkeit der Behauptung. Wer spricht dagegen?

Dora, eine gute Menschenkennerin, sprach einst gegen die Bedenken, die er gegen den „tollen Burschen“ empfunden hatte, und er hatte sie über Bord geworfen, nicht ganz ohne Rückversicherung. Denn er hatte Professor Ackermann, eben jenen Psychiater, der die fragwürdige Empfehlung gegeben hatte, bei der nächsten Gelegenheit unter vier Augen geradeswegs gefragt (er konnte ihm solche Fragen stellen): „Kann dieser Sauer ein Spitzel sein?“ – „Dann könnte logischerweise auch ich einer sein; denn ich verwies ihn an Sie“, hatte Ackermann gesagt; „und prüfte ich beide Fälle, seinen und meinen, so könnte ich noch eher einer sein als er.“ – „Und warum ist er ein ‚toller Bursche‘?“ – „Weil er nicht nachgegeben hat – das ist unter obwaltenden Verhältnissen unnormal, also toll.“ – „War er denn krank?“ – „Ich habe attestiert, daß er krank war“, hatte der Psychiater zögernd geantwortet und dann hinzugefügt: „Ja, er war krank.“ –

„Waren Sie denn krank gewesen“, hatte Karl dann Christoph selber gefragt. – „Nein“, hatte er sofort geantwortet und dann zögernd hinzugefügt: „Das heißt, ich weiß nicht ... man steht da sonderbar auf der Grenze ...“– „Ich bin nicht neugierig, Sauer, aber ich möchte mit Ihnen ins reine kommen, aus dem Nebel heraus.“ – „Verzeihung, Herr Professor, aber hängt das damit zusammen, ob ich krank war oder nicht?“ – „In gewissem Sinne.“ – „Meinen Sie damit meine geistige Fähigkeit, Ihrer Vorlesung zu folgen?“ – „Nein, ich meine Ihre moralische Fähigkeit, Sauer.“ – „Sie wollen wissen, warum ich nicht Soldat bin, Herr Professor?“ – „Ja.“ – „Weil ich nicht will!“ – „Millionen müssen es, ob sie wollen oder nicht, Sauer.“ – „Die müssen ihren Umweg machen. Ich bin schon da, wo sie sind, wenn sie krepieren oder nach Hause humpeln.“ – „Wo sind Sie?“ – „Sozusagen zwischen Nacht und Tag – um nichts anderes zu gebrauchen als ein Bild.“ – „Für die, die draußen krepieren, Christoph, müssen wir das Bild umdrehen und sagen: zwischen Tag und Nacht.“ – „O nein, Herr Professor; denn sie sterben ja umnachtet, von Haß umnachtet, im schwarzen Haß auf das, wofür sie sterben. Und der Tod dann ist heller als das Sterben, ein klein wenig heller, gleichsam vom Morgengrauen angetönt. Und ich habe nicht die geringste Angst vorm Sterben, ich bin ein guter Katholik, Herr Professor, vielleicht liegt alles daran, daß ich die heilige Widerspenstigkeit im Blut habe, die Widerspenstigkeit der Heiligen auf dem Rost. Aber ich will nicht umnachtet sterben, sondern frühestens zwischen Nacht und Tag, um beim Bild zu bleiben."

Da hatte Karl stumm den Kopf geschüttelt, nicht aus Zweifel, sondern aus Verwunderung, so wie man es tut, wenn man vor einem tollen Burschen steht. Seine Bedenken waren über Bord geworfen. Dora hatte recht gehabt.

– Hast du recht gehabt, Do, und bliebest du rechthaberisch, wenn auch dich das Gift des Verdachtes ätzte und der Urschauder packte vor dem Erbübel des Judas unter den Jüngern? Ist der tolle Bursche, der nicht die geringste Angst vorm Sterben haben will, vorm Sterben zwischen Nacht und Tag ... sprichst du dagegen, Do, daß er der Verräter zwischen Nacht und Tag geworden sein könnte? –

Karl lauschte auf ihre Antwort, nicht mit den Gedanken, die doch nur in die Vergangenheit huschen konnten, sondern mit den Ohren. Die Anstrengung war groß und lockerte den Zusammenhang zwischen Frage und Antwort. Es ging ihm jetzt nur noch um dies: etwas von ihr zu hören, und er fühlte, wie er, in der Hingabe des Lauschens, aus dem Bewußtsein absackte. So hörte er sie atmen. Es war, erkannte er sofort, ihr Atmen des verstellten Schlafes, ihre zarte Atemlüge – dahinter aber ihr wacher Widerspruch gegen seinen Verdacht, ihr Fürspruch für Christoph.

„Glaubst du es nicht?", flüsterte er vorsichtig ins Leere.

Er fuhr aus dem Halbschlaf, geweckt von seinen eigenen Worten, spürte die fremde kalte Luft der Zelle und fröstelte in plötzlicher Verzweiflung. „Ohne Abschied", flüsterte er, „ohne Abschied ..."

Dora war vor Erschöpfung ein wenig eingeschlafen. Sie wachte auf, und es war ihr, als habe sie Karl neben sich atmen hören. Sie wußte, daß sie geträumt hatte; aber sie hatte vergessen, was sie träumte. Sie lag still da und fühlte mit einemmal in der Brust die gute Wärme, die tiefe Besitzfreude, die sie immer empfand, wenn der Kies vor dem Atelierhäuschen Karls lange Schritte anmeldete. Vielleicht war dies ihr Traum gewesen. „Es geht mir doch besser als gestern um diese Zeit", flüsterte sie und horchte ein wenig erstaunt auf diese ihre eigene Stimme im fremden Raum.

Wie die Blendlaterne in einem Leuchtzuge die Kontrolle der beiden Zellen versieht, schützen Karl auf Nummer 17 und Dora auf Nummer 24 ihre Augen gegen den Einschlag des Lichtes auf die gleiche Weise: sie heben die Hand vor die Augen, die Handfläche nach außen.

4

DIE GESCHICHTE VOM STUPOR

Es geschah vor fast drei Jahren, am 15. März 1940, auf dem Hof der Leib-Infanterie-Kaserne in der Türkenstraße zu München, daß der am gleichen Tage eingerückte und noch nicht eingekleidete Rekrut Christoph Sauer „zu Holz“ wurde, wie sich der Kompaniefeldwebel ausdrückte. Da der Mann im Haufen der Neuausgehobenen stand, wurde seine Starre nicht sofort bemerkt, nicht einmal von den anderen Rekruten, die sich auf Geheiß eines Gefreiten der Größe nach aufzustellen hatten. Das war für die zwanzigjährigen Burschen ein lustiges Geschäft, zumal der militärische Ernst erst begann, wenn die Uniform gefaßt war. Die „Leiber“ – wie sie im Münchner Volksmund hießen – bildeten von je das bayrische Eliteregiment, beanspruchten das kräftigste Menschenmaterial, zumeist aus oberbayrischem Bauernschlag, und verlangten eine Mindestgröße knapp unter ein Meter achtzig. Der Rekrut Sauer, von schlankkräftigem Körperbau, erreichte sie gerade und ließ sich widerstandslos, am Spiel des gegenseitigen Sichabmessens nicht teilnehmend, von den Konkurrenten seiner Größengruppe immer weiter nach rechts drängen, bis er schließlich Schlußmann der Reihe war.

Der Feldwebel verlas dann die Namen in alphabetischer Reihenfolge, und es ging gut von A bis R: jeder aufgerufene Name hatte in der Reihe seinen Besitzer, der mit „Hier!“ antwortete.

„Sauer, Christoph!“, rief dann der Feldwebel, und es erfolgte kein „Hier!“ – „Sauer, Christoph!“, hieß es ein zweites Mal, noch lauter, und dann ein drittes Mal, so laut, wie nur ein Kompaniefeldwebel brüllen kann. Doch es gab keine Antwort. Der Feldwebel schaute fassungslos die Reihe der jungen Menschen entlang; denn hier geschah etwas, das nicht sein konnte. Die Namensliste war nach den Gestellungsbefehlen aufgesetzt, die jeder einrückende Rekrut abgegeben hatte. Wer also auf der Liste stand, hatte seinen Gestellungsbefehl abgeliefert und mußte anwesend sein – es gab keine einfachere Rechnung. Der Feldwebel las kopfschüttelnd die Liste zu Ende und befahl dann allen Rekruten, die ihren Namensaufruf mit „Hier!“ quittiert hatten, den Arm zu heben. Die ganze Reihe hob den Arm – bis auf den Schlußmann.

Feldwebel vor der Kompaniefront haben eine bestimmte schauspielerhafte Technik, um das strafbare Individuum innerhalb der Mannschaft anzugehen. Schon dadurch, daß sie ihren entrückten Platz vor der Front aufgeben und in sie bei einem bestimmten Mann eindringen, zerbrechen sie unheilvoll die Anonymität des Kollektivs und werden furchtbar persönlich. Das Einschreiten geschieht stumm, langsam, langschrittig, den bedrohlich roten Kopf vorgeschoben wie ein Gorgonenschild – dies alles zum Zwecke der Einschüchterung. Dann entladet sich das Gewitter an Ort und Stelle.

Doch hier kam es nicht zur Entladung. Schon als der Feldwebel gorgonenhaft gegen den Schlußmann vorrückte, bemerkte er, daß er ins Leere agierte und wirkungslos bleiben mußte. Denn der Schlußmann war weder durch die atemlose Stille der Szene noch durch den suggestiven Anmarsch des Aktors bewogen worden, schräg nach rechts zu blicken, von wo das Verhängnis auf ihn zukam: er sah unverwandt geradeaus. So mußte der Feldwebel selber nach rechts manövrieren, um sich und die notwendige Einschüchterung ins Blickfeld des Hartnäckigen zu bringen. Er hatte ihn nun Auge in Auge; kam näher und ganz nahe, so nahe, wie es die Feldwebeltechnik vorschreibt, um das Gebrüll an Stelle eines Faustschlags mitten ins Gesicht des Delinquenten zu landen.

Da entdeckte er in rascher Folge dreierlei im Blick des Rekruten: daß das Auge ihn nicht wahrnahm, selbst wenn es ihn anzusehen schien; daß die Pupille unverrückbar feststand; daß das Lid sich nicht über das Auge schlug. Diese Lidschlaglosigkeit vor allem war befremdlich und wurde dem Feldwebel mit jedem Atemzug unheimlicher.

„San Sie der Sauer Christoph?“, raunte er, statt zu brüllen, und schüttelte dabei den Kopf, auf keine Antwort rechnend. „San S' krank?“, raunte er.

„Wird ein' Krampf ham“, diagnostizierte der Nebenmann, ein Junge im Braunhemd der Hitlerjugend mit dem Abzeichen eines Zugführers, und empfahl auch gleich die Therapie: „Kaltes Wasser übern Kopf tut da Wunder ...“

„Maulhalten!“, schrie ihn der Feldwebel an und konnte dadurch, mit einem bösen Blick auf die Gradabzeichen der Bluse, dem angestauten

Gebrüll Luft machen, „wenn S' a in eurem Kindergarten a General san, hier haben S' nur zu antworten, wenn S' gefragt san!" Er wandte sich wieder dem Schlußmann zu, der mit keinem Zittern der Pupille auf den lauten Zwischenfall reagiert hatte, und faßte ihn vorsichtig am Ärmel. Er fühlte durch das Tuch hindurch einen Arm hart wie Holz. Er versuchte, ihn zu bewegen, ihn ein wenig seitlich anzuheben, ein wenig nach vorne oder nach hinten zu drücken. Doch der Arm war unverrückbar, so als hinge er nicht im Schultergelenk, sondern als sei er am Körper angewachsen wie ein Ast am Stamm.

Der Feldwebel ließ den Mann stehn, kehrte vor die Front zurück und sagte den Rekruten, daß der Gefreite sie nun dem Kammerunteroffizier zur Einkleidung vorführen werde. Er kommandierte: „Wegtreten!" und hoffte, daß der Schlußmann gleichsam im Sog des allgemeinen Aufbruchs mitgerissen, daß er, selbst mit einem Rest von Wahrnehmungsfähigkeit, die Isolierung vermeiden würde. Doch Sauer Christoph blieb stehn, wie in den Boden eingerammt.

Der Feldwebel wartete, bis die lärmende Schar in der Kaserne verschwunden war. Dann näherte er sich wieder dem einsamen Mann.

„Jetzt san ma allein, Sauer", sprach er so gewinnend, wie es seine ausgeschriene Kasernenhofstimme zu sein vermochte, „jetzt san S' vernünftig, Bua, und machen S' Eahna keine Scherereien net. I muß Sie doch sonst zur Meldung bringen, verstehen S' denn dös net?" Er kratzte sich den Kopf, den Reglosen betrachtend. „Sagn S' wenigstens ‚Ja', nicken S' wenigstens bloß mit dem Kopf", fuhr er fast flehend fort, „sind Sie der Sauer Christoph? Ja, na, nicken S' doch. – Sehen S', beinah nicken S' schon ..." Christoph nickte nicht. „Sö!", grollte der Feldwebel auf, „soll ich Sie wegen Ungehorsam melden? Soll ich Sie vors Kriegsgericht bringen?" Selbst dieses bedeutsame Wort brachte kein Leben in den jettschwarzen Glast der Augen. „Also gut", sprach der Feldwebel, „so sehen Sie mich weggehen, geradewegs zum Regimentskommandeur ..."

Er ging weg, etwa zwanzig immer langsamere Schritte, machte halt, wandte sich um, sah den Mann stehn wie gepfählt und kehrte zurück. „Vielleicht san S' doch krank", meinte er und strich ihm väterlich über die Wange. Die Haut fühlte sich an wie über Holz gespannt. Der Feldwebel zog die Hand zurück. „Gehen S', kommen S', Sauer", lockte er, „ich bring Sie ins Krankenrevier, Sie san ja dienstuntauglich, das sieht ja ein Kind, das wird der Herr Stabsarzt sofort feststellen und Sie entlassen, Sauer – also kommen S'" Es nützte weder die Peitsche noch der Zucker: Christoph rührte sich nicht. „Jetzt ist's gnua, jetzt kommen S' mit!", schrie denn nun doch der Feldwebel, zwängte seine Hand zwischen Arm und Körper des Rekruten und versuchte, ihn von der Stelle zu bringen, wenn auch nicht mit aller Kraft. Denn ein sonderbares Gefühl wie Grauen verbot ihm, Gewalt anzuwenden. Und der Junge schien festgewurzelt wie ein Baum, und nicht nur sein Arm, sondern auch sein Körper war hart wie Holz. Der Feldwebel ließ ihn los, aus Grauen oder was es war, und ging nun wirklich, ohne sich umzuwenden, in die Kaserne.

Er betrat das Büro des Krankenreviers, in dem der Sanitätsfeldwebel Mayr herrschte. Auch der Kompaniefeldwebel hieß Mayr, und sie sahen sich ähnlich, obgleich sie nicht verwandt waren. Da der Sanitätsfeldwebel ein wenig dienstälter war, hieß er Mayr 1, der von der Kompanie Mayr 2; untereinander nannten sie sich Eins und Zwei; denn das Schicksal wollte, daß sie beide mit Vornamen Franz Xaver hießen. Der Besucher hielt sich nicht am Schreibtisch seines Namensvetters auf, sondern trat ans Fenster, das auf den Kasernenhof ging. Unten stand der Rekrut einsam und regungslos, verwurzelt seiner Stelle.

„Zwei, was gibt's?", fragte der Sanitätsfeldwebel, aus seiner Schreiberei aufschauend.

„Komm mal her", bat Zwei, ohne sich umzudrehen; und es war etwas in seiner Stimme, das Mayr 1, einen zur Trägheit neigenden Mann, veranlaßte, sofort aufzustehn und zum Fenster zu gehen.

„Sieh dir den mal an", forderte Zwei auf und wies auf den Mann im Hof.

„Ja", nickte Eins und kniff die Augen zusammen, „was ist mit dem Kerl?"

„Zu Holz geworden", antwortete Zwei.

„Na, na, na", machte Eins und streifte seinen Nebenmann mit einem seitlichen Blick.

„Ist einer meiner Neuen", erklärte Zwei, „heute frisch geliefert – und hört nicht, sieht nicht, fühlt nicht, steht einfach da und rührt und reibt sich nicht ... ja, und ist am Körper hart wie Holz."

„Dös werdn ma gleich ham", versicherte Eins, trat vom Fenster fort und stülpte seine Mütze auf, „mit diesen Hartgesottenen weiß ich umzuspringen ..."

Die beiden Feldwebel schritten über den Kasernenhof auf den Regungslosen zu: Mayr 1 ging immer schneller, Mayr 2 immer langsamer.

„Sö! Wachen S' auf!", schrie der Sanitätsfeldwebel dem Rekruten ins Ohr und fuchtelte ihm mit der Faust vor die Nase. Der Kompaniefeldwebel war in einiger Entfernung stehngeblieben und schüttelte den Kopf; aber er erhob keinen Einspruch. Mayr 1 umkreiste den Unbeweglichen, blieb hinter ihm stehn und kniff ihm mit schnellem Griff ins Ohrläppchen. „Zwei!", verkündete er, „das Ohrläppchen ist nicht aus Holz!"

„Aber es rührt ihn nicht!", stellte der Kompaniefeldwebel fest, kopfschüttelnd.

„Achtung!", rief Mayr 1, „jetzt wird der Holzstock lebendig!" Und er nahm einen Anlauf wie ein Fußballspieler. Der Kompaniefeldwebel schüttelte den Kopf; aber er erhob keinen Einspruch und paßte sehr genau auf.

Es rührte sich keine Muskel in dem jungen Gesicht, als ihn Mayr 1 in den Hintern trat. Sauer Christoph fiel vornüber, ohne die geringste Bewegung oder das Zucken einer Geste, sein Gesicht zu schützen, und blieb liegen, steif wie ein Holzstock. Es war ein zugleich dumpfer und harter Aufschlag, und dem Kompaniefeldwebel graute es: der Junge blutete nicht einmal aus der Nase, als ihn der Sanitätsfeldwebel auf den Rücken rollte, und die Augen waren offen und ohne Lidschlag.

Selbst der Sanitätsfeldwebel schien betroffen; aber er gab es nicht zu und sagte nur: „Aufs Revier mit ihm. Zwei, pack an!"

Mayr 1 griff ihm unter die Arme, Mayr 2 unter die Beine, dann hoben sie ihn auf. Er war viel schwerer, als sein schlanker Bau vermuten ließ. Er sackte nicht in der Mitte ein wie jeder willenlose Körper, der davongetragen wird, sondern blieb steif. Es war, als trügen die beiden zwischen sich ein Brett. Sie schleppten ihn ins Haus und die Treppe hinauf zur Krankenabteilung. Die Soldaten, die ihnen begegneten, wichen stumm aus und sahen ihnen stumm nach. Der Kompaniefeldwebel fühlte, wie ihm der Schweiß aus der Achselhöhle tropfte, sowohl vor Anstrengung als vor Grauen; denn die Beine, die er halten mußte, waren hart wie Holz.

Sie legten ihn in der Revierstube auf ein Bett. Mayr 1 machte sich daran, den einen Schuh des Mannes auszuziehen; denn es war verboten, mit Stiefeln auf dem Bett zu liegen. Mayr 2 löste den andern Schuh, und es war ein hartes Werk, sie von den Füßen zu ziehen, so als ob sich von innen die Zehen gegen die Sohlen stemmten. Doch es lag nur daran, erwies es sich, daß die Zehen steif waren und etwas gespreizt.

„Das wäre soweit alles, was dich betrifft", sagte Eins zu Zwei, „du schreibst den Mann krank, am besten: Ohnmachtsanfall, und schickst mir das Rapportbuch herüber zum Gegenzeichnen, damit die Dinge in Ordnung gehen. Den Tritt in den Hintern vergessen wir."

Der Kompaniefeldwebel schien nicht recht zuzuhören; er stand vor dem Ausgestreckten und flüsterte: „Wie er daliegt! So kann man gar nicht daliegen! Sieh mal ..." Er schob vorsichtig die Hand unter das hohle Kreuz des Jungen. „Die Faust kann ich ballen", flüsterte er, „und berühre ihn nicht ..."

„Ja", sagte der Sanitätsfeldwebel ungeduldig, „das gibt sich. Und jetzt verschwinde."

„Das gibt sich nicht", sagte der Kompaniefeldwebel kopfschüttelnd und ging zögernd.

„Hm", machte der diensttuende Assistenzarzt und betrachtete den Patienten, „woher kommen die blutunterlaufenen Flecke auf Stirn, Nase und Kinn?"

„Von dem Fall aufs Gesicht, Herr Doktor", antwortete der Sanitätsfeldwebel.

„Und er fiel mir nichts, dir nichts der Länge nach aufs Gesicht?", fragte der Arzt.

„Ganz von selbst, wie ein Brett", antwortete der Sanitätsfeldwebel.

Der Assistenzarzt, im Range eines Oberleutnants, prüfte flüchtig den Puls, prüfte flüchtig die Reflexe, drückte auf den eingezogenen Bauch, dessen Muskeln so angespannt waren, daß er sich anfühlte wie die gespannten Gurten eines harten Polsters, und gab es auf. „Hm", machte er, „vielleicht ein Schock, vielleicht ein Simulant – was meinen Sie, Feldwebel?"

„Ich weiß es nicht, Herr Doktor."

„Also lassen wir ihn liegen", sagte der Arzt und ging weiter, „bis zur Abendvisite hat er sich's vielleicht bequemer gemacht."

Mayr 2 indessen, der Kompaniefeldwebel, kam nicht los von dem Manne, der zu Holz geworden. Der gesunde Mensch, und schon gar ein Berufsunteroffizier, pflegt dem Grauenerregenden nicht nachzulaufen. Der zweite Mayr aber tat es und legte sich über die Gründe keine Rechenschaft ab. Er ging eine Stunde später ins Krankenrevier und sah, daß der Rekrut noch genau so dalag, wie er ihn verlassen hatte: völlig angezogen, bis auf die Schuhe, regungslos auf dem Rücken, mit offenen Augen und hohlem Kreuz. Nur die Aufprallflecke im Gesicht waren dunkler geworden. Der Kompaniefeldwebel beugte sich über ihn, öffnete ihm den Kragen des rotkarierten Sporthemdes, ohne jedoch die Haut des Halses zu berühren, und ging wieder.

Er kam nach zwei Stunden zurück, schob prüfend die Hand unter Christophs starren Rückenbogen und begab sich zu dem Sanitätsfeldwebel, der ihn unfreundlich empfing. Denn die Machtsphären zwischen Feldwebeln sind so streng geschieden und eifersüchtig verteidigt wie zwischen kommandierenden Generalen.

„Man kann ihm noch immer die Hand unter den Rücken schieben", meldete er, und es war ein Vorwurf in der Stimme.

„Das geht dich einen Dreck an, oder ist's dein Bankert", gab der andere außerordentlich grob zurück.

„Wenn der Mann nicht umgehend untersucht wird, melde ich's dem Hauptmann!", drohte der Kompaniefeldwebel von seiner Machtbasis aus.

„Der Mann ist schon längst untersucht worden", sagte Mayr 1 wegwerfend.

„Vom Stabsarzt?"

„Vom Assistenzarzt."

„Das ist ein Fall für den Stabsarzt!"

„Herr Kompaniefeldwebel", schrie der Sanitätsfeldwebel in gleichsam normalem Zorn, „das zu entscheiden ist ganz und gar nicht Ihre Sache! Das ist ganz und gar Reviersache und wird bei der Abendvisite entschieden!"

Die Abendvisite fand um vier Uhr statt und war eigentlich eine Nachmittagsvisite. Als Mayr 2 um fünf Uhr in der Revierstube erschien, sah er seinen Mann in unveränderter Haltung auf dem Bett liegen und erfuhr von den drei Leichtkranken, die im gleichen Raum untergebracht waren, daß wiederum der Assistenzarzt allein die Visite durchgeführt und für den Sauer Christoph einen Pulsgriff und ein „Hm!" aufgewendet hatte.

Mayr 2 brach zum erstenmal in fünfzehnjähriger Dienstzeit das Gesetz des Dienstweges, betrat das Zimmer des Stabsarztes vom Korridor her, um das vorgelagerte Büro des Sanitätsfeldwebels zu umgehen, und bat im Namen seines Kompaniechefs den rotgesichtigen und ziemlich gefürchteten Mann, einen Blick auf einen rätselhaft erkrankten Rekruten zu werfen. Die Berufung auf den Hauptmann entsprach nicht der Wahrheit; doch Mayr wußte, daß ihn der Chef decken würde. Denn kein Kommandeur entzweit sich mit seinem Feldwebel, will er ein angenehmes Leben behalten.

„Was fehlt dem Mann?", fragte der Stabsarzt etwas unwirsch; denn er war im Begriff, seine Tätigkeit für diesen Tag zu beschließen.

„Ihm fehlt sozusagen das Leben, Herr Stabsarzt, er ist zu Holz geworden."

„Eiche oder Mahagoni?", fragte der Stabsarzt und freute sich mit so herzlichem Gelächter über seinen Witz, daß er vollends in gute Laune geriet. „Also betrachten wir das Schnitzwerk", fügte er hinzu, aufstehend und zur Mütze greifend. Dann aber rief er mit seiner dröhnenden Stimme: „Mayr!" – und so betrat der Sanitätsfeldwebel von neuem die Szene und warf dem andern Mayr, dem illegal eingedrungenen, einen vernichtenden Blick zu. Doch der hielt ihn aus und parierte ihn sofort: „Herr Hauptmann von Kirschbaum bittet den Herrn Stabsarzt, einen Blick auf den Sauer Christoph zu werfen."

„Was ist mit dem Mann?" fragte der Stabsarzt den Sanitätsfeldwebel.

„Er liegt im Revier, Herr Stabsarzt, der Herr Assistenzarzt ist sich noch nicht völlig klar, ob es sich um einen Simulanten handelt, und wollte morgen nach der Frühvisite dem Herrn Stabsarzt Meldung erstatten."

„Aha!", sagte der Stabsarzt, sonst nichts, und ging mit den beiden Mayrs in die Revierstube. Er sah den Reglosen aufmerksam an, öffnete das rotkarierte Hemd und legte sein Ohr auf die haarlose bräunliche Brust. „Ein solches Herz wünsche ich mir", verkündete er und war, sich aufrichtend, noch röter im Gesicht als für gewöhnlich.

„Wollen Herr Stabsarzt hersehen", bat der Kompaniefeldwebel und schob seine Hand unter Christophs hohles Kreuz, „so liegt der Mann seit seiner Einlieferung heute Vormittag."

„So eindrucksvoll wie unbequem", meinte der Stabsarzt, „also verändern wir seine Position. Stellt ihn auf die Beine."

Mayr 1 trat sofort ans Bett und packte Christophs Schultern. Der Kompaniefeldwebel indessen zögerte. „Wie meinen Herr Stabsarzt?", fragte er, um Zeit zu gewinnen.

„Sie sollen den Mann aus dem Bett heben und auf die Füße stellen, Feldwebel!" Dies nun war ein dienstlicher Befehl. Die beiden Mayrs hoben den Rekruten vom Bett, so wie sie ihn aufs Bett gehoben hatten: Eins an den Schultern, Zwei an den Beinen. Dann richteten sie ihn auf wie ein Brett, und er stand. „Zwei Schritte von der Wand und einen Schritt vom Bett!", befahl der Stabsarzt. Der Sanitätsfeldwebel umschlang den Rekruten in der Mitte und hob ihn wie eine Schneiderpuppe auf den vorgeschriebenen Fleck. „So", sprach abschließend und sich zum Gehen wendend der Stabsarzt, „wenn er des Stehens müde ist, kann er sich wieder hinlegen; wenn er Hunger kriegt, kann er den Mund aufmachen; und dem Herrn Hauptmann sei gesagt, daß er seinen Holzbock bald wiederhaben wird und daß er sich zu diesem Zuwachs nicht zu gratulieren braucht."

Er verließ den Krankenraum. Der Sanitätsfeldwebel wartete finster an der Tür, bis auch der Rivale sie passiert hatte, schloß sie mit Nachdruck und knurrte geziemend leise, da der Vorgesetzte noch in Hörweite war: „Der Zutritt zum Revier ist Ihnen von jetzt ab verboten!"

„Du kannst mich ...", flüsterte Mayr 2 einen beliebten bayrischen Kraftspruch zur Antwort. Aber es war eine Niederlage und eine selbstverschuldete dazu. Denn ohne seine Intervention und ohne sein unglückseliges Experiment mit der Hand in der Rückenhöhlung würde der Sauer Christoph wenigstens liegen, ob starren Kreuzes oder nicht. Nun aber stand er. Und der stehende Mann ging ihm nicht aus dem Kopf.

Christoph stand zwei Schritte von der Wand, einen Schritt vom Bett entfernt, in Strümpfen. Die sechs Stubengenossen – es waren im Laufe des Tages drei Marode nach einem Gepäckmarsch hinzugekommen – gaben ihm gute Ratschläge und kümmerten sich dann nicht mehr um ihn, als sie einsahen, daß sie in den Wind redeten. Das allgemeine Interesse konzentrierte sich dann auf das Abendbrot. Das Tablett mit den Speisen, die für Christoph bestimmt waren, lag zwanzig Minuten unangerührt neben dem Stehenden auf der Bettdecke und wurde dann wieder von dem Sanitätsgefreiten hinausgetragen. Dies gab von neuem für die anderen einigen Anlaß, sich mit Christoph zu beschäftigen es war für sie der schlagende Beweis, daß es mit dem Mann nicht richtig sei. Dann wurden Zoten erzählt, doch bereits mit einer gewissen Gezwungenheit, stockend und ohne Schwung. Der reglos Stehende störte.

Als um neun Uhr die Beleuchtung abgedreht wurde und in der Milchglasschale an der Decke nur noch das bläuliche Nachtlicht brannte, begann die Unruhe. Jeder der Leute hatte sich so gedreht, daß er mit dem Rücken zu dem Stehenden lag. Einer nach dem andern wälzte sich ihm wieder zu und starrte auf den starren Menschenabriß im bläulichen Halblicht.

„Das ist nicht auszuhalten!", rief jemand plötzlich, und jeder wußte, was nicht auszuhalten sei.

„Niederlegen!", riefen sie, „Kerl, leg dich nieder!", und schon kamen sie in sinnloses Schreien, so als sei es die einzige Waffe gegen die Leblosigkeit, die unter ihnen im Raum stand.

Der Sanitätsunteroffizier vom Nachtdienst stürzte herein, machte Licht und flocht in einen Fluchkatarakt die Frage ein, ob die Bande den Verstand verloren habe. Aber es war nicht sein Erscheinen, sondern das helle Licht, das die Leute zur Vernunft brachte. Sie verlangten, daß der „Zivilmensch" zu Bett gebracht oder entfernt werde. Der Unteroffizier erklärte barsch, daß der Mann sich niederlegen könne, wann immer er wolle, daß aber der ausdrückliche Befehl vorliege, ihn nicht anzurühren; die Bande solle die Augen zumachen und schlafen, dann sähe sie ihn nicht, und sie gewärtige insgesamt Arrest, wenn weiter Störungen vorkommen. Damit löschte er das Licht wieder aus und ging.

Die Drohung wirkte für eine halbe Stunde; dann setzte wieder die Unruhe ein. Diesmal aber nahm sie die Form einer Verschwörung an, mit dem Ziel, den Stehenden aufs Bett zu legen. Es wurde hin und her geflüstert, aber keiner gefunden, der bereit war, die Exekution zu übernehmen. Schließlich stand einer der Fußkranken auf und humpelte gegen den Stehenden.

„Gib ihm einen Stoß, und dann fliegt er von selber aufs Bett", wurde ihm flüsternd geraten.

„Dann liegt er quer", warnte jemand.

„Wenn er nur liegt!", hieß es.

„Der steht noch im Liegen und läßt uns nicht schlafen!", flüsterte ein Skeptiker.

Der Fußkranke stand vor Christoph und rührte ihn nicht an, glotzte ihm nur in die leblose Maske des Gesichts, das unter dem Nachtlicht bläulich zu phosphoreszieren schien. „Der ist ja tot!", rief er, nach rückwärts weichend. Es herrschte eine Zeitlang Totenstille.

Dann flüsterte jemand: „Ich weiß, daß Revierstube 3 völlig unbelegt ist." Dies war das Signal zum lautlosen Exodus der sechs, drei Fußkranker, eines mit Magenschmerzen, eines mit Mittelohrentzündung und jenes Skeptikers, der überhaupt nicht krank war.

Kompaniefeldwebel Mayr 2 wachte nachts zu völlig ungewohnter Stunde auf, machte Licht und sah auf die Uhr. Es war zwanzig Minuten nach zwei. Er lag noch ein paar Sekunden und schaute in die Luft; dann stand er auf. Der Fußboden knarrte unter seinem schweren Körper.

Seine Frau fuhr aus dem Schlaf und fragte: „Schon sechs?"

„Unsinn!", brummte er, „schlaf!"

„Warum stehst du denn auf?"

„Ich habe da einen kranken Mann", brummte er, zog Uniformhosen und Litewka an, aber keine Stiefel. Er ging in seinen Filzpantoffeln; denn er wollte leise gehn. Alle verheirateten Berufsunteroffiziere wohnten im gleichen Stockwerk des der Türkenstraße zu gelegenen Haupttraktes der Kaserne und Mayr 1 neben Mayr 2. Es bestand keine Gefahr, daß auch der Sanitätsfeldwebel in dieser Stunde nicht schlief; aber der Kompaniefeldwebel wollte ihn nicht wecken und schlich lautlos auf Pantoffeln an der Nachbartür vorbei.

Er schlich lautlos an die Revierstube heran und lauschte an der Tür. Er hörte nichts und trat ein. Das Auge brauchte eine kleine Weile, um sich an das Dämmerblau des Lichtes zu gewöhnen: er sah zuerst den Mann, der stand, und dann die sechs verlassenen Betten, und dann wieder den Mann, der stand, zwei Schritte von der Wand, einen Schritt vom Bett, in ungeheuerlicher Einsamkeit. Der Feldwebel schlich lautlos zu ihm hin. –

Man hört mich nicht gehn, dachte er, und wenn er jetzt zusammenschreckt, sag ich's keinem Menschen ...

Doch Christoph erschrak nicht und sah ihn nicht an, als er vor ihm stand, und schaute blicklos durch ihn hindurch, weitäugig und ohne Lidschlag. Mayr setzte sich auf das Bett und blickte an der Gestalt hinauf und hinab. Um Kinn und Wangen lag der Schatten eines Bartes, die Augen lagen verschattet in den Höhlen, das Gesicht schien kleiner geworden, kleiner und noch härter; aber die Brust hob und senkte sich atmend. Mayr bückte sich und legte die Hände auf Christophs bestrumpfte Füße. Sie waren eiskalt. Er ließ die Hände auf den Füßen, eine ziemlich lange Zeit; doch die Füße wurden nicht wärmer und die Hände immer kälter. Er richtete sich auf und dachte nach, den Blick auf den Jungen.

Der Feldwebel stand vom Bett auf, trat hinter Christoph, legte die Arme fest um seine Schultern und, unterhalb des Halses, um seine Brust und ging, den Körper des Rekruten an sich drückend, langsam rückwärts. Als Christoph schräg und steif gegen ihn lehnte, ließ er den Oberkörper des Jungen vorsichtig aufs Bett gleiten und hob dann seine Beine hinauf, rieb ihm die Füße, hüllte sie in die Bettdecke ein, nahm vom Nebenbett eine andere Decke und breitete sie über den Ausgestreckten bis zum Hals. Dann entfernte er die Identitätskarte vom Fußgestell des Bettes, trat unter das Nachtlicht und schrieb auf die Rückseite der Karte in überdeutlicher Druckschrift: „Unterzeichneter fand um 2 h 30 nachts auf Inspektionsgang umstehend bezeichneten Mann regungslos neben seinem Bett stehend und hat ihn pflichtgemäß auf das ihm zustehende Bett gelegt. Gez. Mayr 2, Fwb., 5. Ko.“ Er legte die Karte dem Rekruten auf die Brust; denn er wußte ja, daß der zu Holz Gewordene sie nicht abschütteln konnte.

Der folgende Morgen sah zwei Offensiven, in deren Mittelpunkt der Rekrut Sauer stand, die eine von Mayr 1, die andere von Mayr 2 ins Rollen gebracht. Doch dieses Mal war der Kompaniefeldwebel der bessere und schnellere Stratege. Denn als der Sanitätsfeldwebel dem wie gewöhnlich ziemlich spät erscheinenden Stabsarzt die Vorkommnisse der Nacht meldete, war Hauptmann von Kirschbaum von der 5. Kompanie bereits beim Regimentskommandeur, der unmittelbar darauf den Stabsarzt, schließlich nur einen Herrn im Range eines Hauptmanns, zu sich zitierte und sehr ungnädig war. Eine Stunde später wurde der Rekrut Sauer Christoph, wenn auch noch immer in Zivilkleidern, durch Militärambulanz in die Psychiatrische Klinik eingeliefert.

Der Kranke oder Scheinkranke wurde dort zunächst nach der Wäschebündeltheorie behandelt, das heißt, man ließ ihn liegen; denn die

Zeit spielt im Lazarett der kranken Seelen keine Rolle. Doch als bei dem rasch und gleichsam eifrig Verfallenden zur künstlichen Ernährung geschritten werden mußte, übernahm Professor Ackermann, Chefarzt und wohlbekannter Psychiater, persönlich die Beobachtung.

Zu diesem einigermaßen ungewöhnlichen Interesse hatte noch etwas anderes beigetragen: die erstaunliche Hartnäckigkeit irgendeines „Leiber"-Feldwebels, zu dem vielbeschäftigten Arzt vorzudringen – denn Feldwebeln geht es umgekehrt wie Propheten, die nichts im eigenen Lande gelten: Feldwebel gelten nur etwas in der eigenen Kaserne –, und die ein wenig besessene Art und Weise, wie dieses offenbar schlichte Gemüt die ersten vierundzwanzig Stunden des „zu Holz" gewordenen Mannes schilderte (ohne den Tritt in den Hintern zu vergessen), und wie er den Fall dem Arzt ans Herz zu legen bestrebt war.

Der Professor sah Christoph zum erstenmal, als der Junge schlief, und ihn fesselte sofort des Schläfers Gesicht, das unter schwarzen Bartstoppeln seine Jugend nicht mehr verriet. Denn es war in dem Gesicht ein solcher Fanatismus der Abwehr und der Feindschaft und ein solcher Wille zur Beharrung in Abwehr und Feindschaft, daß es der Schlaf nicht besänftigen konnte. Der Professor beobachtete den Schlaf als wichtige Aussage, als einen Seelenspiegel, der viel klarer und ehrlicher war als die nebligen oder verkrampften Symptome des wachen Psychopathen.

Christophs Schlaf war keine Erholung und Auflockerung des Körpers und des Geistes, er löste nicht die Spannung des Organismus, sondern hielt sie fest oder steigerte sie – der Schlaf schien eine tragische und rätselhaft traurige Arbeit. Der Arzt würde es als das vollkommene Bild eines Stuporschlafes bezeichnet haben, hätte er nicht seine Zweifel, ob der Mann überhaupt noch schliefe. Und jetzt, ohne den Anlaß einer Berührung oder eines Geräusches, schlug Christoph langsam die Augen auf, so als hebe er mit den Lidern eine Last.

„Habe ich Sie geweckt?", fragte der Professor leichthin.

Christoph antwortete nicht, und sein Blick erstarrte. Doktor Ackermann untersuchte ihn sehr lange, mit einer quälenden Gründlichkeit, mit oft schmerzhaften und schreckhaften Reaktionsprüfungen – er litt es, als sei es nicht sein eigener Körper. Der Professor ging, ohne ein Wort der Ermutigung oder des Verdachts.

Christoph wurde auf ein Rollbett gelegt und in einen Baderaum gefahren. Das Kopfende des Bettes wurde hochgeschraubt, so daß er die mit Wasser gefüllte und mit dicken Gummimatten gepolsterte Badewanne ins Blickfeld bekam. Von draußen kam ein Geschrei, das von einem Esel herrühren konnte; denn der gräßliche Laut brach nicht nur aus einer ausatmenden Brust, sondern röhrte auch in die einatmende Brust zurück, pausenlos. Drei Wärter brachten einen muskulösen Mann mit zottigen Brusthaaren heran, so etwas wie einen Veitstänzer, der im gehetzten Rhythmus seiner Konvulsionen wie ein Esel schrie.

Es dauerte lange und schaurige Minuten, bis die Wärter den zuckenden und stoßenden Körper in die Wanne brachten und über ihn die Gummimatte spannten, die einen Einschnitt für den Hals hatte und den Rumpf unter Wasser hielt. Es schaute nur der Kopf heraus, mit dem dichten Filz der Haare, die tief in die Stirne wuchsen; und während er, nichts als ein aufgerissenes Maul, schrie wie ein ertrinkender Esel, mit immer kürzeren und gehetzteren Schreien, trommelte er unter Wasser mit rasenden Gliedern gegen die Wanne.

Die Wirkung des lauen Bades, gefördert durch die Überdrehung des Körpermotors, setzte ziemlich rasch und sonderbar unvermittelt ein. Trommeln und Geschrei hörten wie mit einem Schlage auf, der Kopf, wie abgeschnitten über der Gummimatte, wackelte noch offenen Mundes eine kleine Weile hin und her, das Schreien durch Röcheln ersetzend. Dann erstarben auch diese Laute, und über ein verzehrtes Gesicht senkte sich eine Melancholie von unsäglich dumpfer und ergebener Art, gleichsam die Urform der Schwermut. Und jetzt erst bemerkte er den Badegast auf dem hochgeschraubten Rollbett, starrte ihn mit seinen vorquellenden Augen an, streckte den Kopf auf der Gummifläche so weit vor, wie es der Halsausschnitt erlaubte, saugte sich mit dem Blick an dem fremden Wesen fest und suchte leise, langsam und hoffnungslos die Silben zusammen: „An-ne-ma-rie... Dann weinte er still vor sich hin.

Dr. Ackermann saß hinter einem Paravent im Hintergrund des Baderaums, schon als Christoph hereingerollt wurde, und beobachtete ihn durch die Sehschlitze. Er stellte fest, daß der Katatoniker im Dauerbad keinerlei Eindruck auf ihn machte. Christoph sah steif und reglos über die Szene hinweg und schien sie nicht einmal wahrzunehmen. Aber der Professor fragte sich, ob nicht diese eherne Teilnahmslosigkeit einem bestürzenden Schauspiel gegenüber eine Sache der Energie sei. Er beschloß die Zerreißprobe. Christoph wurde hinausgerollt.

Bei der nächsten Visite sagte Dr. Ackermann: „Der Patient kommt zu den Unruhigen. Denn er kann jeden Augenblick selber unruhig werden."

Christoph kam in die Hölle, in die Umstülpung des Menschlichen. In dem großen Saal mit niemals offenen Türen und sinnvollen Einrichtungen zur Verhütung von Unfall, Flucht und Vandalismus herrschte der permanente Aufruhr gegen die Welt der Vernunft, der Gesittung und des Gleichgewichts. Unruhe ist ein gehaltenes und menschliches Wort. Diese Unruhigen aber waren unmenschlich, weil sie kein Maß kannten und kein Ziel hatten; und unmenschlich war, was sie an Unruhe produzierten, an Schrei und Bewegung. Die irre Ruhelosigkeit – ob sie lärmend war oder, schauriger noch, ein sprachloses dämpfiges Getu – hörte niemals auf; aber sie hatte ihre Gezeiten, ein Unisono von Ebbe und Flut, und sie hatte eine rätselhafte Infektionsgewalt über die Kollektiverregung. Die Hochflut kam nachts zwischen zwölf und drei: das war Hexensabbath und Tanz rasender Derwische und hysterisches Räuber-und-Gendarm-Spiel mit Wärtern und Ärzten – und dann wurden mit der Sicherheit der Erfahrung die als Rädelsführer des Aufruhrs erkannten Kranken aus dem Haufen gefischt, zappelnd aufs Bett gelegt und festgehalten, bis sie die Injektion empfingen. Und wenn sie verdämmerten, verebbte auch die Erregung des Saales.

Christoph lag still in der Unruhhölle, ein seltsamer Heiliger der Ruhe. Am dritten Tag fragte ihn Professor Ackermann, ob er einen Wunsch habe, und als Christoph die Frage nicht beachtete, fragte er ihn, ob er aus der Unruhigenabteilung herauszukommen wünsche. Christoph hörte auch diese Frage nicht. Der Arzt fragte ihn an jedem dritten Tag das gleiche, und Christoph gab keine Antwort. Er blieb vierzehn Tage bei den Unruhigen, ließ sich künstlich ernähren, hatte einen dichten schwarzen Bart um das knochige Gesicht und so etwas wie eine schalldichte blickversperrende Isolierwand um sich herum. Da kapitulierte Dr. Ackermann, ließ ihn aus der Unruhigenabteilung herausschaffen und in einen Einzelraum bringen.

Es war eine Woche später, daß Professor Ackermann mit einem fremden Herrn, der keinen Arztkittel trug, zu Christoph ins Zimmer trat.

„Das ist der arme Teufel“, sagte er und wies auf den regungslos Liegenden.

„Wie heißt er doch?“, flüsterte der Herr und brachte ein mit vielen Stempeln versehenes Schriftstück zum Vorschein.

„Christoph Sauer“, sagte der Arzt. „Und Sie können ruhig laut sprechen, Herr Kommissar, sein Sensorium ist außer Funktion.“

„Christoph Sauer“, wiederholte der Herr mit normaler Stimme, den Blick auf dem Papier, „unheilbar.“

„Wie ich es der Kommission zur Eliminierung von Geisteskranken unterbreitete“, bestätigte Dr. Ackermann. „Es ist einer der schwersten Fälle, die mir in meiner Praxis vorgekommen sind – kurz, der klassische Fall für den Gnadentod.“ Er sah Christoph bei seinen trocken dozierend gesprochenen Worten an und vermerkte keine Reaktion.

„Der Eliminierungsbeschluß der Kommission steht ja bereits fest“, sagte der Herr und deutete auf eine Stelle des Schriftstücks.

„Wo kommt er hin?“, fragte der Arzt, „nach Schloß Grafeneck bei Stuttgart oder nach Hartheim bei Linz? Wir liegen hier ja so hübsch in der Mitte zwischen den beiden Gnadenorten ...“ „Nach Grafeneck“, sagte der Herr, „Hartheim ist noch nicht recht durchorganisiert.“

„Und wann kommt er fort?“

„Sofort natürlich. Dazu bin ich ja hier.“

„Natürlich“, nickte der Professor und wandte das Auge nicht von Christoph, „und wann erfolgt der Eingriff?“

„Laut Vorschrift unmittelbar nach der Einlieferung, also im Laufe dieser Nacht.“

„Eine durchaus charitativ zu nennende Vorschrift“, nickte der Arzt. „Aber noch eins – und ich bitte es nicht als Einmischung in einen behördlichen Geschäftsgang zu betrachten, auch nicht als Sentimentalität oder dergleichen, sondern nur als ärztliche Empfehlung – also kurz: ich plädiere für Strychnininjektion mit nachfolgendem Herzstich und gegen experimentelle Vergasung.“

Der Herr zog seinen Füllfederhalter und schrieb ein paar Worte auf das Schriftstück. „Notiert“, sagte er. „Die Entscheidung über diese rein technische Frage liegt natürlich beim Kommandanten von Grafeneck. Und dies wäre alles, Herr Professor?“

„Dies ist alles, Herr Kommissar.“

„Dann bitte ich, die Ausfolgung des Mannes hier zu signieren." Er reichte ihm Füllhalter und Schriftstück. Der Arzt signierte. „Danke", sagte der Herr, „meine Leute kommen in fünf Minuten."

„Der Mann ist bereit", sprach Dr. Ackermann und geleitete den Herrn zur Tür, „der arme Teufel ist immer bereit." Er schloß die Tür hinter ihm und drehte sich um.

Er sah, daß Christoph die Augen geschlossen hatte. Er trat ans Fußende des Bettes und beugte sich vor. In Christophs Gesicht rührte sich kein Muskel und es war trocken; die Augen aber blieben geschlossen. Die Minuten krochen durch die bleierne Stille. Der Arzt wandte kein Auge von dem stillen feindseligen Antlitz. Er stellte fest, daß die bleiche Stirn unter dem Gestrüpp der Haare zu glänzen begann.

Es klopfte, Dr. Ackermann sagte: „Herein!" und stellte sich neben das Kopfende des Bettes. Zwei Sanitäter mit einer Tragbahre traten ein.

„Das ist der Mann", sagte der Arzt.

Christoph öffnete nicht die Augen und zuckte nicht mit den Lidern, als er, steif wie ein Brett, aus dem Bett gehoben und auf die Tragbahre gelegt wurde. Die Träger hoben sie an. Der Arzt ging neben der Bahre vom Bett zur Tür, den Blick auf Christophs Gesicht.

„Halt!", sagte er, und die Träger setzten ihre Last ab.

Der Arzt beugte sich über Christoph. Er sah auf seiner Stirn winzige Schweißtropfen.

„Legt ihn ins Bett zurück", befahl er. Die Sanitäter gehorchten und verließen, auf einen Wink des Professors, mit der leeren Tragbahre das Zimmer.

Ackermann setzte sich aufs Bett zu Christoph, strich ihm die Haare aus der Stirn und ließ die Hand nahe über den geschlossenen Augen des Jungen liegen. „Herr Sauer", sagte er, „der Herr, der vorhin hier war und den ich mit ‚Kommissar' anredete, ist unser langjähriger Oberbuchhalter, ein harmloser und zuverlässiger Mann. Er spielte seine Rolle ganz gut. Sie spielen Ihre Rolle hier besser, Sie spielen unglaubhaft gut, Herr Sauer, nahezu vollkommen – nahezu, mein Freund. Der Bruchteil, der zum vollkommenen Bilde fehlt, steht außerhalb der Willenskontrolle. Angstschweiß ist autonom wie Todesschweiß."

Er schwieg, und Christoph rührte sich nicht.

„Dabei ist Ihr nahezu vollkommenes Bild", sprach der Professor wieder, „ein wissenschaftlich unmögliches Bild. Denn der Stupor, den Sie,

Herr Sauer, demonstrieren, ist zu statisch, um echt zu sein. Er hätte schon abklingen müssen, aber dann kommt der Erregungszustand. Und Sie taten sehr klug daran, mein Lieber, sich darauf nicht einzulassen. Denn selbst Sie hätten solche Exaltation nicht für zwei Stunden ausgehalten."

Er schwieg, und Christoph rührte sich nicht.

„Herr Sauer", sprach der Arzt wieder, „wir wissen, daß Sie weder der Hitlerjugend noch dem Nationalsozialistischen Studentenbund angehören, noch den Arbeitsdienst, noch das Landjahr absolvierten. Wir wissen dagegen, daß Sie ein Mitglied der aufgelösten Katholischen Jugendbewegung jenes Kaplan Rossaint gewesen sind, dem vor ein paar Jahren der Prozeß gemacht wurde. Wir wissen also Bescheid."

Er schwieg, und Christoph rührte sich nicht. Seine Stirn aber war wieder trocken, fühlte Ackermann.

Und er fuhr fort, leiser: „Wenn ich sage: wir wissen, so meine ich es nicht als pluralis majestatis, mein Freund. Ich hätte also auch sagen können: sie wissen. Nur beim letzten Satz hätte ich es nicht sagen können; denn das Bescheid wissen bezieht sich auch auf den Stupor. Und da weiß nur ich Bescheid."

Er schwieg, und dieses Mal wartete er lange. Doch Christoph rührte sich nicht. Nur eine Muskel am bärtigen Mund begann zu zucken.

„Mein Antrag", sagte Professor Ackermann, „daß Sie wegen schizoider Attacken als dauernd untauglich aus dem Militärdienst zu entlassen seien, geht heute ans Wehrkreiskommando. Sie selber kommen heute ins Militärerholungsheim nach Oberstdorf im Allgäu. In sechs Wochen werden Sie den Schock überwunden haben, den Sie sich selber zufügten. Sie werden ihn natürlich nicht ganz überwunden haben; denn Sie sind ein Psychopath, und mit der Differenz zwischen Geheilt und Gesund müssen Sie selber fertig werden – so wie manche von uns, die gesund sind und dennoch schmerzlich auf Heilung warten, manche gläubig, manche skeptisch und die wenigsten so fanatisch wie Sie. Und bevor Sie dann ins neue Semester steigen, kommen Sie zu mir; denn ich weiß vielleicht einen guten Dozenten für Sie, möglicherweise einen besseren Lehrer, als ich Arzt bin für Sie. Und jetzt machen Sie die Augen auf, Christoph."

Christoph öffnete die Augen und sah ihn an, stumm.

Als die Ordonnanz der Regimentskanzlei dem Kompaniefeldwebel Mayr 2 den Erlaß des Wehrkreiskommandos in Abschrift überbrachte, daß der Rekrut Sauer Christoph auf Grund des Gutachtens der Psychiatrischen Klinik als dienstuntauglich aus dem Militärdienst entlassen sei, lächelte er eine Weile still über dem Dokument und brachte es dann persönlich in die Revierkanzlei. Er hielt es dem Sanitätsfeldwebel Mayr 1 in stummem Triumph unter die Nase – der riß es ihm grob, wenn auch wortlos aus der Hand und tat es in die für den Stabsarzt bestimmte Mappe. Am gleichen Abend indessen, in der Kantine, versöhnten sie sich unter Austausch von ein paar derben Worten und Schlägen auf den Rücken. Denn der Fall war abgeschlossen und beide Mayrs im Grunde verträgliche Naturen.

5

DIE FÜNF UND DER SECHSTE

1

Die elektrische Blendlaterne, in die Zellen und über die fünf Menschen fingernd, hat noch zur Nacht gehört und ist kein Fingerzeig des Tages, dieses Tages. Der Morgen beginnt Schlag sieben Uhr, mit dem Siebenuhrschlag der nahen Frauenkirche, die für die auserkorenen und die verdammten Seelen läutet, und mit dem Aufflammen der fünfzehnkerzigen drahtvergitterten Glühbirne in den Zellen, einer jämmerlichen Beleuchtung, doch eines Lichtes immerhin. Fiat Lux, und hier ist der Tag, dieser Tag!

Hier sind die fünf Menschen, schon gebucht und angeklagt als Bündel, als Hochverratssache „Hennings und Genossen", schon auf dem laufenden Band einer unerbittlich eiligen und präzisen Justizmaschine: und wissen doch nicht, ob sie gebündelt sind oder einzeln zu brechen. Um sieben Uhr dreißig bekommen sie das Frühstück, um sieben Uhr fünfundvierzig wird ihnen eröffnet, daß sie vor ihre Richter kommen, ab acht Uhr werden sie abtransportiert. Es wird keine Zeit verloren; aber man kann es sich erlauben, das gemeinsame Schicksal der „Hennings und Genossen" nicht als Akkordschlag, sondern wie das Arpeggio eines gebrochenen Akkords einzuspielen. Das heißt, man bündelt sie noch immer nicht, sondern überliefert sie einzeln, wenn auch in raschester Folge, dem Gerichtstag. Denn es ist nützlich, sie so lange wie möglich im verzehrenden Zweifel über die Zusammenhänge zu halten, und es ist geboten, auch die schmälste Sappe der Verständigung untereinander zu verschütten.

Professor von Hennings führt die Liste an und wird als erster benachrichtigt. Er fragt, mit dem Handrücken über die Bartstoppeln streichend: „Wo ist die Anklageschrift, die nach § 20 der Strafprozeßordnung vor Eröffnung der Hauptverhandlung dem Angeschuldigten mitzuteilen ist?" Er verlangt danach, weil die Anklageschrift bekennen muß, wer alles angeklagt ist. Der Beamte zuckt mit den Achseln und geht; er hat keine Antwort zu erteilen, am wenigsten auf auswendig genannte Paragraphen, die er nicht kennt; er hat ein und dieselbe Mitteilung zu machen, in dieser Reihenfolge: an von Hennings Karl, von Hennings Dora, Moeller Hans, Moeller Sophia, Welte Alexander. Es ist angenehm, daß, außer diesem vertrackten Professor, keiner der dem Volksgericht zu überstellenden Teile des Bündels mit Paragraphen der Strafprozeßordnung fuchtelt oder überhaupt etwas redet.

Da der Weg von der Polizeidirektion zum Justizpalast nur wenige Minuten in Anspruch nimmt, besorgt ein Wagen die Verschickung der fünf, in Arpeggio, versteht sich, fünfmal hin und her pendelnd und immer nur einen Insassen zwischen jeweils drei SS-Garden mit sich führend. Karl ist der erste, der abtransportiert wird. Die Seitenfenster der Limousine sind verhängt; aber er sieht, während der kurzen Fahrt, vorne durch die Windscheibe ein Stück Alltag im raschen Wechsel von Häusern, Gassen, Menschen, und er streicht wieder über die stopplige Wange. Er pflegt nicht unrasiert aus dem Haus zu gehen, und die stachlige Haut verursacht ein unwohliges Gefühl von Unsauberkeit. Da er gezwungen ist, mit einem zwei Tage alten Bart an dem Restaurant des Künstlerhauses vorbeizufahren, wo er früher hin und wieder mit Dora speiste und einen guten Mosel trank, gehört er nicht mehr der gesitteten Welt an und erspart sich Abschiedsgedanken. Seine drei Wachmänner steigen mit ihm im Innenhof des Justizpalastes aus und verlassen ihn nicht.

Der Wagen holt Dora und dann Hans, dann Sophia, dann Alexander – und jeder der vier hat seine schwarze Dreimanneskorte. Jeder der vier hat seinen Blick in den Februarmorgen zu tun, in einen beneidenswert friedlichen Ausschnitt städtischen Lebens, sollte man meinen, für einen Gefangenen, der zwischen drei Waffenträgern von der Polizeidirektion zum Justizpalast fährt. Doch Dora sitzt auf dem gleichen Platz, auf dem eben Karl gesessen ist, und trägt noch in der Brust das warme Gefühl, mit dem sie erwachte – sie spürt es noch immer und gerade jetzt, da sie dem Gefährten nachgefahren wird, zum zweiten Male und zur zweifelsfreien Gemeinschaft. Denn sie kann noch mehr erwarten als das gleiche Schicksal, das gestern noch seinen Zweifel hatte und seine Fragwürdigkeit: ob nämlich nicht Karl und sie lautlos verschwinden würden, der eine hier, der andere dort, im Geheimnis endend, erstickt von der Tarnkappe, die das Regime meuchlerisch über seine Gegner stülpt. Das Gericht aber, auch in seiner hastigsten und parteiischsten Form, ist eine sichtbare und hörbare Szene, die Gegenüberstellung der anklagenden und der angeklagten Körperschaft. Dora kann erwarten, den leibhaftigen Karl zu sehen – und diese Aussicht ist stärker als jene auf den leibhaftigen Alltag.

Hans dagegen fährt den kurzen Weg verärgert, um einer Kleinigkeit willen. Denn als ihn seine drei Schergen aus der Doppelzelle holten, sagte er zu dem Kameraden: „Adieu, Alexander." Der andere aber sprach mit besonderer Betonung: „Auf Wiedersehen!" Und Hans ärgert sich, daß er „Adieu" gesagt hat und nicht „Auf Wiedersehen". Es ist eine Bagatelle; aber sie reicht für den winzigen Weg aus und steht als Scheuklappe vor dem Blick.

Sophia sieht im Vorbeifahren den Wittelsbacher Brunnen, mit Brettern verschalt und mit Sandsäcken geschützt. Aber sie sieht ihn noch im Geiste, als der Wagen schon den Karlsplatz entlangfährt, und der Brunnen, seiner Hüllen entkleidet, steht unter Frühherbstsonne, die Wasserspiele rauschen, ein Wind weht den durchsichtigen Wassermantel, der das mittlere Standbecken umgibt, als Sprühregen über eine der beiden mythologischen Figuren auf dem Brunnenrand, und Christoph ruft: „Ein Regenbogen!", den Arm des Mädchens drückend, so als sei der Regenbogen oder der spielende Brunnen oder die spielende Sonne ein Geschenk für die Geliebte. Das war vor einem halben Jahr – und jetzt fährt schon Sophia in den Hof des Justizpalastes und hat nicht das Stückchen Alltag gesehen, sondern Christophs Regenbogen.

Alexander Welte aber, der letzte sowohl wegen des Namens im Alphabet als auch hinsichtlich der Anciennität im Seminar und einer gewissen biederen Bedeutungslosigkeit im Leben überhaupt – oh, er macht sich keine Illusionen und weiß durchaus, daß sein räudiger Skalp nicht mit dem Lockenkopf eines Wildschützen konkurrieren kann: Alexander lächelt verschmitzt während des Transportes und genießt nebenbei die argwöhnischen Blicke seiner drei schwarzen Büttel. Denn er ist ein ganzer Kerl, weiß er, und es macht ihm wenig, daß er es nur alleine weiß – ein Kerl logischen und anerkennenswert objektiven Denkvermögens, ein Kerl, der durch die Arbeit des tüchtigen Hirns herausbekommen hat, was der arme Hans, so intelligent er sein mag, nun einmal nicht hat finden können und was wahrscheinlich niemand anders zu finden imstande ist: daß nämlich Christoph nicht verdächtigt werden kann, aus dem scharfsinnigen Grunde, weil ein Verrat nur dann einen Sinn hätte, wenn er vor der Verteilung des Flugblattes erfolgt wäre. Die Erleuchtung kam Alexander im gleichen Moment, als das Zellenlicht aufflammte. Es war keine Zeit mehr, über Mittel und Wege nachzudenken, um auch Hans in den Genuß des besonderen Denkresultates zu setzen. Es war auch nicht mehr nötig; denn sie traten ja, mit ihrem Abtransport, sozusagen den Beweis für die Richtigkeit der logischen Berechnung an. Und so begnügte sich Alexander mit der bedeutsamen, der erleuchteten Betonung des „Auf Wiedersehen!“, eine Prophetie, die auch Christoph einbeschließt. Doch der arme Hans hat es nicht begriffen ... Der Kerl mit dem verschmitzten Lächeln ist sehr neugierig, nicht auf das Stückchen Alltag, das er achtlos durchfährt, sondern auf das Wiedersehen.

2

Karl von Hennings wartet mit seinen drei Garden in einem großen kahlen Raum, der keine Sitzgelegenheit hat. Er steht zwischen zwei Schwarzuniformierten an der Wand, die bis zu zwei Drittel ihrer Höhe mit stumpf und dunkel gewordenen Holzplatten verkleidet ist. Der dritte Mann steht vor ihm, das Gesicht ihm zugewandt.

„Kann ich ein bißchen hin und her gehen?“, fragt Karl, der ungern auf einer Stelle steht, zumal wenn er nervös ist.

„Nein“, sagt der Mann vor ihm, ein Athlet mit eingeschlagener Nase.

„Sind Sie Boxer?“, fragt Karl.

„Sie dürfen nicht mit mir sprechen“, sagt der Boxer, nicht ungeschmeichelt.

„Das ist so wie mit dem Trambahnführer“, meint Karl, „mit dem der Fahrgast auch nicht sprechen darf, und jeder tut’s.“

„Halten Sie den Mund“, sagt der Boxer.

– Immerhin, denkt Karl, man hat mich nicht mit dem Gesicht zur Wand gestellt.

Ihm gegenüber ist die zweiflügelige Tür, die von einem Justizwachtmeister mit umgeschnalltem Revolver bewacht wird. Karl zwingt den

Blick von der Tür fort und über den rechteckigen Raum hin, den er für einen ausgeräumten Sitzungssaal hält, etwa für einen mittelgroßen Schwurgerichtssaal; das Parkett des Fußbodens, so stumpf und nachgedunkelt wie die Wandtäfelung, zeigt durch schadhafte Stellen längs der Stirnwand die beseitigte Empore der Richtertribüne an. Schon aber verhängt sich Karls Blick wieder an der Tür, und die Erwartung ist so groß, daß er ein wenig die Lippen öffnet und durch den Mund atmet.

Es gibt ja keine Erfahrung für dieses Warten und darum auch kein Gleichnis. Auf dem Bahnsteig zu stehen und die blanke Doppelspur der Geleise, auf denen der Zug einfahren wird, mit dem Blick abzutasten wie ein Streckenwärter, ist eine Erwartung gänzlich anderer Art. Denn man weiß füglich, wen der Zug heranträgt und in den Arm des Empfängers ausschüttet. Karl aber, der bereits die bitterste Erfahrung des liebenden Menschen kennt: die Trennung ohne Abschied, weiß nicht, wen die Tür in den kahlen Raum einlassen wird, und erwartet dennoch, ein wenig offenen Mundes, daß es Dora und die Kameraden sein werden.

Er wartet also auf das Wiedersehen mit Dora, ganz wie in einer Bahnhofshalle, und hat doch nicht einmal eine Erinnerung dieser Art zur Hand, um die Anspannung der Nerven zu lockern; denn da er niemals von Dora getrennt war, hatte er sie auch niemals auf einem Bahnhof erwartet und kennt nicht das schlichte Glück, sie wiederzuhaben. Und vielleicht ist es gut, daß er es nicht kennt und in keine Erinnerung abirren kann, wie er die Wiedergewonnene umfängt und die Trennungszeit in der Umarmung ihres Körpers erdrückt und mit den ersten, aus tiefer Notwendigkeit üblichen Worten nach ihrem Ergehen vergessen hat. Denn die Trennung, die abschiedlose, kann nicht ungeschehen gemacht werden, und selbst wenn der geisterhafte Zug mit ihr einläuft und sie in den Raum entläßt, wo er steht und wartet, so kann er sie nicht umarmen und nicht einmal die Wörtlein der Urfrage an sie richten: wie es ihr gehe. Das Wiedersehen wird sein wie zwischen toten Seelen, jenseits des Styx. Und dennoch die atemraubende, herzschüttelnde, wildlebendige Erwartung?

Es klopft kurz und kräftig an der Tür, und Karl fährt zusammen. Der Justizwachtmeister öffnet den Türflügel auf einen Spalt, sieht hinaus und öffnet ihn dann ganz. Eine schwarze Uniform wird sichtbar. Der Boxer, der vor Karl steht, unterrichtet sich mit einem raschen Blick über die

Schulter und sagt wie einstudiert: „Ich mache Sie darauf aufmerksam, daß ich jeden Versuch der Kontaktnahme rücksichtslos zu unterdrücken habe."

– Ein scheußliches Wort: Kontaktnahme, denkt Karl mechanisch und nickt mechanisch – und er steht in der Bahnhofshalle, und der Zug ist eingelaufen ...

Hinter einem SS-Gardisten und zwischen zwei anderen kommt Dora schmal und zierlich, und der kleinste von den dreien überragt sie noch mächtig. Doch auch der größte von den dreien ist nicht groß genug, um ihr Lächeln zuzudecken. Sie sieht Karl lächelnd an, während ihres Weges von der Tür zur Wand, links von ihm. Was ist ein langer Weg, was ist ein kurzer Weg? Hier sind es fünfzehn kleine leichte Schritte, ein Weg zugleich traumhaft lang und kurz. Sie sieht Karl lächelnd an, und er empfängt mit ihrem Blick und mit ihrem Lächeln alles, was zu einem Empfang gehört und was er noch nicht kennt; denn er hat sie noch niemals von einer Reise abgeholt: er empfängt ihre Umarmung und das „Wie geht es dir?" und das „Jetzt bin ich wieder da!" Und er erfährt, daß es ihr gut gegangen sei in der besiegten Zwischenzeit, und gibt zu, daß sie gut aussehe, mit glücklich und lieblich geröteten Wangen und feuchtem Glanz in den Augen. Das ist sehr viel und wenig genug für fünfzehn Schritte, traumhaft viel und wenig, und nun wäre es an der Zeit, Arm in Arm und ein wenig wortkarg vor Wiedersehensfreude zum Ausgang zu schreiten und mit dem abgelaufenen Billett, an der Sperre abgegeben, den letzten Rest der Trennung aus der Welt zu schaffen. Doch geht es zu weit mit dem Bild, so genügt auch dies: Arm in Arm an der Wand stehen und beisammen zu sein – so genügt auch dies ...

Gott weiß, sie stehen nicht Arm in Arm. Zwischen der Gruppe Karl und der Gruppe Dora ist ein Zwischenraum von mehr als Dreimannbreite; und die Frau ist von ihrer Eskorte umgeben wie der Mann von der seinen: je einer steht rechts und links, der dritte vor ihr, das Gesicht ihr zugewandt. Karl kann sie nicht sehen, es sei denn, er beugte sich vor und schaute scharf nach links an den beiden Zwischenmännern und dem leeren Raum zwischen ihnen vorbei. Doch er tut es nicht; denn es mag, im Sinne des Boxers vor ihm, eine rücksichtslos zu unterdrückende Kontaktnahme sein, und er nimmt Rücksicht auf Dora, er macht sich so groß wie möglich, ja, er hebt sich mit aller Vorsicht auf die Fußspitzen; denn er überragt die Zwischenmänner und möchte dastehen wie ein Turm, auf daß Dora ihn sehe, wann immer sie zu seiner Seite zu blicken wage.

Und wagt sie es auch nicht oder ist sie zu tief eingelassen zwischen ihren SS-Pfeilern, so macht es nichts. Sie stehen doch an der gleichen Wand und sind beisammen – es genügt auch dies.

Die Wand ist lang und bietet noch Raum für viele, für wie viele? Karl und Dora sind zuversichtlich geworden, weil sie sich wiederhaben, äußerlich ziemlich unverändert, nicht mit den Trennungsspuren, wie sie die innigste Kenntnis voneinander ausgemalt hat: denn die Frau ist nicht verfallen und er nur unrasiert. Jetzt schließen beide das persönliche Kapitel ab, die wundersame Geschichte von der tödlichen Trennung und dem traumhaften Wiedersehen eines miteinander verwachsenen Ehepaares, und sie wissen wieder, daß sie nicht zwei sind, sondern sechs. Ginge es nach der Zuversicht ihrer Zweiheit, so wäre es die Erfüllung, daß sie es blieben: zwei von sechs. Doch die Wand ist lang, und Karl weiß, sie werden zum mindesten vier sein. Ihrer beider Angst war, sie könnten fünf sein von sechs. Aber die alte, die tagelange Angst, die sich mit dem sechsten beschäftigt, gehört zum Nachtmahr der Trennungszeit und nicht zur Wiedersehensfreude. Jetzt stehen sie beide empfangsbereit.

Hans Moeller kommt und bleibt stehen, fast noch in der Tür, auch seine Dreimanneskorte bleibt stehen, und der, welcher vor ihm ging, rückt ein wenig beiseite, wie um seinem Blick nicht im Wege zu stehen. Hans sieht den Professor an und sieht Dora an und dann die lange leere Wand. Er hebt zweimal die Hand an die Kappe, zum Gruß für Karl, zum Gruß für Dora. Karl dankt dem Ernsten mit einem ernsten Kopfnicken, Dora dankt mit einem Lächeln, und Hans dankt für das Lächeln mit einem Lächeln. Man stört ihn nicht und nimmt es nicht für eine Kontaktnahme, man wartet, bis er selber weitergeht, – er bleibt privilegiert. Er geht nicht in gleichem Schritt mit seinen drei Begleitern; lind so klingelt es, zwischen dem Krafttritt der Soldatenstiefel, fein und ritterlich von der Prothese wie von Silbersporen. Er sieht auf dem Weg zur Wand nicht auf, aber fühlt den Blick der Freunde. Dann steht die Gruppe Hans an der Wand, links von Dora, im Dreimannabstand.

Sophia kommt und strauchelt an der Tür, so bestürzend, befreiend, überraschend, tieferwartet und enttäuschend, so aus dem Gleichgewicht bringend ist der Anblick der drei an der Wand. Aber sie darf wohl nicht stehenbleiben und sich fassen; denn ihre drei Wächter machen nicht halt, und der zu ihrer Rechten faßt sie am Arm, wie warnend. So geht sie weiter und weiß nicht, wen zuerst sie anschauen soll, und springt mit dem Blick, gehetzten Blick, hin und her zwischen dem Professor und Frau Dora und dem Bruder, auch über die lange Wand hin, die doch klipp und klar dartut, daß da keiner mehr steht ... Der Blick springt zurück, und das Harte in der Kehle wird weich und schmilzt; denn Frau Dora lächelt ihr zu, und sie lächelt zurück, und schon antworten der Professor und der Bruder mit einem Lächeln. „Hans ...", spricht sie ihn mit geschlossenen Lippen an, ganz für sich, es ist hörbar wie ein kleiner Seufzer. Der Bruder sieht sie an, bis sie in der Klammer der schwarzen Uniformen verschwindet, links von ihm an der Wand.

– Wenn es nach dem Alphabet geht, denkt Karl, so kommt S vor W.

– Jetzt fehlt noch Alexander und Christoph, denkt Dora und will nicht an der Zweiheit der Namen rütteln: Alexander und Christoph.

– Wenn es nach dem Alphabet geht, denkt Hans, so ist es nicht gut, käme jetzt Alex ...

– Es fehlt ja auch noch Welte, denkt Sophia und nennt in Gedanken den Kameraden nicht einmal beim Vornamen.

Die Tür öffnet sich für Alexander Welte, der tief im Alphabet steht, in der Anciennität und in der Bedeutung überhaupt. Weder sein verschmitztes Lächeln noch die forsche Art, wie er, mit zwei Fingern am Mützenschirm, gleichsam die Parade der Freunde abnimmt, inmitten seiner Wachmannschaft zur Wand marschierend, werden gebührend gewürdigt – um nicht zu sagen, er erntet Undank. Der Professor und Hans, der Freund, sehen ihn in tiefem Ernste an, und Sophia gar, weitäugig schauend, wendet wie vorwurfsvoll, ach, als Demonstration seiner Bedeutungslosigkeit für sie, den Blick schon von ihm ab und zur Tür zurück. Nur Dora hat ein Lächeln für ihn, und vielleicht ist es allein die verehrte Frau, die zu dem gleichen Denkresultat gekommen ist wie er, der scharfsinnige Alexander, und die begreift, was es mit seinem Einzugslächeln auf sich hat: nämlich daß sie sich alle wiedersehen, nicht ihrer fünf, sondern alle sechs. Gewiß, noch fehlt Christoph, Alexander sieht es so gut wie die andern; doch es erschreckt ihn nicht, den folgerichtigen Denker. Denn wenn er mit seiner Logik so weit gekommen ist, den Wilderer wieder ehrenhaft in der Gruppe zu haben, dann ist es nur ein Schritt zu der Berechnung, daß ihn die Häscher nicht draußen lassen werden. –

Verlaßt euch auf mich!, denkt Alexander und sieht auf die Tür wie die andern. Aber er ist der einzige, der sich bequem an die Wand lehnt und die Arme kreuzt.

3

Ein Herr in schwarzer Anwaltrobe erscheint, ein älterer schmächtiger Herr mit weißgrauem, sauber gestutztem Spitzbärtchen, ein schüchterner Herr. Doch die Wirkung seines Erscheinens auf die fünf an der Wand, auf die fünf Menschen zwischen den fünfzehn schwarzen Uniformen, steht in keinem Verhältnis zu seiner wenig bedrohlichen Person.

Hier kommt jemand in der Robe des Gerichts – wer er auch sei, was er auch wolle: er kommt, weil die zu Richtenden beisammen sind, und sie sind fünf, nicht sechs. Selbst Alexander läßt besiegt die Arme fallen.

Der Herr spürt die Wand aus Enttäuschung, Niedergeschlagenheit, Bitternis und zornigem Ernst, die vor ihm aufsteigt, und begreift es nicht; er ist ja kein Feind, nicht einmal ein Richter. Wäre wenigstens Angst in den Gesichtern, gebührende und begreifliche Angst, auf die er sich innig verstünde – nicht weil er selber in Angst lebt (das wäre zuviel gesagt, und dazu gibt er wohlweislich keinen Anlaß), sondern nur in Ängstlichkeit – aber da ist nur eine zunehmende Verhärtung und Abweisung, die seine ohnedies delikate Aufgabe noch schwieriger macht. Er rückt verlegen am Brillengestänge und spricht mit klagendem Stimmchen: „Also nun ja – also bitte, mein Name ist Langbein, Dr. Heinrich Langbein, und ich bin der vom Volksgerichtshof bestellte Offizialverteidiger in Sachen ‚Hennings und Genossen' – also in Ihrer Sache ..."

Er macht eine Pause, obgleich er auf seine dürftige Eröffnung schwerlich schon eine Äußerung von Hennings und Genossen erwarten kann; und dennoch scheint ihn das kalte Schweigen der Angeredeten heftig zu verwirren. Denn er spricht nicht weiter, mit einem bedrängten Ausdruck im Gesicht, so als habe er den Faden verloren, und ergibt sich dann mit einem Ruck und in Hast zwei Beschäftigungen auf einmal, die miteinander nicht zu vereinbaren sind: er will seine Brille wechseln und zugleich seine umfängliche Aktenmappe öffnen. Offenbar dient die goldgeränderte Brille, die er trägt, dem bloßen Schauen.

Da er aber zu hastig handelt, mit der Linken die Brille abhebt und mit der Rechten das Schnappschloß der Mappe löst, mit keiner anderen Hilfe als dem hochgezogenen rechten Bein, gerät er in eine ziemlich ausweglose Situation. Es bleibt ihm, sichtlos und gefährdeten Gleichgewichts, nichts anderes übrig, als die goldgeränderte Brille wieder aufzusetzen.

Jetzt kann er wohl die aufklaffende Mappe mit beiden Händen halten und steht wieder auf zwei Füßen; aber er vermag nicht, hingebenden Versuchen zum Trotz, aus dem Inhalt der prallen Mappe zu sichten, was er für den Augenblick benötigt.

Er schaut auf, mit einem gleichsam verwunderten Kopfschütteln. Von der Wand kommt weder ein Laut noch gar eine Hilfe. Er klemmt entschlossen die Mappe zwischen die Knie, klopft sich wie in hellem Zorn die Brust ab, zieht unter der Robe ein Brillenfutteral hervor, tauscht mit demonstrativ sicheren Griffen das goldgeränderte gegen ein horngefaßtes Glas aus, zieht eine Anzahl Schriftstücke aus der Mappe, die er dann neben sich auf den Boden legt, und sagt mit klagendem Stimmchen: „Also bitte – also nun ja – die beschleunigte Prozedur des Volksgerichts, auf das nach Gesetz vom 24. 4. 34 Artikel III §3 die Zuständigkeit des Reichsgerichts übergegangen ist, bringt es mit sich, daß verschiedene ... also kurz gesagt, hier ist die Anklageschrift, die ich Ihnen ...“

Hier stockt er von neuem, die Augen von den Dokumenten hebend, wieder tritt ihm der bedrängte Zug ins Gesicht – wahrhaftig, wieder wechselt er die Brille, die Schriftstücke auf die Mappe am Boden legend. Er mustert durch die Schaubrille die fünf Angeklagten an der Wand, lauter reglose Gesichter, und murmelt sehr verlegen, mit seinem verwunderten Kopfschütteln: „Also noch einen Augenblick bitte ...“ Er rafft die Mappe und die Blätter auf, geht mit schwappender Robe zur Tür, flüstert etwas zum Justizwachtmeister, der nur mit den Achseln zuckt, und verläßt dann den Raum.

Was sieht jetzt der Boxer, der mit dem Gesicht zu Karl steht, und jeder der vier anderen Gruppenführer, die angesichts ihrer Gefangenen aufgestellt sind? Sie sehen nichts Auffälliges, nichts, das des Vermerkens wert sein würde. Karl hebt nur den Kopf und zieht auch die dicken Augenbrauen hoch; Dora öffnet weit die Augen und auch ein wenig die Lippen, so als lausche sie auf einen sehr feinen Ton; Hans Moeller läßt in gebändigter Erregung nur die Kaumuskeln unter den mageren Wangen spielen; Sophia schlingt die Finger ineinander, ganz fest, und drückt den Daumennagel in den Handballen; Alexander kreuzt wieder die Arme, und die Verschmitztheit kehrt in sein Gesicht zurück, wenn auch noch nicht das Lächeln. Und alle blicken zur Tür, nein, nicht alle, nicht Sophia. Sie blickt auf ihre verschlungenen Hände, sie hat noch Angst vor der neuen Hoffnung.

Beängstigende Hoffnung ist ähnlich wie Liebe, die Angst macht: da scheint in der Brust zuwenig Raum für die mächtige Entfaltung des Gefühls zu sein. Sophia zumal ist zu glauben geneigt, daß es kein Glücksgefühl ohne Angst und schmerzliche Bedrängung gibt; denn die Liebe zu Christoph ist ihre einzige Erfahrung und war beängstigend von Anfang an. So folgt sie denn, schon weil sich ihre Brust zusammenzieht, dem Aufruf der Hoffnung, hebt langsam das Gesicht, läßt die nassen Hände aus der Verschlingung, preßt nur die Arme an den Körper und sieht, daß der Justizwachtmeister den Türflügel auf einen Spalt öffnet und dann ganz.

Ein SS-Mann schiebt sich seitlich herein, mit der rechten Schulter zuerst, so als ob es das Ausmaß seines Körpers nicht erlaubte, wie ein normaler Mensch einzutreten. Doch er ist kein Zyklop, sondern nur ein menschlicher Traktor; denn angekuppelt seinem linken Arm ist ein andrer Arm im Regenmantelärmel.

Christoph schiebt sich hinter ihm durch die Tür, seitlich auch er, oder wird hereingezogen – und jetzt stehen sie im Raum nebeneinander, in der Blasphemie der Anhänglichkeit, das rechte Handgelenk des Gefangenen an das linke Handgelenk des Wächters gefesselt. Sie gehen, gefolgt von zwei anderen SS-Männern, zur Wand, doch nicht nebeneinander, sondern schräg hintereinander, an der Deichsel der verkoppelten Arme, gleich als ob Christoph darauf hinweisen wolle, daß er gefesselt sei.

Und jedem der Freunde an der Wand pocht das Herz mit dem Gedanken hoch, daß keiner von ihnen gefesselt worden ist; aber das ist vielleicht nur der handlichste und greifbarste im Schwall der Gedanken, und ihre Herzen pochen, weil Christoph niemanden anschaut und weil es zugleich doch rätselhaft verständlich erscheint, daß er niemanden anschaut. Er geht mit verschlossenem und feindseligem Gesicht am stählernen Gängelband, wie ein störrisches Kind; aber er geht auch wie ein finsterer Träumer, wenn auch offenen Auges, der Umwelt nicht gewahr.

Und jeder der Freunde schiebt ihm für seine Abseitigkeit Gründe zu: vielleicht ist er geschlagen worden – wenngleich sein graues unrasiertes Gesicht keine Spuren von Mißhandlung aufweist –, vielleicht ist er durch Drogen betäubt, was weiß man, zu welchen teuflischen Mitteln die Teufel gegriffen haben, um seinen Widerstand zu brechen. Doch allein die beiden Frauen, Dora und Sophia, denken weiter, kühner und gleichsam kindlicher; denn er ist doch der Wildschütz mit dem Zweiten Gesicht. Sie denken: er sieht den nicht an, der ihn verdächtigte; und da er keinen ansieht, so haben wir alle ihn verdächtigt ...

Sophia hängt sich mit dem Blick an sein Gesicht und fleht mit den Augen: Sieh mich doch an! Er aber ist schon an ihr vorbei, mit steinernem Profil. Da spricht sie es aus, es sollte nur ein Wispern sein, doch es wird ein kleiner Schrei:

„Sieh mich doch an!"

Christoph bleibt stehn, fährt sich mit der freien Hand über die Stirn und läßt sie eine Sekunde auf den Augen, ganz so wie ein Mensch, der zu sich kommt.

„Sie dürfen nicht mit Ihren Mitangeklagten sprechen", sagt einigermaßen verspätet und ziemlich sanft der SS-Mann, der vor Sophia steht.

„Kommen S' Werden S' net wieder narrisch!", sagt zu Christoph der SS-Mann, an den er gefesselt ist.

Christoph bleibt stehn und sieht das Mädchen an, ernst und traurig. „Verzeihung, Sophia", spricht er leise. Er sieht zu Dora hinüber. „Verzeihung, Frau Dora", zu Karl: „Verzeihung, Herr Professor", zu Hans: „Verzeihung, Hans", zu Alexander, dem letzten, immer dem letzten: „Verzeihung, Welte."

Nur Dora nickt ihm zu und versucht ein Lächeln und nur Alexander grinst über das ganze Gesicht; denn er ist ja der Kerl mit der Logik und denkt jetzt: Quod erat demonstrandum; doch leider darf er es nicht sagen. Die anderen aber empfangen die sonderbar monotone und pedantische Entschuldigung mit betroffenen Gesichtern, und Sophia hebt ratlos die Schultern.

Christophs SS-Mann zerrt ihn am angefesselten Arm. „Wenn S' nicht sprechen sollen, sprechen S'", knurrt er, „und wenn S' sprechen sollen, haben S' an Kinnkrampf. Und jetzt treten S' da an die Wand! Oder san S' wie'r mal am Boden angewachsen?" „Ich verlange", sagt Christoph lauter als vorhin und rührt sich nicht von der Stelle, „daß mir die Fessel abgenommen wird."

„Erst im Verhandlungssaal", versetzt sein Fesselpartner, „und wenn S' wieder mal angewachsen sind, werden wir Sie wieder mal entwurzeln ..." Er reißt scharf seinen und Christophs Arm nach vorne und zieht an wie ein Zugtier in der Deichsel; seine Leute packen den vortaumelnden Christoph rechts und links an den Beinen, heben ihn hoch und setzen ihn an der Wand ab, im gemäßen Abstand links von Alexander, der sich vorbeugt, nicht mehr grinsend, sondern wutblaß, um zu sehen, was nebenan mit Christoph geschieht.

Weltes Aufpasser, wie angesteckt von Christophs Entwurzler, reißt ihn am Kinn in die vorgeschriebene Stellung zurück und ruft: „Stillgestanden!" Die Vordermänner der anderen Gruppen rufen ebenfalls: „Stillgestanden!" Denn es beugen sich alle vor: Sophia, Hans, Dora und Karl. –

Mitten im kahlen Raum steht der schüchterne Herr in der Anwaltsrobe, niemand hat sein Eintreten beachtet. Er trägt die horngefaßte Lesebrille, wohl um nicht zu sehen, was an der Wand geschieht, und blättert in seinen Papieren.

„Herr Offizialverteidiger", spricht ihn jetzt Karl an, „bitte sorgen Sie dafür, daß entweder Herrn Sauers Handfessel entfernt oder daß uns allen eine Handfessel angelegt wird. Denn für eine unterschiedliche Behandlung besteht kein Grund!"

„Also bitte ...", klagt der Herr und schaut blind in die Welt. „Grund genug!", ruft der SS-Traktor von der anderen Seite der Wand her; „denn das ist ein Narrischer, ein ganz gefährlicher und unberechenbarer!"

„Also nun ja ...", klagt der Herr.

„Herr Offizialverteidiger", fragt Karl, „sind Sie über Vorkommnisse unterrichtet, die dem Mann zu seiner Bemerkung über Herrn Sauer Anlaß gegeben haben?"

„Ich bin einigermaßen über das möglicherweise krankhaft zu nennende Verhalten des Angeklagten Sauer während der Voruntersuchung orientiert", klagt der Herr ins Leere.

„Was heißt das, möglicherweise krankhaft?", fragt Karl streng; „wenn Herr Sauer krank ist, so ist er nicht verhandlungsfähig, und es ist Ihre Pflicht ..."

„Ich bin verhandlungsfähig!", kommt von der anderen Seite der Wand Christophs Stimme, hell, scharf und keinen Widerspruch duldend.

Es tritt eine kleine Stille ein. Dann geht Karls SS-Boxer, offenbar die oberste Charge der anwesenden Wachmannschaft, ein paar Schritte rückwärts und kommandiert zu Christophs Schlußgruppe hinüber: „Rottenführer, schließen Sie ihn los!" Die Freunde an der Wand hören das Aufklicken der Stahlfeder.

„Also nun ja", spricht der Herr in der Anwaltsrobe mit klagendem Stimmchen, „mein Name ist Langbein, Dr. Heinrich Langbein, und ich bin Ihr vom Volksgericht bestellter Offizialverteidiger. Wir haben noch bis zum Beginn der Hauptverhandlung ein halbes Stündchen Zeit ..." Er hebt, den weiten Robenärmel zurückschüttelnd, die Armbanduhr vor die Augen. „... genau gesagt: 24 Minuten. Sie wollen die Zeit benutzen, sich mit der Anklageschrift vertraut zu machen und mir Informationen zu geben, die Sie für Ihre Verteidigung für zweckmäßig halten. Da sich die Offizialverteidigung, nach Lage der Dinge, nur um mildernde Umstände bemühen kann, so müßten Ihre Informationen eben diese mildernden Umstände betreffen ..."

„Der Fall heißt: Hennings und Genossen", unterbricht Karl, „also ergeben sich mildernde Umstände automatisch für die Genossen, da der Hauptangeklagte seine Gesamtverantwortung von Anfang an konstituiert hat. Damit entfällt für Sie jede Bemühung für meine Person."

„Herr Offizialverteidiger", spricht Christoph von der anderen Seite, hell, scharf, keinen Widerspruch duldend, „ich ersuche Sie, Ihren Fürspruch für meinen Fall auf das äußerste zu beschränken, wollen Sie nicht Gefahr laufen, von mir desavouiert zu werden. Ich spreche für mich selber."

„Herr Offizialverteidiger", spricht Hans Moeller, „ich mache Sie darauf aufmerksam, daß ich keinen Versuch zulassen werde, aus meiner Invalidität sentimentales Kapital zu schlagen."

„Herr Offizialverteidiger“, sagt Alexander Welte mit sonorer Stimme, „wenn Sie ausschließlich Informationen über mildernde Umstände annehmen, so erkläre ich hiermit ausdrücklich, daß Sie von mir keine Informationen erhalten, also auch nicht für mich zu sprechen haben – ein simpler logischer Schluß.“

„Beschränken Sie also Ihre Tätigkeit auf die Wahrung der Interessen der beiden angeklagten Damen“, spricht Christoph wieder, wenn auch leiser.

„Ich sehe keine Möglichkeit“, sagt Dora sanft und entschieden, „wie man mein Interesse wahren kann und das meines Mannes und meiner Freunde nicht – ich würde mich sogar ganz entschieden gegen die Konstruktion von Sonderinteressen wehren!“ „Ich auch“, nimmt es Sophia heftig auf, beinahe unbeherrscht, „ich lasse mich nicht ausnehmen – das wäre unverzeihlich!“ Es ist auf Christoph gemünzt und auch nach seiner Seite hin gesprochen. Er schüttelt still für sich den Kopf wie über ein unseliges Mißverständnis, reibt sich das rechte Handgelenk und bewegt die Finger, so als seien sie eingeschlafen. Die Wachmannschaft bemerkt nicht die Kontaktnahme.

Der Offizialverteidiger hat mit winzigen Bewegungen des Kopfes, wie ein erschrockener Vogel, immer in die Richtung geblickt, von wo eine abweisende Stimme auf ihn eindrang, und sieht doch nur verschwommen fahle Flecke statt der Gesichter.

So hat er denn die Zurufe gezählt und ist auf sieben gekommen, auf sieben Stimmen der Verneinung bei notorisch nur sechs Angeklagten. Das ist äußerst verwirrend und geradezu verstörend. „Also nun ja, haucht er kläglich, vollzieht den Ritus des Brillenwechsels und verteilt die sechs Exemplare der Anklageschrift.

6

SEMINAR DER REBELLION

1

Der Sitzungssaal des Volksgerichts ist ein mächtiger und nobler Raum, abgestimmt auf zwei Farben, Rot und Grau, Blutrot und Nebelgrau. Blutrot sind die Vorhänge der fünf großen Fenster, eine Samtdraperie der Galerie oberhalb der Stirnwand, wo die Richtertribüne steht, der Samthintergrund der Tribünenmitte, der wie ein Theatervorhang das Beratungszimmer vom Sitzungssaal trennt, das Polster der hochlehnigen Richterstühle und die Roben des Präsidenten, seines juristischen Beisitzers links von ihm und des Reichsanwalts. Nebelgrau sind die hohen Wände in schlichter klassizistischer Architektonik, die schwere Kassettendecke aus Stuck und der dicke Bodenbelag, der auch die drei flachen Stufen bedeckt, welche links und rechts auf die Richtertribüne führen.

Die fünf Richter sitzen erhoben und erhaben und weit auseinander auf ihren majestätischen Stühlen hinter dem reichgeschnitzten Wall des riesigen Richtertisches. Der Thron des Präsidenten ist vom Reichsadler gekrönt, und über ihm an der Wand, oberhalb des Samtvorhangs vor dem Beratungszimmer, schwebt das bronzene Hoheitszeichen des Dritten Reiches, der Adler mit den ausgespannten Flügeln und dem Hakenkreuz. Die beiden roten Roben des Präsidenten und seines rechtskundigen Beisitzers sind von Uniformen umrahmt, von Richtern in Uniform, Grau, Braun, Schwarz. Rechts vom Präsidenten sitzen ein Armeeoffizier und ein SA-Offizier, links vom Beisitzer ein SS-Offizier. Sie sitzen barhaupt. Sie sind fünf. Abseits aber, dort, wo sich die Gerichtstribüne in rechtem Winkel dem Saal zubiegt, sitzt eine dritte blutrote Robe, der Reichsanwalt beim Volksgericht, der Ankläger. So sind es sechs auf der Empore.

Die Loge der Anklagebank aus dunklem blankpoliertem Holz steht seitlich zur Richtertribüne, mit der Front zur Fensterwand. Die Bank ist so weitläufig, daß alle Angeklagten in einer Reihe sitzen können, je einen SS-Mann zwischen sich und auf den beiden Außenplätzen. Karl ist der erste links. Dann sitzen sie nach dem Alphabet. Alexander Welte ist der letzte, immer der letzte. Wenn sie geradeaus schauen, sehen sie eine leere Loge, vielleicht für Zeugen; denn hier gibt es kein Publikum. Und sie sehen die hohen, bis zur Holzverkleidung der Zentralheizungskörper herabreichenden Fenster, die undurchsichtig sind, aufgeteilt in kleine bleigefaßte Scheiben, und in roter Glasmalerei den Reichsadler tragen. Die Fenster verraten nicht, ob draußen die Sonne scheint; aber das Tageslicht, das sich durch die Facetten des Reichsadlers bricht, ist wie von Sonne gerötet, ob es auch draußen regnet. Und im Saal brennen, gleichgültig gegen den Tag, der mit fünf Adlersonnen durch die Fenster strömt, alle fünf elektrischen Deckenkandelaber, auf der Richtertribüne drei Tischlampen, je eine vor einer roten Robe.

Unterhalb der Richtertribüne, genau dem Präsidententhron gegenüber, steht ein kleiner nackter Tisch. Vor der Angeklagtenbank stehen eine Reihe von kleinen Tischen, an deren erstem Dr. Langbein sitzt, der Offizialverteidiger. Er hat die Lesebrille auf; denn er hat nichts zu erschauen. Kein Gerichtsschreiber ist zu sehen; was vor dem Geheimtribunal gesprochen wird, darf wohl nicht aufgezeichnet werden.

Der noble Saal ist viel zu mächtig für die wenigen Menschen; denn zu Recht besehen sind es sechs gegen sechs.

2

Der Präsident sagt mit lässiger Stimme: „Ich eröffne die Sitzung."

Er richtet sich auf und sitzt sehr gerade, ohne die Rückenlehne zu berühren. Er ist ein breitschultriger Mann Anfang der Fünfzig mit breitem, festem, bartlosem, von Schmissen gestriemtem Gesicht und spärlichem graublondem Haar. Er heißt Dr. Fritz Rehn, war 1932 noch ein kleiner Amtsrichter und 1933 schon Landgerichtsdirektor. Es hatte sich verlohnt, daß er, das Parteiabzeichen bereits seit 1925 in der Tasche, alle SA-Raufbolde, die vor seinen Schranken erschienen, als in Notwehr handelnd freisprach und deshalb in seinem Amtsbezirk als Notwehr-Behn bekannt war. Es hatte sich verlohnt, daß er an Hitler glaubte oder, genauer gesagt, an den Erfolg Hitlers. Und ein Glaube, der sich verlohnt, ist ein guter Glaube. Und ein Gläubiger, der immer höher steigt, wird ein Strenggläubiger, ein strenger Gläubiger.

Präsident Behn sieht die Anklagebank von der Seite, und er sieht, daß keiner der Angeklagten das Gesicht der Richtertribüne zugewandt hat. Er spricht, und seine Stimme ist nicht mehr lässig: „Das Volksgericht ist nicht an die Strafprozeß-Ordnung gebunden. Es richtet sich und richtet nach dem Grund- und Hauptsatz, mit dem der Führer die Institution dieses nur ihm verantwortlichen Gerichtshofes untermauert hat und der lautet: Die Entscheidung über Schuld und Unschuld eines Mensehen ist die Entscheidung über seine Gefährlichkeit oder Ungefährlichkeit für die Existenz des Staates. Die Prozedur des Volksgerichtes dient dieser Entscheidung allein und ist von keiner Formübung behindert, von keinem Prozessualklischee gepreßt. Selbst die Zulassung des für die Angeklagten bestellten Verteidigers kann während der Verhandlung jederzeit zurückgezogen werden, wenn seine Tätigkeit als der Entscheidung abträglich oder hinderlich vom Gerichtshof empfunden wird."

Präsident Behn sieht, daß Dr. Langbein bei diesen Worten den Kopf auf die Brust sinken läßt, und hat dieses Zeichen der Demut erwartet; denn der Offizialverteidiger beugt stets das Haupt zu diesen Worten der Eröffnung, als Bestätigung seiner bekannten und geschätzten Unabträglichkeit für die Entscheidung. Der Präsident sieht hinter ihm die Profile der Angeklagten, und vielleicht ist es nur die professionelle Demut des Offizialverteidigers, die die Gesichter der sechs so unerschüttert, nein, so hochfahrend erscheinen läßt: keiner schaut den Mann an, der auf dem Thron des Richters sitzt und von der einen und einzigen Entscheidung spricht. Dr. Fritz Behn kneift ein wenig die Augen zusammen, nicht um besser zu sehn – denn er sieht ausgezeichnet –, sondern um die Prozedur zu erkennen, die einzuschlagen ist. Er ist so etwas wie ein Künstler der Prozedur und schafft sie jeweils aus der Eingebung, die ihrerseits aus den Quellen der pragmatischen Erfahrung und der Psychologie gespeist wird. Und er sieht sie jetzt bereits in Umrissen.

Seine Stimme ist wieder lässig: „Hennings und Genossen sind beschuldigt, ein Flugblatt verfaßt, verfertigt, vervielfältigt und unter der Studentenschaft der Münchner Universität verteilt zu haben, dessen Inhalt der Herr Berichterstatter in extenso verlesen wird." Er lehnt sich vor und blättert in den Papieren, die vor ihm liegen. Es bleibt ungewiß, ob er in seinen Akten liest oder der Vorlesung zuhört. Sein Gesicht behält einen tauben Ausdruck.

Der Berichterstatter ist die rote Robe zu seiner Linken, der andere auf Lebenszeit ernannte hauptamtliche Richter, das zweithöchste Mitglied des Tribunals. Es ist der älteste von allen, ein Sechziger mit vollen schlohweißen Haaren und gelblich grauem Schnurrbart, aber mit so überraschend dunklen Augenbrauen, daß man meinen könnte, sie seien gefärbt. Doch wer den Magistraten kennt oder ihm auch nur in das rechtschaffene, zuweilen wohl etwas abwesende Gesicht schaut, der weiß, daß diesem Manne der Gedanke, sich künstlich zu verjüngen, nicht kommen kann. Es kam ihm ja auch nicht der Gedanke, sich unter den Haien und den Hechten zu tummeln, als die alten Dämme brachen, und er schwamm doch mit und wußte nicht recht, wie ihm geschah. Er heißt Walter Lucius und ist seit langem ein hoher Richter, ein höchster Richter, Reichsgerichtsrat, und ein nationalgesinnter Mann, und die neue Flut trägt Nationalgesinnte, reißt sie nach vorne, wirbelt sie durch Frischwasser und Brackwasser und Sumpfwasser und tötet die gute alte Empfindlichkeit ab oder den Sinn für Unterschiede, nicht aber das Gefühl der Gleichgewichtslosigkeit, Bodenlosigkeit, Willenlosigkeit. Lucius weiß seit zehn Jahren nicht recht, wie ihm geschieht; und das Beunruhigende ist, daß die Bestürzung, die doch von außen kam, nunmehr in ihm drin sitzt und beängstigend nach außen drängt, nach einem Ausweg. Es ist also wohl nur das Herz, das krank ist oder nicht mehr gesund.

Der Berichterstatter hat den Text des Flugblatts nicht sofort zur Hand. Es mag daran liegen, daß der Präsident, in seiner intuitiven Formung der Prozedur, mit der Verlesung des inkriminierten Dokuments einen Auftakt verlangt, der dem orthodoxen Juristen unerwartet kommt; denn bislang sind ja nicht einmal die persönlichen Verhältnisse der Angeklagten erörtert. Oder es mag nur daran liegen, daß die innerliche Bestürzung, also das Herz, heute dem Reichsgerichtsrat besonders zu schaffen macht, schon seit dem Erwachen, übrigens aus unerfindlichem Anlaß, und einer leichten geistigen und körperlichen Unexaktheit Vorschub leistet. So hat er denn in dem vor ihm liegenden Akt, der ihm um sieben Uhr früh zugestellt wurde und mit dem er sich trotz der gewissen Indisposition sofort vertraut gemacht hatte, zweimal den Flugblatt-Text überblättert, bis er ihn mit endlich sicherer Hand und klarem Auge wiederfindet.

Er räuspert sich und liest. Seine wohllautende Stimme hat jene gemäßigte Feierlichkeit und mit Milde verbrämte Nüchternheit, wie man sie bei protestantischen Geistlichen findet – und Lucius, Spross Tübinger Pastorengeschlechter, hat auch Theologie studiert, ehe er zur Jurisprudenz umsattelte, er weiß heute nicht mehr, warum. Er liest, und seine Stimme hält einen gemäßigt feierlichen und mildnüchternen Abstand von dem, was er liest:

„Studenten! Die Niederlage unserer Soldaten in Stalingrad hat unser Vaterland bis ins Mark erschüttert. Sinnlos und unverantwortlich sind 33—0 deutsche Männer durch die Strategie eines Feldwebels in Tod und Verderben geführt worden. Mein Führer, wir danken dir!

Das deutsche Volk beginnt störrisch zu werden. Sollen wir weiter einem Amateur das Schicksal unserer Armeen anvertrauen? Sollen wir die Überbleibsel der deutschen Jugend den niedrigen Instinkten der machtlüsternen Parteiclique opfern? Niemals!

Der Tag der Rache ist gekommen. Es ist Zeit für unsre deutsche Jugend, mit der verhaßtesten Tyrannei, die jemals unser Volk erleiden mußte, abzurechnen. Im Namen des gesamten deutschen Volkes verlangen wir von dem Staat Adolf Hitlers die Rückgabe der persönlichen Freiheit, unseres köstlichsten Gutes, um das wir in der elendesten Art betrogen worden sind.

Wir sind in einem Staat groß geworden, in dem rücksichtslos jede freie Meinungsäußerung geknebelt worden ist. Die HJ, die SA und die SS haben die verbrecherischsten Mittel gebraucht, um uns in den empfänglichsten Jahren unseres Lebens zu reglementieren und zu narkotisieren. ‚Ideologische Schulung' nennen sie ihre verächtliche Methode, in einem Schwall leerer Phraseologie jeden Keim eines Versuchs selbständigen Denkens zu ersticken. Eine ebenso teuflische wie engherzige ‚Führerauslese' zieht in ihren Ordensburgen eine ebenso gottlose wie schamlose und kopflose Generation skrupelloser Ausbeuter und Mörder als Parteiführer der Zukunft groß. Sie möchten am liebsten uns ‚Kopfarbeiter' als Diener dieser neuen Oberklasse haben. Frontkämpfer werden von den sogenannten Studentenführern und anderen arroganten Nazijünglingen wie Schuljungens behandelt. Studentinnen werden durch unzüchtige ‚Witze' von Parteiführern beleidigt. Deutsche Studentinnen an der Münchner Universität haben solche schmutzigen Besudelungen ihrer Ehre in eindeutiger Weise beantwortet. Deutsche Studenten sind für ihre Kolleginnen eingetreten. Das ist ein Anfang unsres

Kampfes für unser Selbstbestimmungsrecht, dessen Fehlen jede wirklich schöpferische Arbeit unmöglich macht. Wir alle schulden jenen tapferen Kameraden, jungen Männern und jungen Frauen, die uns ein leuchtendes Beispiel geben, Dank. Für uns gibt es nur ein Schlagwort: Kampf gegen die Partei! Tretet aus den Parteiorganisationen aus, in denen man versucht, uns politisch mundtot zu machen. Verlaßt die Vortragssäle jener Professoren, die in Wirklichkeit nur SS-Führer und Parteiangeber sind. Wir kämpfen für eine echte Freiheit der Wissenschaft und des Geistes. Keine Drohung kann uns schrecken, auch nicht die Schließung der Universitäten. Es ist der Kampf jedes einzelnen von uns für unsre Zukunft, unsre Freiheit und Ehre innerhalb eines Staates, der sich seiner moralischen Verantwortung bewußt ist.

Freiheit und Ehre! Zehn Jahre lang sind diese beiden schönen deutschen Worte mißbraucht und von Hitler und seiner Clique erniedrigt und verdreht worden, von Gewissenlosen, die die höchsten Güter einer Nation in den Kot treten. Was Freiheit und Ehre ihnen wirklich bedeutet, davon haben sie mehr als genügend Beweise in einem Jahrzehnt der Zerstörung jeder Spur von materieller und geistiger Freiheit und jeder moralischen Substanz im deutschen Volk gegeben. Selbst dem dümmsten aller Deutschen müssen die Augen aufgegangen sein durch dieses entsetzliche Blutbad, in das sie ganz Europa im Namen von ‚Freiheit und Ehre' gerissen haben. Sie tun es noch immer, Tag für Tag, und haben Schande und Unehre auf den Namen Deutschland gebracht — dauernde Schande und Unehre, wenn nicht die deutsche Jugend sich endlich erhebt, um seine Zerstörer zu vernichten und am Wiederaufbau eines neuen Europa mitzuhelfen.

Studenten! Das deutsche Volk blickt auf uns und erwartet von uns, daß wir dem Vorbild der akademischen Jugend von 1813 nacheifern und den Terrorismus von 1943 durch die Macht des Geistes brechen. Beresina und Stalingrad sind die Fackeln, die im Osten aufgeflammt sind; die Toten von Stalingrad rufen uns zu: ‚Frisch auf, mein Volk, die Flammenzeichen rauchen!'

Unser Volk ist bereit, der Versklavung Europas durch den Nazismus ein Ende zu machen und für einen wahren und verjüngten Glauben an Freiheit und Ehre zu kämpfen!"

Richter Lucius schweigt und hüstelt; denn die Kehle kratzt ihn von den aufrührerischen Worten, so vorsichtig und gleichsam begütigend er sie ausgesprochen hat. Das Herz aber schlägt in geradezu törichter Trommelei, – und das ist lästig, nichts als lästig, weil kein Grund vorliegt, nicht einmal der naheliegende Anlaß der Empörung über das Flugblatt. Das Herz schlägt ja nicht empört, sondern im Gegenteil bestürzt, grundlos bestürzt; das eben ist das Törichte und zugleich Bedenkliche, und heute scheint ein schlechter Tag zu sein, was das Herz betrifft.

Walter Lucius betupft sich die Mundwinkel mit dem Taschentuch und schaut nach links, weil ihn von dort ein voller Blick belagert. Er sieht in das schöne, tief empörte Gesicht seines Nachbarn, des SS-Sturmbannführers Baldur Uhle, der mit seinen sechsunddreißig Jahren das jüngste Mitglied des Tribunals ist, gerade um ein Jahr oberhalb des Mindestalters für einen ehrenamtlichen Volksrichter. „Unerhört!", murmelt Uhle und zeigt durch seinen hellen Zorn an, daß er den vor ihm liegenden Akt, der doch den Text des Flugblattes enthält, noch nicht gelesen hat. Lucius bemerkt wohl die Unterlassung, die bedauerlicherweise bei den ehrenamtlichen Herren des öfteren zu bemerken ist, aber darum geht es im Augenblick nicht, es geht nun einmal ums Herz, und er beneidet den jungen Kollegen um das unbeirrte Herz; denn bei ihm sieht er gerechtfertigte Empörung und nicht grundlose Bestürzung. Der hauptamtliche Richter auf Lebenszeit nickt ermattet.

Ja, auch Freiherr von Freyberg, der Armeeoffizier am entgegengesetzten Ende der Richtertribüne, hat in tiefverwurzelter Lesescheu den Akt noch nicht angerührt, kennt also auch nicht das Flugblatt und hat während der Verlesung das hagere, gelbe, schläfrige Gesicht gehoben. Er ist nicht empört, sondern auf seine Weise interessiert, und das ist: angenehm gekitzelt. Er spürt diesen Kitzel bei Pferderennen, Boxkämpfen und Weibergeschichten einerseits und bei unverschämten Oppositionshandlungen gegen Staatsgewalt und Gesellschaftsordnung andererseits. Dies war auch die Art seiner Neigung für die Nazis, als sie äußerst lärmvoll und plebejisch aufkamen, wenn es für ihn auch nicht Grund genug war, der Partei beizutreten. Er ist ja auch weder Jockey noch Boxer geworden und selbst hinsichtlich der Weiber in gekitzelter Passivität geblieben. Im Grunde liebt er weder den Staat noch die Gesellschaft noch die Menschen im allgemeinen noch sich selber im besonderen. Den ersten Weltkrieg beendete er als Oberleutnant mit dem E. K. 1 und Magengeschwüren. Jetzt ist er fünfzig und Hauptmann, der Unterschied ist nicht groß, dazwischen verkaufte er gebrauchte Automobile und ließ sich von der nationalen Revolution kitzeln, vom Umbruch, vom neuen Krieg und dem grandios unverschämten Anspruch auf Weltherrschaft. Für ihn persönlich ist der Unterschied gering, mit Ausnahme der Magengeschwüre, die größer geworden sind, ihn felddienstuntauglich, zum Abteilungsvorstand im Kriegsbekleidungsamt und zum ehrenamtlichen Mitglied des Volksgerichts auf fünf Jahre gemacht haben. Ob er in fünf Jahren noch lebt, ist eine andere Frage; aber er ist der Ansicht, daß für ihn selbst zwischen Leben und Nichtmehrleben kein großer Unterschied besteht. Denn er liebt das Leben nicht, er hat seine Gründe. Er, Baron Freyberg, ist dazu verurteilt, sich vor seinem eigenen Atem zu ekeln. Wenn er nicht raucht, ißt er Pfefferminztabletten. Aber dieses Flugblatt kitzelt. Er klemmt das Einglas ein und mustert die Anklagebank wie einen Startplatz von Rennpferden oder einen Boxerring.

Aber links von ihm auf der Richtertribüne, zwischen ihm und dem Präsidenten, ist ein Mann hingesetzt, der den äußersten Gegensatz zu ihm darstellt, wenn nicht einen Hohn auf ihn, ein fleischstrotzender, ausladender, überquellender Mann mit alles verdauendem Magen, ein mit sich und seiner Welt zufriedener, tief gesättigter, im Fette des Triumphes wohlig schmorender Mann. Dies nun ist der Vertreter der Partei im Tribunal, mächtig wie sie, übermächtig, den Leib von der Macht des Fleisches, die Uniform von der Macht des Leibes gedunsen, überreich an Blut und Ehren: Alois Schneidhammer, Standartenführer der SA, Stabsleiter des Reichsnährstandes, Abteilung Großvieh, Gruppenleiter Süd des NSVR, des Nationalsozialistischen Viehhändler-Rings – einst dieser Viehhändler einer, so erfolglos im Kampf gegen die jüdischen Kollegen, daß sein Parteimitgliedsbuch die ehrwürdige Nummer 333 trägt. Ehrenamtlicher Richter Schneidhammer hat weder den Akt gelesen, der den Vermerk „Hennings und Genossen“ trägt, noch auch der Verlesung des Flugblattes zugehört. Denn er ist vollauf mit anderem beschäftigt, der in den Wülsten des Nackens, der Backen und des vielfachen Kinns ruhenden Sattheit des gesottenen Kopfes zum Trotz: er konzipiert im Geiste die Rede, die er heute in acht Tagen bei der Reichskriegstagung des NSVR zu halten haben wird.

Präsident Behn spricht mit lässiger Stimme und scheint immer noch in seinen Akten zu lesen; denn er hebt sprechend nicht den Blick von den Papieren und versieht sie sogar hier und dort mit Rotstiftstrichen: „Soweit das Flugblatt. In der Tatsache des Flugblatts ist der Tatbestand des Hochverrats gemäß § 83 Absatz 3 des Strafgesetzbuches begründet. Der Herr Reichsanwalt beim Volksgerichtshof hat die Anklage wegen Hochverrats gegen Hennings und Genossen erhoben."

Er macht, ohne aufzusehen, eine Pause, wie um dem regungslos sitzenden Ankläger Gelegenheit zu verschaffen, von sich ein Lebenszeichen zu geben. Reichsanwalt Tischler tut es in Form einer flüchtigen Reverenz zum Präsidententhron hin. Er liebt den Prozedurvirtuosen Behn nicht, der mit dem Ankläger nicht viel sorglicher umspringt als mit dem Offizialverteidiger. Ulrich Tischler aber ist kein Demütiger, er hat zwei aufsässige Protuberanzen auf der zurückfliehenden Stirn, die von eisengrauen Sichelhaaren gesäumt ist. Er ist Ankläger von Natur und oratorischer Leidenschaft, die beste Mischung für eine außerordentliche Karriere. Daß die neuen Zeitläufte den Staatsanwalt begünstigen wie noch nie: diese beglückende Straflust wird durch ihre Formlosigkeit, Wortkargheit und Exekutionshast beeinträchtigt und durch eigenmächtige Solisten, Illusionisten und Allroundathleten wie diesen Herrn Behn. Ulrich Tischler will anklagen, daß die Wände zittern; er hat das rhetorische Temperament und die Stimme dazu. Und er kommt nicht mehr dazu, er steht nur am laufenden Band der Richtmaschine, er, ein Reichsanwalt, der Reichsanwalt Tischler, der schon als Oberstaatsanwalt in Leipzig der Sargtischler hieß. So aber heißt er noch immer, obgleich er doch hier nur ein Sargtischler ist von sechs.

Präsident Behn fährt lässig fort: „Alle Angeklagten haben in der Voruntersuchung ein Geständnis abgelegt, wenn auch in provokativer, widerspruchsvoller und einander überschneidender Form. Fünf taten es durch mündliche protokollierte Aussage, einer – nämlich der Angeklagte Sauer, Christoph, der in der Voruntersuchung einen Sonderfall darstellte – durch schriftliche Erklärung. Indem ich das Resultat der Voruntersuchung vorwegnehme, stelle ich es beiseite, da sich der Gerichtshof ein selbständiges Bild zu verschaffen wissen wird."

Der Präsident blickt auf: „Der Gerichtshof sieht eine Doppelaufgabe vor sich: nämlich zur Entscheidung über a) die subjektive, b) die objektive Staatsgefährlichkeit der Angeklagten zu kommen. Zu diesem Behuf wird die Prozedur ad a) das subversive Element im Leben und Charakter der Angeklagten zu erkennen trachten, indem sie die Erörterung ihrer persönlichen Verhältnisse bereits als Teil und sogar als Hauptteil der Beweisaufnahme ansieht und indem sie diese Erörterung den Angeklagten selber überträgt."

Hier hebt der Präsident die Stimme: „Mehr noch: ich gebe den Angeklagten volle Redefreiheit. Sie haben zu sagen, wer sie sind, wann und warum sie sich gegen das Deutschland des Führers erklärt haben, und wie es kam, daß sie geworden sind, wie sie sind und denken. Sie können die Wahrheit sagen und sie können lügen. Sie können sich verteidigen und sie können anklagen. Sie können auch schweigen, wenn ihnen zu sprechen der Mut fehlt. Denn auch ihre Feigheit nützt der Beweisaufnahme, in die ich jetzt eintrete."

Schon als er die Stimme hob, hat er gesehen, daß die Angeklagten ihm das Gesicht zuwandten – nein, nicht alle, nicht der vorletzte, der sowohl nach der alphabetischen Sitzfolge wie auch nach psychologischem Rückschluß kein anderer sein kann als Sauer Christoph, der Sonderfall in der Voruntersuchung. Auch jetzt, nach den erhobenen Worten, ist der vorletzte der einzige, der den Blick nicht von der Fensterwand abwendet, von den Fenstern mit den Adlersonnen. Präsident Behn verengt die Augen und denkt einen Augenblick an die wahrlich kühne Prozedurvolte, mit diesem sonderbaren Außenseiter zu beginnen. Doch er verwirft es sofort, aus einem beinahe musikalischen Gefühl für den Aufbau dieser Gerichtsfuge, und kontrapunktiert es mit dem Entschluß, ihn als letzten aufmarschieren zu lassen.

Dann geht er mit den Augen die eigene Welt ab, die Richtertribüne, um die Wirkung seines unleugbar originellen Prozedurprogramms festzustellen, denn er ist eitel und liebt Beifall, zumal von den rechtskundigen Mitgliedern – die Ehrenamtlichen wissen ja prozessuale Pikanterien weniger zu schätzen. Er sieht zuerst nach links.

Reichsanwalt Tischler wölbt die Brauen, die so grau und stichelhaarig sind wie sein Haupthaar, und beschränkt sich auf eine stumme flüchtige Verbeugung im Sitzen, wie vorhin, als ihn der Präsident wohl erwähnte, doch nicht ansah, und es kann als eine eher ironische Zustimmung gewertet werden.

Baldur Uhle sitzt wie ein Erzengel, schön und bedrohlich, und wird erst durch den Blick des sich vorneigenden Präsidenten an seine

Lobespflicht erinnert. Er schlägt unter dem Tisch die Hacken zusammen und sagt: „Unerhört!“ Dieses Mal aber ist es nicht Empörung, sondern Bewunderung.

Richter Lucius kommt den fordernden Blicken seines Nachbarn zur Rechten nicht entgegen, sondern sieht beharrlich auf seine Hände – alte Hände, denkt er, viel zu alte Hände für dreiundsechzig Jahre, Hände mit dunklen Altersflecken und hornig gelben Nägeln ... „Das kann unter Umständen“, flüstert er starrsinnig wie ein alter Mann, „viel mehr werden als eine Beweisaufnahme, Herr Präsident, das kann eine Röntgenaufnahme werden – eine gegenseitige.“

Präsident Behn sieht ihn etwas verdutzt an; denn es ist nicht die Art des Kompliments, die er erwartet hat. Doch Lucius hat heute einen schlechten Tag. – Er wird alt, denkt Behn, und hätte er im Augenblick Zeit, so dächte er auch schon an den Nachfolger. Aber er wendet sich zur Rechten.

Da sitzt der Parteimagnat, mächtig in sich selber ruhend, in satter Fülle, in satter Leere, mit offenen Augen vor sich hindämmernd, und sieht nicht, fühlt nicht, ahnt nicht, was der Anstand fordert. – So dumm, faul und gefräßig, wie er aussieht, denkt Behn, man kann ihn übergehen. – Gewiß, man kann ihn übergehen und verächtlich machen, wenn auch ratsamerweise nur in Gedanken – und dennoch irrt der Präsident; denn der Ehrenamtliche von der Partei, so falstaffisch er dasitzt, denkt – wenn auch an nicht hierher Gehöriges.

Baron Freyberg aber, gar mit animiertem Blick, sieht dem Präsidenten entgegen, macht eine sonderbare mahlende Bewegung mit dem Unterkiefer – dies, weil die Zunge die Pfefferminztablette als sprachhinderlich an den Gaumen klebt –, wispert auf seine sparsame Art: „Allerlei zu erwarten!“ und meint es ehrlich.

Präsident Behn richtet sich straff auf, ohne die Rückenlehne zu berühren: „Angeklagter Karl von Hennings“, spricht er mit einer anderen Stimme, sehr deutlich und langsam.

„Hier“, meldet sich Karl.

„Stehen Sie auf.“ Karl steht auf. „Ich nehme an, daß Sie als Rechtslehrer auf die alten Praktiken der Strafprozeßordnung erpicht sind, also voreingenommen gegen die von mir geübte Neuordnung der Beweisaufnahme.“

„Nein", sagt Karl, „das ist ein Irrtum."

„Sie sind also bereit zu sprechen, ohne unsre Zeit durch professorale Hinweise auf legaltechnische Eigentümlichkeiten oder andre Fachsimpeleien zu vergeuden?"

„Ja", sagt Karl, „ich bin dazu bereit."

„Dann treten Sie vor", befiehlt der Präsident, „treten Sie an diesen Tisch hier."

Zwischen der ersten Bankreihe und der Brüstung der Angeklagtenloge ist ein schmaler Laufgang, doch breit genug, um ihn zu passieren, ohne die Knie der Sitzenden zu streifen. Karl streift nicht den SS-Mann, der links von ihm sitzt, als erster der Reihe, und das Logengatter für ihn öffnet. Karl sieht sich nicht nach Dora und den Freunden um; aber er fühlt, daß ihre Blicke an ihm hängen.

– Sieh da, denkt Präsident Behn und hat Christoph im Auge, seinem Räuberhauptmann blickt er nach!

Karl steht gegenüber dem Präsidententhron an dem nackten Tisch unterhalb der Richtertribüne, er ist ein Meter fünfundachtzig groß und ragt weit über den geschnitzten Bord des Gerichtstisches, der doch auf der dreistufigen Empore steht. Behn muß noch zu ihm aufsehen und denkt: dies ist bis dato mein größter Mann am Armesündertisch.

Karl wartet noch ein paar Sekunden, ob nicht an ihn eine Frage, eine Anweisung, eine Aufforderung zu beginnen gerichtet wird. Er sieht nur den Präsidenten an, nicht die anderen Richter rechts und links. Er trägt im Rücken die Blicke Doras und der Freunde. Es herrscht eine beinahe sakrale Stille. Der Präsident sieht ihn an, mit Ruhe, gleichsam mit Erfahrung und langer Übung, richterlich ruhig und gemütlos Angeklagte anzuschauen, und manchmal, auch späterhin, sieht er an ihm vorbei auf die Insassen der Anklagebank, zumal auf den Vorletzten, der jetzt auf den Mann am Armesündertisch schaut, so unverwandt wie vorhin auf die Adlersonnen der Fenster.

Der Präsident spricht kein Wort. Karl hat zu sprechen.

3

„Als ich, Sohn des königlich preußischen Staatsministers Karl Heinrich von Hennings, mit sechzehn Jahren aus der Hauptkadettenanstalt Großlichterfelde desertierte, im Jahre 1904, war es nicht nur die Rebellion gegen das Erziehungszuchthaus, sondern gegen das königlich preußische Vatererbe überhaupt.

Dies ist, wie ich grundsätzlich und programmatisch feststelle, keine unnatürliche, sondern eine natürliche Reaktion. Jede Jugend hat in sich das revolutionäre Potential. Gut die Hälfte meiner Klassenkameraden in der Obersekunda der Kadettenanstalt fühlte den gleichen Haß und die gleiche Auflehnungslust wie ich. Ich unterschied mich nur dadurch von ihnen, daß ich dem Haß und der Lust nachgab und weglief. Der dabei aufgewendete Mut mag fragwürdig gewesen sein; denn ich war Ministersohn. So geschah mir auch nichts, aus Rücksicht auf meinen Vater oder auf Befehl meines Vaters, der sich überraschenderweise meiner recht leidenschaftlichen Argumentation als zugänglich erwies, ohne weiteres meinen Wunsch erfüllte und mich auf das humanistische Gymnasium zu Rostock schickte, wo ich dann auch zwei Jahre später maturierte.

Dies aber war schlecht für die rebellische Anlage, die nur durch Widerstand stark wird.

Ich war ein normaler Abiturient, ein normaler Jusstudent, ein normaler Dr. jur. magna cum laude, ein normaler kriegsbegeisterter Reserveleutnant im August 1914. Doch ich kam verändert aus dem Krieg zurück, äußerlich und innerlich, aus der Normalität geschüttelt und beinahe wieder so rebellisch wie mit sechzehn.

Denn Krieg ist der große Widerstand und Ziehvater der Empörung, und die Niederlage ist die Mutter der Revolution.

Aber mein Körper war tief erschöpft, mein Geist vor geistiger Entbehrung skeptisch gegen Begeisterung, mein methodischer Intellekt wollte nichts als Ordnung, und es wurde eine müde, skeptische, ordentliche Revolution, wenn überhaupt eine. Ich war mit ihr und mit mir ganz zufrieden, so wie ich nach Großlichterfelde mit Rostock zufrieden gewesen, und gelangte in meine zweite Normalität, in die akademische Laufbahn. Der neue Staat, in humanistischer Willigkeit, ließ mich arbeiten und lehren, gab mir Rang und Würde und Lehrstühle in Kiel und Marburg und Bonn und schließlich in München, und ich dankte es ihm zu Anfang gut oder schlecht, indem ich nichts anderes war und sein wollte als ein unpolitischer Professor.

Doch „Professor“ kommt von „profiteri“, und das heißt: ein Bekenntnis ablegen, und das heißt: für etwas eintreten, und das ist das politische Postulat auf Bekennermut.

Gewiß, Bekennermut in diesem humanistischen Sinn mag in einer freien Republik – und das Weimarer Deutschland war eine freie Republik und duldete ja auch das antihumanistische, antichristliche und nihilistische Bekenntnis – akademisch bleiben. Aber hätte es damals in Deutschland genügend Professoren gegeben, die es um des heiligen „profiteri“ willen waren, dann wäre auch die Gefahr für das neue Wesen des Staates akademisch geblieben und wären nicht die Studenten der Weimarer Republik zum Stoßtrupp ihrer Würger und Abdecker geworden.

Jugend ist verführbar, aber auch entführbar, sie ist führbar und in stetem Gestaltwandel begriffen, also keiner politischen Unwandelbarkeit zu unterwerfen. Auch dies hängt mit ihrer motorischen Explosionskraft, mit ihrer Aufruhrlust, mit ihrer Aufrührbarkeit zusammen und ist von mir grundsätzlich und programmatisch gemeint.

Nun, ich selber gehörte nicht zu dem Anachoretenhäuflein der Bekenntnisprofessoren; aber ich blieb auch nicht lange im Elfenbeinturm der Forschung. Ich heiratete 1924, als ich ordentlicher Professor an der Universität Marburg wurde, die Frau, die jetzt mit mir auf der Anklagebank sitzt, und habe es nicht zum wenigsten ihrem lebendigen Gefühl, ihrem Gefühl für das Lebendige zu verdanken, wenn ich nicht lehramtlich genormt und geschient blieb, sondern den dritten rebellischen Ausbruch meines Lebens unternahm, nicht etwa von meiner Wissenschaft weg, sondern im Gegenteil mit der Waffe meiner Wissenschaft, der Kriminalpsychologie.

Ich ging die bürgerliche Gesellschaft an und ihre staatlichen und gesetzlichen Einrichtungen und ihre moralische Tradition, mit meiner neuen Erkenntnis von Verbrechen und Verbrechern. Ich hämmerte ihr die ungeheure Verpflichtung ein, die Ursachen für antisoziales Verhalten zu finden. Denn nur durch die Ursachenforschung kann sie vorher in das kausale Gefüge des Verbrechens eingreifen und den kriminellen Ausgang verhindern. Nur durch diese entscheidende Erkenntnis und durch bewußte Umstellung antisozialen Verhaltens kann sie die verbrecherische Aktivität reduzieren. Und ich folgerte und formte daraus die neuen

Methoden der Vorbeugung, Besserung, Sicherung und Abschreckung. Und ich folgerte daraus die Kritik unserer bisherigen Bekämpfungsmethoden: daß ihre Härte und Unelastizität auf der Furcht der Gesellschaft beruht, ihre Furcht auf gewollter Unkenntnis, ihre gewollte Unkenntnis wiederum auf der Angst, in der verbrecherischen Tat die eigenen Defekte zu erkennen, die Fehler im Bau und Betrieb des sozialen Organismus. Ich hämmerte der Gesellschaft ein, daß primitive und brutale Bekämpfungsmethoden Verbrechen verursachen und Verbrecher erzeugen.

Hier soll nicht gesagt werden, ob meine Arbeit für die menschliche Gesellschaft erfolgreich oder vergebens war; denn der Staat, für den ich wirkte, auch wenn ich gegen ihn rebellierte, ging unter.

Hier aber muß gesagt werden, daß mit dem Staat nicht meine Lehre unterging: sie war da, in mir und durch mich, und erkannte, was hochkam.

Der Humanismus, mit dem der erkennende Geist verbunden ist und von dem er die antreibende Kraft schöpft wie der Riese Antäus von der Erde, wurde als Staatsfeind erklärt; der Antihumanismus in allen von mir angeprangerten Formen, Intoleranz, Primitivität, Verantwortungslosigkeit, Würdelosigkeit, Gewissenlosigkeit, Brutalität, Habgier, Machtlust, Mordlust, Paganismus, Satanismus, Megalomanie, Hysterie, Psychopathie, Sexualpathologie – der kriminelle Antisozialismus wurde Staatsform. Die Summe aller schlechten, verdorbenen, verderbten, gefährlichen und unseligen Triebe, das Verbrechen proklamierte: L'Etat c'est moi.

Auch ich ging nicht unter; denn ich genügte jenen troglodytischen Begriffen des rassischen Befunds, und vor einer Diskriminierung meiner Lehrtätigkeit und Person schützte mich die bodenlose Ignoranz des neuen Erziehungsministers, für den ich ein unpolitischer Professor mit Adelspartikel war, einstiger Frontoffizier und – wieder einmal – Sohn eines königlich preußischen Ministers. Man ließ mich in Ruhe, aber ich wollte außer Landes gehen, ich scheute nicht die Emigration, die das Adelspartikel unserer Besten wurde, wenngleich ich heute zum Zweifel neige, ob das Prädikat einmal anerkannt werden wird. Ich hätte zu den wenigen gehört, die nicht ins Elend gezogen sind; denn ich hatte einen Ruf an eine große amerikanische Universität in der Tasche.

Aber ich blieb, vielleicht weil meine Frau zu jener Zeit schwer erkrankte, wohl auch an jener Zeit, gleich als ob ihr Sinn für das Lebendige durch das furchtbar laute und großspurige neue Leben ringsum zerfahren und zermalmt wurde wie ein Wiesenweg durch einen Tank – und das ergab doch keine mentale oder Gemütserkrankung, sondern eine Nierenentzündung. Vielleicht blieb ich, weil ich sehr bald erkannte, daß sich meine Stellung bei den Studenten keineswegs schwächte, sondern eher festigte; jedenfalls war schon damals bei der ernsthaften Hörerschaft – und fast nur solche kam zu mir – das Interesse für den Wissenschaftler stärker als für einen der vielen jungen, grünen, rotznäsigen, heiterkostümierten Parteiprofessoren oder der paar älteren Chamäleons. Vielleicht aber blieb ich, weil es ein tiefer und schon wieder rebellischer Reiz war, Kriminalpsychologe im Dritten Reich zu sein, gewiß nicht mehr Strafreformator, sondern Beobachter einer Staatsseele, die ins eigene Forschungsfach fällt. Ich legte mir selber im stillen, in der grimmigen Stille, den Titel eines Kriminalstaats-Psychologen bei und darf darauf hinweisen, daß dieses neue Wort mit einem Bindestrich zwischen Kriminalstaat und Psychologe geschrieben werden müßte.

Ich sprach vom rebellischen Reiz und grimmiger Stille; es gehörte zusammen, es war sogar ein und dasselbe, die Kriminalstaats-Psychologie war in mir eingeschlossen, ihren rebellischen Reiz genoß ich ganz für mich und verbot mir, ihn zu kolportieren. Meine Kollegs, die sich auf die Aufpolierung und treufeste Analyse berühmter Kriminalfälle der Vergangenheit beschränkten oder in den Grenzgewässern der Gerichtsmedizin und der Kriminalpathologie unschuldig herumplätscherten, enthielten für etliche Jahre nur minimalste Dosen von subversivem Gift, wenn überhaupt welches; und was den vorgeschriebenen Hitlergruß betrifft, so pflegte ich, wenn bei meinem Eintritt in den Kollegsaal die Studenten aufstanden, schon zwischen Tür und Katheder mit dem Arm eine kurze scharfe Bewegung nach unten zu machen, die, bis auf einen viel späteren Zwischenfall, als hinreichendes Zeremoniell angenommen wurde.

Ich verbot mir sogar, an eine andre als die immanente Auflehnung auch nur zu denken; denn als Kriminalstaats-Psychologe erkannte ich sehr bald die sinistre Bedeutung des nationalsozialistischen Geniestreichs, keinen Märtyrer aufkommen zu lassen. Der Geniestreich wurde sofort zum Prinzip der Denaturierung des Märtyrertums durch die Ausgestaltung der sekreten Lebenserstickung, zum Prinzip der Konzentrationslager, die die mittelalterlichen Oubliettes, die Stätten der Vergessenheit, mit einem billigeren Namen versehen und ins Kolossalische steigern, sowohl was die Belegschaft betrifft als auch in Hinsicht auf die konzentrierte Wirkung: auf die Massenproduktion von Vergessenheiten. Und die Konsequenz des Prinzips ist die Denaturierung der Rechtsprechung, des sprechenden, hörenden, gehörten und sichtbaren Gerichts, ist die Justizerstickung, mit der Neukrönung des mittelalterlichen Femegerichts unter dem billigeren, aber lästerlich lügnerischen Namen des Volksgerichts als oberstes Tribunal der Rechtsunsichtbarkeit und der Geheimerstickung, mit Tarnkappe für Richter und Angeklagte und lautloser Stanzmaschine des genormten Doppelurteils: auf Tod und Vergessenheit.

Nein, ich wollte mich erhalten, ich wollte mich und den rebellischen Reiz meiner Erkenntnislehre konservieren – aber ich wollte mich auch nicht verachten. So schuf ich mir – und da haben wir wieder eher den deutschen Professor, mit dem Bastardverhältnis zu ‚profiteri' – eine Theorie für mein Schweigen, eine These über Sinn und Bedeutung der Passivität, eine Doktrin über die Taktik des Sichtotstellens. Denn Allgewalt, die Gewalt ohne Widerstand, schwächt – dies ist der Grundsatz. Allgewalt zersetzt sich durch Widerstandslosigkeit. Ich habe immer gefunden, daß der entartende Einfluß des Nichtwiderstandes auf Cäsaren, Gefängnisdirektoren, Sklavenhalter, Feldwebel und Diktatoren der deletärste Faktor ihrer Entwicklung ist, ihr Verderben. Sie erliegen der verwüstenden Wirkung der Allgewalt wie einem Narkotikum. Diktaturen müßten also Widerstand herbeiwünschen, um sich und die eigene Leistung zu erhalten und zu steigern, sie müßten die Opposition ins Leben rufen, statt ihr den Kopf abzuschlagen.

Meine Theorie ist also in der Umkehrung enthalten: mit völliger Selbstaufgabe, mit Schweigen, Passivität und Sichtotstellen ruiniert man den Diktator am schnellsten. Es ist Selbstbetrug dabei, und ich für meine Person hielt die Theorie nicht aus, weil ich den Selbstbetrug nicht ertrug, nicht weil sich die Theorie selber als falsch erwies. Denn schon nach sechs Jahren führte die hündische Selbstaufgabe Deutschlands und die Passivität der Welt zur Krise der Allgewalt, zu einer unheimlich raschen Erstarrung des Nazismus in eine wasserglasige Stauung von Bürokratismen, zu einer lackähnlichen, luftdichten Zellophanhülle für das riesige

Schachtelwerk des gleichgeschalteten Nationallebens. Und der einzige Sinn eines Kriminalstaates ist doch, Wellen zu schlagen, immer höhere Wellen aller schlechten, verdorbenen, verderbten, gefährlichen und unseligen Triebe. So schuf er sich, nach einer Handvoll Jahren schon durch Widerstandslosigkeit verkalkt und apoplektisch, die vitale Bewegung, den Widerstand, die Ultima ratio aller Diktaturen: den Krieg.

Krieg ist der große Widerstand. Als der Krieg kam, ging ich aus mir heraus und gelangte in meine vierte rebellische Lebensperiode, in die erste wahre systematische Arbeit am Aufruhr. Ich begann im Wintersemester 1939/40 meine Geheimlehre von der Kriminalstaats-Psychologie zu lehren. Denn Krieg ist der Ziehvater der Empörung und Niederlage die Mutter der Revolution ..."

4

„Halt", unterbrach der Präsident mit lässiger Stimme, „damit beginnt das andere Kapitel, die objektive Gefährlichkeit, das kommt später. Sie können auf Ihren Platz zurückgehen."

Präsident Behn geht mit den Augen seine Welt ab, er sieht die Richtertribüne entlang, nach links und nach rechts, diesmal nicht um Beifall zu heischen, sondern um eine mögliche Palastrevolution im Keime zu ersticken, mit dem bloßen Blick. Denn er darf nach sich selber urteilen. Es sind da in der heraufbeschworenen Autobiographie des Hauptangeklagten Stellen gewesen, zahlreiche Stellen, wo es ihm, dem Magier unerhörter Prozeduren, den Magen umdrehte und ihn fast vom Stuhle hob, und er hat sich zuschreien müssen: Laß ihn sprechen! Laß ihn auskramen! Er ist für uns mehr wert als der gesamte Sicherheitsdienst!

Reichsanwalt Tischler macht wütende Notizen und sieht nicht auf, vor ihm liegt schon beschriebenes Papier die Menge. Der Narr, denkt Behn, baut an seinem Plädoyer, als wär's ein Sensationsprozeß der verfluchten Systemzeit und nicht das Tribunal der Geheimerstickung. Der Präsident verengt die Augen, teils aus Verachtung für den Ankläger, teils weil er sich dabei ertappt, in gewissen Formulierungen des Autobiographen zu denken.

Sturmbannführer Uhle sieht ihn an, ja, er klammert sich mit dem Blick an ihn an, wie sich ein Seekranker an der Reeling hält; seine hellen, langbewimperten Augen spielen ins Grünliche, aber auch seine Hautfarbe, und es sieht nicht aus wie Zorn, sondern wie physische Übelkeit, der Mann, ohnedies von knäbischer Hübschheit, sieht jetzt aus wie ein Gymnasiast, der seine erste Zigarre geraucht hat. Fritz Behn lächelt ganz offen über seinen Benjamin, der an den starken Tobak noch nicht gewöhnt ist und für den es gut ist, daß sich ihm der Magen umdreht; denn selbst solche Konvulsion des widerstehenden Organismus verhilft zur vitalen Bewegung, die der Autobiograph anempfiehlt.

Auch Richter Lucius, die Stirn in die Hand gestützt, macht keinen aufbegehrenden Eindruck und murmelt ungefragt, wohl nur für sich: „Es ist bestürzend!“ Er spricht endlich das Wort aus, das ihm vom Herzen kommt, und meint damit vielleicht auch nur das Gebaren des Herzens, nicht den Bericht des Hauptangeklagten.

„Es ist genau das, was ich will!“, sagt der Präsident unfreundlich und laut genug, daß es das Kollegium hören kann.

Sieh da, selbst der satte Standartenführer und Parteiwürdenträger zur Rechten scheint ermuntert und hat sogar seine Zeit ähnlich genutzt wie drüben am linken Querflügel der unbefriedigte Sargtischler: er hat sich auf seinem Schreibblock Notizen gemacht: wenn es auch bisher nur zwei Worte sind, mit pastosen Strichen mehr gezeichnet als geschrieben und mit jenen kindlichen Arabesken und Schraffierungen versehen, wie sie Verspieltheit und Zerstreutheit bei sehr langen Telephongesprächen aufs Löschblatt zu zeichnen pflegen. Doch nicht genug mit diesen Zeichen der Aktivität: Richter Schneidhammer ist der einzige, der eine akute Frage zu stellen hat.

„Revolution?“, fragt er verschwollenen Gesichts, „was für eine Revolution meint der Kerl?“

Nun, „Revolution“ war das letzte Wort der Autobiographie, die Frage schmeckt nach Verschlafenheit, nach schnarchendem Auffahren am Geklingel dieses Wortes; und ist es nicht dies, so zeugt die Frage von einem Unverstand, dem nicht zu helfen ist. In beiden Fällen lohnt sich keine Antwort. Präsident Behn lehnt sich wie von ungefähr nach rechts über den Tisch, immerhin neugierig, welches Schneidhammersche Gedankenbild seinen Niederschlag in der Letternskizze der beiden Worte gefunden haben mag; und da liest er auf dem Schreibblock nicht ohne Verwunderung: „Deutsche Volksgenossen!“ Ist es die Marginalie der Empörung über den Angeklagten oder nichts als blöde Zerstreutheit mit dem Bleistift? Behn neigt der letzteren Ansicht zu. Aber es ist doch weder das eine noch das andere, es ist der sichtbare Anfang der zukünftigen Rede, die in dem wacker arbeitenden Kopf Richter Schneidhammers schon beträchtlich weiter vorgeschritten ist, wenn auch noch verschwommen und im Augenblick durch den Zwischenruf von der Revolution gestört.

Hauptmann von Freyberg hat eine schöne barocke Silbertabatiere zwischen den langen ringgeschmückten Fingern, entnimmt ihr eine Pfefferminzpastille, führt sie genüssig zum Mund und schließt wieder das Erbstück mit einem kleinen, kecken, gutgelaunten Knall. –

Karl geht vom Armesündertisch zurück zur Anklagebank. Oh, das Geschenk dieses winzigen Weges, den Blick auf die Frau und die Freunde, den sprechenden Blick: so haben wir zu handeln, als wären wir nicht sechs, sondern sechzig oder sechzigtausend oder sechs Millionen, so haben wir als die Sprecher einer Macht zu handeln, die uns in die Gegenwart vorausgeschickt hat und mit uns nur sechs Stimmen verliert, sechs von sechs Millionen ... Und die Freunde versprechen ihm mit ihren Augen, daß sie so handeln werden, und danken ihm für das Beispiel, das er gegeben, für das Exempel, das er statuiert hat, und sind stolz auf ihn und lieben ihn. Das ist ihr Antwortchor.

Wie aber kann er, während fünf Schritten, jedes einzelne Gesicht mit dem Blick umfassen, jedem einzelnen mit dem Blick Rede und Antwort stehen, Rat, Hilfe und Zuversicht geben, wie der Versuchung widerstehen, dem vertrautesten und dem unvertrautesten Wesen unter ihnen, der nächsten und dem fernsten, Dora und Christoph, mehr Aufmerksamkeit zu schenken als den andern?

Dora lächelt ihm zu, schon bei seiner Umwendung und vor seinem ersten Schritt, er lächelt zurück und dann zu Hans, Sophia, Christoph, Alexander, es ist wie das Anzünden von Lichtern am Weihnachtsbaum – nein, nur Christoph leuchtet nicht auf.

Es ist ein schwarzer Brand in seinen Augen, Glühkohle der Entschlossenheit, bei Gott keine Angst vor dem Schicksal, kein Protest gegen Karls Exempel – aber warum diese maniakische Finsternis und Abgeschlossenheit inmitten des Antwortchors der Blicke, deren Gelübde er doch mitmacht? Warum die Abkehr von seiner üblichen und ihm wohlanstehenden Schwärmerei mit Blitzaugen und Blitzzähnen? Warum ist in seinem wilden Wilderergesicht, in seinem knochigen, blassen, bartstoppligen, ganz und gar unjugendlichen Gesicht ein solcher Fanatismus der Abkehr und Feindschaft und ein solcher Wille zur Beharrung in Abwehr und Feindschaft, wenn er ihn anschaut, ihn, Karl, den Helfer und Vormann? Oder ist er, der Sonderfall in der Voruntersuchung, der einzige, der nicht aussagte, sondern nur eine schriftliche Erklärung abgab, der dramatisch Nachgelieferte und demonstrativ dem Häscher Angekettete – ist er doch der arme Teufel von einem Judas, den ein unausdenkbar teuflischer, ein nur vom Kriminalstaat auszudenkender Vertrag noch auf die Anklagebank setzt, daß er den Jünger spiele bis zur Kreuzigung? Oder ist er der mutigste von uns allen, der besessenste von den sechs der sechs Millionen, ihr Amokläufer zwischen Nacht und Tag?

Doch als nun Karl durch das Gatter in die Anklageloge eintritt, widmet er sich seiner Frau allein, die voll zu ihm aufschaut. Es sind nur noch zwei Schritte bis zu seinem Platz, der von dem ihren durch den schwarzen Pflock des SS-Mannes getrennt ist, und Karl hat das Recht und die Pflicht, den Wegrest für die private Beziehung zwischen Mann und Frau zu nutzen.

Denn ihr Blick des Verständnisses gilt ja nicht nur seiner Aussage, sondern auch seinen Auslassungen, und diese sind es, die das Private zwischen den Eheleuten bedeuten und nur die Frau angehen, nicht die Freunde.

Er sieht sie dringlich und ernst an: du hörtest, Do, daß ich jede Anspielung auf deine Rolle während der Zeit meines Schweigens, meines Scheintodes und meines Selbstbetruges ausließ, und du weißt warum, du sollst nichts hinzufügen und dich nicht herausstellen und es bei der Nierenentzündung bewenden lassen; denn so wie du der Krankheit unterworfen wurdest, mit keiner anderen Wahl, als krank zu sein, so muß der Anschein gewahrt bleiben, daß du auch dem Schweigen, dem Scheintod, dem Selbstbetrug und der schließlichen Rebellion unterworfen worden bist, von mir natürlich, mit keiner anderen Wahl, als zu tun, was ich tue – vielleicht rettet es dich, Do ...

Soviel ist in dem Blick zwischen Mann und Frau während seiner beiden Schritte vom Gatter zum Platz, und sie liest es ab wie von einem Spruchband und lächelt verständnisinnig – er ist doch ernst, und sie nickt ihm zu, ja, sie wagt, mit dem Kopf zu nicken. Da setzt er sich auf seinen Platz zwischen der schwarzen SS-Klammer und ist für sie versunken, auch für die Freunde.

Schon fällt ihr Name vom Richterthron, zugleich lässig und pompös: „Angeklagte Dorothea genannt Dora von Hennings, geborene Roemer."

Mann und Frau, eben getrennt, sehen sich schon wieder. Dora ersteht aus der Versenkung und hat an Karl vorbeizugehen. Sie sieht ihn an und ist anders – oh, er kennt ihr sanftes Gesicht, wenn es sich auf das hübscheste vor Überzeugungsmut und Kampflust verfärbt. Er lächelt zu ihr herauf, beschwörend und beschwichtigend: du weißt warum, Do ...

Sie blickt zu ihm herunter, voll von Liebe und sehr ernst – er weiß, was es bedeutet, er liest es von ihr wie von einem Spruchband, und jetzt ist sie ihm so nahe, so unglaubhaft nahe, so traumhaft nahe, daß er ihre Hand ergreifen könnte, ihre liebe linke Hand, und in sie die Angst und die Bitte hineinpressen könnte, die sie ja von seinen Augen liest: tue es nicht, Do, tu es nicht!

Sein schwarzer Nachbar links, der Boxer, der Gatteröffner, sieht mit Nachdruck auf Karls Hände, die ganz vorne auf den Knien liegen, und bewacht die mögliche Kontaktnahme. Karl braucht die Hände nicht; denn Dora streift seine Knie, und das sagt klar und deutlich und ein für allemal: laß es gut sein, ich liebe dich ... – Und jetzt ist sie vorbei. –

Dora steht vor dem Armesündertisch. Sie ist so zierlich, daß sie gerade noch mit dem Kopf über den geschnitzten Bord der Richtertribüne ragt. Karl sieht ihren schmalen Rücken, und er hält sie mit dem Blick und stützt sie und wärmt sie und streichelt ihr Haar und den schlanken Nacken. Wie aber kann er sie behüten, wie kann er es verhüten?

Jetzt brennt auch dein Haar, Do ...

5

Vielleicht gewann auch Dora ihren Sinn für das Lebendige durch die Auflehnung gegen das Elternhaus. Ihr Vater war ein Marinemaler und ihre Jugend umgeben und eingepfercht von Flottenbildern, von Schlachtschiffen, Kreuzern und Torpedobooten, von Seemanövern, von Seeschlachten und allen erdenkbaren Variationen im Zeichen des „Volldampf voraus". Professor Roemer trug Bart und Gesinnung des

Großadmirals Tirpitz; denn auch er war ein Schöpfer der Kaiserlichen Marine. Aber er erlitt keine Niederlage, er malte keine Niederlagen, er versenkte die Flotte nicht in Scapa Flow, und für ihn war der 9. November 1918 Anlaß genug, ein phantastisches Großkampfschiff vom Stapel zu lassen, das er mit bärtiger Feierlichkeit auf den Namen „Deutschland über alles" taufte. Die fünfzehnjährige Dora wurde zu dem Taufakt ins Atelier gerufen und sah, wie der Vater eine Flasche deutschen Sektes auf dem Steinboden zwischen den Füßen der Staffelei zerschellte, und schämte sich für ihn, denn es sah närrisch aus. Sie schämte sich für die Mutter, die ihr Spitzentüchlein an die Augen führte und wirklich weinte.

Der Vater malte weiter, vergrößerte die Kaiserliche Marine und verkaufte seine Bilder besser als je zuvor. Nur das Großkampfschiff „Deutschland über alles" gab er nicht fort, trotz verlockender Angebote, sondern behielt es für sich, für sinistre Zelebrierungen am Altar des Schiffsnamens. Immer wenn ein bedeutender politischer Mord in der Weimarer Republik geschah, wurde der Taufakt wiederholt und eine Flasche Sekt zwischen den Staffeleifüßen zerschellt: für Eisner, für Karl Liebknecht und Rosa Luxemburg – und da diese beiden gemeinsam erschlagen und ertränkt wurden, entspann sich eine Debatte zwischen Vater und Mutter, ob ihnen eine oder zwei Flaschen zukämen, und die sparsame Mutter obsiegte –, für Erzberger und Rathenau, als Sonderehrung auch für den Kapp-Putsch und Hitlers Bierhallenputsch.

Die Tochter hatte immer dabei zu sein, schämte sich nicht mehr für den Vater, sondern entfremdete sich ihm und seiner Welt, beschäftigte sich mit den jeweils gefeierten Opfern, verband für ihr Leben „Deutschland über alles" mit Mord, gewann eine allergische Abneigung gegen den Nationalismus als Sakrament, gegen die Tradition als Zwangsjacke der Gegenwart und die jugendgläubige Überzeugung, daß das Leben es anders und besser wolle und daß Lebendigsein die Pflicht sei, es anders und besser zu machen.

Sie wurde, wiederum mit bärtiger Feierlichkeit, aus dem Elternhaus verstoßen, als der Vater in ihrem Zimmer Wahlpropagandamaterial für die Unabhängigen Sozialisten entdeckte.

Sie ging nach Kiel, um Medizin zu studieren oder um zu erfahren, ob sie als Ärztin werde zu ihrer noch etwas nebligen Auffassung von Lebendigkeit gelangen können, verirrte sich dort ins juristische Grenzgebiet der Gerichtspathologie und wurde in das Kolleg des außerordentlichen Professors von Hennings gelockt, weil das Thema, aus Zufall oder Vorbedeutung, „Nationalismus und politischer Mord“ lautete. Es war ihr, als hielte er es für sie und ihre jugendmutige Auflehnung gegen das väterliche Großkampfschiff. Sie fühlte die rebellische Lebendigkeit und männliche Sicherheit des kahlköpfigen Professors, folgte ihm nach Marburg, bereitete bei ihm ihren juristischen Doktor vor; bestand aber nur das Rigorosum, das der viel ältere und skeptischere Geliebte über sie zur Qualifikation ihrer Gefühle verhängte, promovierte zu seiner Frau und hatte sofort gegen die Segensbereitschaft des Marinemalers für sie als adlige Schwiegertochter eines allerdings inzwischen verstorbenen königlich preußischen Staatsministers anzukämpfen.

Sie hatte auch, in aller Liebe, gegen eine gewisse akademische Selbstgenügsamkeit und ironische Lässigkeit ihres Mannes anzukämpfen, den das seltene Glück dieser Ehe zur Beschaulichkeit verlockte, zur Abkehr von der Rebellenpflicht, es anders und besser zu machen. Und während sie durch ihn und sein Wirken gegen die kriminelle Erkrankung des Gesellschaftskörpers rasch zur Reife des Gefühls und des Geistes gelangte, beglückt erkennend, daß ihr Mädchengefasel von verpflichtender Lebendigkeit sich über alle Maßen klar und wahr machte, drängte sie ihn aus der Forschung in den Angriff, in die Strafreform. So glücklich war sie mit ihm und durch ihn, daß sie meinte, Lebendigkeit sei humane Reform und Karls Kampf für Verbrechensverhütung schon das Mittel, zu verhüten, daß Vater Roemers Großkampfschiff „Deutschland über alles“ je wieder den Mord zum Taufpaten habe – ach, daß sie glaubte, die braunen Fluten, die immer höhere Wellen warfen, wären nicht lebendiges, sondern totes Wasser, die Ausschwitzung des im Kern getroffenen Vernichtungswillens, der Todesschweiß des Antisozialismus, der sich national nennt.

Vielleicht kann eine Frau wie Dora, äußerlich so zart und innerlich so kräftig, so voll innigen Eifers und pragmatischer Beherztheit, einen Geheimbund selbst mit der Krankheit eingehen, vielleicht konnte sie zweckvoll erkranken. Ihre Krankheit brach am 1. April 1933 aus, oder Dora ist kühn genug zu sagen, daß sie sie hatte an jenem Tage ausbrechen lassen, den die nationale Revolution oder der Umbruch, oder wie heftig: auch immer sich die zur Staatsform geronnene Ausschwitzung des Mordinstinktes benennen mochte, zum Tag des Judenboykotts proklamierte, zur Pogromprobe. Es haftet eine närrische Überlieferung an diesem Tag, und vielen erschien es auch wie ein Aprilscherz, nur in die grobianische Bräune der neuen Volksgemeinschaftsfarbe getaucht und zum guten alten Haberfeldtreiben gesteigert. Doch die Münchner Bevölkerung, der der Judenhaß aus dem Gedächtnis und sogar aus dem Gemüt geglitten war und die die Fließinjektionen der neuen Staatspropaganda wohl aufnahm, aber nicht spürte, hatte an der Lustbarkeit keine rechte Freude und machte nicht einmal die gute Miene zum bösen Spiel. Es war kein Vergnügen, sondern nur ein SA-Manöver.

Dora hatte seit der Ankündigung des Boykotts alle notwendigen und unnotwendigen Einkäufe für diesen Tag aufgespart, fuhr für den planmäßigen Rundgang durch jüdische Geschäfte ins Stadtzentrum und wollte zu den wenigen nichtuniformierten Genießern dieses ersten April gehören. Doch die Röte auf ihren Wangen kam wohl nicht vom Vergnügen am Boykottbruch allein; denn schon morgens beim Aufstehen hatte sie gespürt, daß sich das Druckgefühl in der rechten Nierengegend, seit einiger Zeit wahrnehmbar, zu feinem Schmerz verdichtete. Der Anblick der Hakenkreuzfahnen und der Braunhemden, denen sie bisher auszuweichen verstand und die sie nun in staatsfeierlicher Massenhaftigkeit überfielen, mochte dazu beitragen, daß sich der feine Schmerz zu immer heftigeren Stichen aufschärfte. Denn die blutroten Flaggenzungen im Winde belebten ihr schwarzes Krüppelkreuzmal, ihr Knick- und Laufkreuz zu riesigen Taranteln und lechzten vampyrisch; und die Braunhemden, die lederumgürteten Hemden der Mordbräune, hatten kein menschliches Oben zwischen sich und der Sturmriemenkappe, kein Gotteszeugnis, kein unterscheidbares Gesicht, sondern nur ein verledertes Unten, Kriegselefantiasis der Beine in den schwarzen Schaftstiefeln der Zertrampelungslust.

Es ging Dora an die Nieren; der Sprachgebrauch hat da eine sonderbar richtige Diagnose gestellt, und vielleicht hatte sie, bei solcher erhitzten Ausdrucksfähigkeit des Abscheus, auch schon Fieber. So wurde es auch für sie nicht das erwartete Vergnügen, durch die stereotype Sperre der Aufschriften und der mündlichen SA-Warnungen, daß eine deutsche Frau nicht beim Juden zu kaufen habe, in die jüdischen Geschäfte zu dringen und sie dann wieder mit der sichtbar getragenen Beute, mit dem säuberlich verpackten Rassendelikt zu verlassen, mit erhobener arischer Nase vorbei an der Wutbräune, übrigens auch mit der erhebenden Erfahrung, keineswegs die einzige Blockadebrecherin zu sein.

Auf dem Hauptplatz der Innenstadt sah sie dann eine kurze Szene aus der Zeit der Hexenprozesse, ein junges Mädchen mit abgeschnittenem Haar und einen etwas jüdisch aussehenden Herrn in Unterhosen, beide mit umgehängten Schildern, auf denen in durchaus lasziver Form rassenschändliche Selbstbezichtigung geschrieben war, und beide in staatsfeierlicher Eskorte von Braunhemden. Es war zugleich auch wie eine Szene aus der Zeit des stummen Films, sonderbar geräuschlos, schattenhaft und regiemäßig mißglückt; denn die Bevölkerung spielte weder als Komparserie noch als Zuschauer mit und bekundete keinen Bedarf an der Vorführung. Für Dora war das bis an die Grenze des Lachens hoffärtige Gesicht des hübschen Mädchens bemerkenswert und die Augen des Mannes, gottverlassene Augen, Augen, die mit ganz verlorenem Weitblick klagten, daß Gott die Menschheit verlassen habe. Und dies vielleicht gab ihr einen Tiefstich in die Niere, so daß sie mit einem Mal nicht mehr aufrecht gehen konnte.

Es wäre an der Zeit gewesen, ein Taxi zu nehmen und heimzufahren. Doch sie passierte einen kleinen Posamenterieladen unter Boykottsperre und betrat ihn, weil die beiden klotzigen SA-Burschen in aufreizendem Mißverhältnis zu der Demut des Schaufensterleins standen. Der Laden war leer, hinter der Kasse saß ein alter Mann, und er rührte sich nicht für die Kundin, hob nicht für sie die schweren roten Augenlider und fragte nur: „Warum heute?"

„Ich möchte gerne weißes und schwarzes Stopfgarn haben", flüsterte Dora betroffen.

„Sind Sie Jüdin?", fragte der Alte.

„Nein; aber ich brauche Stopfgarn ..."

„Warum sagen Sie nein?", fragte der Alte und schüttelte den Kopf.

„Warum glauben Sie denn, daß ich Jüdin bin?", fragte Dora leise zurück.

„Weil Sie so gebückt gehen."

„Ach so", flüsterte Dora und schluckte, weil ihr die Tränen kamen, vor Nierenschmerzen oder vor Herzensjammer, „und was ist mit dem Stopfgarn ..."

„Weinen Sie sich zu Hause aus und kommen Sie morgen wieder für das Stopfgarn“, entschied der Alte mit einer verabschiedenden, beinahe strengen Handbewegung.

Dora fuhr heim, legte sich nicht zu Bett und wartete auf Karl. Sie wollte ihn nicht als Kranke, vielleicht als Schwerkranke, empfangen; aber sie wußte noch nicht, zu welchem Zweck sie ihre Krankheit in Reserve hielt. Sie fühlte nur, daß sie trotz der unleidlichen Schmerzen und dieses jammervollen ersten April nicht ohne Spannkraft und ohne eine gewisse Neugierde auf sich selber war. Als Karl kam, sah sie sofort an seiner tiefen Verärgerung und jener inneren Entschlußsuche, die blicklos macht, daß er nicht fähig war, ihren Zustand wahrzunehmen.

„Also“, sagte er, ging mit langen Schritten und etwas vorgebeugt an ihr vorbei und setzte sich an seinen Schreibtisch, „da haben wir einen neuen Ordinarius des Strafrechts. Nämlich Privatdozent Vierck.“

„Der Vierck?“, staunte Dora, „aber der ist doch das Ziehkind, der Schützling, die Kreatur Professor Bruchs!“

„Und jetzt der Nachfolger eben dieses Professor Bruch, der den begabten und mittellosen Jüngling Vierck unter seinen Studenten entdeckt, die Fortsetzung seines Studiums finanziert und mit großen Schwierigkeiten die Habilitation des als Kommunisten Verschrienen durchgesetzt hat.“

„Und was ist mit Ordinarius Bruch?“

„Entlassen, weil er zwei jüdische Großelternteile und seine Bibliothek marxistische Literatur aufzuweisen hat. Möglicherweise erfrechte er sich auch bei der Haussuchung marxistischer Redensarten; denn er ist zur Zeit in Dachau.“ Dora schwieg. „Und weißt du“, fuhr Karl fort, „wer die SA-Männer angeführt hat, die das Haus durchsuchten und Bruch abführten?“

„Ich kann es mir denken“, meinte Dora.

„Ja, Privatdozent Vierck in alter Anhänglichkeit, wenn auch nicht in Braun, sondern in Schwarz, denn siehe, er ist SS-Mann, ungefähr seit Begründung der Nobelgarde – kurz, eine Kreatur!“ Dora schwieg und wartete noch und krümmte sich angehaltenen Atems im Lesesessel, in dem sie hockte. „Ich aber habe genug!“, rief Karl und öffnete die Briefmappe auf dem Schreibtisch.

Da wartete Dora nicht mehr, und es war so, als ob sie die Schleuse öffnete und die angestaute Krankheit ausbrechen ließ: sie wurde gelbgrau und schweißnaß im Gesicht, und die Zähne klapperten vor Frost.

„Hier ist das Kabel an Harvard, daß ich den Ruf annehme", sagte Karl und schlug mit der flachen Hand auf ein Blatt Papier, und er schlug auf ein anderes Papier, „hier ist mein Entlassungsgesuch an die Fakultät. Wenn du ja sagst, gebe ich jetzt beides auf die Post. Du hast nämlich noch nicht ja gesagt, Do ..." Er fuhr hoch und sprang auf; denn Dora wimmerte und wand sich vor Schmerzen.

Sie lag fast drei Monate und benötigte weitere sechs Wochen für die Rekonvaleszenz. Sie wagte zu sagen, daß sie erst gesund wurde, als Karl die Emigration begraben und vergessen hatte. Gleichsam als Äquivalent ging er in Deckung, oder tiefer noch: in seine wissenschaftlich ausbetonierte Untergrundstellung, und zeigte der Welt nichts als die harmlos gefällige Attrappe seiner akademischen Lehrroutine. Dora schien es zu billigen, die Theorie von der diktaturgefährdenden Widerstandslosigkeit zu begreifen und die stahlblitzenden Ausfälle seiner neurevidierten Fechtkunst gegen den kriminellen Staat im stillen Kämmerlein zu genießen. Es wurde ja die neue, tief verschwörerische Gemeinsamkeit zwischen ihnen, das neue rebellische Geheimnis ihrer Ehe.

Am Abend des 30. Juni 1934, als das Rabengekrächz der Gerüchte vom Hitler-Blut- und -Reinigungsbad die Luft von Tegernsee bis München erfüllte und die Todesvögel ominös den Himmel verdunkelten, war Karl im stillen Kämmerlein zugleich blutberauscht und rauschsüchtig, ein Zustand nie erlebt bei ihm, und es war etwas Bärtiges, etwas Tirpitzbärtiges an der Feierlichkeit, mit der er seine heilig gehütete Flasche Bernkastler Doktor, Jahrgang 1921, zum Vorschein brachte und entkorkte, um den ersten Erfolg seiner Theorie von der mörderischen Widerstandslosigkeit zu betrinken.

„Keinen deutschen Sekt?", fragte Dora, lächelte nicht einmal und verletzte ihn maßlos mit der Anspielung auf Marinemaler Roemers Taufakte am Großkampfschiff „Deutschland über alles". Er schob die Flasche weg, stand auf, ging auf und ab, und sein dünner Nasenrücken wurde vor stummem Tadel noch schärfer.

„Wie aber", fragte Dora, „wenn deine Theorie so richtig ist und wahrheitstrocken, daß sie durch keinen Wein, nicht einmal den edelsten Mosel, begossen werden will?"

„Wie meinst du das?“, fragte Karl beleidigt.

„Was ist, Karl, wenn der Widerstand des sauberen Herrn Röhm sehr echt und ernst und leistungssteigernd gewesen ist?“ „Gut ist's!“, antwortete Karl beleidigt, „sollen sie sich gegenseitig zerfleischen!“

„Keine Spur von Gegenseitigkeit, Karl, nur einer zerfleischt, nur Hitler, nur das Staatsuntier!“

„Und mästet sich dadurch in die Apoplexie, wie nur wünschbar“, vollendete Karl gereizt.

„Aha“, meinte Dora; „vorausgesetzt, daß die Bestie reinen Tisch gemacht hat, so kann also in seinem Gedärm jetzt erst der Virus der Widerstandslosigkeit die verwüstende Wirkung beginnen. Mit anderen Worten: du feierst nicht den ersten Erfolg, sondern nur die Möglichkeit des Wirkungsbeginns deiner Theorie, also doch eine Art Taufakt, unter Umständen wiederholbar.“

Karl blieb vor ihr stehen. „Do, warum bist du so bissig? Weil ich mich nicht auf die Beine mache und dem Staatsuntier zum Fraße vorwerfe?“

Sie schüttelte den Kopf und zog ihn zu sich herunter. „Weil ich nicht weiß, Karl, wo die Verwüstung anfängt und der Selbstbetrug aufhört.“

Ja, Dora war es, die das Wort vom Selbstbetrug aussprach, ein spitzes Wort, eine Nadel von einem Wort, und dann ließ sie ihn in Ruhe, in der angestochenen Ruhe. Er empfing den Stich, ohne aufzuzucken, er war ein zu lauterer Mensch, um etwas Unbestreitbares zu bestreiten. Es arbeitete in ihm, und sie konnte warten. Sie konnte die Berichte seiner kleinen Aufrührereien, seiner Hitlergrußherabsetzungen und homöopathischen Giftverabfolgungen im Kolleg mit zärtlicher Geduld anhören. Es arbeitete in ihm und er wurde selbstkritisch. Er fing an, über sein lehramtliches Attrappenwerk zu klagen, und nannte sich selber eine Attrappe, nicht mehr einen reizvoll rebellischen Scheintoten. Sie sah, daß er litt.

Bei einem der alljährlichen hitlerischen Märzausbrüche – ob es die Wiedereinführung der allgemeinen Wehrpflicht oder die Besetzung der entmilitarisierten Rheinlandzone war, wußte Dora im Augenblick nicht mehr – brach es auch bei Karl aus: „Ich ertrage es nicht mehr, Do!“

„Was erträgst du nicht mehr?“

„Den Selbstbetrug!“

Da war es heraus, das Wort und die Nadel; und es war nicht Dora, es war Karl, der die neue Technik fand, um weiterzuschwimmen zwischen Szylla und Charybdis, ohne Selbstbetrug und ohne sich dem Untier zum Fraße vorzuwerfen. Denn er ließ keinen geistigen Halt los, selbst wenn er sich als Selbstbetrug entlarvte, bevor er nicht einen anderen Halt gefunden hatte, und ertrug erst dann einen Zustand nicht mehr, wenn er ohne ihn bestehen konnte.

Es begann im stillen Kämmerlein die eigentümlichste Methodik des Aufruhrs oder des Aufrührens, die ein Bekenntnisprofessor, einer, der sich von „profiteri" ableitet, als geistigen Hebel für eine Staatsumwälzung ansetzen konnte. Wenn sich Karl ironisch als Kriminalstaats-Psychologen vorgestellt hatte, so streifte er jetzt die Ironie ab und bereitete in heiligem Ernst die Verbreitung seiner Lehre vom Verbrechen als Staat vor. Er schrieb die zukünftigen Kollegs über die Diktatur des Verbrechens, in logischer Entwicklungsfolge. Es war eine Arbeit von unerbittlicher Präzision, ein Abschälwerk des schärfsten Messers und der sichersten Hand. Niemals wurde gesagt, daß unter der Gestalthäufung des Verbrechens der Zwangsstaat saß, der Nazismus. Häutchen um Häutchen fiel, und schließlich hatte das nackte und empörte Auge, das Auge des Aufstandes zu sehen, daß der Antisozialismus die Staatsform des Dritten Reiches angenommen hat, bis zu solcher Umstülpung aller Begriffe von Recht und Freiheit, daß sich das Verbrechen als Staat zum ungeheuren Gefängnis von Recht und Freiheit aufgemauert hat – bis zur Verblendung und Blendung des Menschenauges, daß es nicht mehr Gott in den Sternen suche und im Auge des Nächsten, bis zur Mystagogie des Antichrist in der Person eines ungewöhnlich gewöhnlichen Hysterikers.

Da es aber nicht genug war, nicht genug der Vorbereitung und des Prüfmaßes am Lebendigen, die Abhandlungen zu schreiben, so mußten sie auch gelehrt werden, in sorgfältiger und kritischer Vorübung. Und dieser Gedanke des praktischen Exerzitium, der Ausgestaltung ihrer Ehe zum Seminar der Rebellion, kam von Dora. Er war der Professor, sie war die Studentenschaft, und sie war unerschöpflich und unbestechlich in ihrer lebensbunten Zusammensetzung einer vom Verbrechen gestreiften, abgestoßenen oder angezogenen Jugend. Sie machte es ihm furchtbar schwer, mit der Last der jungen Seelen auch nur die ersten Stufen der Aufklärung zu erklettern, sie stürzte ihn in tiefe Depressionen und stützte ihn die steilen Hänge immer neuer erzieherischer Anstrengungen hinauf – und er gewann mühsam ein Quentlein aus der Jugendmasse, einen Tropfen neuer reiner Gläubigkeit aus dem Ungegorenen.

Da sah er ein, daß er die Methode ändern, nicht das Bündel brechen, sondern es lösen, nicht immer neue Reiser pfropfen, sondern die paar reifen Trauben keltern – daß er Auswahl treiben und die Tropfen sammeln müsse, die er gewann. Er formte die Kollegs zu feinen Sieben, zu scharfsinniger Staffel der Plöreraussiebung, und dies alles kostete Zeit.

Aber sie hatten Zeit, Karl und Dora, sie nutzten die Zeit, und vielleicht war es die schönste Zeit ihrer Ehe. Als sie bei jenem schon weit vorgeschrittenen Kolleg waren, das den vielgesiebten, tief revolutionären Titel führte: „Die Grenzen der Strafbehandlung", und als Dora, die Studentenschaft, ihm zugab, daß nun mit der Aussiebung schon etwas anzufangen sei und daß ein Siebsatz da sei, der Bodensatz aufrührerischer Jugend, war wieder einmal die Zeit eines hitlerischen Märzausbruches gekommen und Österreich einverleibt.

Krieg war Karls Termin für die Umwandlung der Vorübung in die Ausübung, für den Umzug der Rebellion aus dem stillen Kämmerlein in den Hörsaal. Nach dem März 1938 glaubte er an den Krieg im gleichen Jahr und arbeitete fieberhaft an den „Virulenz"-Kollegs, wie er die Oberstufe der Aufklärung zum Unterschied von der Mittelstufe der „Infektions"-Kollegs nannte. Dora glaubte nicht an den nahen Krieg, so wenig wie das Volk selber, und sah keinen Grund, an der kriminellen Erfolgspolitik des Staates zu zweifeln, daß Großdeutschland mit Erpressung allein zusammengerafft werden könne. So kam es, daß nicht Dora, sondern Karl aus den Wolken fiel, als die Stadt, in der sie lebten, zu einem bestürzenden Begriff, als München zu „München" wurde und in gewaltiger Staatsfeierlichkeit der blutlechzenden Tarantelflaggen die unblutige und blutleere Kapitulation der Westmächte zu Protokoll nahm: mit zwei allzumenschlichen Unterfertigern angesichts zweier Übermenschlichkeiten, des feiströmelnden Kinns und Bärtchenschatten werfender Nasenlöcher.

Karl hockte auf seinem Stuhl wie ein gestürzter Ikaros mit zerschmolzenen Flügeln, und Dora mußte über seine mythologische Schwunglosigkeit lächeln. Sie waren damals vierzehn Jahre verheiratet und Dora nahe zu seinem Alter aufgerückt, nach seiner verschmitzten Ehe-Algebra; in jenem Augenblick aber liebte sie ihn, den geprellten Knaben Ikaros, beinahe mütterlich.

„Denke dir, Karl", meinte sie, „es gelüstet mich fast, die Festivität mit einer guten Flasche Mosel mitzumachen ..."

„Do!", flehte der Flügellahme.

„Aber ja!", rief sie, „du bist etwas verdattert, mein Lieber, du siehst den Wald vor Bäumen nicht! Mit München beginnt die Apoplexie!"

„Hahaha!", lachte er fast gehässig, „wie du einen aufzurichten verstehst!"

„Also sagen wir es außenpolitisch", sprach sie ruhig, „mit München endet die Kriegsangst und beginnt die Kriegslust."

Doch Karl schüttelte nur den Kopf und verbiß sich in seinen Trübsinn. Er arbeitete nicht mehr mit ihr, das „Seminar" war geschlossen, für Tage, für Wochen. Sie wartete heiter geduldig, sie kannte ihn und die automatischen Schutzvorrichtungen und Ausgleichungen seines Temperamentes.

Es kam, weil in Paris ein gewisser Grynspan irgendeinen deutschen Botschaftssekretär erschoß, zum jahresunzeitigen Novemberausbruch des Regimes, zur Schauerballade vom falschen Volkszorn. Dies nun war eine sonderbare und lehrreiche Inszenierung des Judenhasses: da er von unten zu kommen hatte, durfte keine Staatsfeierlichkeit in Erscheinung treten, und die Hoheitszeichen der Tarantel blieben eingerollt. Mob spielte Mob, der staatlich konzessionierte den namenlosen Elementarmob. Denn die SA trug keine Uniform, als sie die Synagogen und jüdischen Kaufhäuser anzündete und die Schläuche der Feuerwehr zerschnitt und die Fenstervorhänge in den gestürmten und zertrampelten Judenwohnungen erst mit Tinte bespritzte, ehe sie sie abriß und durch die zertrümmerten Fenster in die Gosse warf; und die SA-Männer hielten sich für unkenntlich, weil sie kein Braunhemd und keine Schaftstiefel trugen, und trugen sie doch, selbst wenn sie nacktbrüstig und barfüßig gewütet hätten; denn diese Uniform geht in Fleisch und Bein, und selbst das Wüten geschieht exakt, im Gleichschritt, im vielgeübten Sturmabteilungsschritt; und kenntlich waren sie dadurch schon, daß sie kein menschliches Oben hatten zwischen Nessushemd und Tarnkappe, kein unterscheidbares Gesicht, nicht einmal die Maske des Volkszorns. Und außer den Lastwagen mit unterschiedslos zusammengetriebenen Juden gingen nach Dachau Karrenladungen von solchen, die den Volkszorn erkannten und mutig oder dumm oder unvorsichtig genug waren, es nicht für sich zu behalten wie alle andern, die dabei waren.

An diesem Novembertag 1938 war es, daß Karl ohne weitere Erklärung die Arbeit am „Virulenz"-Kolleg, betitelt: „Die Grenzen der Strafbehandlung", wiederaufnahm, mit Dora als weidlich durchgesiebter Studentenschaft.

„Wie hoch schätzt du im Augenblick das Konzeptivitätsprozent der Oberstufe?", fragte er sie in dem sonderbar akademischen Verschwörerjargon, der sich zwischen ihnen herausgebildet hatte.

„Auf fünf Prozent Virulente und fünfundzwanzig Prozent Infizierte, vorsichtig gerechnet", antwortete Dora, sachlich wie eine Statistikerin.

„Wir müssen mit den ‚Grenzen der Strafbehandlung' auf zehn und fünfzig kommen", sagte Karl streng.

„Und mit der Zeit auf unvorsichtigeres Rechnen", fügte sie lächelnd hinzu und streichelte seine Hand.

Die Zeit, die sie noch in ihrer sonderbaren akademischen Hexenküche zu verbringen hatten und die ihnen für die Inkubation der Aufruhrkeime zur Verfügung stand, umfaßte ungefähr die Spanne menschlicher Schwangerschaft – und so lange auch brauchte der Kriminalstaat, um seinen Krieg auszutragen. Als die Stunde kam, die über alle Maßen erwartete, errechnete, entscheidende und dennoch wie ein Blitzschlag überraschende und erschreckende Stunde, wußten Karl und Dora plötzlich nicht mehr, ob neun Monate oder sechs Jahre des Wartens eine zähflüssige oder rasend schnell vergangene Zeit gewesen seien.

Die Stunde kam mit der grauen Morgendämmerung des 1. September 1939, der grauenhaften Fangstunde des Regimes, und dann folgten für den Mann und die Frau achtundvierzig lange, lähmende, bis in Sinn und Mark ihres Lebens hinein fragwürdige Stunden. Was war der Tarantelschwarm, der sich auf Polen stürzte: die neue, die größte Staatsfeierlichkeit unter dem Wahrzeichen des endlich nicht mehr auf Judenblut beschränkten, des entfesselten Vampyrs, äußerst degoutierend, aber auch lähmend und so wenig zu verhindern wie die früheren Feiern und Saisonausbrüche? Unterschieden sich die Bomber über Warschau von denen, die über Wien und Prag röhrten, nur dadurch, daß sie ihrem

Namen die endgültige Ehre erwiesen und Bomben abwarfen, nicht mit dröhnender Drohung, sondern mit Tod und Verderben den Himmel verfinsternd und dann die Beute einsteckend – ist es kein besonderer Unterschied, wird es wiederum nicht zum Himmel schreien, wird es in einem neuen Übermünchen verlispeln? Am 3. September kam endlich das NEIN der tieftraurigen Menschenstimme, zuerst aus London, dann aus Paris.

Karl und Dora saßen am Radio und sprachen lange Zeit nichts. Dann sprachen sie.

Dora: „Und wenn sie siegen?"

Karl: „Sie werden Siege haben, aber nicht den Sieg."

Dom: „Und wenn sie Siege haben werden und den Sieg?"

Karl: „Es kann nicht sein, weil es gegen den rechten Glauben ist. Und es ist ein Glaubenskrieg. Es gibt keine Religion, wo das Böse siegt."

Dora: „Hat es noch nie den Sieg des Bösen gegeben?"

Karl: „Nur Siege, aber nicht den Sieg."

Dora: „Und wenn sie dennoch siegen bis zum Sieg, was tust dann du?"

Karl: „Ich kann ruhig sagen, daß ich mir dann das Leben nähme. Es ist eine billige Hypothese. Denn ich weiß, daß ich mir nicht das Leben zu nehmen brauche."

Dora: „Und was ist das Böse, das nicht siegen kann?"

Karl: „Das Verbrechen als Staat."

Dora: „Und wie heißt der Staat?"

Karl: „Deutschland."

Dora: „Und wer sind die Verbrecher?"

Karl: „Deutsche."

Dora: „Und was sind wir?"

Karl: „Deutsche."

Dora: „Und wird es je einen Unterschied zwischen schuldigen, mitschuldigen und unschuldigen Deutschen geben können?"

Karl: „Was geht das uns an, Dora, wir bauen nicht an der Partei der Unschuldigen, sondern der Rechtgläubigen und Wiedergläubigen. Und die im Exil und im Konzentrationslager und die namenlosen Dreimannzellen der untergründig organisierten Arbeiterschaft sind keine Unschuldigen, sondern solche, die von ‚profiteri' kommen: die Bekenner und Kämpfer. Und ich bin ein Wiedertäufer und beginne als Professor das Glaubenswerk an der Studentenschaft, der schuldigen, mitschuldigen und unschuldigen."

Dora: „Und viele, viele werden des falschen Todes sterben, im falschen Glauben, im Dienst des Bösen, und nicht einmal bedacht haben, ob sie Schuldige, Mitschuldige oder Unschuldige sind, und das Blut, das vergossen wird, kommt von Menschen, hüben und drüben."

Karl: „Und das vergossene Blut komme auf das Haupt des Bösen, Amen!"

7

BEI GOTT JA!
BEI GOTT NEIN!

1

Der Bremer Jugendrichter Friedrich Moeller, der während der mit Hilfe des Reichstagsbrandes entbundenen Terrorwelle verhaftet und ins Konzentrationslager Papenburg verbracht wurde, nur weil er ein lokales Vorstandsmitglied der demokratischen „Staatspartei“ gewesen war, wurde bereits nach sechs Wochen wieder entlassen, dank der Intervention seines dreizehnjährigen Sohnes Hans. Die Einwirkung des Knaben war einen komplizierten und etwas unklaren Weg gegangen – über Klassengenossen, die bereits der Hitlerjugend angehörten, zu einem Bannführer, der offenbar durch Hansens blonde Hübschheit bewogen wurde, seine Beziehungen zu ebenfalls blonden und hübschen Parteimachthabern spielen zu lassen.

Der heimkehrende Dr. Moeller sah verändert aus, wohl weil sein Kopf kahlrasiert oder weil er sehr mager geworden war oder weil seine Augen einen verschreckten Ausdruck bekommen hatten und dazu noch einen Tick, eine sonderbare Art von Lidflattern, welches sich in unregelmäßigen Abständen einstellte. Jene hanseatische Gemessenheit, die auch Gefühlsbewegungen reguliert, verwies jedoch dem Wiedersehen zwischen den Eheleuten jede Exaltation und zwang Frau Frederike, das Weh, das ihr bei seinem Anblick aufstieg, in eine etwas befangene, kühlzärtliche Phraseologie umzusetzen, die nicht viel anders gelautet hätte, wenn er von einer längeren Reise zurückgekehrt wäre.

Auch die Freude Sophias, seiner zehnjährigen Tochter, seines Lieblings, war reguliert, wenn auch auf eine andere Art. Sie sprach fast gar nichts und ließ nicht den Blick vom Vater, bis ihr war, als flatterten und flackerten seine Augenlider, weil sie ihn ansah; da blickte sie ihm nicht mehr ins Gesicht, sondern auf seine Hand, die auf ihrer Schulter lag, und sah, daß die Hand schmutzige Fingernägel und geschwollene und geschundene Knöchel und schwärzliche Risse und Blasen und Schwielen hatte, und sie nahm seine Hand von der Schulter zwischen ihre Hände und ließ sie nicht mehr los.

Hans war noch nicht aus der Schule zurück. Frau Moeller ließ dieser Auskunft ein etwas gedehntes „Übrigens, Friedrich, du weißt es vielleicht ..." folgen; und dann berichtete sie mit lebhaften und ausnehmend farbenfreudigen Worten, aber mit ängstlichen Augen, von der wackeren und schließlich erfolgreichen Bemühung des Sohnes um die Freilassung des Vaters. Dr. Moeller wußte es durchaus nicht und glaubte, er sei frei, weil es nachgerade auch für die willkürlichste Behörde an der Zeit war, einzusehen, daß seine Festhaltung unbegründet sei, und hielt sich für keine Ausnahme, sondern nur für den glückbegünstigten Ersten von vielen, die rechtliche Einsicht dem bürgerlichen Leben zurückzugeben im Begriffe sei. Nein, er wußte es nicht und begriff es nicht; aber da er aus dem Sumpf des Unbegreiflichen kam und da der, welcher einmal bis über den Hals drinsteckte, keinen Mund mehr hat zu fragen, so schüttelte er nur den Kopf, mit flatternden Augen.

„Jetzt kommt er", sagte Frau Moeller, unruhig schauend, und es war etwas in ihrer Ankündigung, das sowohl um Nachsicht als auch um Respekt bat.

Ein Schlüssel war heftig ins Schloß der Wohnungstür gestoßen worden; und es war gegen die Regel der Hausordnung, wie sie der Jugendrichter nicht ohne pädagogische Pedanterie aufgestellt hatte, daß der Junge den Wohnungsschlüssel mit sich trug. Laute, offenbar genagelte und gleichsam selbstherrliche Sohlen krachten heran; und es war eher ein Leisetreter, ein stilles Wasser, ein bedächtiger und zurückhaltender Junge gewesen, den der Vater verlassen hatte. Die Tür wurde aufgerissen – Hans trug das braune Hemd des Jungvolks, der Vorstufe der Hitlerjugend, streckte den Arm schräg in die Höhe, verwandelte den Salut denn nun doch in eine neutrale Willkommensgeste mit lose winkenden Fingern und fand die forsche und knappe Anrede: „Na also, alter Herr!"

Der Vater starrte ihn an und hatte keine Hand frei zur Begrüßung des Sohnes; denn die Linke hielt Sophia fest und fester noch seit Hansens Eintritt, und die Rechte stak fest und fester in der Tasche des grauen Jacketts; er fand auch kein Wort, weil er verlernt hatte, angesichts eines braunen Hemdes zu sprechen.

Frau Moeller bemächtigte sich schnell Hansens Armes, sowohl um eine Rückentwicklung zum Hitlergruß zu verhüten als auch um sozusagen in Stellvertretung ihres Mannes dem Sohne nachsichtig und respektvoll die Hand zu drücken. „Da siehst du", sprach sie dabei mit unsicherem Lächeln ins Leere, und so konnte der Satzstummel sowohl dem Vater als auch dem Sohne gelten.

„Da siehst du", nahm es Sophia auf und blickte den Bruder in blanker Schadenfreude an, dem Vater sich anschmiegend, „auch Papa findet dich ekelhaft in deiner braunen Kluft!" „Maul gehalten!", schnappte Hans militärisch, und der Ton, weil im Stimmbruch, schnappte dabei über.

„Sei nicht so vorlaut!", verwies Frau Moeller ihre Tochter und sah dann ihren Mann dringlich an, „ich finde es gar nicht unkleidsam, Friedrich."

„Ich frage mich nur", meinte Dr. Moeller leise, „wer dem Jungen die Erlaubnis gegeben hat, dieser Organisation beizutreten – oder bedarf es dazu keiner Erlaubnis mehr?"

„Es bedarf", lächelte Hans tief belustigt.

„Ich natürlich gab sie ihm", sagte Frau Moeller, „du warst doch nicht da ..."

Nein, der Vater war nicht da, er war fort gewesen, die Bemerkung erwies sich als peinlich, und nicht nur dem Mann, sondern auch der Frau flatterten jetzt die Augenlider.

„Und bereits so gut wie tot, nicht wahr?", murmelte der Vater und öffnete kaum die Lippen.

„Friedrich!", klagte die Mutter, „du weißt doch jetzt Bescheid! Du weißt doch, wem du es zu verdanken hast.

„O ja", nickte der Vater, „ich weiß jetzt Bescheid ..."

„Dann ist ja alles in Ordnung", sagte Hans leicht ungeduldig, „das heißt, da wär noch was in Ordnung zu bringen, Vater, am besten gleich und unter vier Augen. – Bitte, Mutter, nimm die Göre mit hinaus."

– Sie geht wirklich!, dachte der Jugendrichter und sah, wie seine Frau der Tochter zuwinkte. Sophia streckte sich an sein Ohr: „Verhau ihn nicht, Papa", flüsterte sie, „wenn er's auch verdient ..." Dann ging sie, dem Bruder eine Grimasse schneidend, vor der Mutter aus dem Zimmer. Frau Moeller aber, zwischen Tür und Angel, suchte die Augen ihres Mannes und bat ihn stumm und dringlich sowohl um Einsicht als auch um Vorsicht.

„Wir könnten uns eigentlich hinsetzen“, schlug Hans vor.

„Nein“, sagte der Vater.

„Ganz wie du willst“, meinte Hans, grätschte ein wenig die Beine und hakte die Daumen rechts und links in den ledernen Hüftgurt. Der Vater hatte ihn noch nie in dieser Landsknechtstellung gesehen; aber er kannte sie vom Lager her. „Na ja“, sagte Hans und hielt den Kopf etwas schräg, „du brauchst mir nicht weiter zu danken, Vater, die Sache verstand sich von selber und war auch gar nicht so schwierig. Da ist nämlich ein furchtbar netter Bannführer, erst neunzehn und schon sozusagen im Rang eines Regimentskommandeurs, ein feiner Kerl und wirklich furchtbar nett zu mir, und er wird auch dienstlich mein Führer, wenn ich vierzehn bin und vom Jungvolk zur HJ komme, und dem sagte ich, daß du im Grund hochanständig bist, Vater, nur ein bißchen schief gewickelt wie die meisten alten Herren, und er begriff es gleich und sagte sogar, daß so einer wie du ihm immer noch lieber ist wie die Märzgefallenen, du weißt doch, das sind die Gesinnungsschweine, die im März umschnackelten und im Nu hundertfünfzigprozentige Nationalsozialisten wurden – also gut, er telephonierte ein bißchen in der Gegend herum, und die Sache war in Butter.“

„In Butter“, wiederholte der Vater, „wie einfach!“ „Nebenbei“, sagte der Sohn, „hast du in dem Luftkurort da einen Augenkatarrh oder so was erwischt?“

„Wieso?“, fragte der Vater zurück, „tränen meine Augen?“ „Nein, sie blinzeln nur manchmal so komisch.“

„Das ist komisch“, sagte der Vater und strich, wie um sich zu überzeugen, mit der Fingerspitze über das Augenlid.

„Und nun zu dir“, sagte der Sohn, „du mußt ja nun an deine Zukunft denken.“

„Das ist komisch“, sagte der Vater wieder und meinte wohl noch sein Blinzeln.

„Ich könnte dir da“, sagte der Sohn, „auch weiterhin nützlich sein, vorausgesetzt, daß du aus Papenburg als ein andrer herausgekommen bist.“

„Ich bin“, sagte der Vater fast unhörbar.

„Denn sieh mal, Vater“, erklärte Hans und hob das Kinn, und der Jugendrichter fand, daß auch das Kinn des Knaben sich verändert hatte und bereits eine Duodezausgabe jener Gesichtsdominante war, die die

Herren und Wächter des Lagers einander ähnlich machte, „und dies unter Diskretion, Vater, selbst Mutter braucht es nicht zu wissen. Die Sache ist nämlich schon seit mindestens drei Wochen in Butter, du hättest also schon vor drei Wochen zu Haus sein können. Aber das KZ ist für einen wie dich ja keine Strafe, sondern Schulung, und so hat man dich aus Rücksicht auf deine Zukunft erst jetzt herausgelassen."

Hier war es, wo des Vaters rechte Hand, die noch immer in der Jackettasche stak, hochfuhr und ausholte; aber der Sohn, statt zurückzuweichen, kam wie neugierig einen Schritt näher, die Daumen im Gürtel eingehakt, und die Hand des Vaters kehrte wieder in die Tasche zurück.

„Da ist nun mal nichts zu machen, Vater", sprach Hans, „die Zukunft hängt vom Schulungserfolg ab. Wenn du jetzt also in der Lage wärst, die nationalsozialistische Weltanschauung ehrlich zu bejahen – du wirst schon die richtige Form dafür finden –, dann bringe ich dich morgen mit dem Herrn Bannführer zusammen, und der telephoniert ein bißchen in der Gegend herum, und du bist wieder im Amt."

„Ich bin dazu nicht in der Lage", sagte der Vater.

„Also dann warten wir noch acht oder vierzehn Tage."

„Ich werde dazu auch dann nicht in der Lage sein", sagte der Vater.

„Gut", sagte Hans und hatte eine Falte zwischen den Augen, „dann wirst du eben pensioniert."

„Ja", sagte der Vater, „das will ich."

„Aus dem KZ und pensioniert, mit knapp fünfundvierzig", knurrte Hans.

„Du meinst, mein Sohn, da hätte sich die ganze Geschichte nicht gelohnt? So mußt du mich ins KZ zurückschicken, und die Sache ist wieder in Butter."

„Wofür hältst du mich eigentlich, Papa!", fuhr Hans auf und gebrauchte zum erstenmal wieder die gewohnte Anrede, „ich meine damit doch nur, das ist nicht gerade ein glänzendes Schulungsresultat!"

„Du bist mein Schulungsresultat, mein Sohn, und ich werde für meine Pensionierung so krank sein, wie es deiner dreizehnjährigen Weltanschauung entspricht – aus reiner Dankbarkeit."

Hans sah ihn an, verdutzt und mit roten Ohren, und selbst sein Kinn ging ein wenig zurück.

2

Selbst wenn diese Art von Zukunft, die sich Dr. Moeller herausnahm, als Opposition gegen seinen Sohn gewertet werden konnte, so war es seine letzte und tat der Hegemonie, die Hans über die Familie aufgerichtet hatte, keinen Abbruch. Der pensionierte Vater schlich verschämt herum, mit dem Mal der Überflüssigkeit auf der Stirn, wurde immer stiller, sozusagen selbst in Gedanken immer vorsichtiger und ließ sogar die Korrespondenz mit seinem alten und tiefbewunderten Studienfreund Karl von Hennings einschlafen, weil sich der Münchner Ordinarius eine möglicherweise bedenklich zu nennende Hintergründigkeit des Briefstils angeeignet hatte.

Von seiten Frau Moellers gab es keine Gegnerschaft gegen den Karriereverzicht, wohl weil sie im Herzen eine viel krassere Auseinandersetzung zwischen Vater und Sohn gefürchtet hatte.

Sie neigte von Natur zum Kompromiß, hatte die Fähigkeit, jeder Situation eine gute Seite abzugewinnen, fand durch den geliebten Sohn auch die neue Staats- und Familienordnung, die er in aller Deutlichkeit repräsentierte, der Liebe nicht unwert und kam sowohl mit dem Ruhestand als auch mit dem Ruhegehalt des Mannes klaglos und sogar stillbefriedigt aus.

Hans dagegen bekam keine roten Ohren mehr, sondern gewann statt dessen, im Zuge der einem sakral verschleierten Dienst immer mehr gewidmeten Zeit, für seine Uniform immer mehr Schnüre und Abzeichen, deren Sinn und Bedeutung dem Vater so unzugänglich blieben wie das zackige Kauderwelsch, das der Sohn nun sprach. Der einzige Widerstand, den Hans innerhalb der Familie fand, kam von der kleinen Schwester und war kindlich, aber wurzelte im Sakrileg, wie es sich dann herausstellte.

Sophia weigerte sich zum Beispiel einzusehen, warum sie den Verkehr mit Hilde Wolff einschränken sollte. Mehr wurde von der ängstlich ausgleichenden Mutter zunächst noch nicht gefordert, und Bruder Hans trat als oberste Instanz noch nicht in Erscheinung. Aber schon diese halbe und unsicher verhängte Maßregel kollidierte mit der Unbedingtheit der Jungmädchenfreundschaft. Hilde Wolff war ihre beste Freundin, und das bedeutete eine gleichsam moralische, mit eigenen Gesetzen und Konventionen geschützte Position, an der nicht zu rütteln und zu rühren war. In Sophias häufiger Bestandaufnahme des Gefühls rangierte Hilde Wolff als Nummer drei, weil nun einmal Vater und Mutter die ersten Stellen einzunehmen hatten; aber in sozusagen illegaler Geheimabstimmung, die sich das Mädchen hin und wieder gestattete, stand Hilde Wolff an zweiter Stelle, zwischen Vater und Mutter. Wie sollte es da möglich sein, auch nur daran zu denken, den gemeinsamen Weg vom Haus zur Schule und von der Schule zum Haus aufzugeben – und dies war es, was die Mutter als erstes und deutlichstes Zeichen der Freundschaftsbeschränkung verlangte –, wie sollte es möglich sein, wenn ihr Leben gemeinsam gewesen, solange sie denken konnte, gemeinsam das Haus der Eltern und nebeneinander die Wohnungen im zweiten Stock, gemeinsam das Alter und der erste Gang zur Schule, nebeneinander die Plätze im Lyzeum, mit Hilde Wolff als hartnäckiger Klassenerster und Sophia als Zweiter, aus hartnäckigem Ehrgeiz, den Platz neben Hilde nicht zu verlieren.

„Aber sie sind doch Juden!", klagte die Mutter.

Ja, die Wolffs waren Juden, Sophia wußte es seit ihrem Schuleintritt und Hildes Nichtteilnahme an Pastor Wurms langweiliger Religionsstunde. Sophia hatte gar nichts dagegen, daß die Wolffs Juden waren, sie hatte sogar viel dafür übrig. Denn Hildes Vater betrieb eine kleine Schokoladenfabrik, und Probepackungen aller möglichen Süßigkeiten flossen in nicht endendem Strom durch die Wolffsche Wohnung, und Sophia liebte Pralinen und haßte Religionsunterricht. So kam es, daß für das Kind das Judentum eine Mischung von Schokolade und Religionsstundenbefreiung bedeutete und selbst für das halbwüchsige Mädchen einen durchaus angenehmen Beigeschmack behielt. Aber selbst wenn „Onkel Wolff", wie sie den verwitweten Nachbarn nannte, Lebertran produziert hätte, so behielt er in ihrer Gefühlsliste einen hohen Platz, weil er sanft und freundlich und weil er Hildes Vater war.

Es zeigte sich jedoch, daß der Angriff auf Hilde, also gegen die Feste der Freundschaft, nicht allein von häuslicher Seite kam. In der Schule wurde die sogenannte Judenbank eingerichtet, ein deutlich isolierender Sitz für Hilde Wolff und die beiden anderen jüdischen Klassengenossinnen, und es hatte schwerwiegende Folgen. Denn da die Insassen der Judenbank aus der allgemeinen Rangordnung herausgenommen waren, fiel die Würde der Klassenersten auf Sophia. Diese Rangerhöhung auf Kosten der von ihr getrennten und herzzerreißend degradierten Freundin bedeutete jenes himmelschreiende Freundschaftsverbrechen, das im Ehrenjargon der Mädchen als „riesige Gemeinheit“ figurierte.

Sophia sah sich also genötigt, am folgenden Morgen einen Platz auf der Judenbank einzunehmen, als zweite neben Hilde Wolff, die zu weinen begann. Durch diesen selbstverständlichen Treuakt wurde die Klasse maßlos erregt und in zwei Parteien gespalten: in solche, die es für „riesig anständig“, und solche, die es für „judenhörig“ erklärten. Der alte Klassenlehrer, seinerseits ein Lehrling in den neuen Praktiken, war über die Demonstration seiner zweitbesten zugunsten seiner besten Schülerin sehr verlegen, im Herzen sogar ergriffen; denn er erkannte das Motiv als das, was es war: als Treuakt. Darum denn, und auch im Interesse des eigenen Gleichgewichts, parierte er die eigenmächtige Handlung nicht mit Strenge, sondern mit Pädagogik im neuen Sinn, mit einem Exkurs über Rassentheorie, und glaubte, die blonde und helläugige Sophia Moeller über die Klippen des nun einmal abgetanen Herzensanstandes hinweg und wenn nicht anders so mittels der Eitelkeit zum rücksichtslosen Genuß ihres Artvorzuges zu bringen, indem er ihre liebliche Person als Verkörperung der nordischen Rasse exemplifizierte.

Nun war aber auch Hilde Wolff, zwar in etwas dunklerer Tönung, blond und blauäugig, sogar von einer klareren oder fertigeren Hübschheit als die Freundin, die ihr ausnehmend glich – schon deshalb, weil sie ihr gleichen wollte und in derselben Formmulde der Jugend lebte. So rief denn Sophia, freudig schwesterlich: „Ganz wie die Hilde Wolff!“, und diese Bemerkung, die keine ironische Glosse, sondern eine bloße Feststellung war, hatte ein der Rassentheorie abträgliches Gelächter der Klasse und das Ende des völkischen Anschauungsunterrichts zur Folge, gab aber dem Lehrer das Mittel in die Hand, die Angelegenheit auf disziplinärem Weg zu ordnen. Sophia bekam wegen schlechten Betragens einen Tadel und eine Stunde „Nachsitzen“, wurde ihres Platzes als Klassenerste für verlustig erklärt, zur siebzehnten herabgesetzt und aufgefordert, den Strafplatz sofort einzunehmen, also die Judenbank zu verlassen. Sophia gehorchte, in dem süßen Gefühl, für die Freundin zu leiden. Doch zwischen ihrem süßen und Hildes bitterem Leid war ein Unterschied, sie hatte auch dies zu lernen.

Bruder Hans trat in Aktion. Der Vorfall war bedenklich genug gewesen, um den Klassenlehrer zu veranlassen, Sophias Eltern um eine Unterredung zu bitten. Ob Hans von der Mutter – der Vater beanspruchte ja nicht mehr, das Haupt der Familie zu sein – mit der Repräsentanz beauftragt wurde oder sich selber dazu bestimmte, blieb ungewiß. Sophia, die nicht aus Angst vor ihm, sondern aus Rücksicht für den geschlagenen Vater die Angelegenheit für sich behalten und ihre sichtbaren Folgen, wie den Tadelzettel und die Platzverstoßung, mit dem oberflächlichen Geständnis eines mutwilligen Schulmädchenstreiches erklärt hatte, ahnte nicht, daß sich nun für den Angriff auf Hilde die Schule mit dem Haus – nein, daß sie sich mit der Parteiuniform im Haus verbündet hatte.

Als Sophia an einem der nächsten Nachmittage das Mädchenlyzeum verließ, in süßer Provokation Arm in Arm mit Hilde Wolff, stand Hans vor dem Portal, in Uniform und machtgeladen, und ging auf sie los, mit dem Gesicht eines Schutzmanns, der steckbrieflich Verfolgte erkannt hat und zur Verhaftung schreitet. Sophia preßte Hildes Arm an sich und starrte dem Bruder kampflustig entgegen – aber schon geschah das Unerwartete und Tiefbestürzende: Hilde riß sich los und lief davon. Und irgendwo lachten Mädchen. Hans packte das dünne Handgelenk der Schwester mit schmerzendem Griff, mit einem gelernten und geübten Griff, der darauf aus war, Schmerzen zu bereiten. Aber da ihr gerade ein großer Schmerz widerfahren war, konnte sie es ganz gut ertragen, sozusagen als Gegenschmerz.

„Schämst du dich überhaupt nicht mehr!", sprach er durch die Zähne und zog sie auf die andere Straßenseite.

„Nein", antwortete sie.

Er verstärkte den Griff. „Du wagst nach alledem, mit dem Judenmädel Arm in Arm auf die Straße zu gehen?"

„Au!", schrie sie unterdrückt auf, „und das ist alles, was du in der Hitlerjugend lernst, was? Jiu-Jitsu-Griffe gegen Mädchen!"

Er ließ sie los. „Ich war eben bei Dr. Gruber", sagte er. Das war der alte Klassenlehrer.

„Tritt er jetzt in die HJ ein?", erkundigte sie sich.

„Auch noch frech wie Rotz!", stellte er fest. „Dabei hat mir Gruber die ganze Geschichte erzählt, und die ist so toll, so ... so ... – Weißt du denn überhaupt, um was es geht?"

„Gewiß, um blonde Mädchen wie mich oder Hilde Wolff, die alle Merkmale der nordischen Rasse aufweisen."

„Du bist einfach dumm", sagte Hans und schüttelte den Kopf, „du bist so tierisch dumm, daß man dir gar nicht böse sein kann. Und deshalb sagte wohl auch der Schlappschwanz Gruber, daß man mit dir behutsam vorgehen müsse, behutsam!"

„Und deshalb Jiu-Jitsu?"

„Herrgott, ich war einfach wütend, als ich dich da mit dem Judenmädel Arm in Arm aus der Penne kommen sah – ich' hätte dich umlegen können."

„Was heißt das, umlegen?"

„Na ja, das heißt ... also ich hätte dich mit einem nassen Lappen erschlagen können."

„Also umlegen heißt töten – was ihr so alles lernt!"

„Nun halt gefällig deine freche Klappe und hör mal zu, Sophia. Wie heißt es doch da irgendwo in der frommen Mottenkiste? ‚Herr, vergib ihnen; denn sie wissen nicht, was sie tun' – oder so ähnlich ..."

„Wem soll der liebe Gott vergeben", unterbrach Sophia, „euch? Aber ihr wißt doch, was ihr mit den Juden tut!"

„Ja, wir wissen es", sagte Hans hitzig und bekam auch einen roten Kopf, „wir wissen auch, warum: aber du weißt es nicht, und deshalb soll dir der Herr vergeben oder, besser gesagt, sollen wir dir vergeben und dich belehren und dich zum Artbewußtsein bringen, was furchtbar einfach ist, weil du ja als meine leibliche Schwester eine deutschblütige Artgenossin bist oder, umgekehrt, als Deutschblütige meine Schwester."

„Ich finde, Hans", sagte Sophia, „jetzt fängst du entsetzlich zu quatschen an."

Hans blieb stehen, wandte sich ihr zu und nahm sie nicht unsanft bei den Schultern. Seine klaren blauen Knabenaugen blickten sie groß und feierlich an. „Es kommt nicht auf die blonden Haare an", sagte er, „sondern auf das Blut. Schwester, wir beide sind von deutschem Blut, dein Judenmädel nicht. Deutschblütig sein heißt artbewußt sein. Das ist das Amt und die Verpflichtung der deutschen Jugend; denn die alte Generation ist blutmüde und hat sowieso abzudanken – denk nur an das Beispiel Papas! Unser Amt und unsre Verpflichtung ist, die Reinheit der arischen Rasse zu erkämpfen und zu verteidigen. Der Jude ist der

Feind unsrer Rasse. Der Jude ist der Blutfeind. Deshalb müssen wir ihn ausmerzen wie eine Krankheit. Ist das so schwierig; zu begreifen?"

„Das ist ganz einfach zu begreifen", entgegnete Sophia.

„Jawohl, ganz einfach, mehr als einfach, Mädel, auch wenn du es jetzt nur so hinsagst. Auch ich habe es zuerst nur so hingesagt, und dann merkte ich plötzlich, daß mein Blut es aufgenommen hat, noch ehe es der Verstand aufnahm. Denn es ist keine Verstandessache, sondern eine Blutsache. Und es ist ein Zwang dabei, weil es deine Bluteigenschaft ist, du kommst nicht drum herum, und dann wirst du es auch erleben, diese selbstverständliche Abwehr vom Blut aus gegen das Artfremde, und du wirst den Juden riechen, tarnt er sich auch noch so gut, und ihn abstoßen und ausstoßen als Fremdkörper, und du wirst so sein, wie du sein mußt und wie ich bin und wir alle sind. Du kommst nicht drum herum, und ich brauche dir jetzt gar nicht mehr zu drohen oder Ehrenwort abnehmen und so'n Quatsch – dein Blut weiß jetzt Bescheid und wird es schon richtig machen – wetten, daß?"

Sophia schwieg, und sie war erschrocken.

Ja, Sophia war erschrocken und verwirrt. Denn für den Angriff auf Hilde, auf die Burg der Freundschaft, verbanden sich nicht nur das Haus und die Schule und der Bruder, hinter sich die ganze Hitlerjugend, sondern auch das deutsche Blut, das in ihr selber war, im kleinen Mädchen Sophia. Was war das und wie konnte es ertragen werden: ein anderes Blut zu haben als Hilde, getränkt zu sein mit einem Blut, das die abscheuliche Eigenschaft hat, Hilde abzustoßen und auszustoßen als Fremdkörper – wie konnte sie zugleich Hildes Herzensfreundin und Blutfeindin sein? Aber wie kam sie dazu, die schmerzliche Handlung, den äußerst verurteilenswerten Feigheitsakt bedenkend, den Hilde beging, als sie sich von ihr losriß und weglief – wie kam sie dazu, mit einemmal einen jener Wortschwaden, die in der Luft hingen wie Auspuffgase, einzuatmen und in sich zu haben, jenes Wort, daß die Juden feige seien? Kam sie dazu, weil ihr Blut jetzt Bescheid wußte?

Hans brachte sie nach Hause und benahm sich anständig, wie Sophia zugeben mußte, wenn auch in seiner etwas selbstherrlichen Art. Er berichtete der Mutter, daß der Klassenlehrer mit ihm über Mittel und Wege gesprochen habe, die Göre – das war die anwesende Sophia – mit der nationalsozialistischen Anschauung vertrauter zu machen, daß er,

Hans, mit der Schwester auf dem Heimwege sehr ernst gesprochen habe, und zwar nicht ohne Erfolg, wie er ziemlich zuversichtlich annehmen dürfe. Dies sagte er während des Abendbrotes, das schon um sechs Uhr eingenommen wurde, weil Hans um sechs Uhr zwanzig für irgendeine seiner Dienstobliegenheiten das Haus wieder zu verlassen hatte. Sophia sah ernst auf ihren Teller, und die Mutter sagte lächelnd und erleichtert einen ihrer unbestimmten Ausgleichssätze, die ein Lob sowohl für den erzieherischen Sohn als auch für die folgsame Tochter bedeuten konnten. Der Vater, an den der Rapport nicht gerichtet war und der abseits lebte, selbst wenn er mit der Familie am Tisch saß, schaute in verlorenem Schweigen auf seine Tochter, die seinen Blick fühlte.

Als Hans die Wohnung verlassen hatte, sagte sie: „Ich gehe noch auf einen Sprung zu Hilde."

So sagte sie es immer; es war der gewohnte Satz, der den gewohnten Gang zur Freundin ankündigte. Heute jedoch wirkte er auf die Mutter so unerwartet, daß sie mit erstaunten Augen den Kopf schüttelte und nicht wußte, was sagen, außer einem leisen: „Aber ..."

Der Vater sprach wie von fernher, über die erhobene Teetasse blickend: „Geh nur, mein Kind."

– Wäre ich doch so alt und blutmüde wie der gute Papa!, dachte Sophia, als sie über den Treppenhausflur zur Wolffschen Wohnungstür ging und dreimal kurz läutete, ihr Klingelzeichen für die Freundin. Sie hörte Hilde aus ihrem Zimmer stürzen und zur Tür laufen, und sie freute sich, daß Hilde so lief, auf das Klingelzeichen, und lächelte glücklich. Hilde riß die Tür auf, zog Sophia herein, schloß schnell wieder die Tür und warf sich der Freundin in die Arme, mit einem kleinen Schluchzen. Sophia konnte nicht schluchzen, weil sie ja glücklich lächelte; aber da es Hilde tat, schluchzte auch sie ein bißchen, ihr zuliebe, und nicht einmal künstlich, sondern einfach dem Lächeln einen Laut gebend.

Und dann ... nun ja, es war eine dramatische und nach alledem glorreiche Umarmung, ein Sieg der Freundschaft und auch nicht der leiseste Widerstand des Blutes, man konnte jetzt schon eine weitere Probe aufs Exempel machen: – dann schnupperte Sophia ein bißchen an Hildes Wangen und Hals und Haar, und sie roch den zarten Hautduft eines jungen Mädchens, das sich mit Lilienmilchseife wusch und Kölnisch Wasser gebrauchte; und danach gewissen Ausführungsbestimmungen des Freundschaftsgesetzes für beide Freundinnen der Gebrauch von Lilienmilchseife und Kölnisch Wasser vorgeschrieben war, roch Hilde genau wie Sophia, und keine Artfremdheit war zu erschnuppern.

In ihrem Zimmer erst, dicht neben Sophia auf dem Biedermeiersofa sitzend und den Arm um ihre Schulter, fragte Hilde: „Hat er dir etwas getan?"

„Du meinst Hans? Er hat sich gehütet! Aber kannst du mir verraten, oder vielmehr, kannst du es rechtfertigen, daß du dich von mir losgerissen hast und weggelaufen bist – du, das war gemein von dir, Hilde."

„Gemein?", nahm es Hilde tieferschrocken auf, und ihre Hand fiel von Sophias Schulter, „aber um Gottes willen, das tat ich doch dir zuliebe!"

Einander zu belügen war eines der schwersten Vergehen gegen das Freundschaftsgesetz, und Hilde gehörte nicht einmal zu den läßlichen Lügnerinnen, das heißt zu jenen, die gelegentlich den Vater oder Lehrer oder Nichtfreundinnen belogen. Was sie sagte, war also die Wahrheit, wenn auch eine überraschende und noch ungeklärte. Sophia legte nun ihrerseits den Arm um Hildes Schulter und fragte: „Also keine Feigheit, nicht ein klein bißchen Feigheit?"

„Feigheit?", staunte Hilde wieder; „aber entschuldige mal, das kommt doch gar nicht in Betracht ... ich meine, ich habe doch gar nicht die Wahl, feige oder nicht feige zu sein – die hast doch nur du!"

„Ich?", fuhr Sophia auf.

„Versteh mich doch, Sophia, ich bin jüdisch und du nicht, ich habe zu leiden, weil ich jüdisch bin, und wäre ich noch so feige oder noch so tapfer, ich habe zu leiden, weil ich jüdisch bin. Du nicht, du hast die Wahl, feige zu sein und nicht mehr mit mir zu gehn, weil ich jüdisch bin. Aber du bist eben nicht feige, du bist nicht so gemein wie die andern, du bist anständig, das ist fein von dir."

„Bitte sehr", protestierte Sophia, „ich habe ja auch keine Wahl, ich bin doch deine beste Freundin! Und du hättest nicht wegrennen dürfen, nicht mal mir zuliebe!"

„Wenn ich bei dir geblieben wäre, Sophia, hätte er dich geschlagen, ich hab's ihm angesehen. Und ich will nicht, daß du für mich geschlagen wirst, ich will es einfach nicht! Ich weiß nämlich genau, wo es zuviel wird, daß du zu leiden hast, weil ich jüdisch bin – zuviel für mich, es fällt ja doch auf mich, wenn du zu leiden hast, weil ich jüdisch bin, und ich geh schließlich kaputt daran, und dann ist es schon egal, ob du anständig bist oder so gemein wie die andern."

Hier schluchzte sie wieder auf; aber Sophia schluchzte nicht mit; denn ihr junges Hirn hatte gewaltig zu arbeiten, die Probleme häuften sich, der furchtbare Bund gegen ihre Freundschaft bemächtigte sich selbst Hildes, und vielleicht lag es wirklich an der Bluteigenschaft, war sie auch nicht zu fühlen oder zu riechen ...

„Gehst du denn schon kaputt daran, Hilde, wenn wir Arm in Arm zur Schule gehen und aus der Schule?"

„Ja", flüsterte Hilde, „ja, ja, ja! Denn heute schlägt dich dein Bruder dafür und morgen die ganze Klasse!"

„Aber ich schlage zurück!", rief Sophia in plötzlichem Zorn, „was geht dich das an, wenn ich Lust habe, mich mit allen zu keilen – du brauchst ja nicht mitzumachen!"

„Ob du zurückschlägst oder nicht", flüsterte Hilde, „ob ich mitmache oder nicht – ich gehe kaputt daran ..."

„Und morgen, Hilde, gehst du morgen früh mit mir Arm in Arm in die Schule oder nicht?"

„Ich gehe morgen nicht in die Schule", sagte Hilde ganz leise, abgewandten Gesichts.

„Recht hast du", stimmte Sophia zu, „warum sollst du nicht mal die Schule schwänzen, hast es sowieso noch nie getan und bist jetzt nicht mehr Klassenerste. Aber übermorgen?"

„Ich gehe überhaupt nicht mehr ins Lyzeum", sagte Hilde ganz leise, abgewandten Gesichts. „Papa hat's heute beschlossen, ich gehe in eine jüdische Privatschule, Papa sagt, ich werde ja doch über kurz oder lang aus dem Lyzeum geschaßt, weil ich jüdisch bin ..."

Es kam eine lange Stille. Das kleine Mädchen Sophia sah mit Entsetzen, wie ihre kleine Welt ganz hämisch sich zu verändern anschickte, vor ihren Augen, gleichsam seelenruhig, eine Wand zwischen ihr und Hilde aufrichtend. Oh, sie wußte, es war die Blutwand, die abscheuliche Trennung und Abstoßung, die Hans prophezeit hatte; und wehrte sie sich nicht, tat sie jetzt nichts dagegen, so machte es das tyrannische Blut schon richtig, und sie wird so sein, wie sie sein muß und wie Hans ist, wie sie alle sind, und sie wird Hilde als Blutfeindin riechen und hassen und ausmerzen wie eine Krankheit. Wie aber konnte sie sich gegen das eigene Blut wehren, was war das Einzige und Äußerste, das sie ihm antun konnte, zum Schutze der Freundschaft, das Einzige und Äußerste?

„Und unsre beschworene Freundschaft?", fragte sie kehlig und vor Entschlossenheit blaß.

Hilde wandte ihr langsam das Gesicht zu. „Ich schwöre doch keine Freundschaft ab, weil ich umgeschult werde", sagte sie.

„Nein, aber es ist Trennung; und bevor wir getrennt werden, müssen wir die Freundschaft neu besiegeln – du weißt, das ist ausgemacht, Hilde!"

„Doch nur für den Fall, daß wir uns überhaupt nicht mehr sehen können – wenn einer von uns nach Berlin kommt oder nach Amerika oder so – wir sind aber doch nur für die Schulstunden getrennt ..."

„Ich will aber unsre Freundschaft neu besiegeln, ich will es, ich muß es!", flüsterte Sophia außer sich, und ihr Gesichtchen war zugleich wild und bleich.

„Ja", nickte Hilde, blaß auch sie und plötzlich in ihrem Bann, „ich will es auch ..."

„Hast du Mut?", flüsterte Sophia, ganz nahe ihrem Gesicht.

„Ja", nickte Hilde.

„Du weißt, was das höchste Siegel ist", flüsterte Sophia fast in ihre Lippen, „das Blutsiegel ..."

Sie hielt den Atem an; denn es konnte sein, o Gott, es konnte sein, daß Hilde jetzt den frommen Betrug durchschaute, weil auch sie schon von dem Dekret der Bluteigenschaft wußte und am Bluthorror teilnahm und das neue Gesetz von der Blutfeindschaft über das alte von der Blutsfreundschaft stellte ...

Hilde aber nickte schon: „Ja", und dabei schluchzte sie wieder ein bißchen.

Auf dem Tisch vor dem Sofa, auf dem sie saßen, stand Hildes Nähkästchen, und in dem Nähkästchen war eine gebrauchte Rasierklinge, die Herr Wolff seiner Tochter zum Auftrennen von Nähten überlassen hatte. Sophia nahm die Klinge, schnitt sich in den Daumenballen der linken Hand, ohne mit der Wimper zu zucken, und gab die Klinge der Freundin; und Hilde schnitt sich gleicherweise in den Daumenballen der linken Hand, aber sie preßte dabei die Augen zu und die Lippen zusammen. Dann legten sie Ballen gegen Ballen, Schnittwunde auf Schnittwunde, und ihre verflochtenen Hände drückten sich im Takt ihres lauten Herzschlags, um das Blut aus den gemeinsamen Wunden zu pumpen und ineinanderfließen zu lassen.

Nach zehn Minuten – denn sie hatten gehört, daß eine Blutspende ungefähr so lange dauert – befahl Sophia, die Hände ruhig zu halten und beieinander zu lassen, bis die Blutung von selber aufhört. Dann lösten sie die verklebten Daumenballen, und der feine Schmerz, den die Trennung der Schnittwunden verursachte, war die Erfüllung und Ende ihrer kindlich mystischen Hochzeit. Sie saßen still nebeneinander, ohne sich anzusehen, Hilde schluchzte hin und wieder ein bißchen, Sophia aber lächelte in geheimnisvollem Triumph. Jetzt standen sie auf, nach einem Blick des Einverständnisses, gingen ins Bad, wuschen die Hände und taten Heftpflaster auf den Schnitt. Sophias enthusiastischer Vorschlag, das Heftpflaster auch nach Verheilung der Wunde immer wieder zu erneuern, als Denkzeichen des höchsten Siegels, wurde von Hilde als undurchführbar abgelehnt. Dagegen schrieben sie sich das Datum der Besiegelung gegenseitig auf den Pflasterstreifen, nicht mit Blut, wie es Sophia verlangte und Hilde verwarf, weil es ohne neuerliche Verwundung nicht zu bewerkstelligen war, sondern mit roter Tinte.

Das Einzige und Äußerste war geschehen, und das Mädchen Sophia lebte nun in dem sonderbar schwebenden und hochmütigen Gefühl weiter, etwas getan zu haben, das für sie an der Grenze des Ausdenkbaren lag, also an der Grenze menschlichen Tuns überhaupt. Die Tat lag aber auch an der Grenze von Gut und Böse, nein, sie war zugleich himmlisch gut und höllisch schlecht, je nachdem man sie von der Seite der Blutsfreundschaft oder der Blutsfeindschaft betrachtete, und gab doch Ruhe, Sicherheit und jenen schwebenden Hochmut, dem nichts mehr viel anhaben konnte, weder die Halbtagstrennung von Hilde noch die zur Gegenseite einschwenkende Schule noch das unfrohe Elternhaus mit Hans als Kommandant. Nicht einmal der Bruder wurde ihr fürchterlich, obwohl sich doch die Tat am heftigsten gegen ihn richtete und zu extrem war, zu gewaltig in sich, als daß sie sie ihm, ginge es einmal wieder auf Spitz und Knopf, nicht offenbaren würde.

Als Hans sie nicht viel später, an einem warmen Juniabend nach dem Abendbrot, zu einem Gespräch unter vier Augen auf sein Zimmer befahl, wußte sie sofort, daß es nun soweit sei.

„Wenn du was von mir willst, mußt du dich schon in mein Zimmer bemühen", sagte sie und ging in Ruhe und schwebendem Hochmut vor ihm aus dem Zimmer. Dr. Moeller sah seine Frau an, und seine Augenlider begannen zu flattern.

„Was ich dir noch sagen wollte", begann Frau Moeller in Hast eine Erzählung, deren Lebhaftigkeit und Länge in keinem Verhältnis zu dem unbedeutenden Inhalt stand.

Hansens erster Blick, in Sophias kleinem Zimmer, galt dem Nachttisch zwischen Tür und Bett. Dort stand Hildes Photographie, noch immer. Er warf das Bild blitzschnell auf den Boden, zertrat Glas und Rahmen, bückte sich und zerriß es. „So", sagte er und wunderte sich, daß sie nicht zeternd eingriff, „das wäre das erste."

„Es gibt andere und bessere Bilder von ihr", sagte sie ruhig; aber ihre Augen waren grün vor Haß.

„Jetzt wird es Ernst", kündigte er an.

„Was du so unter Ernst verstehst, sieht man", sagte sie.

„Mir ist gemeldet worden", sagte er, „daß du heute mit dem Judenmädel im Judenflußbad geschwommen hast."

„Das stimmt auffallend", sagte sie, „und war auch nicht das erstemal; denn bekanntlich dürfen die Juden nicht baden, wo die Arier ihren Dreck loswerden."

„Es geht nicht darum", sagte er, „wo die Juden ihren Dreck loswerden, sondern darum, daß du dich erfrecht hast, im Judenbad zu baden."

„Wo soll ich denn baden?", fragte sie.

„Wo du hingehörst!", rief er.

„Ha!", rief sie, „wo gehöre ich denn hin?"

„Hast du total den Verstand verloren?", schnappte er im Stimmbruch über.

„Ich denke, den braucht man dazu nicht, sagst du, und den habe ich auch nicht verloren, ich habe überhaupt nicht viel verloren – aber ihr habt mich verloren, und das wollte ich!"

Hans öffnete den Mund, aber er brachte keinen Laut heraus.

„Ja", sagte sie, „da ist nichts mehr zu machen, ich pfeife auf eure Bluteigenschaft und kann tun und lassen, was mir gefällt, und gehöre ins Judenbad, weil ich jetzt Hilde Wolffs Blut in mir habe und sie hat meins, und du wirst sagen, ich habe mein Blut versaut, aber ich wollte es versauen und fühle mich sehr wohl dabei."

Sie lächelte hochmütig und hob die flache Hand und zeigte das rotbeschriebene Heftpflaster, das Denkzeichen des höchsten Siegels. „Was du da auf dem Pflaster geschrieben siehst, ist das Datum", erklärte sie, „und es ist mit ihrem Blut geschrieben", log sie.

Sie hatte den Bruder noch nie so bleich und mit so spitzer Nase gesehen. Der Knabe sprach kein Wort, aber sein Kinn wuchs und wuchs, er war nur Kinn und spitze Nase und eisig blaues Auge, er löste ohne Hast den Schulterriemen.

„Aha, jetzt wird umgelegt ...", flüsterte Sophia und sah sich nach einer Waffe um. Aber sie fand keine, sie fand nur ein Batisttaschentuch mit Spitzenrand und ihrem gestickten Namenszug, übrigens ein handgearbeitetes Geschenk von Hilde, und verbiß sich in dem zarten Stoff, das Gesicht mit dem Arm schützend.

„Was war das?", fragte im Eßzimmer der Vater und setzte die Teetasse ab.

„Gar nichts ist", sagte die Mutter und erzählte weiter, mit unruhigen Augen.

„Was war das?", fragte der Vater von neuem, leiser, stand auf und ging zur Tür.

Frau Moeller unterbrach sich und sprach langsam: „Misch dich nicht ein, Friedrich."

Er stand vor der Tür und hielt den Kopf gesenkt. Aus Sophias Zimmer kam der harte Schritt des Sohnes.

„Misch dich nicht ein!", warnte Frau Moeller.

Die Nagelschuhe krachten über den Gang der Wohnungstür, am Eßzimmer vorbei. Die Wohnungstür fiel ins Schloß, der Vater zuckte zusammen. Draußen krachte es die Treppen hinunter.

Der Vater betrat den Korridor und klopfte zart an Sophias Tür.

„Kleines ...", sagte er halb fragend, halb beschwörend.

„Bin schon zu Bett, Papa", antwortete Sophia, und sie bemühte sich sehr tapfer um eine Stimme, der nichts anzumerken sei.

„Schlaf gut", flüsterte der Vater und ging zurück. Doch bevor er wieder das Eßzimmer betrat, blieb er stehen und preßte die Fäuste auf die flackernden Augenlider, und es schüttelte ihn.

3

Und doch, das Kinn des Hitlerjungen Hans ging wieder zurück. Er war nun Rottenführer, ausgestattet mit einer genau umrissenen Machtfülle, unterjocht genau gestaffelten Obermächten, er trat nach unten und wurde von oben getreten, es mußte so sein und war gut und gerecht, ein umfängliches Kriegsspiel von solchem Ernst, daß man eben die Zähne zusammenbeißen und die Knochen zusammenreißen mußte, wenn der Körper schlapp zu machen drohte, und sich selber am Kragen zu nehmen und zurechtzustauchen hatte, wenn gelegentlich der Ekel hochkam oder auch nur ein Bedenken über das immer stärkere Mißverhältnis zwischen dem hauptsächlichen Spieldienst und dem nebensächlichen Schulunterricht, dessen Qualifikation sich bereitwillig nach den Spieldienstgraden richtete. Alles in allem war es die beste und einfachste aller Welten, klar ineinandergefügt, eine gewaltige, zwangsläufig aufwärts führende Treppe, aufwärts zum Höchsten, zum Gott und Führer, der immer zu sehen und zu hören war, in Bild und Schrift und Wort, und nicht selten in seiner heilumstürmten, heilig verstockten und heiser explodierenden Person.

Und doch, selbst diese von Frage und Zweifel gesäuberte Ordnung seiner Welt ersparte dem Knaben nicht Erfahrungen und Beängstigungen, mit denen er nicht fertig werden konnte, weil sie außerhalb des dienstreligiösen Katechismus gerieten, also eigentlich nicht mehr von dieser Welt waren. Und sie verstiegen sich in dieses weg- und steglose Außerhalb, weil sie aus seinem Innern kamen, tief aus dem Innersten, wo die Eigenschaft eines Rottenführers offenbar nicht mehr galt. Dies steigerte seine Hilflosigkeit und trieb sein Kinn zurück – trieb ihn zu dem Nothelfer zurück, der selber außerhalb war und nicht von dieser Welt.

Zu den Erfahrungen und Beklemmungen, die ihn sozusagen zu Kreuz kriechen ließen, gehörte übrigens nicht der Sündenfall der Schwester. Denn hier hatte er sich selber zu helfen gewußt, nicht indem er sie in der ersten Wut verdientermaßen und hart züchtigte, sondern indem er, rasch abgekühlt, zur Besinnung und Besonnenheit zurückkehrend, der Sache selber auf den Grund ging und das Ausmaß des Blutschadens feststellte. Er unterbreitete den Fall in unpersönlicher und hypothetischer Form, einfach als Problemstellung, dem Rassenhygieniker oder „Eugenetiker“ beim Stabe des HJ-Kommandos, vermochte bereits aus der unziemlichen Heiterkeit des Experten auf die objektive Harmlosigkeit des Mischaktes zu schließen und erfuhr dann auch, daß durch solchen „romantischen Blödsinn“ die rassische Blutbeschaffenheit weder verändert noch verschlechtert noch auch nur verunreinigt werden könne. Das Resultat war für Hans erleichternd, aber auch peinlich; denn wie sollte er, ohne sich etwas zu vergeben und den Radikalismus der Lehre vom Blut zu mildern, der Schwester auseinandersetzen, daß sie nur subjektiv, aber nicht objektiv die Prügel verdient habe? Dazu kam die nicht abzustreifende Erinnerung an ihre rätselhafte Stille und ergreifende Geste, als er von ihr abgelassen hatte und sie, klaglos sich aufrichtend, das von den Zähnen zerrissene Batisttuch vorwies wie eine Quittung und zum Bett humpelte. Kurz, er scheute sich, die fatale Sache wieder aufzurühren, verschleppte die Aufklärung von einem Tag zum andern, bis die Großen Ferien da waren und sie, überraschenderweise ohne Widerstreben, mit ihrer Klasse zur Erntearbeit ins Oldenburgische abrückte. Und dann hatte Hans genug mit sich selber zu tun. Denn das Wort vom Sündenfall, auf die Schwester gemünzt, konnte für ihn selber gelten. Aber für ihn gab es keinen in Heiterkeit ausbrechenden Parteibeichtiger, der mit dem Ablaß des „romantischen Blödsinns“ handelte und die Seelenruhe mit dem auswechselbaren Kissen der subjektiven oder objektiven Schuld aufpolsterte. Die Partei selber erklärte ja plötzlich für Sünde, was eben noch die mystische Weihe des Knabenbundes war, eine sakrale Disziplin des zu Gehorsam und Hingabe spieldienstlich verpflichteten Körpers. Ach, die Partei erklärte etwas für Sünde, das der Hitlerjunge Hans im Inneren, im sauberen und abzeichenlosen Innersten, immer für Sünde gehalten hatte. Und wer war der sichtbare Ausdruck der Partei, die zuständige höchste Instanz, die das neue Gesetz dekretierte, das Verbot und das neue Gebot, das wiederum für den Knaben erschreckend war, sündhaft und abstoßend? Der Bannführer?

Ja, der Bannführer, aber ein anderer, nicht mehr der schöne, furchtbar nette, hilfsbereite und dennoch grauenhafte Jüngling, der schon mit neunzehn Jahren den Rang eines Regimentskommandeurs hatte und plötzlich verschwand, plötzlich nicht mehr auf der Welt war, nicht mehr erwähnt werden durfte, der verfluchten Namen einer nach dem 30. Juni 1934. Hans war in großer Not der Seele, hilflos zwischen den Erfahrungen und Beängstigungen – und er bat den Vater, der nicht von dieser Welt war, um eine Unterredung unter vier Augen.

Der ehemalige Jugendrichter sah den Sohn an und erkannte, daß dieses Mal nicht der Prokurator der neuen Staatsjugend vor ihm stand, die die Väter entmündigt, sondern ein verlegener Junge im fünfzehnten Lebensjahr, der nicht mehr aus noch ein wußte – ja, Dr. Moeller wurde lebhaft an sein einstiges Amt erinnert, das ihm strauchelnde oder gestrauchelte Halbwüchsige täglich gegenüberstellte. Es erschreckte ihn nicht, daß er nicht nur einen ratlosen, sondern auch einen schuldbewußten Knaben vor sich sah; denn daß sein Sohn bisher im Glanze der uniformierten Sendung so unberührt von jedem Anhauch des Gewissens der töricht herrischen Anmaßung lebte, war der tiefe Kummer des Vaters; und wenn sich jetzt auch nur die Schuld offenbarte, die er dem Kinde Sophia gegenüber fühlte, aus welchen töricht herrischen Gründen auch immer er sie geschlagen haben mag, so wäre es für den Vater die erste Freude seit langer Zeit.

Hans blickte mit angestrengt gefalteter Stirn ins Leere; denn er wußte nicht, wie beginnen. Die Last, die ihn drückte, war sehr schwer in Worte zu fassen; aber auch ohne diese Widerspenstigkeit gegen den Ausdruck war sie so innig mit dem nicht zu veräußernden Geheimnis des Dienstes verflochten, daß es kaum möglich schien, sie abzulösen. Denn er wollte dem Vater ja nur sein Innerstes, nicht den Führer verraten. Er schüttelte mutlos den Kopf.

„Es ist furchtbar schwer, Papa."

„Wie wäre es", sagte der Vater, „wenn du ein anderes Hemd anziehst, Hans? Du hast doch noch andere Hemden."

Hans blickte überrascht auf und sah den früh ergrauten Mann, von dem er die Augen, die Nase, die dichtanliegenden Ohren, den schmalen Mund, den flächensparenden Bau des Gesichts hatte; aber er sah nicht, daß er der Sohn des Vaters war, sondern er erblickte ein gänzlich anderes Gesicht, als er es in seiner Welt zu sehen gewohnt war, eine andere Liebe und eine andere Klugheit.

– Das ist sehr klug, das mit dem Hemd, dachte er, es mag sich leichter sprechen ohne das Hemd.

Er eilte aus dem Zimmer und war in erstaunlich kurzer Zeit wieder zurück. Er trug ein weißes kurzärmliges Sportshemd, das ihm etwas zu eng war, aber den wohlgestalteten Bau des Oberkörpers enthüllte, ihn zugleich jünger und lieblicher machend. Er war ein Ephebe in der ersten Pracht der Mannbarkeit, und jetzt war es, daß der Vater in unbestimmter Ahnung erschrak.

„Papa", fragte Hans, nicht landsknechtisch mit gegrätschten Beinen dastehend, sondern anmutig, mit einem zugleich freimütigen und kleinmütigen Lächeln, gegen des Vaters Schreibtisch lehnend, „ist es möglich, daß man schon in meinem Alter einen Knacks wegbekommen hat?"

„Ich weiß nicht, was du unter Knacks verstehst", antwortete der Vater ernst, „aber allgemein gesprochen, ist gerade dein Alter Beanspruchungen aller Art ausgesetzt, die zu Gefährdungen, wenn auch zumeist nicht zu irreparablem Schaden führen können."

„Aber ein Knacks ist", sagte Hans, „wenn etwas in einem geknickt, also entzwei ist."

„Du fürchtest also, mein Junge, einen Schaden fürs Leben davongetragen zu haben?"

„Manchmal, Papa."

„Wann zum Beispiel fürchtest du es nicht?"

„Im Dienst."

„Im Dienst? Ich weiß ja nicht recht, was das ist, dein Dienst, Hans, und glaube zuweilen, daß du immer im Dienst bist, selbst hier zu Hause. Wann also hast du eigentlich die Zeit zu fürchten, daß etwas in dir in Unordnung geraten ist?"

„Zum Beispiel nachts, Papa."

„Aber ist es nicht so gut wie sicher, mein Sohn, daß dir der vermeintliche oder wirkliche Schaden im Dienst oder durch den Dienst widerfahren ist?"

„Es ist sicher, Papa."

„Könnte er demnach nicht behoben werden, wenn du den Dienst quittiertest?"

Hans bekam einen steifen Rücken und berührte nicht mehr den Schreibtisch. „Was heißt das, Vater?"

„Das heißt, Hans, daß der Schaden möglicherweise verschwinden kann, wenn du einen Dienst aufgibst, in dem oder durch den du zu Schaden gekommen bist. Und das kann noch mehr heißen, laß mich doch aussprechen, Junge! – es kann sein, daß du den ursächlichen

Zusammenhang zwischen Dienst und Schaden unterschätzt hast und der Dienst selber der Schaden ist, verstehst du das ? – daß die Idee, der du dienst, dein Knacks ist."

Hans hatte ihn heftig unterbrechen wollen, wie um zu verhüten, daß der Vater seinen Satz zu Ende spräche. Jetzt ließ er in tiefer Enttäuschung die Arme sinken. „Falsch, falsch, falsch, Vater, was fängst du denn zu politisieren an wie Anno Tobak! Du bist auf falschem Wege ..."

„Mein lieber Junge", sagte Dr. Moeller, und seine Augen flatterten ein wenig, „es liegt bei dir, mich auf den richtigen Weg zu bringen."

„Kann man", fragte Hans hastig und entschlossen und sah aus wie einer, der einen Anlauf nimmt und abspringt, „Vater, kann man mit seinem Körper sündigen?"

„Ganz gewiß", antwortete Dr. Moeller, „und ich bin überzeugt, daß du dir selber schon die Antwort gegeben hast. Aber es gibt sogenannte Jugendsünden, die physiologisch nicht viel mehr sind als die Ventilschaffung für einen überkomprimierten Entwicklungszustand der Pubertät und in dem Augenblick ihre Gefahrmomente verlieren, in dem du sie als sündhaft erkennst. Meinst du das?"

„Nein", sagte Hans und blickte dem Vater fest und dringlich in die Augen.

Dr. Moeller sprach eine Weile nicht und senkte den Blick auf seine Hände, die er faltete. Auch Hans schaute auf die gefalteten Hände des Vaters und sah, daß die Nägelkuppen blutleer wurden, so fest preßten sie sich zwischen die Handknöchel.

„Ja, Hans", sagte der Vater leise, „das ist nun wahrlich eine Sünde; denn es ist die Sünde wider die Natur. Aber da du zu mir kommst und in Not bist, in hochverdienter Not, und die Sünde Sünde nennst, ist durchaus noch nicht alles verloren und kann gewonnen werden, was eben nur durch Einsicht und Selbstkritik gewonnen werden kann – nämlich die Abkehr."

„Abkehr ...", wiederholte Hans langsam, es konnte auch eine Frage sein.

„Darf ich dich fragen, Hans, wie lange du es schon als Sünde empfindest ?"

„Schon lange, schon von Anfang an – aber es galt doch als Verpflichtung."

„Als Verpflichtung?", rief der Vater.

„Gehorsam heißt: mit Leib und Seele!", rief der Sohn.

„Gehorsam gegen den Vorgesetzten?"

„Natürlich!"

„Und der Vorgesetzte forderte auch diesen Gehorsam?", rief der Vater.

„Natürlich!"

„Und als du Vorgesetzter warst, fordertest du den gleichen Gehorsam von deinen Untergebenen?"

„Natürlich!"

„Und wußtest, daß es Sünde war?"

„Nein, ich fürchtete es nur, und man sah es anders, und ich bin nicht ich im Dienst, das ist das erste, was man lernt, und darum geht es nicht, Vater, wir verrennen uns wieder!"

„Wir verrennen uns nicht; denn es geht um deine Sünde!"

„Es geht um den Knacks, Vater! Und plötzlich bekam die Verpflichtung einen Knacks und war Sünde und der Obere, dem ich gehorsam sein mußte, ein Verbrecher – und jetzt frage ich dich, Papa, was bin ich?"

„Kein Verbrecher, mein Kind", sagte der Vater, beugte sich über den Schreibtisch und nahm Hansens Hand. „Zumindest früher wurde nur der Verführer bestraft, nicht der Verführte."

„Das ist jetzt anders", sagte Hans leise, „jetzt werden alle bestraft ..."

„Und was ist die Strafe, Hans?"

„Du nennst es: die Abkehr", antwortete Hans leise.

„Dann verstehst du nicht, was ich damit meine, Hans. Das kann niemals eine Strafe sein; denn es ist die vernünftige und moralische Lösung des Problems, der menschliche Weg aus der Verirrung."

„Aber was ist denn die Abkehr?", schrie Hans in jäher Verzweiflung.

„Die Abkehr von dem, was wider die Natur ist, ist die Hinkehr zum Natürlichen – höchst einfach, Hans."

„Also Umgang mit Mädchen!", rief Hans kehlig.

„Wenn du es so nennen willst – ja."

Hans hob langsam die Schultern, und der Vater sah zu seiner Verwunderung, daß sich die Augen des Knaben mit Tränen füllten. „So nennt man es, Papa", flüsterte er mit enger Stimme, „und wenn ich gewußt hätte, daß du im Grunde genau dasselbe sagst wie das neue Gesetz."

„Mein Kerlchen", unterbrach der Vater lächelnd und hielt seine Hand fest, „dieses Gesetz ist so alt wie die Menschheit und in dir selber drin, weil du ein Mensch bist und im Begriff, ein Mann zu werden ..."

„Siehst du, Papa, jetzt sind wir so weit", flüsterte Hans und wurde blutrot, „denn in mir ist nur der Ekel drin – und das eben ist mein Knacks ..."

„Laß dir doch Zeit", bat der Vater, „laß doch die Zeit für dich arbeiten, laß doch die Zeit entscheiden, ob du einen Knacks hast oder nicht ..."

„Aber sie lassen einem doch keine Zeit, Papa, sie befehlen einfach!"

„Auch das wäre ein Befehl wider die Natur und höbe sich von selber auf – du hast doch nun schon deine Erfahrung mit widernatürlichen Befehlen und bist bereits über sie hinaus, sonst kämst du ja nicht zu mir."

„Aber wenn ich einfach unfähig bin zu glauben, daß die Zeit mir helfen kann, Papa ?"

Jetzt ließ der Vater die Hand des Sohnes los und entschied, streng wie ein Richter: „Dann mußt du eben so leben, als gäbe es keine Hilfe für dich. Dann mußt du dich von der erkannten Sünde abkehren und von der unerkannten rein halten. Du wirst sehen, man kann auch zwischen Abkehr und Hinkehr leben."

Hans nickte langsam mit dem Kopf. „Was wird das für ein Leben sein", fragte er nachdenklich, „ein hartes oder ein armes?"

Der Jugendrichter wurde von dieser Frage seltsam ergriffen. „Warum fragst du so?", fragte er zögernd.

„Weil man uns sagte, daß wir ein hartes, aber reiches Leben führen."

„Glaubst du das?"

Der Sohn schwieg, trat zum Vater hin und gab ihm einen Kuß auf die Stirn. Das hatte er schon sehr lange nicht mehr getan. Doch dann, mit einem leisen „Danke, Papa!" schlug er die Hacken zusammen wie immer.

Als der Vater allein war, tat er das gleiche wie neulich auf dem Korridor zwischen Sophias Zimmer und dem Eßzimmer: er preßte die Fäuste auf die Augen, und es schüttelte ihn.

4

Die Zeit, an deren Heilwillen Hans nicht glaubte, weil sie es ja war, die ihm die unheilbare Wunde schlug – die parteiische Zeit bemächtigte sich auch der Schwester, wie konnte es auch anders sein. Die Zeit war ein gewaltiger Lautsprecher, ihr selbstbesessener Ausspruch besaß alle Ohren und drang in die Gehirne, ob sie wollten oder nicht; und selbst wenn sie nur stumpf wurden, nur gewöhnt an das Zeitgeschrei, waren sie ihr schon verfallen. Die Zeit, die nicht steht, sondern läuft, identifizierte sich für die Ohren mit der neuen Staatsmacht, die sich in betäubender Anmaßung „die Bewegung" nannte. Die Hörer wurden Hörige und bewegten sich mit, im Lebenszwang der Zeit: sie wurden älter.

Die Kinder wurden älter, Sophia wurde älter und lernte durch das Zeitvergehen, was der Bruder ihr nicht zu offenbaren gewagt hatte: daß nämlich ihr höchstes Siegel ein romantischer Blödsinn gewesen sei, ein belächelnswertes Kinderspiel. Sie lernte noch viel mehr, sie lernte hinzunehmen, was sie so wenig ablehnen konnte wie die Luft zum Atmen. Einst war ihr Hilde Wolff sicher durch das höchste Siegel, und sie ging ganz gerne mit der Klasse in die Großen Ferien zur lustigen Landarbeit, aus spitzbübischem Vergnügen an der eigenen, unsichtbaren, exzeptionellen Unreinheit, vielleicht aber auch schon in gelindem Überdruß an der Blutsfreundin schluchzender Schmerzlichkeit. Allmählich dann und höchst schmerzlos setzte der Zeitzwang ein, die Bewegung des Lebens, das Älterwerden; man sah sich seltener und nahm es vernünftig hin, sie waren ja keine Kinder mehr, mit einemmal war die Klasse zeitgemäß uniformiert, natürlich auch die Klassenerste Sophia Moeller, sie fand sich hübsch in der BDM-Uniform, weil sich alle hübsch fanden, und sie sah jetzt Hilde Wolff noch seltener, aus begreiflicher und durchaus zartsinniger Rücksicht zuerst und dann aus dem einfachen Grunde, weil sie immer seltener zu Hause war. Gewiß, sie liebte Hilde Wolff noch immer, doch schon so wie eine Reliquie, immer noch märchenromantisch, also ein bißchen belächelnswert, etwa wie eine Haarlocke im selten geöffneten Kasten.

Auch dabei blieb es nicht, weder bei der schmerzlosen Eingewöhnung in die Zeit noch bei der schmerzlosen Trennung und Entrückung von der Jugendfreundin; denn die Zeit, die läuft, duldet kein Bleiben, und diese Zeit der Bewegung machte dem Mädchen Sophia Beine und trieb sie einen langen, langen Weg, bis sie bemerkte, daß es ein Kreis gewesen war und sie als Erwachsene wieder dort stand, wo sie als Kind aufgebrochen war: bei der rebellischen Passion des höchsten Siegels. Sie hatte von vorne anzufangen und die Schule der Zeit durchzumachen, bis sie den Reifegrad des Hasses auf die Zeit erlangte.

Aus der lustigen Landarbeit wurde der Arbeitsdienst, und da war es, als fiele ein schweres Tor ins Schloß: die Mädchen staken mit einemmal im Gefängnis der Erziehung zur Staatsjugend. Das mißfiel allen, nicht nur Sophia allein. Doch es gab keine Gelegenheit mehr, das Mißfallen zu äußern; die Bewachung war vollkommen, die Unzufriedenheit geächtet und schon auch sinnlos gemacht. Denn es begann sofort die Austreibung des Ichs und seine Ersetzung durch das Wir. Das Ich war strafbar an sich, ein Residuum der verjudeten Demokratie, Egoismus schon in der Wortbildung und der Feind der Zeit, die mit ihren Feinden kurzen Prozeß macht. Kein Mädchen wagte, vor solcher Drohung und angesichts einer Organisation, die die Macht hatte, jede Drohung wahrzumachen, am Ich zu kleben, um so weniger als sie es nur spärlich kannten.

Aber das Wir, das neue siegheilige Wir: das war das unwiderstehliche Fürwort der neuen Zeit, der neuen Bewegung, der Volksgemeinschaft, und schloß selbst den Führer ein und die Untergöttin und Frauenführerin, eine jäh anzubetende Dame namens Frau Scholtz-Klinck. Doch so leicht das Fürwort auszusprechen war und so oft, so laut und gellend es ausgerufen wurde, so schwer wurde es den Mädchen gemacht, es zu sein, mit so ausgeklügelter Härte, Prüfung und Pressung, gleich als ob das Massenprodukt, das zu erzielen war, zugleich auch ein Packungsproblem darstellte wie in einer Konservenfabrik mit Mangel an Behältern. Es gehörte also zur Erziehung, daß die Mädchen niemals allein waren, niemals ohne Aufsicht, ohne die schichtende, zusammendrückende Hand; das Drangvolle, Lebensenge und Kompakte war pädagogisch notwendig wie die Entäußerung von jeder Eigenheit, jedem persönlichen Tun und Lassen, dem persönlichen Wort und möglichst auch dem eigenen Gedanken. Denn das Eigene nahm den rätselhaft kostbaren Raum ein, der der Gemeinschaft gebührte, und selbst die rigide Austreibung des Geistes oder der Geistbildung und ihre Ersetzung durch den Chorgeist, den Sprechchor, den Gleichtritt selbst der Gedanken, schien zuvörderst eine Packungsmethode. Nur ein einziges Eigenrecht wurde dem Zögling belassen und zugleich zur Pflicht gemacht: das Recht und die Pflicht jedes einzelnen, jeden einzelnen zu bespitzeln und an den Oberen zu verraten, so es etwas zu verraten gab, und sei es auch die geringste Eigenwilligkeit. War das erhört? Nun, es war zugleich logisch und erzieherisch, zu Lob und Nutzen des großen Wir. Denn seht, Kinder, wenn der letzte schäbige Rest des kleinen Ich noch einen kompletten Judas abgibt, wie himmelschreiend unanständig und abgründig gemein muß dann das pralle ganze Ich sein, von dem ihr befreit seid!

Sophia litt so stumm und heftig wie die andern. Der Unterschied aber war, daß sie nicht ausweglos litt. Junge Menschenwesen unter solchem durchtriebenen Zwang können sich schwerlich ins Denken retten, weil sie keine Denkerfahrung haben und weil ihnen der Gedanke auf der Zunge liegt, die gebunden ist. So lassen sie es sein und nehmen das Denkverbot hin, weil es in Griff- und Verratsweite neben dem Sprechverbot liegt. Was hätte es für sie für einen Sinn, einen Gedanken ins Leere zu bauen wie eine Brücke, die kein jenseitiges Ufer hat, also keinen Halt? Aber es hatte den vorgeschriebenen Sinn, sich ins Leid zu schicken; denn siehe, sie merkten sehr bald nicht mehr, daß sie in Leid, Zwang und Enge lebten, und sie gingen in der Masse auf, weil ihnen nichts anderes übrigblieb und es so entschieden am besten war.

Sophia aber hatte einen Halt am jenseitigen Ufer und konnte zum mindesten eine Denkbrücke bauen. Sie hatte sogar die Wahl, mit dem Gedanken zum Vater oder zu Hilde Wolff zu entfliehen. Beide hatten unter der Zeit zu leiden, beide waren aus der Zwangsgemeinschaft ausgeschlossen und beide liebte sie. Sie entschied sich für die Freundin, weil es die Fortsetzung einer trotzigen Übung war, die heimliche Rückkehr zum verbotumstarrten Geheimbund, und weil der gute stille Vater nun einmal schonungsbedürftig war und nicht einmal ihre Gedanken empfangen könnte, ohne daß ihm die Lider zu flattern begännen.

Bereits die gedankliche Rückkehr zu Hilde Wolff war ein Ausweg. Abends im Schlafsaal Augen und Ohren zu verschließen, vom müden Körper ein Viertelstündchen Schlafaufschub zu erbitten, schon bei der Freundin auf dem Biedermeiersofa zu sitzen und auszupacken, was auf dem Herzen lastete, anzuklagen, zu höhnen, zu eifern, zu geifern und kein gutes Haar an dem verflossenen Gemeinschaftstag zu lassen; oh, es war eine Erleichterung! Doch als Sophia bemerkte, daß es noch viel mehr war als eine Erleichterung, daß es Widerstand war, schon weil sie die widerspenstigen Gedanken sammelte, daß es also Widerstand gab gegen das Unwiderstehliche, vielleicht sogar Immunität gegen den Ansteckungszwang, genügte ihr die Gedankenbrücke nicht mehr.

Da begann sie, der Freundin zu schreiben, und jeder Brief war so etwas wie eine Heldentat, geschrieben auf türlosen Aborten, nachts im Bett unter der Bettdecke beim Schein einer winzigen elektrischen Taschenlampe, die dem Bleistift anmontiert war, oder kühn während der Arbeitsstunde unter den Augen der Aufseherin, die glaubte, sie schriebe einen Aufsatz ins Heft, und es waren darin doch auch lose, sorglich eingelegte Seiten, die in bemerkenswerter Elastizität des Geistes mit dem aufgegebenen Thema alternierten: je eine Seite Verherrlichung und Verunglimpfung der Bewegung. Jeder Brief war Konterbande, ingeniös und aufregend aus dem Lager geschmuggelt und zur Weiterbeförderung einem zuverlässigen Bauernmädchen zugesteckt, das doch nur glaubte, ein Postillon d'amour zu sein. Und jeder Brief wurde ein größeres Verbrechen am Sakrament der Gemeinschaft; denn aus der Verklagung, Verhöhnung und Persiflage der Diensttäglichkeit wurde immer hellsichtigere Kritik an der Vermassung und Verblödung, die zum Erziehungsprinzip geworden, Kritik an den Gefährten, die sich die Seele verpacken und verstümmeln ließen, in der einzigen Hoffnung, einmal nicht mehr Ton, sondern Töpfer zu sein, Kritik an der zahllosen Führerspezies, die selber wiederum nur eine entseelte Massenauswahl war, Spezialton in der Hand zuständiger Obertöpfer, mit keinem anderen Gefühl mehr als Angst, mit keinem anderen Ichrest mehr als dem Judaskomplex, der treulich mit ihnen die Stufenleiter hinaufkletterte – und aus der Kritik wurde der blanke Angriff auf das Prinzip der Zeit, das zugleich Pharaos Pyramide und Zuchthaus war.

Hilde Wolff antwortete niemals. Gut, es war klug und einsichtsvoll gehandelt, es konnte begreiflicherweise nur eine einseitige Korrespondenz sein; aber dennoch, das vollkommene Schweigen war ein wenig kränkend und auch nicht notwendig, es genügte ja schon eine Ansichtskarte hier und da mit noch so billigen Worten des Gedenkens. Daß die Briefe nicht ins Leere gingen und Hilde noch vorhanden war, erfuhr Sophia aus den Briefen des Vaters, der sich ein stereotypes Postskriptum angewöhnt hatte: „Die traurigen Nachbarn lassen Dich grüßen." Immerhin, die Freundin ließ sie grüßen, und des Vaters monotoner Refrain von ihrer Traurigkeit mochte die mittelbare Entschuldigung für ihr Schweigen sein.

Dann aber kam eine Nachricht von Hilde, ein elender Zettel mit verstellter und gehetzter Handschrift: „Bitte, bitte, bitte schreibe mir nicht mehr!" Und das dreimalige „Bitte" blockte sich in immer größeren Buchstaben auf, so wie man in der Zeit des stummen Films durch die Letterngröße die Tonstärke eines Schreis wiedergab, die Unterschrift bestand nur aus einem schiefen, gleichsam zusammenbrechenden „H“, und das Ganze war ein Rätsel, wenn auch ein erschreckendes. Denn das Datum des Poststempels sagte für Sophia nichts aus, der November 1938 war für sie nichts Besonderes, sie wußte nichts, nein, sie wußte nichts, die Zeit hatte den Gemeinschaftskral um sie herum errichtet, die tiefverhaßte Umzäunung, gegen die sie wacker und kundig Sturm lief; sie war heftig betroffen, daß ihr die Freundin die Briefwaffe aus der Hand schlug, ahnte auch, daß dem aufschreienden und hinfallenden „H“ Schlimmes zugestoßen sein müsse: doch was außerhalb geschah, drang nicht zu ihr. Und des Vaters nächster Brief überging ihre vorsichtige Frage nach den Nachbarn oder beantwortete sie mit dem dubiosen Postskriptum: „Die traurigen Nachbarn lassen dich grüßen.“

Gewiß, als sie zu den Weihnachtsferien nach Hause kam, erfuhr sie, was im November geschehen war, und sah auch die ausgebrannten Gotteshäuser und Geschäfte der Juden, und sie sah Onkel Wolff, der erst vor wenigen Tagen aus dem Konzentrationslager entlassen worden war und Mühe hatte, sie zu erkennen, und gar keine Lust, mit ihr zu sprechen. Er war alt, krumm, feindselig und eigensinnig geworden – sehr eigensinnig, flüsterte Hilde, denn er wolle nicht auswandern, unter keinen Umständen, weil er seine Frau nicht allein zurücklassen könne. Seine Frau war doch gestorben, als Hilde geboren wurde, und lag nun schon sechzehn Jahre allein im Grab; aber das war es eben: Vater Wolff besuchte sie auf dem Friedhof seit sechzehn Jahren an jedem Sonntagvormittag, erneuerte sein Versprechen, daß sie nicht ewig allein liegen würde, und betrachtete die marmorne Grabplatte, auf der für den eigenen Namen vorsorglich Platz gelassen war.

Hilde flüsterte immer, wenn sie mit der Freundin beisammen war, und sah sie selten an, und es war Unlustiges, um nicht zu sagen Feindseliges in ihrem fertigen und schon etwas verhärteten Gesicht, das an ihren Vater erinnerte; aber nach jedem Satz blickte sie rechts und links über die Schulter, obgleich hinter ihr doch nur die zierlich geschwungene Rückenlehne des Biedermeiersofas war. Und sie lachte nicht, als Sophia sie darauf hinwies, daß dieser Drang des Kopfes, über die Schulter zu sehen, nicht etwa eine jüdische, sondern die neue Volksdeutsche Bewegung sei. Vielleicht war es kein guter oder kein taktvoller Witz; denn

Hilde hielt den Kopf steif, blähte ein wenig die Flügel ihrer schmalen geraden Nase und schloß einen Augenblick die Augen, so als müsse sie etwas Geschmackwidriges hinunterschlucken.

Dann flüsterte sie weiter: von der dreimaligen Hausdurchsuchung und ihrer Angst, es möchte doch noch ein Brief Sophias eingelaufen und abgefangen sein, von dem furchtbaren Augenblick, als sie in aller Herrgottsfrühe den Vater holten und er hartnäckig monoton fragte: „Bitte, warum? Bitte, warum?", bis er zwei Ohrfeigen erhielt, eine mit der Handfläche, die andere mit dem Handrücken, und dann schwieg, in ungeheurer Scham, mit einem nicht zu vergessenden Ausdruck der Scham, nicht der Wut oder der Angst oder des Schmerzes.

Hilde flüsterte in buntem und unordentlichem Durcheinander von der bösen Zeit überhaupt: daß sie keine Dienstboten halten dürften und kein Auto und kein Telephon, daß der Vater schon lange kein Schokoladenfabrikant mehr war, daß sie keine Orangen kaufen dürften und daß sie, taten sie es doch, die Schalen heimlich in den Moellerschen Abfallkasten warfen, daß sie kaum noch Milch und Butter bekämen, weil es für sie nicht Milch und Butter gab, wenn sie zu ihrer bestimmten Stunde, der Judenstunde, vor dem Milchladen antraten – nun ja, daß sie sehr bald den Davidstern auf der Straße tragen müßten, den gelben Stern!

Wieder verstummte sie mit geblähten Nasenflügeln, gleich als habe Sophia wieder einen geschmacklosen Witz gemacht, schloß die Augen, öffnete sie weit und sah die Freundin an – was war das für ein Blick! Und sie flüsterte: „Ihr seid ja so gemein zu uns!"

„Wir?", fuhr Sophia auf und erschrak doch schon an diesem „Wir" und trennte sich hastig von dem Gemeinschaftswort, „aber ich doch nicht, Hildelein, ich habe ja auf meine Art zu leiden wie du, ich stecke ja ebenfalls in einer Art Konzentrationslager, du weißt doch ..."

„Auf deine Art!", rief Hilde, nein, sie flüsterte nicht mehr und hatte plötzlich heiße Wangen, „wie kannst du deine Art mit meiner Art vergleichen! Du hast es leicht! Du hast leicht reden!"

„Ich habe es leicht?", fragte Sophia grenzenlos erstaunt, „aber du weißt doch, ich schrieb dir doch alles, du hast doch meine Briefe gelesen ..."

„Teilweise."

„Teilweise", wiederholte Sophia langsam, „was heißt das, teilweise?"

„Das heißt, daß ich die ersten Briefe ganz las und die späteren nur durchflog und in der letzten Zeit sie gleich verbrannte, ungelesen."

„Hilde", flüsterte Sophia, „Hilde, warum?"

„Warum? Ach du lieber Gott, es gibt so viele Gründe – vor allem natürlich Angst! Bitte stell dir vor, so ein Brief wird von der Gestapo erwischt oder von deinem Bruder oder nur vom Blockwart – bitte, was passiert da mir und dem armen Papa und was passiert da dir? Und in der Angst steckte selbstverständlich der Ärger, daß du uns so sinnlos in Gefahr bringst – ja, und dazu kam das Gefühl, daß ich ja nur dein Ablegeplatz bin, dein Schutthaufen, der einzige Ort, wo du bequem deine Geschichten losbringst. Und schließlich, meine Liebe, gehen mich deine Geschichten ja gar nichts an, so wenig, wie dich im Grunde das angeht, was ich dir von mir erzähle – nimm mir's nicht übel!"

War das so falsch und ungerecht? War es nicht eine bewußt einseitige Korrespondenz gewesen, unbewußt nur der Gefahr, die sie über die Empfängerin bringen konnte, über das Judenmädel mit dem Angriff auf das Sakrament der Volksgemeinschaft in Händen? Und hatte sich nicht Sophia während Hildes Geflüster gesagt: Sie spricht nur von sich, und was ist das schon so Schlimmes mit der Butter und den Orangenschalen, wenn ich an mein Zuchthaus denke, und den gelben Stern trägt sie ja noch nicht, aber ich habe schon lange das Gemeinschaftskleid zu tragen und die Gemeinschaft obendrein, und selbst was die Schläge betrifft, so könnte ich noch ein ganz andres Lied singen, wenn es nicht gerade den alten Wolff getroffen hätte, sondern Hilde – so wie es bei uns die Mädchen trifft, ob sie „Bitte, warum?" fragen oder nicht ...

Wie stand es nun mit den beiden Blutsfreundinnen? Es stand am Ende mit ihnen, nicht weil sie sich nun auseinandererlebt hatten, eine jede auf ihre Art des Seins und Leidens pochend und schließlich ohne Gehör und Verständnis füreinander – o nein, da gab es noch für die restlichen Ferientage Erklärungen und Beteuerungen die Menge und schließlich ein stillschweigendes Kompromiß, über die Zeit und die gegensätzlichen Leidquellen taktvoll hinwegzusehen, und das war ein etwas melancholischer Seiltanz der Freundschaft. Doch es stand am Ende mit ihnen, weil sie sich nicht mehr sehen sollten. Es ist eine eitle Frage, ob es ein Glück oder ein Unglück für sie gewesen ist, es nicht gewußt zu haben.

Sophia kehrte in den Kral zurück, hatte keine Konterbandenbriefe mehr zu schreiben und fragte sich, ob sie nicht die Schonung des Vaters übertrieben habe; denn es schien ihr nachträglich, als ob die Augen des stillen Mannes mit einer gewissen Erwartung auf ihr geruht hätten, so als sähen sie tief in sie hinein und als brauchten sie nur noch ihre Bestätigung, daß es so sei und daß sie sich nicht geirrt hatten. Gut, sie konnte auch noch nachträglich mit diesem Anschein etwas anfangen und in Gedanken, sozusagen als Briefersatz, mit dem Vater sprechen, wie man es während der Ferien zu tun versäumt, aber vielleicht doch nur lahm und befangen getan hätte. Jetzt waren sie beide gesprächiger und rücksichtsloser, und des Vaters nichtssagende Briefe, jeweils pünktlich am Ersten jedes Monats abgesandt und mit dem unvermeidlichen Postskriptum versehen, hinkten erheiternd sinnlos dem Gedankenaustausch nach und belebten in ihrer matten Vorsicht nicht Sophias Kenntnis der Dinge, die außerhalb der Umzäunung geschahen.

Sie wußte nichts, nein, sie wußte nichts, und dann war der Krieg da. Gut und natürlich, der Krieg war da, der Jubel der Gemeinschaft war groß oder zum mindesten groß aufgemacht, die Siegheils gab es schon immer und sie wurden nur gebührend vermehrt, alles ging wie am Schnürchen, und das selbstgeschulte kleine Ich namens Sophia nahm den Krieg aufs Korn, weil es der akute Gemeinschaftsschrei wurde: Wir und der Krieg – Wir fahren gegen Engelland – Und morgen die ganze Welt! Nichts war neu für Sophia und für die Staatsjugend: nicht das zeitbesessene Wir, nicht das Lied, das auf jedem der tausend Märsche gegröhlt werden mußte, zum mindesten wenn man durch eine Ortschaft kam – und nicht der Krieg. Er war nun dran, es war nun soweit. Wie sollte es anders sein bei einem Kriegsspiel, das längst schon zum schrecklich ernsten Spieldienst geworden, zum Gehorsam mit Leib und Seele! Nur die Älteren draußen, jenseits des Krals, hatten dem Friedensgebrüll des Führers geglaubt, auf die großartig friedlichen Erpressungen des Kriegsspiels geschworen, und waren sprachlos vor schlimmer Überraschung. Die junge Staatsmasse aber, Produkt von Pressung und Packung, hatte den Gott und die Götter niemals von Frieden brüllen hören, sie hatte sie und sich nur Sieg Heil! brüllen hören und war nicht sprachlos, sondern im Schwung des gleichen, gültigen, gleichgültigen Wortes.

Der Krieg brachte für Sophia keine Änderung. Gewiß, Bruder Hans wurde Kriegsfreiwilliger und hätte mit seinen neunzehn Jahren noch ein Jahr Zeit gehabt, er hätte also noch zwei weitere Semester Jura studieren und, wenn er wollte, sogar das Studium abschließen und seinen Doktor machen können, ehe er einrückte. Aber er wollte nicht und meldete sich freiwillig, er war ja Soldat, Absolvent des langen Kriegsspiels, das nicht aufhörte; denn als er mit achtzehn der Hitlerjugend entwuchs, in Ehren und Würden, standen schon die Tore der beiden Parteiwehrformationen herrisch für ihn offen, und er hatte die SS gewählt oder zu wählen, wegen seiner Ehren und Würden. Der Kriegsfreiwillige aber trat nicht in eine der SS-Kampfformationen ein, sondern in die Wehrmacht, und dieser neue Uniformwechsel war für Sophia das einzig überraschende im selbstverständlichen Lauf der Dinge, überraschend und zu Gedankendialogen mit dem fernen Vater führend. Hans selber sprach sich darüber nicht aus, am wenigsten mit der Schwester, die er kaum sah und wohl auch kaum noch kannte.

Brachte der Krieg keine Änderung für Sophia? Nun, sie hatte im Kral mit äußerster Vorsicht, Selbstbeherrschung und Kunst der Verstellung zu leben; denn es winkte die Freiheit oder doch die Entlassung aus der inneren in die äußere Zwangswelt, als Fertigprodukt der staatlichen Jugendmanufaktur. Der hervorragenden Schülerin war das Bestehen der wissenschaftlichen Reifeprüfung, nicht aber der staatspolitischen Charakterprüfung sicher, die den Zugang zur Universität für eine dünne Mädchenelite durch eine letzte rigorose Arbeitsdienstgemeinschaft blockierte. Sophia hatte die Zähne zusammenzubeißen und jedes Wort, jede Bewegung, selbst die Rebellion der Gedanken unter Kontrolle zu halten; denn das Ziel lohnte die ungemeine Anstrengung. Das Ziel war die Universität, das Wort war noch nicht abgeschafft und enthielt noch das Universum, den äußersten, den unvorstellbar beglückenden Gegensatz zum Kral. Auch sie wollte Jura studieren, aus Liebe zum Vater, aus Liebe zum Recht, das sie nicht kannte, das aber doch der Gegensatz zum Unrecht sein und Gerechtigkeit enthalten mußte. Und des Vaters monatliche Briefe, gleich als ob die Gedankendialoge Früchte trugen, waren nicht mehr nichtssagend, sondern sprachen von dem Ziel der Tochter, von seiner Freude über ihre Wahl des Studiums, sie sprachen von München und einem alten Studienfreund, der dort ein menschlich und wissenschaftlich hochgeachteter Rechtslehrer sei. O der liebe, stille, spürsinnige Vater! Hatte er vielleicht seinen Sohn Hans nach München geschickt, zu dem hochgeachteten Freund und Ordinarius? O nein, der SS-Mann hatte in Berlin zu studieren begonnen ...

Was war das für ein verlogenes, heuchlerisches, bis zur Groteske verstelltes Leben dem Ziele zu! Sophia war mit allen Wassern der Gemeinschaft gewaschen, mit allen Hunden gehetzt, in allen Sätteln gerecht. Aber die Konkurrentinnen waren es auch und kannten zudem, Meisterschülerinnen der Judaskunde, den nützlichen Effekt ihres ersten Gebotes, das da lautet: Erlege deinen Nächsten. So entwickelte sich unter den Abiturientinnen, bei orthodoxer Einhaltung des Kameradschaftsritus, ein lautloser mordgieriger Kampf aller gegen alle, ein Spähen nach der schwachen Stelle im Glaubenspanzer, Auskultation des harmlosesten Wortes, die Sonde für den Herzstich immer bereit. Da Sophia nicht darauf aus war, die Nachbarin zu erlegen, konnte sie sich auf die Verteidigung beschränken, und da sie alle Tricks und Fallen kannte und die alleinseligmachenden Worte abschnurrte in untadliger, unerschütterlicher Stumpfheit und in der rassischen Gloriole ihrer Blondheit, wurde sie auch nicht erlegt. Und wenn sie während der gefürchteten Unterhaltungsstunde, die eine der infamsten Charakterprüfungen war, mit der Lagerführerin in kameradschaftlicher Haltung als Tischgast, etwa diesen Satz sprach, mit erhobenem Kinn und zurückgenommenen Schultern: „Ja, ich bin glücklich und dankbar, an solcher wertvollen Gemeinschaftserfahrung teilhaben zu dürfen und meiner Führerin Aug in Aug zu sehn", dann wußte sie, daß neben der Führerin das Stabsmädchen, welches unentwegt den Kopf gesenkt hielt, um unter dem Tisch alles Gesprochene mitzustenographieren, mit diesem Satz eine Äußerung protokollierte, die dem Charakterakt „Moeller, Sophia" zur Zierde gereichte.

Brachte der Krieg keine Änderung? Was aber war es mit jenen Doktrinen von „Weihtum" und „Gebärpflicht", die, abscheulich genug, abgeschnurrt zu werden, plötzlich den Absolventinnen mit unverhülltem Anspruch auf den Leib rückten? Nur die Laszivität hatte eine Hülle: die alte Devise vom Gehorsam mit Leib und Seele. Es gab noch andere Hüllen bekannter Art: Sonnenwendfeier mit allem Zeremoniell der neuen und alten Mythologie, mit Paraden, Ansprachen, Flaggenhissen und Siegheil, mit Feuersegen, dumpfig alten Reigen, die barfüßig getanzt wurden, Blumen im Haar, den Mädchenkörper in einem Hauch von einem Gewand, mit Schwimmen im Mondschein und kultischem Getu, mystisch und lüstern. Solche Feiern gab es in jedem Jahr, und sie hielten sich im großen ganzen innerhalb des erotischen Spiels einer Staatsjugend, die noch nicht flügge war. Doch diese erste Kriegssonnenwendfeier, unter der Sonne unerhörter Kriegstriumphe, fast auf den Tag mit Frankreichs Kapitulation zusammenfallend, kündigte sich schon im Jargon der vorausgehenden Belehrung als „weibliche Einsatzbereitschaft" an, als staatsfeierliche Orgie der Heldenverehrung und heldischer Aufzucht. Denn dieses Mal waren es nicht Knaben und Mädchen der Staatsjugend, die miteinander mystisch spielten, sondern junge Männer und junge Frauen, jene Mannjugend, die gegen Engelland fuhr und morgen gegen die ganze Welt, und jene Maturitätskandidatinnen, die ihnen zu Willen zu sein hatten, als Charakterprüfung, und die den Weltsiegern die künftigen Weltbeherrscher zu gebären hatten, als Zuchttriumph. Und Sophia war auf der Hut. Der Vater schrieb gerade, daß Hans auf kurzem Urlaub in Bremen sei, um sich von den Eltern zu verabschieden, bevor er mit seinem Panzerregiment ins Feld rücke. „Der Abschied wird ihm nicht schwerfallen", schrieb der Vater, „er ist ja auch fern von uns, wenn er hier ist." Sophia lud den Bruder ein, zur Sonnenwendfeier und zum Abschied von der Schwester. Er kam auch, ein schweigsamer Siegeskandidat, ein kühler Bruder, doch vielleicht ein Schutz.

Er schützte sie nicht und wollte sie nicht schützen oder wollte seinem Vergnügen nachgehen. Er verschwand, als es anfing, gefährlich zu werden. Nichts war einfacher als zu verschwinden, die Juninacht lud dazu ein und der Park des oldenburgischen Schloßgutes, das der Partei gehörte und zum Hauptquartier des weiblichen Arbeitsdienstes geworden war, und draußen die Felder unter dem Silbermond. Aber es war unerfindlich, warum Sophia glaubte, Hans wolle sie ihrem Schicksal überlassen, und warum sie nicht glaubte, daß die Mädchen auch für Hans da seien. Hatte sie ihm etwa gesagt, daß sie ihn als Chaperon eingeladen habe? Sie hatte sich gehütet, es ihm zu sagen, und ihr Gespräch war stockend gewesen, wie eben zwischen Menschen, die sich nichts zu sagen hatten. Und warum sollte der Hübsche bei der Schwester sitzen und sich nicht ein Mädchen wählen? Und wie hatte sie denken können, daß er ihretwegen gekommen sei, zu ihrem Schutz, und nicht der Mädchen wegen? Dennoch, Sophia war enttäuscht, zürnte dem Bruder und hatte Angst ohne ihn.

Schon tauchte ein junger Mann und künftiger Held auf, näherte sich, schlug die Hacken zusammen und fragte: „Na, Puppe?“ Es war etwas Ungereimtes zwischen dem Hackenschlag und dem forschen Angebot, und Sophia sah sich den Freier an, einen schlaksigen Menschen, der in der Bemühung, seine zu langen Arme und Beine militärisch zu meistern, zu einer storchhaften Steifigkeit der Bewegung gelangte. Eine ähnliche Bemühung war in seinem Gesicht festzustellen, das unfertig, lose gefügt und drollig war wie bei einem jungen Hund und mit drolliger Verlegenheit gegen die Pein ankämpfte, ein forscher Freier sein zu müssen. Und Sophia verlor ihre Angst.

Sie steuerte den Begleiter zunächst auf die im grellen Scheinwerferlicht liegende Wiese unterhalb der Schloßterrasse, auf der der Führerstab saß und so etwas wie Kontrollstationen errichtet waren, mit jenen scharfäugigen Stabsmädchen, die den Stenogrammblock im Schoß, aber den Blick überall hatten. Und sie sagte zu dem jungen Hund: „Wenn Sie mich schon Puppe nennen, dann fassen Sie mich in Gottes Namen auch schon unter!“ Und er tat es, zugleich steif und schlaksig. So gingen sie über die helle Wiese in den dunklen Park.

Es war sehr dunkel, der Freier preßte vorsichtig ihren Arm und bekam unruhige Finger, offenbar im Kampf mit sich, ob er ihren Arm hinauf oder hinab gleiten sollte. Er entschied sich für das Hinab, bemächtigte sich ihrer Hand, und seine Hand war naß, und er wußte durchaus nicht, was reden. Sophia, die die nasse Hand unangenehm empfand, manövrierte ihr Taschentuch dazwischen und fragte: „Leiden Sie an feuchten Händen?“

„Leider“, flüsterte er, und der Stimme war es anzuhören, wie rot er geworden.

„Dann bitte“, sagte sie und überließ ihm das Taschentuch.

Er trocknete sich heftig die Hände, vergaß, ihr das Taschentuch wiederzugeben, wagte auch nicht mehr, sie anzufassen, und bekannte: „Selbst im Flugzeug habe ich nasse Hände, aber da trage ich Handschuhe.“

Es kam heraus, daß er in einer Jagdfliegerschule war, und da Sophia ein lebhaftes Interesse an Jagdfliegerschulen offenbarte, begann er tief erleichtert und geradezu flüssig ein sachliches Gespräch über Jagdfliegerschulen, Jagdflüge und die verschiedenen Typen von Jagdflugzeugen. So schritten sie durch den Park ins blaue Silber der Mondnacht über den Feldern, kehrten um, als das Fachgespräch dünner wurde, tauchten in das Parkdunkel zurück und hörten nun, gänzlich verstummt, daß es in den Büschen in anderer Sprache wisperte.

„Mal bißchen ausruhen?“, fragte er kehlig.

„Zu Befehl“, sagte sie, und sie legten sich nieder. Das heißt, Sophia setzte sich nieder, mit dem Rücken gegen einen Baum. „Jetzt bin ich neugierig“, sagte sie.

„Worauf?“

„Aufs Jagdfliegen!“

„Was meinen bitte?“, fragte er sonderbar förmlich, dienstförmlich.

„Ich meine Ihren Sturzflug in die Liebeserklärung. Also los schon!“

„Ach Gott, Puppe ...“

„Ist das alles?“

„Wie heißen Sie eigentlich?“, fragte der Freier.

„Puppe“, sagte Sophia.

„Dann interessiert Sie wohl auch nicht, wie ich heiße?“

„Nein, mich interessiert nur zu erfahren, warum wir hier liegen.“

„Wollen Sie denn das wirklich?“, flüsterte er, und seiner Stimme war anzumerken, wie rot er geworden.

„Was?“, fragte sie und saß schon vorsorglich auf den Hacken, er sah es ja nicht.

Er schwieg, er hüstelte. „Es mag aber sein“, hüstelte er, „daß ich wieder nasse Hände habe“

„Dann behalten Sie ruhig mein Taschentuch“, sagte sie und verschwand. Es war nichts leichter als das.

Hans saß dort, wo der breite Fahrweg den Park verließ und sich der Auffahrtsrampe des Schlosses zubog. Er saß allein auf einer Steinbank, die ganz mit Efeu bewachsen war. Sophia setzte sich zu ihm, er sah sie kurz an und entzündete eine neue Zigarette an der gerauchten.

„Ohne Mädchen?“, fragte sie.

„Ja“, sagte er und zog tief den Rauch ein.

„Komisch“, meinte sie, „das hatte ich mir eigentlich gedacht.“

„Wieso?“, fragte er überraschend scharf und wandte sich ihr voll zu.

„Was weiß ich!“, gab sie achselzuckend zurück, „hab mir’s halt gedacht!“

„Na und du?“, lenkte er ab. „Amüsiert?“

„Wie meinst du?“

„Tu nicht so scheinheilig! Du kommst doch aus dem Vergnügungspark ...“

„Mein lieber Hans, ich komme aus keinem Vergnügungspark; denn ich bin nicht vergnügungssüchtig – denk mal an!“

„Soso.“

„Und weißt du, warum ich im Park war, sogar mit irgendeinem dummen Jungen? Damit mich die Kontrolle sehen sollte, jawohl, Volksgenosse, man lernt hier schon, ein Ding zu drehen! Und dann ist mir der Knabe im Dunkeln abhanden gekommen.“

„Soso.“

„Und du, Brüderchen, bist vorhin verduftet, um mein Vergnügen nicht zu stören, nicht wahr?“

„Vielleicht.“

„Oder nennst du es vielleicht eine Verpflichtung?“

„Vielleicht.“

„Dann wäre es hübsch gewesen, Hans, wirklich hübsch und eindrucksvoll, hättest du mich auf meine Weibespflicht aufmerksam gemacht und in den Park geschickt!“

„Jetzt halt bitte den Mund!“

„Ach Gott, Hans, du hast im Laufe der Jahre nicht viel neue Antworten für mich gefunden. Immerhin schlägst du mich nicht mehr mit dem Schulterriemen – oder war’s der Gürtel?“

Hans entzündete eine frische Zigarette an der halbgerauchten.

„Das tut mir noch heute leid genug“, sagte er.

„Noch heute oder erst heute?“

Hans antwortete nicht. Sie sah von der Seite sein verschlossenes Gesicht, das nur sparsam von den Kandelabern der Schloßrampe drüben beleuchtet war und viel Schatten trug, und sie entdeckte seine große Ähnlichkeit mit dem Vater.

„Und du bist noch heute dabei?“, fragte sie leise und zärtlich.

„Wobei?“

„Dabei!“

„Bei Gott“, sagte er und sah sie an, „ich bin dabei!“

„Aber warum bist du freiwillig bei der Wehrmacht eingetreten, Hans, und nicht bei einer SS-Formation?“

„Gehört etwa die Wehrmacht nicht dazu?“, fragte er heftig zurück.

„Aber warum bist du nicht bei den Mädchen, wenn es doch auch dazugehört?“

„Das gehört für mich nicht dazu – so wenig wie für dich ...“

„Aber das stimmt doch nicht, Hans, wäre ich dabei, so gehörte das dazu!“

„Quäl mich doch nicht, Kind“, bat er leise.

„Das wollte ich wirklich nicht, Hans!“, rief sie bestürzt, nahm seine Hand und fragte sich vergeblich, was ihn dabei so quäle.

„Ich bin bei der Wehrmacht“, sprach er nach einer Pause zögernd, „weil ich aus der SS herauswollte ...“ Sie sah ihn fragend an, aber sie wagte nicht zu fragen. „Ich wollte heraus“, stieß er hervor, „weil ich gesund werden wollte.“

„Bist du denn krank?“, fragte sie betroffen.

„Im gewissen Sinne“, murmelte er und stand auf. „Ja, Schwesterchen“, sprach er mit anderer Stimme, „ich muß allmählich ans Heimfahren denken ...“

„Bitte noch nicht, Hans.“

„Aber es ist schon spät ...“

„Noch nicht spät genug für vergnügungssüchtige Volksgenossen, Hans.“

Er lächelte und blieb bei ihr sitzen, bis der Morgen graute.

Die Geschwister sahen sich erst zu Weihnachten 1941 wieder. Die Rechtsstudentin Sophia, Mitglied des Henningsschen Seminars und Adeptin der Henningsschen Geheimlehre, fuhr von München nach Bremen, weil der Bruder auf Urlaub von der Ostfront dort war, weil sie die Eltern wiedersehen wollte und natürlich auch Hilde Wolff. Ja, Sophia hatte ihre Freiheit gewonnen und manche Einsicht in Recht und Gerechtigkeit und ungeahnte Einsichten dazu, aber ihre Errungenschaften waren von einer Art, die tiefe Stille verlangte, sie war ein schweigsames Mädchen geworden und eher schüchtern, nicht mehr mit den aufständischen Gedanken auf der Zunge oder in der Schreibfeder. Sie unterschied sich wenig von den anderen; denn alle waren still geworden, ob aus Einsicht oder nicht. Es war eine schweigsame, unfrohe und unbequeme

Reise, mit Menschen eng aufeinander und ängstlich doch hinter ihrer Schweigewand verkrochen, berührten sich auch Beine, Arme und Schultern, und es war ein schweigsames Land, das Siegerland. Die hanseatische Vaterstadt, von ersten Luftangriffen angenagt, war niemals eine redselige Stadt gewesen und stand jetzt ganz stumm und schwarz, sonderbar verlassen und schon etwas schäbig – wie ein Arbeitsloser, der die Selbstachtung noch nicht verloren hat – an ihrem breiten Strom und der einst offenen See, die selbst verstockt geworden und ohne Beruf.

Der Vater, so still und einsam von je, sah jetzt aus wie einer, den ein rätselhaftes Schicksal zu den Antipoden verschlagen hatte und der es aus Heimweh und Müdigkeit unterließ, die fremde Sprache zu lernen. So hatte er das Gesicht eines Taubstummen bekommen, küßte die Tochter mit einem fernen Lächeln auf die Stirn, nahm die Grüße des alten Freundes Hennings mit wortlosem Kopfnicken entgegen und fragte nichts weiter. Die Mutter, alt, verhärmt und nun schon lange aus ihrer vermittelnden Tätigkeit entlassen, sagte das, was man in der kühlen Stadt an Wiedersehensworten zu sagen pflegt, und fügte eine unerwartete und auch unsachliche Anklage gegen den Vater hinzu, der grundsätzlich nicht bei Fliegeralarm in den Luftschutzkeller ginge.

„Grundsätzlich nicht“, bestätigte Dr. Moeller mit dem unsicher lächelnden Gesicht eines Taubstummen.

„Ich kann es verstehen“, sagte Hans, ein wortkarger Urlauber, gemäß seinen Abzeichen bereits Vizefeldwebel, laut seiner Auszeichnungen ein Held. Selbst die Mutter, die einzige, die es hätte wissen wollen, hatte es bereits aufgegeben, aus dem Sohn ein Wort über seine Beförderung und seine so offenbar belohnten Kriegstaten herauszubekommen. Doch der Bruder hatte ein gutes Lächeln für die Schwester, als er sie wiedersah.

Was aber war mit Hilde Wolff?

Sophia hatte die Freundin nicht an der Bahn erwartet, selbst wenn der Zug mit stundenlanger Verspätung nicht erst kurz vor Mitternacht angekommen wäre, und sie hatte nicht nach ihr gefragt, aus Rücksicht auf Hans und auch deshalb, weil man sich abgewöhnt hatte, nach dem Verbleib von Menschen zu fragen. Sie hatte nicht einmal damit gerechnet, sie noch heute Abend wiederzusehen, wohl aber morgen in aller Frühe. Doch als sie im Elternhaus die vertraute Treppe zum zweiten

Stock hinanstieg, sah sie an der Wolffschen Wohnungstür wohl noch das Namensschild aus Messing, aber auch ein graues Pappschild mit roten Lettern, und als sie davorstand, las sie: „Wohnungsamtlich geschlossen."

Sie stand da und starrte auf die beiden roten Worte, der Vater hatte doch schon die gegenüberliegende Tür der Moellerschen Wohnung aufgeschlossen, die Mutter sagte etwas unsicher: „Also willkommen zu Hause!", wie man es bei solchen Gelegenheiten zu sagen pflegt und wie sie es höchstwahrscheinlich auch zu dem Urlauber Hans gesagt hatte, und der Bruder sagte nichts und stand noch mit Sophias Koffer hinter ihr auf der obersten Treppenstufe. Es war der Vater – wer denn sonst –, der den kleinen Weg zur Nachbarstür zurückging, nahe hinter der Tochter stehenblieb und mit seiner stillen Stimme das einstige Postskriptum variierte: „Die traurigen Nachbarn sind kürzlich weggekommen."

„Wohin?", fragte Sophia hastig, wie außer Atem noch vom Treppensteigen, und das fragt man nicht. Die Zeit gestattet solche Fragen nicht, am allerwenigsten nach dem Verbleib von Juden. Und so gibt es auch keine Antwort darauf.

Es wurde halb zwei, bis Sophia ins Bett kam, und sie war todmüde. Aber da war ihr kleines Mädchenzimmer, das zu Ehren ihres Besuches möglichst unverändert hergerichtet war, so als sollte sie nun wieder das kleine Mädchen von einst sein, und solche Rückkehr hatte schon etwas Aufregendes, man mußte sich zurecht- und zurückfinden und zugleich feststellen, daß nichts mehr stimmte mit dem kindischen Zauber, obgleich sogar Hildes Photo, ein anderes und besseres als das, welches Hans einst zertreten hatte, gleichwohl ein längst verjährtes, auf seinem ursprünglichen Platz auf dem Nachttischchen stand, zwischen Bett und Tür. – Ob es Mutter oder Vater hingestellt hat?, fragte sie sich, sah es an und wußte, daß nun noch andere Gedanken anrücken und sich gegen den Schlaf stemmen würden. Da klopfte es leise an die Tür, und schon am Klopfen wußte sie, daß es der Vater sei.

„Schläfst du schon, mein Kind?"

„Nein, Papa."

„Bist du sehr müde?"

Was für eine verblüffende und schlafverjagende Frage um diese Stunde und nach dreißigstündiger Bahnfahrt!

„Nein, Papa."

„Dann komm in mein Studio, Kind, aber zieh dich warm an – du hast noch gut zehn Minuten Zeit."

Was für eine rätselhafte, unheimliche und durchdringend dringliche Einladung!

Als sie das Studierzimmer des Vaters betrat, wieder im Reisekleid und Mantel und ein Tuch um den Kopf, sah der Jugendrichter, der völlig angezogen war und einen grauen Wollschal um den Hals trug, auf die Uhr. Sein Gesicht war still wie immer, er sprach nichts und schaute auf die Uhr. Dann stand er auf, drehte die Schreibtischlampe ab, tappte ans Fenster, zog die Vorhänge auseinander, öffnete das Fenster und zog die Rolljalousien halb hinauf.

Vater und Tochter standen am Fenster und sahen auf die kriegsnächtig schwarze und ausgestorbene Straße hinunter. Wenn sie die Augen schlossen, war es dasselbe; es schien sich nicht um eine Einladung für die Augen zu handeln, die nichts sahen als schwarze Nacht. Die scharfe Kälte machte sie immer wacher – wohl nicht nur die scharfe Kälte.

„Ich schlafe wenig", sagte der Vater still. Und nach einer Weile: „Ich kenne mich aus mit dem Nachtstundenplan." Und nach einer Weile: „Das geht nun schon seit einer Woche so, aber immer nur jede zweite Nacht." Und nach einer Weile: „Wir liegen ja hier am Wege zum Güterbahnhof. Wir liegen aber nicht nur für die Judentransporte gelegen, die jede zweite Nacht vor sich gehen, sondern auch für die Fliegerbomben, die kommen werden, vielleicht jede Nacht. Ich denke hier des Nachts viel an die Fliegerbomben, die kommen werden. Ich schlafe wenig." Und nach einer Weile: „Die Judentransporte beginnen ab zwei Uhr." Und nach einer Weile: „Es ist nicht allein vage Mutmaßung, ob just heute nacht Nachbar Wolff und Hilde dabei sind, es ist auch gleichgültig; denn man sieht nichts oder fast nichts. Aber wenn du willst, kannst du es dir ruhig einbilden, mein Kind." Und nach einer Weile: „Jetzt ..."

Jetzt kam aus der Nacht ein Geräusch, noch recht fern, irgendein trockenes Geräusch, es konnte alles mögliche sein, ein Geräusch, wie wenn im Herbst der Wind in einen zusammengerechten Haufen abgefallenen Laubes fährt und die dürren Blätter vor sich her über den Asphalt fegt – nein, so zart und leicht war es nicht, es war eher das Geräusch jener Straßenreinigungsmaschinen, die vorne und hinten dicke Bürstenrollen haben und Staub und Laub und Papier in die Gosse scheuern. Und dann war es doch das Geräusch von Schritten, nicht von Tritten, nicht der knöchern harte, nächtlich hohle, trocken klare Trittakt marschierender Soldaten – niemals noch war der Unterschied zwischen Schritten und Tritten so streng zu hören wie hier; denn das, was herankam, trat nicht auf, sondern schritt nur, schurrte, scheuerte und schleifte über den Asphalt in der äußersten Marschunordnung, in schlotternder Disharmonie.

„Siehe, es tanzten drei blaue Sternlein nebeneinander in den Straßenabschnitt unter dem Fenster. Das waren die kriegsnachtmäßig gefärbten und abgeschirmten Blendlaternen auf der Uniformbrust der Begleitmannschaft, und jetzt sah man, daß andere blaue Sternlein hintereinander zu beiden Seiten der Straße wanderten. Innerhalb des Sternenrahmens bewegte sich die Kernmasse vorbei, die in der Mitte schwärzer und dichter war als die Nacht, an den Seiten aber, angeblaut vom spärlichen Lichtsaum, zu Menschenschatten zerriß, zur Andeutung von Köpfen und Schultern, selbst von Männer-, Frauen-, Kindergestalten, die alle vorgebeugt gingen, als kämpften sie gegen Wind. Aber sie hatten nur allerlei Unsichtbares mit sich zu schleppen, in den Händen, auf den Schultern oder auf dem Rücken. Die Kernmasse war wortlos, aber nicht lautlos und schleifte nicht allein im Gescheuer der Schritte vorbei, sondern auch mit dünnem Halbschlafgegrein von Kindern und noch mit etwas anderem, was kaum mehr Laut und dennoch hörbar war, mit so etwas wie einem Chor von heftig arbeitenden Lungen, die doch noch kein Gestöhn und nicht eimnal ein Gekeuch hervorbrachten, sondern nur sonderbar lautes Atmen. Ein blaues Sternlein schloß das wandernde Rechteck ab und beleuchtete vor sich einen breitschultrigen Mann, der auf dem Nacken ein Kind trug, und das Kind, in eine Decke gehüllt, lachte und rief: „Hü–hott!“, und der Christophorusrücken war der letzte und deutlichste des Transportes.

Dann war es vorüber, der Brei der Schritte versickerte in der Nacht. Dr. Moeller ließ die Jalousien herab. Er tat es leise, und doch hatte es ein Echo – oder auch nebenan wurde die Jalousie heruntergelassen. Nebenan war das Speisezimmer. Während der Vater das Fenster und die Vorhänge schloß, machte Sophia Licht und öffnete die Verbindungstür zum Speisezimmer. Dort schloß Hans, völlig angezogen, das Fenster und die Vorhänge und ging zur Schwester, die in der Tür stand und ihn ansah.

„Merkwürdig“, sagte Hans, sich räuspernd und den Kopf schüttelnd, „auf Urlaub schlaf ich wenig.“ Er blinzelte geblendet ins Licht und rieb sich die Augen.

„Übrigens“, sagte der Vater und nahm von Hans keine Notiz, „morgen früh ist nebenan Auktion, aber das sehe ich mir nicht an, ich sehe mir nur nachts die Leichen an, nicht am Tage die Fledderer.“

Am nächsten Morgen, beim Frühstück, sagte Sophia zu Hans: „Ich gehe zur Auktion nebenan.“ Sie sah ihn an.

„Ich gehe mit“, sagte er.

Auf dem Flur zwischen den beiden Wohnungen standen Menschen, die Treppe hinauf standen Menschen, finster, stumm und mit feindseligen Blicken füreinander. Hinter einem Polizeibeamten, der ihm den Weg bahnte, klomm ein kleiner, dicker, schwitzender und dennoch behender Mann herauf, der schon auf der Treppe mit dröhnender Stimme erklärte, daß er der staatliche Auktionator sei und wenig Zeit habe, da er heute noch fünf weitere Judenauktionen zu bewerkstelligen habe. Er nannte es so: „Judenauktionen.“ Er schloß die Wohnungstür auf, und die Meute drängte nach.

Die Geschwister betraten die Wohnung als letzte, und alles stand noch so, wie Sophia es seit vielen Jahren kannte. Man konnte beinahe sagen, daß die Wohnung noch warm war von ihren Bewohnern, auf der Spiegelkommode der Eingangsdiele lagen ein Paar rote Lederhandschuhe Hildes, der Speisezimmertisch war für zwei Personen gedeckt, auf dem einen Teller lag eine halbe Brotscheibe, sonderbar stehengelassen, und beide Gläser waren halb voll Wasser, so als hätte das Schicksal den Vater und die Tochter bei der Mahlzeit erwischt oder als hätten sie die letzte Mahlzeit nicht mehr herunterbringen können.

Die Auktion war so beweglich und gehetzt wie der Auktionator, der sogar einen ambulanten Versteigerungstisch mit sich herumtrug, ein umgeschnalltes Holzgestell, wie das eines fliegenden Händlers, auf dem seine Listen und sein Auktionshammer lagen und auf das er jeweils die drei entscheidenden Hammerschläge schlug, von Gegenstand zu Gegenstand, von Zimmer zu Zimmer stürmend, zahlendröhnend, schwitzend und flink. Und die Meute, hinter ihm her, verbiß sich ins Bieten, gehässig und gierig auf den kleinsten Bissen, und da war ein hagerer Mann, der krähte rothalsig bei jedem Gebot, daß er ein moralisches Vorrecht habe, weil ihm die Wohnung wohnungsamtlich zugewiesen sei; niemand aber erkannte das moralische Vorrecht an, und die Krähe ging leer aus bei den großen und kleinen Bissen, offenbar nicht in der Lage, über den Grundpreis hinaus mitzubieten.

Sophia floh vor dem Tumult in Hildes Zimmer, und Hans folgte ihr. Daß sie um diese Vormittagsstunde in Hildes Zimmer sein würde, hatte sie schon gestern im Zug gewußt; aber die Umstände waren anders, die Versteigerung tobte zwei Räume entfernt im sogenannten Herrenzimmer, Onkel Wolffs klubsesselgeschmückter Wohnstätte, und auf dem Biedermeiersofa saß neben Sophia nicht Hilde, sondern Hans, eine wahrlich nicht voraussehbare Änderung. Sie sah, daß des Bruders Blick auf ihrer eigenen Photographie ruhte, die auf Hildes Nachttisch stand, so wie im Turnus der Freundschaft Hildes Bild auf Sophias Nachttisch zu stehen hatte; es war eine hübsche, lebendige Aufnahme aus dem Jahre 1934 mit einer herausfordernd innigen Widmung in großer, steifer Mädchenschrift. Bild und Widmung stammten aus der Zeit des höchsten Siegels und waren im Austausch zu dem anderen und besseren Photo der Freundin gegeben worden, das das zertrümmerte zu ersetzen hatte. Sophia fragte sich, was der lange Blick des Bruders auf ihr Bild besagte. Ob er jetzt von ihr verlangen würde, daß sie es an sich nehme, bevor es die Meute erspähte? Doch Hans sagte nichts.

„Findest du es noch ähnlich?“, provozierte sie ihn.

„Einigermaßen“, sagte er und ließ sich nicht provozieren.

„Willst du es vielleicht einsteigern?“, fragte sie wie im Scherz.

„Nein“, antwortete er ernst, „ich steigere hier nichts ein.“

„Das gefällt mir gerade von dir.“

„Warum gerade von mir?“

„Weil du mein Bild in die Judenauktion kommen läßt und es nicht einmal zertrampelst.“

„Sei nicht so nachtragend“, sagte er.

Vor ihnen auf dem Tisch stand Hildes Nähkästchen. Sophia öffnete es und suchte. Sie fand auch eine Rasierklinge, aber sie wußte nicht, ob es jene Klinge war.

„Man wühlt nicht in fremden Sachen“, bemerkte Hans.

„Sei nicht so pedantisch“, sagte sie; „außerdem ist es für mich erst seit heute eine fremde Sache.“

„Das genügt“, sagte er.

Der Auktionator und die Meute brachen ein. Der Dicke unterrichtete sich mit einem tief erfahrenen Rund- und Raffblick und hatte schon Hildes großen Kleiderschrank aufgerissen. Die Kleider waren Sophia fremd, nicht aber der feine saubere Duft von Kölnisch Wasser und Lilienmilchseife, der von ihnen zu ihr herüberdrang und die müffelnde Ausdünstung der Bieter überbot. Der Auktionator dröhnte Zahlen, schlug mit dem Holzhammer auf sein tragbares Gestell, warf den Siegern die bunten Lappen zu, und es sah aus wie eine Raubtierfütterung. Es kamen jetzt auch aus früherer Zeit Kleidchen zum Vorschein, die Sophia kannte oder zu kennen glaubte: aber die Szene war zu laut und zu grob für die Rückerinnerung an zarte Stoffe. Schon kämpfte der moralisch vorberechtigte neue Wohnungsinhaber krähend, aber erfolglos um den Schrank selber, und Hans, mit angewiderten Augen, schlug vor, zu gehen.

„Noch einen Augenblick“, bat Sophia und gab sich zu, daß sie um des Nähkästchens willen zu bleiben wünschte. Geschrei, Gehämmer und Gebelfer wüteten weiter in Hildes Zimmer, und die Luft wurde immer schlechter.

„Ein Photorahmen aus Holz mit Bronzeecken und Glas!“, dröhnte der Auktionator vor dem Nachttisch und ließ die Photographie als wertlos aus. „Fünfundsiebzig Pfennig zum ersten!“

Die Geschwister sahen sich an und lächelten. Das Bild oder der Rahmen des Bildes erzielte eine Mark fünfundsiebzig. Und der ambulante Hammer klopfte Hildes Nachttisch an den Meistbietenden, und Hildes Bett und das Biedermeiersofa, von dem die Geschwister gehorsam aufstanden.

„Ein hölzernes Nähkästchen mit Inhalt, fünfundzwanzig Pfennig zum ersten!“

— Biete doch!, befahl sich Sophia und hatte plötzlich Herzklopfen. Aber sie brachte nicht den Mund auf, vielleicht weil Hans auf das Nähkästchen schaute, mit den angewiderten Augen, mit denen er auf alle versteigerten Gegenstände blickte — vielleicht weil es Leichenfledderei war, selbst dies, gerade dies ... — Das Nähkästchen war schon fort, für fünfzig Pfennig.

Als Hildes Zimmer kahlgefressen war und der Schwarm der Bieter dem Auktionator ins Badezimmer und in Onkel Wolffs Schlafzimmer nachdrängte, sah Sophia ihren Bruder an und forderte ihn auf, plötzlich ungeduldig: „Sag wenigstens ein Wort!“

„Was ist da viel zu sagen? Es ist ekelhaft.“

„Nicht mehr als ekelhaft?“

„Vielleicht.“

„Und heute Nacht, am Fenster: hast du dir da auch gedacht, daß es ekelhaft sei oder vielleicht mehr?“

„Ich habe mir gedacht: die wissen nicht, wo sie hinkommen – aber ich weiß es.“

„Das war alles?“

„Das war nicht so ganz wenig.“

„Aber du bist noch dabei, Hans?“

„Wobei?“

„Dabei!“

„Ja“, sagte Hans, und seine Augen blickten noch angewidert. „Neulich, du weißt schon, wann, Hans, am Rande des Vergnügungsparks, da antwortetest du: ‚Bei Gott!! Das ist viel mehr: Bei Gott!‘“

„Ja ist genug“, sagte Hans.

„Ja ist genug!“, wiederholte sie, trat ganz nahe zu ihm und hatte die grünen Augen, die er kannte, von damals her, von der Szene mit dem Schulterriemen, „aber Nein ist auch genug! Verstehst du? Ich bin nämlich nicht dabei! Ich bin woanders!“

„Das überrascht mich nicht weiter“, sagte er und lächelte sogar ein bißchen, „ich wünsche dir trotzdem Glück.“

Sie gab ihm den Wunsch nicht zurück, in diesem hitzigen Augenblick, und später tat es ihr leid, daß sie nicht auch ihm Glück gewünscht hatte.

Als die Geschwister Hildes Zimmer verließen, lag Sophias Photographie, aus dem Rahmen gelöst, auf dem Boden nahe der Tür zum Korridor. Die beiden gingen daran vorbei, als sähen sie es nicht.

Es war ihr letzter Aufenthalt in der Vaterstadt. Wenige Monate später – Sophia war schon lange wieder in München und Hans in Charkow hatte noch seine beiden Beine, wenn auch die Füße voller Frostbeulen – kam der ehemalige Jugendrichter Friedrich Moeller bei einem der ersten massiven Luftangriffe auf Bremen ums Leben, nicht seine Frau, die vorschriftsmäßig im Luftschutzkeller war. Es war, fühlten die Geschwister, zugleich eine Ironie und eine Gnade des Schicksals.

6

Das Feldlazarett in Rostow am Don, wo Hansens rechtes Bein Ende August 1942 amputiert wurde, war in dem weiten Kellergeschoß einer ausgebrannten Gemeindeschule untergebracht. Der im Lazarett tätige Sanitätsunteroffizier Alexander Welte sah den zukünftigen Freund zum erstenmal, als er ihn vom Verwundetentransport übernahm und als dringenden Fall in den Operationsraum rollte, und ihm gefiel es, wie der Schwerverletzte ihn mit einem kleinen Lächeln ansah und flüsterte: „Ein dummer Unfall ..." Denn im allgemeinen sprachen die Eingelieferten anders von ihren Wunden, selbst wenn sie nicht so übel dran waren, und vor allem, wenn sie nicht schon das E. K. 1 besaßen wie dieser Vizefeldwebel, dessen heldisches Verlangen gesättigt schien. Alexander, der sozusagen an der menschenjämmerlichen Kehrseite des Heldentums lebte und wohl dadurch zu etwas ketzerischen Ansichten gekommen war, verteilte seine in diesem Keller nicht ganz unwichtige Gunst eben nach Maßgabe der heroischen Sättigung, das heißt, er bevorzugte jene, die damit genug hatten, arme Teufel zu sein.

Seine besondere Neigung für Hans Moeller begann unmittelbar nach dem Erwachen des Krüppels aus der Narkose; denn der Mann jammerte nicht nach seinem Bein, was verständlich genug wäre, oder wollte in fiebriger Hartnäckigkeit nicht glauben, daß es ihm fehle – was zu unangenehmen Aufklärungsszenen führte –, sondern erklärte von neuem, wenn auch in fiebriger Hartnäckigkeit, daß es sich um einen Motorradunfall infolge einer blutgefärbten Öllake handele. Alexander sah, daß er große Schmerzen hatte, und gab ihm die erste Morphiumspritze früher als vorgeschrieben.

Als Hans aus dem Dämmerzustand erwachte, sagte er: „Es war Blut und Öl, und ich wackelte wohl ein bißchen mit der Lenkstange und wollte nicht die Füße in die Sauerei stecken, und das Hinterrad rutschte ab, und da lag ich, und hinter mir war ein Flakwagen von meiner eigenen Kolonne, und das Schwein von einem Fahrer döste wohl oder sah in die

Luft, wo die Jungens ihre Dinger hinaufpfefferten, und sah nicht, daß ich dalag ..."

„Wo war's denn?", fragte Alexander, um herauszufinden, ob der Mann delirierte.

„Schon auf dem Ostufer, nach dem verdammten Donübergang vom 24. August."

„Muntre Gegend", bestätigte Alexander, „und wenn Sie mich fragen, Vize, so bin ich lieber mit einem Bein hier und habe die Sch ... hinter mir als mit zwo Beinen donöstlich und habe die Sch ... vor mir, ob sie nun Kotelnikowski heißt oder Stalingrad – was kein Witz ist, Herr, sondern Logik ..."

Die Neigung des Logikers für den Mann, der sein Bein durch einen Verkehrsunfall in muntrer Gegend verloren hatte, äußerte sich zunächst darin, daß er ihn auf „erste Klasse" legte. Das war ein abgeschlossener Raum hinter dem mächtigen Ofen der ehemaligen Zentralheizungsanlage, wo früher die Kohlen aufgespeichert waren, und noch immer stand das Gleitbrett unterhalb der hochliegenden Fensterluke, durch die die Kohle in den Raum geschüttet ward, noch immer waren Wände und Ziegelboden schwarz von Kohlenstaub; aber Hans lag allein: dies war die „erste Klasse" und der ungemeine Vorzug.

Es erwies sich bald, daß die Gunst nicht ganz ohne selbstische Gründe verschenkt worden war; denn der Logiker, von starkem Mitteilungsbedürfnis erfüllt, nützte die Separierung des sympathischen Einbeins aus, um zu reden, vielleicht sogar mehr, als es der Zustand des Kranken erlaubte. Und nicht genug damit: nach wenigen Tagen schlug er sein Feldbett neben Hans im Kohlenkeller auf, um den Verkehrsunfall unter Kontrolle zu haben, wie er sich ausdrückte. Hans war es zufrieden; denn der Sanitätsunteroffizier redete nicht nur, sondern pflegte ihn vorzüglich.

Ja, Hans hatte seine sonore Stimme gerne, auch als er noch zu schwach war, den Monolog zu unterbrechen. Es war gut, ihn sprechen zu hören, es hatte einen Sinn, einen noch nicht deutlichen Sinn – so wie alles einen noch nicht deutlichen, einen neuen Sinn hatte, seitdem er den sonderbar verengten, wie durch ein umgekehrtes Opernglas erschauten Tunnelweg ins Bewußtsein zurückgeschritten ist – nein, nicht geschritten, sondern gekrochen; denn das Bein fehlte, das war die erste und einzige Klarheit, und das Ende des Körpers war mit so ungeheurer und unwiderruflicher Eindrücklichkeit in der unteren Hälfte des Oberschenkels festgesetzt, daß er das andere Bein vergaß und auf zwei Stümpfen ins Erwachen kroch. Es war gut, dann wieder das feste breite zuverlässige Gesicht dieses Unteroffiziers zu sehen, als erstes aller Gesichter, es hatte einen Sinn, und er mußte vor allen Dingen dem ersten aller Gesichter erklären, daß das Bein nicht im Kampf gefallen sei, wenn auch in Öl und Blut.

Doch warum mußte er dies vor allem erklären, was war der Unterschied, ob er sein Bein während des umkämpften Vormarsches donöstlich durch eine Fliegerbombe, einen Granatsplitter oder einen Unfall verlor? Oh, es war ein gewaltiger und nicht schnell genug festzustellender Unterschied, und es hatte einen Sinn, einen noch nicht deutlichen Sinn, daß er das Bein nicht durch den Feind verlor, sondern durch die eigene Kriegsmaschine.

Es hatte einen Sinn, dem neuen Freund zu lauschen und ihn anzusehen; denn Alexander Welte war von gleichem Alter, von gleicher Erfahrung und auf den gleichen Lebensweg gestellt, ein gleiches Produkt der Staatsjugendmanufaktur. Bei Hans hatte die Umwelt Bremen geheißen, bei Alexander Ulm, sein Vater, ein Tierarzt, war ebenfalls ein Logiker, wenn auch mehr der Gegebenheiten, und unterschied sich vom stillen Vater Moeller dadurch, daß er seine nützliche und notwendige Tätigkeit mittels nützlicher und notwendiger Anpassung an die neue Zeit beibehielt und sogar zu steigern vermochte, und dadurch vor allem, daß er noch lebte. Alexander aber hatte zu leben, zu sprechen, zu denken und mit Leib und Seele zu gehorchen gehabt wie Hans. Und Hans war sehr neugierig, wohin es führte.

„Die dummen Augen gingen mir erst auf, als ich zum Militär kam", sagte Alexander, „denn da kam ich auf die andere Hobelbank, und alles wurde abgeschliffen, was nach HJ roch, und je mehr Abzeichen und Einbildung der Staatsjüngling besaß, desto heftiger wurde er geschurigelt."

Hans nickte; so war es auch bei ihm gewesen. Doch er hatte keine dummen Augen mehr gehabt, als Sohn seines Vaters und Bruder seiner Schwester, und ließ sich nicht ungern abschleifen oder umschleifen, weil er glaubte, daß ein neuer Adam dabei herauskäme. Aber es kam kein neuer Adam dabei heraus, sondern nur ein neues Massenprodukt, ein neues Teilchen der riesigen Maschine, ein wenig ab- und umgeschliffen, als geliefertes Material jedoch angenommen und trefflich verwendbar. Vielleicht würde er es dem andern einmal sagen, wenn er kräftiger war, oder vielleicht sagte es der andere selber, wohin ihn die aufgegangenen Augen führten.

„Wozu zu bemerken ist", meinte Alexander, „daß der Kommiß die gerade aufgegangenen Augen sofort wieder verdummte und daß mir jetzt selbst meine drei Medizinsemester in München wie ein Konglomerat von HJ, SA und Kommiß vorkommen, plus gelegentliches Strammsitzen im Hörsaal."

„Ach, München", flüsterte Hans, „da studiert meine kleine Schwester ..." Er kramte in seiner Brieftasche und zog eine Momentaufnahme Sophias hervor. Es war, wie sich herausstellte, das einzige Bild, das er bei sich führte; er schien kein Mädel zu haben. Das ging Alexander nichts an; aber er zimmerte am nächsten Tag ein Bett-Tischchen für den Patienten, wiederum nicht aus ganz unselbstischen Gründen; denn er zimmerte das Gestell auch für die Photographie, daß sie aufgestellt und angeschaut werden könne, auch von dem Zimmermann. Und Hans erzählte ein bißchen von seiner kleinen Schwester, die immer anderer Meinung gewesen als der große Bruder; es war das erstemal, daß er das Wort nahm.

„Wenn ich so eine Schwester hätte oder so ein Mädel", sagte Alexander und sah das Bild an, „dann wären mir schon früher die Augen aufgegangen."

„Was meinen Sie damit eigentlich, Welte, mit den Augen, die aufgegangen sind?"

„Daß ich sehen kann, was es ist."

„Und was, sehen Sie, ist es?"

„Dreck."

„Und was tun Sie mit dem Dreck – räumen Sie ihn fort?" „Bin ich der liebe Gott, Vize? Und selbst der läßt ihn stehen. Vielleicht wird's guter Dünger."

„Wär's da nicht besser, Ihnen gingen die Augen nicht auf? Nur um Dreck zu schauen und den lieben Gott keinen guten Abräumer sein zu lassen?"

„Mit ein bißchen Logik kann man auch aus Dreck etwas machen und zum mindesten die Einsicht lernen, daß es einem ja nicht anders als dreckig gehen kann."

„Und wann gingen Ihnen denn nun die Augen auf?", fragte Hans und schien abgespannt.

„Als uns allen die Augen zufroren, Herr, als wir nicht Moskau nahmen auf dem hübschen filmfertigen Massenpanzerausflug mit ‚Kraft durch Freude', sondern als uns der Winter nahm, der russische Winter, der kälteste russische Winter seit hundertfünfzig Jahren, ein Winter, der auch noch schießt und längst vernichtete Armeen von Rußkis als Schneesturm offerierte und uns, sofern wir noch lebten, daran erinnerte, daß wir leider unsre Wintermäntel auf den sommerfröhlichen Drang nach Osten mitzunehmen vergessen hatten – und dies wiederum ist eine höfliche Umschreibung für den Saustall von einer Heeresleitung, die überhaupt nicht für Winterkleidung vorgesorgt hat!" Hans schloß die Augen, müde und enttäuscht. Schimpfen! Schimpfen! Alles schimpfte durch den unvorstellbar gräßlichen Winter, sie schimpften, bis sie erfroren, sie gehorchten schimpfend und kämpften schimpfend und fielen schimpfend, sie blieben schimpfend leben und standen es durch, ruhten sich aus und begannen am 10. Juni die Sommeroffensive. Da war kein Sinn dabei, hier in der Kohlenkammer, kein neuer Sinn.

„Jeder Logiker", sagte Alexander, „wird notwendigerweise zum Ketzer, und so gelangte ich zur Häresie der Formel 10:1." Seine drollig runden Augen wurden noch runder, so sehr gefiel ihm sein hübscher, aber dunkler Satz. „Die Formel 10:1", fuhr er aufklärend fort, „ist unser SA-Rezept noch aus der verfluchten Systemzeit. Ich weiß es von alten Kämpfern, Saal- und Straßenkämpfern, die mit Hilfe von 10:1 die Rotfront und die vom Ranner Schwarz-Rot-Gold bequem zur Strecke brachten. Die Formel lag dann unsern friedlichen Bekehrungen Österreichs, des Sudetenlandes, Böhmens und Mährens zugrunde. Auf der Formel war unsere Kriegsführung gegen Polen, Dänemark, Norwegen, Belgien, Holland, Frankreich und den Balkan aufgebaut. Die Häresie der Formel ist, daß wir nur in der Majorität von 10:1 Übermenschen sind. Kommen Sie mit, Herr?"

Hans nickte. „Graust es Ihnen vor dem Häretiker, Herr?" Hans schüttelte den Kopf.

„Gut“, lobte Alexander, „und sind Sie einmal so weit, so ergibt sich mit verblüffender Simplizität, daß sich das Blättchen wenden kann und wenden muß, und daß die Kintoppglorie von der Unbesiegbarkeit auf den Mist fliegt wie eine alte Zeitungsreklame, wenn die Formel nicht mehr stimmt und zu wackeln beginnt, 8:2, 7:3, 6:4 ... Und wenn Sie nun durch diesen Winter gewatet sind, durch den Frühling, durch den Sommer, durch Schnee und Schlamm, durch Öl und Blut, um Sie zu zitieren, Herr, – wenn Sie sich hübsch bewußt geworden sind, daß Sie sich Rußland zum Feind ausgesucht haben, haha! ein Fünftel der Erde, plus Britisches Weltreich, plus USA, zwei Fünftel, drei Fünftel, haha! die Gegenformel! – dann wissen Sie, Herr, warum es dem Fläretiker graust. Quod erat demonstrandum.“

Das war Logik! Das war eine Formulierung, mein sympathisches Einbein! Alexander schaute aus kugelrunden Glücksaugen auf den Patienten. Hans bewegte den Kopf auf dem Kissen und fragte still: „Wovor graust es Ihnen eigentlich, Welte?“

„Wovor! Wovor!“, wiederholte Alexander ärgerlich und fand den Einwurf keineswegs auf der Höhe seiner Beweisführung, „vor dem Irrsinn natürlich und vor allem, was damit zusammenhängt und was daraus zu folgern ist!“

„Warum graust es Ihnen denn nicht vor uns selber?“, fragte Hans und bewegte wieder den Kopf auf den Kissen.

Alexander sah ihn nachdenklich an und antwortete nicht. Doch Hansens sonderbare Frage schien ihn beschäftigt zu haben; denn er sagte zu ihm am folgenden Tag: „Lassen Sie mich bitte der Reihenfolge nach ketzern, Moeller, und verwirren Sie mich nicht mit Fragen, die möglicherweise irgendwo am Ende der logischen Kette klimpern. Ich bin aber noch nicht soweit.“

„Ich auch nicht“, sagte Hans.

„Ich bin erst bei meiner zweiten Häresie“, sprach Alexander und rieb sich die Hände, „kausal abzuleiten von der ersten. Aber da sie sich nebenbei gegen das zweite Gebot richtet, das da sagt: Du sollst den Namen des Herrn nicht eitel aussprechen, will ich Vorsicht walten lassen und den Namen unsres Herrn mit jenem militärischen Dienstgrad umschreiben, den er während des ersten Weltkrieges erklommen hat. Wenn ich also von dem ‚Gefreiten‘ rede, wissen Sie, wen ich meine, Herr Vizefeldwebel?“

Hans nickte.

„Und es erschreckt Sie nicht, wenn ich gegen den Gefreiten ketzere?“

Hans schüttelte den Kopf.

„Gut“, sagte Alexander, „transponieren wir das Sprichwort: ‚Der Mensch denkt, und Gott lenkt‘ ins aktuell Militärische.

Dann könnte es lauten: der Generalstab denkt, und der Gefreite lenkt. Nehmen wir die Erfahrungssumme von Häresie Nr. 1 hinzu, so kommen wir zu der qualifizierenden Erweiterung: der Generalstab denkt gut, und der Gefreite lenkt schlecht. Dies ist, auf den kürzesten Nenner gebracht, die allgemeine Ansicht, die seit dem Winter vom Kommandierenden General bis zum letzten Muskoten vertreten wird und nicht nur bei unsrer Sechsten Armee allein, wie Sie mir zugehen werden.“

„Ach Gott“, seufzte Hans und schloß müde die Augen; denn der Logiker kam nicht von seinem russischen Winter los, und jetzt war Sommer, und würden sie bis zum Herbst Stalingrad nehmen und die Wolga kappen und Baku kriegen, dann war es ja doch der Führer, der denkt, und der Führer, der lenkt, als größtes militärisches Genie aller Zeiten ...

„Werden Sie nicht blasiert, Herr“, tadelte Alexander, „denn bisher stehe ich bestenfalls bei der Kritik, allgemeiner landläufiger Kritik, die selbstverständlich fluktuierend ist, weil sie in der Depression entstand und mit dem kleinsten Auftrieb wieder vorgehen kann. Aber bei mir fluktuiert sie nicht, weil sie fest in der kausalen Kette hängt, und ich habe noch nicht meine persönlichen Folgerungen gezogen, ich stehe noch nicht bei der Häresie Nr. 2, welche originell zu nennen ich mich unterfange. Passen Sie jetzt auf, Moeller; denn ich lasse die Logik mit der Erfahrung vom mißführenden Gefreiten nun nach rückwärts tanzen, in die Vergangenheit, in unsre Jugend, genannt HJ, und da haben wir ihn doch eifrig angebetet, den Gefreiten, und oft gesehen, den Produzierten und Reproduzierten. Und jetzt frage ich uns, wen wir angebetet und gesehen haben, und setze uns dabei die häretische Brille auf – haha!“

Hans öffnete weit die Augen und fragte: „Wen haben wir angebetet?“

„Einen gerade mittelgroßen, hängeschultrigen, breitbeckigen, weichbäuchigen, also schlechtgebauten Mann, der nicht weiß, wohin mit seinen Händen, und sie füglich über dem Geschlechtsteil zusammenhält, wohl weil sie ihm dort am sichersten scheinen.“

„Das sind Äußerlichkeiten."

„Das sind Innerlichkeiten, Hans – bitte erlauben Sie, daß ich Sie Hans nenne –, das sind Bezüglichkeiten von so aufschlußreicher Art, daß ich einen gelinden Stolz nicht unterdrücken kann, sie aufgestöbert zu haben. Denn wenn ich nun das Gesicht betrachte, ein an sich weder hübsches noch häßliches, ein vor Durchschnittlichkeit lauwarmes Gesicht, so sehe ich darin den schlechten Körperbau in einer Weise wiederholt, daß ich ihm, so tolldreist es klingen mag, die körperlichen Adjektiva anhängen kann, und es stimmt. Jawohl, ich nenne das Gesicht hängeschultrig, breitbeckig und weichbäuchig, und ich gehe so weit, in dem dunklen Deckungsbedürfnis des Bärtchens den Zusammenhalt der verlegenen Hände über der geheimen Stelle wiederzufinden."

„Und die Augen, die berühmten Augen?"

„Es gibt keine Stelle des Gesichts, die nicht berühmt ist. Und weil es etwas Ungeheuerliches ist um die Ausschüttung des Ruhms auf einen schlechten Bau, weil es eine hochdramatische Belastung ist, werden die Augen zum Melodram. Sie schauen aus dem schlechten Bau – das ist heimliche Lamentation. Sie schauen in den Ruhm, nein, in die Vergottung – das ist unheimlicher, unerhörter, immer wieder unverständlicher Triumph. Dazwischen ist noch keine Brücke, sondern nur das Vakuum der seelischen Verlegenheit und der körperlichen Verstockung. So müssen die Augen stechend werden und sich aus der Vergottung den Mut und die Kraft herausstechen, die Blockade des Körpers zu durchbrechen. Dann endlich kann er vor der Masse exzedieren. Denn es ist leichter, ein brüllender Gott zu sein, als ein stummer."

„Und das Resultat?"

„Das Resultat ist Häresie Nr. 2: wir beten einen Gefreiten an."

„Aber damit lösen Sie doch nicht das Problem, nämlich das Phänomen seines Erfolges!"

„Vielleicht doch oder nahezu, Hans; denn wir können es ja auch anders formulieren, zum Beispiel: unser Idol ist die Unzulänglichkeit."

„Wenn das Idol einer Nation die Unzulänglichkeit ist", sagte Hans und schien erregt, „dann handelt es sich also um die Nationalunzulänglichkeit."

„Es ist eine gewisse Logik dabei", nickte Alexander.

„Dann gehen wir doch noch einen Schritt weiter", drang Hans in ihn.

„Noch weiter?"

„Noch weiter!", rief Hans und richtete sich im Bett auf, zum erstenmal; „denn wir haben ihn geschluckt, in tagtäglicher Kommunion, wie den Leib des Herrn, und er ist in uns drin, verstehen Sie?"

Hansens Gesicht war grünlich vor Blässe und seine Nase spitz und wächsern. Das Aufsitzen schien ihn bedenklich anzustrengen.

„Jetzt exzedieren Sie nicht", sprach Alexander besorgt und legte ihn auf das Kissen zurück.

Der Pfleger übte von nun an Zurückhaltung, sowohl im Interesse des Rekonvaleszenten als auch in einer gewissen Scheu vor der Richtung, in die der Freund zu treiben schien. Er beschränkte sich auf den Kommentar dieser mörderischen Septembertage und pflegte sich mit runden Augen zu unterbrechen: „Sagte ich Verdun? Ich meinte natürlich Stalingrad ..."

Hans aber war es zufrieden, mit sich allein in der Richtung weiterzugehen, Schritt für Schritt, und der Heilprozeß der Amputationswunde wurde dadurch nicht beeinträchtigt.

Ende September, am Vorabend von Hansens Transferierung aus dem überfüllten Feldlazarett ins Reichsinnere, brachte ihm Alexander einen Brief von Sophia und die Krücken. „Verflucht", sagte er dabei, „es haben sich hier schon wieder drei Flecktyphusfälle eingeschmuggelt."

Hans hörte nicht zu; er saß auf dem Bettrand und las den Brief; dann hob er den Kopf und sah auf die Krücken.

„Nagelneu", sprach Alexander, sie ihm unter die Achseln schiebend, „weil du es bist."

Hans hing zwischen den Krücken, mit sonderbar hohen Schultern.

„Wie fühlst du dich?", fragte Alexander.

„Ach Gott", meinte Hans, „ich kann nicht sagen, daß ich mich richtig fühle."

„Ich auch nicht", sagte Alexander, „ich habe Kopfweh, mein Bauch ist hart und juckt mich und mein Urin ist verfärbt. Aber das meine ich eigentlich nicht, ich meine, mit uns allen ist es nicht richtig."

„Soso", machte Hans, etwas abwesend, und sein Hals schien um so viel kürzer als die Schultern höher.

„Erinnere dich, Hans, du hast neulich gesagt, daß wir ihn geschluckt haben. Ich habe darüber nachgedacht. Es stimmt."

„Ja", nickte Hans, hochschultrig und kurzhalsig in den Krücken hängend, „es stimmt."

„Willst du ein bißchen herumhopsen, Hans, zur Übung?"

„Laß mich nur so stehen, das ist auch schon was Neues und muß geübt sein."

„Hans, mir ist so, als hätte ich die Pest in mir ..."

„Ich denke, die Nationalunzulänglichkeit", unterbrach Hans.

„Egal, aber es graust mir jetzt vor mir selber – du hast mich schon ganz zu Anfang gefragt, warum es mir nicht graust."

„Ich habe dich gefragt, warum es dir nicht vor uns selber graust."

„Es graust mir vor uns selber", gab Alexander leise zu und kratzte sich den Unterleib, „wir krepieren wie die Fliegen für ihn."

„Das ist die passive Besessenheit, und dann gibt es doch auch die aktive, oder etwa nicht?"

„O ja, auch die Russen krepieren in Hülle und Fülle."

„Und auch die Polen und auch die Juden –, denn wir vernichten ja nicht nur Krieger, sondern auch Menschenrassen, oder etwa nicht?"

„O ja, Hans, es ist ein Unwesen in mir ..."

„Es sind Millionen von Soldaten, ausgezeichnete, besessene
– das sind wir auf den Schlachtfeldern, und es sind Hunderttausende von besessenen oder willigen Massenrassenschlächtern
– das sind wir in den Schlachthäusern. Und so frage ich dich eine ungeheuer törichte, ungeheuer bedeutsame Frage, Alex: ist der Befehl, fünfundzwanzig Mann eines feindlichen Maschinengewehrnestes auszurotten, gleich dem Befehl, fünfundzwanzig Menschen auszurotten, Männer, Frauen, Kinder, Russen, Polen, Juden, Russinnen, Polinnen, Jüdinnen?"

„Befehl ist Befehl", flüsterte Alexander, und es schien ihm plötzlich heiß zu werden; denn er knöpfte die Bluse auf.

„Und dann frage ich dich noch, Alex: ist die Ausrottung der fünfundzwanzig Menschen ein ausgeführter Befehl oder ein ausgeführter Mord?"

„Ein Befehl ...", flüsterte Alexander und bewegte die Schultern, als ob es ihn fröstele, „ein Mord."

„Und wenn ich frage, ob wir Soldaten oder Mörder sind, und mich nicht mehr mit der Antwort zufrieden gebe, Befehl sei Befehl, und nicht einmal mehr mit der Antwort, daß wir Soldaten und Mörder seien, sondern dies frage, Alex: warum gehorchen wir alle, alle, alle?"

„Haha!", lachte Alexander mit klappernden Zähnen, „wie lange du auf drei Beinen stehen kannst!"

„Wir alle gehorchen blind", sagte Hans, „weil wir solche törichten und bedeutsamen Fragen nicht zu Gesicht bekommen, und wir haben es leicht; denn Besessene gehorchen sich selber und befehlen also auch sich selber ..."

„Hab gut befehlen!", höhnte Alexander, „und doch die Pest in mir!"

Hans sah ihn an und hing unbeweglich zwischen den Krücken, nur das leere Bein des Lazarettpyjamas schaukelte leicht hin und her. „Du bist doch katholisch", sprach er nach einer Weile, „ihr wißt doch Bescheid mit Teufelsaustreibungen. Was tut ihr da?"

„Soweit ich mich erinnere", antwortete Alexander und lachte wieder mit losem Kinn, „arbeitet man da mit Gebet und Weihrauch und Kreuz und Apage Satanas ..." Sein Lachen brach ab, er machte runde Augen, zwängte die Hand zwischen Gürtel und Bluse und tastete den harten juckenden Bauch ab und fühlte Pusteln ... Aber er sagte nichts.

„Siehst du", lächelte Hans, „so ähnlich muß man arbeiten, das kann der neue Sinn werden für unsereinen. Ich lasse mich übrigens nach München entlassen, zum Studium. Dort ist ja meine kleine Schwester."

„Du Glückskind aus Öl und Blut ...", murmelte Alexander.

Er lag schon in der Typhusbaracke, als Hans am nächsten Morgen zusammen mit den nagelneuen Krücken in den Lazarettzug gehoben wurde.

Hans pendelte an ihnen vierzehn Tage später auf dem Münchner Hauptbahnhof die drei hohen Tritte des Wiener D-Zug-Wagens herunter. Unter dem langen Militärmantel sah man nicht das aufgesteckte rechte Hosenbein. Auf dem Bahnhof stand Sophia. Er ließ sich von ihr umarmen, er konnte ja die Krücken nicht auslassen. Sie schluckte tapfer die Tränen herunter, doch sie konnte nicht sprechen. Er aber sprach und lächelte sogar. Er sagte so etwas wie die Parole, und sie verstand ihn, von allen Menschen in der Welt allein die Schwester verstand ihn.

Er sagte: „Bei Gott, NEIN!"

8

DAS ANDERE LEBEN

1

Präsident Behn sitzt straff auf dem Thron des Richters, ohne die Rückenlehne zu berühren. Er sitzt unverändert, mit breitem und festem Gesicht, es gibt in diesem Raum der souveränen Entscheidung nichts, was ihn verändern oder ihm auch nur an die Haut gehen kann, es gibt keine Leidenschaft, kein Verbrechen, keine Wahrheitswucht strafbaren Schicksals, die nicht an seiner ehernen Positur zerschellen, an dem Richtkliff, das er ist. Und doch, es ist viel geschehen, er leugnet es nicht.

Vor ihm am Armesündertisch, vor seinen richterlich ruhigen und gemütlosen Augen, sind fünf Menschen gestanden, aufgetreten und abgegangen, eine Erscheinungsfolge im natürlichen Rhythmus des Geschlechts: ein Mann, eine Frau, ein Mann, eine Frau, ein Mann. Sie standen nicht Rede und Antwort, sondern führten Rede, ganz wie der Magier der Prozedur es wollte – oh, man kann sagen, sie führten Rede und Antwort. Doch zu sagen, sie haben sich um ihre Köpfe geredet, ist eine billige Floskel; denn sie hätten ja auch um ihre Köpfe schweigen können. Aber die Prozedur ist nicht billig; sie hat die Zungen gelöst. Nur die Köpfe sind wohlfeil, die Gehirne nicht, wie es sich erwiesen hat. Sie offenbaren nicht nur einen Gedankenraum, eine Unterwelt, ein Niemandsland, sondern die Enklave der Feindschaft, inmitten des einen und einzigen Reichs, inmitten der Staatsjugend, die zunächst ist dem Herzen des Führers. Die Offenbarung spricht für sich und gewiß auch überzeugend genug zu den Mitgliedern des Gerichts, Kollegen Schneidhammer mutmaßlich ausgenommen. Der Präsident hat kein Lob mehr einzuheimsen und keine mögliche Palastrevolution mehr zu unterdrücken mit dem bloßen Blick.

Präsident Behn hat nicht nur den Mann oder die Frau angesehen, die vor ihm am Tischlein standen und ihm ins Gesicht schauten oder durch ihn hindurch oder über ihn hinweg, sondern er hat auch, an dem Sprecher vorbei, die Anklagebank im Auge gehabt und allerlei erfahren.

Er hat zum Beispiel bemerkt, daß während der Aussage der Angeklagten Dora von Hennings der Hauptangeklagte augenscheinlich litt, seine aufrechte Haltung einbüßte, mit zuckenden Brauen und ruhelosen Händen, und er hatte seine Schlüsse daraus gezogen, auch aus der Anspannung der anderen Angeklagten, die offenbar die Lebensgeschichte der Frau nicht kannten.

Er hatte ferner beobachtet, daß der Bericht Hans Moellers auf die Schwester, eine bisher eher lethargische Person, eine elektrische Wirkung hatte und sie sichtlich ungeduldig machte, selber zu Wort zu kommen; und die ungewöhnliche Lebendigkeit ihres Berichtes und ihrer Person wiederum hatte zwei besonders empfängliche Zuhörer unter den Angeklagten: den vor Bewunderung gleichsam überlaufenden Welte, den der Präsident daraufhin für den Liebhaber des Mädchens hielt, und selbst jenen interessanten Dunkelmann und Vorletzten der Reihe, der während der Aussage der Angeklagten sozusagen das Visier öffnete und sein Gesicht sehen ließ, das Gesicht eines mitgenommenen und hingerissenen Jungen, und einmal sogar lächelte, mit Blitzzähnen und Blitzaugen – als nämlich das Mädchen die handfeste Liebesszene im „Vergnügungspark" erwähnte.

Und schließlich stellte der Präsident fest, daß seine Prozedurvolte, die, nachdem das Mädchen geendet hatte, den Angeklagten Sauer übersprang und den letzten im Alphabet zur Aussage beorderte, wiederum nur auf der Anklagebank bemerkt wurde und eine gewisse Depression verursachte, am deutlichsten bei Sophia Moeller, welche doch eben am Armesündertisch von einer sehr selbstsicheren, mitunter sogar triumphierenden Haltung gewesen war. Und da sie, während Welte sprach, nicht einmal den Kopf hob, gelangte der Psychologe Behn zur Revision seiner Annahme eines innigeren Verhältnisses zwischen ihr und dem Sprecher. –

Die Silbertabatiere klappt zu, mit einem kleinen, kecken, gutgelaunten Knall, Baron Freyberg beugt sich vor und näselt aufgeräumt zum Präsidenten hin: „Hätte da paar Fragen an die beiden Wehrmachtsangehörigen."

„Ich auch", sagt von der anderen Seite Sturmbannführer Uhle und meint doch nur jenen Kriegsinvaliden, der allein ihn beschäftigt, tief beschäftigt.

„Die Herren werden dazu noch Gelegenheit haben", erwidert Präsident Behn und sieht kurz zu seinem Benjamin hinüber, der keine grünliche Gesichtsfarbe mehr hat und jetzt den starken Tobak zu vertragen scheint.

„Ein Meistersinger fehlt ja noch im Wettstreit", bemerkt Reichsanwalt Tischler spitz: er hat schon lange aufgehört, sich Notizen zu machen, es ist überflüssig.

„Und wie steht's mit der Mittagspause?", erkundigt sich Richter Schneidhammer, der einzige, der Appetit verspürt.

„Wir sind noch nicht so weit", antwortet Präsident Behn kurz und ziemlich unhöflich.

Er hat sehr wohl bemerkt, daß der Parteimagnat während der letzten Stunde auf seinem Schreibblock unter der kindisch kalligraphierten Überschrift: „Deutsche Volksgenossen!" Zeile um Zeile hingesetzt hat, mit schwerer Hand, angestrengt schnaufend, und daß er die Schreiberei unter einem leeren Blatt verbarg, eine glatte Ungezogenheit; und Behn hat seine gerechten Zweifel am Wert dieser richterlichen Mitarbeit, wenn nicht gar einen Verdacht, daß sich die versteckten Notizen weniger mit den Angeklagten als mit der erstaunlichen Prozedur abgeben.

„Ist mir auch recht", sagt der Würdenträger, lüftet ein wenig das Deckblatt, scheint seine Freude an dem zu haben, was er da liest, und verliert sich in ein heiter entrücktes Sinnen.

2

Präsident Behn spricht mit lässiger Stimme: „Ich komme jetzt zu der Person des Angeklagten Sauer, Christoph."

Er macht eine Pause. Der Vorletzte steht auf, nicht zu schnell und nicht zu langsam, und wendet sich dem rechten Logengatter zu.

„Warten Sie", sagt der Präsident. Christoph bleibt stehn. Er trägt die Blicke der Freunde, und er trägt Sophias Blick. Präsident Behn betrachtet das Gesicht des Mädchens, das nichts mehr ist als das weiße Gefäß des Blickes. – Aha, denkt er, so steht das Spiel... „Sie können noch sitzenbleiben", sagt er. Christoph setzt sich. Das Mädchen sieht noch immer nach rechts hinauf, wo er gestanden ist. Die andern kehren den Blick dem Richterthron zu, und keiner verhüllt seine Erregung. – Der

Sonderfall auch für sie, denkt der Präsident, der die Angeklagten noch niemals so in der Hand gehabt hat, und er ist zufrieden mit sich.

„Ich habe", spricht er mit besonderer Lässigkeit und in besonders straffer Haltung, „den Angeklagten Sauer aus der den andern Angeklagten auferlegten Prozedur herausgenommen, weil sein eigentümliches Verhalten während der Verhaftung und der Voruntersuchung eine gerichtliche Aufklärung erfordert. Ich bitte den Herrn Berichterstatter, den Rapport der die Verhaftung und Voruntersuchung tätigenden Behörde zu verlesen." Richter Lucius ist ruhiger geworden, wenn auch nicht gesammelter. Da der Sitz der Unruhe von ihm mit einem gewissen greisenhaften Starrsinn lokalisiert und beobachtet ist, muß man um der Genauigkeit willen sagen: sein Herz ist ruhiger geworden, aber die geistige Unexaktheit ist geblieben. Denn jene innere, vom Herzen kommende Bestürzung, der er noch nach der Peroration des Hauptangeklagten Ausdruck verlieh, löste sich mit einemmal auf – um nicht zu sagen: sie schwand vor der erfreulichen Erscheinung jener Professorsfrau, ja, die Bestürzung ist durch etwas Erfreuliches ersetzt worden, und dieses erfreuliche Gefühl ist geblieben und hat geistige Eskapaden verursacht, die in nicht unbedenkliche Verrennungen ausgeartet sind. Es hat sich nämlich ein Gefühl ins Herz geschlichen, das mit einiger Ehrlichkeit als Sympathie bezeichnet werden muß, Sympathie für die Professorsfrau, für den Kriegsinvaliden, für seine Schwester, für den Lazarettgehilfen, und leider auch für das, was sie erzählten. Denn so wie sie sind und wurden und die Art, wie sie es sagen, ist nicht nur sympathisch an sich, sondern trifft sich auch ganz ohne Einschränkung und geradezu mühelos mit dem sittlichen Empfinden des Walter Lucius, eines anständigen Menschen, also auch mit dem sittlichen Empfinden aller anständigen Menschen; und so mag es denn gekommen sein, daß Walter Lucius nicht nur sich selber vervielfältigt und voller Sympathie dasitzt und zuhört, als anständige Menschheit, sondern daß er auch hinter dem jeweiligen Sprecher am Armesündertisch die lange Reihe derer sieht, die so sind und wurden und sprechen müssen wie ihr Fürsprech oder ihre Fürsprecherin.

Dies nun ist nicht die Art der Offenbarung, die der Präsident seinen Richtern zugedacht oder zugezaubert hat, sondern eben eine geistige Zerfahrenheit.

Richter Lucius überblättert mit zerfahrenen Fingern in dem vor ihm liegenden Akt zweimal die Seite, wo der mitzuteilende Rapport beginnt, und liest endlich mit mildnüchterner Stimme.

„In Verfolg der am 13. dieses Monats gegen Hennings und Genossen gefaßten Maßnahmen erschienen die SD-Beamten Roller und Müller 3 um 23 Uhr 10 in dem von dem zu verhaftenden Rechtsstudenten Sauer, Christoph, bewohnten Zimmer in der Wohnung des Oberlokomotivführers Hermann Hansemann im Hause Luisenstraße Nummer 45.

Die Beamten fanden benannten Sauer, Christoph, der schon bei ihrem Eintritt einen geistesabwesenden Eindruck machte und auf die Nennung seines Namens nicht reagierte, in Gesellschaft eines älteren katholischen Geistlichen vor, der sich als Geistlicher Rat Ruhsilver, 60, Pfarrer des Kirchdorfs Niederhall, Bezirksamt Reichenhall, und Onkel des Sauer, Christoph, identifizierte und an Hand einer Rückfahrkarte nachwies, daß er am gleichen Abend aus Reichenhall in München eingetroffen sei, aussagend, daß er seit ungefähr 21 Uhr in diesem Raum auf seinen ungefähr 22 Uhr 30 einpassierenden Neffen gewartet habe, um ihn in einer Familienangelegenheit zu sprechen. Pfarrer Ruhsilver wurde nach Aufnahme seiner zeitweiligen Münchner Adresse und nach einschlägiger Belehrung, sich für mindestens 48 Stunden zur Verfügung der Behörde zu halten, als nicht in Sachen Hennings und Genossen involviert, entlassen.

„Einen Augenblick", unterbricht Präsident Behn und hebt den Kopf, „Angeklagter Sauer, wollen Sie uns sagen, um was für eine Familienangelegenheit es sich handelte? Sie können sitzenbleiben."

Christoph antwortet nicht sofort, er setzt zweimal an, und als er jetzt spricht, ist seine Stimme aufgerauht und für die Freunde fast unkenntlich vor abweisender Erregung: „Es ging um meine Mutter."

„Genauer gesagt", meint Präsident Behn und hebt den Zeigefinger gegen ihn, „um die Verhaftung Ihrer Mutter, nicht wahr?"

Christoph springt auf und kann doch sitzenbleiben, er packt die Balustrade der Angeklagtenloge, als wolle er sie aus dem Boden reißen, und hat doch nur „ja" zu antworten und sagt es tonlos, beinahe flüsternd: „Um die Verhaftung, ja ..."

Die Freunde blicken zu ihm hinauf, bestürzt und tief bereit, in seine Absonderung einzuwilligen; denn sie spüren den Hieb, der ihn abgespalten hat. Sophia aber weiß mehr und gäbe viel darum, wenn er sie jetzt ansähe und nicht mehr so einsam und ausgeliefert dastünde. Doch Christoph starrt auf den Richter, und sein Kieferknochen prägt eine so harte Linie vom Kinn zum Ohr, daß das Gesicht fremd wird wie seine Stimme.

„Ich bemerke hierzu", wendet sich Präsident Behn an die Richter, „daß die Verhaftung dieser Frau, wie ja auch schon aus dem Zeitpunkt hervorgeht, nichts mit dem anhängigen Fall Hennings und Genossen zu tun hat..."

„Aber mit mir!", ruft Christoph hell und scharf dazwischen, und diese Stimme kennen die Freunde.

„Setzen Sie sich", sagt der Präsident recht ruhig und wartet, bis Christoph dem Befehl gefolgt und die Angeklagten ihre Aufmerksamkeit wieder der Richtertribüne zuwenden. Dann blickt er in seine Papiere: „Pfarrer Ruhsilver wurde im Laufe des gestrigen Tages von der Geheimen Staatspolizei vernommen. Auf Grund seiner Aussage wurde das Landgericht Reichenhall telephonisch um Information ersucht, und es wurde festgestellt, daß sich die Erbhofbesitzerswitwe Ursula Sauer, geborene Ruhsilver, 40, seit dem 12. Februar in Untersuchungshaft befindet, wegen Verbrechens gegen das Heimtückegesetz und Widerstands gegen die Staatsgewalt. Dies zur Klärung der sogenannten Familienangelegenheit. Herr Berichterstatter, bitte fahren Sie fort."

Richter Lucius liest: „Die Beamten wollten nunmehr zur Verhaftung des benannten Sauer, Christoph, schreiten und begegneten dabei folgenden Schwierigkeiten:

Erstens: der Inkulpat, der regungslos und mit stieren Augen vor seinem Bett stand, auf dem gleichen Fleck, auf dem ihn die Beamten beim Betreten des Zimmers vorfanden, und der auch nicht den an ihn gerichteten Abschiedsgruß benannten Pfarrer Ruhsilvers beachtet hatte, war nicht zur vorgeschriebenen Namensfeststellung zu bewegen.

Zweitens: der Inkulpat war nicht zur Einsicht in den vorgewiesenen Haftbefehl noch auch nur zur Beachtung des amtlichen Dokuments zu bewegen.

Drittens: der Inkulpat war weder in Güte noch durch Strenge zu bewegen, seinen Standplatz zu verlassen und den Beamten zu folgen. Er reagierte weder auf mündliche Aufforderungen noch auf den leichten Backenstreich, den ihm Müller 3 versetzte, noch auf die Drohung mit der Handfesselung noch auf die Handfesselung selber, der er keinen sichtbaren, wohl aber einen fühlbaren Widerstand entgegensetzte; denn SD-Mann Roller konnte nur mit Hilfe von Müller 3 die Hände des Häftlings so nahe zusammenbringen, daß die Fessel angelegt werden konnte.

Viertens: der Inkulpat, durch Müller 3 gewaltsam von seinem Standplatz entfernt, wollte oder konnte nicht seine Beine gebrauchen und fiel seitlich zu Boden, mit der linken Schulter zuerst, übrigens ohne den Körper abzubiegen und ohne einen Laut von sich zu geben.

In Anbetracht dieses ungewöhnlichen Verhaltens des Inkulpaten und in Unklarheit darüber, ob es sich um Widerstand gegen die Staatsgewalt oder um einen Krankheitszustand handle, begab sich SD-Mann Roller ans Telephon und meldete den Sachverhalt seiner Vorgesetzten Behörde. Der Unterzeichnete SD-Kommissar, im Einvernehmen mit dem in Sachen Hennings und Genossen untersuchungführenden Kommissar Negele, ordnete daraufhin die Überführung des Sauer, Christoph, ins Gestapohaus an, an Stelle der ursprünglich vorgesehenen unmittelbaren Überstellung des Häftlings zu Händen Kommissar Negeles in der Polizeidirektion.

Die SD-Beamten Roller und Müller 3 waren gezwungen, den immer noch regungslos, wenn auch mit offenen Augen auf dem Fußboden des Zimmers liegenden Häftling die Treppe hinunter in den Dienstwagen und nach Ankunft im Gestapohaus wiederum aus dem Wagen ins Büro des unterfertigten SD-Kommissars zu tragen, wobei sie bemerkten, daß der Körper des Häftlings nicht einknickte und während der Fahrt in starrer und unnatürlicher Schräglage verharrte.

Der Unterzeichnete SD-Kommissar übernahm den Häftling im gleichen Zustand gegen 24 Uhr, überzeugte sich von der Unmöglichkeit, mit ihm in dienstlichen Kontakt zu kommen, und unterstellte ihn ohne jeden Erfolg den zur Brechung passiver Resistenz vorgesehenen Maßnahmen..."

„Danke", unterbricht Präsident Behn und sieht mit verengten Augen in die Luft. Dann sagte er: „Angeklagter Sauer, treten Sie an den Tisch hier."

Christoph steht auf und wendet sich dem rechten Logengatter zu, streift nicht im Vorbeigehen den Kameraden Welte, sieht ihn nicht an und geht zum Armesündertisch, nicht langsam und nicht schnell.

„Angeklagter“, spricht der Präsident, „ist Ihnen neu, was über Ihre Verhaftung verlesen wurde?“

„Ich verstehe die Frage nicht“, antwortet Christoph.

„Dann will ich sie anders formulieren. Können Sie die Richtigkeit des Verhaftungsrapports bestätigen oder nicht?“

„Ich kann sie bestätigen.“

„Wenn Sie nicht bei Bewußtsein oder nur bei halbem Bewußtsein waren, können Sie die Richtigkeit nicht bestätigen.“ „Ich kann sie bestätigen.“

„Sie waren also bei Bewußtsein?“

„Ja.“

„Ist der Schlag, den Ihnen einer der beiden Fahndungsbeamten versetzte, ein leichter Backenstreich gewesen, wie rapportiert?“

„Nein, es waren zwei heftige Ohrfeigen, schnell hintereinander, die eine mit der Handfläche, die andere mit dem Handrücken. Der alte Herr Wolff bekam sie seinerzeit ja auch.“ „Das gehört nicht zur Sache, weil Sie ja eben nicht: ‚Bitte, warum?‘ gefragt hatten“, bemerkt Präsident Behn, zeigt ein rares Lächeln und kann es sich nicht versagen, rasch nach rechts und links zu schauen, um den Erfolg seines Aperçus festzustellen. Doch die Herren der Richtertribüne, mit Ausnahme des wertlosen Nachbarn zur Rechten, der unter dem halbaufgebogenen Deckblatt seiner verdächtigen Schreiberei obliegt, blicken gebannt auf den Mann am Armesündertisch.

Der Präsident, etwas mißgestimmt, wendet sich wieder an Christoph: „Also Sie spürten keinen leichten Backenstreich, sondern zwei solide Maulschellen.“

„Nein.“

„Was heißt das?“

„Ich spürte sie nicht.“

„Ich denke, Sie waren bei Bewußtsein?“

„Durchaus.“

„Wie konnten Sie dann die so genau beschriebenen beiden Schläge nicht spüren?“

„Weil ich sie nicht spüren wollte.“

„Wenn Sie nicht wollen, spüren Sie nichts?“

„Nein.“

„Wie ermöglichen Sie das?“

„Durch den Willen.“

„Das ist eine metaphysische Bereitschaft. Ich frage nach dem physiologischen Vorgang.“

„Durch Muskelkontraktion.“

„Hat Schreckwirkung etwas damit zu tun?“

„Kontrollierte Schreckwirkung.“

„Das heißt: Sie zwingen den Schreck in die gewünschte Auswirkung?“

„So ungefähr.“

„Die Schreckwirkung trat ein, als die beiden SD-Beamten in Ihrem Zimmer erschienen?“

„Nur die Auswirkung.“

„Wollen Sie damit sagen, daß das Erscheinen der beiden Beamten für Sie keine Überraschung bedeutete?“

„Keine besondere.“

„Die behördliche Aktion in der Universität begann gegen 22 Uhr. Wußten Sie bereits davon?“

„Die Aktion muß später als zehn Uhr begonnen haben; denn ich selber verließ erst nach zehn Uhr unangefochten die Universität und wußte von keiner Aktion.“

„Wie kommt es dann, daß das Erscheinen der beiden Beamten in Ihrem Zimmer Sie nicht besonders überraschte?“ „Weil ich innerlich auf das Schlimmste gefaßt war. Ich habe die Gabe, Katastrophen vorauszufühlen.“

„Sie haben allerlei Gaben, scheint's.“

„Ja.“

„Sie sprechen aber von einer kontrollierten Schreckwirkung, bestreiten gleichzeitig, durch das Erscheinen der beiden Beamten erschreckt worden zu sein, und nennen es nur die Auswirkung – die Auswirkung welcher Schreckwirkung?“

„Einer vorausgegangenen.“

„Voraus ging die Mitteilung Pfarrer Ruhsilvers, daß Ihre Mutter verhaftet worden sei. Meinen Sie das?“

„Ja.“

„Es interessiert mich zu wissen, ob Sie diese Nachricht mit Ihrem Onkel wie ein normaler, wenn auch erschrockener Mensch besprochen haben.“

„Ich glaube nicht, daß ich etwas sprach“, antwortet Christoph leise.

„Nahmen Sie Ihren Standplatz vor dem Bett erst ein, als die Beamten erschienen?“

„Ich glaube, ich stand schon da ...“

„Wie lange schon?“

„Ich glaube, ich stellte mich dorthin, als ich mein Zimmer betrat und Onkel Ruhsilver am Tisch sitzen sah...“

„Gaben Sie denn nicht dem Pfarrer die Hand?“

„Ich glaube nicht, daß ich ihm die Hand gab...“

„Wie stehen Sie zu Ihrem Onkel?“

„Ich stehe gut mit ihm, sehr gut.“

„Aber Ihre Gabe, Katastrophen vorauszusehen, sagte Ihnen sofort, beim bloßen Anblick des Pfarrers, daß etwas mit Ihrer Mutter geschehen sei, und lähmte Sie.“ Christoph nickt. „Aber diese Art von Lähmung hängt doch nicht von Ihrem Willen ab?“

Christoph gibt keine Antwort.

„Lassen wir das“, winkt Präsident Behn ab; „die Familienangelegenheit geht uns nichts an. Sie brachten also die Lähmung unter Kontrolle und zu der von den Beamten rapportierten Auswirkung. Sie betonen sehr stark die Bewußtheit Ihrer Handlung. Es besteht indessen die Möglichkeit, daß Sie die bewußte Handlung auf Grund des Rapports erst nachträglich konstruiert haben, nämlich erst jetzt und hier. Um Wesen und Ausmaß Ihrer passiven Resistenz erkennen zu können, lasse ich jetzt nicht den Herrn Berichterstatter mit der Verlesung des Untersuchungsrapports fortfahren, sondern fordere Sie auf, selber zu sprechen, sofern Ihnen die Vorgänge während Ihrer Untersuchungshaft bewußt geworden oder geblieben sind. Sind Sie dazu fähig?“

„Ja“, antwortet Christoph.

„Ihre erfolglose Unterstellung unter die zur Brechung passiver Resistenz vorgesehenen Maßnahmen ist bereits verlesen worden, braucht also von Ihnen nicht weiter geschildert zu werden.“

„Ich habe von derlei Maßnahmen nichts bemerkt“, sagt Christoph, und es ist dem Präsidenten, als unterdrücke er dabei ein Lächeln.

„So“, meint Behn etwas unsicher; „beginnen Sie auf jeden Fall mit dem folgenden Morgen.“

Doch jetzt ist keine Täuschung mehr möglich: der Angeklagte lächelt flüchtig.

3

Es ist schwer, unter Umständen, die Tageszeiten zu beobachten und zu wissen, jetzt ist die Nacht vorbei und nun beginnt der Morgen. Denn wenn es soweit ist, daß der Körper hartgeworden und zum Panzer, ist es ein anderes Leben, ein Schildkröten- oder Schneckenleben tief in der Bastei des Körpers, und nicht nur die Tageszeit, sondern auch die Menschen sind jenseits der Wandung und merklich abgerückt; und da der Blick wie durch die Sehschlitze eines geschlossenen Helmvisiers nach außen schaut, ist das Blickfeld eingeengt.

Christoph wurde auf die Füße gestellt und sah das Spitzmausgesicht des SD-Kommissars, der ihm ein paar Fragen vorlegte und sofort ins Schreien kam, als er keine Antwort erhielt. Christoph wurde hochgehoben und kam in einen engen Verschlag, der mit einer Telephonkabine Ähnlichkeit hatte und in dem es widerlich süßlich roch, die Luft schwer einging und das Herz zu hämmern begann. Das Spitzmausgesicht ging hinter dem tellergroßen Fenster und fragte in regelmäßigen Abständen: „Wollen Sie sprechen?" Christoph hielt solange wie möglich den Atem an und starrte auf die schwarze Fliege von einem Bart auf der überlangen Oberlippe des Kommissars, verlor aber schließlich die Besinnung. Dann spürte er Frischluft, roch Essig und sah die Bartfliege wieder, die in unendliche Ferne gerückt gewesen. Der Kommissar stand in der geöffneten Tür der Kabine und fragte: „Wollen Sie sprechen? Sie haben zwei Minuten Zeit, ‚ja' zu sagen." Er wartete, mit der Uhr in der Hand, und schloß dann wieder die Tür, sein Spitzmausgesicht erschien am Fenster, wurde kleiner und kleiner, ein Punkt am Horizont... Als Christoph wieder zu sich kam, öffnete er nicht mehr die Augen, ließ sich das Hemd aufknöpfen, das Herz abhorchen, auf eine Bahre legen und in einen Raum tragen, in dem es sehr kalt war. Das Gesicht mit der Bartfliege tauchte noch einmal auf, diesmal über ihm, und fragte: „Wollen Sie jetzt sprechen oder soll ich Sie zu Brei schlagen lassen?" Er gab ihm wieder zwei Minuten, die Uhr in der Hand, ließ die beiden SD-Beamten mit Stahlruten aufmarschieren und sagte dann unerwartet: „Schluß für heute!“ Christoph wurde nicht geprügelt, sondern in eine Zelle gebracht und hatte für lange Zeit Ruhe – und dies war wohl der Rest der Nacht.

Wenn es so weit ist, daß der Körper hart geworden, so ist die Gewalt, die ihm die Außenwelt anzutun versucht, und selbst die Ruhe, die sie ihm gönnt, nur geeignet, ihn härter zu machen. Als Christoph nach der langen Pause das Spitzmausgesicht wiedersah, schien der Kommissar eingesehen zu haben, daß seine Frage: „Wollen Sie sprechen?“ genügend beantwortet worden sei, und führte die Untersuchung als Monolog. Es war so, als lese er sich selber einen langen Fragebogen vor, der die Beziehung des verkrusteten Menschen zu dem verknitterten Seidenpapier des Flugblattes zum unerschöpflichen Thema hatte. Es wurde für Christoph beinahe zu einem stillen Vergnügen, im Schneckenhaus zu sitzen und draußen den monotonen Regen der Fragen prasseln zu hören – und vielleicht, vielleicht schützte er dadurch auch die Freunde, deren Namen nicht genannt wurden.

Dann aber – und der Stundenablauf war immer weniger zu spüren und gleichsam immer nebensächlicher geworden – änderte der Kommissar die Taktik und fragte nicht mehr, sondern gab selber Antworten, nicht auf die Fragen, die er dem Untersuchungsgefangenen gestellt hatte, sondern auf die Fragen, die in Christoph brannten wie das Feuer im Innern der verhärteten Erde. Der Mann draußen, der entrückte und ohnmächtige Feind mit der Bartfliege, berichtete die Verhaftung der Freunde in unerbittlicher Reihenfolge: Hansens und Weltes, des Professors und dann der Frauen, ja, Frau Doras und Sophias, der verehrten und der geliebten – und zu den beiden Frauen kam nun noch die dritte, die geliebteste, die Mutter: wie war es verzeihlich? Der Kommissar aber begann, die Aussagen der Freunde zu verlesen, in unerbittlicher Reihenfolge – und vielleicht wurde es schon wieder Nacht...

Es ist ein anderes Leben, das Schildkröten- oder Schneckenleben tief in der Bastei des Körpers, aber es ist etwas Furchtbares und Eigenwüchsiges in der zunehmenden Verhärtung: du bist schließlich wie eine Faust, die nicht mehr geöffnet werden kann, weder von außen noch von innen, wo du selber bist. Du bist der Gefangene hinter der Körperwand geworden, und es ist schwerer, viel schwerer, sich zu befreien, als sich hineinzustoßen und ziehen zu lassen, in tiefster Verschlingung des Willens und des Triebes.

Als Christoph sprechen wollte und sprechen mußte, konnte er das Kinn nicht rühren. Als ihm der Kommissar die vorbereitete Erklärung vorlas und unterbreitete – „Ich Unterfertigter Christoph Sauer erkläre hiermit, zusammen mit den Untersuchungsgefangenen Karl und Dora von Hennings, Hans und Sophia Moeller und Alexander Welte an der Herstellung und Verbreitung eines zu einem hochverräterischen Unternehmen auffordernden Flugblattes mitgewirkt zu haben" –, konnte er es nicht unterschreiben. Man schaffte ihn in die Zelle zurück, legte die Erklärung und Schreibzeug auf den Schemel neben der Pritsche und ließ die elektrische Funzel brennen.

Es konnte sein, daß sie ihn beobachteten und sahen, wie ihm der Schweiß von der Stirn rann. Es konnte sein, daß sie ihn stöhnen hörten; denn er konnte sich selber stöhnen hören. Die Mühe, sich zu lösen, war gewaltig, und der Wille, es zu tun und nicht nachzulassen und immer wieder die würgende Angst zu überwinden, daß der Körper gelähmt sei, unwiderruflich, im tiefsten Sinne des nicht mehr zu Widerrufenden, schuf eine Erregung in Herz und Hirn, daß die Augen rot sahen, ob er sie öffnete oder schloß. Er öffnete und schloß sie unaufhörlich; denn er glaubte, blind geworden zu sein. Nein, er glaubte, auch um das Augenlicht kämpfen zu müssen. Die Adern traten ihm aus der Stirn, in der Anstrengung des Anstemmens, er fühlte die Adern genau, sie lagen auf der Stirn wie zwei winzige heiße Finger, und vielleicht war der Scharfsinn des Gefühls so bedeutend, weil er nichts mehr sah.

Es war jetzt eine doppelte Angst: nichts mehr zu sehen und nicht mehr gesehen zu werden. Die Freunde sehen ihn nicht, er ist verschwunden – und was ist dann, wenn fünf da sind und einer nicht, wenn sich fünf als Gefangene sehen und den sechsten nicht? Dann ist im Herzen der fünf die furchtbarste aller Ungewißheiten, auch in Sophias Herz – und einmal schon, im letzten Sommer erst, als sie im Isartal spazierengingen, und es war nachts, da hatte sie plötzlich gesagt: „Eigentlich habe ich immer Angst vor dir", er hatte lachend gefragt: „Warum?" und sie hatte ernst erwidert: „Weil ich nicht weiß, was alles dir zuzutrauen ist."

– Sie wird es mir zutrauen! dachte Christoph, riß wild die Augen auf, verjagte die roten Schwaden und sah den schmutzgrauen Mörtel der Zellendecke wieder. Er brauchte für die Unterschrift unter die Erklärung die Augen und die rechte Hand und rüttelte, während er den Körper in kleinen Rucken auf die Seite legte, dem Schemel zu an der rechten Hand, von innen her, so wie man an einem eingerosteten Türgriff rüttelt – und endlich konnte er die Finger bewegen. Als er unterschrieben hatte – vielleicht war die Nacht schon vorbei –, schlief er ein, ausgepumpt, todmüde und zufrieden, und der Körper löste sich vollends im Schlaf.

4

Christoph aber hat nichts über die Nacht ausgesagt und den Kampf mit dem eigenen Körper verschwiegen. Es ist ein kurzer, bestimmter, etwas hoffärtiger Bericht, der die vergebliche Bemühung des SD-Kommissars fast ein wenig lächerlich macht. Christoph schließt mit dem Satz: „In der Nacht unterschrieb ich dann die Erklärung."

Doch Präsident Behn ist kein leichter Gegner und fragt sofort: „Warum gaben Sie sie nicht mündlich ab?"

„Weil ich nicht sprechen wollte."

„Weil Sie nicht sprechen wollten oder nicht sprechen konnten?"

„Es handelt sich um einen Willensakt."

„Ich könnte mir vorstellen, daß die Muskelkontraktion, von der Sie sprachen, kein Sprechen zuläßt."

„Ich hätte sie ja lösen können, um zu sprechen."

„Der SD-Kommissar rapportiert, daß Sie nach der Vorlesung der Aussagen Ihrer Komplicen durchaus den Eindruck machten, als ob Sie sprechen wollten, aber nicht konnten."

„Ein Irrtum."

„Aber Sie schwitzten vor Anstrengung – das ist kein Irrtum."

„Ganz richtig. Ich schwitzte schließlich vor Anstrengung, Muskelkontraktion ist eine Anstrengung."

„Und warum unterschrieben Sie nicht die Erklärung, als der Kommissar sie Ihnen vorlegte?"

„Weil ich meine Haltung in Anwesenheit des Kommissars nicht aufgeben wollte."

„Er ist aber der Überzeugung, daß Sie unterschreiben wollten, doch nicht dazu imstande waren, und er hat beobachtet, daß Sie während dieses vergeblichen Versuches nicht allein schwitzten, sondern daß Ihnen vor Anstrengung die Adern aus der Stirn traten."

„Das nenne ich ein Kompliment für die Überzeugungskraft meiner Darbietung", sagt Christoph, flüchtig lächelnd.

„Das ist es auch", meint Präsident Behn, bemerkenswert geduldig, „und wann in der Nacht unterschrieben Sie nun eigentlich – ummittelbar nach Ihrer Rückschaffung in die Zelle?"

„Nein ...", antwortet Christoph und ist auf der Hut, „ich war sehr müde..."

„Sie schliefen sofort ein?"

„Sagen wir, ich sackte ab ..."

„Aber mit offenen Augen. Der Beobachter meldet recht anschaulich, wenn auch etwas befremdlich: Sie seien dagelegen wie eine gelähmte Wehmutter. Das heißt also wohl: Sie rührten sich nicht, aber man sah Ihnen an, daß Sie so etwas wie Krämpfe hatten. Gegen zwei Uhr begannen Sie, sich sichtbar zu bewegen. Es dauerte eine Stunde zehn Minuten, bis Sie von der Rückenlage zur Seitenlage gelangten. Die Unterschrift erfolgte kurz vor vier. Dann allerdings sackten Sie ab, sogar schnarchend."

„Es versteht sich doch von selbst", sagt Christoph leise, „daß das Licht in der Zelle nicht zu meiner Bequemlichkeit allein brennen blieb."

„Sie wollen damit sagen, sie spielten Ihre Darbietung zu Ende, weil Sie wußten, daß Sie beobachtet würden?"

„Ja."

„Warum eigentlich?"

Christoph zuckte mit den Achseln und schwieg.

„Und wann bequemten Sie sich zur Normalität?"

„Heute früh, als ich hörte, daß ich dem Volksgericht überstellt würde."

„Und Sie waren schon so, wie Sie jetzt sind?"

„Ich hatte schwere Glieder und Muskelschmerzen."

„Und Sie sprachen auch?"

„Ich hatte keine Gelegenheit zu sprechen."

Der Präsident hebt den Kopf: „Ist die Wachmannschaft hier, die den Angeklagten zum Transport übernommen hat?"

„Zu Befehl, Herr Präsident!", ruft der SS-Traktor und knallt von seinem Sitz neben Christophs leerem Platz auf der Anklagebank in die Höhe.

„Hat der Angeklagte Gelegenheit zu sprechen gehabt?" „Jawohl, Herr Präsident", antwortet der Mann, „denn ich hatte den Auftrag, ihn möglichst undienstlich nach seinem Befinden zu fragen."

„Er antwortete nicht?"

„Er tat so, als hörte er es nicht."

„Wie benahm er sich sonst?"

„Wie einer, der einen schweren Rausch noch nicht ausgeschlafen hat, Herr Präsident."

„Wie benahm er sich, als er hier seine Komplicen wiedersah?" „Er tat zuerst so, als sähe er sie nicht. Dann rief ihn jemand an, und er wurde plötzlich munter und redete und wurde auch gleich wieder bockig."

„Inwiefern bockig?"

„Er wollte keinen Schritt mehr machen, wenn ihm nicht die Handfessel abgenommen würde – und dabei hatte er sie sich doch vorher ganz ruhig anlegen lassen."

„Wer rief ihn an?"

„Die hier", sagt der Mann und weist auf Sophia. „Angeklagte Moeller, was riefen Sie dem Angeklagten Sauer zu?" „Ich weiß es nicht mehr", antwortete Sophia.

„Sie rief: ‚Sieh mich doch an!'", sagt der SS-Traktor. „Angeklagte Moeller, warum, glaubten Sie, hat Sauer Sie nicht angesehen?"

„Ich legte mir die Frage gar nicht vor", antwortete Sophia. „Stehen Sie mit Sauer in näherer Beziehung?"

„Ja", antwortet Sophia nach kleinem Zögern.

„Haben Sie je bei ihm ein unnormales Verhalten festgestellt?" „Nein."

„Angeklagter Hennings, welchen Eindruck hatten Sie von Sauer, als er eintrat und Sie nicht zu sehen schien?"

„Den Eindruck von einem Menschen", sagt Karl, „der den zur Brechung passiver Resistenz vorgesehenen Maßnahmen unterstellt worden ist."

„Einen falschen Eindruck also – oder halten Sie Ihre Ansicht nach Sauers eigener Aussage noch aufrecht?"

„Gewiß; denn ich habe ja nicht gesagt, daß seine passive Resistenz durch die Maßnahmen gebrochen worden sei."

„Sie glauben also an seinen Willensakt?"

Karl antwortet nicht gleich, und Christoph am Armesündertisch dreht ihm mit einem Ruck das Gesicht zu. „Ich glaube fest daran", spricht Karl leise.

„Angeklagter Sauer", wendet sich Präsident Behn an Christoph, „wie kommt es, daß Sie erst von Ihrer Freundin angerufen werden mußten, bevor Sie von ihr und den andern Mitangeklagten Notiz nahmen?"

„Ich war mit meinen Gedanken woanders", erwidert Christoph.

„Es scheint mir fast unbegreiflich, daß Sie nach Lage der Dinge mit den Gedanken woanders gewesen sein können, sofern Sie überhaupt schon einen Gedanken fassen konnten und sich nicht noch in einer Art Betäubung befanden."

„Ich war mit meinen Gedanken bei meiner Mutter, für deren Schicksal ich mich verantwortlich fühle."

„Und was war Ihre Reaktion auf den Anruf Ihrer Freundin?"

„Ich entschuldigte mich bei ihr und den Freunden."

„Wofür? Daß Sie geistesabwesend waren?"

„Daß ich sie habe warten lassen. Ich weiß nämlich, was das heißt und wie das quält."

Der Präsident sah zu seiner Verwunderung, daß bei diesen Worten Christophs die Angeklagte Sophia Moeller das Gesicht in den Händen versteckt und die Gesichter der anderen sich betroffen senken, und er begreift es nicht, so psychologisch und pragmatisch erfahren er ist.

Er schaut sinnend in das knochige, bartstopplige Gesicht des Mannes am Armesündertisch und sagt sich plötzlich, beinahe zusammenfahrend: wie er mich haßt! Er hebt den Kopf und fragt mit lässiger Stimme: „Übrigens, woran starb Ihr Vater?"

„An den Folgen eines Unfalls."

„Was war das für ein Unfall?"

„Sturz von der Tenne."

„Stürzte er oft?"

Christoph antwortet nicht, und wieder prägt sich sein Unterkiefer zur harten Linie vom Kinn zum Ohr.

„Epileptiker?", fragt der Präsident.

„Trinker", sagt Christoph und öffnet kaum die Lippen.

„Ich frage Sie jetzt, und es ist eine für Sie bedeutsame Frage, ob Ihre sogenannte Muskelkontraktion nicht eine Krankheitserscheinung ist."

„Nein."

„Ich frage Sie jetzt, und es ist eine für Sie bedeutsame Frage, Angeklagter, ob Sie nicht schon früher an dieser oder einer ähnlichen Erscheinung erkrankten – ich betone: erkrankten."

„Nein."

„Sie erklären also, nicht krank zu sein und niemals krank gewesen zu sein?"

„Ich erkläre es mit allem Nachdruck."

„Gut", sagt Präsident Behn, sich ein wenig vorlehnend und über den Saal schauend, „Justizwachtmeister, rufen Sie den Sachverständigen und Zeugen Professor Ackermann."

5

Christoph wird nicht auf seinen Platz geschickt, er steht am Tisch, senkt den Blick und wartet. Wenn der Präsident den Aufruf des Zeugen als einen überraschungshieb gewertet hat, so sieht er sich enttäuscht; denn der Angeklagte erschrickt nicht oder zeigt doch kein Zeichen des Erschreckens.

Professor Ackermann tritt neben ihn an den Tisch, und Christoph sieht ihn an. Er erkennt das magere, bartlose, bebrillte Gesicht des Mannes, dem er viel zu verdanken hat. Das Gesicht ist wieder in seinem Besitz; denn er hatte es verloren, – er hatte es ja nur entrückt gesehen, durch die Visierschlitze – nein, er hatte es einmal noch in der Nähe gesehen, damals, als er sich vor Beginn des Wintersemesters 1940 bei ihm meldete und zu Karl Hennings empfohlen wurde. Er hatte das Gesicht des Arztes dennoch verloren, er wollte es vielleicht verlieren. Ackermann sieht ihn nicht an.

Präsident Behn erledigt rasch und ziemlich formell die Feststellung der Personalien und die Vereidigung des Zeugen, die die Verpflichtung in sich schließt, über alles hier Gesehene, Gehörte und Gesprochene Schweigen zu bewahren. Dann wendet er sich an Christoph: „Angeklagter, kennen Sie den Zeugen?" „Ja", antwortet Christoph.

„Woher kennen Sie ihn?"

„Aus der Psychiatrischen Klinik."

„Als was kennen Sie ihn?"

„Als behandelnden Arzt."

„Warum kamen Sie in die Klinik?"

„Zur Beobachtung meines geistigen und körperlichen Zustandes."

„Wissen Sie zufällig, wann Sie eingeliefert wurden?"

„Am 16. März 1940."

„Stimmt das?", fragt Präsident Behn den Psychiater.

„Auf den Tag", sagt Professor Ackermann, in seine Papiere schauend, „eingeliefert durch Militärambulanz vom Rekrutendepot der Leiberkaserne."

„In was für einem Zustand wurde er eingeliefert?"

„In einem stuporähnlichen Zustand."

„Finden Sie es dann nicht bemerkenswert, Herr Professor, daß sich der Angeklagte an das Datum erinnern kann?"

„Das Datum dürfte in seinen Krankheitspapieren stehen." „Sie halten es also für unwahrscheinlich, wenn nicht für unmöglich, daß sich der Angeklagte bei seiner Einlieferung des Datums bewußt war und sich folglich daran erinnern kann?"

„Ich halte es für unwahrscheinlich."

„Angeklagter, kennen Sie das Datum aus den Akten oder aus der Erinnerung?"

„Aus der Erinnerung", antwortet Christoph.

Jetzt sieht ihn der Psychiater an, mit einem fragenden und suchenden Blick.

„Wollten Sie sich zu der Antwort des Angeklagten äußern, Herr Professor?", fordert der Präsident auf.

„Die Antwort kann in gutem Glauben getan sein, selbst von meinem Standpunkt aus", sagt Ackermann; „bei labilen Menschen kann Rekonstruktion zur Erinnerung werden."

Präsident Behn verengt die Augen. „Wie lange war der Angeklagte in der Psychiatrischen Klinik?"

Ackermann sucht in den Papieren. „Siebenundzwanzig Tage", sagt Christoph.

„Ja", bestätigt Ackermann und sieht nicht auf, „bis zum 11. April 1940."

„Hatte sich sein Zustand gebessert?", fragt der Präsident.

„Unwesentlich. Er wurde ins Militärerholungsheim in Oberstdorf im Allgäu übergeführt. Denn die Beobachtung war abgeschlossen."

„Das Resultat war Ihr Gutachten, das den Angeklagten vom Militärdienst befreite, nicht wahr?"

„Jawohl."

„Also war sein Zustand nicht nur stuporähnlich, sondern ein echter Stupor."

„Das habe ich nicht gesagt, weil das Krankheitsbild einige typische Symptome des Stupors vermissen ließ."

„Wie es auch sei, Sie sprechen vom Krankheitsbild, von dem zweifellos pathologischen Zustand des Angeklagten."

„Selbstredend!"

„Selbstredend", bekräftigt der Präsident, „wie hätten Sie sonst zu dem schwerwiegenden Entschluß gelangen können, die Befreiung des Angeklagten von seiner militärischen Dienstpflicht anzuordnen!"

„Ich mißverstehe vielleicht Ihre letzten Worte, Herr Präsident", spricht Ackermann und rückt erregt am Brillengestänge; „aber besteht etwa bei dem Gerichtshof der geringste Zweifel an meiner beruflichen Integrität?"

„Nicht der geringste Zweifel, Herr Professor", versichert Präsident Behn; „aber der Angeklagte behauptet, niemals krank gewesen und nicht krank zu sein, obgleich er sich während der Verhaftung und Voruntersuchung in einem Zustand befand, der dem von Ihnen beobachteten und begutachteten Krankheitsbild vollkommen entspricht."

„Und wie erklärt der Angeklagte seinen Zustand?", fragt Ackermann.

„Mit einem Willensakt."

„Das ist unmöglich!", ruft Ackermann hastig.

„Ich habe bewiesen, daß es möglich ist", spricht Christoph scharf.

„Welchen Fall meinen Sie jetzt, Angeklagter", nimmt es Präsident Belm auf, „den gestrigen oder den vom März 1940?"

„Beide Fälle."

„Was wollen Sie damit sagen, Mann?", wendet sich der Zeuge gegen ihn und ist sehr blaß und hebt die Hände, so als wollte er ihn an den Schultern rütteln und anschreien: Ist das der Dank?

„Ich will damit sagen, Herr Professor, daß ich in beiden Fällen den Stupor – oder wie Sie es nennen wollen – simuliert habe, das letztemal, um nichts aussagen zu müssen, also um meine Freunde zu schützen, und das erstemal, um nicht Soldat werden zu müssen."

„Ich aber glaube", spricht Ackermann langsam, seine Erregung niederzwingend, „Sie simulieren nur Ihre Simulation, Sauer, und ich sehe für Ihre Haltung hier kein anderes Motiv als wiederum nur ein pathologisches."

„Jesus Maria!", flüstert Christoph und schließt die Augen für einen Augenblick, und es ist solche Verzweiflung in seinem Gesicht, daß Ackermann seine Worte bereut – er weiß doch nicht warum.

„Herr Zeuge", spricht Präsident Behn, „ich habe ein ähnliches Gefühl wie Sie und komme jetzt zu dem springenden Punkt, nämlich zu der Frage nach der Zurechnungsfähigkeit des Angeklagten. Das Volksgericht hat Verbrecher gegen Bestand und Sicherheit des Reiches und der Volksgemeinschaft abzuurteilen, aber keine Geisteskranken. Wenn Sie die Zurechnungsfähigkeit des Angeklagten Sauer verneinen oder bezweifeln, wird das Gericht zu beschließen haben, ob mit der Verhandlung gegen den Angeklagten Sauer fortzufahren oder ob sie auszusetzen und der Mann der Gesundheitsbehörde zu übergeben ist."

– Ist es dies?, fragt sich Karl, und seine Kehle schmerzt ihn vor Trockenheit, ist dies die Falltür, durch die die Teufel den armen Teufel von einem Judas verschwinden lassen? Die Kehle tut ihm weh, und zwischen Herz und Magen ist ein unerträglicher Druck – und eben erst, bei Christophs Wort vom quälenden Wartenlassen, hat er ihn doch aus tiefstem Herzen um Verzeihung gebeten ...

Richter Lucius beugt sich zum Ohr des Präsidenten und flüstert: „Der Mann ist so klar im Kopf wie Sie und ich..."

„Das weiß ich", flüstert Behn unfreundlich zurück; „aber der Bursche interessiert mich und übrigens auch den Chef des SD, und ich will es bis zum Äußersten kommen lassen; denn es ist mir noch nicht vollkommen klar, ob er nicht doch von den anderen abgehängt werden will."

„Welch ein Irrtum", murmelt Lucius kopfschüttelnd, und es mag nur ein lauter Gedanke gewesen sein; denn als Äußerung ist es ungehörig. Präsident Behn wendet sich kurz ab und denkt: der Alte wird unmöglich. Und er denkt nun doch an den Ersatz für Richter Lucius.

Professor Ackermann betrachtet Christophs gesenktes Gesicht und sieht auf seiner Stirn winzige Schweißtropfen – und wieder, wie damals, als er die Sanitäter aus dem Raum schickte, fühlt er die Neigung, nein, die Bewunderung für diesen Menschen. Christoph hebt unter seinem Blick den Kopf, sieht ihn kurz und dringend an, und dann dreht er sich um und geht zur Anklagebank.

„Angeklagter!", ruft der Präsident und beugt sich verblüfft vor, „was fällt ihnen ein, Ihren Platz zu verlassen?"

Christoph bleibt stehn und sieht Sophia an und Karl; er dreht sich nicht um und spricht mit heller Stimme: „Ich wollte nur, als Beweis meiner Zurechnungsfähigkeit, dem Zeugen zeigen, wo ich hingehöre!" Dann lächelt er den Freunden zu, und das ist ein Betteln um eine Antwort, und sie lächeln zurück, Sophia und Dora als erste, Karl als letzter.

„Sie gehören an den Tisch hier!", ruft der Präsident mit Schärfe, „aber sofort!"

Christoph kehrt an den Armesündertisch zurück, und sein Gesicht ist heiter.

„Herr Präsident", spricht Professor Ackermann mit Bedacht, „Sie haben an mich eine Frage gestellt, die meine eigene Verantwortung als Arzt und Volksgenosse entschieden belastet. Als Arzt wäre es unverantwortlich von mir zu leugnen, daß selbst ein pathologisch veranlagter Mensch zurechnungsfähig sein und sich strafbar machen kann. Als Volksgenosse wäre es vollends unverantwortlich von mir, einen Verbrecher gegen die Volksgemeinschaft straffrei ausgehen zu lassen."

Präsident Behn kneift verdrossen die Augen zusammen. „Wollen Sie sich bitte weniger allgemein äußern, Herr Professor. Halten Sie den Angeklagten für zurechnungsfähig oder nicht?" „Sein Verhalten hier, soweit ich es beobachten konnte, erlaubt es mir nicht, ihn für unzurechnungsfähig zu erklären." „Aber Sie haben doch soeben seine Haltung hier für pathologisch erklärt!"

„Ich komme jetzt immer mehr zu der Einsicht, Herr Präsident, daß es bei ihm ein pathologischer und eben darum respektabler Wille ist, zu seiner Überzeugung zu stehn."

„Damit geben Sie indirekt zweierlei zu, Herr Professor. Erstens, daß er ein Simulant gewesen ist, zweitens, daß Sie es nicht erkannt, also einen Simulanten vom Militärdienst befreit haben." Ackermann hebt ein wenig die Schulter. „Irren ist menschlich, Herr Präsident."

Er sieht, daß der Präsident ein paar Worte auf seinen Schreibblock schreibt, den Zettel abreißt und ihn dem jungen SS-Offizier zukommen läßt, der ihn liest und kopfnickend in die äußere Brusttasche steckt. Professor Ackermann weiß nicht, was auf dem Zettel steht, aber kann es sich denken. Er bleibt ruhig, er ist von Natur kein ängstlicher Mensch und zumal in diesem Augenblick mit sich zufrieden.

Auch Präsident Behn bekommt einen Zettel, von rechts her, durch Vermittlung Richter Schneidhammers, und liest: „Melde gehorsamst, daß ich mich sowohl an Zurechnungsfähigkeit als auch an Schneid diesem Teufelskerl glatt unterlegen fühle. Gez. Freyberg."

Präsident Behn zerknittert den Zettel, blickt auf und sagt lässig: „Das wäre alles, Herr Zeuge, ich danke Ihnen. Da die Strafprozeßordnung auf die Prozedur des Volksgerichtshofes keine Anwendung findet, haben Sie nicht auf der Zeugenbank Platz zu nehmen, sondern können gehn."

Professor Ackermann verbeugt sich leicht und kämpft mit sich, ob er noch einen Blick auf Christoph werfen soll oder nicht. Er denkt an den Zettel, der an den SS-Richter gewandert ist, und blickt zu Christoph; der aber hält den Kopf abgewandt. Ackermann dreht sich um und geht, und er blickt über die Anklagebank zu Karl Hennings, dem alten Freund; der aber hält den Kopf abgewandt. Der Arzt weiß, daß sie ihn nicht ansehen, um ihn nicht zu belasten; aber es schmerzt dennoch, man fühlt sich gewissermaßen ausgeschlossen.

Der Justizwachtmeister schließt die Saaltür hinter dem Zeugen. Präsident Behn fragt: „Angeklagter, sind Sie Kriegsdienstverweigerer aus religiösen Gründen?"

„Nein, aus politischer Überzeugung."

„Weil Sie für das Deutschland des Führers nicht kämpfen wollen?"

„Ja."

„Ihre Opposition gegen das Deutschland des Führers ist also nicht durch den Einfluß des Angeklagten Hennings und seines Kreises zustande gekommen?"

„Nein, sie ist überhaupt nicht zustande gekommen, sie ist in mir drin, wie mein Herz in mir drin ist."

„Das ist Rederei! Sie waren beim Umbruch ein Bub von dreizehn Jahren und standen unter dem Einfluß Ihrer Umgebung, wahrscheinlich Ihrer Mutter oder Ihres Pfaffenonkels."

„Meine Mutter hat mich nicht beeinflußt, ich war ja so selten bei ihr", spricht Christoph und fährt fort, nach einem kurzen Stocken, „aber sie hat mir das Herz gegeben, das in mir drin ist..."

9

DIE LEGENDE VOM BASTARD

Es geschah, daß Ursula Sauer, Großbäuerin auf Vogelöd, es nach einem reinen harten Leben in ihrem achtunddreißigsten Jahr auf sich nahm, als Hurenmensch verschrien zu werden.

Sie war eine wohlgestaltete, immer noch schöne und feurige Frau, von jenem welschen Dunkel der Haare, der Haut und der länglich geschnittenen Augen, wie sie längs der uralten Römerstraßen im Tirolischen, Salzburgischen oder Oberbayrischen gefunden werden, und ihr war die Sünde zuzutrauen, wenn auch nicht zu verzeihen. Ihr Leben war bisher gewesen, wie es nach Herkunft und Sitte zu sein hatte, sie war eine treue Tochter der Römischen Kirche und eine würdige Schwester des Hochwürdigen Pfarrers Ruhsilver, zu dessen Kirchensprengel der Weiler Vogelöd gehört.

Man sah sie jeden Sonntag zur Frühmesse in der alten nadelspitztürmigen Dorfkirche von Unterhall, kniend im altangestammten Betstuhl der Familie Ruhsilver, deren Mitglieder samt und sonders im Dorf lebten und starben und auf dem Gottesacker hinter der Kirche ruhten, und allsonntäglich dann beichtete und kommunizierte sie bei dem Bruder.

Man sah sie, die doch für Hof und Wirtschaft mit Arbeit bepackt war, zu Vogelöd, fünf Kilometer entfernt von Unterhall, selbst wochentags zu besonderen herzensinnigen Gelegenheiten in der Kirche, im März zum Beispiel zu den Josefsandachten, ganz gewiß am Donnerstag vor Ostern zum Besuch des Heiligen Grabes, wenn unter dem Hauptaltar ein holzdunkler Barock-Jesus mit geheimnisvoll beseligtem Gesicht im Kranze der buntfarbigen Öllampen liegt und die Kruzifixe mit lila Tüchern verhängt sind und Pfarrer Ruhsilver ein lila Meßgewand trägt, und im Mai zu den süßen Maiandachten, wenigstens doch am Samstag, der der Tag der Mutter Gottes ist, im Juni aber zu den Herz-Jesu-Andachten, von denen man eigentlich keine versäumen sollte.

Man sah sie, die gehörig fromme und gehörig werkende, wacker zupackende Frau, wie sie zu sein hatte, und belastete sie nicht mit dem

Umstand, daß sie mit Tobias Sauer, dem Großbauern, nur ein Kind gehabt hatte, sonst aber Fehlgeburten, daß also Gottes Segen auf ihrem rechtschaffenen Leben nicht zu ruhen schien. Aber man bemitleidete sie auch nicht; denn sie hatte nicht nur zu leben, wie es sein mußte, sondern auch in Demut das Leben hinzunehmen, das ihr beschieden war. Dazu gehörte auch, daß Tobias Sauer ein Säufer war und die hinfallende Krankheit hatte.

So sah das Leben der Ursula von außen aus, im Urteil der Nachbarn und Gevattern – weniger Nachbarn übrigens; denn Vogelöd besteht aus dem großen Sauerhof, drei Häuslern und dem Weber Weber, dem alten Wendelin, der Weber hieß, weil er Weber war, er und seine Altvorderen, und das war ein tiefversponnener und respektierter Greis. Der Gevattern aber waren viele, mehr oder weniger die gesamte ansässige Einwohnerschaft des Kirchdorfs Unterhall.

Ursula selber sah ihr Lehen nicht viel anders an; sie beurteilte es, wie es die Umwelt tat, und kannte wie sie als Richtmaß nur die Einfügung in die überlieferte Weise des Lebens. Sie fügte sich ein, ganz ohne Schwierigkeit, und wog das einverleibte Leben nicht ab, ob es schwer oder leicht sei. Es war ja auch nicht so, daß Tobias Sauer ein schlechter Mann gewesen; er war ein schöner und verschwenderischer Mann, der größte Bauer im Grenzbezirk, er war ein wilder und kranker Mann, und das Wilde und Kranke mischte sich sonderbar in ihm, gewiß erschreckend und dennoch nicht abstoßend, nein, es konnte zur erschreckend anziehenden Verzückung werden; und als er zu trinken begann, war es auch keine gewöhnliche Rauschsucht, sondern das Mittel, die qualvolle Angst vor dem eigenen Körper zu betäuben. So und nicht anders stand es um ihn, eine Fügung Gottes, keine Heimsuchung, und Ursula fragte sich nicht, ob sie unglücklich, nicht einmal, ob es der Mann sei, lebte mit dem Wilden, Kranken, Trunkenen im Sakrament der Ehe, führte Hof und Wirtschaft, als Tobias dazu nicht mehr imstande war, und beichtete dem Bruder, wenn sie an den Verzückungen des Gatten das erschreckende Gefallen fand.

Denn da war zu allen Zeiten ihres Lebens der Bruder Pfarrer, ihr Halt und ihre Sicherheit. Eigentlich war er ihr Halbbruder, zwanzig Jahre älter als sie, ein Sohn aus der ersten Ehe ihres frauen- und kinderreichen Vaters, der fünfundsechzig war, als sie geboren wurde (ohne indessen das letzte seiner Kinder zu bleiben), und mit neunzig gleichsam aus Versehen starb. Aber der Uralte, dessen siebzigster Geburtstag ihre früheste Kindheitserinnerung bildete, blieb für sie so etwas wie der Großvater, und Bruder Rupert, der aus Eignung und Familienüberlieferung den geistlichen Beruf ergriff, nahm die Vaterstelle ein oder, besser gesagt, die des Erziehers; denn das Verhältnis zwischen ihnen wurde durch die Soutane bestimmt, die er trug, und erlaubte keine verwandtschaftliche, sondern nur die seelsorgerische Vertrautheit. Sie nannte ihn nicht Bruder oder Rupert, sondern: Herr Pfarrer, und da war keine Parzelle ihres Lebens, die er nicht kannte. Denn er sorgte dafür, kraft seines Amtes, daß ihr Leben gottgefällig sei, und sie fühlte bei allem Respekt sehr wohl, daß er sie liebte, zugleich brüderlich und väterlich. Wenn es etwas in ihrem Leben gab, das sie als glückliche Schickung zu erkennen sich gestattete, so war es diese Blutsverwandtschaft mit der Gottgefälligkeit.

Und da war ihr Sohn Christoph, ihr einziges Kind, ein schönes und wildes Kind, sie hoffte zu Gott: kein krankes Kind. Der Herr Pfarrer, der es wissen mußte, nannte ihn einen aufgeweckten Jungen, beließ ihn nur drei Jahre in der Unterhaller Dorfschule und schickte ihn in das berühmte Schulinternat des Klosters Ettal bei Oberammergau. Damit war eigentlich schon entschieden, daß Christoph nicht Landwirt, sondern Geistlicher werden sollte – es gab ja nur diese oder jene Einfügung in die überlieferte Weise des Lebens. Und doch war es eine ungewöhnliche Entscheidung, weil Christoph das einzige Kind und Erbe des Sauerhofes war. Vielleicht aber rechnete Pfarrer Ruhsilver damit, daß es noch einmal zu einer glücklichen Schwangerschaft der Ursula kommen könne; möglicherweise glaubte er sogar, daß Christophs frühzeitige geistliche Bestimmung sowohl Gottes Segen als auch den Ehestand der Eltern wohltätig beeinflussen könnte.

So kam es, daß Christoph mit neun Jahren von Ursula getrennt wurde, und daß sie ihn von da an immer wieder von neuem kennenlernen mußte – nicht lieben lernen. Denn die Liebe war da, ein für allemal, und wo die Liebe ist, da ist niemals Entfremdung, sondern immer die mütterliche Bereitschaft und Fähigkeit zu verstehen. Für Ursula war Kennenlernen und Wiedererkennen ein und dasselbe, es genügte ein Blick, und sie verstand Christoph, den seltenen Gast, wie kein Mensch auf Erden.

Man soll nicht sagen, daß Pfarrer Ruhsilver auch die politische Haltung seines Kirchensprengels bestimmte; denn er war nur die Stimme der Kirche, und es verstand sich von selber, daß die Kirche hinter der Partei stand, die dem Katholizismus diente, also hinter der Bayrischen Volkspartei. Es verstand sich von selber, daß der Pfarrer vor fälligen Wahlen von der Kanzel herab auf die Pflicht der Gemeinde hinwies, ihre Wahlpflicht im Sinne der Kirche zu erfüllen, und daß seine tiefe Stimme kräftiger wurde und kräftigere Worte gebrauchte, als mit dem Anschwellen des Nationalsozialismus der Wahlkampf schärfer wurde und die katholische Partei in Bayern ihre alte Machtstellung bedroht fühlte. Und nachdem Hitler gesiegt hatte, ja, weil er gesiegt hatte, mußte Pfarrer Ruhsilver weiterkämpfen; denn es war ja nur die Bayrische Volkspartei verschwunden, nicht aber die Kirche, die nun wußte, daß sie um ihr Leben zu kämpfen hatte und noch dazu mit Vorsicht und in der Stille – und der Pfarrer kämpfte mit Vorsicht und in der Stille, mit sanfttraurigen Hirtenbriefen seines Bischofs und mit Zitaten aus den Predigten des großen Kardinals Faulhaber von München.

Es verstand sich von selber, daß Ursula wußte, wer der Feind der Gottgefälligkeit war, mit der sie in Blutsverwandtschaft stand. Aber der Feind blieb für sie so etwas wie der Gottseibeiuns, wie der Geist des Bösen; denn es gab 1933 weder in Vogelöd noch in Unterhall einen Nazi.

Als Christoph in diesem Jahr zu den Osterferien nach Hause kam, trug er die kleidsame Tracht eines katholischen Pfadfinders. Das war neu für Ursula, und neu auch waren für sie die leidenschaftlichen Ausbrüche des Knaben gegen die Hitlerjugend, obgleich doch diese Organisation des Gottseibeiuns, nach Christophs kriegerischen Versicherungen, im Kloster Ettal nicht bestand und auch nie bestehen würde. Im Nu aber war sie wieder mit ihrem Sohn vertraut, sowohl mit seinem schmucken Äußern als auch mit seiner eifernden Rede; denn beide waren gottgefällig, im Sinne des Herrn Pfarrers und in ihrem eigenen Sinne; und wenn es sich bei ihm anders ausdrückte, hübscher und wilder, so lag es daran, daß Christoph der Sohn des Tobias war, der ebenfalls andere Worte gebrauchte als sein Schwager Ruhsilver und in der Trunkenheit die Offenbarung Johannis mit erschreckender Beredsamkeit gegen Hitler auslegte.

So ging es nun die nächsten Jahre weiter, Christoph kam zwei- oder dreimal im Jahr nach Vogelöd, Ursula bemerkte, daß er wieder gewachsen war und immer erwachsenere Reden führte, schnellte gleichsam mit seiner Zeit mit und war schon seiner gewiß, nämlich seiner Unwandelbarkeit als ihr Sohn oder seiner Treue zu sich selber, und sie war gewiß, daß er Gott gefiel, so wie er war und wurde. Und während die Zeit, die doch den Geist des Bösen enthielt, über den stillen Grenzwinkel ziemlich lautlos und ereignislos, wenn auch nicht geheuer dahinging, war sie in dem Sohn äußerst lebendig, leidenschaftlich bestritten und aufschlußreich. Ursula lernte von ihm, daß das Böse im Lande millionenfache Gestalt angenommen hatte und zur Allmacht geworden; daß es keinen offenen Kampf und keine schmucke Pfadfindertracht mehr gab, wohl aber den versteckten Widerstand und den geheimen Zusammenhalt der aufgelösten Jugendbünde, unter der Leitung von mutigen, tödlich gefährdeten jungen Männern, von Geistlichen und Weltlichen.

Die Zeit schnellte vor, und Christoph sagte der Mutter, daß er nun in München leben müsse, der Kaplan selber wolle ihn im Zentrum des Widerstandes haben, und das sei eine große Ehre. Ursula verstand, daß es eine große Ehre sei, wenn sie auch nicht wußte, wer „der Kaplan" war. Aber sie wußte, daß er noch mehr als ein gottgefälliger, daß er ein gottesmutiger Mann war, und setzte Christophs Umschulung bei Pfarrer Ruhsilver durch, nur bei ihm; ihr Mann Tobias hatte für derlei kein Interesse mehr. Sie sagte übrigens dem Pfarrer nur, daß der Kaplan seinen Schüler Christoph bei sich in München haben wolle, und das sei eine große Ehre. Sie sprach aber nicht vom versteckten Widerstand, geheimen Zusammenhalt und von des namenlosen Kaplans Gottesmut. Diese Unterlassung war wohl noch keine Lüge und nichts zu beichten. Denn das Verständnis zwischen Mutter und Sohn konnte keine Sünde enthalten, nicht einmal eine läßliche.

Es war an einem Spätherbstabend dieses Jahres 1936, daß Christoph unerwartet in Vogelöd erschien. Er betrat das weitläufige Haus nicht durch die Gastwirtschaft und auch nicht durch den seitlichen Eingang, der in den Küchenraum führte, sondern von rückwärts durch die Stallungen, und er kam nicht allein. Er steckte den Kopf in die erleuchtete Vorratskammer, wo Ursula einer der schön bemalten Truhen Wachskerzen für Allerseelen entnahm, und als er sah, daß die Mutter allein war, trat er ein, gefolgt von einem schmächtig gebauten Mann in Lodenmantel und Sportmütze. Ursula erkannte die Sportmütze, denn sie gehörte Christoph, der barhaupt war; und sie saß recht fremd über dem durchsichtigen bebrillten Gesicht des Mannes, und auch der Rucksack, den er trug, wirkte ungehörig und wie eine Kränkung für seinen schmalen Rücken.

Ursula äußerte keine Überraschung, Christoph während des Schulsemesters in Vogelöd zu sehen, und so groß war ihr Verständnis für den Sohn und den fremden Mann, der des Sohnes Mütze trug und auf dem Gesicht, als scheues Lächeln, den Gottesmut, daß sie überhaupt nicht sprach, sondern nur die Tür schloß, die der Fremde nicht hinter sich zu schließen wagte.

Christoph erbat für den Herrn und für sich etwas zu essen und je ein Glas Milch. Er sagte es so: „Für den Herrn."

„Ich bring's hierher", sprach Ursula und blieb vor der Tür stehn, überlegend; „ich hab' aber nur Geselchtes und Kraut da, vielleicht macht's Durst, später", meinte sie.

„Dafür hält's vor", sagte Christoph.

„Oder soll ich dem Herrn und dir einen Kartoffelschmarrn machen?", fragte Ursula, „das hält auch vor und macht keinen Durst."

„Wir haben wenig Zeit", antwortete Christoph.

Ursula ging und kam mit einem beladenen Holztablett zurück, über das ein Leinentuch gebreitet war. So hatte man nicht sehen können, was sie aus der Küche trug. Sie stellte das Tablett auf eine Truhe ab; denn es gab keinen Tisch in der Vorratskammer.

„Der Vater spielt Schach mit Wendelin in der Wirtsstube", sagte Ursula zu ihrem Sohn.

„Ja", nickte Christoph, die Speisen enthüllend, „wir müssen gleich weiter."

„Vergelt's Gott, Frau Sauer", sprach der Fremde, der Herr, und öffnete am Hals den Lodenmantel; und Ursula sah den niedrigen weißen Stehkragen und ein wenig von dem hochgeschlossenen schwarzen Rock eines Weltgeistlichen, und sie wandte sich schnell ab.

„Hoffentlich schmeckt's dem Herrn", sagte sie und verließ die Kammer.

Sie ging in die Wirtsstube, setzte sich an ihren Flickkorb und stopfte Strümpfe. Ihr Mann und Wendelin spielten Schach und sprachen nichts. Sowohl das Spiel als auch der alte Weber wirkten beruhigend auf Tobias;

aber sie spielten es nur einmal wöchentlich, und den Schachabend nannte Ursula den stillen Montag.

An einem andern Tisch saß der Häusler Krumberger, trank Bier und sprach ebenfalls nichts. Ursula fing mit ihm ein Gespräch an, weil ihr die Stille zu groß wurde und weil sie zu verhüten hatte, daß Krumberger die Wirtschaft unzeitig verließ. Dann hatte sie auch noch die bedienende Magd im Auge zu behalten. Das übrige Gesinde schlief bereits.

Als draußen Hunde bellten – nicht die eigenen Hunde, die Christoph kannten, sondern der Krumberger-Hund und dann der Schweninger-Hund und schließlich der Weber-Hund –, wußte Ursula, daß ihr Sohn mit dem Herrn unterwegs war, und sie wußte sogar, welchen Weg sie eingeschlagen hatten. Denn sie erkannte die Hunde am Gebell, und unmittelbar hinter dem Weberhaus geht es den Hochwald hinauf, der ohne viel Phantasie der „Waldberg" heißt und über dessen Kamm die Grenze läuft – keine fühlbare Grenze für die Jugend von Vogelöd, der es zur Sommerzeit nicht zum Bewußtsein kommt, daß die Blaubeeren auf dem Nordhang in Bayern wachsen und auf dem Südhang in Österreich.

Bis zum März 1938 brachte Christoph vierzehn Personen über die Grenze, und das Einvernehmen zwischen Mutter und Sohn war zu einem so geräuschlosen Zusammenspiel geworden, daß nicht einmal Ursula wußte, wen Christoph in Sicherheit zu bringen hatte. Denn sie sah nur noch ihn allein, gab ihm den Schlüssel zur Vorratskammer, die alles Notwendige enthielt, und sorgte für die sichere Passage. Klopfte sie an der Kammertür, so konnte der nächtliche Marsch zum Hochwald angetreten werden; und schließlich bellten nicht einmal mehr die Nachbarshunde; denn wenn die Sauerwirtin den Krumberger, den Schweninger und den alten Weber bat, aus Rücksicht auf den Schlaf des gerade heute besonders ruhebedürftigen Sauerwirts die Hunde einzusperren, so wurde die Bitte erfüllt.

Nach dem März 1938 aber wuchsen auch die Blaubeeren auf dem Südhang des „Waldbergs" im Dritten Reich; denn Österreich war einverleibt, die Macht des Bösen hatte nun keine Grenze mehr, Pfarrer Ruhsilver wurde noch vorsichtiger, und Ursula wußte, daß Christoph mit keinem Flüchtling mehr kommen würde.

Er kam zu Ostern, allein, mit dem Reifezeugnis als Gymnasialabsolvent – ach ja, er war nun achtzehn. Doch er sprach nicht über

Zukunftspläne, wie es nun doch an der Zeit wäre, er war wortkarg und bedrückt, trotz des schmeichelhaft bestandenen Examens, und als Pfarrer Ruhsilver darauf drang, daß der Neffe nun ins Priesterseminar von Freilassing eintrete, mußte Ursula das Wort nehmen und sagen: „Laßt ihm doch Zeit!"

Zum Abschied sagte er der Mutter: „Bisher war fast alles umsonst."

Dies war nichts Neues für Ursula; denn sein Gesicht hatte es ihr bereits gesagt. Sie ließ ihm Zeit und erfuhr nicht recht, was er mit seiner Zeit begann. Er blieb in München und machte sich rar. Und die Macht des Bösen reichte binnen zweier gellender Jahre nicht nur über das Salzkammergut, dessen weiße, weise Berghäupter Ursula von einer „Luginsland" benannten Wegstelle zwischen Vogelöd und Unterhall sehen konnte, sondern über Europa, und Ursula sah nur noch sehr alte oder sehr junge Männer oder Kranke wie Tobias, und unter den Gevatterinnen in Unterhall gab es schon Kriegswitwen.

Ursula aber begann, sich über ein unlösbares Problem den Kopf zu zerbrechen: wie kann es sein, daß Christoph Soldat wird, ins Feld zieht und kämpft, unter dem Kommando und für den Triumph des Bösen – und wie kann es nicht sein?

Christoph kam unerwartet und nach langer Abwesenheit anfangs März 1940 nach Vogelöd, ließ sich nicht über sein Tun und Lassen aus, zeigte der Mutter nur das Gesicht, welches aussagte, daß bisher fast alles vergeblich sei, und berichtete, daß er am 15. März einrücken müsse. Es war wohl ein schwerer Fehler, daß Ursula ihrem Mann die Nachricht nicht verschwieg; denn Tobias lebte in jenen Tagen in einer verzehrenden Angst vor dem eigenen Körper und trank viel. Er saß auf keinem Stuhl, sondern auf einer dicken Matratze, um nicht von seinem Körper überrascht und geprellt zu werden, winkte Christoph zu sich heran, mit einem zugleich rührseligen und geheimnisvollen Ausdruck im gedunsenen Gesicht, und der Sohn setzte sich neben den Vater auf die Matratze.

„Christi muß einrücken?", fragte er, so als spräche er nicht zu ihm, sondern von ihm, und er sah auch ins Leere.

„Ja, Vater."

Tobias schüttelte langsam den Kopf und sprach – und indem er mit sehr tiefer Stimme sprach, zeigte er an, daß es nicht seine Worte waren, sondern die der Schrift: „Wer ist dem Tier gleich, und wer kann mit ihm kriegen?“

Dies aber war aus dem 13. Kapitel der Offenbarung Johannis, Christoph wußte es, und Ursula kannte es auswendig, so oft zitierte es ihr Mann, und es war ihr nicht wohl zumute.

„Alle müssen mit ihm kriegen“, sagte Christoph.

„Aber für ihn kriegen“, sprach Tobias – und indem er mit sehr heller Stimme sprach, zeigte er an, daß er die Schrift auslegte, „für ihn kriegen und sein Malzeichen an der Stirn tragen und am Ärmel und dann, nach der großen Stimme des dritten Engels, von dem Wein des Zorns Gottes trinken müssen und gequält werden mit Feuer und Schwefel vor den heiligen Engeln und vor dem Lamm und keine Ruhe mehr haben Tag und Nacht, im Rauch ihrer Qualen von Ewigkeit zu Ewigkeit: tut dies Christi und muß es ihm geschehen?“

„Nein“, antwortete Christoph, „ich tu es nicht, Vater, und es wird mir nicht geschehen.“

„Also rückt Christi nicht ein?“, fragte Tobias und kicherte bauernschlau.

„Ich muß, Vater.“

„Was ist ein Muß vor dem Tier?“, kicherte Tobias und fuhr mit tiefer Stimme fort: „Und es ward ihm gegeben ein Mund, zu reden große Dinge und Lästerungen, und es ward ihm gegeben, daß es mit ihm währte zweiundvierzig Monate lang...“ Und mit heller Stimme: „Dreieinhalb Jahre wird der Krieg dauern, und sechs Monate sind schon vorbei, und kein Muß besteht, wenn man weiß, in sechsunddreißig Monaten.“

„Warum rechnest du vom Krieg an, Vater, und nicht von 1933?“

„Weil es dann nicht stimmt!“, schrie Tobias, „und es muß stimmen!“ Er hob den Zeigefinger und sprach mit tiefer Stimme: „Und er macht, daß die Kleinen und Großen, die Reichen und Armen, die Frauen und Knechte, allesamt sich ein Malzeichen geben an ihre rechte Hand oder an ihre Stirn, daß niemand kaufen oder verkaufen kann, er habe denn das Malzeichen, nämlich den Namen des Tiers oder die Zahl seines Namens. Hier ist die Weisheit. Wer Verstand hat, der überlege die Zahl des Tiers; denn es ist eines Menschen Zahl, und seine Zahl ist 666...“ Und mit heller Stimme: „Hier ist die Weisheit! HITLER hat sechs Buchstaben. Das ist die erste 6. H ist der achte Buchstabe, i ist 9, T ist 19, L ist 11, E ist 5, R ist 14. Das ergibt 66. Und wir haben die Zahl des Tiers: Sechs Sechsundsechzig!“

„Das stimmt!“, rief Ursula erregt; denn sie ahnte das Unheil.

„Das stimmt nicht“, sprach Christoph und sah nicht den dringlichen Blick der Mutter, weil er mit geschlossenen Augen rechnete; „R ist 17, nicht 14.“

„Es muß stimmen!“, schrie Tobias und sprang von der Matratze auf.

„Es stimmt ja auch“, begütigte Ursula. „Christoph hat sich verrechnet.“

Doch Tobias hörte nicht auf sie und wollte allein sein, um zu rechnen. Er rechnete die halbe Nacht und vergaß zu trinken. Um zwei Uhr sah Ursula, daß er auf der Matratze eingeschlafen war, zog ihm die Stiefel aus und deckte ihn zu.

In der Frühe ging er zur Tenne, einsilbig, grauen Gesichts, aber offenbar beruhigt. Es mag ein Fehler gewesen sein, daß ihm Ursula mit Christoph nachging, nicht allein. Tobias stand hoch auf der Leiter und stach mit der Heugabel Spreu aus dem Stapel, für den Kuhstall. Er wandte den Kopf, schaute auf den Sohn hinab und sprach mit armem Lächeln: „Es stimmt nicht.“

Dann schien es, als lausche er auf etwas, sein Gesicht veränderte sich sonderbar und wurde zugleich verzückt und verzerrt, ja, es wurde eine verklärte Fratze.

„Tobi!“, schrie Ursula auf und lief zur Leiter. Tobias’ Körper verrenkte sich ziemlich langsam, wie bei einem Zirkusathleten, der Gewichte stemmt; und sein rechter Arm mit der Heugabel stand steif und unnatürlich nach rückwärts. Dann war es, als würde im Körper eine Mine gesprengt und als zerrisse er nun unter der Explosion. Die Beine stießen die Leiter fort, mit solcher Kraft, daß die Sprosse brach, auf der sie standen.

Ursula duckte sich, um nicht von der Leiter und vom Körper getroffen zu werden, hielt die Hände vors Gesicht und mußte es dann doch schauen. Tobias lag, auf die Zinken der Heugabel gespießt, und dennoch tobte und tanzte der Körper, wenn auch nur noch für eine kleine Zeit.

Christoph aber stand wie gelähmt, ja, wie gelähmt, er stand noch, als die Knechte herbeistürzten und die Mägde und schließlich der alte Wendelin Weber, der mit Wunden und Gebresten umzugehen verstand und gegen jedes Übel ein Kräutlein kannte, wenn auch natürlich nicht gegen den Tod – Christoph stand, wie an einen Pfahl geschnürt; und so auch war seine Anstrengung, loszukommen: so als müsse er Fesseln sprengen. Und auch dies hatte Ursula zu schauen.

Die Witwe Ursula wußte, daß ihr Sohn am 15. März einrücken mußte; aber sie glaubte es nicht. Sie hörte lange Zeit nichts von ihm und glaubte immer weniger, daß er eingerückt sei. Er kam im Hochsommer nach Vogelöd, abgezehrt trotz der braunen Gesichtsfarbe, nicht mehr elastisch, sondern mit sonderbar vorsichtigen Bewegungen, als sei sein Körper verändert oder als habe er das Vertrauen zu ihm verloren. Und er kam in Zivil, wie es die Mutter erwartet hatte.

„Du bist nicht eingerückt", sagte Ursula, nicht einmal als Frage.

„Ich bin eingerückt", entgegnete Christoph, „aber ich wurde wieder entlassen."

„Warum?", fragte Ursula leise und traurig, und der Sohn sah, daß die Mutter in diesen Monaten um zehn Jahre älter geworden.

„Weil ich die Krankheit simulierte", antwortete Christoph.

„Was heißt: simulieren?", fragte Ursula.

„Ich tat so, als hätte ich die Krankheit", sagte Christoph und sah sie nicht an.

„Ich glaube", flüsterte Ursula nachdenklich, „das ist keine Sünde."

„Daß ich simulierte?"

„Daß du dich belügst, Christi, oder mich ..."

„Aber ich bin doch nicht krank, Mutter!"

„Dann mag es keine Lüge sein, sondern guter Glaube", sprach Ursula und hatte Tränen in den Augen.

Dies geschah ihr selten.

Und dies geschah ihr am Heiligen Abend des Jahres 1941. Der Weihnachtsbaum brannte schon, Ursula bescherte das Gesinde, das mit Ausnahme des bejahrten Oberknechts nur noch aus Mägden bestand, und das alte Trichtergrammophon, das eigentlich nur für die Besucher der Gastwirtschaft da war und erst nach Einwurf eines Groschens zu spielen begann, gröhlte „Stille Nacht", die einzige vorhandene Weihnachtsplatte, mit „O du fröhliche" auf der Rückseite. Ursula unterbrach die Bescherung, als das Lied abgelaufen war, drehte die Platte um und steckte einen Groschen in den Schlitz.

Da öffnete sich die Tür, die Vordertür zur Gastwirtschaft, und Christoph stand auf der Schwelle, und Ursula vergaß, die Nadel aufzulegen, und die Platte drehte sich leer, für zehn Pfennige.

Christoph stand nicht allein auf der Schwelle, er hatte an der Hand ein Knäblein von etwa zwei Jahren, ein liebliches Kind in feinen Kleidern, die Augen verzaubert vom Christbaum.

„Das ist Fridolin", stellte Christoph lächelnd vor, und er sprach es mehr zum Gesinde hin als zur Mutter. Und Ursula fühlte ihr Herz klopfen und wußte nicht warum; denn dieses Mal wußte sie nicht, was ihr geschah durch den Sohn, und sah ihn nur rätselhaft heiter, und sein Gesicht sagte aus, daß nicht mehr alles vergeblich sei, und sie fühlte die Unruhe im Herzen, doch eine süße Unruhe.

Fridolin machte sich los und tappte mit kleinen Lauten des Entzückens zum Christbaum hin, und Ursula hob ihn auf, und als sie ihn aufhob, hatte sie die Gottgefälligkeit im Arm, zum erstenmal wieder seit zwanzig Jahren, seit sie Christi im Arm trug, und sie hob ihn zum Baum, wie einst Christi, daß er die versilberten Nüsse, die Glöcklein und Wachsengelein greifen und pflücken könne. Und das Knäblein war so glücklich auf ihrem Arm wie einst Christi und weinte, als sie ihn auf den Boden stellen wollte, und klammerte sich an sie.

So behielt sie ihn auf dem Schoß, wie es ans Weihnachtskrapfenessen ging, der Oberknecht bediente und bezahlte das Grammophon, abwechselnd für „Stille Nacht" und „O du fröhliche", die Mägde waren voller Entzücken über Fridolin; denn er hatte schwarze Locken und feuchte Tieraugen mit seidig langen Wimpern und ein süßes fertiges bräunliches Gesichtchen, und der Oberknecht rief, die Zunge vom Weihnachtspunsch gelöst: „Könnte pfeilgrad dein Bankert sein, Wirtin!" und Christoph stimmte ein großes Gelächter an, mit Blitzaugen und Blitzzähnen. Ursula lachte leise mit und hatte doch nichts getrunken.

Als sie sah, daß Fridolin auf ihrem Schoß eingeschlafen war, stand sie vorsichtig auf und trug ihn hinaus, den Blick auf dem schlummernden Gesichtchen. Christoph folgte ihr, und das Gesinde sah ihnen nach, plötzlich still in der Bereitschaft, nun an die große Frage heranzugehen, wer dieses christabendliche Kindlein sei. Der Oberknecht opferte nochmals einen Groschen für das Grammophon, auf daß es gröhlte, während sie sprächen.

Ursula trug den Knaben in ihre Schlafkammer und legte ihn auf des seligen Tobias Bett, das immer frisch bezogen war und das sie jeden Abend aufschlug, damit der Selige wisse, daß ihm die Bettstatt bereitet sei. Christoph betrat nach ihr das Zimmer und hatte einen kleinen Koffer in der Hand. Ursula entkleidete das Kind. Sie betrachtete das feste Körperchen und das runde Bäuchlein. Christoph entnahm dem Koffer ein winziges Pyjama aus hellblauem Flanell und gab es ihr. Sie streifte es dem Knaben über und deckte ihn zu.

Sie sah Christoph an. „'s ist ein Judenbub", sagte sie.

„Ja", nickte Christoph, „ich kannte die Eltern gut, ich schätzte sie sehr, sie waren unsere Vertrauensärzte."

„Was heißt das?", fragte Ursula.

„Beide waren Ärzte, Dr. Hans Blum und Dr. Alice Blum, und durften natürlich nicht praktizieren oder nur Juden behandeln und stellten sich uns zur Verfügung; denn wir brauchten Ärzte. Dr. Blum war Chirurg, und Alice, eigentlich Frauenärztin, assistierte ihm. Es gehörte Mut dazu, unsre Vertrauensärzte zu sein."

„Ja", nickte Ursula.

„Sie heirateten erst November 1938, obgleich sie sich schon lange kannten. Dann kamen alle Juden ins Konzentrationslager, auch Dr. Blum; aber er kam nicht mehr heraus, vielleicht weil man herausbekam, daß er unser Vertrauensarzt gewesen. Ich nehme an, er lebt nicht mehr. Und Fridolin kam im August 1939 zur Welt, am 7. August, ich weiß es genau; denn Alice war sehr glücklich, daß es ein Augustkind sei, ein Löwe."

„Ich bin ja auch ein Augustkind", lächelte Ursula.

„Ich weiß", lächelte Christoph, „ich bin ein Krebs, ein Schalentier, und Alice auch – und sie ist nach Polen deportiert worden, vielleicht halten's die Schalen aus, sie glaubt an ihre Härte, und sie konnte oder wollte nicht Fridolin mitnehmen, für ihn wär's der sichere Tod – ja, sie wollte ihn nicht mitnehmen; denn sie liebt ihn sehr. Und sie brachte ihn mir, in der letzten Minute."

„Und du bringst ihn mir", sagte Ursula.

„Wem denn sonst?", fragte Christoph.

„Wem denn sonst...", wiederholte Ursula.

„Du weißt es nicht und kannst es dir nicht vorstellen, Mutter", sprach Christoph nach einer Pause, „aber es gibt Juden oder Halbjuden in Deutschland, die entehren ihre Mutter und machen sie zu Ehebrecherinnen mit einem Nichtjuden, um durch das Netz zu schlüpfen und genehm zu sein der Rassenbrut."

„Das ist eine himmelschreiende Sünde", sagte Ursula.

„Aber was ist dies, Mutter?", fragte Christoph. „Wenn es wieder die Zeit ist des bethlehemitischen Kindermords und eine Frau zu den Häschern des Herodes sagt: das ist mein Kind und kein bethlehemitisches, und es dadurch rettet und den Schimpf auf sich nimmt, eine Ehebrecherin zu sein – was ist dies?"

„Das ist keine Sünde", sagte Ursula und packte den Koffer aus, der Anzüge, Mäntel, Schuhe und Unterzeug des Knaben enthielt. „Was ist das?", fragte sie und zeigte einen gelben Umschlag.

„Sein Geburts- und Impfzeugnis", sagte Christoph.

„Was soll ich damit?"

„Verstecken."

Ursula tat den Umschlag in den Wäscheschrank zwischen Tobias' Leibhemden, die nicht mehr gebraucht wurden. Dann gingen Mutter und Sohn in die Wirtsstube zurück, und das Gesinde brach sein Gespräch ab.

„Ein hübsches Buberl!", schrie der Oberknecht; denn das Grammophon gröhlte „Heilige Nacht", brach aber in diesem Augenblick ab, und der eingelegte Groschen fiel klingend in den Münzkasten. „Ein bildsauberes Christkindl", sagte der Oberknecht hintergründig.

„Kein Wunder", lächelte Ursula.

„Hahaha", lachte Christoph mit Blitzaugen und Blitzzähnen. Dann fuhren alle zur Mitternachtsmesse nach Unterhall, alle, außer Ursula, die Fridolin nicht allein lassen wollte. Und so raunte es auch schon zu Unterhall in der Heiligen Nacht.

Nach den Feiertagen fuhr Christoph nach München zurück. Fridolin blieb, hing an Ursulas Schürzenband, sagte „Mammi" zu ihr und schlief bei ihr in des seligen Tobias großmächtigem Bett.

Das ländliche Leben, innig verwachsen mit der sich mehrenden Kreatur und vom Segen der Befruchtung abhängig, kennt keine engherzige Moral in der Beziehung der Geschlechter, erlaubt dem Burschen, nächtens auf der Leiter in die Kammer der Magd zu steigen, und der Magd, ihn zu empfangen; denn es waltet da ein unsentimentales

Nützlichkeitsprinzip, eine sanktionierte Form der Liebesprobe, die sich der körperlichen Übereinstimmung und sogar des Segens der Befruchtung vor der Ehe versichert. Die Ehe aber ist ein Sakrament, unlöslich und unwiderruflich; und wenn auch die ländliche Sitte keine Gleichberechtigung der Geschlechter kennt und die Ehesünde des Mannes augenzwinkernd duldet, so ist sie von starrer und unerbittlicher Strenge gegen die Frau, die gefehlt hat.

Die Sauerwirtin hatte einen Bankert! Es hob in Vogelöd und Unterhall ein großes Rechnen an. Der Bankert war im dritten Jahr und der Sauerwirt anderthalb Jahr tot. Dies aber war die simpelste Rechenaufgabe, und weit schwierigeres Addieren und Subtrahieren war notwendig, um die beiden wichtigsten Exempel zu lösen: nämlich wann und wo sie den Bankert empfing, wann und wo sie ihn gebar.

Wer da rechnet im Schuldbuch des Nächsten, der kommt zu einem Resultat. War Ursula nicht just Ende 1938 hin und wieder allein in Reichenhall gewesen und selbst in Salzburg, angeblich zu Zwecken des Einkaufs, und traf dort ihren Liebhaber, wenn nicht ihrer mehrere? War sie nicht just Ende 1938 von besonders sündhafter Hübschheit, feurigen Auges und üppigen Leibes mit fünfunddreißig Jahren, in welchem Alter jede rechtschaffene Bäuerin längst aufgehört hat, begehrenswert zu sein? Und dann die Schwangerschaft? Haha, uns narrte sie nur damals, als wir sie für die kreuzbrave Sauerin hielten, brav unter dem Kreuz von des seligen Wirts unseligem Zustand, uns narrt sie nicht mehr heute, wo wir das fremde Früchtchen sehn!

Ist sie nicht hochgewachsen und gestreckt mächtigen Körpers, angetan mit vielen züchtigen Röcken, die da ungewiß über dem Bauch stehn und ihren breiten Hüften? Sah man es ihr vielleicht an, als sie den Christoph trug, das So-Gott-will-Tobias-Kind, und die drei oder vier toten Brüderchen und Schwesterchen? Drei oder vier: seht, wir wissen nicht einmal genau, wie oft sie fehlgebar. Nein, man braucht es nicht zu sehn, daß sie in der Hoffnung war mit dem fremden Früchtchen, wenn sich jetzt auch diese und jene Base erinnerte, just in jenen Sommermonaten 1939 zu ihr gesagt zu haben: „Du wirst fei dick, Ursula!“ Alle aber erinnerten sich, daß sie dann auf ganze drei Tage nach Salzburg ging, angeblich um Tirolerwein einzukaufen, hehe, Tirolerwein! Und somit ging die Rechnung auf.

Doch das Schuldbuch wurde damit nicht abgeschlossen, sondern eröffnet. Denn das Kreuz der Ehe hatte nun nicht mehr Ursula getragen, sondern der selige Tobias, und vielleicht war es so schwer gewesen, daß er hinfiel damit, immer wieder, bis er auf die Heugabel fiel; und wer hatte es dann weinen sehn, das Hurenmensch, und erinnerte sich nicht seines trockenen Starrens bei des Seligen Aussegnung und den Armeseelenmessen? Und könnte gar jetzt einem nicht der Gedanke kommen, daß nicht der fallende Tobias die Heugabel gehalten, sondern das schlechte Weib, das dabeistand? Dieser Gedanke aber – es muß gesagt werden – kam nur einigen Megären und wurde von den andern schaudernd abgelehnt; denn es genügte, was zu sehen und zu errechnen war, es genügte der Bankert für den Bannspruch.

Ursula indessen lebte in der Acht mit heiterer Unbekümmertheit.

Sie fuhr allsonntäglich zur Frühmesse nach Unterhall, wie immer, beichtete die kleinen Vergehen der Woche und kommunizierte. Doch an einem der ersten Sonntage des neuen Jahres absolvierte sie Pfarrer Ruhsilver nicht sofort mit der üblichen Buße der drei „Vaterunser“, sondern fragte: „Hast du mir nichts mehr zu sagen, meine Tochter?“

„Nein, Hochwürden“, antwortete Ursula.

„Hast du mir wirklich nichts mehr zu sagen, meine Tochter?“

„Nein, Hochwürden“, antwortete Ursula. Dann erst absolvierte er sie, mit drei „Vaterunsern“.

Den folgenden Tag aber, zur frühen Nachmittagsstunde, radelte er nach Vogelöd. Die knicksende Magd sagte ihm, daß die Wirtin in der Waschküche sei, und wollte sie holen. Doch der Pfarrer bat sie, sich nicht stören zu lassen, ging zur Waschküche und fand die Tür verschlossen. Ursulas Stimme bat um Geduld, sie bade gerade Fridolin. Der Pfarrer sah nicht ein, warum sie die Tür verschloß, um das Kind zu baden; doch er behielt es für sich und wartete geduldig.

Als sie die Tür öffnete, erblickte er den Knaben in einem winzigen Bademäntelchen aus rotem Frotteestoff, und er hatte ein solches Kleidungsstück für Kinder noch niemals gesehen. Fridolin lachte ihm zu, er war ein freundliches Kind, ohne Scheu vor Menschen. Ursula kniete vor ihm und zog ihm die Strümpfe an.

„Ja“, sprach Rupert Ruhsilver und strich dem Kind über die Locken, „wir müssen doch wohl miteinander sprechen, Ursula.“

„Ja“, nickte Ursula.

„Was ist mit diesem Kinde, Ursula?“

„Es ist, wie es ist, Herr Pfarrer.“

„So, wie die Leute reden, Ursula?“

„Es muß wohl so sein, Herr Pfarrer.“

„Was mich als deinen Bruder kränkt und enttäuscht, Ursula, das ist deine Verstocktheit.“

„Ach, Rupert“, sagte sie und hob die Achseln an, „auch dies muß so sein.“

Daß sie ihn beim Vornamen nannte, rührte ihn sonderbar, und er tat strenger, als er fühlte. „Was mich als deinen Seelsorger schwer bedrückt, Ursula, ist die Angst, du habest eine falsche Beichte abgelegt.“

Sie sah ihn an und schüttelte den Kopf, langsam und lächelnd: „Ich habe nicht falsch gebeichtet, Rupert.“

„Aber wenn es mir mein Gewissen nicht mehr erlaubt, dich zu absolvieren und dir die heilige Kommunion zu geben?“ „Dann muß ich halt ins Klösterl gehen, zu den Kapuzinern, ist ja nur drei Kilometer weiter.“

Ruhsilver senkte besiegt den Kopf und überlegte. Dann fragte er etwas Unerwartetes: „Wo ist Fridolins Taufschein, Ursula?“ Sie erschrak, und er sah es. „Er hat keinen Taufschein“, antwortete sie leise.

„Um Christi willen!“, rief der Geistliche, „er ist doch getauft?“

„Er ist nicht getauft, Rupert.“

„Wie kannst du seine kleine Seele in der Dürre leben lassen, Ursula?“

„Wie kann ich anders?“, flüsterte sie in Bedrängnis.

„So binde ich es dir auf die Seele, meine Tochter, daß du das Kind zu mir bringst und es taufen läßt.“

„Aber wir haben nicht das Recht dazu, Rupert!“, rief sie.

Ruhsilver sah sie an. „Also sprich, Ursula, hab doch Vertrauen zu mir. Vielleicht ahne ich schon, warum du dich einschließen mußt, wenn du das Kind badest.“

„Ich habe Vertrauen zu dir, Rupert, aber ich habe ja auch Angst für dich ...“

„Angst?“

„Wenn ich es dir jetzt sage und in diesem Haus, bist du ein Mitwisser, Rupert, nicht geschützt durch die Schweigepflicht deines geistlichen

Amtes, und ich muß Angst für dich haben, vielleicht sogar Angst vor dir. Ich sage es dir nicht jetzt und nicht in diesem Haus."

Sie sagte es ihm am nächsten Sonntag vor der Frühmesse, unter dem Siegel der Beichte, und Pfarrer Ruhsilver sprach: „Absolvo te!", er sagte es ungewöhnlich laut, gleich als ob es die Welt außerhalb des Beichtstuhls hören sollte.

Auf dem Kirchplatz aber standen drei Gevatterinnen, und als die Sauerwirtin herausschritt, gar stattlich in ihrem Sonntagsgewand aus steifem schwarzem Taft, sagte jemand laut genug: „Da kommt das Hurenmensch!" Und Ursula ging lächelnd vorbei, ein Bild der sündigen Hoffart.

Es gab da doch jemanden in Vogelöd, der nicht an Ursulas Sünde glaubte, einen respektierten und tief versponnenen Greis: den Weber Wendelin. Er hatte viel Zeit zum Nachdenken; denn der Webstuhl stand leer, auf Befehl der bösen Zeitmacht, die ihm sogar den selbstgebauten Hanf beschlagnahmte, sich zu diesem Behuf „Hanfablieferungsstelle" nannte und das kriegswichtige Material der kriegswichtigen Industrie überwies. Weder Wendelin noch sein Webstuhl waren kriegswichtig. Doch wer da meinte, sie fühlten sich unwichtig, unnütz und außer Betrieb, und wer es als offenbares Zeichen der Faulheit, ja als Symbol der Werkverlassenheit ansah, daß sich Spinnweben zwischen dem Gestänge des toten Webstuhls breitmachten, der irrte sich in dem Alten und kannte nicht wie er das geheimnisvolle Weben der Schöpfung.

Denn Wendelin war nicht müßig, der Webstuhl nicht tot, und die fünf Kreuzspinnen, die er mit Fliegen nährte und deren Arbeit er mit innigem Sachverständnis beobachtete, webten an dem zarten zähen Triumph der Kreatur über die Hanfablieferungsstelle. Weil alles Leben zugleich Gewebe ist und Weben, fertig und unfertig, ein kunstreiches und wachsfrohes Muster, doch nicht verwirrend für den Fachmann, steht Weber Wendelin auf vertrautem Fuß nicht nur mit den Spinnen, sondern auch mit dem lieben Gott, dem allmächtigen Weber und Spinnmeister, und ist nicht zu verblüffen, weder durch die Zeit noch durch die Menschen. Mag sich das Zeitübel auch noch so hart und scharf gebärden, mit Tyrannei und Krieg, wie eine gewaltige Schere, die durch das Gewebe schneidet: der Weber Wendelin weiß, daß Gott weiterwebt, und sei es auch nur in den Spinnen. Das erhält die Heiterkeit des Gemüts und die Freude am Webstuhl.

Was aber die Menschen anbelangt, so weiß Wendelin noch viel mehr: denn ein jeder trägt das Gewebe seines Gesichts offen zur Schau, der erfahrene Weber hat sie nur anzuschauen, auf Muster und Struktur, auf die großen und auf die kleinen Webfehler, auf die Art, wie die Seele durch die Augen aus dem Lebensgespinst blickt: und er ist sich klar über das Antlitz und das Gute oder Böse, das dahinter steckt. Er kannte Ursulas Gesicht seit einem Menschenalter, er hatte es oft betrachtet, in ihren leichten und schweren Stunden, und immer mit handwerklichem Wohlgefallen; denn das Gewebe war unzerreißbar, unverfälschbar, klar und gut. Er betrachtete es jetzt, wie es den schweren Anwurf trug, als sei er leichter denn Luft, und wie das Gewebe nichts eingebüßt hatte von seiner festen Wahrhaftigkeit. Und er betrachtete den kleinen Bastard lange, sehr lange mit seinen alten Weberaugen, und siehe, das Kind war aus anderem Stoff. Ein Weiser aber ist kein Besserwisser und Schwätzer, und Wendelins Webeweisheit eignete sich nicht für die Mitteilung. Gewiß, der schweigsame Alte war hochangesehen zu Vogelöd und Unterhall, wenngleich er nur noch sehr selten im Kirchdorf erschien, er stand im Geruch besonderen Verstandes und tiefer Menschenkenntnis, und sein wortkarges Urteil galt. Er beteiligte sich nicht an den Debatten der Nachbarn über Ursula; aber er sagte unfehlbar dies, mit Gleichmut immer die gleichen Worte wählend: „Ihr tut ihr schweres Unrecht." Das machte einen gewissen Eindruck, zumal auf den Oberknecht, der ja zu den Urhebern von Ursulas Ächtung gehörte. Aber hier war des weisen Webers Wort, schließlich nicht mehr als eine etwas greisenhaft starrsinnige Behauptung, und dort war der Bastard, der Beweis des Gegenteils.

Vielleicht rechnete auch Wendelin mit der Macht der Gewohnheit, so wie es Pfarrer Ruhsilver tat. Man konnte nicht immer von Ursulas Sünde sprechen, das Früchtchen war da, unschuldig seiner Existenz, und bot einen lieblich versöhnlichen Anblick. Zu Ostern war der Skandal abgeebbt und zu Pfingsten keines Wortes mehr wert. Damit war nicht gesagt, daß Ursula verziehen oder die Acht von ihr gehoben wurde: aber auch der Schimpf kann zur Gewohnheit erstarren und hing an Ursula als häßlicher Name.

Sie ertrug es leicht, ob sie im Munde der Leute war oder nicht, und dies war keine Leichtfertigkeit, sondern Seelenruhe. Es ging ihr gut, zum Lohn für die gute Tat, und Fridolin war eine Quelle der Freude, formte die Worte in Ursulas Mundart, roch wie sie nach Stall und Acker, wie gewachsen aus dieser kräftigen Scholle und ein lebend Teil der Landschaft. Oft auch lachte er klingend und ansteckend, aus keinem ersichtlichen Grunde, es sei denn zum Preise des Lebens, und Ursula lachte mit; denn sie fühlte eine ähnliche Heiterkeit und spürte auch, daß die Freude in Christoph sei, dem Sohn und Guttäter, dem Dritten im Bunde, wenn er auch fern war und niemals schrieb.

Da kam er denn auch, in diesem sonnengoldflirrenden Hochsommer 1942, und er kam nicht allein, sondern mit einem blonden Mädchen, die hieß Sophia und war ein Preis des Lebens. Sie blieben acht Tage, und es war so, als stülpte sich der weizengelbe August wie ein Glassturz des Glücks über die Vier im Bunde, und was außerhalb von Vogelöd war, lag außerhalb des Glücks und ging sie nichts an. Und dies war das letztemal, daß Ursula und Christoph beisammen waren.

Denn im Dezember schrieb er ihr, daß er zu Weihnachten nicht kommen könne und daß es seine guten Gründe habe – und im Brief war es unterstrichen, das Gute der Gründe. Ursula wußte, daß es ihm gut ging, obgleich er, wie es sich in der Glückswoche des August herausgestellt hatte, nicht die Gottesgelehrtheit studierte, sondern das Recht, zusammen mit dem blonden Mädchen, und sie wußte, daß es ein gottgefälliges Recht sei im nicht mehr vergeblichen Kampfe mit dem Unrecht.

So feierte sie fröhlich den Heiligen Abend ohne ihn, zusammen mit dem Gesinde und mit Fridolin, dem jauchzenden Liebhaber des Weihnachtsbaums, und das groschenweise bezahlte Trichtergrammophon gröhlte entweder „Stille Nacht" oder „O du fröhliche". Und da es im Lande heillos knapp geworden mit Leibwäsche und der Oberknecht laut und vernehmlich über den Verschleiß seiner unersetzbaren Leibhemden geklagt hatte, bescherte sie ihn mit sechs vom Bestand des Seligen. Und da sie bei der Entnahme der Hemden aus dem Wäscheschrank mit großer Innigkeit an den Seligen dachte und ihn fragte, ob es ihm recht sei, daß sie von seinen Hemden abgebe, und seine Antwort hörte, daß es ihm gewiß recht sei, weil alles recht sei, was gottgefällig – da sie sogar für einen Sekundenbruchteil das Gesicht des Seligen sah, und es war ein seliges Gesicht, nicht mehr erschreckend verzückt und gedunsen, ein sanftfröhliches Gesicht und zufrieden mit ihr: so dachte sie ganz und gar nicht an den gelben Umschlag, der in einem der Hemden steckte, und zwar im fünften.

So geschah es, daß am ersten Weihnachtsfeiertag der Oberknecht in heftiger Erregung zum Weber Wendelin ging. Er hatte noch niemandem von dem Fund erzählt; denn der Fall gehörte vor einen Weisen und vor den, der recht hatte von Anfang an. Wendelin las den Geburtsschein des Fridolin Israel Blum, Jude, Sohn des Juden Hans Israel Blum und der Jüdin Alice Sarah Blum, geborenen Lilienthal, und er sah das großmächtige „J" selbst auf dem Impfschein, und er sprach kein Wort.

„Es lag im fünften Hemd", sagte der Oberknecht, „hätte sie mir vier geschenkt, so wüßte ich nichts."

„Warum willst du denn nichts wissen?", fragte Wendelin und runzelte die dicken weißen Brauen.

„Weil ich nicht weiß, was das kleinere Übel ist: es zu wissen oder nicht zu wissen."

„Das größere Übel ist", sprach Wendelin, „daß ihr Unrecht tatet der Ursula."

Dies war das Urteil, und dies war ein Gerechter, und die Zeit muß ungeheuerlich sein in ihrer Bosheit, daß ein Gerechter, der dem gottgefälligen Werk zum Recht verhelfen will, das Unrecht entfesselt und daß sich die gute Tat rächt auf Erden.

„Ja", nickte der Oberknecht, „und soll ich's noch jemandem zeigen?"

Der Weber dachte lange nach; dann sprach er: „Du hast eine lose Zunge und dir glaubt man nicht; ich bin ein alter Mann und rede ungern und sehe niemanden. Zeige es der Obermagd."

„Ja", nickte der Oberknecht, „und was tu ich dann mit den Papieren?"

„Gib sie zurück."

„Wie kann ich sie zurückgeben, ohne Ursula Angst zu machen?"

„Gib ihr das fünfte und das sechste Hemd zurück und sage, du habest genug mit vier."

Dies nun tat der Oberknecht, nachdem die Obermagd und zur Sicherheit auch die Stallmagd einen Blick auf die Urkunde geworfen hatten. Die beiden Hemden wanderten in den Wäscheschrank zurück, und in dem einen Hemd lag der gelbe Umschlag, und Ursula hatte nichts bemerkt.

Sie bemerkte auch die Abbitte nicht, die jetzt die Nachbarn in Gruß und Gespräch legten, und sie übersah an den folgenden Sonntagen die deutliche Bemühung der Gevatterinnen zu Unterhall, sich ihr wieder zu nähern. Sie fühlte voller Verachtung und hoffärtiger denn je, daß sie von neuem in den Mittelpunkt des Interesses gerückt war, und bemerkte nicht die Wandlung zu ihren Gunsten.

Pfarrer Ruhsilver aber vernahm mit Entsetzen das neue Gerede, das die Wahrheit war, die gefährliche Wahrheit, und die Sünde von Ursula nahm, aber das Zeitverbrechen an ihre Stelle setzte. Gerede aber ist nicht aufzuhalten und bleibt nicht nur bei denen, die es angeht und ein Unrecht wiedergutzumachen haben, sondern flattert auch, ein stinkend Gerücht, zu den anderen, die nicht Unrecht und Sünde kümmert, sondern nur das Zeitverbrechen. Und die Schrift sagt: Wo Aas ist, da sammeln sich die Geier.

Es geschah in der zweiten Februarwoche des Jahres 1943 um fünf Uhr morgens, daß die schwarzen Geier auf Vogelöd herniederstießen. Sie packten den Oberknecht, der ihnen öffnete, und verschlossen seinen Mund mit der Faust, als er schreien wollte, sie packten die Kuhmagd im Stall und die anderen Mägde in ihren Kammern und vernahmen sie gesondert. Der Führer aber, mit drei Mann, drang in Ursulas Schlafkammer, und sie lag noch im Bett, und in Tobias' Bett lag Fridolin. Und sie fuhr auf mit Augen schwarz und groß, und wußte, daß es ums Leben ging, um Fridolins Leben, warf sich über Tobias' Bett, und das Kind lachte klingend unter ihr.

Und der Führer sprach: „Frau, wer ist der Bub?"

Und sie rief: „Mein Kind! 's ist mein Kind!"

Der Führer sprach: „Frau, sagt die Wahrheit!"

Ursula schrie: „'s ist mein Bankert!"

Der Führer sprach: „Frau, laßt mich sehn, ob er ein Bankert ist oder ein Jud!"

Und er trat an Tobias' Bett, und das Kind war ganz still und machte sich klein unter Ursula.

Der Führer sprach: „Frau, ich zähle his drei, dann brauch ich Gewalt."

Er zählte bis drei, und Ursula schloß die Augen, schlang ihre Arme ums Bett, krallte die Finger um die Matratze, und das Kind drückte das Gesicht in ihre Achselhöhle.

Der Führer brauchte Gewalt; doch Ursula war eine starke Frau und nicht loszureißen von dem Kind. Da rief er die Männer zu Hilfe, und sie rüttelten an Ursula wie an einer verschlossenen Tür und schickten sich an, sie einzuschlagen wie eine Tür, und sie brachen ihr die Finger, und sie stöhnte, und jetzt weinte unter ihr das Kind, und sie ließ nicht locker.

Da erhob sich ein Lärmen vor der Kammer, und die Männer ließen von Ursula ab. Der Oberknecht wurde hereingezerrt, sein Gesicht zeigte zwei blutrote Striemen überkreuz, von zwei Hieben mit der Stahlrute, und sah aus wie ausgestrichen, er schlotterte am ganzen Leib und lallte: „Im Wäscheschrank .“

Der Schrank wurde aufgebrochen im Nu, und er lallte: „Im fünften Hemd ...“ Der gelbe Umschlag aber flog schon aus dem ersten Hemd.

Ursula lag wie gekreuzigt über dem Kind. Da sie es noch immer festhielt, mit übermenschlicher Kraft, sagte der Führer: „Michl!“ und winkte mit den Augen. Ein Mann, mächtig wie ein Bulle, trat ans Bett und schlug die Frau mit der rechten Handkante ins Genick. Dann zogen sie das Kind unter der Ohnmächtigen hervor und lachten über sein winziges Pyjama aus hellblauem Flanell. Fridolin schrie.

Die Mägde hörten ihn schreien, als er aus dem Haus getragen wurde. Die Häusler Schweninger, Krumberger, selbst der abgelegene Unterhölzner hörten ihn schreien, und alle Hunde bellten. Nur der alte Wendelin Weber hörte es nicht; denn er war schon ziemlich taub. Und Ursula hörte es nicht; und als sie wieder zu Bewußtsein kam, war Fridolin schon fort. Sie zog sich an, gehorsam und hastig, und fragte nicht nach ihm, fragte nichts und ließ sich abtransportieren, erloschenen Gesichts.

10

DIE PARZEN

1

„Meine Mutter hat mich nicht beeinflußt, ich war ja so selten bei ihr", sprach Christoph und fährt fort, nach einem kleinen Stocken: „aber sie hat mir das Herz gegeben, das in mir drin ist."

„Das nenne ich großherzig von der Dame", meint Präsident Behn; „aber Ihre Lyrik redet um meine Frage herum, wer Sie auf den Weg gebracht hat, der Sie zur Opposition gegen das Deutschland des Führers und schließlich zum Vaterlandsverrat geführt hat."

„Ich denke, das ist klar", erwidert Christoph, „das Deutschland des Führers hat mich auf diesen Weg gebracht. Ich bin ja unter dem Dritten Reich groß geworden."

„Wenn Sie von den Unverschämtheiten Ihrer Freunde auf der Anklagebank profitiert haben sollten, Angeklagter – obgleich ich Ihnen versichern kann, daß das Volksgericht noch viel mehr davon profitierte –, so gebe ich jetzt auch Ihnen die Gelegenheit, recht frisch, frei und frech von der Leber weg den Weg zu beschreiben."

„Sie wissen bereits, daß sich mein Leben in der Abwehr gegen das herrschende System aufgebaut hat, und kennen die Gründe, warum ich nicht Soldat werden wollte. Das genügt."

„Wir kennen nur das Resultat und einige Umstände Ihrer sogenannten Abwehr, sind aber an ihrem Werdegang höchlichst interessiert."

„Ich nicht", sagt Christoph, „ich bin nicht an der Darlegung meines Werdeganges interessiert."

„Die anderen Angeklagten waren da mitteilsamer, oder soll ich sagen, sie hatten mehr Mut?"

„Meine Gefährten sprachen in ihrem Lebensbericht entweder von den Freunden, die hier mit ihnen auf der Anklagebank sitzen, oder von unseren Feinden oder von Menschen wie dem Jugendrichter Moeller, der tot ist. Bei mir ist es anders."

„Das heißt doch wohl, Sie weigern sich zu sprechen, um nicht Personen zu gefährden, die mit Ihrem Werdegang verknüpft sind."

„Das ist es."

„Glauben Sie denn, wir wissen nicht, daß Sie ein Mitglied der aufgelösten katholischen Jugendorganisation und ein Jünger des inzwischen abgeurteilten Kaplans Rossaint gewesen sind?" „Ein Grund mehr für mich, nichts über meinen Werdegang zu äußern."

„Aber die Geschwister Moeller sprachen doch auch von ihrem Vater."

„Weil er tot ist."

„Nicht toter als die Organisation, die Sie erzogen hat." „Wenn es ein Profit für Sie ist", spricht Christoph und lächelt flüchtig, „so korrigiere ich Sie gerne und bekenne, daß ich nicht der letzte Jungkatholik bin, der noch nicht tot ist."

Ein Zettel schiebt sich unter die Augen des Präsidenten; darauf steht mit klobigen Buchstaben und vorwurfsvollen Ausrufezeichen: „MITTAGSPAUSE!!! gez. Schneidhammer." Präsident Behn hebt den Kopf: „Nun, Sie sind ein Profit für uns, Angeklagter, auch ohne Curriculum vitae. Sie können sich setzen."

Christoph flüstert hastig, wie gestoßen: „Meine Mutter hat mich nicht beeinflußt, aber ich sie."

„Ich unterbreche die Sitzung für die Mittagspause", sagt der Präsident und erhebt sich.

Die Richter und der Reichsanwalt verlassen die Tribüne durch den zum Beratungszimmer führenden Vorhang hinter dem Präsidentenstuhl, und zwar in Unordnung. Denn A. Schneidhammer dirigiert die Masse seines Körpers so stürmisch und rücksichtslos in die klobig begehrte Mittagspause, daß der Präsident zurückweichen und ihm den Vortritt lassen muß, und die übrigen, mit Ausnahme Baron Freybergs, sind über den Taktfehler so bestürzt, daß für Sekunden keiner wagt, den Vorhang zu durchschreiten; denn die Rangordnung ist ohnedies schwierig und offen die Frage, ob der Reichsanwalt vor oder nach den ehrenamtlichen Richtern abzutreten hat. Allein Hauptmann Freyberg wartet teilnahmslos, bis sich die ehrerbietige Stauung löst, und ist gerne der letzte; er hat niemals Appetit.

Die Angeklagten werden im Gänsemarsch aus dem Saal geführt. Es versteht sich von selbst, daß vor ihnen und zwischen ihnen die schwarzen Wachen schreiten. Nur Dr. Langbein, der Offizialverteidiger, bleibt an seinem Tischchen, läßt den Kopf auf die Brust sinken und nickt sofort ein. Dies ist seine Mittagspause; das Schlafbedürfnis ist groß, das Frühstück morgens reichlich, das Abendessen vielversprechend, und jede Berufsbeanspruchung während der Ruhezeit wird so auf das einfachste vermieden.

Die Angeklagten werden einzeln in den Waschraum geführt, und selbst ihre Notdurft steht unter Aufsicht; die beiden Frauen genießen den Vorzug, dabei die Rücken ihrer Wachen zu sehen.

Dann werden sie in sechs Einzelzellen eingeschlossen, um der Mannschaft Gelegenheit zu geben, in die Kantine zu gehen und sich zu stärken. Die Schwarzen sprechen dort kein Wort über die Verhandlung, weil es verboten ist. Der Boxer nur schneidet von einem Brotlaib sechs Scheiben und sagt „Hack!" bei jedem Schnitt. Es klingt dumm und kindisch; aber die andern grinsen verständnisvoll.

Jeder der Angeklagten erhält durch die Türklappe eine Blechschüssel mit heißer Gemüsesuppe, in der sogar Fleischstücke schwimmen, reichlich Brot und Wasser. Jeder ißt mechanisch, und der Kopf ist leerer als der Magen. Sie sind matt. Sie haben keinen Grund, mit sich unzufrieden zu sein. Sie sind sechs, sie sind sechs! Doch sie denken nicht, sie sind in einer Flaute, vielleicht können sie keine Windstille, keine Wortstille, keine Schicksalsstille, keine Pause mehr vertragen.

Auch Christoph ißt, gleichsam aus Geistesabwesenheit; denn er muß doch wissen, daß er jetzt noch nichts essen kann; und er gibt es wieder her. Es ist immer so nach der Auftauung des Körpers, der Magen bleibt noch eine Zeitlang widerwillig. Christoph trinkt Wasser, viel Wasser, legt sich auf die Pritsche, atmet tief und schläft ein, es ist wie ein Sturz in den Schlaf.

Jeder der Angeklagten, auch Christoph, wird frisch, als die Eskorte wieder erscheint und sie in den Sitzungssaal zurückbringt. Hier sind sie aus der Flaute heraus und hissen die Segel der Gedanken. Ihrer fünf fragen sich das gleiche: werden wir noch erfahren, wer uns anzeigte? Christoph aber denkt: ich werde nicht einmal erfahren, was sie mit Mutter tun... So kommt es, daß er nicht spürt, wie Sophia, schon vor ihrem Platz stehend, ihn mit dem Blicke streichelt.

Die Tribüne ist noch leer. Die Angeklagten und ihre Wächter haben den Gerichtshof stehend zu erwarten. Auch Dr. Langbein steht vor ihnen an seinem Tischchen, nach dem erfreulichen Schläfchen, haucht die

Lesebrille an und putzt sie mit dem Taschentuch, haucht und putzt und hat füglich keine Zeit, sich nach seinen Klienten umzuschauen.

Dann treten die Herren der Tribüne durch den Theatervorhang auf, als erster der Präsident, wie es sich gehört, als letzter und mit Verspätung Richter Schneidhammer, zwischen den Lippen einen Zahnstocher, wie es sich nicht gehört.

2

Präsident Behn spricht mit lässiger Stimme: „Ich trete in die zweite Hälfte der Beweisaufnahme ein, in die Erörterung der objektiven Staatsgefährlichkeit von Hennings und Genossen. Justizwachtmeister, rufen Sie den Zeugen Vierck."

Er sieht dabei auf die Anklagebank und stellt fest, daß der Name des Zeugen auf die Angeklagten keinen ersichtlichen Eindruck macht. Die sechs schauen auf die Adlersonnen der Fenster, und der SS-Professor, der im Saal erscheint und an der Anklagebank vorbei vor die Richtertribüne tritt, stört ihren Blick weniger als ein Schatten.

Vierck, ein schmächtiger, etwas verzeichneter Mann, steht so übertrieben straff, als er den Arm zum Gruß erhebt und Hitler Heil wünscht, daß er gleichsam nach hinten verbogen erscheint, wie er denn auch in andrer Haltung, infolge einer undeutlichen und dennoch spürbaren Unsymmetrie seines Körpers, einen zugleich verbogenen und zusammengerissenen Eindruck macht. Kurz, er sieht aus und hält sich wie einer, der ein nicht gänzlich geglücktes Korrekturkorsett trägt. So dunklen Typs, daß die Gesichtshaut in aller Glätte wie unrasiert wirkt, mit fliehender, wenn auch bedeutender Stirn, vorspringender Nase und zurückweichendem Kinn, könnte der häßliche, intelligente, sonderbar neidische Kopf zu einem Buckel gehören, keinesfalls aber zu der schwarzen SS-Offiziersuniform, die er mit solcher Beflissenheit trägt, daß Karl Hennings früher zu behaupten pflegte, der Strafrechtler trage auch im Bett ein schwarzes, diskret wattiertes und mit den erforderlichen Kenn- und Abzeichen versehenes SS-Pyjama.

„Herr Zeuge, Sie sind Dr. juris Gustav Adolf Vierck, ordentlicher Professor für Strafrecht an der Universität München, SS-Obersturmbandführer, geboren am 27. Januar 1899 zu Magdeburg."

„Jawohl, Herr Präsident."

„Herr Zeuge, heben Sie die rechte Hand und schwören Sie bei Gott, daß Sie die reine Wahrheit aussagen werden."

Vierck hebt die Hand, nein, erhebt den Arm zum Hitlergruße und spricht nasal und feierlich: „Ich schwöre bei Gott und meinem Führer, daß ich die reine Wahrheit aussagen werde." „Herr Zeuge, wie lange kennen Sie den Angeklagten Hennings?"

„Seit 1928, dem Jahr, in dem er seinen Münchner Lehrstuhl übernahm und ich mich habilitierte."

„Wie waren damals Ihre Beziehungen zu ihm?"

„Er war ein Befürworter meiner Habilitationsschrift."

„War das von besonderem Nutzen für Sie oder entschied sich die Fakultät einhellig zu Ihren Gunsten?"

„Durchaus nicht. Ich hatte darunter zu leiden, daß mein damaliger Lehrer, der Ordinarius für Strafrecht und mein Amtsvorgänger, ein Marxist war."

Er wendet scharf den Kopf zur Anklagebank; denn Karl lacht auf.

„Angeklagter, warum lachen Sie?", fragt der Präsident.

„Teils aus Mitleid für das Habilitationsleid des Herrn SS-Obersturmbannführers", erwidert Karl, „teils aus Neugierde." „Warum aus Neugierde?", fragt der Präsident.

„Weil ich mich fragen muß, warum eigentlich der erwähnte Marxist und Amtsvorgänger die Habilitationsschrift des Zeugen mit der gleichen väterlichen Anteilnahme vertrat, mit der er sein Studium gefördert und finanziert hat."

„Herr Präsident", spricht Vierck mit Schärfe, „lassen Sie diese Frage des Angeklagten zu?"

„Ich lasse sie nicht zu", meint Präsident Behn milde, „weil sie sich nicht an Sie, sondern an Ihren Amtsvorgänger richtet." „Herr Präsident", spricht Vierck nasaler noch als bisher, „ich darf Sie bitten, mich vor weiteren Insinuationen des Angeklagten zu schützen!"

„Soweit nicht solche Insinuationen von mir als der obliegenden Entscheidung zuträglich angesehen werden", bemerkt der Präsident mit freundlich und flüssig artikulierter Umständlichkeit, „werde ich Sie davor schützen, Herr Zeuge. Wir sprachen davon, ob die Befürwortung des Angeklagten von besonderem Nutzen für Sie gewesen sei, und Sie gaben es zu.

„Ich interessiere mich dafür, weil ich festzustellen habe, inwieweit die Objektivität Ihrer Aussage durch ein erklärliches Dankbarkeitsgefühl beeinträchtigt werden könnte."

– Was für ein blutiger Zyniker!, denkt Karl und lächelt nicht einmal.

„Dankbarkeitsgefühl?", staunt Vierck. „Aber es liegt doch auf der Hand, Herr Präsident, daß die Befürwortung – wenn wir einmal die wissenschaftliche Qualifikation meiner Person aus dem Spiel lassen – aus Solidarität für meinen Amtsvorgänger geschah!"

„Aus politischer Solidarität?"

„Mein Vorgänger war Strafrechtsreformer, Hennings war, in weit aktiverem Maße, Strafreformer."

„Wenn Sie das als politische Solidarität ansehen, Herr Zeuge, so bezeichnen Sie Hennings ebenfalls als Marxisten. Dem steht entgegen, daß er nach dem Umbruch seinen Lehrstuhl beibehielt."

„Ihn als verkappten Marxisten zu bezeichnen, trifft die Sache nur halb. Ihn als Autoritätsfeind zu bezeichnen, trifft die Sache besser!"

„Und was trifft den Nagel auf den Kopf?"

„Ihn als Staatsfeind zu bezeichnen, als Feind unsres Staates." „Gut, das wissen wir jetzt, aber wann wußten Sie es, wann trafen Sie den Nagel auf den Kopf?"

„Das ist nicht mit einem Wort zu beantworten, Herr Präsident. Das ist die Geschichte einer fünfzehnjährigen Beobachtung, eine wahre Fuge des Verdachts. Ich könnte sagen, daß ich schon 1933, schon 1928 den Nagel auf den Kopf traf, aber nur in der Theorie. Den Hammer habe ich nun schon seit zehn Jahren in der Hand, um im Bilde zu bleiben; doch es dauerte eben diese Zeit, um den Nagel zu erspähen, der zu treffen war."

– Welch ein Bild!, denkt Karl, den Hammer hält er seit zehn Jahren in der Hand ...

Präsident Behn stellt mit Genugtuung fest, daß keiner der Angeklagten mehr auf die Fenster blickt, deren Adlersonnen unmerklich verblassen, sondern daß ein jeder auf den Mann schaut, der den Hammer hält in der Hand seit zehn Jahren.

„Die Schwierigkeit, der Sie begegneten, Herr Zeuge, lag offenbar an der Fähigkeit des Angeklagten, nicht nur seine Gefühle, sondern auch seine Handlungen zu verbergen."

„Sehr richtig, Herr Präsident, und da es für einen, den ich nicht aus dem Auge verliere, nicht ganz leicht sein mag, seine Handlungen zu verbergen, gehe ich noch weiter und behaupte, daß der Angeklagte in seiner Eigenschaft als Universitätsprofessor bis in die Kriegszeit hinein keine Handlung zu verbergen hatte, also nicht strafbar handelte und für jeden andern als mich das vollkommene Bild eines sogenannten unpolitischen Professors abgab, der, rassisch einwandfrei, schon 1933 eine gewisse Loyalität bekundete, indem er das Angebot eines amerikanischen Lehrstuhls ausschlug. Ich für meine Person sah natürlich schon in dieser Absage ein anderes, ein verdachtforderndes Motiv und ließ mich von der scheinbaren Integrität seiner Haltung durch all diese Jahre nicht täuschen."

„Herr Zeuge, worauf beruht die Sicherheit Ihrer Behauptung, daß der Angeklagte in seinem Lehramt bis zum Kriege keine Handlung begangen hat, die er zu verbergen brauchte?"

„Auf genauer Kenntnis, Herr Präsident, sein Kolleg wurde überwacht."

„Und sein Seminar?"

„Ebenfalls, Herr Präsident. Bis zum Krieg und länger noch war es für keinen Kolleghörer, also auch nicht für die dem Sicherheitsdienst angehörigen Studenten, schwierig, ins Seminar zu gelangen. Später änderte es sich – somit auch meine Beobachtungsweise."

„Wie handhabte der Angeklagte im Kolleg die vorgeschriebenen Ehrenerweisungen für den Führer?"

„Äußerst nachlässig. Aus dem ‚Heil Hitler!' wurde so etwas wie ein Heil, wenn er die Grußformel überhaupt gebrauchte, und mit der Hand pflegte er eine Bewegung zu machen, die man als wegwerfend bezeichnen kann. Ich drehte ihm natürlich daraus keinen Strick; denn mir lag nichts an seinen Unterlassungen, sondern an seinen Handlungen. Erst viel später, nämlich in zweiten Kriegsjahr, ordnete ich in diesem Zusammenhang eine Demonstration an, zu bestimmtem Zweck."

„Wie stellten sich die Studenten zu ihm?"

„Er war beliebt, sehr beliebt!"

„Vielleicht wegen seiner Unterlassungen und wegwerfenden Gesten?"

„Diese Frage überschreitet meine Kompetenz, Herr Präsident."

„Sie ist aber äußerst wichtig, Herr Zeuge, selbst wenn Sie sie nur inkompetent zu beantworten vermögen."

„Ich vermag sie überhaupt nicht zu beantworten, Herr Präsident."

„Können vielleicht Sie sie beantworten, Angeklagter von Hennings?"

„Es ist meine Überzeugung", sagt Karl und lächelt, „daß die Neigung meiner Studenten geradezu leidenschaftliche Formen angenommen hätte, wenn ich auch noch laut und deutlich Heil Hitler gerufen und dazu mit dem Arm gen Himmel gewiesen hätte."

Die auf der Anklagebank lächeln, selbst Christoph. Doch jemand kichert, jemand auf der Richtertribüne, der Präsident schaut indigniert nach rechts. Baron Freyberg schüttelt sich vor Kichern, verschluckt sich und verschluckt die Pfefferminztablette, gießt sich Wasser ein, trinkt, kichert und zeigt nicht die geringste Verlegenheit, daß er für einen sprachlosen Augenblick der Mittelpunkt des Gerichtstages gewesen.

„Was er getan hat!", ruft Vierck.

„Was meinen Sie?", fragt Präsident Behn, durch das ehrenamtliche Kichern aus dem Zusammenhang gerissen.

„Der Angeklagte hat nach der erwähnten Demonstration in der von ihm hypothetisch geschilderten Art und Weise seiner Grußpflicht genügt."

„Und wie nahm es die Hörerschaft auf?"

„Beifällig."

„Mit frenetischem Beifall", verbessert Karl.

„In welcher Form äußerte sich der frenetische Beifall?", fragt Präsident Behn zur Anklagebank hin.

„Durch Getrampel und durch Gelächter", erwiderte Karl.

„Herr Zeuge, was für eine Art von Demonstration war es und zu welchem Zweck ordneten Sie sie an?"

„Ich beantworte die zweite Frage zuerst, Herr Präsident. Ich glaubte bereits Ende 1940 mit der Möglichkeit einer subversiven Beeinflussung der Hörerschaft durch den Angeklagten rechnen zu müssen. Die Demonstration, die ich durch meine Vertrauensleute innerhalb der Hörerschaft ausführen ließ und die sich gegen Hennings richtete, sollte schlagartig feststellen, wer sich an ihr beteiligte, wer nicht, oder wer sich gar zu einer Gegendemonstration hinreißen ließ. Die Demonstration bestand aus dem Ruf ‚Heil Hitler!', als Antwort auf die stumme und wegwerfende Grußgeste, mit der der Angeklagte den Kollegsaal zu betreten pflegte."

„Und erreichte die Demonstration ihren Zweck?"

„Der Ruf wurde sofort von der gesamten Hörerschaft aufgenommen, der Angeklagte betrat das Podium, rief seinerseits Heil Hitler, überlaut und überdeutlich, und verharrte erhobenen Armes, bis sich der Beifall gelegt hatte und er mit seiner Vorlesung beginnen konnte."

„Also hat die Demonstration ihren Zweck nicht erreicht", meint der Präsident.

„Meine Vertrauensleute waren der Ansicht, daß sie ihren Zweck vollauf erreicht hat – nämlich darzutun, daß die Henningssche Hörerschaft noch gesund sei."

„Und gesund lachte", fügt Präsident Behn hinzu. „Oder wurde Ihnen das beifällige Gelächter nicht gemeldet, Herr Zeuge?" „Ich kann mich nicht erinnern."

„Wie beurteilen Sie jetzt das Gelächter, Herr Zeuge?" „Sollte es wirklich stattgefunden haben, so war es eine Verlachung des Angeklagten."

„Wie beurteilen Sie das Gelächter, Angeklagter?"

„Ich schließe mich der Meinung des Sicherheitsdienstes an", antwortete Karl, „es war ein Gesundheitsausbruch."

„Fühlten Sie sich verlacht?"

„Selbstverständlich und mit allem Recht", versichert Karl; „es konnte kein Zweifel darüber bestehen, daß ich in der eingenommenen Attitüde zum Lachen war."

Präsident Behn verengt die Augen und wendet sich an Vierck: „Ich bin nicht der Ansicht, Herr Zeuge, daß Ihre Vertrauensleute in diesem Falle den Nagel auf den Kopf getroffen haben. Ich bin dahingegen der Ansicht, daß bereits zu diesem Zeitpunkt die Beeinflussung der Hörerschaft durch den Angeklagten weiter vorgeschritten war, als Sie in Betracht zogen."

Vierck verbog sich nach rückwärts. „Ist das als ein Vorwurf aufzufassen, Herr Präsident?"

„Ich habe nur meine Ansicht ausgesprochen, Herr Zeuge. Außerdem sagten Sie ja selber, daß Sie schon seit Ende 1940 mit einer Beeinflussung der Hörerschaft durch den Angeklagten rechneten. Sie mußten doch dafür Gründe haben."

„Nur die alten Verdachtsgründe."

„Überwachten Sie die Kollegs, die der Angeklagte zu jener Zeit hielt?“

„Durch meine Vertrauensleute und durch gelegentliche Einsicht in ihre Kolleghefte.“

„Und weder die Studenten des Sicherheitsdienstes noch ihre Kolleghefte konnten den Verdacht nähren, daß die Henningsschen Kollegs subversives Gift enthielten?“

„Keineswegs. Soweit ich mich erinnere, handelte es sich um rein fachwissenschaftliche Untersuchungen der Verbrechenserkenntnis.“

„Ich fürchte beinahe, Herr Zeuge, daß Ihre Vertrauensleute einfach nicht das Zeug hatten, den Nagel auf den Kopf zu treffen.“

„Ich vermag nicht die Berechtigung dieser absprechenden Bemerkung einzusehen“, spricht Vierck mit Würde und Tücke; „aber ich darf zur Verteidigung meiner Leute und zu meiner eigenen Verteidigung in aller Bescheidenheit die Frage an Sie richten, Herr Präsident, wessen hingebender Arbeit es denn eigentlich zu verdanken ist, daß hinter mir der Hochverräter auf der Anklagebank sitzt.“

„Hinter Ihnen sitzen sechs Hochverräter“, spricht der Präsident mit Wucht, die regungslos lauschenden Angeklagten betrachtend, „und wieviel Hochverräter hinter den sechs sitzen, ist mit dem bloßen Auge nicht zu erkennen, wie Sie sich überzeugen können, Herr Zeuge. Ich bin der Meinung, daß der Fall Hennings, zu Anfang des Krieges und selbst Ende 1940 zur Aburteilung gekommen, noch keine Potentialrechnung bedeutet hätte, sondern ein Einzelfall gewesen wäre. Meine Anerkennung Ihrer Verdienste wird also durch den Umstand getrübt, daß Sie den Hammer zu lange in der Hand behielten.“

„Keine Sekunde länger, als bis ich zuschlagen konnte!“, verwahrt sich Vierck erregt; „aber ich pflege nicht ins Leere zu schlagen.“

„Verdacht ist nichts Leeres, Herr Zeuge! Das Volksgericht hat eine Staatsgefahr nicht nur zu beseitigen, sondern auch zu verhüten. Es folgt da auf seine Art der Henningsschen Kriminalpsychologie. Und Verdacht ist Anlaß genug zur Gefahrverhütung.“

„Ich aber behaupte“, ruft Vierck, „daß auch heute noch die Gefahr zu verhüten ist, mehr noch, daß gar keine Gefahr besteht! Ist ein Verräter eine Staatsgefahr? Sind seine fünf Kreaturen eine Staatsgefahr? Denn ich bin überzeugt, Herr Präsident, daß hinter den sechs genau soviel Verräter sitzen, als Sie und ich mit bloßem Auge sehen, nämlich keiner!“

Präsident Behn winkt ab. „Eben diese Fragen stehen zur gerichtlichen Entscheidung. Ich darf die prinzipielle Debatte abbrechen und zu Ihrer Vernehmung zurückkehren. War der Ausschluß Ihrer Vertrauensleute aus dem Henningsschen Seminar eine Folge der Demonstration?"

„Keineswegs; so plump arbeitet ein Mann wie Hennings nicht. Es wurde überhaupt niemand ausgeschlossen. Dem Seminar gehörte nur einer meiner Leute an, der im Vorjahr doktorierte und dadurch von selber aus dem Seminar ausschied." „Und auch der Doktorand meldete nichts Verdächtiges?" „Er meldete sehr Verdächtiges. Er meldete, daß das Kollegthema des Semesters, das ‚Die Grenzen der Strafbehandlung' oder so ähnlich lautete, im Seminar in einer Weise kommentiert wurde, daß es als das Synonym einer Kritik an der nationalsozialistischen Weltanschauung aufgefaßt werden konnte." „Und wie faßten es die anderen Mitglieder des Seminars auf?"

„Unbeirrt sachlich, ohne das geringste Abgleiten in subversive Polemik."

„Für Sie ein Beweis ihrer Immunität, nicht wahr, Herr Zeuge?"

„Gewiß, Herr Präsident."

„Und wie faßten Sie es auf?"

„Als Vorzeichen für die Dinge, die da kommen würden und auf die ich so lange lauerte."

„Ein geduldiges Katz-und-Maus-Spiel", meint Präsident Behn kopfschüttelnd. „Also weiter. Der Doktorand schied aus."

„Es war dann keinem Mitglied des Sicherheitsdienstes mehr möglich, ins Seminar zu gelangen, weil sie angeblich wissenschaftlich nicht genügten. Doch auch diese bittre Pille wurde dadurch versüßt, daß das Seminar mit Beginn dieses Wintersemesters aufgelöst und nur als Arbeitsgemeinschaft für die Redaktion einer Neuauflage der Henningsschen ‚Kriminalpsychologie' weitergeführt wurde."

„Entsprach die Arbeitsgemeinschaft umfanggemäß dem Seminar?"

„Die Arbeitsgemeinschaft selber hatte ungefähr die gleichen Mitglieder wie früher das Seminar, etwa zwölf an der Zahl, und beschäftigte sich tatsächlich, sozusagen als Deckadresse, mit der Herausgeberarbeit. Das Redaktionskomitee aber, das wir auch als Revolutionskomitee bezeichnen können, bestand exakt aus den Personen, die jetzt neben Hennings auf der Anklagebank sitzen."

„Da sitzt auch die Frau des Angeklagten."

„Gewiß; sie gehörte zum Redaktionskomitee, wenngleich sie nicht bei allen Sitzungen dabei war."

Präsident Behn sieht nicht auf den Zeugen, selbst wenn er die Fragen an ihn richtet. Er sieht auf die Anklagebank, er sieht, wie die Angeklagten erstarren, er sieht, wie die sechs Gesichter ihre natürliche Verschiedenheit verlieren und wie Puppenköpfe einander ähnlich werden, in der Lähmung durch den einen und gleichen Gedanken hinter ihren bleichen Stirnen. Es ist ein herzerquickender Anblick für den Präsidenten und macht manches Unerquickliche, das ihm durch die Anklagebank widerfahren ist, wieder gut.

„Woher wissen Sie diese genauen Einzelheiten, Herr Zeuge?"

„Durch meine neue, den Umständen angepaßte Beobachtungsweise, die mit dem Wintersemester in Funktion trat."

„Haben Sie Bedenken, sich über diese Beobachtungsweise des näheren auszulassen?"

„Ich glaube nicht, daß es notwendig ist, Herr Präsident; denn die Methode wurde im Einverständnis und mit Unterstützung des Chefs des Sicherheitsdienstes angewandt, der das resultierende Belastungsmaterial übernahm, als Basis für die Verhaftung und Voruntersuchung der Angeklagten benutzte und zweifellos dem Volksgericht zur Verfügung gestellt hat." Präsident Behn lächelt flüchtig. „Da muß ich mich entschuldigen, Herr Zeuge. Ich kreditierte nicht Sie, sondern den Sicherheitsdienst für die Schallplattenherstellung."

„Völlig mit Recht, Herr Präsident", beteuert Vierck und verbiegt sich nach vorne, „ich bin nur ein Teilchen des Sicherheitsdienstes und bediente nicht einmal die Apparatur..."

„Sondern Sie begnügten sich mit dem guten alten Hammer in der Hand", fügt Behn hinzu.

„Ausgezeichnet!", kichert Vierck, und sein Kichern ist das eines buckligen Gnoms.

3

Der Justizwachtmeister stellt ein mittelgroßes elektrisches Grammophon auf den Armesündertisch und schließt das Kabel an der Lichtleitung der Tribünenlampen an.

„Dies ist zwar schon eine Auswahl, wie ich lese“, sagt Präsident Behn, vor sich drei dicke Alben mit Schallplatten, „aber wir haben ja in Ihnen den Mann, Herr Zeuge, der für uns eine Auswahl der Auswahl treffen kann, von zwei oder drei entscheidenden Abschnitten, charakteristisch nicht nur für die Angeklagten, über deren Persönlichkeiten wir in dieser Phase der Verhandlung sozusagen schon hinaus sind, sondern vor allem für ihre subversive Wirksamkeit, die uns leidenschaftlich interessiert.“ Er schiebt die Alben über den Tribünentisch dem Justizwachtmeister zu, der sie neben dem Grammophon aufstapelt.

„Ich will mein möglichstes tun“, sagt Vierck, „darf aber im vorhinein bemerken, daß die Frage der Wirksamkeit ja gerade das Problem und die zu lösende Aufgabe der Hennings und Genossen darstellte, also wohl auch nicht durch die Wiedergabe der Platten beantwortet wird.“ Er blättert im ersten Album und prüft die Plattenetiketts in den kreisrunden Ausschnitten der Mappen. „Ich beschrieb übrigens persönlich die Platten mit dem jeweiligen Datum und mit Inhaltsstichworten“, bemerkt er wie für sich. „Hier!“, ruft er, „hier ist eine für mein Gefühl recht hörenswerte ‚Redaktionssitzung‘.“ Er kichert und zieht einige Platten aus dem Album. „9. November!“, verkündet er, “ein bezeichnendes Datum. Tag der Schmach von 1918! Hier aber ist es der 9. November 1942, abends 7 Uhr 30 ...“

Er reicht die Platten dem Justizwachtmeister, der sie in den Apparat einlegt.

„Um die Identifizierung der Sprecher für das Gericht zu erleichtern“, bestimmt der Präsident, „hat sich jeweils der Angeklagte, dessen Worte wir vernehmen, zu erheben und seine Stimme stehend anzuhören.“

Die Nadel surrt auf der Platte. Eine Stimme kommt auf, eine sonderbar ferne und körperlose Stimme, eine Geisterstimme. Karl erkennt seine Stimme nicht, aber seine Worte. Er steht auf.

Karls Stimme: „... in unserm Zirkel einen neuen Kameraden, Alexander Welte, Freund unseres Freundes Hans, von ihm geschildert und angekündigt als einer der Unsern, also unser Freund und schon nicht mehr ein neuer, sondern ein alter Kamerad. Jetzt sind wir sechs.“

Alexanders Stimme: „Meinen Dank, Herr Professor. Aber sechs sind nicht viel.“

Alexander steht ein wenig verspätet auf und hat sich gleich wieder zu setzen, es ist ein kurzer Satz. Karl indessen bleibt stehen; er weiß, es lohnt sich nicht für ihn, Platz zu nehmen.

Karls Stimme: „Wir wissen nicht, wieviel sechs sind. Das klingt sinnlos und ist sinnvoll. Jeder von uns ist durch die Dschungel dieser Jahre gelangt, nicht weil es eine Wunderrettung war, sondern weil er den Pfad fand, den der Mensch gehen kann. Wir sind nicht die einzigen Menschen, die den Pfad gegangen sind und gehen werden. Keiner von uns wäre da, wo er ist, hätte er geglaubt, ein einziger zu sein. Jeder von uns kannte oder erkannte oder spürte andere längs des Weges – ja, ich wage zu sagen, daß wir den Ausweg nicht fanden, sondern erfragten. Nennen wir uns also nicht sechs, sondern sechs Einheiten, so klingt es nicht mehr sinnlos, wenn ich sage: Wir wissen nicht, wieviel sechs Einheiten sind. Oder glauben Sie, Welte, daß Sie hier mit Ihren höchst individuell verteilten Haarbüscheln nur sich selber repräsentieren, als Mitglied Nummer sechs?“

Alexanders Stimme, lachend: „Ich kalkuliere, ich repräsentiere sechs Einheiten der Sechsten Armee in Stalingrad, Herr Professor, und Hans weitere sechs ...“

Alexander springt auf, und da er sich lachen hört, verzieht er den breiten Mund wie zur Synchronisation des Lachens.

Karls Stimme: „Gott segne Ihre Kalkulation, Welte, und da mein Assistent Sauer mit Bezug auf unsere Studentenschaft ähnlich stürmisch rechnet, könnt ihr beide euch zur Fraktion der Optimisten zusammentun.“

Alexanders Stimme: „Auch Hans glaubt, daß es unter der Studentenschaft bereits marschbereite Einheiten gibt, Herr Professor.“

Karls Stimme: „Ich weiß, daß es hörbereite Einheiten gibt. Vielleicht weiß keiner von euch so gut wie ich, was es heißt, ihr Ohr zu gewinnen, welche Mühsal, Geduld und taktische Erfahrung dahintersteckt. Ich bin also damit schon ganz zufrieden und fühle mich nicht als Skeptiker, wenn ich noch an ihrer Marschbereitschaft zweifle.“

Christophs Stimme: „Sie marschieren niemals von selbst, sie sind dazu viel zu unselbständig aufgewachsen, sie stehen viel zu lange unter Gemeinschaftsterror und Befehlsgewalt. Sie werden niemals unaufgefordert marschieren, glauben Sie mir es doch, Herr Professor!“

Karls Stimme: „Das glaube ich Ihnen gewiß, Sauer, und nicht darum geht unser Disput, sondern um die Taktik der Aufforderung. Wir bemerken jetzt unter der Studentenschaft jenes hörbereite Schweigen, das ich das neue akademische Silentium zu nennen pflege. Unser stürmischer Christoph will die Aufforderung in das Schweigen werfen, schon jetzt..."

Sophias Stimme: „Zum 9. November! Heute ist der 9. November! Christoph wollte den Jahrestag der Revolution in das Schweigen werfen!"

Karls Stimme: „Es hätte ihn verschluckt, den Jahrestag der 1918er Revolution, die keine war, und wäre noch stiller geworden, noch trauriger. Nein, ich wußte, warum ich es ablehnte. Denn ich weiß, was es für eine Stille ist: die Wartezeit für die Schweigsamen und auch für uns."

Doras Stimme: „Aber wie lange, Karl, wie lange noch? Du weißt, ich bin nicht ungeduldig, ich habe gelernt zu warten, zu sieben und zu sichten. Aber jetzt glaube ich selber, es sind genügend Ohren da, die auf die Aufforderung hören würden. Wir sollten sie nicht zu lange warten lassen."

Karls Stimme: „Wer: wir? Wer sind wir, Do? Wir sind keine Erzengel, die mit göttlicher Botschaft kommen! Wir gehören nicht zu den Schicksalsmächten, sondern zu denen, die das Kreuz auf sich nehmen wollen. Wir sind ein Teil von denen, die, still geworden, sich besinnen und warten, auf den Augenblick warten, da sie laut werden müssen, und ist es auch nur ein lautes Wort der Empörung. Wir haben auf den Laut zu warten, auf den ersten Laut: und dann erst haben wir das Recht, für unsereinen, für unsere Einheiten zu sprechen. Dann erst sind wir beauftragt, von den Erzengeln des Schicksals, an unsre Einheiten die Aufforderung zu richten, mit dem Kreuzzug zu beginnen."

Christophs Stimme: „Wenn aber kein Wort der Empörung laut wird?"

Karls Stimme: „Es muß laut werden. Denn sie schweigen ja vor Empörung, und das ist so, als hielten sie den Atem an, und sie können nicht mehr lange den Atem anhalten."

Hansens Stimme: „Es wird sehr bald laut werden, mit dem Lautwerden der Katastrophe von Stalingrad."

Sophias Stimme: „Auch wenn Goebbels die Katastrophe nicht laut werden läßt?"

Hansens Stimme: „Wenn 35–0 Menschen auf einmal dem Wahn eines Einzigen geopfert werden, heult selbst die Luft, und das wird laut!"

Karl steht immer, stillen Gesichts und mit festgeschlossenen Lippen, getrennt von seiner Geisterstimme, dennoch tief beredt.

Die andern tauchen auf und nieder, einer nach dem andern, Marionetten an den Fäden ihrer Stimmen. Jetzt setzt sich Hans, der zwischen seinen beiden Sätzen stehengeblieben; denn Aufstehn und Niedersetzen ist für ihn ein mühevolles und zeitraubendes Werk. Die Platte surrt noch leer, dann steht sie still, mit dem vernehmlichen Klicken der automatischen Sperrvorrichtung. Und nun erst setzt sich Karl. Im Raum herrscht noch die Geisterstille, gleich als falle es der Körperstimme schwer, wieder in Kraft zu treten.

„Hörenswert...", kichert Vierck und blättert in den Alben. „Sieh da!", ruft er, ein Plattenetikett betrachtend, „hier finde ich zusätzliches Material, das zwar außerhalb meiner Beobachtungsfolge steht, aber durchaus in dieses Poesiealbum gehört. Hier ist – ich zitiere – der von der Geheimen Staatspolizei konfiszierte Teil der für das Universitätsarchiv bestimmten Schallplattenaufnahme der bei der Reichsgründungsfeier am 18. Januar 1943 in der Aula der Universität gehaltenen Reden. Halten Sie die Wiedergabe für hörenswert, Herr Präsident?"

„Für ungemein hörenswert", betont Präsident Behn.

Die Nadel surrt.

Eine Stimme: „Das Wort hat unser Ehrengast, unser verehrter Gauleiter, Parteigenosse Giesler!"

„Das spricht der Herr Rektor der Universität", kommentiert Vierck.

Stimme des Gauleiters: „Deutsche Volksgenossen..."

„Halt!", befiehlt Präsident Behn, und der Justizwachtmeister stellt den Apparat ab. „Durch die gewiß nützliche Zwischenbemerkung des Zeugen war es mir nicht möglich zu hören, ob und wie die Studentenschaft auf die Ankündigung des Herrn Gauleiters als Festredner reagierte. Dies aber ist für das Gericht wichtig. Fangen Sie nochmals an, Justizwachtmeister..."

„Bittschön in größter Lautstärke gefälligst", spricht eine gesottene Stimme.

Präsident Behn sieht unmutig nach rechts. Wahrlich, es ist Richter Schneidhammer, der in die Verhandlung hineinspricht, wach und interessiert, zum erstenmal.

„Die Platte scheint mir recht klar zu sein, Herr Standartenführer", sagt Vierck beflissen, „die Aufnahme erfolgte ja unter weitaus günstigeren technischen Voraussetzungen als die im Henningsschen Seminar."

„Herr Zeuge", unterbricht Präsident Behn böse, „der Amtstitel der Mitglieder dieses Gerichts ist: Herr Volksrichter..."

„Drehn S' trotzdem auf", spricht A. Schneidhammer fettig und unbeirrt dazwischen, und er legt noch die riesige Hand ans Ohr, als Hörmuschel. Denn er ist interessiert, er ist dreifach interessiert: weil der Gauleiter spricht, weil der Gauleiter zugleich sein alter Freund und intimer Feind ist, in leise wackelnder und leise unterminierter Stellung, also voraussichtlich raumgebend den nachdrückenden Intimen, und weil er selber, Alois, mit seiner zukünftigen Rede an deutsche Volksgenossen schon hübsch weit gediehen ist, bis auf den Schluß, der vielleicht durch diese oder jene gauleiterische Wendung an Zugkraft gewinnen mag.

Stimme des Rektors: „Das Wort hat unser Ehrengast, unser verehrter Gauleiter, Parteigenosse Giesler!"

Dann ist Stille, surrende Stille.

Stimme des Gauleiters: „Deutsche ..."

„Halt!", unterbricht Präsident Behn von neuem, der Justizwachtmeister stellt den Apparat ab, Richter Schneidhammer nimmt die Hand vom Ohr und läßt sie mit einem verdrossenen Schlag auf den Tisch fallen. „Nach der Platte", sagt Behn, „ist der Herr Gauleiter als Sprecher mit vollkommenem Schweigen empfangen worden. Oder gibt die Platte ausschließlich die Stimme der Sprecher wieder?"

„N-nein...", erwidert Vierck mit Zögern, „dahingegen scheint es mir, als ob das Schweigen des Auditoriums wenig besagt... ich meine damit, daß Beifallsäußerungen der Studentenschaft bei Ankündigung von Rednern nicht mehr so üblich sind."

„Haben Sie die gleiche Erfahrung gemacht, Angeklagter von Hennings?"

„Nein", antwortet Karl, „die Vorredner wurden mit dem üblichen Beifallstrampeln begrüßt."

„Und wie fassen Sie das Schweigen des Auditoriums auf?" „Als bezeichnend", sagt Karl.

„Und Sie, Angeklagter Moeller?"

„Als Zeichen der Verachtung", sagt Hans.

„Und Sie, Angeklagter Sauer?"

„Als Zeichen der Einheit", sagt Christoph.

„Also weiter", spricht Präsident Behn zum Grammophon hin. A. Schneidhammer legt die Hand ans Ohr, als Hörmuschel.

Stimme des Gauleiters: „Volksgenossen! Es ist hier sehr gelehrt über die Entstehung des Bismarckschen Reiches gesprochen worden. Es sind auch hübsche rhetorische Brücken vom Eisernen Kanzler zu unserm großen Führer geschlagen worden, vom Begründer des fünfzigjährigen Reiches zum Schöpfer des tausendjährigen Reiches. Doch es ist weder meine Absicht noch meines Amtes, den Kopf nach rückwärts zu verdrehen zur historischen Betrachtung, während wir Geschichte machen, nicht für fünfzig, sondern für tausend Jahre. Ich gestehe gerne, meine Geschichtsauffassung ist klar und einfach. Was gut und lebensfähig war im Ersten und Zweiten Reich, das ist im Dritten Reich enthalten; was lau und schlecht und lebensunfähig war, das ist tot und vergessen. So ist es auch mit den großen Männern der Vorepoche, mit dem eisernen Bismarck, dem schweigsamen Moltke, mit dem eisernen und schweigsamen Fridericus Rex: sie sind wie Nebenflüsse in den Hauptstrom gemündet, sie sind enthalten in der mächtigen, in der weltbedeutenden Person des Führers, den uns die gnädige Vorsehung geschenkt.

Ich drehe mich nicht nach dem glorreichen Versailles von 1871 um und nicht nach dem Versailles der Schmach von 1919; denn ich blicke in die Gegenwart. Ich sehe nur das Versailles, das Frankreich, das Europa von 1943, über dem das Hakenkreuz weht. Ja, mich kümmert nur die Gegenwart und die Zukunft, und es ist nicht meine Aufgabe, Festreden zu halten, sondern es ist meines Amtes, unerbittlich und mit unbändiger Energie die Volksgemeinschaft zu überwachen und anzutreiben, daß sie ihre Pflicht tue für Gegenwart und Zukunft!

Denn wir leben inmitten eines titanischen Kampfes um des Führers Großdeutschland, um des Führers neue europäische Ordnung, um des Führers Neugestaltung der Welt! So stehe ich hier, in gewaltiger Stunde, und habe euch, deutsche Studenten, zu überwachen und anzutreiben, daß ihr eure Pflicht und Schuldigkeit tut für die gewaltige Stunde. Und wenn ich an des Führers Heldenarmee in Stalingrad denke, die in diesem Augenblick mit ihrem Blut das neue Nibelungenlied nationalsozialistischen Todesmutes schreibt, – wenn ich mich in diesem Saal umschaue und noch viele junge Volksgenossen sehe, durchaus nicht alle im Ehrenkleid der Armee oder der Partei, so fräse ich mich und euch: Tut ihr genug für die gewaltige Stunde? So frage ich euch: Was tut ihr hier? ..."

„Was ist das jetzt für ein Geräusch, Herr Zeuge?", fragt Präsident Behn.

„Ich weiß nicht", erwidert Vierck achselzuckend, „vielleicht nur ein Plattengeräusch."

„Es ist Scharren", sagt Karl.

Stimme des Rektors: „Ich verbitte mir jede Mißfallensäußerung!"

Stimme des Gauleiters: „Und während deutsche Mütter in Munitionsfabriken arbeiten, ihr Heim und ihre Kinder der größeren Verpflichtung hintansetzend, sehe ich hier im Saal junge Volksgenossinnen, die zu glauben scheinen, sie dienen dem Führer, wenn sie Kollegs belegen und sich Studentinnen nennen. Diese deutschen Mädchen aber frage ich nicht: Was tut ihr hier?, sondern ich frage sie: Was habt ihr hier zu suchen? Warum seid ihr nicht in der Munitionsfabrik? Und taugt ihr nicht einmal dazu, in eurer akademischen Drohnenhaftigkeit: warum laßt ihr euch nicht wenigstens Kinder machen, damit ihr einen Sinn bekommt für das Deutschland des Führers."

Eine helle scharfe Stimme: „Genug!"

Christoph steht auf. „Warum stehen Sie auf, Angeklagter?", fragt ihn der Präsident.

„Es ist meine Stimme", sagt Christoph.

Viele Stimmen: „Genug! Genug!"

Hans, Sophia und Alexander stehen auf. „Setzen Sie sich!", befiehlt der Präsident gereizt, „unterlassen Sie die dummen Witze!"

„Genug! Genug! Genug!", strömt es in immer stärkerem Chor aus dem Grammophon, die Stimme des Gauleiters und die bellenden Ordnungsrufe des Rektors überschwemmend. „Genug!", ruft der Präsident mit einer scharfen Handbewegung. Der Justizwachtmeister stellt den Apparat ab.

„Was denn, was denn!", schnauft A. Schneidhammer, die Hand noch immer am Ohr, „der Giesler war ja noch gar net fertig!"

„Der Herr Gauleiter beendete seine Rede nicht, Herr Volksrichter", klärt Vierck auf, „sondern verließ die Aula, gefolgt vom Herrn Rektor."

„Dös gibt's?", grollt A. Schneidhammer auf, „daß das höchste Parteiorgan net zu End sprechen kann, so eineii Saustall gibt's in der Münchner Stadt? Und man weiß net, wer die Hundsfötter waren, außer denen da?"

„Studenten", wirft Beim kurz und verächtlich nach seiner Seite hin.

„Und die ganze Bande sitzt nicht in Dachau?"

„Die Universitätswache schritt auf Befehl des Rektors sofort ein, Herr Volksrichter", spricht Vierck, „konnte aber die Ruhestörer nicht mehr feststellen; und als das Überfallkommando erschien, hatte sich die Hörerschaft bereits verlaufen. Im übrigen wurde meine persönliche Meinung, daß der Zwischenfall keineswegs subversiven Charakter trug, sondern einfach ein Ausbruch der Kriegsnerven als Folge eines möglicherweise überscharfen und sachlich nicht ganz gerechtfertigten Angriffs auf die akademische Ehre war, durch die Order des Unterrichtsministeriums bestätigt, die Angelegenheit nicht weiter zu verfolgen, ihr jede Publizität zu nehmen und jede Beunruhigung der Studentenschaft zu vermeiden. Es wurde also auch nicht die Universität geschlossen, wie es der Herr Rektor angedroht hatte."

„Net zu End sprechen lassen ...", grollt Schneidhammer leiser und sackt mit dem Gedanken zur eigenen Rede zurück.

„Ich bin anderer Meinung", sagt der Präsident, zu Vierck gewandt, „und wäre selbst an einer ungefähren Schätzung der Demonstrationsstärke interessiert. Der Platte nach zu urteilen, war die ganze Hörerschaft daran beteiligt."

„Ich dagegen schätze die Schreier auf nicht mehr als fünfundzwanzig Prozent, Herr Präsident."

„Und warum erfolgte von der loyalen Majorität keine Gegendemonstration ?"

„Weil es sich nicht um eine politische Kundgebung handelte, sondern um einen akademischen Protest gegen die mißverständliche Verunglimpfung der Alma Mater, also im Grunde genommen um einen Akt nationaler Loyalität, ja, um eine Demonstration des studentischen Patriotismus."

„Wie betrachteten Sie diesen Zwischenfall, Angeklagter von Hennings?"

„Ich finde die Formulierung des Zeugen außerordentlich glücklich", antwortete Karl, „es handelte sich tatsächlich um die erste vaterländische Demonstration deutscher Studenten gegen die nationalsozialistische Partei."

„Herr Präsident, ich protestiere!", kommt eine zornbebende Stimme von der Richtertribüne. Behn reißt Kopf und Oberkörper nach links. „Ich protestiere", sagt Baldur Uhle etwas leiser, und sein Gesicht ist grünlich vor Blässe.

„Wogegen protestieren Sie, Herr Kollege?", fragt der Präsident scharf.

„Gegen ... gegen die Redeweise des Angeklagten!", stößt Uhle hervor.

„Nur gegen die Redeweise. Sie werden den Angeklagten vornehmlich wegen seiner Handlungen abzuurteilen haben, Herr Volksrichter."

„Es ist eine ungeheuerliche Verdrehung meiner Worte und der Tatsachen, Herr Präsident!", ruft Vierck und ist vor Entrüstung verbogen.

„Eine ungeheuerliche Verdrehung Ihrer Worte, Herr Zeuge, ich weiß es", sagt der Präsident schlechtgelaunt, „und nun weiter bitte, geben Sie uns jetzt die unmittelbar der Reichsgründungsfeier folgende Sitzung des ‚Redaktionskomitees'. Ich bin nämlich auf den internen Kommentar der Aulademonstration neugierig."

„Das ist sonderbarerweise kein Kommentar", sagt Vierck und sucht die Platte aus dem Album. Die Nadel surrt. Karl steht auf, noch bevor seine Geisterstimme zu sprechen anhebt. Er scheint zu wissen, daß es sein Part ist.

Karls Stimme: „Der Augenblick ist gekommen, die Richtlinie zu geben, die Richtlinie für unser Verhalten von nun an. Jeder von uns ist für den andern verantwortlich. Wir alle sind für unser Tun verantwortlich. Unser Tun ist revolutionär, also der Zukunft verantwortlich. Wird einer von uns verhaftet, so hat er in einer Weise zu handeln, daß die andern fünf weiterarbeiten können. Werden fünf von uns verhaftet, so haben sie in einer Weise zu handeln, daß der sechste weiterarbeiten kann. Werden wir alle sechs verhaftet, so haben wir zu handeln, als wären wir nicht sechs, sondern sechzig oder sechzigtausend oder sechs Millionen – so haben wir als die Sprecher einer Macht zu handeln, die uns in die Gegenwart vorausgeschickt hat und mit uns nur sechs Stimmen verliert, sechs von sechs Millionen, von sechs Millionen, von sechs Millionen..." Die Nadel läuft hartnäckig durch immer die gleiche Plattenrille.

„Abstellen!", schreit der Präsident, überraschend unbeherrscht.

4

Präsident Behn trinkt Wasser, zum erstenmal während der Verhandlung. Karl steht noch immer.

„Setzen Sie sich doch!“, ruft Behn und winkt ungeduldig mit der Hand. „Wann erscheint die Aktion selber, die Flugblattaktion, als Gesprächsthema auf den Platten?“, fragt er den Zeugen.

„Überhaupt nicht, Herr Präsident. Die letzten Aufnahmen weisen fast ausschließlich Gespräche über die Tragödie von Stalingrad auf, in dem bekannten Stil. Am 3. Februar, als die Kapitulation der Sechsten Armee bekannt und von der Reichsregierung die vier Trauertage angeordnet wurden, sagte Hennings: ‚Ich nähe schon an unserer Trauerfahne, aber sie ist nicht schwarz oder so ähnlich.‘ Das war die ganze Anspielung auf eine Aktion.“

„Angeklagter von Hennings, beruhte diese Vorsicht auf irgendeinem Gefühl, im Seminarraum überwacht zu sein?“ „Nein“, antwortet Karl, „wir konnten wahrhaftig nicht ahnen, daß wir in unsichtbare Mikrophone sprachen. Was Sie Vorsicht nennen, das war die nicht zu störende Bedenkzeit, die ich mir in meinem Haus am Abend des 18. Januar, nach dem Aulatumult, von meinen Freunden ausgebeten habe – das war die lange und qualvolle Überlegung, ob und wie ich die alleinige Verantwortung für die Aktion tragen und meine jungen Kameraden und meine Frau schützen könnte.“

„Trotz der ‚Richtlinie‘?“

„Wegen der Richtlinie.“

„Und wo nähten Sie an der nicht schwarzen Trauerfahne – simpler gesagt: wo schrieben Sie den Text des Flugblatts?“

„In meinem Haus. Dort verstand ich mich schließlich auch dazu, die technischen Handlangerdienste meiner Freunde im Zusammenhang mit dem Flugblatt anzunehmen.“

Präsident Behn muß lächeln.

„Es hat sich nun aber hinreichend erwiesen, Angeklagter, daß Ihre Freunde, durchaus mit Recht, den Titel eines technischen Handlangers als degradierend empfinden. Was mich im Augenblick interessiert, ist die Tatsache, daß sie nach dem 18. Januar, respektive nach dem 2. Februar, Ihr Haus zum Hauptquartier der Flugblattaktion gemacht hatten, und zwar nicht aus Mißtrauen gegen den Seminarraum, sondern."

„Sondern um meine Verantwortung zu statuieren", vollendet Karl.

Präsident Behn winkt achselzuckend ab und wendet sich an Vierck.

„Und warum veranlaßten Sie nicht schon nach der Anspielung vom 3. Februar, nicht schon nach der ‚Richtlinie' die Verhaftung der Gruppe, Herr Zeuge?"

„Diese Frage müssen Sie nicht an mich, sondern an den Chef des Sicherheitsdienstes richten, Herr Präsident. Seine Antwort dürfte sein, daß es vom Standpunkt der Fahndungsbehörde ein ungeheurer Fehler gewesen wäre, die unter Kontrolle stehenden Verdächtigen durch zu frühe Verhaftung vor der Deliktverübung zu behüten und sich dadurch der Möglichkeit zu begeben, nicht nur das Delikt zu erkennen, sondern auch noch andere Teilnehmer an der Verschwörung festzustellen."

„Vom Standpunkt der Reichssicherheit steht selbstverständlich selbst die vorzeitige Deliktverhütung höher als alle Fahndungsvorteile, die sich durch die Deliktverübung ergeben, aber sich in diesem Falle nicht ergeben haben. Ich muß zu meinem Bedauern feststellen, daß Sie zwar die Täter unter Kontrolle hatten, doch nicht die Tat."

„Herr Präsident!", ruft Vierck in heftiger Erregung, „vorgestern kurz nach zehn Uhr abends lieferte der Oberpedell mir in meiner Eigenschaft als Chef des Universitätssicherheitsdienstes parteiamtliche Drucksachen aus, in denen die Flugblätter eingelegt waren. Zehn Minuten später begann in der Universität die SD-Aktion, und zwar mit solcher bewunderungswürdigen Präzision, daß sie bei aller wünschenswerten Wirksamkeit keine Wellen schlug, keinen Lärm machte, daß gestern die Universität ihr normales Bild zeigte und kein Student, wie ich sehr wohl zu wissen glaube, auch nur ein Wort über den geschlossenen Henningsschen Kollegsaal verlor, und daß heute, am dritten Tag, die sechs Täter vor ihren Richtern stehen. Ich darf also für mich in Anspruch nehmen, auch die Tat unter Kontrolle gehabt zu haben!"

„Sie hätten sie unter Kontrolle gehabt, Herr Zeuge, wenn Sie die Polizeiaktion in der Universität unnötig gemacht hätten, das heißt, wenn die Flugblätter nicht zur Verteilung gelangt wären. Man kann zehn Jahre lang den Hammer in der Hand halten, Herr Zeuge, und doch um zehn Stunden, um eine Stunde zu spät zuschlagen ..."

„Zu spät?", ereifert sich Vierck und weist mit üppiger Geste, wie ein Impresario, auf die Anklagebank.

„Sie verwechseln die Köpfe der Angeklagten mit dem vielfach zitierten Nagelkopf, Herr Zeuge", meint Behn und hebt abschließend die Hand. „Noch eine letzte Frage: wieviel Flugblätter oder Drucksachen mit eingelegten Flugblättern gelangten durch Sie in die Hände des Sicherheitsdienstes?"

„Vielleicht ein gutes Dutzend, Herr Präsident."

„Das wäre alles, Herr Zeuge, ich danke Ihnen. Da die Strafprozeßordnung auf die Prozedur des Volksgerichts keine Anwendung findet, haben Sie nicht auf der Zeugenbank Platz zu nehmen, sondern können gehen."

Vierck verbiegt sich nach rückwärts, den Arm erhebend und den feierlichen Austausch des Hitlergrußes erzwingend. Dann wendet er sich um und schreitet durch den Mittelgang des Saales der Tür zu, den Kopf steif geradeaus haltend. Behn beobachtet nicht ohne Neugierde die Anklagebank; denn für die sechs ist zwischen dem Auftritt und dem Abgang dieses Zeugen überraschendes und Betäubendes geschehen, sie haben nicht gewußt, daß dies der Mann sei, der den Hammer in der Hand hielt seit zehn Jahren, und haben es erfahren und müßten es ihm zeigen, mit dem Blick und dem Ausdruck des Gesichts: du warst es! du warst es! Aber die sechs schauen auf die Fensteradler, die nicht mehr Sonnen sind, sondern dunkle Flecke, und der Mann des Schicksals, undeutlich verkrümmt in den Schulterblättern oder sogar in der Wirbelsäule, stört ihren Blick weniger als ein Schatten.

Die Saaltür schließt sich hinter Vierck, der Präsident lehnt sich leicht zurück.

„Meine Herren Volksrichter", spricht er und schaut nicht die Angeredeten an, sondern zur Kassettendecke hinauf, „wir kommen im Anschluß an die letzte Frage, die ich an den Hauptbelastungszeugen stellte, zu einem sehr wichtigen Punkt. Sie haben bemerkt, auch aus meiner Kritik, daß sowohl der Zeuge als auch der Sicherheitsdienst den subversiven Erfolg der Angeklagten bewußt unterschätzen und die Studentenschaft mit Glacehandschuhen anfassen, gemäß der Order, daß aus der Angelegenheit kein Getöse gemacht werden darf. Die Taktik der Angeklagten ist genau umgekehrt: sie übertreiben ihre Bedeutung mit dem

Sechs-von-sechs-Millionen-Refrain. Ich werde ihnen nicht den Gefallen tun, sie jetzt zu fragen, wieviel Flugblätter verteilt worden sind; denn möglicherweise antworten sie: sechs Millionen. Es ist nämlich ziemlich irrelevant, ob die Angeklagten 200 oder 500 oder 1– Flugblätter verteilt haben – unerheblich angesichts der erstaunlichen und erschreckenden Tatsache, daß nur einundzwanzig Flugblätter, ich wiederhole: genau einundzwanzig Flugblätter dem Sicherheitsdienst ausgeliefert worden sind, und zwar einschließlich des Vierckschen Dutzends. Ziehen wir diese vom Pedell unter den Drucksachen entdeckte, also nicht zur Verteilung gelangte Menge von den einundzwanzig ab, so bleibt so gut wie nichts übrig. Das bedeutet: die Absorption des Flugblatts ist vollkommen. Dies ist gleichzeitig die Antwort auf die Frage nach der objektiven Staatsgefährlichkeit von Hennings und Genossen."

Ein Plädoyer!, denkt Reichsanwalt Tischler verbittert, mein Plädoyer! Dieser Omnivore hat mir nun auch das Absorptionsargument kahlgefressen!

Präsident Behn spricht lässig: „Zum Abschluß der Beweisaufnahme werden jetzt die Mitglieder des Volksgerichts ein paar Fragen an die Angeklagten richten. Ich mache jedoch die Angeklagten darauf aufmerksam, daß ich sie nicht mehr als ‚Sprecher einer Macht' auftreten lasse; denn ihre Provokationsroutine ist jetzt für das Gericht von keinem beweisförderlichen Interesse mehr."

Er sieht nach rechts. Baron von Freyberg hebt die Hand. Der Präsident nickt.

„Habe da paar Fragen an die beiden Wehrmachtsangehörigen", näselt Freyberg aufgeräumt und blinzelt zur Anklagebank. „Würde mich interessieren, ob schon zu Ihrer Zeit innerhalb der Sechsten Armee von Differenzen zwischen dem Führer und General Paulus wegen Stalingrad als Igelstellung geflüstert wurde."

„Weidlich, und durchaus nicht nur geflüstert", verkündet Alexander sonor.

„Ich entdecke in dieser Frage keinerlei Beziehung zum Verhandlungsthema, Herr Volksrichter", interveniert Präsident Behn.

„Ich dachte, Stalingrad sei Verhandlungsthema", meint Freyberg vergnügt zum Präsidenten hin. „Also dann was anders", spricht er zur Anklagebank, „würde mich ungeheuer interessieren, ob nach Ihrer

Meinung die Sechste Armee in Gefangenschaft bolschewisiert werden kann."

„Herr Volksrichter", unterbricht der Präsident, „diese Frage hat mit der Verhandlung auch nicht das geringste zu tun und wird von mir nicht zugelassen."

„Gut", meint Freyberg, „wenngleich nach meinem beschränkten Verstand jede Gefahr, die dem Deutschland des Führers droht, mit dieser Verhandlung zu tun hat."

„Haben Sie noch eine Frage, eine Frage zur Prozeßsache, Richter von Freyberg?"

„Ja, ich habe noch eine Frage", spricht Freyberg langsam und ernst, und er mustert die Anklagebank, „eine Frage an den Kriegsinvaliden – wie heißt er doch?"

„Hans Moeller."

„Herr Moeller", beginnt Freyberg zögernd.

„Angeklagter Moeller", korrigiert der Präsident.

„Herr Moeller", wiederholt Freyberg hartnäckig, „sind Sie sicher, daß Sie hier sitzen würden, auch wenn Sie Ihr Bein nicht verloren hätten?"

Präsident Behn schüttelt den Kopf, ungehalten und ungeduldig. – Was für eine völlig überflüssige Frage!, denkt er, und das ist noch der Intelligenteste von meinen Ehrenamtlichen...

„Wie ist die Frage zu verstehen, Herr Richter?", fragt Hans mißtrauisch. „Meinen Sie den simpelsten Zusammenhang von Ursache und Wirkung, so würde ich natürlich nicht hier sitzen, wenn ich das Bein nicht verloren hätte, sondern wäre mit meinem Motorrad weiter östlich gefahren, eben nach Stalingrad ..."

„Nein, so meine ich es nicht", sagt Freyberg, und sein gelbes Gesicht sieht jetzt sehr leidend aus, „ich meine den Schlag, der Ihr Leben getroffen hat durch die partielle Lebenszerstörung, und ich spreche da ein bißchen aus eigener Erfahrung; denn auch ich kam aus dem ersten Weltkrieg partiell zerstört zurück und hatte es mit einer desperaten Neigung zu tun, alles Leben als zerstört anzusehen – ja, zerstört zu wünschen ."

„Aber bei mir ist es doch gerade umgekehrt!", ruft Hans, peinlich an Kommissar Negeles „Prothesenpsychose" erinnert; „ich sitze doch hier, weil ich an ein neues Leben glaube und weil ich die Lebenszerstörung nicht in mir sehe, sondern in unsern Anklägern!"

„Aber die Lebenszerstörung i s t doch in Ihnen, Herr Moeller ...“

„Sie war in mir“, fällt ihm Hans ins Wort, „sie wütete in mir wie in jedem anderen jungen deutschen Menschen, ich habe es Ihnen nicht verschwiegen – und ich sitze hier...“

„Papperlapapp“, unterbricht Freyberg giftig. „Sie sitzen hier mit einem künstlichen Bein, und das meine ich. Ich glaube nun einmal nicht, daß Krüppel an ein neues Leben glauben.“ „Warum nicht?“

„Mann Gottes! Weil das Bein nicht nachwächst!“

„Das weiß ich, und so trage ich ein Prothese!“

„Das ist ein melancholischer Ersatz und erinnert Sie ständig an das zerstörte Stück Ihres Körperlebens.“

„Nein!“, ruft Hans; „denn es ist keine Photographie in memoriam des toten, sondern mein neues Bein.“

„Und in der Nacht?“, fragt Freyberg tief gereizt; „denn es ist in der Nacht, daß das zerstörte Stück Leben in die Erinnerung zuckt, und das tut weh und macht gehässig und man haßt, was zerstört ist in einem, und wenn man sich haßt, so haßt man das Leben, alles Leben, und da ist kein Raum mehr für den Glauben an neues Leben, sondern nur noch für den Glauben an die Kraft der Zerstörung .“

„Ich aber hasse nicht das Bein, das ich nicht mehr habe!“, ruft Hans, gereizt auch er; „doch ich liebe mein neues Bein, ich liebe es so sehr, daß ich es neuerdings auch nachts trage und zwei Beine habe im Bett und keinen Raum mehr für das tote.“

„Neuerdings glückt Ihnen das?“, fragt Freyberg dumpf und legt die Fingerspitzen an die Schläfen; „wann konnten... wie lange nach der Zerstörung konnte Ihnen so etwas glücken?“

„Diese Nacht“, sagt Hans.

Freyberg öffnet verblüfft den Mund, und er riecht seinen Atem, er hat über die Fragen und Antworten die Pfefferminztabletten vergessen. Mit angewiderdertem Gesicht öffnet er die Silbertabatiere.

– Was ist das für ein schauriges Narrengespräch?, fragt sich Präsident Behn, und wen interessiert das?

Er schaut über die Anklagebank, wie es seine Gewohnheit geworden: und da ist einer, den scheint der makabre Dialog mehr zu interessieren als die anderen, die mit ernsten und dennoch etwas leeren Gesichtern zuhören. Es ist wieder dieser Sauer, der sich von seinen

Gefährten unterscheidet und den es tief angeht und rätselhaft zu erregen scheint, was sich der Invalide neben ihm und der dekadente Hypochonder auf der Richtertribüne über ein abgeschnittenes Bein zu erzählen haben. Und Präsident Behn blättert von neuem den Rapport „Sauer Christoph" auf, mit der rotunterstrichenen Marginalie des Chefs des Sicherheitsdienstes: „Inkulpat könnte uns interessieren!"

– Man sollte ihn in die Debatte ziehn, denkt Behn.

„Das ist alles, was ich zu fragen habe", sagt Baron Freyberg müde und undeutlich, mit der sprachhinderlichen Pastille auf der Zunge, und schließt die Silberdose lautlos.

„Es wäre indessen interessant zu erfahren", fügt Präsident Behn rasch hinzu, „ob dieser sozusagen unverwüstliche Glaube des Angeklagten an ein neues Leben beispielsweise auch von seiner Schwester geteilt wird."

„Aber gewiß!", entgegnet Sophia und hebt vor Verwunderung die Hände.

„Auch von Ihnen, Angeklagter Sauer?", fragt der Präsident lässig.

„Ja", antwortet Christoph schwer und hebt nicht das erregte Gesicht, „als christkatholischer Mensch glaube ich an ein neues Leben."

Was für eine sonderbare Antwort! Was für eine zugleich einschränkende und absondernde Antwort! Seine Freunde auf der Bank heben rasch die Gesichter und scheinen sich gleichzeitig doch zu ducken, so als flattere etwas Unfrohes und Dunkles nahe über ihre Köpfe hinweg.

„Ich müßte mich sehr irren", meint Präsident Behn mit einem schamlosen Lächeln; „aber ich meine doch, daß bisher vom Diesseits die Rede war ..."

Doch Christoph geht auf die Herausforderung nicht ein, er schweigt. Auch Baron Freyberg winkt resigniert oder degoutiert ab, obgleich der Präsident erwartungsvoll zu ihm hinblickt und ihn sogar mit einer kurzen Handbewegung auf den merkwürdigen Nekromanten unter den Angeklagten aufmerksam macht.

„Herr Präsident", kommt von der anderen Seite die Stimme des Benjamin unter den Richtern, „auch ich hätte eine Frage an Vizefeldwebel Moeller zu richten."

„Nur zu!", nickt Behn, schon tief verbohrt in das Problem, warum dieser Mann Sauer, der den Sicherheitsdienst interessieren könnte und bisher jeden Versuch zuschanden gemacht hat, ihn von den anderen abzutrennen, die Diesseitszuversicht seiner Freunde nicht zu teilen vermag, also offenbar zu der Sechs-von-sechs-Millionen-Parole skeptischer steht als die anderen. Oder ist es seine Krankheit? Oder ist es einfach Angst, Todesangst? Verbrauchen sich zum Schluß doch noch seine Energiereserven, sein „Willensakt"? Kann man ihm doch noch die Leine zuwerfen, im allerletzten Augenblick?

Baldur Uhle ist aufgestanden, obgleich es sich ganz und gar nicht gehört, daß ein Richter aufsteht, um einen Angeklagten zu befragen; denn wenn einmal die Richter aufzustehen haben, so wird es die dramatische und endgültige Erhebung sein, die den Urteilsspruch zugleich einleitet und ehrt. Richter Uhle aber weiß nicht, daß er einen Fehler macht; denn er weiß nicht, daß er aufgestanden ist, er ist außer sich, schon geraume Zeit. Doch da der Präsident in Gedanken versunken dasitzt, sogar zurückgesunken und die Rückenlehne mit Schultern und Hinterkopf leicht berührend, den Blick unverrückbar geradeaus, so ist keiner da, den Fehler Richter Uhles zu korrigieren.

„Vizefeldwebel Moeller, ich möchte gerne wissen, gerade von Ihnen oder nur von Ihnen ..."

Richter Uhle stockt, wie erschrocken über sein Unterfangen. Was weiß er denn noch nicht? Ist es nicht genug und übergenug mit der zähflüssigen, qualmenden und stinkenden Lavaflut von Verleumdung und Verrat, mit Verschmutzung und Verpestung, die er viel zu lange und viel zu nah hat an sich vorbeitreiben sehn – genug des Entsetzens und des Zorns über diesen Eiterstrom, der noch aus dem wunderbar gesundeten und siegfriedschönen Volkskörper hervorbrechen kann? Und wenn er, Richter Uhle, die heldensagenhafte Pflicht hat, den Nibelungenschatz des neuen Deutschland zu bewahren und die räuberischen Neidinge zu richten, warum richtet er sie dann nicht stumm und grimmig wie Hagen und will noch diesem eine Frage stellen, nicht aus Zorn, sondern aus Gefühlsnot – gerade diesem, nur diesem, nicht dem andern, der auch in Uniform steckt und aus der gleichen Aufzucht kommt, aber vierschrötig ist und mit räudigem Skalp und nicht nahekommt dem Gefühl wie dieser junge Sünder und einstige Bruder ...

„Gerade von Ihnen, nur von Ihnen will ich wissen, ob Sie den Mut aufbrächten zu bereuen."

„Was soll ich?“, fährt Hans auf, seinen Ohren nicht trauend. „Sie sollen den Mut haben zu bereuen, Vizefeldwebel! Sie sind schwerkriegsverletzter Frontkämpfer, Sie haben das E. K. 1. Sie gehören der Jugend an, auf die das Deutschland des Führers stolz ist. Sie haben gefehlt, schwer gefehlt. Aber das nationalsozialistische Deutschland kämpft um einen wie Sie und will Sie nicht verlieren. Wenn Sie bereuen, ehrlich bereuen, ehrliche Buße tun, mag es Mittel und Wege geben, Sie wieder in die Volksgemeinschaft aufzunehmen.“

„Herr Volksrichter“, sagt Hans mit Ruhe, „ich habe ein ähnliches Angebot während der Voruntersuchung von einem Gestapobeamten namens Negele bekommen. Der Herr nannte es ‚Wiederanheuern‘, was derber und deutlicher ist und auf die Spitzeldienste hinweist, die ich als Entgelt für meine Freilassung innerhalb der Studentenschaft zu leisten hätte. Die näheren Einzelheiten des vorgeschlagenen Kuhhandels müßten Sie im Protokoll finden, falls Herr Negele seine Schamlosigkeit wahrgemacht und das Protokoll nicht gefälscht hat.“

„Ich aber habe nicht im Sinn, um Ihre Reue zu schachern, Kamerad Moeller“, spricht Richter Uhle mit warmer Stimme; „denn mir liegt an Ihnen nicht als Studentenspitzel, sondern als Volksgenosse. Und die Reue, die ich von Ihnen verlange, ist eine Wiederherstellung Ihrer Ehre ...“

„Ich bereue zehn von den dreiundzwanzig Jahren meines Lebens“, spricht Hans mit erhobener Stimme. „Die ersten zwölf Jahre rechnen nicht; aber das letzte Jahr, das reuelose, rechnet für mein ganzes Leben. Denn das letzte Jahr, das reuelose, hat es lebenswert gemacht.“

„Danke!“, sagt Richter Uhle kurz und etwas deplaciert, „weiter habe ich nichts zu fragen.“

Er setzt sich und trommelt mit den Fingern noch eine Weile auf die Tischplatte. Hans aber, von dem enttäuschten, gekränkten und schon in angelernter Unerbittlichkeit sich verhärtenden Gesicht des schönen Menschen nicht loskommend, denkt zwei Gedanken auf einmal. Er denkt: du wirst totgeschlagen: und er denkt: infizierbar.

Warum aber hat der Präsident seinen unerfahrenen Benjamin in diesem Moraldisput, der weder glücklich geführt noch überhaupt am Platze ist, allein gelassen, ohne Stützung und Direktion? Weil Rehn durch die Geste gefesselt und beschäftigt ist, die wiederum der Sonderfall auf der Anklagebank produziert hat. Denn als die Frage fiel, die ihm nicht galt, sondern allein dem Kriegsinvaliden, die Frage nach der Reue, hat Christoph wie in Wut oder auch wie in Zerknirschung die Fäuste gehoben, sie einen Augenblick in der Luft gehalten, in der Höhe der Schläfen, und dann an die Augen gedrückt – und in dieser leidend gekrümmten oder sogar bußfertigen Haltung ist er verblieben, gesenkten Gesichts, die Fäuste vor den Augen und die Ellenbogen auf den Knien.

– Weint der Kerl etwa?, fragt sich Rehn in außerordentlicher Neugierde.

Doch jetzt, in der Stille, die Richter Uhles Schlußwort folgt, läßt Christoph die Hände sinken, richtet sich auf und zeigt zwar kein verweintes oder weinerliches, dennoch aber ein von Kummer entstelltes und verzerrtes Gesicht. So wenigstens erscheint es dem Beobachter Behn.

„Noch Fragen?", fragt der Präsident.

Richter Lucius faltet seine Hände auf der Tischplatte, betrachtet sie und spricht mit seiner wohllautenden Theologenstimme: „Ich aber frage nicht einen, sondern alle Angeklagten eine bisher vergessene, aber sowohl für das Gericht als auch für die Beschuldigten in hohem Grade beachtenswerte Frage. Die Angeklagten haben unter manchem andern für sich auch in Anspruch genommen, vaterländisch zu denken, und der Tenor ihres Flugblattes bemüht sich ganz deutlich, der Studentenschaft die emphatischen Gefühle der Befreiungskriege beizubringen. Meine Frage richtet sich also an die behauptete Vaterlandsliebe der Angeklagten; und wenn ich sie frage: was wollt ihr denn eigentlich, daß aus Deutschland werde..."

„Um Gottes willen, Herr Kollege, was für eine Diskussion entfachen Sie da?", fällt ihm Präsident Behn ins Wort. „Wollen Sie eine Regierungserklärung des Herrn von Hennings als Kanzler und Kriminalpsychologenchef des Vierten Reiches hören?"

„Das will ich nicht hören, Herr Präsident", sagt Richter Lucius, behält seine Hände gefaltet und den Blick gesenkt, „und die Frage, die ich zu stellen habe, ist von einer so konzentrierten Gegenwartsbedeutung, daß sie eher ein Schweigen zur Folge haben wird als eine Diskussion, und auch das Schweigen nehme ich als Antwort an. Denn Deutschland ist im Krieg. Als es noch Parteien gab und Parteihader, hatten sie im Krieg zu schweigen. Die Angeklagten aber wählten mit Überlegung das

Deutschland im Krieg für ihren angeblichen vaterländischen Befreiungskampf. Meine Frage an sie zieht die einzig mögliche Konsequenz aus ihrem sonst absurden Unternehmen. Ich frage die Angeklagten als Patrioten und setze das Wort nicht einmal in Anführungsstriche: wollt ihr also, wollt ihr wirklich und wahrhaftig, daß Deutschland den Krieg verliert?"

Es herrscht Stille einen Atemzug lang – so als hebe ein unsichtbarer Dirigent den Taktstock für den Choreinsatz. Dann antworten die zwei Frauenstimmen und die vier Männerstimmen wie ein geschlossener Klangkörper: „Ja!" Und dann herrscht wieder Stille. Richter Lucius löst die Hände und streicht sich mit der Linken über die Stirn, die Rechte ruht auf der Platte.

– Der zittert ja, denkt Präsident Behn und schaut auf die alte Hand des Nachbarn. „Haben Sie mit der Antwort genug?", fragt er leise gehässig. Richter Lucius nickt wortlos. „Noch Fragen?", fragt der Präsident und wendet den Kopf zur andern Seite.

„Kommunisten", knurrt Richter Schneidhammer, ohne aufzublicken, eifrig unter dem aufgebogenen Schutzblatt schreibend. Das ist keine Frage, sondern gesottene Dummheit. Der Präsident sieht zum Reichsanwalt hinüber, den es wie vor Vergnügen schüttelt. Aber es ist nicht Vergnügen, sondern so etwas wie Galgenhumor, der den Ankläger bewegt; denn nun hat man ihm auch noch das Kriegsargument weggefressen, wenn es auch nicht der Omnivore, sondern sein Stellvertreter war.

„Hübsch, hübsch, was man hier erfährt!", schüttelt sich Reichsanwalt Tischler. „Dieser Abschaum der Menschheit rechnet ganz ohne Scham auf die Stunde, wo sich ihr Wunschtraum erfüllt und ein besiegtes, entehrtes und verstümmeltes Deutschland der judäo-plutokratisch-bolschewistischen Trinität Roosevelt-Churchill-Stalin das Gnadenbrot aus der Hand frißt!"

Auch das ist keine Frage. – Warum bringt sich der Arme um diesen ausgezeichneten Plädoyersatz!, spottet Behn in Gedanken. – Oder ist es doch als Frage gemeint und aufgefaßt? Er sieht, daß der Angeklagte von Hennings aufsteht.

„Auch das Salz der Erde ist Abschaum der Erde", spricht Karl mit Würde; „und da dies ein Glaubenskrieg ist, mit der Front quer durch alle Völker, so muß auch der Sieg ein Glaubenssieg sein und Niederlage die Rettung Deutschlands, die Befreiung von dem Fluch, das Gefäß des Bösen gewesen zu sein. Und dann wird auch das eigene Brot, das Deutschland haben wird, und alles Brot in allen Ländern der Erde das Brot der wiedergefundenen Gnade sein."

Da spricht Christoph, ohne aufzustehen und aufzusehen: „Ich kann noch lange nicht an dieses Brot für Deutschland glauben..."

„Höchst interessant!", ruft Präsident Behn, sich wie ein Habicht in die Debatte mit seinem Mann stürzend, „ich konstatiere die erste Abweichung von der alleinseligmachenden Lehre des unfehlbaren Hauptangeklagten! Sprechen Sie sich ruhig aus, Angeklagter Sauer."

Karl schaut betroffen die Bankreihe entlang, auch die andern Angeklagten blicken nach rechts. Doch Christoph vergißt aufzustehn und hebt nicht den Kopf. „Ich glaube, Herr Professor", wagt er vor Gericht einen Mitangeklagten anzusprechen, oder er empfindet gar nicht seine Kühnheit, so still und traurig und wie getrieben spricht er, „ich glaube, Herr Professor, daß es Deutschland sehr schwer haben wird, sehr schwer, und lange Zeit brauchen wird, lange, lange Zeit, um die Gnade wiederzufinden ... Ich glaube an die lange Nacht für Deutschland..."

„Warum?", flüstert Karl fast unhörbar.

„Welch ein christkatholischer Mensch!", ruft Präsident Behn animiert, „für sich glaubt er an das Leben im Jenseits und für Deutschland an die lange Nacht!"

„Es ist in der Nacht, lieber Herr von Hennings", spricht Christoph, „daß Buße getan werden muß; denn ohne Buße gibt es keine Gnade – und es wird doch keine Buße sein für Deutschland, noch lange nicht, weil es die Buße nicht erkennt in der Nacht ..."

„Ein Vorschlag, Sauer", ruft Präsident Behn und hebt bedeutsam den Zeigefinger, „setzen wir ‚Reue' statt ‚Buße' und erinnern wir uns an die Frage oder Aufforderung eines der Volksrichter, der offenbar besser Ihnen als Ihrem Komplicen hätte ins Gewissen reden sollen: könnten Sie es dann nicht persönlich formulieren und sagen: ich bereue?"

„Denn in solcher Nacht wird Deutschland schrecklich gewahr, unter Zucken und Stöhnen, daß es zerstört hat und zerstört ist, und die deutsche Lebenszerstörung macht gehässig, und es haßt, was zerstört ist, innen und außen, und wenn es sich haßt, so haßt es das Leben, alles Leben, und da ist kein Raum mehr für den Gläuben an neues Leben, sondern nur noch für den Glauben an die Kraft der Zerstörung – für lange, lange Zeit ..."

Selbst Präsident Behn schaut entgeistert in die Runde und öffnet zweimal den Mund, ehe er sprechen kann. „Das nenne ich ja eine ungeheuerliche Art, unsern vortrefflichen Kollegen von Freyberg zu zitieren!"

Baron Freyberg nimmt das Einglas aus dem Auge, sich vorbeugend, und unter dem dürren Backenfleisch bewegt sich unablässig der Kaumuskel.

„Ja", spricht Christoph vor sich hin, „der Mann da sprach gut und richtig für einen zerstörten Deutschen..."

„Christoph!", ruft Karl erregt, und auch er vergißt die Umwelt, „ich glaube gewiß nicht an die lange Nacht nach so langer Nacht, und es ist furchtbar für Sie, daß Sie sich so finster verrennen! Soll ich Sie an etwas erinnern, Christoph? Wer hat einmal gesagt, daß er nicht umnachtet sterben wolle, sondern frühestens zwischen Nacht und Tag?"

„Ich habe es gesagt", spricht Christoph leise, „ich habe es gehofft..."

„Christoph!", flüstert Sophia in die Luft. „Warum bist du so anders geworden?"

„Weil ich ja nun doch dazugehöre!", flüstert er zurück und hebt wieder die Fäuste an die Schläfen. „Zu den zerstörten Lebenszerstörern!"

„Machen Sie doch Schluß mit dem Hokuspokus!", fordert Hauptmann Freyberg erstaunlich unliebenswürdig den Präsidenten auf, und sein Gesicht ist erschreckend gelb und leidend.

„Ja, Schluß mit dieser unverschämten Kontaktnahme!", begehrt Präsident Behn in plötzlicher Strenge auf und schlägt mit der Hand auf die Tischplatte. „Schluß!", schreit er nochmals und reichlich sinnlos; denn es ist ja alles still. „Noch Fragen?", fragt er nach rechts und links und scheint gewiß zu sein, daß keine Fragelust mehr besteht; denn er fährt im gleichen Atemzug fort: „Dann schließe ich hiermit die Beweisaufnahme. Der Herr Reichsanwalt beim Volksgerichtshof hat das Wort."

Behn zieht eine goldene Springdeckeluhr unter der Robe hervor und legt sie vor sich auf den Tisch. Dies nun ist die übliche, doch immer wieder verletzende Geste, mit der er das Plädoyer des Anklägers zugleich einleitet und eindämmt, und zwar nicht nur zeitlich, sondern in seinen Dimensionen und Funktionen überhaupt. Denn indem die Uhr die Zeit beschneidet, stutzt sie auch die Flügel der Beredsamkeit, dämpft die unleidliche Posaune einer Stimme, die sich alttestamentarisch an den Mauern von Jericho zu versuchen beliebt, und macht den gestutzten und gedämpften Mimen so veraltet und überflüssig, wie er ist.

Doch Reichsanwalt Tischler, Ankläger von Natur und aus oratorischer Leidenschaft, nimmt eine besondere Art von Rache an dem Omnivoren, er beschämt ihn, vielleicht aus Mangel an Argumenten, vielleicht aus Galgenhumor: sein Plädoyer dauert anderthalb Minuten. Es lautet:

„Meine Herren Volksrichter! Es gibt Taten, die zum Himmel schreien, und es gibt, sehr viel seltener, Täter, die zum Himmel schreien. Dank einer Prozeßführung, die mit souveränem Zauberstab die ehrwürdige, aber unglücklicherweise unzulängliche Form des Gerichts auflöste und die Angeklagten zu Richtern ihrer selbst verwandelte, haben die sechs Angeklagten zum Himmel geschrien und sich selber den Prozeß gemacht, alle ohne Ausnahme, ein jeder in der überzeugendsten Beweisführung, die möglich, sein gerüttelt Maß an Verantwortung beisteuernd. Und sie haben die Schuldfrage unisono bejaht, mit dem ungeheuerlichsten Ja, das meine Ohren je gehört, mit dem apokalyptischen Ja, daß Deutschland untergehen möge. Ich habe nichts anderes zu tun, als den Schuldspruch weiterzugeben. Die Angeklagten Hennings und Genossen sind schuldig des Verbrechens des Hochverrats gemäß § 83 Absatz 3 des Strafgesetzbuches. Meine Herren Volksrichter, ich beantrage für Karl von Hennings, Dora von Hennings, Hans Moeller, Sophia Moeller, Christoph Sauer, Alexander Welte die Todesstrafe."

Präsident Behn belauert den Angeklagten Sauer; doch als das Wort fällt, das letzte Wort, rührt sich Christophs Gesicht sowenig wie die Gesichter der anderen. Die sechs schauen geradeaus, zu den hohen Fenstern, die jetzt gläserne Wände sind, mit dem einfallenden Abend dahinter. Es herrscht allein das starke weiße Licht der Saallampen, und wohl nur deshalb sind die Gesichter von gipsener Farbe.

„Der Herr Verteidiger hat das Wort", sagt Präsident Behn und steckt die goldene Taschenuhr wieder ein. Denn Dr. Langbeins Plädoyer dauert niemals länger als drei Minuten.

„Hoher Gerichtshof", klagt das Stimmchen, „es wäre eine Vergewaltigung meiner heiligsten Gefühle, wollte ich die Schuld der Angeklagten bestreiten oder auch nur versuchen, das Ausmaß ihrer Schuld herabzumindern. Die Erörterung etwaiger mildernder Umstände, die mir der

Hohe Gerichtshof zuzubilligen pflegt, wird nicht nur durch die Schwere der Schuld beeinträchtigt, die die Angeklagten auf sich geladen haben, sondern auch durch den deutlich geäußerten Wunsch jedes einzelnen meiner Mandanten, daß ich mich eben dieser Erörterung mildernder Umstände zu enthalten habe. So habe ich in dieser – wenn ich mich so ausdrücken darf – tragischen Klarheit der Situation wenig zu bestellen und beschränke mich auf den Hinweis, daß sich unter den sechs Angeklagten drei sehr junge Männer und zwei Frauen befinden. Der Hohe Gerichtshof wird wissen und entscheiden, ob in diesem Hinweis die Möglichkeit verborgen liegt, die Gnade des Führers für diesen oder jenen Angeklagten anzurufen."

Präsident Behn: „Herr Reichsanwalt, wünschen Sie auf die Ausführungen des Herrn Verteidigers zu replizieren?" Reichsanwalt Tischler: „Nein, danke."

Präsident Behn, zur Anklagebank: „Was haben Sie den Ausführungen des Herrn Offizialverteidigers hinzuzufügen?"

Karl: „Nichts."

Dora: „Ich lehne den Gnadenhinweis des Verteidigers für meine Person ab."

Hans: „Ich auch."

Sophia: „Ich auch."

Christoph: „Ich auch."

Alexander: „Ich auch."

Präsident Behn: „Der Volksgerichtshof zieht sich zur Beratung zurück."

5

Dies ist die gesetzlich vorgeschriebene Reihenfolge der Abstimmung: zunächst gibt der Berichterstatter seine Stimme ab; sodann stimmen die ehrenamtlichen Mitglieder dem Lebensalter nach, vom jüngsten aufwärts; zuletzt stimmt der Präsident.

Da ist die Schuldfrage, da ist die Straffrage. Die Entscheidungen erfolgen nach der absoluten Mehrheit der Stimmen. Doch Präsident Behn verlangt Einhelligkeit und Einstimmigkeit. Nein, nicht er, sondern die Würde und die Souveränität dieses nur dem Führer verantwortlichen Gerichtshofes verlangen es.

„Unser Amt“, sagt Präsident Behn, „das uns Macht gibt über Tod und Leben, ist ein staatsmythisches Amt, ein Parzenamt zur Kontrolle des Reichsschicksals. Und das Schicksal, das wir den Verbrechern am Reich auferlegen, hat bündig und unbedingt zu sein, klipp und klar wie der Parzenschnitt durch den Lebensfaden.“

Als erster hat der Berichterstatter seine Stimme abzugeben. Richter Lucius trägt den Titel, so geringfügig seine berichtende Tätigkeit gewesen, so winzig vor allem gegenüber dem schicksalsträchtigen Bericht, den dieser Gerichtstag erstattet hatte. Walter Lucius bekommt noch einen letzten Schrecken mit auf den Weg zur Abstimmung: das Gleichnis von den Parzen. Es ist nicht nur der Schauder des protestantischen Theologen vor der lästerlichen Anmaßung, die Vorsehung zu spielen, – nein, hier hat der stiernackige Präsident in seinem Hochmut das Wort als Münze ausgegeben und in das Schicksalsspiel geworfen, als die Schicksalsmünze, die fatal genug, unlokalisierbar genug durch diesen entscheidenden Tag rollt und klappert, wie es schon in Walters Herz getrommelt hat, als er heute früh erwachte. Hat er sie nicht auch töricht genannt, die bestürzende Trommelei? Jetzt nennt er sie nicht mehr so.

Die Schuldfrage, die Straffrage! Der Angeklagte Karl von Hennings: ein Mann, gewachsen aus dem Geist der gleichen Religion wie er, Lucius, ein Professor, der von „profiteri“ kommt, und das heißt: ein Bekenntnis ablegen, und das heißt: für etwas eintreten, und das ist das politische Postulat auf Bekennermut – und Luther kommt von profiteri, Calvin kommt von profiteri. Welch tiefer und echter Protestantismus steckt in der Lehre vom Verbrechen als Staat und in dem Kampf des Glaubens gegen diesen Staat? Und was anders bedeutet jeder tiefe und echt geistige Protest in der Geschichte als Form und Zeichen der Vorsehung?

Die Schuldfrage, die Straffrage! Hier ist die Angeklagte Dora von Hennings, die ihrem Manne Kraft gegeben wie die Erde dem Antäus, und hier und da, zu geheimnisvoll richtiger Zeit, war sie seine Norne und leitete sein Schicksal in die rechte Richtung; immer aber war sie seine Frau, und eine solche Sicherheit der Liebe ist diesem Menschenpaar gegeben, daß Richter Lucius noch niemals ein schöneres und glücklicheres Frauenlächeln sah als jenes, das die Angeklagte für ihren vom Armesündertisch zurückkehrenden Mann bereitgehalten.

Die Schuldfrage, die Straffrage! Vier junge Menschen stehen für sich und für die unsichtbare Phalanx junger Menschen hinter ihnen: die Angeklagten Hans Moeller und Alexander Welte für die Moellers und Weltes, die nicht mehr mitmachen und für den neuen Glauben mit der Inbrunst der Konvertiten fechten; die Angeklagten Sophia Moeller und Christoph Sauer für die Sophias und Christophs, die niemals mitgemacht haben und nun losgelassen sind im Kampf für den alten Glauben. Gibt es im Schicksalsmarsch dieser Gewandelten und Unwandelbaren eine Phase, die häßlich, verwerflich oder abstoßend wäre und nicht für den Mut und den Anstand der jungen Herzen spräche? Ist nicht selbst der Schwierigste und dem Protestanten Lucius Fremdartigste unter ihnen, jener bäurisch militante Katholik, der etwas von einem mittelalterlichen Teufelsaustreiber an sich hat, ein Zukunftsfanal für die Willensstärke und Selbstreinigungskraft, die in dem auferstehenden Jungkatholikentum stecken wird?

Die Schuldfrage! Es ist gerichtsnotorisch, es ist das ominöse Resultat der Verhandlung, daß das Flugblatt der Angeklagten von der Studentenschaft angenommen wurde, aufgesogen wie Regen vom dürren Boden. Warum? Weil es so gut geschrieben ist? Es ist eher mittelmäßig geschrieben, mit Absicht wohl; denn das sprachliche Vermögen des Professors kennt stärkere Register; es ist mit einem etwas banausischen Feuer geschrieben, entlehnt von dem biederen Halbdichter Theodor Körner und jener 1813er Befreiungspyrotechnik, die dem olympischen Goethe, Geheimen Rat der Universalordnung, so außerordentlich auf die Nerven ging. Nein, es hat die Wirkung, nicht weil es besonders gut geschrieben, sondern weil es geschrieben ist; und wenn es die Wirkung hat von Regen auf dürrem Boden, so ist es die Vorsehung, die den Durst der Erde kennt und die Wolke über die Stelle lenkt.

Die Straffrage! Die Schicksalsmünze rollt und klappert durch diesen Gerichtstag wie durch einen Wahrsageapparat, dessen Mechanismus zerstört ist und den die Benutzer ungeduldig schütteln. Denn wer hat nicht alles das Parzenamt? Das Volksgericht hat es über die sechs Angeklagten im allgemeinen, der Zeuge Vierck, die schiefe Vorsehung mit dem Hammer, hat es über Karl von Hennings im besonderen, die Angeklagten aber haben es über Hitlers Deutschland, also auch über

Hitlers Volksgericht, und das Herz hat es über Walter Lucius. Das Herz? Es ist ein Teil von Lucius, und Lucius ist ein Teil des Volksgerichts. Was ist er sonst noch, der Richter Lucius, kommt er von ‚profiteri', legt er ein Bekenntnis ab, tritt er für etwas ein, erfüllt er das politische Postulat und die religiöse Forderung auf Bekennermut?

Sein Titel ist Berichterstatter, er tat es recht und schlecht und könnte doch den großen, umwälzenden Bericht des Tages erstatten. Stattdessen aber hat er ein übriges getan, ein übriges an Bekenntnisfeigheit, und den sechs Schicksalsspinnern auf der Anklagebank die Frage nach Deutschlands Niederlage vorgelegt, die Frage, die ihn, den nationalgesinnten Konservativen, wieder zum ehrlichen Richter machen sollte – und die Antwort trug er doch im kranken Herzen, so bestürzend deutlich, daß er in zittriger Niedertracht schon auch die Befragten bat, am besten keine Antwort zu geben. Es war vergebens, natürlich war es vergebens. Es kam die sechsfache Bejahung, unisono, Bejahung der Schuld und des strengsten Strafmaßes. Das Herz nimmt das Urteil an und wird es an Richter Lucius vollstrecken, als Parze Atropos, die klipp und klar den Lebensfaden durchschneidet. Es gibt sich von selbst; denn es ist ja der Verrat am Herzen, der zu sühnen...

Der Berichterstatter, als erster, bejaht die Schuldfrage in allen sechs Fällen und stimmt für die Todesstrafe.

„Ist Ihnen nicht gut, Herr Kollege?", fragt ihn Präsident Behn und sieht ihn aus verengten Augen an.

„Es ist bestürzend!", ruft Richter Lucius sonderbar aggressiv. Dann greift er, abirrenden Blicks, zur Wasserflasche. Doch er verschüttet das Wasser beim Eingießen.

Präsident Behn schreibt den Namen „Hagner" auf seinen Notizblock. So heißt ein jüngerer strebsamer Landgerichtsdirektor, der bereits als Ersatzrichter beim Volksgericht fungiert hat. Dies ist Lucius' Nachfolger.

Als zweiter hat SS-Sturmbannführer Baldur Uhle, jüngster der ehrenamtlichen Richter, seine Stimme abzugeben. Für ihn ist das „staatsmythische" Amt weder ein leeres noch ein hoffärtiges Wort. Denn sein Leben ist gleichsam mythologisch eingebettet und floß ohne Windung aus einer Kindheit, die mit dem germanischen Volksmythus getränkt war, in die Erfüllung des tausendjährigen Reichs.

Sein Vater war Germanist und trug einen Vornamen, der ihn als nordischen Stabreim in die Welt setzte. Wer Ludegund Uhle heißt, hat sein Leben der altnordischen Götter- und Heldensage zu widmen, mit der großartigen kulturpolitischen Aufgabe, soviel wie möglich davon dem Alt-Nordland zu entreißen und der deutschen Mythologie einzuverleiben. Ludegund Uhles Lebenswerk war also die Auslegung und Verdeutschung der „Edda". Und da es für ihn das Leben war, ein lebendiges Unterfangen, aus dem Göttermythus vom Kampf des Lichts mit dem Dunkel die deutsche Heldensage neu zu keltern und die Lichtgestalt der deutschen Seele zu gewinnen, suchte und fand er auch ein blondes Mädchen, das Freia hieß, wenn auch Kunze mit Nachnamen, nahm sie zum Weibe und zeugte mit ihr den Sohn, der schön war wie Baldur, sein Edda-Name, obgleich keine Lichtgestalt, sondern dunkelhaarig und etwas melancholisch.

Baldur, ein Herbstkind, still und willig von Natur, doch angetan mit dem Purpur von des Licht- und Sonnengottes Namen, die „Edda" des Vaters als Wiegenlied, Jugendnahrung und Weggeleit, trug ernst und gehorsam die Mythologie durch das junge Leben, hatte schon mit zwanzig Jahren – 1927, als es noch gefährlich war – die Doppelrune SS, die Rune des Sieges und das Symbol des Blitzes, am schwarzen Kragen, und auf dem Koppelschloß die Weihe des neuen germanischen Lebens: „Treue ist meine Ehre." Baldur marschierte durch die sechs Kampfjahre, ernst und gehorsam in seinem und des Führers mythischen Namen, kämpfend und tötend, war ein „alter Kämpfer", als der Sieg errungen, Scharführer, Truppführer, Sturmführer, Sturmbannführer, kam zur SS-Verfügungstruppe, zu den SS-Wachverbänden und dann zum Sicherheitsdienst, arbeitete in den beiden Hauptabteilungen der „Gegnererforschung" und „Gegnerbekämpfung", erforschte, bekämpfte, tötete Gegner, äußerlich ein Fahndungsbeamter, innerlich ein Mythusträger, ein etwas melancholischer Vernichtungstechniker, der dann im Mindestalter zum Volksrichter avancierte.

Doch als es heute geschah, daß sein Gesicht grünlich wurde vor Blässe, war es nicht die Übelkeit vor dem Eiterstrom, den er aus der deutschen Lichtgestalt hervorbrechen sah, sondern es war des Vaters „Edda", die gräßlich in ihm hochkam...

Denn Baldur, der Gott, ist tot, die Sonne ist tot, der Sommer ist tot, und die Norne an der Weltesche sieht schon das Sinken der Götter.

„Blitzzeit und Schwertzeit, brechende Schilde, Sturmzeit und Wolfzeit vom Sturze der Welt.“ Schon warten die Hähne, die alle Welten bewachen, auf den Einbruch des letzten Tages. Und es kommt, weil es kommen muß, der letzte Tag und die Götterdämmerung. „Nun würgen sich Brüder und werden zu Mördern, Geschwister sinnen auf Sippenverderb.“ Und die beiden Feinde stehen auf, das Feuer und die Wölfe, und ziehen gegen die Weltesche, den Hochsitz der Götter. Das Feuer kommt vom Westen und verzehrt die Weltesche. Die Wölfe aber kommen auf dem Totenschiff aus dem Winterland des Ostens und verschlingen die Lichtgötter. „Die Sonne wird schwarz, in die See sinkt die Erde, vom Himmel stürzen die heiteren Sterne...“ Und doch, als Richter Uhle in der Erwägung der Schuld und der Strafe zu jenem Angeklagten kommt, der mit Vornamen Baldur heißen könnte wie er und die brüderliche Aufforderung zur Reue so feindselig verwarf, da stockt er noch einmal. Nun würgen sich Brüder... Und wer ist Kain, wer ist Abel?

„Herr Präsident“, fragt Baldur Uhle leise, „kann Tod durch Erschießen als ehrende Ausnahme in Betracht kommen?“ „Nein“, antwortet Präsident Behn mit einem prüfenden Blick, „die Strafvollstreckung ist gesetzlich geregelt und steht bereits außerhalb der generellen Straffestsetzung, zu der allein Sie verpflichtet sind.“

Richter Uhle, als zweiter, bejaht die Schuldfrage in allen sechs Fällen und stimmt für die Todesstrafe.

Als dritter hat Freiherr Maximilian von Freyberg, Hauptmann im Kriegsbekleidungsamt München, seine Stimme abzugeben. Das Kriegsbekleidungsamt hat Uniformen, Stiefel, Socken, Unterhosen und Hosenknöpfe an die Etappendepots bayrischer Feldtruppen zu liefern. Man ist so etwas wie ein uniformierter Rayonchef in einem Warenhaus, die freiherrliche Bekleidungstätigkeit ist sowenig anziehend wie die Sekretärinnen und Nähmädchen unter seinem Kommando. Da Pferderennen und Boxkämpfe, bis auf ein paar letztklassige Ersatzvorführungen, aufgehört haben, bleibt das volksrichterliche Ehrenamt das einzige Vergnügen. Daß selbst dieses Vergnügen vergällt werden kann, beweist der Verlauf, besser gesagt: das Ende der ungemein ansprechend startenden und sozusagen ausgezeichneten Sport bietenden Verhandlung.

Vergnügen ist, in seiner Loge zu sitzen, sich durch das Gebotene kitzeln zu lassen und den Magen zu vergessen, dies alles verstärkt durch das richterliche Hochgefühl und den schlechthin klassischen Zusatzkitzel, zum Schluß, ohne stärkere Beanspruchung und Abstandseinbuße, wie ein alter Römer den Daumen nach unten zu halten und den Gladiator in den Hades zu schicken. Kein Vergnügen ist, aus seiner Loge heraus in die Arena gezerrt zu werden und einen Hieb in die Magengrube zu erhalten.

Wer oder was zerrte mich denn hinein?, fragt sich Freyberg tief gereizt. Es fing doch ganz vorzüglich an, äußerst amüsant, eminent aufregend. Die sechs Kerle da in ihrem offenen Mahagonisarg – ja, auch die beiden Weiber sind Kerle, und die hübsche Blonde hat's natürlich mit dem schwarzen Teufelskerl – die sechs leisteten Ausgezeichnetes, noch nie Dagewesenes an Keßheit und gingen ran wie Blücher und zeigten den lieben Nazis, was 'ne Harke ist – schneidig, schneidig, man hätte vor Vergnügen in die Hände klatschen können! Und man kannte ja während des ganzen Spaßes die Schlußattraktion: Daumen runter und ex!

Zum Teufel auch, was stach ihn dann zum Schluß der Hafer, mit jenem Kriegskrüppel anzubinden, nein, sich ihm anzubiedern, mit ihm Krüppelbrüderschaft trinken und ihm das Leben ausreden zu wollen? Was wollte er damit: ihm das Ende leicht machen, sich das Ende leicht machen, noch einen zweiten wissen, der angebissen ist vom Tod und den Todesbiß jedwedem wünscht? Einsam, was, Herr Baron? Sehnsüchtig nach Gesinnungsgenossen, die auf dieses verpestete Leben pfeifen? Warum gründet er da nicht, als guter Deutscher, den Verein der Pfefferminzler, jener, die aus dem Munde stinken in innewohnender Verwesung? Warum versuchte er sich an diesem einbeinigen Parsifal, der aussieht, als habe er das Monopol auf reinen Atem?

Die Folge war der Stoß in den Magen mit dem Stelzbein, mit dem sich Parsifal morganatisch verheiratet erklärt. Er liebt sein Stelzbein. Lieben Sie Ihren Magen, Herr Baron? Parsifal glaubt ans Leben, das eine Bein bereits verscharrt in Bußland, mit dem andern im Volksgerichtsgrab stehend. Das ist aberwitzig bis zur Lästerung, wahrlich wert des Hasses und des abwärts gerichteten Daumens. In den Hades mit dem Optimisten, mit dem Verräter an den Pfefferminzlern! Es bleibt sich gleich, ob er an das neue Leben für sich glaubt oder für die deutsche Jugend nach der Nazigötterdämmerung.

Warum beschränkt er sich nicht auf den lieben alten Weltuntergang? Das stünde ihm an, und da könnte der Baron mitmachen. Die

Neugierde des Inquisitors Freyberg, etwas über die Bolschewisierungsmöglichkeit gefangener deutscher Truppenteile zu erfahren, gehörte ja noch zu den kitzligen Fragen. Da braut sich doch allerlei an, da gerüchelt es doch von Kopulierungen apokalyptischer Art, von erstklassigen Namen, dem Freybergschen Adel nicht nur ebenbürtig, sondern überlegen, die auf Sowjetbesen durch die Lüfte reiten und den Hexensabbath westwärts anzuführen wünschen, zur klassischen deutschen Walpurgisnacht. Das wäre! Da lohnte es sich, mit dem Shylock-Magen noch um ein paar Jährchen zu schachern – wenn es die große Auflösung wäre, die riesige Schwefelwolke als Spectaculum mundi!

Aber wenn es da vom Osten her nicht das Ende ist, sondern der Anfang, und in geheimnisvoller Verbindung mit diesen sechs todgeweihten Lebenspropagandisten hier, wenn sie durch Parzenfäden verknüpft sind mit allen Anfängen in aller Welt, mit sechs Millionen Sonnenaufgängen, dann wird selbst die lange Haß- und Bußnacht, die der andere Angeklagte, dieser verteufelte Bitter oder Sauer oder wie er heißt, keck dem Baron aus dem Munde stahl, nicht lang genug, um zu verhüten, daß nicht doch der junge Morgen kommt.

Ist der Magen getroffen und windet sich wie ein giftiger Lindwurm, so schützt selbst die Pfefferminzpastille nicht vor dem Atem. Denn, nicht wahr, es atmet ja auch die Haut. Welche bodenlose Frechheit von diesem Angeklagten Bitter oder Sauer, diesem Bauernflegel, den Richter von Freyberg einen zerstörten Deutschen zu nennen!

Der Baron blickt angewidert. Die beiden Weiber! Sein Leben kann nicht viel Staat machen mit Frauen, die er denn auch Weiber nennt, ausgenommen die hochselige Frau Mutter, welche eine so unerbittliche Dame war, daß der Sohn mit ihr nur französisch sprechen durfte, um der eleganten Respekterweisung willen: „Je vous prie, chère maman." Zu Recht besehen, ist sein Leben nicht einmal frivol, seit zwanzig Jahren äußerst weiberarm, in Anbetracht sowohl des freiherrlichen Atems als auch anderer Ponderabilien. Man schätzt die Weiber nicht, weil es wohltut zu verachten, was man nicht haben kann. Jetzt aber hat der Volksrichter Freyberg den Daumen abwärts zu halten und zum erstenmal zwei Weiber in den Hades zu schicken. Mit anderen Worten: Baron Maximilian hat zwei Frauen hinzurichten. Je vous prie, chère maman!

„Herr Präsident, zwei von den sechs sind Frauen."

„Na und? Der Geschlechtsunterschied wird gewahrt, – indem sie als Hochverräterinnen und die Männer als Hochverräter abzuurteilen sind. Das ist aber auch alles."

„Und wenn sie schwanger wären?"

„Sie sind es nicht. Außerdem wäre es Sache der Strafvollstreckungsbehörde, dies festzustellen. Die Schuld- und Straffrage hat nichts mit Gynäkologie zu tun, Herr Kollege."

Freyberg denkt kurz nach. Würde er, um sein Kavaliersgewissen zu beruhigen, bei den beiden Weibern nicht auf Tod erkennen, so müßte er auch die Schuldfrage entsprechend behandeln. Wie konnte er das, und welche Arbeit, welche nutzlose Arbeit! Er würde ja doch überstimmt und verstimmte nur den Präsidenten. Und will er wirklich Leben retten, er, der zerstörte Lebenszerstörer? Wer flüstert dieses zusammengestohlene Wort? Lreyberg schüttelt tief gereizt den Kopf. Sein Gesicht ist erschreckend gelb und leidend. Schluß mit dem Hokuspokus und den Daumen runter!

Richter von Freyberg, als dritter, bejaht die Schuldfrage in allen sechs Fällen und stimmt für die Todesstrafe.

Als vierter hat SA-Standartenführer Alois Schneidhammer seine Stimme abzugeben. Des Parteiwürdenträgers Richtertum ist eines seiner vielen Ehrenämter und beileibe nicht das wichtigste. Der Staatsmythus ist in ihm selber umfänglich materialisiert, und die Parzen gehen ihn keinen Pfifferling an, zumal er nicht weiß, was der Name bedeutet. Sein Interesse an der Verhandlung ist geteilt gewesen, als Folge seiner vielfältigen Wichtigkeit, nicht seiner körperlichen Überfülle, wie der Präsident zu glauben geneigt war. A. Schneidhammer hatte es schwarz auf weiß und zugleich auch im keineswegs verschmorten Kopf, daß er den Tag genutzt. Die Rede, die er heute in acht Tagen bei der Reichskriegstagung des Nationalsozialistischen Viehhändler-Ringes, NSVR, zu halten haben wird, ist sozusagen unter Dach und Fach. Sie ist sogar im Geiste schon gehalten; denn die Gerichtsverhandlung, von einigen aufdringlichen Momenten abgesehen, störte nicht die wohlige Vorschau der Gedanken.

Es mag sein, daß A. Schneidhammer, das Individuum, ein Fleischkoloß ist. Aber seht ihn auf dem Podium, als Standartenführer und Reichsviehhändlergruppenleiter, umgeben von Standarten, die Viehhändler zu seinen Füßen; dann ist er kolossal, als Bild der Kraft und des Reichsnährstandes, als Abbild des Führerprinzips. Und wo auf der Welt gibt es eine beglückendere Sicht als die von oben auf den schrägen Wald zum Gruß gezückter Arme, auf die Massengeste hinauf zu ihm, dem Stellvertreter des Höchsten für die NSVR? Jawohl, A. Schneidhammer kann sich sehen lassen; und er kann sich hören lassen. Während die Statur, wie es in aller fälligen Demut festzustellen ist, den Höchsten in jeder Dimension gewaltig überwuchert, verhält sich die Stimme zu des Höchsten Stimme als vielbemerktes Echo; und das ist fast ein Wunder, wenn man an A. Schneidhammers Satthals und bierverpichte Kehle denkt. Er aber vollbringt es mit Kropf und aufgerauhtem Ton, er hat die gleiche, die unvergleichliche bayrische Gesottenheit, überblendet mit hochdeutsch stelzenden Lautlichtern, wenn er „Deutsche Volksgenossen!“ sagt, er hat die gleiche, die unvergleichliche Harschheit und Verstocktheit im Beginn, aber mit der unerschöpflichen Kraftreserve der Heiserkeit als Resonanz, mit dem immer eingelösten Versprechen des heiseren Gebrülls.

Hier steht der Gruppenleiter Süd und dort sitzt der Nationalsozialistische Viehhändler-Ring. Es ist eine Kriegstagung. Volksgenossen, es werden nicht Friedensschalmeien geblasen, sondern Posaunen, und gelüstet es euch auch, nach dem vierten Kriegswinter, einzustürzen wie Jerichos Mauern: ihr könnt es nicht, euch hält der Ring der Weltanschauung. Denn von den vier Buchstaben, auf denen ihr in der Weltanschauung sitzt (hier setzt der erwartete Lacher ein, schallend und doch militärisch gedrillt; der Redner gesteht ihm fünf Sekunden zu, weil es der erste und der letzte Lacher ist, und schneidet ihn dann ab, und er läßt sich durchschneiden wie eine weiche Wurst, mit einem Schnitt), von euren vier Buchstaben NSVR ist „V“ der unwichtigste. „V“ steht für Viehhändler, wenn er ausfällt, bleibt der Nationalsozialistische Ring, merkt es euch. Wenn es kein Vieh zu handeln gibt, was braucht es Viehhändler? Das vorhandene Vieh gehört dem nationalsozialistischen Staat, schon im Mutterleib, und der nationalsozialistische Staat trägt Sorge für das Vieh, von der Geburt bis zur Schlachtbank. So hat euch die Stabsleitung des Reichsnährstandes die offizielle Mitteilung zu machen, daß auch den in dem NSVR zusammengeschlossenen Viehhändlern die Ausübung des Berufes für die Kriegsdauer verboten ist. Ihr seid berufstot, Volksgenossen, durch die Einwirkung des Kriegs, ihr seid, als Viehhändler, sozusagen auf dem Felde der Ehre gefallen und geht nun ein in Walhall, wenigstens zeitweilig. Als lebendigen Volksgenossen aber stehen euch die Munitionsfabriken offen. Laßt euch in vier Wochen nicht fragen: Was tut ihr? Tut ihr genug für die gewaltige Stunde? (Dies sind die einzigen Sätze, die A. Schneidhammer aus der in der Verhandlung wiedergegebenen Schallplattenrede des Gauleiters übernommen hat.) Doch denen unter euch, die meckern oder, wenn sie nicht meckern, schwarzschlachten, sei warnend gesagt, daß der nationalsozialistische Staat noch andere Tode verhängen kann als den Berufstod, der euch ehrt, als Soldaten des Dritten Reichs. Und wenn es euch auch schwer ankommen mag, nicht zu meckern, nicht schwarzzuschlachten und als Berufstote in die Munitionsfabriken zu gehen, so bleibt euch der mächtige Trost, daß ihr besitzt, was kein Volk besitzt: unsern herrlichen Führer, den Garanten des Sieges. So laßt uns denn, Volksgenossen, zusammengehalten vom Ring des Nationalsozialismus, in Verantwortungsfreudigkeit, Dankbarkeit und Liebe, in den Ruf ausbrechen: Mein Führer, wir danken dir! Sieg Heil!

Und wie sie aufspringen, wie sie schreien im militärisch gedrillten Spruchchor und den Wald der Arme wachsen lassen, die Berufstoten! Und dies ist die Rede des Gruppenleiters Süd, und sie wird nicht unterbrochen... –

„Net ausreden lassen!", grollt Richter Schneidhammer, die Schuld- und Straffrage lösend. Er blickt den Präsidenten an, verschließt den Mund mit der Hand, wie unter dem Schock einer Eingebung, gibt ihn dann frei und bläst den Atem aus wie Zigarrenrauch: „Sie, ich hab's! Aufhängen! Sechs Galgen vor der Universität, mitten auf der Ludwigstraße! Achtundvierzig Stunden baumeln lassen! Dös wirkt garantiert abschreckend, Herr Präsident!"

„Ich bemerkte bereits vorhin", erwidert Behn mit einem kalten Blick, „daß die Strafvollstreckung gesetzlich geregelt ist. Sie haben nur auf die generelle Strafe zu erkennen, also zum Beispiel: auf Tod."

Richter Schneidhammer, als vierter, bejaht die Schuldfrage in allen sechs Fällen und stimmt für die Todesstrafe.

Präsident Behn ist der fünfte und der letzte, der kühlste und unbeirrteste. Die Entscheidung über Schuld und Unschuld eines Menschen ist die Entscheidung über seine Gefährlichkeit oder Ungefährlichkeit für die Existenz des Staates. Der Präsident hat seine Richter mühelos zur 4:0-Entscheidung für Schuld und Staatsgefährlichkeit gebracht. Es wird also eine 5:0-Entscheidung sein, wie es sich gehört. Das Behnsche Parzenamt zur Kontrolle des Reichsschicksals funktioniert reibungslos, zum mindesten in bezug auf Hennings und Genossen.

Die Einschränkung klingt unlogisch, da ja nur die Sache Hennings und Genossen auf der Tagesordnung steht, sie ist aber nicht unlogisch, im weiteren Hinblick auf die Genossen. Denn es sind mehr Genossen als fünf; seien wir uns darüber klar, auch wenn uns der Refrain von den sechs Millionen teils belustigend, teils unangenehm aufstößt. Es stößt uns ja noch mehr auf, zum Beispiel der Henningssche Satz, mit dem er das Parzenamt umschreibt – als lautlose Stanzmaschine des genormten Doppelurteils: auf Tod und Vergessenheit.

Der Tod ist einschneidig, im vollsten Sinne des Wortes: es bedarf da nur noch der telephonischen Anweisung an die Strafvollzugsbehörde zur Vorbereitung des Finales im Gefängnis Stadelheim. Aber die Vergessenheit ist zweischneidig, in diesem Fall. Die sechs – oder doch fünf von ihnen – sind nicht mehr interessant, man kann die dreizeilige Pressenotiz über die Hinrichtung in drei Tagen oder drei Wochen oder drei Monaten herausgeben, je nach Belieben des Sicherheitsdienstes. Doch jene hinter den sechs sind interessant und dürfen nicht vergessen werden.

Die Parzen haben bekanntlich die Eigenschaft oder die Pflicht, nicht zu vergessen, keinen zu vergessen. Die Studentenpolitik der Behörde, den Kopf in den Sand zu stecken und mit den Beinen subversiven Mist aus dem Sand zu scharren, ist so absurd wie gefährlich. Präsident Behn hat den Zeugen Vierck nicht umsonst getadelt. Man muß beunruhigen und abschrecken, man braucht es ja nicht mit Tschinellen zu tun und mit Schneidhammerschen Galgen vor der Universität. Das Publikum mag die Pressenotiz früher oder später lesen – was geht uns das Publikum an. Aber die Studentenschaft hat die einschneidige Mitteilung über Hennings und Genossen morgen zu erfahren, durch den Mund des Rektors, mit besonderen Abfangsvorrichtungen für Zwischen- und „Genug!"-Rufer.

Präsident Behn ist nunmehr auf Henningsgenossen eingespielt – sechs für sechs, sechsmal sechs, sechs in jeder beliebigen Potenz. Er wird also noch zwei Telephongespräche haben: ein amtliches mit der Strafvollzugsbehörde und ein halbamtliches mit dem Chef des Sicherheitsdienstes wegen der Rektoratsverlautbarung, nicht wegen der Marginalie auf dem Sauer-Rapport – oder vielleicht auch wegen der Marginalie.

Denn vielleicht ist doch ein Keil getrieben zwischen die fünf Reuelosen und den Bußfertigen ...

6

Die sechs sitzen auf der Anklagebank und warten. Sie suchen einen Ruhepunkt für die Augen. Die Richtertribüne ist beklemmend leer, bis auf die abseitige Blutrobe des Anklägers, der mit verschlossenem Gesicht Notizen macht und seine Blätter einsammelt, gleich als ob er Konten abschließt. Die Tribüne ist gleichsam programmwidrig leer, wie eine Bühne, auf der nicht gespielt wird – und der Vorhang ist doch aufgezogen, und die Zuschauer sitzen im Parkett und schauen beklommen. Die leeren roten Richterstühle lassen die Blicke nicht auf sich ruhen und jagen sie fort, wie Vogelscheuchen die Vögel. Und die blinden Fenster lassen sich nicht ansehen und nicht der dürftige Rücken des Offizialverteidigers und nicht einmal die eigenen unruhigen Hände. Die sechs finden keinen Ruhepunkt für den Blick.

Was ist das für eine wahnwitzige Spannung, die den Gedanken nicht mehr abschweifen läßt, nicht mehr zum Nächsten, zur Frau, Schwester, Geliebten, zum Mann, Bruder, Freund, nicht mehr zur heiligen Paarung der Schicksale, nicht mehr zur letzten, kühnen, tragischen Auseinandersetzung zwischen Karl und Christoph, Sophia und Christoph? Was ist das für eine atemlose, ruhelose, rücksichtslose Sucht zu erfahren, was doch nicht mehr in den Sternen geschrieben ist, sondern mit gewaltigen Lettern quer über diesen Tag und diesen Saal? Wie groß und eigenmächtig ist die Kraft des Lebens, daß sie dasitzen und warten, warten, warten ...

Der blutrote Samtvorhang des Beratungszimmers spaltet sich auf. Die Mitglieder des Volksgerichts betreten die Tribüne, in gebührender Rangordnung. Die beiden blutroten Rohen tragen die Kappen auf dem Kopf, die drei ehrenamtlichen Richter ihre grauen, braunen, schwarzen Uniformmützen, sie sehen fremd und gesichtslos aus. Sie bleiben vor ihren Stühlen stehen. Der abseitige Ankläger erhebt sich und setzt die Kappe auf. Der Offizialverteidiger erhebt sich und setzt die Kappe auf. Die sechs Angeklagten und ihre Wachen stehen schon. Es ist, als wüchse der noble Saal, schon viel zu mächtig für die wenigen Menschen, in die Höhe und in die Breite.

Der Präsident spricht mit lässiger Stimme:

„Im Namen des Volkes! Die Angeklagten Karl von Hennings, Dora von Hennings, Hans Moeller, Sophia Moeller, Christoph Sauer, Alexander Welte sind schuldig des Verbrechens des Hochverrats und zum Tode durch das Beil verurteilt. Der Volksgerichtshof lehnt ab, für die Verurteilten die Gnade des Führers anzurufen. Das erst- und letztinstanzliche Urteil des Volksgerichtshofs ist mit seiner Verkündung rechtskräftig und fristlos vollstreckbar."

Das ist alles.

11

ADAM

1

Der Barbier des Strafvollzugsgefängnisses Stadelheim heißt Adam, und die wenigsten wissen, ob es sein Vor- oder Nachname ist. Er ist kein freier Geschäftsmann, sondern etatmäßiger Beamter, mit dem Titel und dem Befähigungsnachweis eines approbierten Heilgehilfen, und wohnt im Gefängnis. Bis 1935 wohnte er in der gleichen Eigenschaft in der Chirurgischen Klinik und rasierte behaarte Körperstellen, bevor sie unter das Operationsmesser kamen. Er ist ein Meister seines Faches, aber sein Fach hat nichts mit dem heiter schwatzhaften Verschönerungswerk Figaros zu tun. Denn er rasiert nicht Gesichter. Adam ist ernst, schweigsam und dürr wie ein Fakir. Sein Amt, sein Aussehen und die letztnächtliche Stunde, in der er zu erscheinen pflegt, verbreiten Schrecken, tödlichen Schrecken. Er ist es gewohnt und geht darüber hinweg. Es kommt vor, daß seine Klienten bäuchlings auf die Pritsche gebunden oder daß sie in die Zwangsjacke gesteckt werden müssen. Ihm ist es gleich, er schert und rasiert in jeder Lage und hat noch niemanden geschnitten. Das ist sein Stolz.

„Adam, Arbeit“, spricht der Direktionssekretär durch das Haustelephon.

„Zellennummer“, verlangt Adam.

„Es sind sechs.“

„Sechs“, sagt Adam. Es ist kein Ausruf der Verwunderung, sondern nur die Wiederholung der Zahl. Er hängt ein und zieht seinen Amtsmantel an. Jeder Friseur in der Welt trägt einen weißen Kittel, Adam einen schwarzen. Er ist kein weltlicher Friseur.

„Sechs auf einmal, Adam“, empfängt ihn der Oberschließer, „Weltrekord. Studenten und ihr...“

„Interessiert mich nicht“, sagt Adam.

„Zwei Frauen darunter.“

Adam rümpft verdrossen die knochige Nase. „Dann gib mir Zeitungspapier“, verlangt er.

„Zeitungspapier?“

„Für die Haare“, sagt Adam. „Frauen tut es weh, ihr Haar herumliegen zu sehen.“

„Da kann man nur lachen“, sagt der Oberschließer; aber er gibt ihm die Zeitungen, Adam tut sie in den schwarzen flachen Holzkasten, der seine Utensilien enthält und wie ein Malkasten aussieht. Sie gehen den Gang entlang.

„Du solltest dir die Kegelbahn ansehen, Adam“, meint der Oberschließer, „neuartig.“

Die „Kegelbahn“ ist jener Hof im Gefängnisareal, in dem die Hinrichtungen stattfinden.

„Interessiert mich nicht“, sagt Adam; doch er sieht durch das vergitterte Gangfenster, vor dem der Oberschließer stehenbleibt. Sie befinden sich bereits in dem Trakt, der die Todeszellen beherbergt und die westliche Schmalfront der rechteckigen „Kegelbahn“ abschließt. Die drei anderen Seiten des großen Hofes sind von Mauern gebildet, die so hoch sind wie das Gebäude. Von vier Seiten fällt Scheinwerferlicht ein. In jeder der vier Ecken und in der Mitte der nördlichen und der südlichen Längsseite steht je ein Richtblock.

„Jedem das Seine“, spricht der Oberschließer, „und wenn du denkst, Adam, daß es ein Massenkegeln wird, so bist du im Irrtum. Es wird fein säuberlich in sechs Einzelpartien gespielt, mit neuartigen Lichteffekten.“

„Interessiert mich nicht“, sagt Adam; aber er schaut auf die blitzsauberen Schafotte, mit kreisender Bewegung des Kopfes.

„Und es sind drei“, spricht der Oberschließer.

„Sechs“, korrigiert Adam, mit kreisender Bewegung des Kopfes.

„Ich meine: drei Kegler“, spricht der Oberschließer, „der Oberkegler mit zwei Unterkeglern und überetatmäßig erweitertem Generalstab. Ein Rekordaufgebot.“

„Kegler“ ist der Scharfrichter.

„Interessiert mich nicht“, sagt Adam und dreht dem Fenster den Rücken.

„Aber wir haben sechs Beile“, spricht der Oberschließer und geht weiter, „nicht zufällig, sondern etatmäßig.“

„Pah“, sagt Adam und geht weiter, ein wenig mit dem Malkasten scheppernd, „ich habe zwölf Rasiermesser.“

Adam kennt die Wirkung seines Erscheinens auf die Delinquenten und geht darüber hinweg. Die lange Erfahrung indessen hat einige Modifikationen ergeben. In der ersten Zeit war er völlig stumm geblieben und mußte erleben, daß das bloße Öffnen des Malkastens und die Enthüllung der Messer und Scheren zu Panik Anlaß gaben, gar zu Schreiszenen. Adam haßt Geschrei. Er kann auch schreiende Menschen rasieren, da er ein Meister seines Faches ist. Aber er hat Schwierigkeiten mit sich selber, über schreiende Menschen hinwegzugehen. So ersetzte er das stumme Eintreten durch die Selbstvorstellung, schon in der Tür: „Ich bin der Haarscher." Da das Wort, vom guten alten „Bartscher" abgeleitet, zu ungewöhnlich war, um prompte Beruhigung herbeizuführen, fügte er sich später dem Sprachgebrauch und sagte schon in der Tür: „Ich bin der Friseur." Das hatte etwas bessere Nachwirkung, milderte aber nicht genügend die Schlagkraft der Schrecksekunde. So hat sich Adam zu einer letzten und äußersten Konzession entschlossen, zu einem zusätzlichen und betonten Wörtlein der Selbstbeschränkung, und sagt schon in der Tür: „Ich bin n u r der Friseur." Dabei ist es geblieben.

Adam, der Oberschließer und der diensttuende Schließer betreten die Zelle. Karl stockt in seinem Hin und Her, und er stockt, für eine winzige Sekunde, mit dem Rücken zur Tür. Er ist nackthalsig, er trägt über den verbeulten Hosen des Anzugs, in dem er verhaftet worden, ein sonderbares sackartiges Hemd aus steifem, grauweißem, körnigem Leinen, das einen tiefen Rückenausschnitt hat. Er dreht sich um, mit einem Ruck. Das Sackhemd ist auch vorne ausgeschnitten, wenn auch nicht so tief. Die weiten Ärmel gehen knapp über die Ellenbogen, Karl hat sehr lange Arme. Er preßt sie an den Körper. Seine Augen werden gläsern.

„Ich hin n u r der Friseur", sagt Adam.

„Bitte", sagt Karl in verglaster Höflichkeit.

Adam geht um ihn herum, er ist ein kleines Männchen, er geht um Karl herum wie um eine Säule, aufgehobenen Blickes. „Es genügt eigentlich", sagt er.

„Was genügt?" fragt Karl.

„Der Haarschnitt", sagt Adam.

„Nein", sagt Karl und fährt mit der Hand über Kinn und Backe, „da sind Stoppeln."

„Ja", sagt Adam hinter ihm, „da sind nur Stoppeln. Aber wenn Sie wünschen ..."

„Bitte", sagt Karl in verglaster Höflichkeit, setzt sich auf den Schemel und legt den Kopf in den Nacken.

Adam öffnet den Malkasten, gießt ein wenig Wasser aus der blechernen Waschtischkanne in den Seifennapf und schlägt Schaum. „Beugen Sie den Kopf vor", sagt er; denn ihn geht das Gesicht nichts an.

Karl beugt nicht den Kopf vor, sondern hebt ihm das Gesicht entgegen, mit geschlossenen Augen. „Der Bart wäre morgen früh drei Tage alt", flüstert er abwesend und wiederholt, mit einem winzigen Lächeln, „morgen früh ..."

Vielleicht ist es dieses Lächeln, das Adam veranlaßt, etwas zu tun, was er in seiner amtlichen Eigenschaft noch nicht getan hat; er seift das Gesicht ein, das ihn nichts angeht, und rasiert es; und dann seift er den Hinterkopf ein und rasiert ihn.

„Danke", sagt Karl und trocknet Gesicht und Kopf mit dem Papierhandtuch, das ihm Adam gegeben hat. Es ist ein automatischer und nichtssagender Dank, ein verglaster Dank; denn Karl hat nicht die Gnade bemerkt, die ihm widerfahren.

Adam verläßt die Zelle wortlos, er verschwindet immer wortlos, es besteht kein Anlaß für ein abschließendes Wort, es gibt ja auch kein Wort, das am Platze wäre. Die Eisentür wird von außen verriegelt und verschlossen, und das sind häßliche Geräusche, wenngleich nicht so atemberaubend und lähmend wie die des Türöffnens.

Karl hockt auf dem Schemel und fährt mit der Hand über die wohlrasierten Flächen des Gesichts. Das ist eine vertraute, eine alltägliche Handbewegung, die die wiederhergestellte Sauberkeit und Glätte der Haut überprüft und sich ihrer erfreut. Es gehört zur Gewohnheit, daß die Hand am Ohr vorbei über die Rasierfläche des Hinterkopfes streicht, vom Nacken aufwärts. Hier aber, im Nacken, bleibt sie liegen, eine kalte Hand, und der kalte Schauder läuft das Rückgrat hinunter.

Die Todesangst kommt wild und heftig und wütend körperlich, Karl krümmt sich nach vorne, die eine Hand im Nacken, die andere an der Kehle, und hört sich röcheln, und da ist nichts als er und sein Körper und die unglaubliche Nähe des Todes, haarscharf und dunstfeucht über dem Genick – da ist für diesen Augenblick nichts anderes auf der Welt.

Er bückt den Nacken immer tiefer, wie um dem Zugriff zu entkommen, sein Gesicht liegt jetzt im Arm und der Arm auf den Knien, es ist ihm dunkel vor den Augen, er hört auch nicht mehr seinen Atem, der selbstische Schrecken ist vorüber. Denn er sieht jetzt das andere auf der Welt, er sieht, wie Adam nach Doras Haaren greift. Er löst die Hand vom Nacken und richtet sich auf.

Nein, das Zerrbild setzt sich nicht fort, er sieht seine Frau nicht kahl. Sein Auge ist ja noch voll von ihr, von dem langen, langen Blick auf sie. Sie sind einander gegenüber gesessen auf der Herfahrt im Gefangenenwagen. Sie bestiegen ihn in der Reihenfolge der Hennings und Genossen, die feststeht für alle Ewigkeit, Karl als erster, gefolgt von seinem schwarzen Schergen, der sich neben ihn setzte. Dora aber, in fraulicher Geistesgegenwart, setzte sich nicht neben den Schwarzen, sondern auf die andere Längsbank, angesichts Karls, und die vier folgenden nahmen abwechselnd auf der linken und der rechten Seite Platz. So ergab es sich für die letzte Fahrt, daß auf der einen Bank Karl, Hans und Christoph, auf der anderen Rank Dora, Sophia und Alexander saßen, durchsetzt von schwarzen Schergen. Von der Decke brannte eine Glühbirne, die heller wurde, als der Wagen schneller fuhr. Die Fahrt dauerte ziemlich lange; denn Stadelheim liegt weit außerhalb der Stadt, schon im Staatsforst, der sich nach Süden zu erstreckt, den Bergen zu. Die Fahrt dauerte so lange wie der Blick zwischen Mann und Frau.

Sie hingen ineinander mit dem Blick, selbstvergessen, selbstversessen, sie gaben nichts ab von dem Blick, sie hatten das Recht, geizig zu sein mit dem Blick. Und Dora lächelte. Und hinter ihrem Lächeln, das immer dünner wurde, glasdünn, hauchdünn, verfiel sie. Zuerst waren es Augenringe; dann Augensäcke, die Haut zerknitterte an den Augenwinkeln, die Linien gruben sich quer durch die Stirn und senkrecht zwischen die Augen und von den Nasenflügeln zum Kinn, an den Mundwinkeln vorbei, und eine Furche schlich sich den Kiefer entlang und beutelte das untere Wangenfleisch auf, und der Hals, der schöne Hals, verwelkte.

Dies aber war nichts Unbekanntes für ihn und erschreckte ihn nicht wie in der Nacht nach der Verhaftung, als er sie sich so vorstellte, abgeschnitten von ihr und sich verzweifelt an den äußersten Rand des Zusammenlebens anklammernd. Doch jetzt sah er sie und lebte Aug in Aug mit ihr: miteinander zu altern, ist ein Geschenk des Himmels, und sähe er sie noch weißhaarig und verrunzelt, eine zierliche Greisin, so hätte sich die Fahrt verlohnt und wäre der Blick gesegnet durch die Vollendung des Daseins.

Die Fahrt war zu Ende, zu früh, viel zu früh, der Wagen stand, das Deckenlicht wurde trübe und Dora wieder undeutlich jung. Und beide standen auf, noch in der Verkettung des Blicks, der Gang war nicht breit zwischen den Bänken. Die Körper berührten sich, er roch ihr Haar, und sie flüsterte: „Mut..."

Wie muß sein Gesicht gewesen sein, daß sie es zu ihm sagte, und wie war ihr Gesicht, daß er es nicht zu ihr sagte? Ihre Augen waren so, wie Augen sind, denen man mit letzter Kraft verwehrt zu weinen. Das sah er noch. Dann schnitt sich ein Scherge zwischen sie, und ihre Hände hatten sich noch nicht gefunden, in der winzigen, ungeheuren Sekunde des Beieinanders. Und dann war sie fort. Karl sah nur noch einen schwarzen Uniformrücken.

Als Karl ausstieg, als letzter, sah er nichts mehr von ihr. Er sah nur schwarze Schatten, die verflüchteten. Einer der Schatten war Dora. –

Karl steht vom Schemel auf und geht hin und her. Er kreuzt die Arme nahe über der Brust und schlüpft mit den Händen in die weiten Ärmel des Hemdes, um sich zu wärmen. Die Zelle ist geheizt; aber er trägt ja unter dem Leinensack nichts als seine ärmellose Unterjacke aus dünnem Trikot. Er ist wieder ruhig; die Schrecksekunde, die Adam hinterlassen, ist längst überwunden. Dora ist stärker als Adam und stärker als ihr Schatten. Sie ist stärker als die Trennung von ihr, die doch ohne Abschied war. Denn sie hat gezeigt, daß auch die abschiedlose Trennung ungeschehen gemacht werden kann und daß das Wiedersehen nicht wie zwischen toten Seelen ist, jenseits des Styx, sondern daß es diesseitig ist und lebendig. Was bedeutet das? Oh, das bedeutet viel, es bedeutet, daß Dora noch nicht verflüchtet ist als Schatten, sondern daß er sie wiedersehen wird. Er muß sie wiedersehen, der Zwang ist so gültig, so rechtsgültig wie die Vollstreckung des Urteils: sie haben ja gemeinsam zu sterben. Wie kann das gemeinsame Sterben schrecklich sein, nach solchem gemeinsamen Leben, und wie kann selbst dieser Henkerstaat ihn des Geschenkes der Gemeinsamkeit berauben, wenn sein Volksgericht es dekretiert?

Es klirrt draußen an der Tür, und das Aufschließen ist ein böseres Geräusch als das Zuschließen. Doch Karl, stehenbleibend und zur Tür schauend, löst nicht einmal die gekreuzten Arme und läßt die Hände in den weiten Ärmeln, er legt sie nur fester um die nackten Oberarme. Der Gefängnisgeistliche tritt ein und bleibt nahe an der Tür stehn, ein praller Mann, und er spricht pralle Worte: „Mein Sohn, ich komme, Ihnen die Tröstungen der Kirche darzureichen."

„Ich bin Protestant", sagt Karl.

„Ja so", spricht der Gefängnisgeistliche; „aber es wird ... nun ja, es wird die Zeit fehlen, um meinen protestantischen Herrn Amtsbruder, der nicht hier residiert, zu benachrichtigen."

„Es ist auch nicht nötig", sagt Karl.

„Aber Sie erlauben mir, mein Sohn, für Ihr Seelenheil zu beten."

„Ich bitte Sie darum, Herr Pfarrer."

Der Gefängnisgeistliche senkt den Kopf über die Hände, die er in Brusthöhe flach aneinanderlegt, mit gekreuzten Daumen, und aus seinem erfahrenen Mund rollen rund und eilig die Worte des De Profundis: „Aus der Tiefe rufe ich, Herr, zu dir, Herr, höre meine Stimme, laß deine Ohren merken auf die Stimme meines Flehens..." Dann rollt es immer runder, schneller und unverständlicher, bis zum Amen. Er richtet sich auf und macht das Zeichen des Kreuzes über Karl, der ihm nicht nähergekommen ist und die Hände in den Ärmeln vergessen hat.

„Amen", sagt Karl, „und ich danke Ihnen, Herr Pfarrer." „Haben Sie noch einen Wunsch, mein Sohn?"

„Ich habe den Wunsch, meinen Freunden ein Abschiedswort zu sagen."

„Dieser Wunsch ist unerfüllbar, mein Sohn, sowohl, was Ihre Freunde, als leider auch, was Ihre Frau betrifft."

„Ich habe nur von meinen Freunden gesprochen, Herr Pfarrer, und von meiner Frau spreche ich jetzt. Ich habe den Wunsch, eingeäschert zu werden, und meine Frau hat den Wunsch, eingeäschert zu werden, und wir beide haben den Wunsch, daß unsre Asche zusammengetan werde in ein und derselben Urne – und dann kann damit nach Belieben umgegangen werden."

„Ich werde es mir von Ihrer Frau bestätigen lassen", entgegnet der Gefängnisgeistliche nach einer Pause, und seine Stimme hat an Prallheit verloren.

„Lassen Sie es sich bestätigen, Herr Pfarrer."

„Und haben Sie nicht noch ein Wort für sie, mein Sohn? Ich will es getreulich ausrichten."

„Alle meine Worte sind für sie, solange ich noch sprechen kann, Herr Pfarrer, und kein Fürsprech ist vonnöten. Denn ich spreche mit ihr und sie mit mir – ich spreche in ihr und sie in mir, solange wir noch sprechen können. Ist das so unglaubhaft?"

„Nein", sagt der Gefängnisgeistliche, und es ist wieder eine Pause verstrichen, „nein, es ist glaubhaft, es ist glaubhaft. Ich aber habe wiederzukommen, mein Sohn, es sei denn, Sie wünschen allein zu gehn."

„Allem?", fragt Karl leise, und seine Hände gleiten aus den Ärmeln.

„Nein, mein Sohn, Sie werden nicht allein gehn", sagt der Pfarrer bewegt, nickt ihm zu und verläßt die Zelle.

„Allein?", fragt Karl in die Luft.

„Nein", hört er Doras Antwort, „auch ich habe zu gehn und Hans und Sophia und Alexander – und Christoph."

„Warum nennst du ihn zuletzt, wo doch die Reihenfolge feststeht für alle Ewigkeit, und warum hast du tief geatmet, Do, bevor du seinen Namen ausgesprochen hast?"

„Noch immer, Karl, noch immer verdächtigst du ihn?"

„Warum hat er sich das schwarze Büßergewand umgeworfen, ganz zum Schluß – nur um sich von uns zu unterscheiden? Oder um uns schwach zu machen und unsern Tod vergeblich?" „Unser Tod ist sein Tod, er hat darum gekämpft wie keiner von uns und wurzelt tiefer in unserem Volk als jeder von uns, und hat es schwerer als wir alle, wenn er Deutschland nichts anderes hinterlassen kann als das schwarze Bußgewand."

„Und warum rechnet er sich zu den Lebenszerstörern?" „Weil er, um Deutschlands willen, das Leben zerstörte derer, die er liebt."

„Und warum nennt er sich zerstört, da er noch lebt?"

„Weil er krank ist, krank als Deutscher, krank als Liebender und krank als seines fallsüchtigen Vaters Sohn."

„Und warum hast du tief geatmet, Do, bevor du seinen Namen ausgesprochen hast? Weil du ihm recht gibst und an die lange Nacht glaubst wie er, an die lange Nacht vor uns und nach uns?"

„Weil ich ihn um Verzeihung bat während des tiefen Atmens."

„Daß ich Verdacht hatte gegen ihn ..."

„Daß wir Verdacht hatten gegen ihn."

„Ich will ihn um Verzeihung bitten", flüstert Karl, „wenn ich an ihm vorbeigehe oder er an mir – nein, ich an ihm; denn ich bin der erste..." Dora schweigt. „Glaubst du an die lange Nacht, Do?"

„Ich glaube an das neue Leben."

„Hab ich dein Leben zerstört, Do?"

„Hab ich dein Leben zerstört, Karl?"

„Jetzt müßte ich wohl lachen, Do, aber es geht nicht mehr ..." „Erinnerst du dich, Karl, an Kiel, nach deinem Kolleg über Nationalismus und politischer Mord, als ich bei dir einbrach ins Professorenzimmer, zugleich dummdreist und steif vor Ehrfurcht: da sahst du mich zum erstenmal und hast gelacht und mich gefragt: ‚Was wollen Sie denn bei mir lernen, kleines Fräulein, ‚Nationalismus oder politischen Mord?'"

„Erinnerst du dich, Do, an Marburg, wie du einbrachst bei mir zu unziemlicher Stunde und die längst fällige Liebeserklärung verlangtest und ich dir sagte: ‚Meine eine Gewißheit ist, daß Sie mit Pauken und Trompeten durchs Examen fallen werden, Kandidatin Roemer; meine andere Gewißheit ist, daß ich mir keine grauen Haare wachsen lassen werde in unsrer Ehe: nun wähle, kleine Do' – da hast du gelacht und mich zuerst auf meine Glatze geküßt und dann erst auf den Mund."

Erinnerst du dich, Karl? Erinnerst du dich, Dora? Es ist so viel Lachen in der Erinnerung. Karl lacht nicht, aber er lächelt im Austausch der Erinnerungen, und die Zeit ist aufgehoben...

Dann fällt die Zeit wieder ein und macht sich draußen an der Tür zu schaffen. Karl kennt es nun zur Genüge, das Geräusch des Aufschließens und das Geräusch des Zuschließens. Das eine ist böser als das andere, er weiß es. Er hat noch den Abglanz des Lächelns auf dem Gesicht, aber vergißt es, als viele Menschen eintreten, der Gefängnisgeistliche zuerst.

„Da bin ich nun, mein Sohn", sagt er prallen Gesichts, „und ich glaube, Sie haben den Mut, der jetzo notwendig wird."

Er sagt „jetzo", statt „jetzt", Karl hört es genau, obgleich ein Sausen ist in seinen Ohren.

„Karl von Hennings, es ist so weit", sagt der Gefängnisdirektor.

„Karl von Hennings, es ist so weit", wiederholt Karl wie ein Echo und hört seine Stimme nicht, weil ein Sausen ist in seinen Ohren. Er fühlt, daß jemand hinter ihm steht und ihm die Hände im Rücken fesselt, mit einem sehr sicheren und eher sanften Griff die Stahlklammer über die Gelenke streifend und zuschnappen lassend. Er weiß nicht, wie die Hände hinter den Rücken kamen und wo sie gewesen, ob gekreuzten Armes im Unterschlupf der weiten Ärmel oder schon zu beiden Seiten herabhängend, halbwegs auf dem Weg zum Rücken.

Der Gang ist leer, es stehen nur die schwarzen Schergen da, die zählen nicht, die haben nie gezählt. Der Gang ist leer, weil nicht Dora dasteht und nicht die Freunde – und Christoph hat er noch um Verzeihung zu bitten. Es ist zwischen zwei Schritten so etwas wie Groll in ihm, doch nur gegen Christoph, daß er nicht dasteht und sich um Verzeihung bitten läßt, im Vorübergehen. Doch dann vergißt Karl den Groll und auch das Wort, das er Christoph schuldet. Was jetzt vergessen wird, ist ein für allemal vergessen. Der Gang ist kurz, eine Tür ist aufgeklafft zur Rechten, der Gefängnisgeistliche, neben Karl gehend und aus seinem erfahrenen Mund runde schnelle unverständliche Gebetsworte rollen lassend, weist mit dem Kreuz, das er in der Hand trägt, den Weg durch die Tür in den Hof.

Karl schließt für einen Augenblick die Augen und reißt sie dann auf. Der Strahlkegel eines einzigen Scheinwerfers schneidet eine weiße Lichtbahn aus der Nacht. Der Strahl ist grell, nein, er ist gellend, er gellt Karl in den Ohren. Der Strahl schlägt in die linke Ecke des Hofes, und dort steht ein Richtblock, nur einer, blankgescheuert, blitzend vor Sauberkeit.

Am Saume der Lichtbahn warten Menschen – aber es sind nur Männer, es müßten doch zwei Frauen, es müßte doch Dora dabei sein – es müßten doch Hans und Alexander und Christoph dabei sein, die nicht aussehen können wie diese Männer in Mänteln, mit den Hüten auf den Köpfen. Und hinter dem Saum der Männer ist tiefe Finsternis, undurchdringlich und leer wie das Nichts. Und unter den Männern sind solche, die steife Hüte, und solche, die Filzhüte tragen, und einer trägt Mütze und Uniform der SS. Das mag der SS-Richter sein; Karl ist kundig des Rechts und weiß, daß zwei Richter des verurteilenden Gerichts zugegen sein müssen – der zweite mag der mit dem steifen Hut sein oder der mit dem Filzhut, was geht es ihn an?

Jemand hinter ihm hält ihn an der Handfessel, er bleibt stehn. Der Urkundsbeamte verliest die Urteilsformel. Die sausenden Ohren nehmen die Stimme auf, Worte von fernher und wie in Watte gepackt, und hören nur einen Namen: Karl von Hennings. Es ist ja auch nur einer da:

Karl von Hennings. Es ist ja auch nur ein Richtblock da, dort, wo der Lichtstrahl hinschlägt.

Hinter dem Richtblock stehen vier Männer, darunter einer in schwarzem Anzug mit weißer Binde und weißen Zwirnhandschuhen an den gewaltigen Händen. Nein, Karl sieht auf die gewaltigen Hände in weißen Zwirnhandschuhen, zu denen ein Mann in schwarzem Anzug mit weißer Binde gehört, und das Beil.

Karl blickt schnell nach rechts, über den Urkundsbeamten hinweg, ins Schwarze. Da ist nichts und niemand. Er sieht nichts und niemand. Jemand hinter ihm drückt gegen die Handfessel. Karl muß gehn. Er sieht Dora nicht wieder.

„Grüßen Sie meine Frau", sagt er mit schwerer Zunge zu dem Gefängnisgeistlichen, der ihn segnet, im Namen des Vaters, des Sohnes und des Heiligen Geistes.

2

Adam sagt in der Zellentür: „Ich bin n u r der Friseur."

Dora hebt die Schultern, nicht begreifend. Das sonderbar sackartige, aus steifem, grauweißem, körnigem Leinen verfertigte Hemd, das sie trägt, ist zu groß für sie und gleitet ihr über die Achsel. Sie richtet es nicht, sondern schaut auf das ausgemergelte Männchen, das nur ein Friseur ist. Adam öffnet den Malkasten, entnimmt ihm Zeitungspapier und eine Schere und klappert mit ihr. Klappern gehört zum Handwerk, und Dora begreift. Sie löst den Haarknoten und schüttelt die Haare frei, mit einer anmutigen Bewegung des Kopfes. Die Haare fallen bis über die Schulterblätter, vor der Nierenentzündung reichten sie bis zum Gürtel. Karl brachte ihr alle möglichen Mittel und Mixturen gegen den Haarausfall, er ist sehr stolz auf ihr Haar, wenn auch nicht neidisch, wie er hinzuzusetzen pflegt.

Dora setzt sich auf den Schemel, macht einen runden Rücken und hält die Fingerkuppen der einen Hand zwischen den Knöcheln der anderen. So tut sie es auch beim Zahnarzt, bereit, sich die Fingernägel ins Fleisch zu drücken, falls beim Bohren der Zahnnerv getroffen würde.

Adam umfaßt das weiche und feine Haar mit sehr zarter Hand unterhalb des Nackens, ohne doch die Haut zu berühren, und führt einen raschen leisen Schnitt aus. Ja, es ist ein leiser Schnitt, die Schere schneidet ohne metallischen Laut, man hört nicht, wie sich die beiden Klingen wieder zusammenfinden, nach getanem Werk. Aber Dora drückt sich die Fingernägel in die Knöchelmulden.

Schon beginnt die Schere zu klappern, einen forschen und etwas sinnlosen Klapperwirbel, sie klappert, wenn sie in den Haaren wütet, sie klappert, wenn sie nur die Luft durchschneidet, und es geht rasend schnell. Und eine Haarmaschine schleicht sich lautlos, mit kühler Metallplatte, an die Haut heran, die millimeterkurze Scherbahn bis hinauf zur Ohrmuschelhöhe ziehend – und Dora setzt sich stärker die Nägel ein, und es ist plötzlich viel Wasser in ihrem Mund, und sie schluckt, und die Kehle ist eng. Dann legt sich Seifenschaum wie lauer Balsam über die Kopfhaut, die noch niemals nackt war, und sanftinnig gleitet das Messer nach – man sollte nicht glauben, daß es ein Messer ist.

Adam gebraucht keines seiner Papiertücher – er nimmt das rotkarierte Handtuch, das unbenutzt und nach menschlicher Voraussicht unnütz am blechernen Ständer hängt, und drückt es zart gegen den nackten Hinterkopf und legt es zart rings um den Kopf, und siehe, unter seinen magischen Händen wird es im Nu zum Turban, der fest und warm den geschorenen Schädel verhüllt. Dies gehört nun durchaus nicht zu Adams Amtspflicht; aber er tut es und verschwindet lautlos.

Dora hat kein automatisches „Danke" gesagt – wofür denn? Für den Raub des Haars, das Karl noch immer liebt, obgleich es kürzer und dünner geworden und mit Silberfäden zwischen dem Kastaniengold? – Und sie hat die Gnade nicht bemerkt, die ihr zuteil geworden und ein barmherziger Turban ist.

Sie krümmt sich nach vorne, ihr Gesicht liegt jetzt im Arm und der Arm auf den Knien. Ob sie will oder nicht: die Ohren lauschen zur Tür. Sie weiß es doch nun schon, das Herz bäumt sich, wenn die Tür entriegelt, und beruhigt sich, wenn sie verriegelt wird. So ist das Herz und so sind die Ohren, und der Verstand sagt umsonst: gebt es doch auf, es kommt ja doch, was kommen muß! Jetzt ist sie müde, wie nach einem zu heißen Bad; aber es ist nur Schlaffheit und keine Schlafmüdigkeit; dafür sorgen die töricht wachen Ohren.

Töricht ist auch, die Augen zu verschließen; es gibt hier doch keinen Spiegel und nichts, was spiegelt. Daß sie den verhüllenden Turban trägt, hat sie vergessen, obgleich er fest und warm zu fühlen ist. Und was sieht sie mit geschlossenen Augen? Einen weiblichen Kahlkopf, nicht gerade ihren – weil es schwer ist oder weil sie eine heftige Angst hat, sich haarlos vorzustellen –, sondern irgendeinen undeutlichen weiblichen Kahlkopf. Nein, es ist nicht ihr eigener und erfordert wenig Überwindung, genauer hinzuschauen. Was sie nicht schon alles gesehen hat in ihrem Leben! Sie hat bereits einen weiblichen Kahlkopf gesehen – und da ist er wieder, der geschorene Kopf der Judenschickse vom 1. April 1933, dem braunhemdigen, schaftstiefligen Aprilscherz des Judenboykotts. Das bis an die Grenze des Lachens hoffärtige Gesicht des hübschen Mädchens ist bemerkenswert, es ist beispielhaft. Sei hoffärtig, Dora!

Sie hebt zögernd das Gesicht. Gegen wen soll sie hoffärtig sein, gegen die eigenen abgeschnittenen Haare? Sie schaut vorsichtig hinter den Schemel. Da liegt kein Haar auf dem abgewetzten Ziegelboden.

– Ein ordentlicher Mann, denkt Dora und steht auf.

Sie kreuzt die Arme nahe über der Brust und schlüpft mit den Händen in die weiten Ärmel des Hemdes, um sich die Arme zu reiben. Die Zelle ist geheizt; aber das Sackleinen macht die Haut schaudern. Sie will hin und her gehen, doch sie bleibt stehn und starrt die graue Wand an.

Karl hat ausgesehen wie ein alter Mann. Es war, als wüchsen ihm während der Fahrt die Stoppeln zu grauem, weißgrauem Bartfilz. Zum Schluß war sein Gesicht fast unkenntlich; doch als sie dann beisammen standen, ganz nahe, für die eine Sekunde, hat sie gesehen, daß es nicht nur der Bart war, der ihn zum Greise machte – da hat sie gesehen, daß ihm der Kopf wackelte, und es war zum Weinen. Aber wie hat sie es sehen können, in der trüber und trüber werdenden Beleuchtung des stehenden Wagens? Und wenn es das Deckenlicht war, das wackelte? Und wenn es ihr eigener Kopf war, der wackelte?

Sie lauscht. Karl geht hin und her. Er steht nicht da, wie sie, er geht hin und her. Sie hält den Atem an und lauscht. Das ist kein Greisenschritt, das ist der Riesenschritt des langbeinigen Hausherrn und knirscht heran, auf dem Kiesweg vor dem Atelierhäuschen. Man kann Dora nicht überrumpeln, dank dem Kiese...

Ach, die Ohren korrigieren: es knirscht nicht der Kies, es klirrt an der Tür. Dora fährt herum und preßt die verschränkten Arme an die Brust. So ist das Herz und so sind die Ohren.

„Sind Sie Protestantin, meine Tochter?", fragt der Gefängnisgeistliche, nahe an der Tür stehenbleibend. Dora nickt. „Erlauben Sie, in Ermangelung eines Geistlichen Ihres Bekenntnisses, daß ich für Ihr Seelenheil bete, meine Tochter?"

Dora nickt, vernimmt die ersten Worte des De Profundis und dann nichts mehr als das Amen; und sie sieht nicht das Zeichen des Kreuzes, da sie zu Boden schaut. Die pralle Stimme spricht: „Ihr Mann, ein mutiger und aufrechter Mann, hat den Wunsch ausgesprochen, eingeäschert zu werden, und ist der Überzeugung, daß Sie den gleichen Wunsch haben, meine Tochter, für sich."

„Ein mutiger und aufrechter Mann", hört Dora, richtet sich auf und nickt.

„Ihr Mann wünscht, daß seine und Ihre Asche in ein und derselben Urne beigesetzt werden."

Dora nickt. Der Gefängnisgeistliche sieht sie an; doch er blickt ihr nicht in die Augen, sondern auf den Turban, und dann schaut er noch höher, in die Luft, und spricht leiser: „Weil es gut und schön ist, was er dann noch sagte, und geeignet, Ihr Herz zu stärken und zu trösten, meine Tochter, verschweige ich es Ihnen nicht, obgleich er die Übermittlung für überflüssig hält. Er spricht mit Ihnen und in Ihnen, solange er noch sprechen kann. Also nützen Sie die Zeit mit ihm, meine Tochter, bis ich wiederkomme."

Dora nickt, und er geht. Sie nickt noch immer, und so warm steigt es in der Brust auf, als gute Wärme und tiefe Besitzfreude, daß die Haut nicht mehr unter dem Sackleinen schaudert und sie die Arme löst.

Wie groß die Wahl ist, die sie beide treffen können, Dora und Karl! Sie braucht nur die Tür zu öffnen, wenn sein Schritt über den Kies knirscht, sie braucht nur auf die Tür zu schauen – und er ist da, ein Tag ist da, aus dem Schatz der neunzehn Jahre.

Was bewölkt ihn? Der neue Student, der „tolle Bursche", der ihm schon deshalb nicht recht geheuer ist, weil er sich selber nicht recht geheuer? Wolken zu zerstreuen, gehört zu Doras Obliegenheiten. Sie irrt sich nicht in Menschen, und Christophs Schritt auf dem Kies ist der vertrautesten einer geworden. Karl, Christophs Schritt auf dem Kies ist der letzte vertraute gewesen, ehe der Kies fremd knirschte in der schwarzen

Frühe, unter fremdem Doppelschritt. Karl, unser Wildschütz hat das Zweite Gesicht und spürte die Fangstunde – es gehört nicht einmal viel Witterung dazu, zu Recht besehen.

Er sagte zu Dora, daß sie sich verstecken möge, irgendwo. Es war unsinnig und auch kränkend; aber er mußte es sagen, von den Furien der Dankbarkeit getrieben. Dora gehört seine Dankbarkeit, Sophia seine Liebe, und so hatte er es auch Sophia sagen müssen oder sagen wollen, im Kuß der bleichen Lippen. Und wäre seine Mutter dagewesen, der beides gehört, seine Liebe und seine Dankbarkeit, so hätte er es auch seiner Mutter gesagt. Er hielt es plötzlich nicht aus, in ritterlicher Hysterie, daß wir dabei sind, er nahm die Fangstunde für eine Angelegenheit unter Männern, der Bub.

Warum nur greift Dora dies heraus, aus dem Schatz der Jahre? Karls Stirn ist doch nicht mehr bewölkt, denkt er an Christoph. Ein mutiger und aufrechter Mann sieht klar und sieht ein, wenn er unrecht gehabt hat. Und die gute Wärme in Karls und Doras Brust ist eine selbstische Wärme. Glück ist unser Glück, mein und dein, du und ich, wir sind zwei, wir lassen uns nicht mehr stören. Wir haben zu sprechen, solange wir noch sprechen können, von dir und von mir. Wir haben die Zeit zu nutzen. Wie groß die Wahl ist, die wir treffen können!

Erinnerst du dich ... Erinnerst du dich ...

Jetzt brennt auch dein Haar, Do ...

Jemand hinter ihr, der ihr die Hände auf dem Rücken bindet, löst das Tuch von ihrem Kopf. Die Luft berührt ihre nackte Kopfhaut. Das Gefühl ist so fremd, so schamlos, so ungeheuer häßlich, daß sie meint, nun bleibe ihr das Herz stehn. Ihr Kopf ist kahl. Es sprechen fremde, schamlose, ungeheuer häßliche Menschen gegen ihren kahlen Kopf. Das ist es nicht, was sie entsetzt. Wenn das Herz wieder in Gang kommt, wird sie wissen, was sie entsetzt.

Die Beine kommen in Gang, und jetzt schlägt sich eine andere, eine kältere Luft auf den nackten Kopf. Sie hat nichts anderes zu ihrem Schutz als eine hilflos gefesselte Bewegung mit ihren Schultern. Der viel zu weite Hemdsack gleitet ihr von der Achsel, das ist alles, was sie erreicht. Aber es ist nicht der Körper, der zugleich friert und brennt, sondern der Kopf.

Erst als die eisige Nachtluft über sie herfällt – und Dora ist nichts als ein haarloser Schädel –, weiß sie, was sie entsetzt. Ach, es ist keine Gnade, gemeinsam mit Karl zu sterben, wenn sie so entstellt ist, zu guter Letzt – es ist ein Fluch, rückwirkend über das gemeinsame Leben und seine Schönheit zerstörend!

Gewähre, Gott im Himmel, daß Karl nicht Dora sieht, wie sie ist, zu guter Letzt, und daß es ihn nicht schaudere in den Tod hinein, und daß sie sterbe vor ihm oder nach ihm, doch nicht mit ihm!

So lernt Dora noch einmal, was sie schon vergessen hat: zu sehen und zu suchen. Der Strahlkegel eines einzigen Scheinwerfers schlägt in die rechte Ecke des Hofes. Kein Menschenauge kann nach links sehn; denn da ist die Feuerlohe der Lichtquelle und macht das Auge blind. Am Saume der Richtbahn zur Rechten warten Menschen, Männer in Mänteln, mit den Hüten auf den Köpfen – nicht Karl. Hinter ihnen ist das schwarze Nichts. Dora weiß, Karl ist nicht im schwarzen Nichts. Wo der Lichtstrahl aufschlägt, steht ein Richtblock, nur einer, blankgescheuert, blitzend vor Sauberkeit.

„Mein Gott, mein Gott, ich bin die erste!“, flüstert Dora und ist dankbar.

Der Gefängnisgeistliche betet: „Verzeih mir, Gott, mein Herr, daß ich ihr den letzten Gruß des Mannes nicht bestellte. Denn du weißt allein, Gott, mein Herr, warum ich es nicht vermochte.“

3

„Ich bin nur der Friseur.“

„Wieso? Ach so, na ja ...“

Hans bemüht sich, von der Pritsche aufzustehen, er hat Schwierigkeiten, der Schreck ist ihm sozusagen in die Prothese gefahren.

„Sie brauchen nicht aufzustehen“, sagt Adam, „Sie brauchen sich nur vorzulehnen.“

Hans gehorcht und stützt den Kopf in die Hand. Adam steht neben ihm und berührt doch nicht seine Schulter, als er ihm die Haarmaschine im Nacken ansetzt. Hans fährt zusammen. Adam hebt das Instrument schnell ab, greift zur Schere und klappert mit ihr in die Luft, gleichsam zur Beruhigung. Die Tür geht auf. Adam hebt unmutig den Kopf. Er liebt keine Störung. Ein Justizwachtmeister erscheint, mit einem andern Verurteilten im Exekutionshemd.

„Als besondere Vergünstigung für Frontsoldaten", sagt der Justizwachtmeister, „hat der Herr Direktor Ihrem Gesuch stattgegeben. Unteroffizier Welte darf zehn Minuten bei Ihnen bleiben und mit Ihnen sprechen, natürlich in meiner Gegenwart."

Hans sieht nicht auf.

„Hans!", ruft Alexander.

Adam hat als höflicher Mann nicht in die Worte des Beamten hineingeklappert und will auch nicht das Gespräch der Freunde stören, wohl aber seines Amtes walten. So muß er wieder die Schere mit der Haarmaschine vertauschen, die leise ist, aber kalt im Nacken. Er kann nichts dafür, daß die blonden Nackenhärchen des Gebeugten aufstehen vor Schauder, es sind die Umstände.

„Hans!", ruft Alexander zum zweitenmal.

„Erzähl' einen Witz, Alex", flüstert Hans.

„Was?"

„Einen Witz, Alex!", stöhnt Hans und zieht die Schultern hoch.

Alexander macht runde Augen, verzieht nicht das Gesicht und erzählt: „Ein Bierwirt sieht zu seiner Verwunderung, daß ein Gast an der Theke in jedem Ohr einen Rettich stecken hat. Die Theke ist voll, der ungeduldige Gast verschwindet, ehe er bedient wird und ehe ihn der Wirt fragen kann, warum er Rettiche in den Ohren trägt. Am folgenden Tag kommt der Mann wieder, Rettiche in den Ohren, und verschwindet von neuem, ohne daß der Wirt seine Neugier befriedigen kann. Am dritten Tag erscheint der Mann, in jedem Ohr eine rote Rübe. Der Wirt stürzt sich auf ihn: ‚Um Gottes willen, sagen Sie mir, warum haben Sie rote Rüben in den Ohren?' – ‚Ja, ja, schreckliche Zeiten', erwidert der Mann in schwerem Ernst, ‚es gab heute keine Rettiche...'"

Es lachen an der Tür der Oberschließer, der diensttuende Schließer und der Justizwachtmeister. Adam wirft ihnen einen strafenden Blick zu; denn hier lacht man nicht, hier wird kein Witz gemacht, um zu lachen, sondern um über die Haarschur hinwegzukommen. Die Frau vorhin machte es mit den Fingernägeln, jeder hat seine eigenen Mittel und Wege, manche machen es mit Geschrei und Gestrampel. Adam rechnet es dem Blonden unter seinen Händen und der Frau vorher und jenem Ersten, der ihm das Gesicht hinhielt zum Rasieren, hoch an, daß sie die stillen Mittel und Wege fanden. Der vierte hier, der Besucher und verständige Nothelfer, der seinen Witz so begütigend von sich gab wie ein Wiegenlied, scheint nicht aus der Art zu schlagen. Adam arbeitet mit sehr schneller und leichter Hand und ist schon fertig.

„Könnte den da gleich hier abfertigen", meint er, auf Alexander weisend.

„Von mir aus", nickt der Oberschließer.

„Aber meine Arbeitszeit rechnet nicht zu den zehn Minuten", bemerkt Adam.

„Zu Befehl, Adam", sagt der Justizwachtmeister und salutiert, ein nicht humorloser Mann.

„Adam heißt er auch noch", flüstert Alexander und setzt sich auf den Schemel. Er beugt sich vor und stützt den Kopf in die Hände, wie er es bei Hans gesehen hat.

„Sie können sich ruhig aufrichten und sich mit Ihrem Freund unterhalten", ermuntert Adam, der hinter ihn getreten ist.

„Was meinen räudigen Skalp betrifft, Herr Adam", klärt Alexander auf und setzt sich gerade, „so ist es nicht die Krätze, sondern..." Er verliert den Faden, die Haarmaschine setzt sich metallisch kalt auf sein Genick, er sucht Hans mit den Augen.

„Denke einfach an Häresie Nummer 2", schlägt Hans vor.

„Jawohl", sagt Alexander schmunzelnd, „ich nenne das Gesicht hängeschultrig, breitbeckig und weichbäuchig."

„Und das dunkle Deckungsbedürfnis", hilft Hans nach.

„Haha!", lacht Alexander vor sich hin, nicht eben laut, „wo sind denn die Hände am sichersten?"

Adam staunt, denn daß man unter seinen Händen lacht, ist neu, wenn auch nicht so verwerflich wie das Lachen von Unbeteiligten. Warum soll es übrigens nicht auch solche geben, die es mit Lachen machen, statt mit Geschrei und Gestrampel.

„Aber die Augen!" ruft Hans.

„Melodramatische Blockadebrecher", versetzt Alexander, „und stell dir den Augenblick vor, wo sie nicht mehr ins Volle stechen, sondern ins Leere ..."

„Das geht nun doch nicht“, mischt sich der Justizwachtmeister ein, „Sie müssen schon reden, was verständlich ist.“

„Mit Verlaub, Herr Justizwachtmeister“, wendet sich Alexander höflich an ihn, „das ist ganz harmlos. Aber wir können das Thema fallen lassen.“

Hans verdeckt schnell mit der Hand sein Lächeln.

Adam ist verschwunden. Alexander streicht mit der Hand über seinen Schädel. „Und das heißt Adam!“, wundert er sich kopfschüttelnd.

„Schön sehn wir aus“, stellt Hans fest.

„Ich fühle mich nicht verhäßlicht“, entgegnet Alexander, „denn kahl ist besser als räudig. Und in Rostow am Don war weder deine Frisur noch dein Lazarettkittel eleganter, junger Mann.“

„Und doch, altes Haus, wäre es mir noch lieber, meine kleine Schwester säße hier an deiner Stelle.“

„Auch ich gäbe dich für sie her, Hans, und du hast sie ja während der Herfahrt gegenüber gehabt, ich nicht.“

„Sie hat aber nicht viel Zeit für mich gehabt, tröste dich, Alex, sie hing mit dem Blick an Christoph. Aber sah denn auch Christoph meine Schwester an?“

„Warum fragst du?“, meint Alexander etwas zögernd.

„Weil ich ihn nicht sehen konnte, aber du, und weil Sophias Augen nicht ausgesehen haben, als würden sie angeschaut.“

„Er hielt die Augen geschlossen“, spricht Alexander; „aber ganz zum Schluß sah er sie an.“

„Wie sah er sie an?“

„In namenloser Angst.“

„Verstehst du das?“, fragt Hans leise.

„Ja!“, ruft Alexander heftig, „ich verstehe das! Auch ich habe geglaubt, mir bricht das Herz, als ich Sophia im Hof des Justizpalastes in den Schinderkarren klettern sah.“

„Ach so“, sagt Hans, nach einer kleinen Pause, „du meinst seine namenlose Angst um sie.“

„Und um sich.“

„Also doch“, flüstert Hans, „er ist also doch anders geworden.“

„Nein, Hans, er hat ja nicht Angst vor dem Tod! Erinnere dich an den unglaublichen Kampf, den er heute um seine Zurechnungsfähigkeit führte, und zieh gefälligst deinen Hut vor seiner Angst!“

„Mein Gott“, flüstert Hans und sitzt sehr gerade auf der Pritsche.

„Und jetzt kannst du sagen: also doch!“

„Also doch …“, flüstert Hans.

„Stupor, oder wie du es nennen willst“, vollendet Alexander.

„Nur noch drei Minuten, meine Herren“, mahnt der Justizwachtmeister, die Uhr in der Hand.

Die Freunde sehen einander an, und von den drei Minuten verrinnt eine halbe in Schweigen, so schwer ist es plötzlich, ein Wort zu finden.

„Na, und was die Angst betrifft…“, spricht endlich Alexander mit ungelenkem Kinn.

„Mein lieber Junge“, tröstet Hans, „ich habe schon so viel Angst gehabt, donöstlich und donwestlich, daß es darauf nicht mehr ankommt.“

„Gib mir einen vernünftigen Rat für die verfluchte Situation, Hans, wenn ich unter meinem Tod liege und genau weiß, wo es hin trifft. Du lagst immerhin schon unter dem Flakwagen.“

„Nur mein Bein.“

„Und an was hast du in der letzten Sekunde gedacht?“

„An mein Bein.“

„Ich will eben nicht an meinen Kopf denken!“

„Dann denk überhaupt nicht. Gegen Denken hilft: Fluchen, Zählen, Beten, Singen…“

„Singen!“, ruft Alexander, „was könnte ich singen?“

„Ich weiß nicht“, sagt Hans, „wir haben ja kein Lied auf die Freiheit…“

Damit sind die drei Minuten verronnen. Doch es erscheint der Gefängnisgeistliche, und das Zusammensein der Freunde wird zum zweitenmal verlängert.

„Nanu“, fragt der Geistliche den Justizwachtmeister, „zwei zusammen?“

„Sondervergünstigung für Frontkämpfer, Herr Pfarrer.“

„Soso“, nickt der Geistliche und sieht auf die Uniformhosen, die bei den beiden unter den Sackhemden hervorschauen, „und wie steht es mit der Religionszugehörigkeit der beiden Kriegskameraden?“

„Ich bin Protestant“, sagt Hans.

„Ich bin als Katholik geboren“, sagt Alexander.

„Wollen Sie damit sagen, mein Sohn“, wendet sich der Geistliche an ihn, „daß Sie es nicht mehr sind?“

„Ich will damit sagen, Herr Pfarrer, daß wir in der Hitlerjugend es vergessen mußten."

Der Geistliche schließt die Augen und schlägt sie wieder auf, ein mildeindrücklicher Hinweis, daß Alexanders Antwort nicht zur Kenntnis genommen sei. „Aber Sie werden fraglos noch den ‚Glauben an Gott' oder das ‚Vaterunser' oder wenigstens das ‚Gegrüßt seist du, Maria' mit mir beten können."

„In der Hitlerjugend, Herr Pfarrer, betet man nur: ‚Wir sind geboren, um für Deutschland zu sterben!'"

Der Geistliche senkt den Kopf, legt die Hände vor der Brust zusammen und spricht mit starker Stimme: „Aus der Tiefe rufe ich, Herr, zu dir!" Dann senkt er seine Stimme zu unverständlichem Geflüster, bis zum Amen.

„Amen", sagt Hans, „und ich habe noch einen Wunsch, Herr Pfarrer."

„Deshalb bin ich hier, mein Sohn."

„Ich habe ein künstliches Bein", spricht Hans, „ich wünsche, daß es an meinem Körper bleibt, als mein rechtes Bein. Ich bitte Sie, es zu Protokoll zu nehmen, hier und jetzt."

Der Pfarrer sieht ihn an und senkt den Kopf und sieht ihn wieder an. Er bringt aus der Soutane einen Schreibblock und einen Füllfederhalter zum Vorschein. Er hüstelt und fragt: „Sie sind?"

„Hans Moeller."

Der Gefängnisgeistliche schreibt im Stehen, mit geübter und eiliger Hand. „Wir können dabei gleich noch dies ordnen", meint er, aufsehend. „Das Gesetz erlaubt die Auslieferung der sterblichen Reste an die Angehörigen zum Zwecke einer ohne Feierlichkeit vorzunehmenden Beerdigung respektive Einäscherung. Sollten die Angehörigen auswärts wohnen, so kommt nur Einäscherung und die Übersendung der Urne in Betracht. Haben Sie Angehörige und wo?"

„Ich werde dann noch meine Mutter haben", antwortet Hans langsam, „sie lebt als Ausgebombte im Oldenburgischen. Aber ich will begraben werden."

„Aus religiösen Gründen?"

„Weil mein rechtes Bein nicht eingeäschert werden kann."

Der Pfarrer setzt zweimal an, dann schreibt er weiter. „Lesen Sie und unterschreiben Sie", sagt er und reicht Hans Schreibblock und Feder. Hans liest und unterschreibt.

„Bitte zeichnen Sie gegen, Herr Pfarrer", sagt er. Der Geistliche sieht ihn an und gehorcht.

„Auch ich wünsche begraben zu werden", meldet sich Alexander.

„Das freut mich, mein Sohn", nickt der Pfarrer, „für einen guten Katholiken gibt es keine Feuerbestattung."

„Mein Vater", erklärt Alexander unerbittlich, „ist ein vielbeschäftigter, also mit Gott und der Welt zufriedener Veterinär, und solche Urnen sind berufsstörend."

Der Pfarrer schließt die Augen und schlägt sie wieder auf. „Und nun habe auch ich einen Wunsch", spricht er zu Alexander; „ich habe um Ihre Seele zu kämpfen, mein Sohn. Ich wünsche, jetzt mit Ihnen zu gehen, in Ihre Zelle, und Sie zu versehen mit den letzten Sakramenten, auf daß Sie getröstet und gereinigt vor Ihren Herrgott treten."

„Ich wünsche es auch, Alex", sagt Hans leise.

„Es ist höchste Zeit", mahnt der Justizwachtmeister, mit dem Finger auf das Uhrzifferblatt tippend.

Der Junge aus Bremen ist kühl und spröde von Natur und hält nur den Freund an den Schultern und sieht ihn an. Der Junge aus Ulm ist ein wärmerer Mensch, geboren unter blauerem Himmel, und verschlingt die Arme um Hansens Schultern und streichelt ihm den kahlrasierten Nacken. Beide aber, wie aus einem Mund, flüstern: „Auf Wiedersehen..."

Und doch, es teilen sich nun ihre Wege, so nahe beieinander sie sind und so kurz bemessen. Selbst die grellen Lichtbahnen, in die sie münden, sind nicht die gleichen; denn der eine Scheinwerfer schneidet von den vier Ecken des Hofes die dritte, die nordöstliche, aus der Nacht, der andere aber die vierte, auf der Gegenseite.

4

„Nur! Nur!", schreit Sophia auf, flüchtet sich in den äußersten Zellenwinkel und schützt ihr Haar mit den Händen. Daß er der Friseur ist, genügt, um die radikale Rasur zu spüren, die längst angedrohte. Daß er n u r der Friseur ist, verhöhnt die Todesangst und den Tod.

Adam kennt die Wirkung seines Erscheinens auf Delinquenten und pflegt darüber hinwegzugehen. Hätte dieses blutjunge Mädchen „Nein!" gerufen oder „Ich will nicht!" oder nur geschrien und gestrampelt, so würde er mit einem Augenwink die beiden Schließer angewiesen haben, die Widerspenstige bei den Armen zu nehmen und sie in eine Behandlungsposition zu bringen, ob stehend, sitzend oder liegend, ist ihm gleich. Daß sie sich aber nicht so sehr an ihm entsetzte wie just an dem zusätzlichen und betonten Wörtlein seiner Selbstbeschränkung, gibt ihm zu denken, und er weist mit einem Augenwink die beiden Schließer an, nicht in Funktion zu treten.

„Fräulein", spricht Adam, den Malkasten öffnend und in ihn hineinsehend, „das habe ich heute schon zu vier anderen gesagt, Sie sind also nicht die erste, sondern die fünfte. Aber Sie sind die erste, die Geschichten macht."

Sophia läßt die Hände sinken, kommt mit kleinen Schritten aus dem Zellenwinkel heraus und setzt sich auf den Schemel, mit dem Rücken zu Adam und zu den Männern an der Tür.

Adam klappert beruhigend mit der Schere. Ihm gefällt nicht, daß die Sitzende sich mit den Händen am Schemel festklammert, so als liefe sie Gefahr, hinunterzufallen. Adam weiß, er hat noch nicht gewonnenes Spiel. Er steht jetzt hinter ihr, umklappert mit der Schere zuerst die Luft um ihren blonden Haarschwall und klappert sich dann so leicht ins Haar hinein, daß sie den ersten Flockenfall nach fachmännischem Ermessen nicht wahrnehmen kann. Aber sie nimmt es wahr, und es tut ihr weh, er sieht es am Zucken ihrer Schultern; und da es kein einmaliges Aufzucken ist, sondern ein kleines gestoßenes Auf und Ab der Schultern bleibt, weiß er, daß sie weint, wenn auch lautlos.

Adam hört zu klappern auf und spricht: „Geweint hat keiner."

Er wartet nicht ab, bis die Schultern sich beruhigen, sondern fährt durch das blonde Dickicht mit tiefen raschen Schnitten. Als er den Nacken freigelegt hat, stehen auch die Schultern wieder in fester Ruhe.

Die Schere aber, weiß Adam, ist nur der Haarfeind und greift nicht an die Haut, ist nicht der Menschenfeind. Wenn dieses Mädchen schon bei der Schere weint: wie wird es sein, wenn sich der Schauder an den Nacken legt.

Adam legt die Schere fort, greift zur Haarmaschine und spricht: „Einer hat dabei sogar gelacht, der vierte."

Sophia löst die Hände vom Schemel und legt sie in den Schoß. – Wer ist der vierte?, fragt sie sich. Denn das ist fragwürdig in höchstem

Maße, da sie die vierte war in der eisern festgelegten Reihenfolge und dennoch nicht mehr ist. Jetzt ist sie die fünfte, auf Christophs Platz, die Plätze sind vertauscht, weiß Gott aus was für Gründen, und wenn der vierte gelacht hat dabei, so ist es Christoph ...

Selbst der metallische Anschlag auf den Nacken geht nur an die Haut, wenn die Gedanken nicht dabei sind und nicht den Schauder mit der Empfängnis des Todes belasten. Sophias Gedanken sind bei Christoph, der gelacht hat, in einem solchen Augenblick. Wie aber konnte er lachen, wenn sein Gesicht während der Fahrt im Gefängniswagen voll einer Angst war, deren Bedeutung nur sie, die Geliebte, erfaßt, wie konnte es ein anderes Lachen sein als aus einer Verzweiflung, für die es die Wohltat des Weinens nicht mehr gibt?

„Wie aber hat er gelacht?", fragt Sophia mit ganz kleiner Stimme.

Adam kann sich nicht erinnern, daß ihm jemals ein Mensch unter seinen Händen eine Frage gestellt hat, noch dazu eine Frage nach einer anderen Person. „Wie einer halt lacht", antwortet er, „dem was Lustiges durch den Kopf geht."

„Wie schön", flüstert Sophia.

Adam staunt und tut etwas Ungewöhnliches: er beugt sich leicht vor und sieht sich das Gesicht eines Menschen an, der unter seinen Händen „Wie schön!" gesagt hat. Es ist nicht gerade ein Lächeln, das er erblickt, sondern nur um den Mund eine Weichheit, die so gut ist wie ein Lächeln oder besser. Adam tut noch etwas anderes, das ganz und gar nicht seine Pflicht ist: er nimmt Rücksicht auf das überaus hübsche Gesicht des jungen Mädchens, er läßt ihr auf dem Vorderkopf kurze Locken stehen, die anmutig in die Stirn fallen. Sie könnte ohne Furcht in den Spiegel schauen, gäbe es hier einen. Sie braucht keinen barmherzigen Turban. Adam verschwindet lautlos. Sie bemerkt es nicht und auch nicht die Gnade, die ihr widerfahren.

„Jetzt wird nichts als gelacht, acht Tage lang", hatte Christoph mit seiner lieben bündigen Stimme gesagt, als sie von Salzburg nach Reichenhall zu radelten, im letzten Sommer. Schon der Vortag, der Ankunftstag in Salzburg, war schön gewesen, wie jeder erste Ferientag in einer fremden Stadt, wenn auch nicht ohne Schatten. Denn es war ja wieder da, auch hier, was sie nicht sehen und hören wollten, Hakenkreuz, Uniform, Führerbild und des Radios Nazi-Rotwelsch, und vergällte ihnen den Tiroler Wein im guten, alten, gegen den Zeitwandel mönchisch indolenten Peterskeller. Erst als sie nachts durch die heimeligen Gassen strichen und der Mond über einen Barockbrunnen spielte, über ein Kirchenportal, über die selige Stille des Domplatzes, gewann die Stadt ihr fürstliches Bischofsgesicht zurück, und es roch katholisch, wie sich Sophia ausdrückte. Dann waren sie in ihren kleinen Gasthof in der Mozartgasse gegangen, Christoph versicherte ihr feierlich, daß es auf dem Sauerhof zu Vogelöd kein Flakenkreuz, keine Uniform, kein Führerbild und kein Radio gäbe, küßte sie und ging auf sein Zimmer. Er blieb ja niemals bei ihr, sie sind ein seltsames Liebespaar, es ist nicht Sophias Schuld, der Schatten kommt von ihm.

Oh, das Glück der acht Tage in Vogelöd! Es erfüllte sich gehorsam nach Christophs Dekret. Es bestand aus dem sonnentrunkenen August, Waldberg, Wiese und gelbem Ährenfeld, aus Haus, Stall, kuhwarmer Milch, hausgebackenem Roggenbrot, Eiern, Butter und Schweinefleisch. Es hatten nur vier Menschen an ihm teil: Christoph und Sophia, Frau Ursula und Fridolin.

Es gibt doch Mütter, eifersüchtig auf den Sohn, und Bäuerinnen, mißtrauisch gegen fremde Stadtmenschen, Frau Ursula aber schmälerte Sophias gute Zeit um keine Stunde, nicht um die erste Minute des Abfühlens und Abschätzens, und empfing sie mütterlich beglückt und beglückend wie der warme und wunderbar verständnisinnige August über diesem verzauberten Erdenwinkel. Und ein großes Lachen war aufgetan, mit Blitzaugen und Blitzzähnen, so wie nur Christoph lachen konnte und seine Mutter und Fridolin. Das Kind zumal besaß als Gabe und Laut des Lebens ein klingendes Lachen, das Christoph nicht erst durch Handstand und Radkunststücke zu wecken brauchte, sondern das an jedem Morgen durch das Haus läutete wie eine beglückende Weckuhr und ansteckend blieb durch den Tag.

„Daß du mir nie etwas von deinem süßen kleinen Bruder erzählt hast!“, wunderte sich Sophia.

„Aus Diskretion!“, lachte Christoph, „ich habe ihn nämlich erst seit neun Monaten.“

„Aber der Bub ist doch schon drei Jahre alt!“, rief Sophia.

„Fang nicht zu rechnen an, Sophia, es führt zu nichts!“, lachte Christoph.

Sie saßen auf dem Kamm des Waldbergs, Fridolin pflückte Blaubeeren, aß sie, statt sie in seinen Blechtopf zu sammeln, und lachte über seine blaue Zunge.

„Hier war früher die Grenze", sagte Christoph, „und dort ein anderes Land, und wer hier geboren ist, ist ein geborener Schmuggler, und die geborenen Schmuggler waren die richtigen Leute, um Gefährdete, Gesuchte oder Ausbrecher hinüberzuschmuggeln, von hier nach dort, aus der Folterkammer in die vermeintliche Freiheit. Das ging natürlich nur bis zum März 1938. Seitdem klagt der geborene Schmuggler über schlechten Geschäftsgang."

Christoph lag auf dem Rücken und lachte in sich hinein. Er trug kurze Lederhosen und derbe Halbschuhe, sonst nichts. Sein bräunlicher Körper war haarlos wie der eines Knaben und sehnig wie der eines Leichtathleten. Er sah noch jünger aus, als er war, hell vor Jugend, ganz ohne Schatten. Sophia sah ihn an und küßte ihn. „Dies für den geborenen Schmuggler", lachte sie.

Er hielt sie fest. „Als der Bub geboren wurde", sagte er, „gab es hier schon keine Grenze mehr, und so ist er mein süßer kleiner Bruder geworden – verstehst du das?"

„Nein ..."

„Dann werde ich dir von meiner süßen großen Mutter erzählen, Sophia..."

Er erzählte. Ein Specht über ihren Häuptern hämmerte bekräftigend in den Stamm. Irgendwo im Unterholz lachte Fridolin klingend.

Konnte Sophia der süßen großen Mutter ihre Liebe erklären? Es war nicht gut möglich. Sie konnte Ursula anschauen und anlächeln und ihr voller Zärtlichkeit nachblicken, wenn sie mit Fridolin in die Waschküche verschwand, um ihn hinter verschlossenen Türen zu baden. Mehr aber war nicht zu gestehen, und es genügte nicht. Es genügte nicht, das Kind mit Liebe zu überschütten, die kleine ahnungslose Menschenkonterbande, die aus dem Frevelzoll der Zeit herausgeschmuggelt worden ist. Und die Liebe zu dem geborenen Schmuggler, der die Geliebte in seine Schatzhöhle brachte und ihr das Herz vollpackte mit unbekannten Gütern des Glücks: genügte sie dem übervollen Herzen?

Und Sophia ging zu Christoph, eines Nachts. Seine Kammer lag gegenüber der ihren, die Gangbohlen knarrten nicht unter ihren nackten Füßen, sie brauchte nur die Hände auszustrecken im Dunkeln und traf seine Tür, die nicht verschlossen war; denn in diesem Haus wurde keine Tür verriegelt oder nur eine hin und wieder: die der Waschküche.

„Ich bin's, Christi", flüsterte sie und drückte die Tür hinter sich lautlos ins Schloß, „du brauchst kein Licht zu machen."

„Ja", antwortete er und rührte sich nicht.

Da rührte sie sich auch nicht und blieb stehn, wo sie war, nahe der Tür. Ach, es wäre wohl besser gewesen, er hätte Licht gemacht; denn nichts ist so schattenschwarz wie das Schweigen im Dunkeln. Und der Schatten kam von ihm wie je und immer, war herausgetreten aus ihm und hüllte ihn ein, wie niemals noch, ihn und sie.

„Ich gehe ja schon", flüsterte sie schließlich, „und bin gar nicht hier gewesen, Christi, gute Nacht..."

„Sophia!", rief er leise, wohl um sie vom Weggehen abzuhalten; sie stand ja noch da. „Sieh mal, Sophia", fuhr er fort, und seine Stimme war nicht einmal bedrückt, „ich stehe nämlich nicht mit meinem Körper auf du und du, ich kann ihn unterjochen, aber er mich auch, ich kann eine Erschütterung einlassen, aber ich weiß nie, wann er mich daraus wieder entläßt. Und damals, als ich mich in den Stupor einließ, um nicht Soldat zu werden, da dauerte es Wochen – und unsre Ferienwoche ist doch bald vorüber, Sophia – da dauerte es Wochen, bis ich wieder herausfand aus meiner... aus meinem..." Er suchte nach dem Wort und fand schließlich ein recht sonderbares und beinahe scherzhaftes, „aus meinem Schneckenhaus."

„Stören Sie mich nicht!", ruft Sophia selbstvergessen, ohne sich umzuwenden. Sie ist ja noch nicht fertig mit Christoph, der gelacht hat, sie kennt jetzt die Schatten, die über ihm zusammenschlugen, die Schatten aus dem Schicksal der süßen großen Mutter und des süßen kleinen Bruders und der unberührten Geliebten, sie kennt den Schatten des Schneckenhauses, sie bereut ihre Frage, ihre letzte Frage an ihn: „Warum bist du so anders geworden?" Aber sie begreift nicht mehr, daß er hat lachen können, unter der Schere des schwarzen Kittels – sie glaubt es nicht mehr, und möchte es doch so gerne glauben...

Sophia hört Flüstern hinter sich, wendet den Kopf und sieht in der Zelle einen Priester, der leise vor sich hin betet. Sie springt auf, flüchtet sich in den äußersten Winkel und schreit erstickt: „Nein! Nein! Noch nicht! Noch nicht!“

Der Geistliche sagt ein sanftes Amen und beläßt die Hände zusammengelegt vor der Brust. „Ich störe Sie nicht“, spricht er behutsam, „fassen Sie sich, meine Tochter, sehen Sie doch, wer ich bin, und lassen Sie Trost spenden Ihrem jungen Herzen, auch wenn Sie nicht der Kirche angehören.“

„Trost...“, wimmert Sophia das eine Wort, das ihr im Ohr haftengeblieben, und schüttelt den Kopf.

„Mein liebes Kind“, begütigt er, „Sie sind nicht die erste Angehörige protestantischer Konfession, der ich heute...“

„O bitte ...“, unterbricht sie bebend, „die wievielte – o bitte...“

„Ich besuchte bereits drei Glaubensgenossen unter Ihren Freunden.“

„Nein, nein...“, hastet sie und ihre Hände flattern auf, „ich meine, die wievielte bin ich überhaupt... von allen meinen Freunden, die Sie besuchten... – o bitte!“

„Sie sind die fünfte, meine Tochter“, antwortet der Priester still verwundert.

Da kommt sie aus ihrem Winkel heraus und näher und so nahe, wie noch keiner der vier vor ihr dem Gefängnisgeistlichen gekommen ist, und berührt den Ärmel der Soutane und fleht: „O Herr Pastor ... Herr Pfarrer, wie war... wie bestand es ... wie hielt sich der vierte? O bitte...“

„Der vierte...“, sagt der Geistliche, und siehe, er lächelt, siehe, er lächelt, „der vierte ist ein kecker Bursche und doch kein verlorener Sohn der Kirche, der kecke Bursche ...“

Seltsam und wunderbar können Gottes Mittel und Wege sein, um einem jungen Herzen Trost zu spenden und die große Ruhe. Als Sophia in der Lichtbahn steht, die in der Mitte von des Hofes nördlicher Längsmauer aufschlägt, gibt es für sie kein Rechts und Links hinter dem Vorhang der Nacht, sondern nur das blitzsaubere Ding geradeaus, und sie ist die erste, vielleicht weil sie die jüngste ist und eine Frau dazu.

„Er läßt Sie grüßen, meine Tochter, er ist guten Mutes“, sagt noch der Gefängnisgeistliche, und dann betet er: „Verzeih mir, Gott, mein Herr, daß ich dieser den Gruß gab und nicht jener, der er gebührte. Denn du weißt es allein, Gott, mein Herr, warum es so sein muß und nicht anders.“

5

Adam ist gewitzigt. Er sieht den sechsten an, eh er sich vorstellt.

Da steht mitten in der Zelle ein Kerl, gewachsen wie ein Baum, und zittert.

„Ich bin nur der Friseur“, sagt Adam etwas ungnädig.

Der Mann sieht ihn an. Es ist ein tiefbedrängter, aber kein zitternder Blick – ja, die Bedrängnis kommt aus der Tiefe und ist nicht die Quittung auf Adams Erscheinen. Man soll nicht voreilig sein, Adam, und nicht einfach denken: da steht ein Kerl, gewachsen wie ein Baum, und zittert. Denn der Mann zittert nicht, sondern bewegt sich, genauer gesagt: er hält sich in Bewegung.

Es ist alles in Bewegung bei ihm, in winziger Bewegung: die Augenlider, die Gesichtsmuskeln, die Schultern, die Arme, die Finger, die Knie und selbst das Oberleder der Schuhe, in denen sich die Zehen rühren. Man könnte meinen, ein nervöser Juckreiz prickle den Körper: doch dann würde er sich kratzen. Man könnte meinen, es friere ihn in dem ausgeschnittenen Sackhemd auf nacktem Oberkörper; doch dann würde er mit den Armen die Körperwärme zusammenhalten. Seine Bewegungen indessen sind winzig, stetig und unheimlich notwendig – vielleicht um das Blut in Umlauf zu halten. Es gibt eine abgedroschene Phrase vom Blut, das in den Adern gerinnt. Man soll sie nicht billig gebrauchen, Adam: vielleicht droht ihm das Blut in den Adern zu gerinnen.

„Wenn Sie wollen“, sagt Adam, den Malkasten öffnend, „können Sie sich auch weiterhin in Bewegung halten, stehend oder sitzend, mich geniert's nicht.“

Christoph ist über das Angebot des fremden Mannes nicht erstaunt. Des fremden Mannes? Wie kann man es sagen! Ein fremder Mann weiß nicht, daß Christoph sich bewegen muß.

„Das genügt nicht“, sagt Christoph, und seine Stimme ist wie von einem, der lange nicht gesprochen.

„Was machen wir da?“ grübelt Adam.

„Ich will's selber machen“, sagt Christoph.

„Schwer möglich“, meint Adam, aber er sagt nicht nein, er sagt nicht, daß es unmöglich ist, er grübelt. „Geben Sie Ihre Hand hinter den Kopf“, befiehlt er, „aber locker, ganz locker!“ Christoph gehorcht. Adam schiebt seine Rechte mit der Schere unter Christophs Hand. „Halten Sie meine Hand“, befiehlt er, „aber leicht, ganz leicht!“

Christophs Hand reitet auf der Hand, die ihm Nacken und Kopfhaut freilegt. Er handhabt mittelbar die Instrumente, und das genügt, sie in der Gewalt zu haben und nicht in die Gewalt von Schere, Haarmaschine und Rasiermesser zu geraten.

„Gut?“, fragt Adam.

„Sehr gut“, antwortet Christoph.

– Was für Mittel und Wege!, staunt Adam für sich.

„Danke“, sagt Christoph, als Adam schon verschwunden ist, und blickt seine Hand an, die es mitgemacht hat. Die Angst vor dem Schock war groß gewesen, und es ist wunderbar gut gegangen. Doch er darf nicht zurückdenken, nicht den Gedanken mit der Gefahr spielen lassen, die er überwunden hat; denn der Körper ist schwer gereizt und herausgefordert, es genügt vielleicht schon die Vorstellung des Schocks, dieses Blitzschlags, der heiß und kalt durch die Wirbelsäule knistert, herzstockend lustvoll: und der Körper schließt sich wie ein eiserner Vorhang. Er darf auch nicht vorwärts denken, an die nächste Gefahr, die an ihn herantreten mag, gar an die letzte und äußerste und unausdenkbare. Nein, er muß große Vorsicht walten lassen und seinen augenblicklichen Vorteil wahren. Denn warum ist es so wunderbar gut gegangen mit der Haarschur?

Weil er Hand an sich legte. – Hand an sich legen?

Was ist das für eine Antwort, Christoph?

Er bringt wieder den Körper in winzige Bewegung, als es an der Tür rasselt. Ein Herr tritt ein und befiehlt dem Schließer mit einer Handbewegung, draußen zu bleiben. Der Herr trägt einen steifen schwarzen Hut und einen schwarzen Paletot mit Samtkragen. Christoph kennt ihn nicht.

Er kennt ihn nicht? Er hört auf, sich zu bewegen. Er vergißt, sich zu bewegen. Er erkennt den Herrn.

„Sauer“, spricht Präsident Behn mit lässiger Stimme, „es ist unüblich, daß der Präsident des Volksgerichts in Person bei Hinrichtungen zugegen ist. Dieser gesetzlichen Verpflichtung haben sich für gewöhnlich die beiden jüngsten Richter zu unterziehen. Daß ich unüblicherweise hier bin, hat also bestimmte Gründe. Dies sei vorausgeschickt.“

Christoph legt die Hände auf den Rücken, damit er ungesehen die Finger bewegen kann.

„Zweitens“, sagt Präsident Behn, „sei vorausgeschickt oder in Ihre Erinnerung zurückgerufen, daß das Gesetz die Vollstreckung des Todesurteils an Geisteskranken verbietet. Stupor, oder was es sei, rechnet als Geisteskrankheit.“

„Ich leide nicht an Stupor“, flüstert Christoph und bewegt im Rücken die Finger.

„Ich weiß“, sagt Präsident Behn; „aber der bewußte Willensakt würde genügen ...“

„Ich will nicht...“, flüstert Christoph.

„Der bewußte Willensakt, etwa während der nächsten Viertelstunde hier in der Zelle unternommen und mit bekannter Meisterschaft durchgeführt, würde genügen, die Exekution ad indefinituni aufzuschieben und Sie der Gesundheitsbehörde zu überantworten. Und da besagter Willensakt für uns der Beweis Ihrer schon einmal wahrzunehmenden Bußfertigkeit wäre, so bedeutete die Kontrolle durch die Gesundheitsbehörde sozusagen nur das Transit zu einem neuen Leben...“

„Gehen Sie!“, schreit Christoph, und das Schreien tut wohl, es bewegt den ganzen Körper.

„Bevor ich gehe“, sagt Präsident Behn, „darf ich Ihnen noch meinen persönlichen Zweifel an besagtem Willensakt ausdrücken. Mit anderen Worten: ich halte Sie für krank und erwarte mit ziemlicher Sicherheit den bewußten Anfall auf dem Wege zum Schafott, einem anfälligen Weg. Ich werde in der Nähe sein und wie ein Luchs aufpassen. Denn wir sind nun einmal an Ihnen und Ihrem neuen Leben interessiert, weil Sie anders sind oder geworden sind als die anderen fünf, nicht nur nach meiner Überzeugung, wie Sie sich erinnern werden, und wir getrauen uns zu, Ihnen die notwendige Bußfertigkeit beizubringen. Ich werde für Ihren anfälligen Gang nicht nur den Gefängnisarzt, sondern auch einen unbefangenen Psychiater bei mir haben, also nicht Professor Ackermann, der übrigens schon in Dachau eingeliefert sein mag. Mehr ist wohl nicht zu sagen. Bis auf nachher, Sauer – oder bis auf vorher. Wir wollen es noch offenlassen, großzügigerweise.“

Präsident Behn verläßt die Zelle. Die Tür bleibt noch offen, ein Priester tritt ein, er trägt ein weißes Chorhemd über der Soutane und in den Händen den Meßkelch, den ein brokatnes Tuch bedeckt. Er sagt leise: „Christi...“

Der Versunkene fährt auf und läuft ihm entgegen: „Mein Gott, Onkel Rupert..."

„Ich habe die Erlaubnis erhalten, dich zu besuchen und dir die heiligen Sakramente zu verabreichen, Christi", spricht Pfarrer Ruhsilver und stellt den Kelch auf den Klapptisch an der Wand.

Christoph ist stehngeblicben. „Onkel Rupert", fragt er, und seine Augen sind schwarz vor Mißtrauen,, „weißt du, wer der Herr ist, der eben bei mir war?"

„Nein."

„Und er hat nicht mit dir gesprochen?"

„Nein. Er hat nicht einmal den Kelch gegrüßt", sagt Pfarrer Ruhsilver und schlingt den Arm um Christophs Schulter. „Ist es schwer, mein guter Junge?"

„Nicht mehr", antwortet Christoph und schluckt und fragt: „Wieviel wird Mutter kriegen, glaubst du?"

„Rechtsanwalt Futterer meint, sie wird mit sechs Jahren Zuchthaus davonkommen."

„Sechs Jahre...", flüstert Christoph und schluckt.

„Es wird nicht mehr sechs Jahre dauern", spricht Onkel Rupert gedämpft. Sie gehen zur Pritsche und setzen sich eng nebeneinander.

„Ich bin froh", sagt Pfarrer Ruhsilver, „daß du nicht mehr so bist, wie du an jenem Abend warst, Christi, so sprachlos und reglos, ich hatte Angst um dich ..."

„Ja", nickt Christoph, „ich bin anders."

„Also beichten wir", sagt Onkel Rupert und hat seinen Arm um Christels Schulter.

„Ich klage mich an vor Gott dem Allmächtigen und vor Euch an Gottes Statt und bereue, daß ich folgende Sünden begangen habe", murmelt Christoph die Beichtformel.

„Laß es gut sein, Christi, ich gebe dir Absolution. Du verdienst sie."

„Nein", flüstert Christoph, „ich habe Mutter ins Zuchthaus gebracht."

„Du bist nicht schuld daran, Christi, und siehst du es schon als Schuld, wie furchtbar muß dann in deinen Augen Petrus' Schuld sein, als er den Herrn, als der Hahn krähte, dreimal verleugnet hat!"

„Ich fühle Schuld, so oft ich an Fridolin denke, ich kann mir nicht helfen ..."

„Ich auch, Christi, und ich glaube, unser Herrgott auch."

„Ich habe auf dem Gewissen, daß zwei Frauen mein Los teilen, und eine von ihnen liebe ich über alle Maßen und behütete sie nicht vor meinem Schicksal ..."

„Behalte sie auf dem Gewissen, Christi, es wird ihr gut tun." „Ich habe auf dem Gewissen, daß ein Arzt und guter Mensch um meinetwillen ins Konzentrationslager gekommen ist."

„Ich hebe es ab von deinem Gewissen, Christi, und lege es auf die Waagschale der Schuld, die so groß ist, so groß ..."

„Und wer wiegt sie ab?"

„Nicht du, Christi, denn du liegst auf der anderen Waagschale und wiegst schwer."

„Und wer büßt sie?", ruft Christoph.

„Nicht du, sondern die anderen."

Christoph schüttelt den Kopf und wird immer leiser. „Aber ich weiß doch schon, ich gehe mit meinen fünf Freunden nicht bis zum Ende..."

Pfarrer Ruhsilver sieht ihn an und spricht: „Absolvo te!" „Die Kirche vergibt zu leicht...", haucht Christoph.

Pfarrer Ruhsilver steht auf und geht an den Klapptisch, den Kelch zu holen. Christoph kniet nieder. Der Priester reicht ihm die Hostie.

Sie sitzen wieder beisammen. „Ich habe die Erlaubnis", spricht Onkel Rupert, „bei dir zu bleiben, bis sie dich holen." „Wie lange wird das sein?"

„Das weiß ich nicht."

„Ich brauche zehn Minuten für mich allein, Onkel Rupert, mindestens zehn Minuten ..."

Onkel Rupert steht auf, ohne zu zögern, und küßt ihn. Er spricht kein Wort, er kann wohl nicht mehr sprechen.

Doch vor der Zellentür bleibt er stehn und spricht: „Klopf für mich, Christi, ich habe ja den Kelch zu halten."

Christoph klopft für ihn, die Tür öffnet sich, Onkel Rupert geht hinaus. Die Tür schließt sich und wird verriegelt.

Sie haben ihm die Krawatte abgenommen und den Hosengürtel und selbst die Schuhbänder. Er zieht das Hemd aus, das Sackhemd, das Exekutionshemd, das Totenhemd. Er packt es am runden Halsausschnitt und zerrt es auseinander. Die Armmuskeln schwellen in mächtiger

Anstrengung, oh, er ist kräftig, das Hemd zerreißt in der seitlichen Naht. Er beißt mit starken Zähnen ein Loch in den unteren Saum des Gewebes und zerreißt es in Streifen. Er knüpft die Streifen zusammen und dreht sie zu einem Strick. Er dreht sich einen Strick.

Er knüpft den Strick zu einer Schlinge. Er nimmt die Matratze von der Pritsche und legt sie auf den Boden, unterhalb des hochgelegenen Gitterfensters. Er stellt den Schemel auf die Matratze. Er klettert auf den Schemel, befestigt den Strick am Fenstergestänge und probiert ihn aus, indem er an ihm drei Klimmzüge macht, und der Strick hält. Er spricht zu seinen Freunden: „Versteht, es ist der einzig sichere Weg, der zu euch führt." Er weiß, daß sie ihn nicht hören. Er nimmt es auf sich, auch dies. Er schlüpft mit dem Kopf durch die Schlinge. Er stößt den Schemel um. Der Schemel fällt lautlos auf die Matratze.

Die Lichtbahn schneidet die Mitte von des Hofes südlicher Längsmauer aus der Nacht. Dort steht der blitzsaubere Richtblock, der sechste von sechs oder der erste, es bleibt sich gleich.

Es ist einsam um den Block geworden. Es ist ein Block ohne Sinn geworden. Schließlich sieht es der Scheinwerfer ein und verlöscht. Dann herrscht Nacht.

6

Laut Anschlag am Schwarzen Brett hatte sich die Studentenschaft um zehn Uhr des folgenden Vormittags in der Aula der Universität zur Entgegennahme einer Rektoratsmitteilung einzufinden. Der Rektor unterrichtete die Studentenschaft über das Verbrechen der Hennings und Genossen und über ihre Bestrafung, die der Tat auf dem Fuß folgte. Er sprach mit schneidender Stimme die notwendigen Worte der Empörung und der Warnung. Der Zwischenfall während der Rede kam indessen nicht von den Studenten, die lautlos zuhörten, sozusagen mit angehaltenem Atem. Der Zwischenfall kam von oben. Durch die Luftschächte der Aula fielen Flugblätter, Hunderte auf Zeitungspapier gedruckte Flugblätter. Zu gleicher Zeit flatterten vom Dach der Universität Hunderte von gedruckten Flugblättern auf die Straße. Es war das Flugblatt.

Dem in Bereitschaft stehenden Sicherheitsdienst gelang die Verhaftung der auf dem Dach tätigen Studenten.

Es waren ihrer sechs.

NACHWORT

Alfred Neumann ist heutzutage nahezu vergessen, ebenso sein Werk, das vor der Machtergreifung 1933 nicht nur von der Kritik sehr geschätzt, sondern von einem großen Publikum gelesen wurde. Aber auch unmittelbar nach Kriegsende und bis in die 1970er Jahre hinein gab es in beiden deutschen Staaten zahlreiche Neuauflagen seiner Bücher. Die letzten im Handel verfügbaren Werke waren, neben einer aus den 1960er Jahren stammenden und 1980 noch lieferbaren Sonderausgabe des Romans *Der Pakt*, die im Europäischen Buchclub erschienen war, eine ebenfalls 1980 veröffentlichte Ausgabe des Romans *Es waren ihrer sechs*, der vom „Verlag der Nation Berlin" herausgegeben, aber nur in der DDR vertrieben wurde.

Dass wir nun, 38 Jahre später, das Buch erneut herausgeben, hat vordergründig mit dem Gedenken an die im Jahr 2018 sich zum 75. Mal jährenden Ermordung von Sophie und Hans Scholl sowie der übrigen Mitglieder der Weißen Rose zu tun, denn solche Erinnerungs-Momente sind eine Gelegenheit, das mediale Interesse an einem sich mit einem solchen Ereignis beschäftigenden Roman zu wecken und gleichzeitig auch die Neugierde des Buchhandels auf ein solches Buch zu lenken. Es gibt aber weitere Überlegungen und Hoffnungen, die mit der Wiederveröffentlichung dieses Romans einhergehen.

Zum einen ist da der Wunsch, dass durch die Verfügbarmachung dieses Buches auch das Interesse an dem übrigen Werk Neumanns wächst – sei es, indem interessierte Leser sich über ein Antiquariat mit weiteren Büchern Neumanns eindecken, oder aber dass sich durch unsere Publikation andere Verlage dazu entschließen, einzelne Titel neu aufzulegen. Zum anderen ist die Kontroverse, die dieses Buch beim Erscheinen hervorrief, für unseren Verlag, der ja sogar den Begriff „kulturelles Gedächtnis" im Namen trägt, von besonderem Interesse, denn im Kern ging es bei der Debatte um weitaus mehr als den Vorwurf, Alfred Neumann habe die Fakten für seinen Roman verfälscht und das Schicksal der Hingerichteten als Zutat für einen mehr oder weniger gelungenen Kolportage-Roman mißbraucht, sondern hier wurde gleichzeitig eine auch später intensiv in Westdeutschland geführte Diskussion angestoßen, die da hieß: Wer hat hier die Deutungshoheit über die Erinnerungskultur? Diejenigen, die, aus ihrer Heimat vertrieben, die Jahre bis 1945 im Exil verbringen mussten, oder die das System ablehnenden Deutschen, die im Land geblieben waren, und deshalb für sich beanspruchten, den Geschehnissen unmittelbarer ausgesetzt gewesen und beigewohnt zu haben.

Die Wertschätzung, die seine Zeitgenossen jenseits dieses Disputs Alfred Neumann entgegenbrachten, lässt sich an den zahlreichen Nachrufen ablesen, die nach seinem Tod im Jahre 1952 verfasst wurden. Neben Thomas Mann, Erich Kästner oder Alfred Polgar, gedachten auch Hermann Kesten, Heinrich Böll, Erwin Piscator und etliche andere Autoren und Literaturkritiker seines Schaffens. Seine Bedeutung lässt sich darüber hinaus aber eben auch an der bereits kurz skizzierten Kontroverse ablesen, die sein Roman *Es waren ihrer sechs* im Nachkriegsdeutschland auslöste. Oder war es vorderhand nur der Erzählgegenstand, der dazu führte, dass der Streit, den dieses Buch entfachte, derart hohe Wellen schlug?

Aus heutiger Sicht lässt sich das zumindest vermuten, denn während der Ruhm Neumanns seit seinem Tod Stück für Stück verblasste, wuchs das Ansehen der Mitglieder der Weißen Rose, und wohl im gleichen Maße auch das der Attentäter des 20. Juli 1944, stetig. Und wie es bei Heldenverehrungen, die in erster Linie auch der Selbstvergewisserung dienen, leicht geschieht, führen die Rituale des Gedenkens häufig dazu, dass der Blick auf die Biografien der so Hervorgehobenen mit der Zeit immer undifferenzierter wird, bis sich das Erinnern zuletzt nur noch auf diese eine Tat fokussiert und alle anderen Aspekte, die für das Leben und Handeln dieser Personen ebenfalls von Bedeutung gewesen sind, ausgeblendet werden. Dieser Prozess beschleunigt sich, wenn von zwei Seiten gleichzeitig an einem solch ikonografischen Erinnerungsbild gearbeitet wird: von den Familienangehörigen und der Gesellschaft. Erstere versuchen, oft vergeblich, die Deutungshoheit über das Leben ihrer nahen Verwandten zu behalten und sich Vereinnahmungen da in den Weg zu stellen, wo sie ihren Vorstellungen und Interessen entgegenlaufen. Die gesellschaftlichen Dynamiken folgen ähnlichen Mustern, sind aber ungleich komplexer.

Dass uns heute, wenn wir an die Weiße Rose denken, zuerst die Namen Sophie und Hans Scholl einfallen, hat weniger damit zu tun, dass die Geschwister die mit Abstand wichtigsten Mitglieder und Aktivisten der Widerstandsgruppe gewesen sind, sondern damit, dass die Familie Scholl, und hier vor allem Inge Scholl, die Schwester von Sophie und Hans, intensiver und öffentlichkeitswirksamer als die anderen Familien das Gedenken zu steuern versuchte. Zum einen, indem sie sich beständig in bestehende Diskurse einbrachte und einmischte, zum anderen, weil es ihr durch ihre eigene 1952 veröffentliche Publikation „Die Weiße Rose" gelang, zur „Erinnerungsverwalterin und vor allem: Herrin über die Interpretation der Weißen Rose" aufzusteigen (Rudolf Neumaier in der „Süddeutschen Zeitung" vom 22. November 2012). Die Erinnerungskultur rund um die Weiße Rose hat auch die Dissertation von Kristina Kargl „Die Weiße Rose – Defizite einer Erinnerungskultur" (Allitera Verlag, ISBN: 978-3-86906-600-4) zum Thema. Frau Kargl verdanke ich zahlreiche Hinweise. Erst aufgrund ihrer Dissertation und durch zwei mit ihr geführter Gespräche war es mir überhaupt möglich, die Rezeptionsgeschichte des Romans besser einordnen zu können und dem vorliegenden Buch einige interessante Quellen beizufügen, denn insbesondere Alfred Neumanns Roman *Es waren ihrer sechs* wird in ihrer Forschungsarbeit viel Raum gegeben.

Eine der von ihr erwähnten Quellen ist ein offener Brief von Inge Scholl, der im Mai und Juni 1948 in mehreren deutschen Tageszeitungen erschien und in dem sie sich sehr ablehnend über Alfred Neumanns Roman ausließ. Einerseits sah sie in der Neumann'schen Figurenzeichnung eine Verunglimpfung insbesondere ihres Bruders und ihrer Schwester, denn die würde der „tiefen, geistigen Motive und" der „reine(n), lichte(n) Tragik dieser Gruppe deutschen Widerstandes" nicht gerecht werden und zum anderen argumentierte sie, dass nur derjenige eine solche Geschichte glaubwürdig erzählen könne, der „das Schicksal der Studenten oder überhaupt des unterdrückten Deutschlands wirklich miterlebt" habe.

Sie nennt damit zwei der drei Argumente, die die meisten Kritiker gegen das Buch hervorbrachten: das erste, mit dem die Kontroverse durch Hans Werner Richter angestoßen wurde, nämlich dass Alfred Neumann sich in seinem Roman nicht an die Tatsachen gehalten habe, spricht sie auch an, schreibt aber, gegen diese Form der dichterischen Freiheit habe sie prinzipiell nichts einzuwenden.

Das mag eine bloße Behauptung gewesen sein, um den beiden anderen Argumenten mehr Gewicht zu verleihen, aber vielleicht war Inge Scholl auch der Meinung, dass eine derart eindeutig und ablehnend formulierte, öffentlich von der Schwester hervorgebrachte Kritik auch so ausreichen müsse, um den Erfolg des Romans zu verhindern. Das aber war nicht der Fall. Von *Es waren ihrer sechs* erschienen in rascher Folge mehrere Auflagen und erst ihre eigene Veröffentlichung im Jahre 1952 verdrängte das Buch vom Markt.

Das lag vor allem daran, dass Neumann ein herausragender Stilist war, der, auch geschult durch zahlreiche Filmdrehbücher und Bühnenstücke, wusste, wie man Geschichten glaubwürdig entwickelt und erzählt, und außerdem hatte Bestand, was Neumann selbst zu Protokoll gegeben hatte: es ging ihm nicht darum, einen authentischen Roman über die Weiße Rose zu schreiben, sondern er wollte dem „anderen Deutschland" mit seinem Widerstandsroman ein Denkmal setzen. Das ist ihm eindrücklich gelungen. Und wenn auch die ein oder andere Schilderung, beispielsweise die die Verhandlung am Volksgerichtshof betreffenden Passagen, von der Wahrheit weit entfernt sind, war er in anderen Dingen ein sehr genauer Beobachter und diese präzisen Beschreibungen wurden auch von vielen Rezensenten und Lesern nachempfunden. In „Die Zeit" vom 17. Juni 1948 war zu lesen:

„Erstaunlich ist das Buch von Alfred Neumann *Es waren ihrer sechs*. Es erzählt die Geschichte der Münchener Studentenrevolte in Romanform.

Geschrieben vor dem Zusammenbruch, das heißt ohne direkte Unterlagen, die über das hinausgingen, was ins Ausland durchsickerte. Und doch von einem Einfühlungsvermögen in die psychologischen Hintergründe, das großartig ist. Am überzeugendsten ist dabei dem Verfasser die Figur des sich Schritt für Schritt zu einer neuen Haltung durchringenden ehemaligen überzeugten Hitlerjungen gelungen. Das sehr einfache und schlichte Problem zu verstehen, weshalb ein idealistischer und anständiger Junge je Hitler folgen konnte und an welchem Punkt er ebenso entschieden sich dagegen wendet, hat Neumann mit ungewöhnlichem Takt und einer seltenen Eindringlichkeit klarzumachen verstanden. Und was für diesen Jungen gilt, gilt für viele andere."

Alfred Neumann selbst gab in seinem der Nachauflage zugefügten Vorwort an, er habe sich lediglich auf eine Quelle gestützt, nämlich auf den dort genannten Artikel des „TIME Magazine" vom 14. Juni 1943. Dass das so nicht stimmt, hat Kristina Kargl in ihrer Dissertation nachgewiesen. Neben einigen anderen Quellen finden sich in Alfred Neumanns Nachlass auch die hier in Auszügen faksimilierten und abgedruckten „Inside Germany Reports", die zwischen 1939 und 1945 in unregelmäßigen Abständen von den „American Friends of German Freedom" herausgegeben wurden und die sich im August 1943 intensiv mit dem Münchener Studentenwiderstand beschäftigten. Dies bewusst zu verheimlichen, war vermutlich nicht Neumanns erstes Ziel. Er verschwieg es wohl nur deshalb, weil er deutlich machen wollte, dass er zwar von den Münchner Ereignissen zu seinem Roman inspiriert und von dem Schicksal der Widerständler berührt worden war, dass die Grundidee für diesen Roman aber weitaus älter gewesen ist. Das lässt sich an den im Anhang aufgeführten ersten, handschriftlich verfassten Romanseiten Neumanns nachvollziehen, wo sowohl der Ort und das Jahr der Handlung als auch die Namen der Protagonisten von ihm nachträglich geändert wurden. Die Tatsache, dass er neben dem Artikel des „TIME-Magazine" auf weitere Materialien zurückgriff, fügt sich darüber hinaus genau in das Bild, das sich von der schriftstellerischen Arbeit Neumanns ergibt. Seinem Erzählgegenstand näherte er sich nicht nur gedanklich und getragen von seiner Allgemeinbildung, seinen Erfahrungen und seinem schöpferischen Talent. Seiner Arbeit lag außerdem eine überaus detaillierte Recherche zugrunde. Anhand des in der Münchener Monacensia aufbewahrten Nachlasses Alfred Neumanns lässt sich nachvollziehen, wie intensiv er sich aus der Ferne mit den Verhältnissen in Deutschland beschäftigte und wie viel Zeit er auch für scheinbare Kleinigkeiten aufwendete. Als Beispiel hierfür ist im Anhang stellvertretend die von ihm ausgeführte Zeichnung einer Prothese abgebildet, die er zeichnete, um deren Mechanik besser zu verstehen. Diese seinem Werk zugrundeliegenden Recherchearbeiten fügen sich ebenso selbstverständlich und vom Leser unbemerkt in den Roman ein wie der kunstvoll und dramaturgisch überaus geschickt inszenierte Handlungsverlauf. Hinzu kommt die sprachliche Eleganz Neumanns, die seinen Roman zu einem zeitlosen Leseerlebnis werden lässt.

Hermann Kesten sagte über Alfred Neumann: „Kein deutscher Dichter [hat] die Psychologie der Macht und die intellektuelle Technik der politischen Intrige so konsequent dargestellt.“ Wie ihm das gelang, lässt sich anhand dieses Romans nachvollziehen. Und wenn es sich bei dem Buch auch nur auf den ersten Blick um einen Roman über das mutige Handeln der Mitglieder der Weißen Rose handelt, eine Hommage ist er gleichwohl und er trägt dazu bei, sich ihrer zu erinnern. Und gut daran ist ja vielleicht auch, dass die Helden in *Es waren ihrer sechs* ambivalente, innerlich durchaus zerrissene Charaktere mit brüchigen Biografien sind, denn das macht sie uns ebenbürtig und erlaubt es uns, sie – ihr Schicksal lesend – mit noch größerer Empathie zu begleiten.

Peter Graf

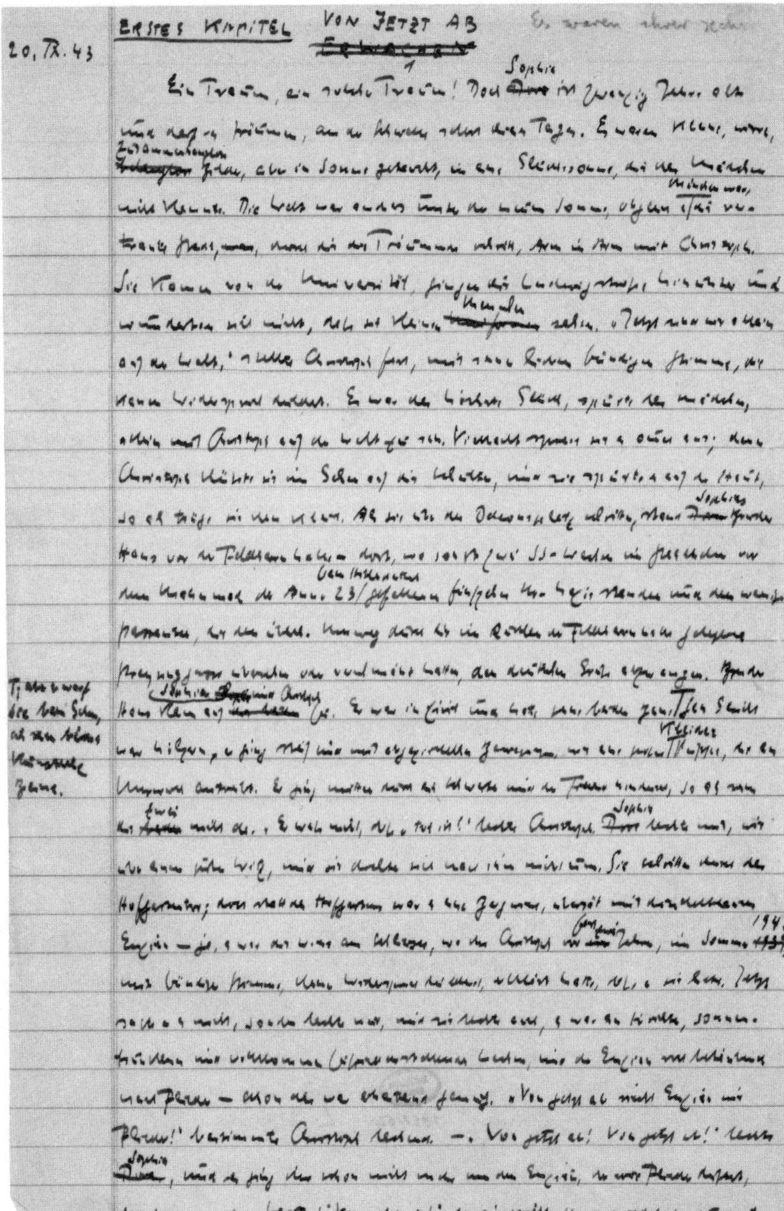

20. IX. 43

ERSTES KAPITEL VON JETZT AB

Ein Traum, ein solcher Traum! Doch Sophie ist zwanzig Jahre alt

Erste und letzte Seite (s. S. 372) des 1. Kapitels. Handschriftlich verfasst und überarbeitet von Alfred Neumann.

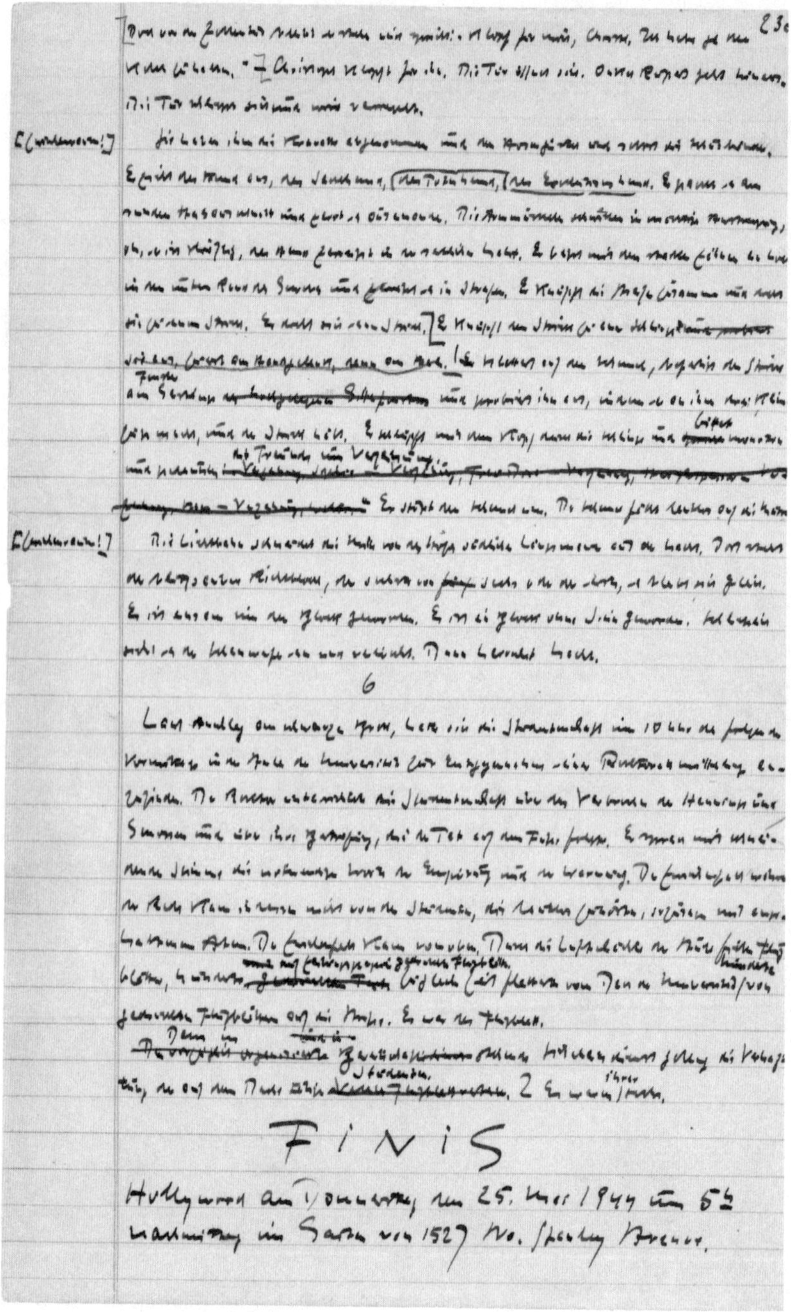

6

FINIS

Hollywood am Donnerstag den 25. Mai 1944 um 5½ nachmittag im Garten von 1527 No. Stanley Avenue.

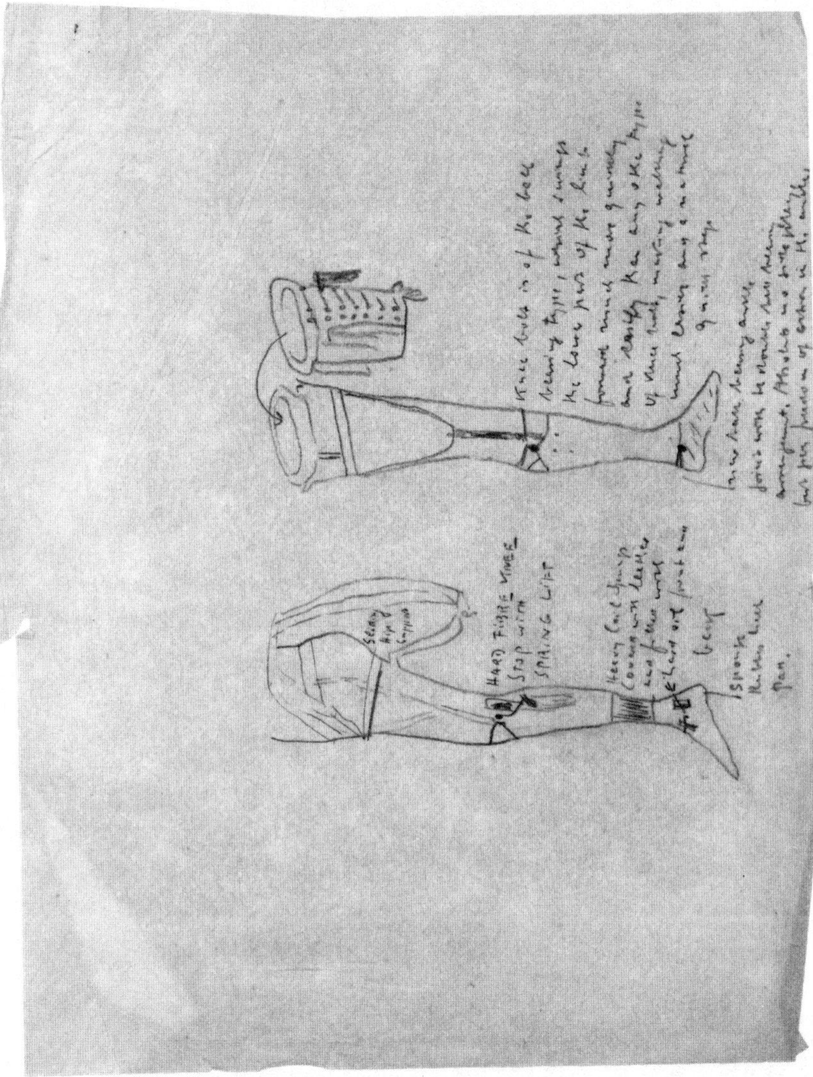

Zeichnung einer Beinprothese
von Alfred Neumann.

INSIDE GERMANY REPORTS

Issued by the AMERICAN FRIENDS OF GERMAN FREEDOM
120 East 16th Street, New York 3, N. Y. · Phone, GR 5-6027

No. 25 August 1943

INDEX

Notice:

The American Friends of German Freedom needs your support more than ever before. Pass your copy of Inside Germany Reports on to a friend. Send in your contribution.

Auszug (s. S. 374–380) aus den „Inside Germany Reports“ der American Friends Of German Freedom, die zwischen 1939 und 1945 in unregelmäßigen Abständen erschienen. No. 25 vom August 1943 schildert die Münchner Ereignisse.

A report confirmed from several sources, tells of open acts of solidarity of German workers with rioting Italian workers in Berlin. There is a flaring up of underground signs on walls; posters and leaflets appear in the streets, with the slogan: Down with the destroyers of the nation.

The Nazis' Problem

The Nazis have not yet turned to mass persecution, but that is a measure of the tactical prudence of the Nazis, more than a symptom of their strength. Indeed, they are afraid, they try, by all means, to exploit blunders in Allied propaganda and statements of war aims to bolster their campaign for holding out until the latent conflicts among the Allies become more obvious and allow them to manouver out of the nearly hopeless situation. Kingsbury Smith's article on the United States' plan for Germany furnished the basis for a vicious campaign about the Allies' intention to dismember and destroy Germany.

A new campaign has been started to explain the unconditional surrender threat, as a decisive reason for Badoglio's continuing cooperation with Berlin. (That may not last very long.) The so-called "National Committee of a Free Germany" set-up in Moscow has not yet been publicly exploited. There have, however, been broadcasts saying: the Russians do not bomb non-military objectives, probably preparing for a new attempted turn in policy toward the East.

The party slogan which was once: "there will be no 1918," now takes the form: "there will not be a 1918 if we do not give in as we did then." The combined effect of the Italian breakdown, a possible eruption in southeastern Europe, the intensified air war, the start of an invasion in western Europe, is impossible to predict. But Germany today is very likely comparable to the Italy of yesterday.

STUDENT RIOTS

We publish in this report the complete text of a manifesto that was distributed by students of the University of Munich. The authors of this document and their closest associates were subsequently executed. Students who helped to distribute it were condemned to long prison sentences. Two trials conducted against these "traitors of a fighting nation," the first in February, the second in April of this year, were, contrary to the custom of silence regarding such matters in the Third Reich, given much publicity.

For several months the Nazis carried on a new propaganda campaign against certain groups of intellectuals. Goebbels devoted one of his famous weekly articles in Das Reich to this theme and the provincial press and local party units took up the slogan. Goebbels is full of praise for productive intellectual workers, but attacks with extreme severity those "who always live in the past," who grumble and doubt instead of having faith. This propaganda was only the accompaniment for strict measures. A purging of all German universities to free them of unreliable elements was announced. Only those passing a strict new political examination would be allowed to continue their studies, the others would be sent to the front. A Nazi document threatened the "criminal elements that have sneaked into our universities."

The occasion and the central point of this campaign was the series of demonstrations at Munich University, which only ten years ago was one of the intellectual bulwarks of Nazism.

After a careful examination of many contradictory reports, we have the following picture of the events at Munich.

The disturbances took place at a time when Germany was suffering from the effects of the Stalingrad catastrophe. The Nazi leaders attempted to capitalize on this depressed spirit in order to move the public to greater sacrifice. Total mobilization was decreed with the slogan: the men at the front, the women in the factories. The surrender at Stalingrad deepened the defeatist feeling, the new labor service law encountered general bitterness. In the streets of Munich, as in other cities, signs appeared on the walls, against Hitler and against the war.

It was in this situation in January that Gauleiter Giesler made a speech at Munich University. He censured the women students who were sitting lazily in the hall, instead of doing useful work in the factories. He told them that they should be ashamed of their idleness when many German mothers, in spite of the cares of home and children, were working in munitions factories. They should finally stop their lazy existence. The speech was interrupted by protests. Women students rose to leave the hall and some of the men followed them. Gauleiter Giesler could not finish his speech. The Gestapo came onto the campus and began making arrests. Tram conductors came from the street to protect the women students and were driven back by the Gestapo. The following day a crowd gathered before the police station demanding that the arrested students be freed. There were a number of young officers on furlough among them and high army officers had to intervene to break up the demonstration.

These events were the beginning of the student disorders that have plagued the Nazis ever since. The "Student Manifesto" which we reprint, was first distributed soon after the Giesler incident.

After writing and reproducing this manifesto, its authors sent it anonymously through the mails to the private addresses of many students. One day, according to a report from Munich, a group took a package of the leaflets to the roof of a university building, and released them through a skylight down the stairway. A janitor observed the proceeding and notified the police. Many of the students were arrested, including the authors of the pamphlet. Hans Scholl, a 24-year-old sergeant who had been decorated for bravery at Stalingrad, his 21-year-old sister, Sophia, and another student, Christoph Probst, were condemned to death and executed. Other students received long prison terms. Further investigation revealed additional ramifications of the organization and there were more arrests.

Nevertheless, leaflets continued to circulate at Munich University. One report tells that the janitor who reported Scholl and his friends was murdered. Trouble with students broke out at at Freiburg University. A week after the new purging of the universities was announced, April 21, the second trial of students took place. In addition to students, at least three of whom were condemned to death, a Munich professor, and a Stuttgart businessman "who subsidized the treasonable undertaking," were sentenced.

*

These are the facts as far as we can ascertain them. From the information available abroad it is not possible to know whether organizations have grown up in the German universities, similar to those which have existed in Italian universities, made up of young people who have never known anything but fascism. The Munich Manifesto is not a mature political program, but it is a political document, the first independent voice of the younger generation. Its authors had certain conceptions about honor and about individual liberty and they were willing to die for them. This manifesto is the voice of a generation who encountered National Socialism first as an established system, the regime of their fathers and older brothers, and were bitterly disappointed by it. It is the voice of the generation, which today is called, the problem child of the civilized world.

* * *

THE MUNICH STUDENT MANIFESTO

(A Translation of the Leaflet Distributed at Munich)

Fellow Students!

Our nation stands shaken at the spectacle of the destruction of our men at Stalingrad. The ingenious strategy of the World War corporal has driven 330,000 German men to a useless death. Our Fuehrer, we thank thee.

There is ferment among the folk of Germany. Do we want to continue to entrust the fate of our armies to a novice? Do we want to forfeit what is left of our young people to the depraved lust for power of a party clique? Never again. The day of reckoning has come, the day of reckoning of our German youth with the most despicable tyranny under which our people has ever suffered. In the name of the entire German nation, we demand that Adolf Hitler's state give back to us the most precious possession of the German people, our personal liberty, which he stole from us.

We grew up in a state in which every free expression of opinion was ruthlessly gagged. Hitler Youth, Storm Troops, S.S. have put us into uniform and crippled our intellects during the most fruitful period of our lives. They call their contemptible methods training in Weltanschauung, but the purpose is only to stifle any budding of independent thought or independent judgment. A more devilish or a more limited leadership than ours, is inconceivable; the future party bosses are trained to be godless and unscrupulous exploiters and murderers, to be blind and stupid followers. We "intellectual workers" are only good enough to act as policemen for the new ruling class. Fighters at the front are treated like schoolboys by student leaders and Gauleiter candidates. Lascivious Gauleiters molest the honor of women students. The men stood up for their feminine colleagues. The students at Munich University have given a worthy answer. It was the beginning of our battle for free self-determination, a beginning that is not without spiritual value. We owe a debt of gratitude to those brave students for the inspiring example they have given us.

We have only one slogan: Fight against the Party! Get out of Party organizations, where they hope to strangle us politically. Keep away from the S.S., from the Party leaders and their satellites. Our interest is in true scholarship and in genuine freedom of spirit. No threats can frighten us, even threats of closing our universities. Everyone of us is fighting for his future, for his liberty and his honor in a state which will recognize its moral obligation.

Honor and liberty. For ten years Hitler and his comrades cruelly twisted, distorted and ridiculed those two fine German words, as only unscrupulous men can, who throw the highest values of a nation to the swine. What honor and liberty mean to them they have demonstrated clearly enough in the ten years in which they have destroyed all the material and spiritual freedom, and all the moral substance of the German people. The horrible bloodbath in which they, in the name of the liberty and honor of the German nation, have plunged all Europe, and which they daily perpetuate, has opened the eyes of even the dumbest German. The name of Germany will be shamed forever, if German youth does not finally rise to take revenge, to destroy its tormentors and create a new Europe, a Europe of the spirit.

Students! The German people are looking to us. They expect much of us. Just as in 1813 Napoleon's terror was broken, so in 1943 the National Socialist terror shall be broken by the strength of the spirit. Beresina and Stalingrad are aflame in the East. The Stalingrad dead implore us: Forward my people, follow the torch.

Our people are rising against the enslavement of Europe by National Socialism, in a new break-through for liberty and honor.

* * *

THE RELATIONS BETWEEN THE GERMAN PEOPLE AND FOREIGN WORKERS

The Gauleiter of a German industrial area recently announced that foreign workers and war prisoners now make up 36 per cent of the total population of his Gau. This amazingly high figure is, of course, not typical of the whole country, but it does show the role that foreigners play, especially in the important war industry districts in the Reich. A report about a large munitions factory in a German newspaper, the Deutsche Allgemeine Zeitung, contained the following: "78 per cent of the personnel are aliens whose homes are scattered throughout Europe. Of the workers engaged on bomb production, only 8 to 12 per cent are Germans, and of those producing shells, only 8 to 10 per cent."

According to the most recent official Nazi figures, the number of foreign workers and war prisoners in Germany passed the ten million mark this summer. The brutality of the S.S. and the Nazi party functionaries in their manhunts, for new working forces and the cruel conditions in the great labor camps, especially in those housing the so-called "Eastern Workers" are well known. They differ in no detail from the notorious German concentration camps. If, in this report we do not go into this aspect of the problem of foreigners

So the Nazis worry, not about the bad influence foreigners will have on Germans, but about the superior German worker demoralizing the inferior foreigner. The following stories, from workers from occupied countries in the Reich, illustrate this.

> A number of French war prisoners, all of whom were metal workers by trade, were held in Bavaria and assigned to farmers to help on the land. After nearly a year of this they were sent to a Bavarian motor plant. They were not anxious to work particularly hard, but after farmwork it was a pleasure to be back at the machines. The first day, during the noon rest period their German colleagues came up to them and asked if they were crazy, why were they working so fast.

> A Belgian who worked in a plant where agricultural machinery was manufactured said that there were frequent "regrettable accidents" in the plant. For example, one day a large shipment of machines intended for the Ukraine were sent off to Spain. There had been a mistake in labeling and the cases were delivered at the wrong station. They were never able to find out who made the mistake.

* * *

EXECUTIONS OF GERMANS IN GERMANY FOR POLITICAL CRIMES*

(From September 15, 1942 to April 15, 1943)

Georg Lechleiter, 57, Mannheim	)	
Jakob Faulhaber, 42, Mannheim	)	All sentenced to death in May, executions carried out at the end of September. All charged with building up the 'Communist' party, some also charged with aiding the enemy, undermining the army and spreading enemy news.
Rudolf Langendorf, 47, Mannheim	)	
Ludwig Moldrzyk, 43, Mannheim	)	
Anton Kurz, 36, Mannheim	)	
Eugen Seigrist, 39, Mannheim	)	
Phillip Brunnemer, 75, Mannheim	)	
Max Winterhalter, 40, Mannheim	)	
Robert Schmoll, 46, Mannheim	)	
Rudolf Maus, 40, Mannheim	)	(All but one of the executed known to be former members of the Social Democratic party.)
Daniel Seizinger, 45, Mannheim	)	
Kaethe Seitz, 48, Heidelberg	)	
Adolf Seitz, 49, Heidelberg	)	
Johann Kupka, 42, Ilversheim	)	
Johann Mohr, 34, Berlin	)	Executed September 28, charged with high treason and espionage.
Gertrud Racait, 21, Berlin	)	
Emil Hirsch, 60, Delmenhorst	)	Executed for Espionage.
Wilhelm Kloeppinger, 42, Pfundstadt	)	
Otto Haeuslein, 31, Frankfurt	)	Executed the end of September, for preparing high treason and trying to undermine the German people's power of resistance.
Adam Leis, 50, Frankfurt	)	
Edmund German, 41, Frankfurt	)	
Anton Breitinger, 44, Frankfurt	)	
Wilhelm Hugo, 36, Frankfurt	)	
Julius Nees, 42, Frankfurt	)	

Karl Goettig, 27, Kleinwerden Rudolf Gock, Munich Ferdinand Strasser, 41, Krems Franz Zeller, 41, Krems Johann Hoffmann, 47, Krems Karl Nieter, 53, Hamburg Josef Ganzer, 47, Fohnsdorf	)	Executed for high treason.
Josef Michel, 48, Zollbruecken Josef Heeb, 49, Munich	)	Executed for espionage.
Benno Neuberger, 71, Munich	)	Executed for defamation of Hitler.
Juliette Kaechele, 21, Esslingen	)	Executed for favoring the enemy.
Kurt Reuter, Leipzig Helmut Huebner, Hamburg	)	Executed in October 1942, for high treason.
Max Stoelzle, 31, Konstanz	)	Executed for espionage.
Rudolf Richter, 22, Leipzig Gustav Richter, 52, Dresden	)	Executed for highly treasonable activities.
Manfred Cammerer, 37, Munich	)	Executed as a spy in the service of a foreign power.
Emil Schulz, 44, Bonn	)	Executed for treasonable activities.
Jan Barendrecht, 32, Sassenheim	)	Executed for favoring the enemy.
Henrik Moor, 31, Fuerstenfeldbruck	)	Executed for espionage and high treason.
A Berlin citizen, 51, Berlin	)	Executed for revealing military secrets.
Hermann Seebach, 53, Luebeck	)	Execution for high treason (agitation in a war plant.)
Karl August Wittek, 41, Berlin Gertrud Wittek, 40, Berlin	)	Executed for defamation of a German Minister.
Erich Stammer, 51, Berlin	)	Executed for spying on behalf of the enemy, in December 1942.
Heinz Rotholz, age 21, Berlin and eight others	)	Executed for preparing high treason and assisting the enemy, March 1943.
Hans Scholl, 24, Munich Sophia Scholl, 21, Munich Christoph Probst, 23, Munich Alexander Schmorell, Munich Karl Huber, Munich Wilhelm Graf, Munich	)	Executed for treasonable activities and encouraging sabotage in a factory, April 1943.

* * *

*This list of 64 victims of the executioner's axe in the Third Reich during a period of seven months is far from complete. It was compiled in London and includes only names given by official Nazi sources. For more complete information on the first two groups listed, the Mannheim and Frankfort labor groups, see Inside Germany Reports, No. 23. The last group includes the Munich students.

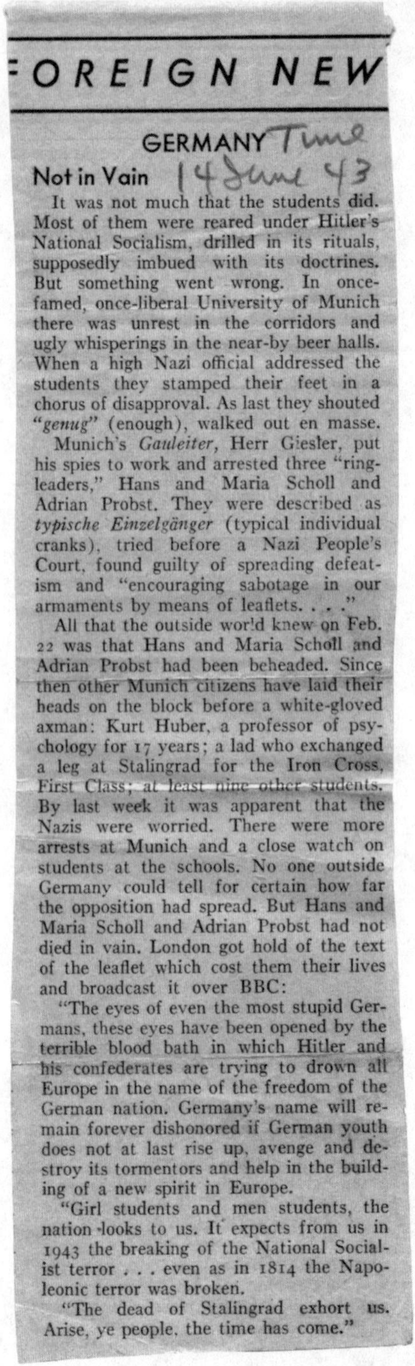

FOREIGN NEW

GERMANY Time

Not in Vain 14 June 43

It was not much that the students did. Most of them were reared under Hitler's National Socialism, drilled in its rituals, supposedly imbued with its doctrines. But something went wrong. In once-famed, once-liberal University of Munich there was unrest in the corridors and ugly whisperings in the near-by beer halls. When a high Nazi official addressed the students they stamped their feet in a chorus of disapproval. As last they shouted "*genug*" (enough), walked out en masse.

Munich's *Gauleiter,* Herr Giesler, put his spies to work and arrested three "ring-leaders," Hans and Maria Scholl and Adrian Probst. They were described as *typische Einzelgänger* (typical individual cranks), tried before a Nazi People's Court, found guilty of spreading defeatism and "encouraging sabotage in our armaments by means of leaflets. . . ."

All that the outside world knew on Feb. 22 was that Hans and Maria Scholl and Adrian Probst had been beheaded. Since then other Munich citizens have laid their heads on the block before a white-gloved axman: Kurt Huber, a professor of psychology for 17 years; a lad who exchanged a leg at Stalingrad for the Iron Cross, First Class; at least nine other students. By last week it was apparent that the Nazis were worried. There were more arrests at Munich and a close watch on students at the schools. No one outside Germany could tell for certain how far the opposition had spread. But Hans and Maria Scholl and Adrian Probst had not died in vain. London got hold of the text of the leaflet which cost them their lives and broadcast it over BBC:

"The eyes of even the most stupid Germans, these eyes have been opened by the terrible blood bath in which Hitler and his confederates are trying to drown all Europe in the name of the freedom of the German nation. Germany's name will remain forever dishonored if German youth does not at last rise up, avenge and destroy its tormentors and help in the building of a new spirit in Europe.

"Girl students and men students, the nation looks to us. It expects from us in 1943 the breaking of the National Socialist terror . . . even as in 1814 the Napoleonic terror was broken.

"The dead of Stalingrad exhort us. Arise, ye people, the time has come."

Artikel aus dem „TIME Magazine", 14. Juni 1943.

Youths Choose Death Rather Than Nazi Rule

SIX OF THEM.
By Alfred Neumann. Translated from the German by Anatol Murad. . . . *327 pp.* . . . *New York: The Macmillan Company*. . . . *$2.75.*

Reviewed by
VIRGILIA SAPIEHA

OVERSHADOWING the uncertainties of the post-war world looms the question of what is to become of German youth. Some believe that the youths who grew up in Nazi totalitarianism are damned; others believe that they can be taught to accept a democratic Bill of Rights. Some believe that the only good German is a dead one; others, that Germans can be found who have fought off the toxin of National Socialism and are ready, with a little prompting, to weld Germany into a healthy state. But both viewpoints are theoretical. It is too soon to know the truth.

Meanwhile, in his latest novel called "Six of Them," Alfred Neumann, whose writing has always been rooted in political history, uses the students' rebellion which took place in Munich some months ago as the mainspring for a defense of German youth. Mr. Neumann is a Jew, a refugee from Fascism with first-hand knowledge of the Nazi dry-rot, yet he lifts his voice in hope. He speaks for the handful of young Germans who preferred death to Nazi victory, for in their death lies the hope of Germany's redemption.

When the book begins, the six characters who make the nucleus of the defense are already doomed. Each of them has been caught separately by the Gestapo and imprisoned. Each of them has been grilled alone for information and then locked in a separate cell. None of them yet knows that the others are there too, on the same grim corridor, that the same gates have closed upon them all. But as the story unfolds, with their individual examinations and their joint mock trial in the People's Court, they discover their common fate.

The case is officially called "Hennings and Associates." The six have been brought to trial for high treason. A number of leaflets calling all patriots to cast off the Nazi yoke have been traced to their source in Karl von Hennings, professor of criminal psychology at the University of Munich, his wife, and four of the students in his seminar course. The Nazis want to find out, before they dispose of their enemies, how many leaflets were printed and how fertile the university has proved as a seed-bed for rebellion. They try to break down prisoners individually, to divide them against each other, to win over one of them, especially for a stool-pigeon. But the united six cannot be split. They manage, before the ax falls, to make the Nazis feel that while six of them will die, six million will live to carry on their work.

Not all of the six worked against the Nazis from the start. As a youth, Karl von Hennings had deserted from the military academy and become renegade from his caste, but later, as a teacher, though his study of crime enabled him to take the Nazis' measure, he had been content with no more provocative protest than the refusal to give the proper salute. It was only after he had been married to Dora for some time and had plumbed her wisdom that he began to sow a crop of hatred among his students.

Gradually Von Hennings found out whom to trust. He picked Sophia Moeller, a young girl from Bremen who had seen the poison seep into her family and destroy it. He picked her brother, Hans Moeller, former party member and wearer of the Iron Cross, who had fought long months on the eastern front before coming back, with one leg and the last of his illusions gone; and Alexander Welte, an officer from the medical corps who had nursed young Moeller at the front. But the sixth member of the group, Christopher Sauer, had been viewed by the professor with suspicion, at the start. Christopher was a wild young man with the shadow of abnormality on his face. Strong, obviously expendable, his certificate of discharge from the army had filled Von Hennings with misgivings, for it was only too possible, with the Gestapo system, that he had been spared from the army for espionage at home. It was Dora, the professor's wife, who got him to accept Christopher.

Mr. Neumann's device for bringing in the backgrounds of the six characters is not altogether convincing. At the trial the Nazi judge orders each of the defendants to tell his or her life-story. Without interruption, he allows them free rein for their defiance of the law on the pretext that the revelations will be useful to the Third Reich. While this scene is magnificently dramatic, it is hard for the reader with some knowledge of Nazi methods to believe that any judge, no matter how subtle a sadist, would dare to carry out the trial of confessed traitors to the regime in a way so fraught with dangers to the regime itself.

But the six lives thus revealed are both credible and intensely moving. Bright shafts of reason in the Nazi night, they show up the grotesque crooks and cranks and fools around them. If this book, "Six of Them," could be filmed for Germany it might help to melt the frozen youth and quicken the hearts that a century of militarism has stilled.

Alfred Neumann Ernest E. Gottlieb

Besprechung in der „New York Herald Tribune", Virgilia Sapieha, 29. Juli 1945.

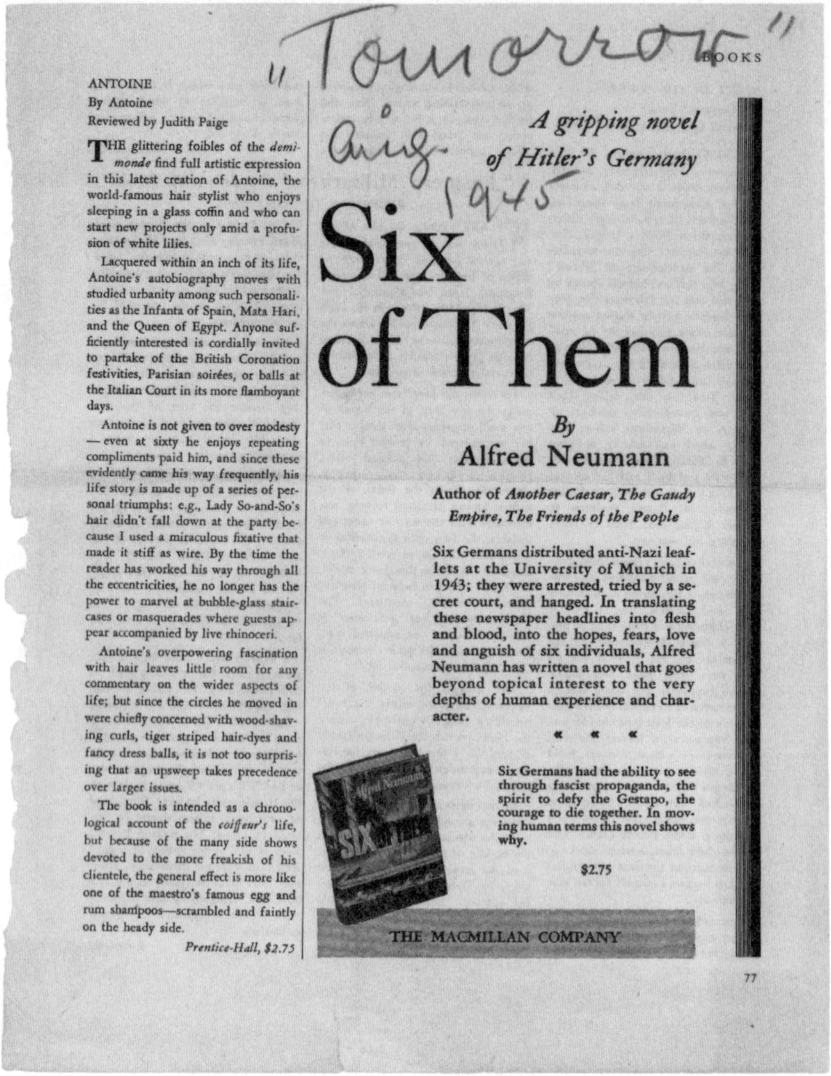

„Tomorrow"
Aug. 1945

BOOKS

ANTOINE
By Antoine
Reviewed by Judith Paige

THE glittering foibles of the *demi-monde* find full artistic expression in this latest creation of Antoine, the world-famous hair stylist who enjoys sleeping in a glass coffin and who can start new projects only amid a profusion of white lilies.

Lacquered within an inch of its life, Antoine's autobiography moves with studied urbanity among such personalities as the Infanta of Spain, Mata Hari, and the Queen of Egypt. Anyone sufficiently interested is cordially invited to partake of the British Coronation festivities, Parisian soirées, or balls at the Italian Court in its more flamboyant days.

Antoine is not given to over modesty — even at sixty he enjoys repeating compliments paid him, and since these evidently came his way frequently, his life story is made up of a series of personal triumphs: e.g., Lady So-and-So's hair didn't fall down at the party because I used a miraculous fixative that made it stiff as wire. By the time the reader has worked his way through all the eccentricities, he no longer has the power to marvel at bubble-glass staircases or masquerades where guests appear accompanied by live rhinoceri.

Antoine's overpowering fascination with hair leaves little room for any commentary on the wider aspects of life; but since the circles he moved in were chiefly concerned with wood-shaving curls, tiger striped hair-dyes and fancy dress balls, it is not too surprising that an upsweep takes precedence over larger issues.

The book is intended as a chronological account of the *coiffeur's* life, but because of the many side shows devoted to the more freakish of his clientele, the general effect is more like one of the maestro's famous egg and rum shampoos—scrambled and faintly on the heady side.

Prentice-Hall, $2.75

A gripping novel of Hitler's Germany

Six of Them

By
Alfred Neumann

Author of *Another Caesar, The Gaudy Empire, The Friends of the People*

Six Germans distributed anti-Nazi leaflets at the University of Munich in 1943; they were arrested, tried by a secret court, and hanged. In translating these newspaper headlines into flesh and blood, into the hopes, fears, love and anguish of six individuals, Alfred Neumann has written a novel that goes beyond topical interest to the very depths of human experience and character.

« « «

Six Germans had the ability to see through fascist propaganda, the spirit to defy the Gestapo, the courage to die together. In moving human terms this novel shows why.

$2.75

THE MACMILLAN COMPANY

77

Verlagswerbung für „Six of Them", Tomorrow, August 1945.

We are very proud of dear Alfred!

MÜNCHENER ZEITUNG / 25. VIII. 1945

Münchener Aufstand – amerikanisches Buch

Die Revolte von 1943 im Lichte der demokratischen Öffentlichkeit

Professor Huber

S. R. L. NEW YORK, 24. August

Soeben ist in den Vereinigten Staaten ein Roman mit dem Titel "Six of Them" („Es waren sechs") erschienen, der sich dadurch auszeichnet, daß er die jüngsten Ereignisse in Deutschland zum Thema hat. Der Autor dieses Buches, das von der amerikanischen Presse mit Begeisterung empfangen wurde, ist der bekannte deutsche Schriftsteller Alfred Neumann, der nach 1933 Deutschland verließ und in Amerika lebt. Das Thema des Buches ist die Münchener Studentenrevolte des Jahres 1943, in deren Verlauf der Münchener Universitätsprofessor Huber und mehrere Studenten, darunter die Geschwister Scholl, von dem nationalsozialistischen „Volksgerichtshof" zum Tode verurteilt und hingerichtet wurden.

Die amerikanische literarische Zeitschrift „The Saturday Review of Literature" schreibt in ihrer Kritik: „Die Stimmen dieser Sechs blieben allein, tragisch in ihrem vergeblichen Versuch, den Willen zur Bekämpfung des Übels in einem Volke zu kristallisieren, dessen Herz und Seele vom Geist der Furcht, der Komplizität im Verbrechen und der Korruption zu sehr paralysiert waren. Es muß diese Situation gewesen sein, die Neumann als einen wahrhaften deutschen Patrioten besonders angezogen hat — einen Patrioten, dessen Haß gegen die Nationalsozialisten, dessen Trauer über die Erniedrigung der großen Mehrheit des deutschen Volkes immer noch verbunden sind mit der Hoffnung auf einen schließlichen Triumph der besseren Kräfte in diesem Volk!"

Die Geschichte von Professor Huber, den Scholls und anderen Münchener Studenten, die das Thema zu diesem Roman bilden, geben wir in folgendem wieder:

Die Münchener Revolte

Am Morgen des 16. Februar 1943 erschienen an den Münchener Hauswänden große Inschriften in roter Farbe: „Nieder mit Hitler! Es lebe die Freiheit!" Die Buchstaben waren 40 cm hoch und weithin sichtbar — aber nur wenige Münchener bekamen die Inschrift zu sehen. Die Gestapo mobilisierte sofort die Münchener Feuerwehr und ließ die gefährlichen Worte entfernen. Aber die Nachricht von der Tat verbreitete sich in der ganzen Stadt mit Windeseile.

Wer waren die Täter? Die Gestapo begann eine fieberhafte Suche. Die Gestapo war sehr beunruhigt — denn es waren die Tage von Stalingrad, und zum ersten Male verbreitete sich bei weiten Kreisen der Bevölkerung das Gefühl, daß der Krieg, den die Nationalsozialisten vom Zaune gebrochen hatten, nicht gut enden würde. Die Täter waren Münchener Studenten und Studentinnen, die eingesehen hatten, daß Hitler Deutschland in den Abgrund führte, und die versuchten, etwas zu tun, um ihr Land und Volk zu retten.

Die Studenten blieben nicht müßig. Während die Gestapo fahndete, bereiteten sie ein Flugblatt vor, das illegal in 50 000 Exemplaren gedruckt wurde. 20 000 wurden an Freunde an den Universitäten Jena und Wien gesandt, der Rest am 18. Februar an der Universität München während der Vorlesungen verteilt.

Auszüge dieses Flugblattes lauteten:

„Erschüttert steht unser Volk vor dem Untergang der Männer von Stalingrad. 330 000 deutsche Männer hat die geniale Strategie des Weltkriegsgefreiten sinn- und verantwortungslos in Tod und Verderben gehetzt. Wollen wir den niedrigen Machtinstinkten einer Parteiclique den Rest der deutschen Jugend opfern? Nimmermehr! Es gibt für uns nur eine Parole: Kampf gegen die Partei! Der deutsche Name bleibt für immer geschändet, wenn nicht die deutsche Jugend endlich aufsteht, rächt und sühnt zugleich, seine Peiniger zerschmettert und ein neues, geistiges Europa aufrichtet."

Todesurteile

Dieses Flugblatt war verfaßt und gedruckt worden von einem kleinen Kreis von Studenten, die sich um den Professor der Philosophie und Psychologie Kurt Huber geschart hatten. Dieser halbgelähmte Mann hatte sich in der von Gauleiter Giesler und SS.-Rektor Wüst tyrannisierten Universität München seine geistige Unabhängigkeit gewahrt, und zu seinen Vorlesungen über Leibniz, Kant und Tonpsychologie strömten die besten geistigen jungen Deutschen. Huber hatte auch den Mut, von der Gestapo verfolgten Menschen Unterschlupf zu gewähren. In seinem Haus versammelten sich fast allabendlich Diskussionsgruppen, in denen die Jugend ihrer Sorge um das Schicksal Deutschlands Ausdruck gab. Das Flugblatt wurde auch in seiner Vorlesung am 19. Februar 1943 verteilt. Zwei Studenten wurden dabei von dem Universitätspedell Schmied beobachtet, und dieser Spitzel informierte die Gestapo. Kurz danach wurden Hans und Sophie Scholl und der Maler Alex Schmorrel, gleichfalls ein Mitglied dieses Kreises, verhaftet. Schon drei Stunden nach ihrer Verhaftung standen sie vor dem eigens aus Berlin herbeigerufenen „Volksgerichtshof" und wurden zum Tode verurteilt. Auf die Frage des Gerichtes, ob sie Hitler töten würden, wenn sie Gelegenheit hätten, antworteten Hans und Sophie Scholl wie aus einem Munde: „Ja, sofort!" Keiner der Angeklagten verriet die Namen anderer Angehöriger des Kreises.

Als Sophie Scholl hingerichtet wurde, hatte sie ein gebrochenes Bein — die Gestapo hatte es ihr im Verlaufe des Verhörs gebrochen.

Sophies letzte Worte vor der Hinrichtung in Stadelheim am 22. Februar um 4.30 Uhr nachmittags waren: „Gott, du bist meine Zuflucht in Ewigkeit, Amen."

Annemarie Scholl

Am 10. März 1943 wurden auch *Annemarie* Scholl, die 20jährige Kusine von Hans und Sophie Scholl, zusammen mit Professor *Huber* und 140 anderen Mitgliedern des Münchener Studentenkreises verhaftet.

Vom 10. März bis zum 20. April wurden sie im Gestapohauptquartier in München festgehalten, verhört und gemartert. Acht bis zehn Stunden täglich wurden sie verhört — die Gestapo wollte unter allen Umständen von ihr erfahren, wer die anderen Mitglieder der „Verschwörung" waren. Annemarie schwieg.

Die Verhöre waren von Anfang an mit Folterungen verbunden. Tagelang wurde die Angeklagte ohne Nahrung gelassen. Während der ersten Stunden des Verhörs erhielt sie je 15 Schläge mit einem Gummiknüppel auf den Kopf, den Hals und die Brust. Später wurden es 20 Schläge pro Stunde. Als das nichts half, wurde der Gummiknüppel durch eine schneidende Lederpeitsche ersetzt. Mehrere Male mußte sie sich vor den Gestapoleuten entkleiden und wurde nackt geschlagen.

Torturen

Am 14. März wurde sie in einen vollkommen abgedunkelten Keller geführt, der nur durch eine Falltüre zugänglich war. Die Leiter, auf der sie hinabsteigen mußte, wurde dann zurückgezogen — und plötzlich fühlte sie, wie eis-

Alfred Neumann

kaltes Wasser aus Öffnungen in der Wand drang und den Kellerraum langsam füllte und stieg. Vier Stunden lang, von 11 Uhr nachts bis 3 Uhr morgens, mußte sie bis über die Hüften in dem eiskalten Wasser stehen. Dann endlich wurde sie befreit — aber nur, um auf die Straße gezerrt zu werden, in einer Märznacht mit Temperatur unter Null. Eine halbe Stunde wurde sie auf der Straße gehalten, so daß ihre Kleider ihr am Körper anfroren und Beine und Unterleib in einer Eiskruste steckten. Dann wurde sie wieder verhört.

Annemarie Scholl verriet niemanden. Ende März legte die Gestapo ihr Daumenschrauben an. Annemarie Scholl verriet weiter niemanden. Die Gestapo wandte neue Torturen an, die derartig waren, daß sie nicht veröffentlicht werden können. Aber die Widerstandskraft des Mädchens wuchs, je nervöser die Gestapo-Folterknechte wurden, die sie nicht zur Verräterin machen konnten.

Am 20. April wurde sie in ein Gefängnis übergeführt, nachdem sie sich verpflichten mußte, nichts über all das zu sagen, was ihr im Gestapo-Hauptquartier angetan worden war. Am 4. Mai wurde sie vor denselben Berliner Gerichtshof gestellt, der schon Sophie und Hans Scholl zum Tode verurteilt hatte. Annemarie wünschte sich gleichfalls, zum Tode verurteilt zu werden. Aber der Volksgerichtshof ließ ihr diese Gnade nicht zuteil werden. Sie wurde zu sechs Jahren Zuchthaus verurteilt, mit der Maßgabe, daß sie nach diesen sechs Jahren in ein Konzentrationslager übergeführt werden sollte. Das Urteil des nationalsozialistischen Gerichtshofes konnte nur teilweise durchgeführt werden: Am 5. Mai wurde Annemarie Scholl von alliierten Truppen befreit.

Denkmal für Huber

Die Verhandlung gegen Professor Huber endete dagegen mit seiner Verurteilung zum Tode.

Das Urteil des Gerichtes stand von vornherein fest.

Professor Kurt Huber ging in den Tod, wie er gelebt hatte: Standhaft, heiter und aufrecht. Bis zum letzten Tage seines Lebens, selbst in der Todeszelle, arbeitete er weiter an seinen wissenschaftlichen Werken, versuchte er abzuschließen, was noch nicht beendet war. Seine Kameraden, die ihn besuchen durften, berichten von seiner sokratischen Haltung: Er, der sterben sollte, tröstete die anderen.

Einige Tage nach seiner Hinrichtung veröffentlichte die nationalsozialistische Presse eine Notiz unter dem Titel „Gerechte Strafe". In dieser Notiz stand, daß ein gewisser Kurt Huber hingerichtet worden sei. Mit dieser Bemerkung, so glaubten die Nationalsozialisten, sei diese Angelegenheit erledigt. Wie so oft, hatten die Nationalsozialisten sich auch hier geirrt. Der Name Professor Hubers lebt jetzt im Werk des deutschen Dichters Alfred Neumann fort, das Amerika mit Beifall aufgenommen hat.

Artikel in der „Münchener Zeitung", 25. August 1945.

Sonnabend, den 6. Oktober 1945 — NEUE VOLKSZEITUNG

Deutsche Tragödie 1943

Alfred Neumann: "Six of Them" — ein Stück deutscher Märtyrergeschichte

Alfred Neumann, der am 15. Oktober seinen 50. Geburtstag begehen wird, hat seine Jugend in München verbracht. So mag ihm der Bericht von den Münchener Studenten, die im Jahre 1943 wegen einer Hörsaal-Demonstration und einer Flugblattverbreitung zum Tode verurteilt und enthauptet wurden, besonders nahe gegangen sein. Er hat ihn in seinem Roman "Six of Them", der kürzlich bei Macmillan herauskam, in seinen Grundzügen übernommen und nur im Einzelnen dichterisch ausgestaltet. Es ist keine Tendenz in dem Buch, man sähe sie denn in der Wahl des Stoffes.

Alfred Neumann ist überhaupt kein Tendenzdichter. Was ihn am meisten interessiert, ist nicht die Idee oder die Masse, sondern der Mensch im Verhältnis zu den Ereignissen — wie er sie bestimmt oder von ihnen bestimmt wird. Wenn er etwas beweisen will, so ist es die von Tolstoi ausgesprochene Wahrheit, dass der Mensch "bald ein Bösewicht, bald ein Engel, bald ein Weiser, bald ein Idiot, bald ein Riese und bald das ohnmächtigste Wesen ist". Er hat diese Worte seinem Roman "Die Rebellen" vorangestellt, aber sie könnten auch die Titelseite seiner gesamten Werke zieren. Er kennt keine vollkommenen Helden, noch weniger vollkommene Bösewichter. "Der Teufel", nach dem er eines seiner Bücher genannt hat, ist keine Verkörperung des Prinzips des Bösen, sondern ein Mensch mit seinem Widerspruch, und selbst der mittelalteriche Henker, der das Leben des "Teufels" zu Ende bringt, ist gutmütig genug, ihn nicht zu lange leiden zu lassen.

So ist es auch in "Six of Them". Selbst der Barbier, der die Opfer für den letzten Gang herrichtet, entbehrt nicht eines gewissen menschlichen Takts. Die nach ihm kommen, verschwimmen in wohltätigem Dunkel; die ihm vorangehen, Polizisten und Richter, sind nicht schlechter als er. Er tut seine Pflicht und wird dafür bezahlt, genau wie die andern. Sie alle sind Produkte bestimmter Verhältnisse, von einem harten Leben hart geformt, kleine Glieder einer grossen Maschine, einer deutschen Maschine, Erzeugnis bester Präzisionsmechanik. Da ist eine Regierung, der sie, willig oder nicht, Treue geschworen haben; da ist eiin Krieg, in dem es um Leben und Tod der Nation geht; da ist das Gesetz, das die Unterstützung des Gegners mit dem Tod bestraft. Was ist Wille, was ist Schiksal?

Und da sind die andern. Ein Professor und seine Frau, eine Studentin und sechs Studenten. Sechs von "ihnen", den noch ungezählten Tausenden, die ihren Willen gegen das Schicksal gestellt haben und die von der Maschine zerbrochen worden sind. Lange schon haben sie gewartet; als Stalingrad fiel, dachten sie, nun wäre die Zeit reif. 1813 und 1848 war es die akademische Jugend gewesen, die die Fahne der Befreiung vorangetragen hatte — konnte es nicht diesmal wieder so sein? — 1918 hatte München der Monarchie den Gnadenstoss gegeben, konnte es 1943 nicht dem Dritten Reich den gleichen Dienst erweisen? — München war schon 1933 die erste deutsche Universität, deren Studenten geheime Verbindungen nach dem Ausland anknüpften; einer ihrer Kuriere hat damals ziemlich regelmässig das sozialdemokratische Hauptquartier in Prag aufgesucht. Gefängnis und Konzentrationslager, manchmal sogar auch damals schon, in Friedenszeit, auf dem Richtblock. Dann lebte die Opposition lange der Erkenntnis nach, dass Flugblatt-Propaganda Massenopfer ohne Aussicht auf Erfolg bedeute, und dass nichts helfen könnte, als die Zersetzung der Spitze oder ihre Zertrümmerung durch ausländische Gewalt. Dass nach der ersten Niederlage die Revolution beginnen würde, war ein jahrelang festgehaltener Glaubenssatz.

Ihm entsprechend haben nach der Katastrophe von Stalingrad die Sechs gehandelt. Sie haben es mit jugendlichem Unbedacht getan, in aufwallendem Optimismus, in idealistischer Schwärmerei. Praktiker der Untergrundarbeit werden an ihrer Methode — auch in der dichterisch freien Darstellung Alfred Neumanns — mancherlei auszusetzen haben. Aber mit Bedacht und unter Anwendung alterprobter Grundsätze ist noch nie eine Revolution gemacht worden; jede hat mit einem waghalsigen Versuch begonnen, das Unwahrscheinliche von gestern zum Wirklichen von morgen zu machen. "Wär ich besonnen, hiess ich nicht der Tell."

Die Sechs, vier Männer und zwei Frauen, haben es gewagt und haben verloren. Mit der ersten Seite des Buches beginnen wir zu erleben, wie die Maschine sie in Empfang nimmt. Die Maschine hat keine Leidenschaft, die Maschine arbeitet korrekt. Es ist vielleicht das Furchtbarste an diesem Buch, so paradox das klingen mag, dass es ganz und gar nicht eine "Greuelgeschichte" ist. Nichts widerfährt den Opfern von dem, was die Berichte aus den Folterkammern der Gestapo und den Vernichtungslagern füllt. Man erleb nur, dass Menschen, die vo einem edlen Willen beseelt sind, behandelt werden, wie in Friedenszeiten in zivilisierten Ländern eine geordnete Justiz gemeine Mörder behandelt. Wirklich nur das, nicht mehr als das.

Man erlebt Menschen in ihrer Not, und es sind Menschen, die wir lieben müssen, Menschen, die sich für uns geopfert haben, die für uns gefallen sind, es sind unsere Brüder und Schwestern. Ein Dichter hat uns ihr Bild gegeben, und wir danken ihm dafür.

So hat dieser deutsche Dichter — und auch das ist ein Stück Tragik dieser Zeit — der seit Jahren aus seiner Heimat vertrieben ist, in einem seiner besten Werke deutsches Schicksal gestaltet, und dieses Werk ist in englischer, dänischer, schwedischer, französischer, spanischer und portugiesischer Uebersetzung erschienen, nur nicht im deutschen Original! Eine deutsche Ausgabe liegt gedruckt in Schweden. Sie wartet auf Transportmöglichkeiten und auf die Zeit, in der man wieder mit Mark wird bezahlen können, was für Kronen hergestellt worden ist. Politisch sind ja nun die Auslandsausgaben für den Augenblick wichtiger als die deutsche, die im Sachlichen ihren Lesern nur erzählen kann, was sie schon wissen, während für das Ausland jede wahrheitsgetreue Schilderung des Kampfes gegen Hitler eine wahre Enthüllung bedeutet. Aber dieser gegenwärtige Zustand, bei dem es es nur deutsche Literaten, keine deutsche Literatur gibt, kann nicht lange mehr ertragen werden; gute Bücher sind nicht weniger wichtig als gutes Brot. Es ist immerhin ein Trost, dass es nur an dem Papier und den Maschinen und dem Gelde fehlt, sie zu drucken, nicht an den Männern, die sie schreiben können. Alfred Neumann ist einer von ihnen. F. St.

Rezension in „Neue Volkszeitung“, 6. Oktober 1945.

Friday, November 16, 1945

Literarische Welt

Alfred Neumanns "andere" Deutsche

Von KURT LUBINSKI

"Six of Them." By Alfred Neumann. Translated from the German by Anatole Murad. The Macmillan Company. New York. 327 pages. $2.75.

Es handelt sich um "Sechs davon". *Ihre Geschichte ist erfunden und geschrieben von Alfred Neumann*, dessen bildstarke Sprache ihm einen Teil seiner mit dem "Patriot" einsetzenden Erfolg eintrug. Dem in Hollywood schaffenden Dichter begegnen wir jetzt in einer Uebersetzung und blicken wie durch eine geschliffene Glaswand — die hervorragende Uebertragung stammt von *Anatole Murad* — auf das Werk des vertrauten Autors. Die Glaswand — Nähe und Entrücktheit zugleich — wird um so spürbarer, weil Ort der Handlung dasselbe München ist, in dem Alfred Neumanns eigenes Heim einst uns Studenten einer jüngeren Generation offengestanden hat.

Die Universität besuchen auch die Gestalten des Buches. Historische Wirklichkeit ist nur die Studenten-Revolte, die in München den Ereignissen von Stalingrad folgte. Ihre Einzelheiten, von Nazi-Propaganda verdunkelt, haben für die Aussenwelt notwendig den Nachgeschmack eines irgendwie sagenhaften Zwischenfalles. Das Zwielicht dieser mit Todesurteilen endenden Heldensage benutzt Neumann, um ihr glaubhaftes Leben und bleibenden Sinn zu geben. Der Sinn ist sein Glaube an "andere" Deutsche.

Dies ist der Aktualitätswert des Buches, obgleich es in einem oberflächlicheren Sinne seine Aktualität verpasst hat. Es wäre eine Sensation und der Mittelpunkt hitzigster Debatten geworden, wäre es herausgekommen, als die Möglichkeit revolutionärer Umwälzungen in Deutschland ebenso zur Diskussion stand wie die Frage nach der Existenz "anderer" Deutscher innerhalb des Nazi-Reiches.

Nicht nur das seltsame Paradox verpasster Aktualität und innigster Beziehung zu den im heutigen Deutschland frei werdenden Kräften gibt dem Buch seine imposante Ueberlegenheit. Es hat auch völlig verschiedenartige Bedeutung für den amerikanischen und den aus Deutschland stammenden Leser, der als erschreckend lebendiges Panoptikum das Abbild eigenen Erlebens wiedererkennt, einschliesslich aller Abgründe der vielfach dichterisch geschilderten deutschen Mentalität. Dem Amerikaner dürfte das Buch aufs neue als urdeutsches Symptom das tragische Spiel der Kräfte enthüllen, welche die noch niemals ausgesöhnte Realität eines geistig humanistischen und eines brutal nationalistischen Deutschland ausmachen.

Jenseits solcher Mission besitzt der Roman alle Merkmale des meisterhaften Erzählers Alfred Neumann, der gewohnt ist, intellektuelle Debatten mit dramatischer Spannkraft zu laden und seine Menschen in filmhafter Deutlichkeit zu zeichnen, in tonfilmhafter Deutlichkeit. Er versäumt nie, eine akustische Sensation zu schildern: in der Gerichtsverhandlung wird das Grammophon defekt, das die von der Gestapo heimlich aufgenommenen Platten vorführt, und die wild gewordene Nadel schnarrt in endloser Wiederholung das drohende Wort von "Sechs Millionen — sechs Millionen", die hinter den sechs Abgeklagten stehen.

Diese sechs Anstifter der Münchener Studenten-Revolte sind verhaftet. Wir sind mit ihnen lediglich während Verhör, Volksgerichts-Sitzung und Hinrichtung.

So entsteht ein sechsfacher Entwicklungsroman mit sechs deutschen Schicksalen. Nirgends enthält er Wiederholungen. Alles ist Steigerung. Tatsächlich gelingt es Neumann, diesem Band, der sich mit fundamentalen Problemen unserer Zeit beschäftigt, die faszinierende Lesbarkeit eines Detektivromans zu geben. Jedes Kapitel besitzt, ohne aus dem Zusammenhang zu fallen, die Eigenschaften einer grandiosen Short Story.

Rezension im 1934 gegründeten Nachrichtenblatt „AUFBAU" des German-Jewish Club in New York. Kurt Lubinski, 16. November 1945.

Aus unserem Bücherschrank

Alfred Neumann:

„Es waren ihrer sechs"

Verlag Carl Habel, Berlin. Gebunden 16,50 RM.

Es ist eins der ganz wenigen Bücher, das jeden sofort gefangennimmt und nicht mehr losläßt. Wenn man es begonnen hat zu lesen, kann man sich nur schwer wieder davon losreißen, bevor man es zu Ende gelesen hat.

Alfred Neumann hat die Idee zu diesem Roman den tatsächlichen Begebenheiten entnommen, die sich 1943 im Zusammenhang mit dem Münchener Studentenaufstand abspielten. Er hat aber nur die Idee verarbeitet, und sich sonst nicht an die Tatsachen gehalten. Das Buch schildert die Geschichte von sechs antifaschistischen Kämpfern, die aus einer gläubigen christlichen Weltanschauung zum Kampf gegen Hitler geführt werden. Es wird uns nicht etwa ein chronologischer Bericht der Ereignisse gegeben, sondern Alfred Neumann schöpft alle Möglichkeiten der dichterischen Form aus, indem er uns vorangegangene Ereignisse in Träumen, Gesprächen und Verhören nahebringt.

Es ist staunenswert, wie es gerade Alfred Neumann, der in der Emigration weilte und heute noch in Amerika lebt, gelungen ist, in die Atmosphäre des illegalen antifaschistischen Kampfes einzudringen. Es ist auch bewundernswert, wie es ihm gelungen ist, die Luft eines Volksgerichtshofes heraufzubeschwören.

A. N. verfällt dabei nicht in den üblichen Fehler der Schwarzweißmalerei, in der die Richter in Bausch und Bogen als Verbrecher und Banditen bezeichnet werden, sondern er gibt uns eine feine Charakterisierung jedes einzelnen als Typ und Einzelwesen. Man schaue sich nur den Richter Lucius an, oder den ehemaligen Weltkriegsoffizier mit seinen Magengeschwüren und seiner Freude an sadistischen Quälereien, oder den Vorsitzenden des Gerichtshofes, der die allgemein üblichen psychologischen Methoden, die man sonst bei kleinen Verbrechern anwendet, auch bei diesen antifaschistischen Kämpfern ausprobiert, wobei er aber jedesmal zunächst die Wirkung auf seine Mitrichter prüft. Aber hierin beweist sich gerade, daß Alfred Neumann wirklich einer der wenigen Meister der Psychologie und der deutschen Sprache ist, was ja auch bereits in seinen vor 1933 erschienenen Werken: „Rebellen", „Guerra" und „Der Teufel" zum Ausdruck gekommen ist.

Das Buch ist auch durch seine einfache und packende Sprache besonders geeignet, auf die deutsche Jugend einen guten Einfluß auszuüben. Jede der darin enthaltenen Einzelszenen eignet sich sehr gut zum Vorlesen in Jugendgruppen.

Peter Heilmann

Rezension im SED-Organ „Wille und Weg" von Peter Heilmann, Januar 1948.

„Es waren ihrer sechs“

Im Carl Habel Verlag, Berlin, erschien, schon lange vorher lebhaft diskutiert, Alfred Neumanns Roman „Es waren ihrer sechs“, (559 Seiten stark), eine Nachdichtung der Geschwister-Scholl-Tragödie. Eine Nachdichtung — nehmen wir es gleich vorweg —, erfüllt vom stärksten Fluidum des Damals, voll grandioser Fähigkeit des Sicheinfühlens, geladen mit aller Spannung jener furchtbaren Jahre, mit allen Schrecken, aller Hoffnungslosigkeit und allem „Trotzdem“! Entgegen vielen geäußerten Befürchtungen bewahrheitet sich der Satz, daß die innere Schau des Dichters unabhängig ist von der äußeren des Menschen, ja, daß Wahrheit und Gewalt der Darstellung oft um so tiefer und heftiger sind, je geringer das subjektive, konkrete Miterleben war. Einerlei, ob sich dieses oder jenes anders zugetragen haben mag — immer wieder sagen wir, fasziniert Seite um Seite verschlingend: ja, so war es, genau so! Dies war der kalte und finstere Geist, vor dem wir bebten bis in unsere Träume hinein, bebten in einem Gemisch von Grauen und Haß! Ein sehr begrüßenswertes Buch. Nicht nur, weil es die aufdringlichen Kraßheiten vermeidet, die den Durchschnittsleser abstoßen, und weil es dennoch nicht an Wirksamkeit verliert. Sondern vor allem, weil es hier einmal nicht — wie bisher bei fast jeder Darstellung des Widerstandes gegen Hitler — um den Kampf zweier totaler Staatsprinzipien geht, die einander die Macht mißgönnen und von denen das machtanstrebende (wir sahen es inzwischen leider in praxi) siegendenfalls durchaus nicht menschlicher denkt und handelt als das machtbesitzende. Sondern um den Kampf des Menschen, des einzelnen Individuums, gegen die entmenschende, versachlichende, barbarisch stumpfe Maschinerie des totalen Staates überhaupt. Und darauf kommt es an. Auf den Menschen, ganz und allein nur auf ihn, seine Freiheit, seine Würde — und seinen ewig gefährdeten, aber unaustilgbaren Anspruch auf Glück. Jul Hufschmied

gen. Es ist ein großer, dankbarer Vorwurf, den Döblin sich für sein neue[illegible] Romanwerk gewählt hat: Die Erorberu[illegible]rikas durch die Weißen. „Die weißen Götter[illegible]rieb einst schon Eduard Stucken, „Las Casas“ [illegible] eine Frühnovelle Kasimir Edschmids gewidmet — [illegible] das große Werk Döblins krönt die Bemühunge[illegible] dies gewaltige und bedenkliche geschichtliche Ge[illegible]iet, das trübe Blatt aus dem Schuldbuch der weißen Rasse. „Sie waren im Lande angekommen wie eine Krankheit in einem Körper“, heißt es da von den Eroberern an einer Stelle; an einer anderen: „Was hier geschah auf dieser schönen Erde, stinkt zum Himmel und verdient keine Verzeihung“. Und so steht denn auch das Herz des Dichters auf der Seite der Farbigen, denen solches geschah, und lenkt die Herzen der Leser eben dahin: mit den Mitteln des großen Dichters, farbenglühend, packend, erschütternd. Umfassend Gültiges über das Werk wird man erst sagen können, wenn alle drei Bände vorliegen. Fest aber steht schon jetzt: der Roman als Kunstwerk —? Hier ist ein Musterbeispiel!

Rezension von Jul Hufschmied, 10. Januar 1948.

Süd-Ost-Kurier

Freitag, den 3. August 1951

Thomas Mann in Bad Reichenhall

Thomas Mann (rechts) mit dem Dichter Alfred Neumann im Garten des Hotels Alpenhof, Bad Reichenhall. (Aufn.: J. Müller)

Thomas Mann, der am Dienstag zu einem kurzen Privatbesuch in München weilte und am Abend der „Egmont"-Inszenierung im Residenztheater beiwohnte, traf am Mittwochmittag zu einem kurzen Aufenthalt in Bad Reichenhall ein, wo er im Hotel „Alpenhof" abstieg, eine Unterhaltung mit dem ihm persönlich bekannten Schriftsteller Alfred Neumann pflog und zu einer nachmittägigen Kaffeestunde Oberbürgermeister Walter Neumayer mit Frau empfing. In Begleitung von Thomas Mann befanden sich seine Frau und seine Tochter Erika. In einer kurzen Unterredung mit dem Chefredakteur des SOK sprach Thomas Mann über die merkwürdige Behauptung in einem Teil der deutschen Presse, er habe geäußert, niemals wieder deutschen Boden betreten zu wollen. Es handle sich hier um eine erstaunliche journalistische Erfindungsgabe, die wohl einem bestimmten Zweck diene, aber keine Sekunde mit seiner tatsächlichen Haltung zu vereinbaren sei. Er komme im Gegenteil sehr gern nach Deutschland. Seine Reise führt nunmehr nach St. Wolfgang, wo er im Strandhotel Strobl seinen mit einer Schweizerin verheirateten Sohn Michael, der Bratschist ist, besucht. Michael Mann befindet sich mit Frau und Kindern gegenwärtig dort in Urlaub. Thomas Mann wird sich für einige Zeit nach Badgastein, dann nach Zürich und wahrscheinlich auch nach einem schweizerischen Luftkurort begeben, um im Herbst wieder in seine neue Heimat Kalifornien zurückzureisen. Die Reise nach Deutschland trat er auf einem modernen französischen Schiff an und die Ueberfahrt war bei einer spiegelglatten See ungemein reizvoll.

Zur politischen Situation, über die Thomas Mann natürlich ganz bestimmte Auffassungen hat, wollte er sich prinzipiell nicht äußern. Nach seinen literarischen Plänen befragt, äußerte der heute 76jährige Dichter, der einen ungemein lebendigen und frischen Eindruck machte, daß er nun die Bearbeitung eines Fragmentes aus dem Jahre 1911 begonnen habe und zwar auf demselben Papier, das noch den letzten Satz des ersten, vor 40 Jahren geschriebenen Teils enthält. Es handelt sich um die „Bekenntnisse des Hochstaplers Felix Krull".

Artikel aus dem „Süd-Ost-Kurier" vom 3. August 1951.

Alfred Neumann auf dem Balkon seines Appartements in der Rue Maréchal Joffre in Nizza, 1939.

Alfred Neumann wurde 1895 als Sohn eines Holzfabrikanten in Westpreußen geboren. Er studierte in München und Genf Kunstwissenschaft und Romanistik, promovierte mit einer Arbeit über den Schriftsteller Alfred de Musset und nahm eine Tätigkeit als Lektor und Redakteur beim in München ansässigen Georg Müller Verlag auf. Nach dem Ersten Weltkrieg arbeitete er von 1918 bis 1920 zwischenzeitlich als Dramaturg an den Münchner Kammerspielen, widmete sich aber auch weiterhin Übersetzungen aus dem Französischen und ab 1917 verstärkt auch seinem eigenen litererarischen Schaffen. Zunächst erscheinen Gedichte und Erzählungen, 1926 der erste Roman.

Sein literarischer Durchbruch gelingt ihm mit der Erzählung *Der Patriot* (1925) und dem Roman *Der Teufel* (1926), der auch international sehr beachtet wird.

Der Patriot, eine Novelle über eine Offiziersverschwörung gegen Zar Paul I. im Jahre 1801, wird 1927 von Alfred Neumann für die Bühne bearbeitet und 1928 mit Emil Jannings in der Rolle Paul I. von Ernst Lubitsch verfilmt. Für *Der Teufel* erhält Neumann 1926 den Kleist-Preis.

Er lebt in unmittelbarer Nachbarschaft von Thomas Mann, mit dem ihn eine lebenslange Freundschaft verbindet, und verbringt viel Zeit an seinem Zweitwohnsitz in Fiesole, in der Nähe von Florenz.

Nach der Machtergreifung 1933 verlässt er Deutschland und zieht zunächst ganz nach Italien, muss aber 1938 auch von dort fliehen. Er lässt sich bis 1941 in Nizza nieder und ist dann gezwungen, in die USA zu emigrieren. Im Oktober 1946 wird Neumann amerikanischer Staatsbürger. Neben seiner Schriftstellerei ist er nach 1941 von Hollywood aus auch als Filmautor tätig und in diesem Bereich, auch wenn ihn die stupide Lohnarbeit quält, sehr erfolgreich. Unter anderem wird sein Drehbuch zu dem Film *None Shall Escape* 1944 für den Oscar nominiert.

In einem Brief an Hermann Kesten beklagt er sich:

„Man sitzt seine Zeit ab, Tag für Tag, und arbeitet natürlich für sich; aber da ich wohl gerne hinter dem Schreibtisch sitze, hinter dem eigenen, und durch die Bürozeit und ihre stille Sinnlosigkeit irritiert

bleibe, ist noch nicht allzuviel für die eigene Arbeit herausgekommen. Bei alledem bleibt natürlich der Blick kühl genug, um festzustellen, daß eine leerlaufende charity immer noch besser ist als gar keine...“

1945 erscheint zunächst in englischer Sprache der Roman *Es waren ihrer sechs* und 1949 *Der Pakt*, worin Alfred Neumann die Geschichte des amerikanischen Arztes und Abenteurers William Walke erzählt, der Mitte des 19. Jahrhunderts versucht, mehrere Staaten in Mittelamerika zu erobern.

Außerdem erscheint die Novelle *Viele heißen Kain*, nach deren Vorlage 1951 der Film *K – Das Haus des Schweigens / Jahre des Schweigens* entsteht, zu dessen Uraufführung er im Februar 1951 zum zweiten Mal nach Kriegsende nach Deutschland kommt.

Er stirbt im Alter von 57 Jahren am 3. Oktober 1952 im Schweizerischen Lugano.

AUSWAHL SEINER WERKE

ROMANE

Der Teufel	1926
Rebellen	1928
Guerra	1929
Der Held	1930
Narrenspiegel	1932
Romantrilogie über Napoléon III. unter dem Titel *Das Kind von Paris* erschienen:	1952
Teil 1: *Neuer Cäsar*	1934
Teil 2: *Kaiserreich*	1936
Teil 3: *Die Volksfreunde*	1940
Gitterwerk des Lebens	1943
Es waren ihrer sechs	1945
Der Pakt	1949

ERZÄHLUNGEN

Lehrer Taussig	1924
König Haber	1926
Der Patriot	1925
Der Konnetabel	1927
Marthe Munk	1933
Kleine Helden	1934

DRAMEN

Der Patriot	1926
Die Königsmaske	1928
Frauenschuh	1929
Abel	1948

DREHBÜCHER UND VERFILMUNGEN

The Patriot (Verfilmung von Ernst Lubitsch)	1928
Le Patriote (Verfilmung)	1938
La Tragédie impériale (französische Romanverfilmung nach eigenem Drehbuch, internationaler Titel: *Rasputin*)	1938
None Shall Escape (Verfilmung)	1944
Conflict (Verfilmung mit Humphrey Bogart)	1945
Die Flucht von der Teufelsinsel / The Return of Monte Cristo (Co-Autor)	1946
Matto regiert (Co-Autor)	1947
K – Das Haus des Schweigens / Jahre des Schweigens (Co-Autor) (Verfilmung von *Viele heißen Kain*)	1951

Für die Gedenkfeier für Alfred Neumann
am 20. November 1952
von Alfred Polgar

(gesprochen von Hermann Kesten)

Diese paar Worte persönlichen Erinnerns an Alfred Neumann wollen nicht vom Oeuvre des hingegangenen bedeutenden Schriftstellers sprechen. Sie gelten allein dem liebenswerten Menschen, dem Mann von unverbrüchlicher Noblesse der Gesinnung und Haltung und nie aussetzender Herzens-Höflichkeit. Er war, im klaren Sinn des Worts, ein Edelmann, unfähig irgendwelcher Bandelei mit dem Gemeinen und Niedrigen, niemals andere Wege zum Erfolg suchend als den geraden, den seine Begabung und Neigung ihn gehen hiessen. Er kannte seinen Wert, aber diese Kenntnis trat nicht als Selbstgefälligkeit und Hochmut in Erscheinung, sondern als Sicherheit seines Wesens, Betragens und Urteilens. Anzuerkennen, was ihm an anderen Wert schien, anderer Leistung (deren Unzulängliches er so gut sah wie gütig übersah) zu rühmen, machte ihm Freude. Er dosierte da mit einem bezaubernden Mangel an Vorsicht. Alfred Neumann war, soweit dies ein Nicht-Heiliger sein kann, ein reiner Mensch. Damit will nicht das Unmögliche, allzu Wunderbare, behauptet werden, dass das Leben nicht auch Keime des Bösen und Hässlichen in Alfred Neumann's Seele getragen hätte, sondern nur, dass diese dort keinen Nährboden fanden, auf dem sie hätten gedeihen können. Die Fassade Alfred Neumann's trug die Zeichen der Ruhe und Gelassenheit, die Art seines Umgangs mit Welt und Menschen im Allgemeinen hatte etwas Unpersönliches. Aber dieses Unpersönliche war ein charakteristischer Zug im Bild von Alfred Neumann's Persönlich-

Trauerrede (s. S. 395–397) von Alfred Polgar bei der Gedenkfeier in den Münchner Kammerspielen, 24. Oktober 1952.

keit: - er sparte, hiess das, mit sich im Leben, um sich verschwenden zu können an sein Werk.

Seine Arbeit war "ein' feste Burg", in der er sich abschloss gegen die Verwirrungen von Zeit und Welt, und in die keinem Gedanken Zutritt erlaubt war, der nicht dem Prozess des Schaffens galt. In ihr verbrachte er einen Grossteil seiner reifen Lebensjahre, ungezählt viele harte und viele glückliche Stunden. Und wo immer er war, auch in den kürzesten Zwischen-Stationen des Exils, richtete er sogleich diese festen Mauern um sich auf. Aber ausserhalb ihrer - was war er für ein feiner Partner im gesellschaftlichen und kameradschaftlichen Verkehr, gute Atmosphäre schaffend schon durch seine blosse Anwesenheit, anregend und nie belastend, ohne Prätention und doch immer ein Herr, aufgeschlossen allem Ernst und Spass, im Gespräch voll mühelosen geistigen Charmes, ritterlich auch in der Polemik, und ein Zuhörer von so freundlicher Bereitwilligkeit, zuzuhören, dass er dem Andern Mut machte, zu sprechen. Und wie herzlich konnte er lachen, auch noch in den Tagen, da es ihm schon elend schlecht ging, und er selbst nicht mehr recht leben konnte, sondern eher gelebt wurde von seiner tapferen Frau Katharina, seiner Weg-Genossin während rasch vorbeigegangener achtundzwanzig schöner Jahre und hernachwährend langsamer Monate der Krankheit und des Leidens.

Wenn wir Abschied nehmen von einem, der uns lieb war, versichern wir ihm - und glauben fest, es würde so sein - dass er in unserer Erinnerung stets gegenwärtig sein wird, so, als lebte er noch mit uns. Doch es ist das Schicksal aller Erinnerungen, auch der innigsten, dass sie allmählich flach werden, und aller Schatten, auch der teuersten, dass sie allmählich ver-

3

blassen. Trotzdem glaube ich, dass Alfred Neumann's Freunde niemals aufhören werden, seinen Verlust als einen unersetzbaren zu empfinden: weil er die so überaus seltene Erscheinung eines vollkommen angenehmen Menschen war, an dem nichts störte, und so vieles - ganz abgesehen von seiner literarischen Leistung - Sympathie, Achtung, Zuneigung weckte und sie wach hielt, auch über die längsten Pausen des Beieinanderseins hinüber. In Alfred Neumanns Klima, wenn man so sagen darf, atmete sich's leicht und frei, in seiner Nähe fühlte man sich wohl, eine Postkarte von ihm, stand auch nichts auf ihr als eine komische Gruss-Formel, machte Freude, und das Bewusstsein, von ihm geschätzt zu werden, helf, die Zweifel, die man an sich selbst hatte, leichter zu nehmen.

Ich weiss nicht, wie die Geschichte der deutschen Literatur Alfred Neumann placieren, wie dauernd der Ruhm sein wird, den er sich erschrieben hat. Tote sterben rasch. Besonders tote Schriftsteller. Jedenfalls, dem liebenswerten Menschen Alfred Neumann bleibt in den Herzen seiner Freunde, auf deren Lebenszeit, der Platz, den er dort hatte, gesichert.

Kammerspiele, Mch.
Totenfeier

Gesprochen von Dr. Erich Kästner

an der Totengedenkfeier für Alfred Neumann am 24. Oktober 1952
in den Münchner Kammerspielen.

Meine Damen und Herren! Liebe Freunde und Kollegen! Und insbe-
sondere - liebe Kitty Neumann!
Als einem Vorstandsmitgliede des deutschen PEN-Zentrums in der Bun-
desrepublik fällt mir die Aufgabe zu, Sie in dieser späten Stunde,
die eine Gedenkstunde für Alfred Neumann sein soll, im Namen des
~~xxxxxxxxxxx~~ Internationalen PEN zu begrüssen. Dass Alfred Neumann
so früh, dass ~~xx~~ er zu früh starb, bedeutet einen vielfältigen Ver-
lust. So mancher, auch hier in unserer Versammlung, verlor einen
unersetzlichen Freund. Die zeitgenössische Literatur büsste einen
wertvollen Schriftsteller ein. Und der PEN wurde um ein echtes
Mitglied ärmer.
Der PEN ist ja nicht nur eine internationale Vereinigung mehr oder
weniger angesehener Schriftsteller. Sondern seine Mitglieder ver-
pflichten sich mit Ihrer Unterschrift unmissverständlich, ihr
Talent niemals gegen, immer für die Erhaltung zweier Werte einzu-
setzen, in Missachtung derer der Schriftsteller zum Staatstrompe-
ter, zum geistigen Bandenführer oder zum Wortgärtner wird. Die
beiden Werte und Worte sind "Freiheit" und "Frieden", und sie
werden aus Worten zu Wörtern, aus Werten zu nichtsnutzigem Gerede,
wenn das dritte Wort, "UND", vom starken Bindewort zur Konjunktion
erniedrigt wird. "Freiheit und Frieden", wir alle haben erfahren und
erfahren täglich aufs neue, dass man diese Worte und Werte ab-
nützt und mit Füssen tritt wie die Kokosmatten vor den Türflügeln
der Konferenzsäle! In der PEN-Charter, die wir unterschrieben haben,

Trauerrede (s. S. 398/399) von Erich Kästner bei der Gedenkfeier in den Münchner Kammerspielen, 24. Oktober 1952.

und im Herzen der echten Mitglieder haben "Freiheit und Frieden" ihren alten und unveräusserlichen Sinn behalten. Und eines dieser wahren Mitglieder, für die jene zwei Worte wie Sonnen am Firmamente der Menschlichkeit leuchten, hiess und heisst: Alfred Neumann. Die Zumutungen unseres Zeitalters haben die Grenzen des Zumutbaren längst überschritten. Jene Vorgänge und Prozeduren, die man im "Präsens" Politik nennt und im Perfektum ä im Perfektum, welch ein Hohn! - "Geschichte", sie haben dem 20. Jahrhunderte den Un-Ehrentitel des "Jahrhunderts der Angst" eingetragen. Freilich, auch früher gab es Usurpation und Kerker, Verfolger und Verfolgte, Bedrohung und Flucht, Gewalt und Furcht, Fremde und Heimweh. Auch früher durfte man an gebrochnem Herzen sterben. Doch nicht nur die Barbarei hat zugelernt, sondern auch die Wissenschaft. Man stirbt nicht mehr an gebrocnem Herzen, sondern an einem Herzmuskelriss und an Angina pexctoris Lassen wir dergleichen Errungenschaften und Fortschritte beiseite, und gestehen wir uns ein: auch Alfred Neumann starb, wie so mancher unserer Freunde, an gebrochnem Herzen!

Die Zeit vergeht. Sie weiss es nicht besser. Sie schaut sich nicht um. Sie sieht nicht voraus. Sie geht und vergeht. Zum Glück und zum Trotz glauben wir an ein Fortleben jenseits ihrer Kategorie. An eine Existenz ausserhalb dieses oder jenes Kalenders und ferne der wasserdichten Armbanduhren mit Garantieschein. Lange bevor man darauf verfiel, unserm guten alten Mond künftig künstliche Geschwister beizugesellen, Umsteigestationen zum Mrs und anderen Planeten -lange vorher gab es, gibt und wird es jenen geheimnisvollen, unsichtbaren Erdtrabanten geben, der "das Land der Erinnerung" heisst. Hier lebt auch Alfred Neumann fort. Als bedeutender Schriftsteller. Als nobler Charakter. Als Mann mit Würde. Als unvergesslicher Freund. Und - liebe Kitty - als der Gefährte ihres Lebens.

ISBN 978-3-946990-17-8 1. Auflage 2018
Verlag Das Kulturelle Gedächtnis GmbH, Berlin *„mis en bouteille au château“*

Der **VERLAG DAS KULTURELLE GEDÄCHTNIS** dankt seinen Unterstützern: Frederic Böhle, Andrew & Jeff Goldstein, Philipp Graf, Eva Großjean-Ehe, Heinz Hörner, Ulrich Noethen, Gabriele Pohlmann, Janine Stratmann, Kathrin Kunkel-Razum, Moritz Rauchhaus, Oliver Razum, Elisabeth Ruge, Thomas Sarbacher, Thomas Schöttler, Beate Swoboda, den Gesellschaftern des Verlages sowie einigen Ungenannten.
Unser **DANK** gilt außerdem Kristina Kargl, Michael Langgärtner vom Archiv der Süddeutschen Zeitung sowie den Mitarbeitern der Monacensia.

EINBANDGESTALTUNG 2xGoldstein+Fronczek / studio stg / **GESTALTUNG UND SATZ** 2xGoldstein+Fronczek, Rheinstetten / **UMSCHLAGSBILD** © George (Jürgen) Wittenstein / akg-images / **DRUCK UND BINDUNG** CPI books GmbH, Ebner & Spiegel Ulm

Mehr zum Verlag auf www.daskulturellegedächtnis.de

QUELLENANGABEN zu dem in der Münchner Stadtbibliothek / Monacensia aufbewahrten und in diesem Buch verwendeten Nachlass von Alfred Neumann.

Neumann, Eine Feststellung — 2 Seiten
Neumann, Alfred_L 2501_Eine Feststellung_1 / Neumann, Alfred_L 2501_Eine Feststellung_2

Neumann, Ihrer sechs, MS — 2 Seiten
Neumann, Alfred_L 2501_Manuskript_1 / Neumann, Alfred_L 2501_Manuskript_238

Neumann, Zeichnung Prothese — 1 Seite
Neumann, Alfred_L 2502_Bleistiftzeichnung Prothese

Inside Germany Reports — 7 Seiten
Neumann, Alfred_L 2502_Inside Germany Reports Nr. 25_00, Titelseite / Neumann, Alfred_L 2502_Inside Germany Reports Nr. 25_3 / Neumann, Alfred_L 2502_Inside Germany Reports Nr. 25_4 / Neumann, Alfred_L 2502_Inside Germany Reports Nr. 25_5 / Neumann, Alfred_L 2502_Inside Germany Reports Nr. 25_6 / Neumann, Alfred_L 2502_Inside Germany Reports Nr. 25_10 / Neumann, Alfred_L 2502_Inside Germany Reports Nr. 25_11

Zeitungsausschnitt Rezension Not in vain — 1 Seite
Neumann, Alfred_L 2502_Zeitungsauschnitt_14.06.1943

Zeitungsausschnitt Rezension Youths choose — 1 Seite
Neumann, Alfred_AN D 10_Zeitungsauschnitt_29.07.1945

Zeitungsausschnitt Werbung Six of them — 1 Seite
Neumann, Alfred_AN D 10_Zeitungsauschnitt_August 1945

Zeitungsausschnitt Rezension Münchener Aufstand — 1 Seite
Neumann, Alfred_AN D 10_Zeitungsauschnitt_25.08.1945

Zeitungsausschnitt Rezension Deutsche Tragödie — 1 Seite
Neumann, Alfred_AN D 10_Zeitungsauschnitt_06.10.1945

Zeitungsausschnitt Rezension Andere Deutsche — 1 Seite
Neumann, Alfred_AN D 10_Zeitungsauschnitt_16.11.1945

Zeitungsausschnitt Rezension Bücherschrank — 1 Seite
Neumann, Alfred_AN D 10_Zeitungsausschnitt_Januarheft 1948

Zeitungsausschnitt Rezension Ihrer sechs — 1 Seite
Neumann, Alfred_AN D 10_Zeitungsauschnitt_10.01.1948

Zeitungsausschnitt Rezension Thomas Mann — 1 Seite
Neumann, Alfred_L 2611_Zeitungsauschnitt_03.08.1951

Alfred Polgar, Gedenkrede Neumann — 3 Seiten
Neumann, Alfred_L 2614_von Alfred Polgar_1 / Neumann, Alfred_L 2614_von Alfred Polgar_2 / Neumann, Alfred_L 2614_von Alfred Polgar_4

Erich Kästner, Gedenkrede Neumann — 2 Seiten
Neumann, Alfred_L 2614_von Erich Kaestner_1 / Neumann, Alfred_L 2614_von Erich Kaestner_2